本书为中国社会科学院登峰战略重点学科建设"中国神话学"、国家社会科学基金重大项目"中国少数民族神话数据库建设"（17ZDA161）阶段性成果

盘瓠神话丛书
吴晓东 主编

盘瓠神话研究学术史

毛巧晖 著

学苑出版社

图书在版编目（CIP）数据

盘瓠神话研究学术史 / 毛巧晖著 . —北京：学苑出版社，2020.10
（盘瓠神话丛书 / 吴晓东主编）
ISBN 978-7-5077-6057-6

Ⅰ.①盘… Ⅱ.①毛… Ⅲ.①神话—文学研究—中国—古代 Ⅳ.①I207.73

中国版本图书馆CIP数据核字（2020）第207907号

责任编辑：陈　佳
封面设计：齐立娟
版式设计：逸品书装
出版发行：学苑出版社
社　　址：北京市丰台区南方庄2号院1号楼
邮政编码：100079
网　　址：www.book001.com
电子信箱：xueyuanpress@163.com
联系电话：010-67601101（营销部）、010-67603091（总编室）
印　刷　厂：北京建宏印刷有限公司
开本尺寸：880mm×1230mm　　1/32
印　　张：15.5
字　　数：378千字
版　　次：2020年10月第1版
印　　次：2020年10月第1次印刷
定　　价：75.00元

《盘瓠神话丛书》
总　序

何为盘瓠神话？有狭义与广义两种不同的界定。从学术史来看，最初的盘瓠神话仅指应劭《风俗通义》、干宝《搜神记》等文献中所记载的那个神话类型，即有"许诺—立功—嫁女—繁衍后代"等主要母题的神话类型。这个类型在艾伯华的《中国民间故事类型》中被称为"狗的传说"。这一类型的主角一般是一只犬，有的区域也演变为蛙。就名称来说，犬往往称为盘瓠，也有别的名称，比如翼洛、邦尕等。随着田野调查的深入，与盘瓠有关的神话新资料不断出现，比如瑶族中流传的渡海神话。此神话说到瑶族先民在迁徙渡海时遭遇大风大浪，在祈求盘瓠保佑之后，得以平安逃生，从此瑶人过盘王节以酬谢盘王。这个用来阐释盘王节来源的神话明显不属于传统上盘瓠神话所指的那个类型，但因与盘瓠有关，也被学者们纳入盘瓠神话的范畴，不过已经不是传统意义上的狭义的盘瓠神话，而是广义的盘瓠神话。凡是与盘瓠相关的神话，都可以纳入广义盘瓠神话的范畴。

自东汉应劭在其《风俗通义》中记载盘瓠神话以来，一直受到历代文人的关注与研究。宋代罗泌在《路史》中就有《论盘瓠之妄》，比较详细地论证盘瓠神话之非真实性。但是，盘瓠神话的历史虽然不短,许多问题却远未解决,有关其起源、流变、接受、认同、仪式等问题,至今依然众说纷纭。而这些问题与流传此神话的民族息息相关,亟须加以研究,比如在瑶族某些地区,盘瓠问题依然敏感。之所以敏感,是因为盘瓠神话被视为族源神话,而盘瓠是犬。历史上到底发生了什么?为什么会发展至目前这种状况,其来龙去脉是怎样的?至今仍然没有一个满意的答案。

盘瓠神话不仅至今依然与流传地区的民众息息相关,而且在神话学中影响也很大,但是在梳理盘瓠神话研究的学术史过程中,发现盘瓠神话的研究与它的影响并不相匹配。目前的研究主要集中在零散的论文、调研报告,以及不多的几本论文集。截至2018年7月5日,在中国知网上用篇名搜索"盘瓠"一词,出来的文章也就202篇,用主题搜索则为627篇。论文集有3种,即1988年泸溪县民族事务委员会编的《盘瓠研究与传说》,1990年张永安主编的《盘瓠研究》,以及2017年"中国神话学"课题组编的《盘瓠神话文论集》。比较系统地研究盘瓠神话的专著相当少,仅有农学冠的《盘瓠神话新探》(1994)。因此,很有必要加强盘瓠神话的系统研究。2017年,中国社会科学院启动了学科建设的登峰战略,此计划分为优势学科、重点学科、特殊学科三类。民族文学研究所承担的重点学科名为"中国神话学",课题组由吴晓东、王宪昭、毛巧晖、周翔、李斯颖等五人组成。中国神话学的研究范畴很广,其方方面面的研究要靠学界同人一起一点一点地添砖加瓦,我们课题组只能从某个点切入,由点及面,逐渐铺开。经过多次讨论,选择了从影响深远的盘瓠神话入手,并准备编写一套"盘瓠神话丛书",以此来带动盘瓠神话的系统研究。

这套丛书拟从资料整理、学术史梳理、文本分析、语境研究等几个方面进行编辑与撰写，以构建盘瓠神话研究的小型"专题库"。

每一类型神话的研究，都离不开其所依赖的文本资料基础。盘瓠神话的资料除了历代汉文献的记载之外，还有田野调查中从各个民族搜集到的大量口头文本与图像。就目前掌握的资料看，盘瓠神话不仅在众人所熟知的苗族、瑶族、畲族当中流传，而且在黎族、彝族、仡佬族以及台湾少数民族等其他诸多民族中均有存在，甚至在日本、朝鲜、东南亚诸国也有发现。从近些年的研究看，绝大多数学者的研究资料局限于苗、瑶、畲这三个民族。资料的不足，势必会影响学者的判断，得出不科学的结论。本套丛书中的《盘瓠神话资料汇编》，即对传统上狭义的盘瓠神话类型进行了全面搜集，展示不同民族、不同地区的异文，为盘瓠神话研究夯实基础。

任何专业的研究，都需要在厘清其学术史的前提下进行。不仅要理解前人是在怎样的国家话语下从事这方面的研究，更要了解前人在哪些方面提出了问题，提出了什么样的观点，这些观点是否已经解决了问题，如果没有解决，缺陷在哪里，应该做怎样的修补，等等。学术犹如建高楼，一层一层往上垒砌，直至封顶。

神话是一种叙事，它是故事性的、文学性的，文本分析是神话研究的核心内容。纵观神话学史，无论是为了解释某一神话的起源、流变，抑或别的目的，都离不开神话文本的分析。文本分析促成了许多学派的产生，比如芬兰的历史地理学派，此学派广泛搜集故事异文,通过比较研究故事情节之差异,从地理上确定这些故事最初的发源地和传播路线,同时根据故事情节由简到繁的变化,探寻其原型。此学派造就了诸如阿尔奈（Antti Aarne）、安德森（Walter Anderson）、汤普森（Stith Thompson）这样的一些民间文艺学大师。再比如以列维-斯特劳斯（Clande Lévi-Strauss）为代表的结构主义学派,此学派通过文本分析,发现规律与秩序,在神话研究中取得了十分显著的成绩。盘瓠神话的系统研究,显然不可能脱离文本分析这一核心内容。

盘瓠神话目前依然在诸多民族中流传,是活态神话。在流传的过程中,有许多与之相随相伴的民俗事象,比如盘王祭祀、跳黄泥鼓舞等。神话文本与民俗事象互为表里,往往是同一内容的不同表述。民俗事象可以视为神话文本的语境,对语境的研究,可以更为准确地解释神话本身的内涵。这方面研究成绩显著的有以弗雷泽（James George Frazer）为代表的仪式学派——弗雷泽透过仪式来理解神话,将神话的起源、意义、本质与仪式紧密地联系在一起。显然,在盘瓠神话的研究中,民俗事象的借用,必定是一把利器。

吴晓东
2018年7月于北京

目录

导言　/ 001

第一章　盘瓠神话概述　/ 005
　　一　概说　/ 006
　　二　情节单元与情节链　/ 006
　　三　内涵与功能　/ 010

第二章　中国古代文献中的盘瓠　/ 020
　　第一节　盘瓠的字源流变　/ 020
　　　　一　"盘"的字源流变　/ 020
　　　　二　"瓠"的字源流变　/ 022
　　第二节　古典文献中与盘瓠相关的记载　/ 023
　　　　一　史书中对盘瓠的记录　/ 023
　　　　二　方志中与盘瓠相关的资料　/ 052
　　　　三　文学作品中对盘瓠的表述　/ 060
　　　　四　笔记中对盘瓠的记述　/ 091
　　　　五　类书中对盘瓠的记述　/ 112
　　第三节　文献中的盘瓠与盘古　/ 117

第三章 文化的他者：20世纪初至40年代盘瓠神话研究 / 131

第一节 从夷夏观念到民族国家的嬗变 / 132
一 夷夏秩序与西方种族观念 / 132
二 种族观念的式微与现代民族国家观念的建构 / 140
三 "自我—他者"与"汉—其他族群" / 143

第二节 图腾理论与盘瓠神话 / 149
一 "南方的发现"与文学批评中的"想象" / 150
二 图腾理论的引入与少数民族民族神话研究 / 152
三 盘瓠神话研究中的图腾泛化 / 159

第四章 1949—1999年盘瓠神话研究 / 164

第一节 民族识别与盘瓠神话 / 168
一 民族识别的四个阶段 / 168
二 "畲民识别调查小组"及少数民族社会历史调查 / 169
三 盘瓠神话的搜集整理 / 173
四 对于盘瓠神话的研究取向与态度 / 179

第二节 新时期盘瓠神话研究 / 181
一 "盘瓠"名称研究 / 181
二 图腾研究 / 182
三 祖先崇拜研究 / 183

　　　　四　族源研究　/ 185
　　第三节　盘瓠神话研究的新发展　/ 190
　　　　一　盘瓠神话："学术的"与"文学的"　/ 190
　　　　二　学术会议与盘瓠神话研究　/ 196
　　　　三　多学科研究与比较研究　/ 198

第五章　新世纪盘瓠神话研究　/ 216
　　第一节　历史"真实"与文化"真实"：新世纪
　　　　　　盘瓠神话研究的多元化　/ 216
　　　　一　盘瓠神话研究的历史视野　/ 218
　　　　二　盘瓠神话研究的文化视野　/ 224
　　　　三　"朝向当下"的盘瓠神话研究　/ 228
　　第二节　盘瓠神话文本编纂：通俗化实践　/ 237
　　　　一　现代启蒙、通俗文艺和民间文学　/ 239
　　　　二　盘瓠神话的通俗读本　/ 247
　　　　三　民间文学通俗读本的隐匿与偏离　/ 259
　　第三节　非物质文化遗产语境中的盘瓠神话　/ 264
　　　　一　非遗语境中盘瓠神话研究概述　/ 264
　　　　二　"文化展示"中的传承人　/ 268
　　　　三　"盘王节"遗产化：以湖南资兴瑶族盘
　　　　　　王节活动为中心的讨论　/ 279

第六章　国外盘瓠神话研究　/ 294
　　第一节　英语世界中的盘瓠神话研究述评　/ 294
　　　　一　盘瓠神话资料搜集　/ 295

二　盘瓠神话与历史　/ 301
　　三　盘瓠神话与仪式　/ 318
　　四　盘瓠神话与宗教信仰　/ 320
第二节　国外其他有关盘瓠神话的研究　/ 330
　　一　日本对盘瓠神话的研究　/ 330
　　二　越南盘瓠神话研究概况　/ 363
　　三　法国盘瓠神话研究概况　/ 371
　　四　泰国有关盘瓠神话的研究　/ 376
　　五　瑞典盘瓠神话研究概况　/ 378
　　六　德国盘瓠神话研究概况　/ 381
　　七　荷兰对盘瓠神话的关注　/ 384
　　八　新西兰盘瓠神话研究概况　/ 386
　　九　古波斯《中国纪行》与盘瓠神话　/ 388

附录　盘瓠神话研究资料目录　/ 396

参考文献　/ 458
后　记　/ 484

导　言

盘瓠神话是较早见于汉文古籍文献记载的与少数民族相关的神话之一。在中国南方少数民族及中原一些地区仍有不同的口传文本，特别是在苗、畲、瑶、黎等民族及其支系中，其叙事呈现出显著的民族性与地域性。除了普遍存在的口头表达，谱牒书写、图像描绘与仪式展演同样是这一神话承续发展的关键。随着文化多元论、多民族文化交融等，它被置于各民族文化实践的仪式语境中予以具体化、多样化阐述，成为各民族、各地域文化的特殊展示。

追溯盘瓠神话百余年的研究历程，可看到它在不同时期的"学术景观"。19世纪、20世纪之交，西方文化中的"民族主义"思潮引起中国学人关注，他们将眼光投向"民间"；"五四"时期，神话作为一种民间艺术形态发挥着"增长人之兴味、鼓动人之志气"的作用，在这一历史语境中，流传于南方民族的盘瓠神话引起了研究者的关注，"南方的发现"与图腾理论的多学科交融使得此时的盘瓠神话研究被视为图腾神话或图腾信仰的同时，进一步泛化并等同于"犬图腾"。新中国成立后，神话等民间文学资源在传统承续与现代转换之中，转化为社会主义多民族国家文化形态的重要组成部分。盘瓠神话也由此具有了明确的族别身份,经由一系列的整理、改编与重述,获得了"合法性"地位,同时也被纳入"统一的多民族国家"的建构之中。对盘瓠神话的搜集整理及研究,不仅仅是少数民族文化价值重构的过程,也推动了中国文学由传统"无族性"文学向多民族文学的重大转型。20世纪80年代的盘瓠神话研究更为关注"民间",涵盖"音乐""舞蹈""图像""服饰""仪式"等诸方面,尤为注重突出其"跨地域""多民族"特征。民族学、民俗学、社会学、人类学等学科都将盘瓠神话作为重要研究课题,此外,功能主义、结构主义及象征主义等理论也都为盘瓠神话研究提出了新的视角和概念工具。这一时期在冲破传统研究体系的同时,盘瓠神话与社会科学乃至自然科学的诸多学科相互融合、渗透和交叉,在动态发展中不断地丰富和完善自身。2000年以来的盘瓠神话研究在学术队伍、研究成果、学术影响等方面都呈现出持续发展的态势,它不仅是中国文学史和中国神话学建设中不可或缺的重要组成部分,也日趋成为兼具跨学科、跨领域及跨文化特征的重要学术领域。

2008年,"盘王节"被列入第一批国家级非物质文化遗产名录;2011年,"盘瓠传说"被列入第三批国家级非物质文化遗产名录。在遗产化进程中,盘瓠神话被挪用与重述。传统的盘瓠神话逐渐走出仪式语境,在多重话语表述中进行重构。可以说在非物质文化遗产保护与新的文化语境中,"盘瓠神话"的知识生产迎来新的高潮。

在世界范围内,英、美、法、德、日、瑞典等从事与盘瓠神话研究相关的学者,也逐渐开始侧重神话文本的语境与实地考察,超越了以文献为基点的传统研究范式。

全书共分六章。第一章对盘瓠神话的情节单元及情节链、内涵与功能进行梳理。第二章对"盘瓠"的字源流变、古典文献中的盘瓠神话进行了阐释，首先梳理了"盘"的字源流变与"瓠"的字源流变；其次则从史书、方志、文学、笔记、类书等古典文献中分门别类地整理出盘瓠神话的记载，发掘盘瓠神话的基本特征以及其中所蕴含的神话观；最后就文献中的盘瓠与盘古的相关记载进行了辨析。第三章对20世纪初至40年代盘瓠神话进行了梳理，其内容包括从夷夏观念到民族国家的嬗变、图腾理论与盘瓠神话。具体论述分为两部分：第一部分论述了在内卷化的文明等级论的影响下，民族国家观念逐渐成为主流。在文化秩序中，夷夏之分渐趋转化为汉族—其他民族的分野；第二部分阐释了少数民族神话研究与盘瓠神话研究中的图腾泛化问题。第四章为1949—1999年盘瓠神话研究，首先论述了随着民族识别和少数民族社会历史调查的逐步深入，盘瓠神话原本模糊泛化的民族性特征逐渐明朗；其次介绍了这一时期盘瓠神话的搜集和整理情况；最后就新时期以来盘瓠神话研究的新发展进行了反思。第五章新世纪盘瓠神话研究，围绕历史"真实"与文化"真实"关照"朝向当下"的文化实践，其研究逐步跳出传统起源研究和图腾信仰的窠臼。新时期与盘瓠神话相关的通俗化实践，与现代启蒙、通俗文艺都有着密切的关系，作为民间文学通俗读本，它呈现出一种与学术研究偏离的状态。在保护非物质文化遗产的语境中，对"文化展示"中的传承人的调查及口头表达之外的传承形式的讨论也引起研究者的关注。第六章国外盘瓠神话的研究分为英语世界中的盘瓠神话研究述评、国外其他有关盘瓠神话的研究；其中以英语世界对盘瓠神话的研究为主体进行考察，其研究首先表现在对《评皇券牒》《关山簿》《凉山省禄平州蛮书》等文献的搜录、整理，之后则是基于这些文献阐释《评皇券牒》中所反映的"神话、基模与历史"的深层勾连以及这一文献与民间仪式、儒释道等文化的关系。20世纪下半叶开始，美国、泰国、法国等相关研究的学者注重实地考察，将盘瓠神话文本回复到其所产生的语境进行阐释，到21世纪初期，他们又将研究焦点转向持有盘瓠信仰之民族的历史梳理及讲述盘瓠故事的"个人"。

作为集体记忆的盘瓠神话，不仅反映了中华民族历史文化的多样性，更对少数民族社会、文化发展具有不可忽视的重要作用。盘瓠神话以其开放性、丰富性、多样性、绵延性融通多元文化空间，勾连起历史与现实、自我与世界的交流与交往；盘瓠神话携带着共有、共识、共享的传统文化基因，在人们的迁徙和流动中以"铸牢中华民族共同体意识"为价值旨归，通过具体的文化实践，在历史与现实的交织、传承与超越中为民族文化认同提供了生命经验和情感纽带，呼应着"人类命运共同体"命运相连、休戚与共的文化愿景，促进和而不同、兼收并蓄的文明交流，勾勒出"世界大同，天下一家"的美好图景。

第一章　盘瓠神话概述

盘瓠神话广泛流传于中国、日本、越南、老挝、马来西亚等地，其流传地域广，影响深刻。就中国国内而言，主要流传于汉族地区的河南、山西、河北、浙江等地以及苗、瑶、畲、彝、壮、黎、藏等西南少数民族，东乡、满等西北、东北少数民族，台湾的少数民族等。盘瓠神话从汉代文献《风俗通义》起，大量史志以及志怪小说均有记载，其中记载较为完善、较早的为干宝的《搜神记》。盘瓠神话的情节单元丰富，故事类型大多将其归入"狗的传说""义犬舍命救主人"等，但类型概括中又无法涵括其全部情节单元，从多变丰富的情节单元中所呈现的核心情节链为："许诺—立功—嫁女—繁衍后代"。盘瓠神话的内涵与功能从"异俗""史传""怪诞""异闻"等华夷之别的"他者想象"发展到进化论秩序下全球犬图腾信仰之文明等级体系，之后随着文化多元论、多民族文化交融等，它更多被置于各民族文化实践的仪式语境中予以具体化、多样化阐述，成为各民族、各地域"文化真实"的特殊展示。当下对于盘瓠神话的阐述呈现出了立体性、多样化的趋势，重视叙事文本与仪式、图像关系的"本地化"阐述。

一 概说

盘瓠又作"槃瓠"或"盘护",盘瓠神话叙事文本的情节单元、情节链、关涉人物(或群落)、生活场域(主要指叙事中提及的生活范围)、各群落之间的关系等在不同民族、地域变化多样。

盘瓠神话从汉代就引起了关注,但记述者将其视为"语怪",后其进一步被推演为中国古代处于原始时期时民族源起的祖先神话。20世纪初至40年代,盘瓠神话作为文化个案引起中国本土以及美、日、德等国学者的关注,在他们的研究中,更多将其视为图腾信仰理论之中国个案并纳入全球犬图腾信仰地图,这也就将盘瓠神话之群体纳入西方从16世纪开始建构的全球文明秩序与文明等级中。由此,盘瓠神话长期以来被视为图腾神话与族源神话予以阐释。但在对其论述中一来没有关注盘瓠神话的文献演化,二来忽略了其流传民族与地域的广泛性。

二 情节单元与情节链

盘瓠神话,在艾伯华《中国民间故事类型》中被归属于"41 狗的传说",其情节包括:

(1)有个皇帝与敌国打仗,不能战胜敌人。
(2)他许诺,谁能斩敌首首级来献,就把公主许给他。
(3)一只狗咬死敌人的头领,将首级献来,并要求纳公主为妻。

（4）在公主的催促下，皇帝允婚。

（5）她偕狗迁往山区。

（6）她的孩子们相互结了婚，他们成为一个家族的祖先。①

丁乃通编著《中国民间故事类型索引》，将干宝《搜神记》盘瓠神话归入201E"义犬舍命救主人"②，将其与其他犬救助主人的故事等同。在中国古典文献中，最早记载盘瓠神话的据载是东汉应劭的《风俗通义》，但目前通行本《风俗通义》中并未收录此文。《山海经》《玄中记》《魏略》《搜神记》《后汉书·南蛮传》《魏书》《水经注》《桂阳志》《天下郡国利病书》等史书、志怪、笔记等均有记载，小说、笔记，在盘瓠神话记述中都将其与正史置于同等位置，因为在此叙事中，没有"正传"与"俗传"的区分，正如司马迁在《史记》中常常录入地方传说作为区域"史实"；当然，即使录入正史的盘瓠叙事也是"俗传"的"历史化"。目前对盘瓠神话故事情节存录较为完备、也是较早的文献典籍当属《搜神记》，其文如下：

高辛氏有老妇人，居于王宫。得耳疾历时，医为挑治，出顶虫，大如茧。妇人去后，盛以瓠蒌，覆之以盘。俄尔顶虫乃化为犬，其文五色，因名"盘瓠"，遂畜之。时戎吴盛

---

① [德] 艾伯华：《中国民间故事类型》，王燕生、周祖生译，刘魁立审校，北京：商务印书馆，1990年，第77页。
② [美] 丁乃通编著：《中国民间故事类型索引》，郑建威、李倞、商孟可、段宝林译，李广成校，武汉：华中师范大学出版社，2008年，第27页。

强,数侵边境,遣将征讨,不能擒胜。乃募天下有能得戎吴将军首者,购金千斤,封邑万户,又赐以少女。后盘瓠衔得一头,将造王阙。王诊视之,即是戎吴。"为之奈何?"群臣皆曰:"盘瓠是畜,不可官秩,又不可妻,虽有功,无施也。"少女闻之,启王曰:"大王既以我许天下矣,盘瓠衔首而来,为国除害,此天命使然,岂狗之智力哉!王者重言,霸者重信,不可以子女微躯,而负明约于天下,国之祸也。"王惧而从之,令少女随盘瓠。盘瓠将女上南山,山草木茂盛,无人行迹。于是女解去上衣,为仆鉴之结,着独力之衣,随盘瓠升山入谷,止于石室之中。王悲思之,遣往视觅,天辄风雨,岭震云晦,往者莫至。盖经三年,产六男六女。盘瓠死后,自相配偶,因为夫妻。织绩木皮,染以草实。好五色衣服,裁制着用,皆有尾形。经后母归,以语王。王遣追之男女,天不复雨。衣服褊裢,言语侏离,饮食蹲踞,好山恶都。王顺其意,有诏赐以名山广泽,号曰"蛮夷"。蛮夷者,外痴内黠,安土重旧。以其受异气于天命,故待以不常之律。田作贾贩,无关繻符传、租税之赋。有邑君长,皆赐印绶。冠用獭皮,取其游食于水。今即梁、汉、巴、蜀、武陵、长沙、庐江群夷是也。用糁,杂鱼肉,叩槽而号,以祭盘瓠,其俗至今。故世称"赤髀横裙,盘瓠子孙"。①

在此叙事中,其情节单元为:(1)高辛氏老妇耳疾,出顶

---

① (晋)干宝撰,李剑国辑校:《新辑搜神记》卷二四"盘瓠",北京:中华书局,2007年,第401—402页。

虫,虫大如茧;(2)顶虫化为五色犬,名盘瓠;(3)邻国(敌国)强盛,侵犯边疆,高辛帝悬赏灭敌;(4)盘瓠咬死敌国首领,衔人头返回;(5)立功后因其"是畜"不可获赏;(6)少女坚持大王要实践诺言;(7)少女与盘瓠到南山石室,生育六男六女;(8)后代自相婚配,服饰艳丽,后有尾形;(9)无须向王朝纳税;(10)后世子孙祭祀盘瓠,扣槽而号。

  这些情节单元在不同文本记述中,其组合多有变动。从不同文献文本以及流传于不同民族、不同地域的同类叙事来看,关涉"犬的故事""义犬(或其他动物)舍命救主人"的叙事文本繁多,其情节单元与上述《搜神记》中盘瓠神话有重叠亦有不同。情节单元有变,叙事主角"盘瓠"也不是恒定的,且王与敌国的名称也流动变化。但在"变"中,通过文本梳理与比对,叙事的核心情节较为明显,即"许诺""立功""嫁女""繁衍后代",也就是说"许诺—立功—嫁女—繁衍后代"[①]是其主体情节链。此情节链结构"以时间发展为序,呈现出祖先盘瓠一生的不平凡经历,同时又以上面的五个核心母题为节点或情节展开的生发点,进行多维度的叙事发散,进而形成一个有章可循又相对灵活的立体叙事结构"[②]。另外其"主角一般是一只名为盘瓠的狗;也有别的名称,比如苗族神话中狗的名字叫'翼洛''马媾''邦尕'等;又或者没有名称,直接说是一只狗、一只黄狗、一只大狗。在壮族和瑶族

[①] 中国神话学课题组编:《盘瓠神话文论集》,北京:学苑出版社,2017年,前言第1页。

[②] 王宪昭:《论盘瓠神话的母题链程式及母题变异——以三篇瑶族盘瓠神话为例》,《民间文化论坛》2017年第4期,第65页。另,对于情节单元与母题,在笔者的表述中不予区分。

的一些神话文本中,主角变成了青蛙,壮族神话中青蛙叫'龙王宝',瑶族神话中青蛙叫'甘基王',海南苗族流传的蟾蜍歌传唱的主角是蟾蜍。此外还有一些文本中的主角直接就是人的形象,这应该是比较晚近才发生的变化"。而"台湾澎湖马公岛上流传的盘瓠神话,主角则变成了猴子"①。主角为马的蚕马神话也归属此类,它可能是盘瓠神话的前身。②此外,高辛帝、戎王、盘王等在不同文本中名称各异。这些与神话、传说等口头传承特性一致,"讲述传说的语言,本无固定程式,听的人也并没有非照原样再去转述不可的念头,拉长或缩短的情形是不少的。不过,故事的关键部分,只要无意篡改,都保持着原貌"③。可见叙事的关键部分,即上文所述核心情节链(母题链)对盘瓠神话的内容范畴具有规定性意义。

三 内涵与功能

对于盘瓠神话,目前文献所知最早为应劭《风俗通义》记载,但现已遗失。应劭编纂此书为"辨风正俗",后罗泌《路史》中提

---

① 周翔编著:《盘瓠神话资料汇编》,北京:学苑出版社,2018年,第3页。有关壮族"龙王宝"传说研究参见李斯颖:《壮族蚂蚜节仪式起源神话的探析——从盘瓠型"龙王宝"神话说起》,《民间文化论坛》2017年第3期,第80—86页。
② 亦称为蚕马神话,蚕马神话与盘瓠神话的关系考证参见吴晓东:《从蚕马神话到盘瓠神话的演变》,《黔南民族师范学院学报》2016年第1期,第12—16页。
③ [日]柳田国男:《传说论》,连湘译,紫晨校,北京:中国民间文艺出版社,1985年,第3页。

到"应劭书遂以为高辛氏之犬名曰盘瓠,妻帝之女,乃生六男六女,自相夫妇,是为南蛮。则知其说原衍于此"①。罗泌对其阐述为:

> 有自辰沅来者,云:卢溪县之西百八十里有武山焉,其崇千仞,遥望山半石洞罅,启一石,貌狗人立乎其旁,是所谓槃瓠者。今县之西南三十有槃瓠祠,栋宇宏壮,信之天下有奇迹也。予曰:是黄闵武陵记所志者,然实诞也。②

从罗泌的辨析,可见他对于盘瓠神话的内涵持否定态度,认为应劭对于"盘瓠"及其身份的记述有讹误之处。干宝《搜神记》是当下文献中对盘瓠神话记述最为完整者。干宝的祖籍河南新蔡。据清周中孚《郑堂读书记》载,干宝"新蔡人,徙嘉兴,召为著作郎"。《两浙著述考》也说干宝是"新蔡迁入嘉兴"③。嘉兴海盐,至今有干宝后裔聚居。《晋书·干宝传》提到,干宝是因为看见他父亲的婢妾死后十余年居然能起而复生,他的哥哥也气绝复苏,于是有所感,"遂撰集古今神祇灵异人物变化,名为《搜神记》,凡三十卷"。原书已散佚,今世所流行的二十卷本《搜神记》则是明代人从各种类书中所辑录、汇编而成,大部分出自干宝原书,亦有一些滥收他书所造成的错误。干宝在《搜神

---

① (宋)罗泌:《路史》第五册"发挥卷一",二十二,光绪二十年(1894)石印本。
② 同上。
③ 浙江省文学志编纂委员会编:《浙江省文学志》,北京:中华书局,2001年,第463页。

记》"序"中提到,他撰写该书的本意是"发明神道之不诬",并进一步强调,"考先志于载籍,收遗逸于当时","访行事于故老"。① 范晔《后汉书·南蛮西南夷列传》收录盘瓠神话,自己很得意。《宋书》本传说他被捕之后,在狱中给他的甥侄去信说:"六夷诸序论,笔势纵放,实天下之奇作。其中合者往往不减《过秦篇》,尝共比方班氏所作,非但不愧之而已。"② 但杜佑则将其申斥一番,说他是"怪诞不经"。《通典》卷一百八十七"南蛮上"曰:

> 按范晔《后汉书·蛮夷传》皆怪诞不经,大抵诸家所序四夷,亦多此类。未详其本出,且因而商略之。晔云:高辛募能得犬戎之将军头者,购黄金千镒,邑万家,妻以少女。按黄金周以前为斤,秦以二十两为镒。三代以前分土,自秦汉分人。又周末始有将军之官,其吴姓宜自周命氏,晔皆以高辛之代,何不详之甚!③

又曰:

> 按班贾序事,岂复语怪!而晔纰缪如此,又何不减不愧

---

① (晋)干宝撰,李剑国辑校:《新辑搜神记》卷二四,北京:中华书局,2007年,第2页。
② 孙作云:《孙作云文集》第三卷,开封:河南大学出版社,2003年,第425页。
③ (唐)杜佑撰:《通典》卷一百八十七,"典九九七",北京:中华书局,1984年影印本。

之有乎?①

刘知几在《史通·书事》篇也说道:

> 范晔博采众书,裁成汉典;观其所取,颇有奇工。至于《方术》篇及诸蛮夷传,乃录王乔、左慈、廪君、槃瓠,言唯迂诞,事多诡越。可谓美女之瑕,白圭之玷,惜哉! 无是可也!②

上述从应劭、干宝、范晔录入盘瓠神话,以及他们个人对其表述、辨析,展现了当时他们对于这一叙事内涵的见解。《风俗通义》辨风正俗,应劭对于风俗的思想亦蕴含其中;《搜神记》则是干宝"收遗逸于当时""访行事于故老";他们录入的可能是当时世上的口传叙事。范晔在《后汉书》将其视为"南蛮西南夷列传"之历史叙述,并将其与《过秦篇》并列,与班固述史相比拟。"传说是架通历史与文学的桥梁",但随着时间的推移,"传说的两极,总的趋势是越拉越开了,连系的纽带也越来越变细了。……文艺的成分,渗透到外表,轮廓清楚,色彩加重了"③。因此后世杜佑、刘知几将范晔的记述视为"语怪""瑕疵"。之后,

---

① (唐)杜佑撰:《通典》卷一百八十七,"典九九七",北京:中华书局,1984年影印本。
② (唐)刘知几撰,黄寿成校点:《史通》卷八"书事",沈阳:辽宁教育出版社,1997年,第70页。
③ [日]柳田国男:《传说论》,连湘译,紫晨校,北京:中国民间文艺出版社,1985年,第31页。

越往后世,这一叙事的"文学性""怪诞性"愈发被凸显。之后在文献与方志中记载大多以"荒诞"或"异闻"视之。从应劭开始,到干宝、范晔、杜佑等,他们对盘瓠叙事的归类与辨析,都是汉族知识人对"蛮夷"的记录或转述,而不是"族内人"视野,其中更多是知识人对南方群落的"想象"。

19世纪末,第一批睁眼看世界的国人(主要是文化精英),"师夷长技以制夷",在强大的敌人与自己节节溃败面前,强兵卫国、改进文化、种族改良都成为当务之急,从洋务派到改良派都积极为此努力,他们的努力目标就是西方所建构的"文明"秩序与文化标准。"文明的话语与实践生成了人种志或民族学的知识形式,而人种学或民族学反过来承担起了所谓'西方的文明使命'。"[①] 人种学被迅速引入中国。章太炎、刘师培对种族和民族起源等进行了论述。清政府学部所颁布的《奏定大学堂章程》将人种学列入国史及西洋史两门随意科课程中。接着《新民丛报》则刊载了蒋智由撰写的《中国人种考》。清末,京师华印书局出版了署"抱咫斋杂著"的《中国人种考原》。其他还有干树枬于光绪二十四年(1898)写成的《欧洲族类源流略》及邓实在《鸡鸣风雨楼政治小言》[②] 中论及的中西文化差异源于"土地人种不同"等。随着西方种族、民族思想的流入,原本地域空间的分布,转变为人类体质的进化,这也逐步改变了传统的"华夷"秩序观。

---

① 梁展:《文明、理性与种族改良:一个大同世界的构想》,刘禾主编:《世界秩序与文明等级:全球史研究的新路径》,北京:生活·读书·新知三联书店,2016年,第116页。

② 邓实:《鸡鸣风雨楼政治小言》,《政艺通报》1902年第23期,第8—10页。

过去夷夏之间更多是空间、地域与亲疏之分,而不是时间与等级秩序,到了20世纪初,华夷、华夏都被转换到"进化论"的轨道上,这也恰是进化论的核心之所在。正如英国哲学家亨利·斯基维克所指出的,它一转眼就"将社会理论转化成为道德论和政治理论"①。在新的文化秩序下,神话学兴起,同时引发了对古史的新思考。20世纪初,中国知识界从日本转译或从欧美直接翻译引入"神话学",神话学从诞生之初就肩负着"启迪民智"②的民族使命。首先进入学者视野的就是中国古代的神话传说,对此形成之因,王孝廉已经进行了精辟论述,即战争与清朝晚期的社会动荡引起了学者对古史观的思考与批判、疑古之风的影响、西方新史观的引入、考古学及古史辨的影响等。③但是从20世纪30年代开始,除了中国古代的神话之外,南方少数民族的神话进入研究者视野,即所谓"南方的发现"。王国维在《屈子文学之精神》中提到:"南人想象力之伟大丰富,胜于北人远甚。彼等巧于比类,而善于滑稽。……夫儿童想象力之活泼,此人人公认之事实也。国民文化发达之初期亦然,古代印度及希腊之壮丽之神话,皆此等想象之产物。……南人之富于想象,亦自然之势

---

① 刘禾:《国际法的思想谱系:从文野之分到全球统治》,刘禾主编:《世界秩序与文明等级:全球史研究的新路径》,北京:生活·读书·新知三联书店,2016年,第82页。
② 刘惠萍:《中国现代神话学研究的学术反思》,《民间文化论坛》2005年第2期,第12页。
③ 参见王孝廉:《中国的神话世界》,北京:作家出版社,1991年。

也。"① 由此盘瓠神话进入释义新语境。20世纪30年代开始，盘瓠被视为畲族、苗族、瑶族等西南少数民族的图腾，其中研究较为全面与完备的就是凌纯声《畲民图腾文化的研究》，其文结合弗来善（Frazer）②的图腾理论，将盘瓠传说解释为与图腾信仰有关的族源叙事，认为其包含的图腾质素有二：其一是以犬之名名其图腾；其二是以犬为祖，在口传、画传、笔传中解释了犬之来历与犬头人身的过程，即阐释了图腾的神秘。钟敬文《槃瓠神话的考察》则主要论证了"对槃瓠神话诸记录（文献的和口碑的）的搜集和比较研究，以及确定主人公槃瓠的图腾性质"③。他们将盘瓠叙事、盘瓠信仰纳入了全球犬图腾体系，此后《国立中央研究院历史语言研究所集刊》刊发了一组"西南民族研究专号"的文章，这些文章亦围绕图腾信仰展开。这一时期对于盘瓠神话内涵阐述的另一位学者就是孙作云，他从语音演化以及古史考证的视角阐述：

> 古代民族中的犬戎（犬封）、赤狄、白狄，都是盘瓠族，即狗族。我国狗族先住地大约在西北，即山西、陕西、甘肃

---

① 王国维一文原载于《教育世界》1906年第23期（总139号）。在收入马昌仪主编的《中国神话学文论选萃》时题目由编者进行了修改。参见王国维：《神话乃想象之产物——屈子文学之精神》，马昌仪编：《中国神话学文论选萃》（上编），北京：中国广播电视出版社，1994年，第30页。

② 弗来善，后来译为弗雷泽，为了保持文章前后统一，就遵照凌纯声当时的译文。

③ 钟敬文：《槃瓠神话的考察》，马昌仪编：《中国神话学文论选萃》（上编），北京：中国广播电视出版社，1994年，第301页。

一带。其后由西东下，至河南、河北、山东和中原民族的夏、东方民族的殷接触。后来由河南而两湖，更南至西南的黔桂、东南的闽粤。因为山居不与外人交通，以致文化奄迟，遂成今日南方半开化的傜民的状态。……盘瓠的神话似乎是狗族中花狗图腾专有的神话。①

同时他又将口传与古史相印证、勾连：

最有史学见解的刘子玄也脱不了常识的论断和唯理的批评，可见治古史是如何困难的一件事。在我们看来，范蔚宗之所以值得佩服，就是在他能看到民间的传说，把它笔之于书，为我们后人保存许多原始的传说。至于"黄金千镒""邑万家""吴将军"云云，那必是当时的口传，加上文人文字上的渲染，才有那样的记载，也不能单怪范蔚宗一人。②

这种对于盘瓠神话内涵的阐述方式延续了很久。之后随着对泛图腾理论的反思，以及仪式与神话之间的互文（context）、互疏（interpretation）、互动（interaction）③，盘瓠神话的内涵更多置于各民族文化实践的仪式语境中予以具体化、多样化阐述，如畲族的盘瓠传说与祭祀中的祖图紧密相连，瑶族则是在盘王节中

---

① 孙作云：《孙作云文集·中国古代神话传说研究（上）》，开封：河南大学出版社，2003年，第441—444页。
② 同上书，第426页。
③ 彭兆荣：《人类学仪式的理论与实践》，北京：民族出版社，2007年，第38页。

演述《盘王大歌》及其迁徙历史，盘瓠神话成为各民族、各地域"历史""文化"的特殊展示。

就盘瓠神话的功能与意义而言，早期文献对其记述，更多是对"异地""西南"风俗的记录或者"怪诞"之俗的收纳，范晔将其作为"南蛮西南夷列传"历史的陈述被杜佑斥责、刘知几批评，并被视为他撰史之"瑕疵"。其他志书对其记录也是大同小异，只是随着对"盘瓠之后"有了更多的了解，他们对盘瓠叙事的记述就越发详尽，而且"素材"（fabula）开始涉及除了特异先祖以外的居住、饮食、祭祀等多个层面，"盘瓠之后"的形象在史籍文献中越来越鲜活，而不仅仅只是南方"异族"。叙事文本（narrative text）中盘瓠、盘护、高辛帝、犬吴将军、高王、盘皇等，这些变化不影响神话叙事的本体。盘瓠神话叙事的深层结构要素就是：盘瓠与帝王的从属关系，盘瓠获得的特殊"封地"（崇山之间、东海之外），盘瓠禁地"石室"、生六男六女，"盘瓠之后"族内婚姻与生活习俗，盘瓠立功后人免除赋税、徭役，这些恰是"为保证蛮族的地位和特权所建立的原则。而这种地位和特权是建立在和主权者汉族不平等的交往关系以及地域协定的基础之上的"①。由于文献记载的不完整，再加上都是"他者"转述，在记述中难免会依据"自我"的文化逻辑对叙事文本进行增删、修订，书写文本在传承中的演化不比口头传承小。再加上古代民族与当下民族的名称很难一一对应，尤其从宋代开始，南方民族

---

① [日]竹村卓二:《瑶族的历史和文化——华南、东南亚山地民族的社会人类学研究》，金少萍、朱桂昌译，北京：民族出版社，2003年，第228页。

的称呼突然发生了改变①，这就很难将盘瓠型神话叙事在历史脉络中作全面、完整的梳理、排列，但是从当前已知文献的整理中，可看到其叙事延续与传承的深层结构。

总之，长期以来，尤其是古代文献对于盘瓠神话内涵的阐述遮蔽了盘瓠叙事形式的多样性以及社会功能的差异性，如盘瓠神话对于瑶族而言，其社会秩序及盘瑶支系与中央的从属关系；此外对于盘瓠神话叙事的不同文类也疏于关注，像长期流传于不同民族的韵文体盘瓠叙事，如畲族《高皇歌》、瑶族《盘王大歌》、黎族《黎族祖先歌》、壮族《蚂蚜歌》等，对于"族内人"视野表述的《过山榜》等阐述分析亦较少。但当下对于盘瓠神话内涵与功能的阐述呈现出了立体性、多样化的趋势，重视叙事文本与仪式、图像关系的"本地化"阐述。

---

① 宋代随着政权的南移以及中原汉族的南下，对南方少数族群的了解越来越多，在文献记述中越发详尽。

第二章　中国古代文献中的盘瓠

盘瓠神话在古籍文献中记载较早，亦极为丰富。本章主要梳理盘瓠字源流变与文献中盘瓠记述的脉络，为了更全面、详实地将其呈现，文中将与盘瓠有关的文献资料尽可能列出，以便展示其整体概貌。

第一节　盘瓠的字源流变

一　"盘"的字源流变

据《字源》考证：盘，初文作"般"（字形1、2），从凡（像高圈足之盘）、从攴，因"凡"字形与"舟"相似，故渐讹从"舟"。西周时，在"般"字下加"皿"旁分化出"盤"字（从皿，般声）。秦时盘用青铜制作，故或从"金"作"鎜"（从金，般声。始见于春秋）。汉代盘多为木制，故又改从"木"旁作"槃"（从木，般声);又或作"柈"(从木,半声)。① 隶变后楷书分别写作盤、鏧、槃。如今皆简化作盘。

东汉许慎《说文解字》:"槃,承槃也。从木般声。"清代段玉裁《说文解字注》:"槃,承槃也。承槃者,承水器也。《内则》曰'进盥,少者奉盘,长者奉水,请沃盥'。《左传》曰'奉匜沃盥'。《特牲》经曰'尸盥,匜水实于槃中'。古之盥手者。以匜沃水。以槃承之。故曰承槃。《内则》注曰'槃,承盥水者'。《吴语》注曰'槃、承盥器也'。《大学》汤之《盘铭》曰'苟日新。日日新。又日新'。正谓刻戒于盥手之承槃,故云日日新也。古者晨必洒手,日日皆然。至于沐浴靧面,则不必日日皆然。据《内则》所云知之。槃引伸之义为凡承受者之称。如《周礼》'珠槃''夷槃'是也。"② 先秦时盘主要用于盛水。盥洗时用匜浇水,用盘承接。汉以后则多用为食器。

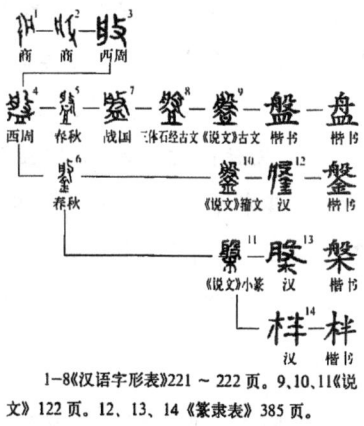

1-8《汉语字形表》221~222页。9、10、11《说文》122页。12、13、14《篆隶表》385页。

---

① 李学勤编:《字源》,天津:天津古籍出版社,2013年,第521—522页。
② (汉)许慎撰,(清)段玉裁注:《说文解字注》,杭州:浙江古籍出版社,1998年,第1040页。

二 "瓠"的字源流变

东汉许慎《说文解字》:"瓠,匏也。从瓜夸声。凡瓠之属皆从瓠。"清代段玉裁《说文解字注》:"瓠,匏也。《包部》曰'匏,瓠也'。二篆左右转注。《七月》传曰'壶,瓠也'。此谓假借也。"①《尔雅·释宫》:"瓠,壶也。"宋《广韵》释"瓠,芦瓢也"。明代李时珍《本草纲目》"壶卢"条曰:

> 壶,酒器也。卢,饭器也。此物各象其形,又可为酒饭之器,因以名之。俗作葫芦者,非矣。葫乃蒜名,芦乃苇属也。其圆者曰匏,亦曰瓢,因其可以浮水如泡、如漂也。凡蓏属皆得称瓜,故曰瓠瓜、匏瓜。古人壶、瓠、匏三名皆可通称,初无分别。故孙愐《唐韵》云:瓠音壶,又音护。瓠,瓢也。《陶隐居本草》作瓠,云是瓠类也。许慎《说文》云:"瓠,匏也。"又云:"瓢,瓠也。"匏,大腹瓠也。陆玑《诗疏》云:"壶,瓠也。"又云:"匏,瓠也。"《庄子》云:"有五石之瓠。"诸书所言,其字皆当与壶同音。而后世以长如越瓜首尾如一者为瓠,瓠之一头有腹长柄者为悬瓠,无柄而圆大形扁者为匏,匏之有短柄大腹者为壶,壶之细腰者为蒲芦。②

---

① (汉)许慎撰,(清)段玉裁注:《说文解字注》,杭州:浙江古籍出版社,1998年,第1347页。
② (明)李时珍:《本草纲目》(第2卷),长春:吉林大学出版社,2009年,第340页。

从盘、瓠二字演化来看，其主要是器具，与盘、瓢相关，在盘瓠神话叙事中，它是"犬"的名字，但在叙事情节的解释中，多以其置于"瓠"中，覆以"盘"来说明。这也让很多研究者将其与葫芦生人、葫芦崇拜等联系在一起。

瓠¹ — 瓠² — 瓠
《说文》小篆　汉　楷书
1《说文》150页。2《马王堆》301页。

第二节　古典文献中与盘瓠相关的记载

古典文献中对盘瓠的记载见于史书、方志、文学作品、笔记、类书等。为了清晰呈现文献中对盘瓠的记述脉络，本书将相关的文献按照上述五类罗列，每大类则以朝代为序。

一　史书中对盘瓠的记录

本类下除正史外，亦收录私修史书、金石志等文献中与盘瓠有关的记载。

1. 西晋时期有关盘瓠的记载主要有鱼豢的《魏略》

高辛氏有老妇，居王室，得耳疾，挑之，得物，大如茧，妇人盛瓠中，复之以槃，俄顷化为犬，其文五色，因名盘瓠。

（《魏略》已佚，转引自范晔编，李贤注《后汉书·南蛮西南夷列传》）

这里讲述了盘瓠得名由来：盘瓠为王宫妇人耳中之虫，因取出后盛以瓠蒿，覆之以盘而名"盘瓠"。

氐人有王，所从来久矣。自汉开益州，置武都郡，排其种人，分窜山谷间，或在福禄，或在汧、陇左右。其种非一，称槃瓠之后，或号青氐，或号白氐，或号蚺氐，此盖虫之类而处中国，人即其服色而名之也。其自相号曰盍稚，各有王侯，多受中国封拜。近去建安中，兴国氐王阿贵、白项氐王千万各有部落万余，至十六年，从马超为乱。超破之后，阿贵为夏侯渊所攻灭，千万西南入蜀，其部落不能去，皆降。国家分徙其前后两端者，置扶风、美阳，今之安夷、抚夷二部护军所典是也。其太守善，分留天水、南安界，今之广魏郡所守是也。其俗，语不与中国同，及羌杂胡同，各自有姓，姓如中国之姓矣。其衣服尚青绛。俗能织布，善田种，畜养豕牛马驴骡。其妇人嫁时着袿襦，其缘饰之制有似羌，袿襦有似中国袍。皆编发。多知中国语，由与中国错居故也。其自还种落间，则自氐语。其嫁娶有似于羌，此盖乃昔所谓西戎在于街、冀、獂道者也。今虽都统于郡国，然故自有王侯在其虚落间。

（《魏略》已佚，转引自陈寿编，裴松之注《三国志·魏书·乌丸鲜卑东夷传》）

2. 东晋时期对盘瓠的记述主要载于干宝《晋纪》

吴武陵蛮叛，武陵长沙郡夷，盘瓠之后，杂处五服之内，凭山阻险，每常为揉杂鱼肉以归，以祭盘瓠，俗称赤髀横裙子孙。

（《晋纪》已佚，引自清代汤球《晋纪辑本》）

3. 南北朝时期有关盘瓠的记载
（1）南朝宋范晔《后汉书》

二十四年，武威将军刘尚击武陵五溪蛮夷郦元注《水经》云"武陵有五溪，谓雄溪、樠溪、无溪、酉溪、辰溪，悉是蛮夷所居，故谓五溪蛮"。皆盘瓠之子孙也。

（范晔《后汉书》卷二四）

昔高辛氏有犬戎之寇，高辛帝誉帝患其侵暴，而征伐不克，乃访募天下，有能得犬戎之将吴将军头者，购黄金千镒，邑万家，又妻以少女。时帝有畜狗，其毛五采，名曰盘瓠。下令之后，槃瓠遂衔人头造阙下，群臣怪而诊之，乃吴将军首也。帝大喜，而计槃瓠不可妻之以女，又无封爵之道，议欲有报而未知所宜。女闻之，以为帝皇下令不可违信，因请行。帝不得已，乃以女配槃瓠。槃瓠得女，负而走入南山，止石室中，所处险绝，人迹不至。帝悲思之，遣使寻求，辄遇风雨震晦，使者不得进。经三年，生子一十二人，六男六女。槃瓠死后，因自相夫妻。织绩木皮，染以草实，好五色衣服，制裁皆有尾形。其母后归，以状白帝，于是使迎致诸子。衣裳班兰，语言侏离，好入山壑，不乐平旷。帝顺其意，赐以名山广泽。其后滋蔓，号曰蛮夷。外痴内黠，安土重旧。以先父有功，母帝之女，田作贾贩，无关梁符传，租税之赋。有邑君长，皆赐印绶，冠用獭皮。名渠帅曰精夫，相呼为姎徒。今长沙武陵蛮是也。

（范晔《后汉书》卷八十六）

范晔集东汉以来诸家关于盘瓠传说的记载，除删去盘瓠得名、增加"今长沙武陵蛮是也"一段外，内容基本上因袭《搜神记》，以《搜神记》为蓝本，首次将盘瓠神话写入正史——《后汉书》。[①] 此后，除《宋书》《魏书》《北史》《南史》《隋书》《宋史》《元史》《明史》等官修史书外，还有《艺文类聚》《初学记》《太平御览》《册府元龟》《玉海》等官修类书，《元和郡县志》《太平寰宇记》《舆地广记》《大明一统志》《大清一统志》等官修地理志，以及明清不少地方志，如《（嘉靖）惠州府志》《（雍正）广西通志》《（乾隆）贵州通志》《（同治）韶州府志》《（光绪）湖南通志》等，分别以详略各异的文字记述了与前代内容大体一致的盘瓠神话。

（2）南朝梁沈约《宋书》

荆、雍州蛮，盘瓠之后也。分建种落，布在诸郡县。荆

---

① 明跃玲：《沅水流域民间村落的盘瓠神话与文化空间》，北京：民族出版社，2017年，第9页。

州置南蛮，雍州置宁蛮校尉以领之。世祖初，罢南蛮并大府，而宁蛮如故。蛮民顺附者，一户输谷数斛，其余无杂调，而宋民赋役严苦，贫者不复堪命，多逃亡入蛮。蛮无徭役，强者又不供官税，结党连群，动有数百千人，州郡力弱，则起为盗贼，种类稍多，户口不可知也。所在多深险，居武陵者有雄溪、樠溪、辰溪、酉溪、舞溪，谓之五溪蛮。而宜都、天门、巴东、建平、江北诸郡蛮，所居皆深山重阻，人迹罕至焉。前世以来，屡为民患。

（沈约《宋书》卷六十七）

（3）北朝齐魏收《魏书》

蛮之种落，盖盘瓠之后，其来自久，习俗叛服，前史具之。在江淮之间，依托险阻，部落滋蔓，布于数州，东连寿春，西通上洛，北接汝颍，往往有焉。其于魏氏之时，不甚为患，至晋之末，稍以繁昌，渐为寇暴矣。自刘石乱后，诸蛮无所忌惮，故其族类渐得北迁，陆浑以南，满于山谷，宛洛萧条，略为丘墟矣。

（魏收《魏书》卷一〇一）

4. 唐代与盘瓠相关的记录
（1）范晔撰，李贤注《后汉书》

昔高辛氏有犬戎之寇，高辛帝誉帝患其侵暴，而征伐不克，乃访募天下，有能得犬戎之将吴将军头者，购黄金千镒，邑万家，又妻以少女。时帝有畜狗，其毛五采，名曰盘瓠。《魏略》曰：高辛氏有老妇，居正王室，得耳疾，挑之乃得物，大如茧。妇人盛瓠中，覆之以盘，俄顷化为犬，其文五色，因名盘瓠。下令之后，盘瓠遂衔人头造阙下，群臣怪而诊之，乃吴将军首也。诊，候视也。帝大喜，而计盘瓠不可妻之以女，又无封爵之道，议欲有报而未知所宜。女闻之，以为帝皇下令不可违信，因请行。帝不得已，乃以女配盘瓠。盘瓠得女，负而走入南山，止石室中，所处险绝，人迹不至。今辰州卢溪县西有武山，黄闵《武陵记》曰："山高可万仞，山半有盘瓠石室，可容数万人。中有石床、盘瓠行迹。"今案：山窟前有石羊、石兽，古迹奇异尤多。望石窟大如三间屋，遥见一石仍似狗形，蛮俗相传，云是盘瓠像也。帝悲思之，遣使寻求，辄遇风雨震晦，使者不得进。经三年，生子一十二人，六男六女。盘瓠死后，因自相夫妻。织绩木皮，染以草实，好五色衣服，制裁皆有尾形。干宝《晋纪》曰："武陵长沙庐江郡夷盘瓠之后也，杂处五溪之内。盘瓠凭山阻险，每每常为害。糅杂鱼肉，叩槽而号，以祭盘瓠。俗称赤髀横裙，即其子孙。其母后归，以状白帝，于是使迎致诸子。衣裳斑兰，语言侏离，好入山壑，不乐平旷。帝顺其意，赐以名山广泽。其后滋蔓，号曰蛮夷。外痴内黠，安土重旧。以先父有功，母帝之女，田作贾贩，无关梁符传，租税之赋。优宠之，故蠲其赋役也。《荆州记》曰："沅陵县居酉口，有上就、武阳二乡，唯此是盘瓠子孙，狗种也。二乡在武溪之北。"有邑君长，皆赐印绶，冠用獭皮。名渠帅曰精夫，相呼为姎徒。《说文》曰："姎，女人自称，我也。音乌朗反。"此以上并见《风俗通》也。今长沙武陵蛮是也。

（范晔撰，李贤注《后汉书》卷八十六，小字为李贤注文）

（2）张守节《史记正义》

乃西南说楚威王曰："楚，天下之彊国也；王，天下之贤王也。西有黔中今朗州、楚黔中郡，其故城在辰州西廿里，皆盘瓠后也。

（张守节《史记正义》卷六十九，注"黔中"条。小字为张守节注）

（3）魏徵等撰《隋书》

《尚书》："荆及衡阳惟荆州。"上当天文，自张十七度至轸十一度，为鹑首，于辰在巳，楚之分野。其风俗物产，颇同扬州。其人率多劲悍决烈，盖亦天性然也。南郡、夷陵、竟陵、沔阳、沅陵、清江、襄阳、春陵、汉东、安陆、永安、义阳、九江、江夏诸郡，多杂蛮左，其与夏人杂居者，则与诸华不别。其僻处山谷者，则言语不通，嗜好居处全异，颇与巴、渝同俗。诸蛮本其所出。承盘瓠之后，故服章多以班布为饰。其相呼以蛮，则为深忌。自晋氏南迁之后，南郡、襄阳，皆为重镇，四方凑会，故益多衣冠之绪，稍尚礼义经籍焉。九江襟带所在，江夏、竟陵、安陆，各置名州，为藩镇重寄，人物乃与诸郡不同。大抵荆州率敬鬼，尤重祠祀之事，昔屈原为制《九歌》，盖由此也。屈原以五月望日赴汨罗，土人追到洞庭不见，湖大船小，莫得济者，乃歌曰："何由得渡湖！"因尔鼓棹争归，竞会亭上，习以相传，为竞渡之戏。其迅楫齐驰，棹歌乱响，喧振水陆，观者如云，诸郡率然，而南郡、襄阳尤甚。二郡又有牵钩之戏，云从讲武所出，楚将伐吴，以为教战，流迁不改，习以相传。钩初发动，皆有鼓节，群噪歌谣振惊远近，俗云以此厌胜，用致丰穰。其事亦传于他郡。梁简文之临雍部，发教禁之，由是颇息。其死丧之纪，虽无被发袒踊，亦知号叫哭泣。始死，即出尸于中庭，不留室内。敛毕，送到山中，以十三年为限。先择吉日，改入小棺，谓之拾骨。拾骨必须女婿，蛮重女婿，故以委之。拾骨者，除肉取骨，弃小取大。当葬之夕，女婿或三数十人，集会于宗长之宅，著芒心接篱，名曰茅绥。各执竹竿，长一丈许，上三四尺许，犹带枝叶。其行伍前却，皆有节奏，歌吟叫呼，亦有章典。传云盘瓠初死，置之于树，乃以竹木刺而下之，故相承至今，以为风俗。隐讳其事，谓之刺北斗。既葬设祭，则亲疏咸哭，哭毕，家人既至，但欢饮而归，无复祭哭也。其左人则又不同，无衰服，不复魄。始死，置尸馆舍，邻里少年，各持弓箭，绕尸而歌，以箭扣弓为节。其歌词说平生乐事，以到终卒，大抵亦犹今之挽歌。歌数十阕，乃衣衾棺敛，送往山林，别为庐舍，安置棺柩。亦有于村侧瘗之，待二三十丧，总葬石窟。长沙郡又杂有夷蜒，名曰莫徭，自云其先祖有功，常免徭役，故以为名。其男子但著裈白布裈衫，更无巾裤；其女子青布衫、班布裙，通无鞋屩。婚嫁用铁钴锛为聘财。武陵、巴陵、零陵、桂阳、澧阳、衡山、熙平皆同焉。其丧葬之节，颇同于诸左云。

（魏徵等撰《隋书》卷三十一）

（4）令狐德棻等撰《周书》

蛮者，盘瓠之后。族类蕃衍，散处江、淮之间，汝、豫之郡。凭险作梗，世为寇乱。逮魏人失驭，其暴滋甚。有冉氏、向氏、田氏者，陬落尤盛。余则大者万家，小者千户。更相崇树，僭称王侯，屯据三峡，断遏水路，荆、蜀行人，至有假道者。太祖略定伊、瀍，声教南被，诸蛮畏威，靡然向风矣。

（令狐德棻等撰《周书》卷四十九）

（5）李延寿《北史》

蛮之种类，盘瓠之后也。在江淮之间，种落滋蔓，布于数州，东连寿春，西通巴蜀，北接汝颖，往往有焉。其于魏氏，不甚为患，至晋之末，稍以繁昌，渐为寇暴矣。自刘石乱后，诸蛮无所忌惮，故其族类渐得北迁，陆浑以南，满于山谷，宛洛萧条，略为丘墟矣。

（李延寿《北史》卷九十五）

（6）李延寿《南史》

荆、雍州蛮，盘瓠之后也，种落布在诸郡县。宋时因晋于荆州置南蛮，雍州置宁蛮校尉以领之。孝武初"罢南蛮并大府"而宁蛮如故。蛮之顺附者，一户输谷数斛，其余无杂调。而宋人赋役严苦，贫者不复堪命，多逃亡入蛮。蛮无徭役，强者又不供官税。结党连群，动有数百千人，州郡力弱，则起为盗贼，种类稍多，户口不可知也，所在多深险。居武陵者有雄溪、樠溪、辰溪、酉溪、武溪，谓之五溪蛮。而宜都、天门、巴东、建平、江北诸郡蛮所居皆深山重阻，人迹罕至焉。前世以来，屡为人患。

（李延寿《南史》卷七十九）

（7）杜佑《通典》

盘瓠种，昔帝喾时患犬戎入寇，乃访募天下有能得犬戎之吴将军头者，妻以少女。时帝有畜狗名曰盘瓠，遂衔其将军首而至，乃以女配之。按：范晔后汉史蛮夷传皆怪诞不经，大抵诸家所序四夷，亦多此类，未详其本出，且因而商略之。晔云：高辛氏募能得犬戎之将军头者，购黄金千镒，邑万家，妻以少女。按黄金周以前为斤，秦以二十两为镒，三代以前分土，自秦汉分人。又周末始有将军之官。其吴姓宜自周命氏。晔皆以为高辛之代，何不详之甚！又按《宋史》，晔被收后，于狱中与诸甥侄书书自序云："夷诸序论，笔势放纵，实天下之奇作。其中合者，往往不减《过秦篇》。"尝[其][共]比方班氏，非但不愧之而已。按班、贾序事，岂复语怪。而晔纰缪若此，又何不减不愧之有乎？盘瓠得女，负走入南山，在国之南，即五溪之中山。止石穴中，生六男六女，因自相夫妻，织绩木皮，染以草实，好五色衣服，制裁皆有尾形，衣裳斑兰，语言侏离。其后滋蔓，号曰蛮夷。有邑君长，名渠帅曰"精夫"，相呼为"姎徒"。《说文》曰："姎，女人自称，姎，我也。"乌朗反。所居皆深山重阻，人迹罕至。长沙、黔中五溪蛮皆是也。一辰溪，二酉溪，三巫溪，四武溪，五沅溪。

（杜佑《通典》卷一百八十七）

（8）樊绰《蛮书》

　　谨按：《后汉·南蛮传》，昔高辛氏有戎寇吴将军，为患其侵暴，乃下敕曰："有人得戎寇吴将军头者，赐金百镒，封邑万家，妻以少女。"时帝有犬名盘瓠，后遂之寇所，因啮得吴将军头来，其寇遂平。帝大喜，因以官爵赍赐，犬不起。帝少女闻之，奏曰："皇帝信不可失！深忧犬之为患。"帝曰："当杀之。"女曰："杀有功之犬，失天下之信矣！"帝曰："善乎！"因请匹之。帝不得已，乃以配盘瓠。盘瓠得女，负入南山，处于石室，其处险阻，不通人跡。后生十二子，六男六女，自相匹偶，缉以草木皮为衣服。帝赐以南山，仍起高栏为居止之。其后滋蔓，自为一国。案：此文与今《后汉书·南蛮传》不同。

　　按王通明《广异记》云："高辛时，人家生一犬，初如小特，主怪之，弃于道下。七日不死，禽兽乳之，其形继日而大，主人复收之。当初弃道下之时以盘盛叶覆之，因以为瑞，遂献于帝，以盘瓠为名也。后立功，啮得戎寇吴将军头，帝妻以公主，封盘瓠为定边侯。公主分娩七块肉，割之有七男，长大各认一姓，今巴东姓田、雷、再、向、蒙、文、叔孙氏也。其后苗裔炽盛，从黔南逾昆湘高丽之地，自为一国。幽王为犬戎所杀，即其后也。盘瓠皮骨，今见在黔中，田、雷等家时祀之。"

（樊绰《蛮书》卷十）

（9）刘知几《史通》

范晔博采众书，裁成汉典，观其所取，颇有奇功。至于方术及诸蛮夷传，乃录王乔、左慈、廪君、盘瓠，言虽迂诞，事多诡越，可谓美玉之瑕，白圭之玷，惜哉，无是可也。

（刘知几《史通·书事篇》）

杜佑《通典》按曰："范晔《后汉史·蛮夷传》皆怪诞不经……按班、贾序事，岂复语怪！"刘知几《史通》亦言"乃录……盘瓠，言虽迂诞，事多诡越，可谓美玉之瑕，白圭之玷"。两人均批驳范晔将离奇怪谲的盘瓠传说写入正史。从中也可窥见时人对南方"异族"的态度。

5. 宋代有关盘瓠的记录
（1）脱脱等撰《宋史》

西南溪峒诸蛮皆盘瓠种，唐虞为要服。周世，其众弥盛，宣王命方叔伐之。楚庄既霸，遂服于楚。秦昭使白起伐楚，略取蛮夷，置黔中郡，汉改为武陵。后汉建武中，大为寇钞，遣伏波将军马援等至临沅击破之，渠帅饥困乞降。历晋、宋、齐、梁、陈，或叛或服。隋置辰州，唐置锦州、溪州、巫州、叙州，皆其地也。唐季之乱，蛮酋分据其地，自署为刺史。晋天福中，马希范承袭父业，据有湖南，时蛮徭保聚，依山阻江，殆十余万。至周行逢时，数出寇边，逼辰、永二州，杀掠民畜无宁岁。

（脱脱等撰《宋史》卷四九三）

（2）乐史《太平寰宇记》

　　五溪。谓酉、辰、巫、武、沅等五溪。古老相传云楚子灭巴，巴子兄弟五人流入五溪，各为一溪之长；一说五溪蛮皆盘瓠子孙，自为统长，故有五溪之号焉。古谓之蛮蜑聚落。

　　　　　　　　　　（乐史《太平寰宇记》卷一百二十）

　　盘瓠种。昔帝喾时患犬戎之寇，及访募天下有能得犬戎之将吴将军之头者，妻以少女。时帝有畜犬名曰盘瓠，衔吴将军首而至，帝乃以女配之。盘瓠得女，负走入南山，今五溪中山也。止石穴中，所处险绝，生六男六女，因自相夫妻。织绩木皮，染以草实，好五色衣服，裁制皆有尾形。衣裳斑兰，言语侏离。其后滋蔓，号曰蛮夷。有邑君长，名渠帅曰精夫，相号姎徒。《说文》曰："姎，女人称我也。"所居皆深山重阻，人迹罕到。注：今长沙黔中五溪蛮是也。一曰辰溪，二曰西溪，三曰巫溪，四曰武溪，五曰□溪。

　　四至：按《后汉书》云，其在黔中、五溪、长沙间则为盘瓠之后，其在峡中巴、梁间则为廪君之后。其后种众繁盛，侵扰州郡，或移徙交杂，亦不可得详别焉。

　　　　　　　　　（乐史《太平寰宇记》卷一百七十八）

（3）范成大《桂海虞衡志》

瑶
（佚文）

瑶本五溪盘瓠之后，其壤接广右者，静江之兴安、义宁、古田、融州之融水，怀远县界皆有之。生深山重溪中，椎髻跣足，不供征役，各以其远近为伍。

瑶本槃瓠之后，其地山溪高深，介于巴蜀湖广间，绵亘数千里。椎髻跣足，衣斑斓布褐。名为徭而实不供征役，各自以远近为伍，以木叶覆屋，种禾、黍、粟、豆、山芋，杂以为粮。截竹筒而炊。暇则猎食山兽以续食。岭蹬险厄，负戴者悉著背上，绳系于额，偻而趋。

俗喜仇杀，猜忍轻死。又能忍饥行斗。左腰长刀，右负大弩，手长枪，上下山险若飞。儿始能行，烧铁石烙其跟踵，使顽木不仁，故能履棘茨根藂而不伤。儿始生，秤之以铁如其重，渍之毒水。儿长大，煅其钢以制刀，终身用之。试刀必斩牛，仰刃牛项下，以肩负刀，一负即殊者，良刀也。弩名偏架弩，随跳跃中，以一足蹶张，背手傅矢，往往命中。枪名掉枪，长二丈余，徒以护弩，不恃以取胜。战则一弩一枪，相将而前，执枪者前，却不常以卫弩，执弩者口衔刀而手射人敌或冒刃逼之，枪无所施，弩人释弩，取口中刀奋击以救。度险，整其行列退去，必有伏弩。土军弓手辈与之角技艺，争地利，往往不能决胜也。

岁首祭盘瓠，杂揉鱼肉酒饭于木槽，扣槽群号为礼。十月朔日，各以聚落祭都贝大王，男女各成列，连袂相携而舞，谓之踏摇。意相得，则男咿呜跃之女群，负所爱去，遂为夫妇，不由父母。其无配者，俟来岁再会。女二、三年无所向，父母或欲杀之，以其为人所弃云。乐有卢沙、铳鼓、胡卢笙、竹笛之属。其合乐时，众音竞哄，击竹筒以为节，团栾跳跃，叫咏（噪）以相之。岁暮，群操乐入省地州县，扣人门乞钱、米、酒炙如傩然。

（范成大《桂海虞衡志》"志蛮"）

（4）罗泌《路史》

论槃瓠之妄

有自辰沅来者云：卢溪县之西百八十里有武山焉，其崇千仞，遥望山半石洞，罅启一石，貌狗人立乎。其傍是所谓槃瓠者，今县之西南三十有槃瓠祠。栋宇宏壮，信之天下有奇迹也。予曰：是黄闵《武陵记》所志者，然实诞也。《记》云山半石室，可容数万人，中有石床，槃瓠行迹。今山窟前，石兽、石羊奇迹尤多。《辰州图经》云：隄石窟如三间屋，一石狗形，蛮俗云槃瓠之像。今其中种有四，一曰七村归明户，起居饮食类省民，但左衽。二曰施溪武源归明蛮人。三曰山傜。四曰仡僚。虽自为区别，而衣服趋向大略相似。土俗以岁七月二十五日，种类四集，扶老携幼，宿于庙下。五日，祠以牛麂酒，椎鼓踏歌，谓之样。样，蛮语祭也。云容万人，循俗之妄。样当用荞。曰：然则所谓槃瓠者非欤。曰：非也。何以言之，予稽夏后氏之书知之也。《伯益经》云："卞明生白犬，是为蛮人之祖。卞明，黄帝氏之曾孙也。白犬者乃其子之名，盖若后世之乌獂、犬子、豹奴、虎独云者，非狗犬也。虽然世之诞妄，厥有形影，其言之不典，亦实自于《经》也。按:《经》又言:卞明生白犬，白犬有二，自相牝牡，郭氏以为自相配合。盖若今之婆罗门半释迦者，鸟有曰鹪曰鹩者，一身之间，自为牝牡，半释迦者。其种有五，有具男女二体者，有半月为女者，皆偏气所孕。而应劭书遂以为高辛氏之犬名曰槃瓠，妻帝之女，乃生六男六女，自相夫妇，是为南蛮。则知其说原衍于此，是殆以白犬为庞尔。至郭璞、张华、干宝、范晔、李延寿、梁载言、乐史等，各自著书，枝叶其说，人以喜听，而事遂实矣。且其说曰:高辛氏募有得犬戎吴将军首者，黄金千镒，邑万家，妻以少女。杜君卿固疑其诞，谓黄金古以斤计，至秦始曰镒，一也;三代分土，汉始分人，古安得万家之封，二也;将军周末之官，三也;吴姓宜周始有，四也。佑之难亦当矣。又引其《狱中与诸甥书》证之，然不知其说之不出乎晔也?伯岐同吴权之妻，而羿之友有吴贺，不可谓吴姓至周始有，谓夷狄古无姓可也。伯益为百虫将军，玄女立五军之将，不可谓将军周末之官，谓夷狄古无官号可也。其说本出应氏书。夫人畜之交通世，盖每有昔元嘉中、孟慧度之婢蛮，与犬通处者，且逾年，然高辛之事常窃诞之。慧度吴兴人事具宋书志等。槃瓠者，特獭狐之转尔。犬尾大。按:《玄中记》槃瓠浮之东南海中，是为犬封氏，盖因本《风俗通》然，亦不谓蛮人之祖。《记》云高辛时犬戎为乱，帝曰有讨之者，妻以美女，封三百户。帝之狗曰槃瓠，七(亡)三月而杀犬戎，以其首来。帝以女妻之，不可教训，浮之会稽东有(南)海中，得地三百里，封之。生男为狗，女为美人，是为犬封氏。玄中之书崇文总目，不知撰人名氏，然书传所引皆云郭氏《玄中记》，而《山海经》注狗封氏事，与《记》所言一同，知为景纯。曰:然则卢溪之祠，君武山之像，何彰邪?曰:见石西俯，则以为为惠远点头。见石东偻，则以为为秦皇赴海。木石之象物,厥类多矣。偶然唤作木居士,岂特一槃瓠而已邪!不然犬戎国之神哉。《经》亦有云:"犬戎国有犬戎神,人面而兽身,非蛮人之祖也。"

(罗泌《路史》卷三十三发挥二)

罗泌反对视盘瓠故事为真实历史。他认为郭璞与应劭笔下的盘瓠神话具有明显的荒诞性。其虚妄源于两人过度阐释和演绎了《伯益经》里的"卞明生白犬,是为蛮人之祖"。罗泌认为"白犬"实为人名,且是黄帝玄孙。总之,罗泌在发现盘瓠神话不足为信的同时,独具特色地给予"盘瓠"以新解。

6. 元代对盘瓠的记述

（1）宋濂等撰《元史》

罗雄州

与溪洞蛮僚接壤,历代未尝置郡,夷名其地为塔敝纳夷甸。俗传盘瓠六男,其一曰蒙由丘,后裔有罗雄者居此甸。至其孙普恐,名其部曰罗雄。宪宗四年内附。七年,隶普摩千户。至元十三年,割夜苴部为罗雄州,隶曲靖路。

马龙州

夷名曰撒匡。昔爨、剌居之,盘瓠裔纳垢逐旧蛮而有其地。至罗苴内附,于本部立千户。至元十三年,改为州,即旧马龙城也。领一县。

(宋濂等撰《元史》卷六一)

（2）马端临《文献通考》

盘瓠种，昔帝喾时患犬戎入寇，乃访募天下，有能得犬戎之吴将军头者，妻以少女。时帝有畜狗，名曰盘瓠。遂衔其将军首而至，乃以女配之。杜氏《通典》曰："按范晔《后汉史·蛮夷传》皆怪诞不经。大抵诸家所序四夷，亦多此类，未详其本出，且因而商略之。晔云：'高辛氏募能得犬戎之将军头者，购黄金千镒，邑万家，妻以少女。'按黄金周以前为斤，秦以二十两为镒。三代以前分土，自秦汉分人。又周末始有将军之官。其吴姓，宜自周命氏，晔皆以高辛之代，何不详之甚。又《宋史》：晔被收，后于狱中与诸甥侄书，自序云：'六夷诸序论，笔势放纵，实天下之奇作。其中合者，往往不减《过秦篇》。尝共比方班氏，非但不愧之而已。'按班、贾序事，岂复语怪，而晔纰谬若此，又何不减不愧之有乎。"盘瓠得女，负走入南山在国之南，即五溪之中山，止石穴中。生六男六女，因自相夫妻。织绩木皮，染以草实，好五色衣服，制裁皆有尾形。衣裳斑斓，语言侏离，其后滋蔓，号曰蛮夷。有邑君长，名渠帅曰"精夫"，相呼为"姎徒"《说文》曰："姎，女人自称，姎我也。"乌朗反。所居皆深山重阻，人迹罕至。长沙、黔中五溪蛮皆是也。一辰溪，二酉溪，三巫溪，四武溪，五沅溪。① 秦昭王使白起伐楚，略取蛮夷，始置黔中郡。汉兴，改为武陵郡。今武陵、澧阳、黔

---

① 何谓"五溪"，历史上的说法不一。最早的解释出自《水经注》，谓"武陵的五溪为雄溪、樠溪、无溪、酉溪、辰溪"。《宋书》将"无溪"写作"潕溪"。《南史》又改"无溪"为"武溪"。至宋代马端临《文献通考》则认为其是"酉、辰、巫、武、沅"五溪。《一统志》则又易沅溪为溆溪。明清之时的地理方志中对"五溪"更是有很多考释。在此不一一列举。参见伍新福：《论评与考辨：史学研究文集》，长沙：岳麓书社，2013年，第302—303页。

中、宁夷、泸溪、卢阳、灵溪、潭阳郡地皆是也。岁合大人输布一匹，小口二丈，是谓賨布。《说文》曰："賨，南蛮赋。"之冬反。虽时为寇盗，而郡国讨平之。

后汉光武建武二十三年十二月，武陵蛮精夫相单程等大寇郡县。遣武威将军刘尚发南郡今江陵、巴东、夷陵、长沙今长沙、衡阳、巴陵郡、武陵今澧阳、武陵、黔中郡地。兵万余人，乘船溯流，自沅水入武溪击之。沅水出牂柯，故且兰东北，经灵溪、长沙、巴陵郡，入洞庭通江也。武溪，在今泸溪郡灵溪县。尚轻敌深入，悉为所没。又遣伏波将军马援将兵至临沅，今武陵郡武陵县，即汉临沅县地。击破之。单程等饥困乞降，会援病卒，谒者宗均为置吏以司之，群蛮遂平。历章、和、安、顺四朝，累反叛，攻劫州郡，讨平之。永和初，武陵太守上书，以蛮夷卒服，可比汉人，增其租赋。议者皆以为可。尚书令虞诩独奏曰："自古圣王不臣异俗，非德不能及，威不能加，其兽心贪婪，难率以礼。是故羁縻而绥抚之，附则受而不逆，叛则弃而不追。先帝旧典，贡税多少，所由来久矣。今猥增之，必有怨叛。计其所得，不偿所费。"帝不从。其冬澧中、溇中蛮溇水出今澧阳郡县。溇，音娄。果争布非旧约，遂杀乡吏，举种反。自后至桓、灵二帝，又累反叛，攻劫州郡，讨破之。蜀先主章武初，吴将李异屯巫、秭归今巴东郡县，先主遣将军吴班攻破之。于是武陵、五溪蛮夷相率响应今黔中道谓之五溪。其后种落布在诸郡县，居武陵者为五溪蛮，而宜都、天门、巴东、建平、江北诸郡蛮所居，皆深山重阻，人迹罕至焉。自晋刘、石乱后，诸蛮无所忌惮，故其族渐得北迁，陆浑以南，满于山谷，宛、洛萧条，略为邱墟矣。

魏道武泰常八年，蛮王梅安率渠帅数千朝京师，求留质子，以表忠款。诏拜官，褒慰之。延兴中，太阳蛮首桓诞诞，元子，元诛，诞亡入蛮中，蛮推为主，拥沔水以北，滍叶以南八万余落，遣使内附。孝文嘉之，拜诞征南将军、东荆州刺史、襄阳王，后降为公。其后蛮首田益宗、雷婆思等俱率众内属。景明三年，鲁阳蛮鲁北燕，四年，东荆州蛮樊素安等反，俱讨平之。永平初，东荆州表太守桓叔兴，前后招慰太阳蛮归附者一万七百户，请置郡十六、县五十，诏从之。叔兴，诞子也。三年，梁遣兵讨江、沔，破掠诸蛮，遣兵击走之。其后，累遣将围广陵。楚城诸蛮，并为前驱。自汝水以南，蛮暴掠，连年攻讨，散而复合，其暴滋甚。又有冉氏、田氏、向氏者，陬落尤甚，余则大者万家，小者千户，更相崇树，僭称王侯，屯据三峡，断遏水路，荆、蜀行人至有假道者。

周文略定伊、瀍，声教南被，诸蛮畏服，武成初，文州蛮及冉令贤、向五子王等叛，讨平之。隋置辰州以处蛮，唐置锦州、溪州、巫州、叙州皆其地也。唐季蛮酋分据其地，自署刺史。晋天福中，马希范袭父业，据有湖南。溪州刺史彭士愁等以溪、锦、奖州归马氏，立铜柱为界。宋建隆四年，慕容延钊平湖、湘，知溪州彭允林，前溪州刺史田洪赟等列状归顺，诏仍其官，父死则以其子继之。太平兴国二年，梅山洞蛮首领率众寇劫商人，诏遣使招谕，犹寇暴不止，乃发潭州兵击平之。八年，溪、锦、叙、巫四州蛮相率诣辰州，愿比内郡民输租税，诏不许。自后首领入贡不绝，每加赏赐存恤之。

北江蛮酋最大者曰彭氏。彭氏世有溪州，州有三，曰上、中、下，又有龙赐、天赐、忠顺、保静、感化、永顺州六，懿、安、远、新、给、富、来、宁、南、顺、高州十一，总二十州，皆置刺史。而以下溪州刺史兼都誓主，十九州皆隶焉，谓之誓下州。誓下州将承袭，都誓主率蛮酋合议，子孙若弟、侄、亲党人当立者，具州名移辰州为保证，申钤辖司以闻，乃赐敕告、印符，受命者隔江北望拜谢。州有押案副使及校吏，听自补置。彭氏自允殊、文勇、儒猛相继为下溪州刺史。天禧中，儒猛叛亡，辰州发兵捕之，执其子仕汉等归京师，儒猛降，授仕汉殿直，处之西京，后辄遁归。天圣初，以状白辰州，自言父老兄亡，潜归本道，愿放还家属。诏徙其家京师，舍以官第。未几，儒猛言仕汉逃归，引群蛮为乱，遣别子仕端等杀之。朝廷嘉其忠，降诏奖谕。自咸平以来，始听二十州纳贡，岁有赐，蛮以为利，有罪则绝之。

熙宁初，天子方用兵以威四夷，湖北提刑赵鼎言陕州洞酋刻剥无度，蛮众愿内附属，辰州布衣张翘亦上书言南、北江利害，遂以章惇察访湖北，经制蛮事。北江诸蛮隶辰州，在黔之西南，阻五溪，汉黔中地，为羁縻州三十六，而下溪州为大，彭氏世居之。南江诸蛮，自辰州达于长沙，各有溪峒，本唐郡县。五代失守，诸首分据其地，曰叙、曰峡、曰中胜、曰元，则舒氏居之；曰蒋、曰锦、曰懿、曰晃，则田氏居之；曰富、曰鹤、曰保顺、曰天赐、曰古，则向氏居之。惇既经制，于是南江之舒氏、北江之彭氏、梅山之苏氏、诚州之杨氏相继纳土，创立城寨，使之比内地为王民，置沅、诚二州。

元祐初，傅尧俞等言置二州以来，设官屯兵，费巨万计，公私骚然，荆湖两路为之空竭。乃废诚州为渠阳军，而沅州至今为郡。时朝廷方务休息，痛惩邀功事者，广西张整、融州温嵩坐擅杀蛮人，皆置之罪。诏谕湖南、北及广西路曰："国家疆理四海，务在柔远。顷荆湖、诸蛮近汉者无所统一，因其请吏，量置城邑以抚治之。边臣邀功献议，创融州道路，侵逼洞穴，致生疑惧。朝廷知其无用，旋即废罢；边吏失于抚遇，遂尔扇摇。其叛酋杨晟台等并免追讨，诸路所开道路、创置堡寨并废。"自后，五溪郡县弃而不问。

崇宁以来，开边拓土之议复炽，于是安化上三州及思广洞蒙光明、乐安洞程大法、都丹团黄光明、靖州西道杨再立、辰州覃都管骂等各愿纳土输贡赋。又令广西招纳左、右江四百五十余洞。宣和中，议者以为"招致熟蕃，接武请吏，竭金帛、缯絮以啖其欲，捐高爵、厚俸以侈其心。开辟荒芜，草创城邑，张皇事势，侥幸赏恩。入版图者存虚名，充府库者亡实利。不毛之地，既不可耕；狼子野心，顽又莫革。建筑之后，西南夷獠交寇，而溪洞之蛮亦复跳梁。士卒死于干戈，官吏没于王事，生民肝脑涂地，往往有之。以此知纳土之议，非徒亡益，而又害之所由生也。莫若俾帅臣、监司条具建筑以来财用出入之数，商较利病，可省者省，可并者并，减戍兵，省漕运，而夷狄可抚，边鄙可无患矣"。乃诏悉废所置州郡，复祖宗之旧云。崇宁初，改诚州为靖州。

绍兴初，监察御史明橐言："溪洞归明官，应湖南边郡及二广皆有之。自崇观以来，员数浸多，当时务要优恤，添差州郡指使及酒税之类,本不取其才任,及诸州措置隘寨,阙人把拓,又令管押兵夫,而所管押者皆乡民也。其归明官,生长溪峒,初无爱民之意,亦不习朝廷法令,贪婪无厌,鞭笞摧辱,无所赴诉。议者欲令帅臣措置适宜,既不致归明官失所生怨,亦无使远民受害。"诏广南、荆湖路帅臣措置以闻。隆兴初,右正言尹穑言:"湖南州县地界与溪峒蛮徭连接,以故省民与徭人交结往来,擅易田产,其间豪猾大姓规免税役,多以产寄徭人户下,内亏国赋,外滋边隙。省地与徭人相连,旧有界至者,宜诏湖南帅臣遣吏亲诣其处,明立封堠。自今不许省民将田产典卖与徭人,及私以产业寄隐。若已前卖入徭户,难以遽行改追,止令置籍。如徭人愿退还省地田产者,县以官钱代还之。仍委曲榜谕。"从之。

嘉泰三年,湖南安抚赵亮励言:"湖南九郡皆与溪峒相接,其地阔远,南接二广,北连湖右,其人狼子野心,不能长保其无事。或因饥馑,或因仇怨,或因劫掠,或至杀伤,州县稍失堤防,则不安巢穴,越界生事。为今日计,莫若先事选择土豪为徭人所信服者为总首,以任弹压之责,潜以驭之。凡细微争斗,止令总首弹压开谕劝解,自无漫淫之患。盖总首者语言嗜好,皆与之同,朝夕相接,婚姻相通,习知其利害,审察其情伪。而其力足以惠利之,每遇饥岁,则籴粟以赈其困乏,徭人莫不感悦而听从其言。若先借补名目,使得藉此以荣其身,而见重于乡曲,彼必自爱惜而尽忠于公家。如此则徭民之众可坐以制之。然亦须五年,弹压委有劳效,然后正补以所借之官。所捐者虚名,所得者实利,安边之策,莫急于此。"诏令本路诸司,相度条具。诸司言:"赵亮励所言，谓以蛮徭治蛮徭，其策莫良。宜诏本路监司遵守。"从之。

嘉定初，柳州黑风峒徭人罗世傳出掠省地，飞虎统制边宁战没，遂为江西湖南之扰。明年，知隆兴府赵希怿、知潭州史弥坚同共招降之。二年，李元砺、罗孟二叉率众犯江西，攻破龙泉县，知隆兴府王居安擒获之。七年，臣僚言："夫熟户、山徭、峒丁有田不许擅鬻，顷亩多寡，山畬阔狭，各有界至，任其耕种，但以丁名系籍，每丁量纳课米三斗，悉无其他科配。熟户、山徭、峒丁乐其有田之可耕，生界有警，极力为卫。盖欲保守田业也。近年以来，生界徭、僚其没省地，而州县无以禁戢者，皆徭不能遵守良法，有以致之。夫溪峒之专条，山徭峒丁田地，不许与省民交易，盖虑其穷困，而无所顾藉，不为我用。今州郡谩不加恩，山徭、峒丁有田者悉听其与省民交易，但利牙契所得。而又省民得田，输税在版籍常赋之外，可以资郡帑泛用，而山徭、峒丁之米挂籍自如，催督严峻，多不聊生，往往奔入生界。溪峒受顾以赡口腹，或为乡导，或为徒伴，引惹生界，出没省地，骎骎不已，为害甚大。宜明敕湖广监司行下诸郡，凡属溪峒山徭、峒丁田业，不得擅与省民交易，犯者以违制论。仍归其田，庶山徭、峒丁有田可耕，不致妄生边衅，实绥靖远民之良策。"从之。

石湖范氏《桂海虞衡志》：徭本盘瓠之后。其地山溪高深，介于巴、蜀、湖、广间，绵亘数千里，椎髻跣足，衣斑斓布褐。名为徭而实不供征役，各自以远近为伍，以木叶覆屋，种禾、黍、粟、豆、山芋，杂以为粮。截竹筒而炊，暇则猎食山兽以续食。岭蹬险厄，负戴者悉著背上，绳系于额，偻而趋。俗喜仇杀，猜忍轻死。又能忍饥行斗，左腰长刀，右负大弩，手长枪，上下山险若飞。儿始能行，烧铁石烙其跟趾，使顽木不仁，故能履棘茨根蘖而不伤。儿始生，秤之以铁如其重，渍之毒水，儿长大，煅其钢以制刀，终身用之。试刀必斩牛，仰刃牛项下，以肩负刀，一负即殊者，良刀也。弩名偏架弩，随跳跃中，以一足蹶张，背手傅矢，往往命中。枪名掉枪，长二丈余，徒以护弩，不恃以取胜。战则一弩一枪，相将而前。执枪者前却不常以卫弩，执弩者口衔刀而手射人。敌或冒刃逼之，枪无所施，弩人释弩，取口中刀奋击以救。度险，整其行列退去，必有伏弩，土军弓手辈与之角技艺，争地利，往往不能决胜也。

岁首祭盘瓠，杂揉鱼肉酒饭于木槽，扣槽群号为礼。十月朔日，各以聚落祭都贝大王，男女各成列，连袂相携而舞，谓之踏徭。意相得，则男咿呜跃之女群，负所爱去，遂为夫妇，不由父母。其无配者，俟来岁再会。女二年无所向，父母或欲杀之，以其为人所弃云。乐有卢沙、铳鼓、胡卢笙、竹笛之属。其合乐时，众音竞哄，击竹筒以为节，团栾跳跃，叫咏以相之。岁暮，群操乐入省地州县，扣人门乞钱米酒炙，如傩然。

徭之属桂林者，兴安、灵川、临桂、义宁、古县诸邑，皆迫近山。徭最强者曰罗曼徭、麻园徭，其余如黄沙甲、石岭屯、褒江、赠脚、黄村、赤水、蓝思、巾江、竦江、定花、冷石、白面、黄意、大利、小平、滩头、丹江、闪江等徭不可胜数。山谷间稻田无几，天少雨，稑种不收，无所得食，则四出犯省地，求斗升以免死。久乃玩狎，虽丰岁犹剽掠。沿边省民与徭犬牙者,风声气习,及筋力技艺略相当,或与通婚姻、结怨仇,往往为徭乡导而分卤获。徭既自识径路,遂数数侵轶边民,遂不能谁何。攻害田庐,剽谷粟牛畜,无岁无之。踉蹡篁竹,飘忽往来,州县觉知,则已踔入巢穴,官军不可入,但分屯路口。山多蹊,不可以遍防,加久成劳费。又徭人常以山货、沙板、滑石之属,窃与省民博盐米。山田易旱干,若一切闭截,无所得食,且冒死突出,为毒滋烈。沿边省民,因与交关,或侵负之与缔仇怨,则又私出相仇杀。余既得其所以然,乾道九年夏,遣吏经理之,悉罢官军,专用边民,籍其可用者七千余人,分为五十团,立之长副,阶级相制,毋得与徭通,为之器械、教习,使可捍小寇,不待报官。徭犯一团,诸团鸣鼓应之,次告谕近徭,亦视省民相团结,毋得犯法,则通其博易之路,不然绝之。彼见边民已结,形格势禁,不可轻犯,幸得通博买,有盐米之利,皆欢然听命。最后择勇敢吏,将桑江归顺五十二徭头首深入生径,罗曼等洞尤狠戾,素不宾化者,亦以近徭利害,谕之悉从,乃为置博易场二,一在义宁,一在融州之荣溪。天子诞节,首领得赴属县与犒宴。诸徭大悦,伍籍遂定,保障隐然。万一远徭弗率,必须先破近徭,近徭欲动,亦须先胜边团,始能越至城郭,然亦难矣。既数月,诸徭团长袁台等数十人诣经略司谒谢,悉紫袍巾裹横梃,犒以银碗采绝盐酒,劳遣之。又各以誓状来,其略云:某等既充山职,今当钤束男侄,男行持棒,女行把麻,任从出入,不得生事者,上有太阳,下有地宿;其翻背者,生儿成驴,生女成猪,举家灭绝;不得翻面说好,背面说恶;不得偷寒送暖,上山同路,下水同船;男儿带刀同一边一点,一齐同杀盗贼,不用此款者,并依"山例","山例"者诛杀也。蛮语鄙陋,不欲没其实,略志于此。余承乏帅事二年,诸徭无一迹及省地,遂具以条约上闻。诏许,遵守行之。

(马端临《文献通考》卷三百二十八)

板楯蛮

《通典》言:"按后汉史,其在黔中、五溪、长沙间者,则为盘瓠之种;其在峡中、巴、梁间者,则为廪君之后。其后种落繁盛,侵扰州郡,或移徙交错,不可得而详别。"今按《通典》所叙板楯蛮,魏晋以后之事,南史谓之荆杨蛮,北史谓之蛮僚,而俱以为其源出自盘瓠,不言板楯。然六朝时,蛮渐徙而之北,则亦无由究其源流宗派矣,姑两存之。

(马端临《文献通考》卷三百二十八)

(3) 周致中《异域志》

盘 瓠

帝嚳高辛氏宫中,老妇耳内有瘗耳,掏出如茧,以瓠盛之,以盘覆之,有顷,化为五色之犬,因名瓠犬,时有犬戎吴将军寇边,帝曰:"得其头,吾以女妻之。"瓠犬俄衔人头诣阙下,乃吴将军之首也。帝不得已,以女妻之。瓠犬负女入南山穴中,三年生六男六女,其母复以状白帝,于是帝封于长沙,武陵蛮今其国人是其裔也。

啰 啰

即古僰人之国也,盘瓠之种。音出于鼻,性狠恶,不畏死,好食生。髻长一尺向上,以毡衫为衣,以女人为首长,曰母总管。一人纳百夫为贵,其令甚严,刻木牌为令。

阿 丹

其国与啰啰同,乃西番种类,盘瓠之裔也,与云南四川之境相邻。

(周致中《异域志》卷之下)

7. 清代有关盘瓠的记述

（1）赵尔巽等撰《清史稿》

古西南夷多盘瓠遗种,曰僚、曰伶、曰㐌、曰㑖、曰瑶、曰苗。

(赵尔巽等撰《清史稿》卷一三四)

（2）顾炎武《天下郡国利病书》

徭人楚粤为盛,而闽中山溪高深之处间有之。漳徭人与虔、汀、潮、循接壤错处,亦以盘、蓝、雷为姓。随山种插,去瘠就腴,编荻架茅为居。善射猎,以毒药涂弓矢,中兽立毙。其贸易商贾,刻木大小长短为验。今酋魁亦有辨华文者。

山中自称盘瓠后,各画其像,岁时祝祭,族处喜仇杀。或侵负之,一人讼,则众人同,一山讼,则众山同。常称城邑人为"河老",谓自河南迁来,畏之徭陈元光将辛始也。

国初设抚徭土官,令抚绥之,量纳山赋。其赋论刀若干，出赋若干，若官府有征剿，悉听调用。后抚者不得其人，或索取山兽皮革，遂失赋，官随亦废，往往聚出为患。若往年南胜李志甫辈之乱，非徭人乎。今山首峒丁略受约束，但每山不过十许人，鸟兽聚散无常所。汉纲当宽之尔。

（顾炎武《天下郡国利病书》第十六册，"福建"，《防闽山寇议》）

徭本盘瓠种，地界湖蜀溪峒间，即长沙黔中五溪蛮，后滋蔓绵亘数千里，南粤在在有之，至宋始称蛮徭。其在邑者，俱来自别境。椎结跣足，随山散处，刀耕火种，采实猎毛，食尽一山即他徙。

粤人以山林中结竹木障复居息为畬，故称徭止曰畬。自信为盘瓠后，家有画像，岁讨祝祭。其姓为盘、蓝、雷、钟、苟，自相婚姻。土人与邻者亦不与通婚。徭有长有丁。国初设抚徭土官领之。俾略输山赋，赋论刀为准，羁縻而已。今徭官多纳授，从他邑来，兼摄亦不常置。

（顾炎武《天下郡国利病书》第二七册，"广东上"，《博罗县志》）

(3)《金石文编》

文又有"盘瓠遗风，因六子以分居"等语，考《南蛮传》，高辛氏患犬戎，欲募能得其将吴将军头者，愿以女妻之。帝有畜狗，名曰槃瓠，遂衔吴将军头至阙下。帝以女配槃瓠，走止南山石室中，三年生六男六女。后自相夫妇，子孙蔓衍，即长沙武陵蛮是也。而干宝《搜神记》曰：槃瓠者，本高辛氏宫中老妇人，有耳病，医者挑治之，有物大如茧，以瓠离盛之，以槃覆之，有顷化为犬，其文五色，因名槃瓠，则与史传异，而与刘昭注所引《魏略》同。

文又云"师号精天，相名妠氏"者，蛮人名渠帅曰"精天"、相为"妠徒"，亦见《南蛮传》"槃"作"盘"，古字通用。"帅"作"师"，"夫"作"天"，恐刻字工之讹。
（《金石文编》，转引自贵州省文史研究馆古籍整理委员会编《贵州通志．金石志·古迹志·秩祀志》）

二　方志中与盘瓠相关的资料

盘瓠神话在苗、畲、瑶、黎等民族及其支系流传广泛，其叙事文本呈现出明显的民族性与地域性。为了展现它的这一特性，将史部的方志文献按照朝代顺序予以胪列。

1. 唐代方志对于盘瓠的记述载于李吉甫《元和郡县志》

辰州……开元九年改为辰州，取辰溪为名，谨按辰州蛮戎所居也，其人皆盘瓠子孙，或曰巴子兄弟立为五溪之长，今酉溪在州西，次南武溪，次南沅溪，次南辰溪，次东南熊溪，次东南朗溪。其熊、朗二溪与郦道元水经注虽不同，推其次第相当，则五溪尽在今辰州界也。景云二年置都督府，开元中罢。

泸溪县

泸水在县西二百五十里,即武溪所出,《武陵记》云溪山高可万仞,山中有盘瓠石窟,可容数万人,窟中有石似狗形,蛮俗相传即盘瓠也,又有巴蛇四眼大十围,不知长几里。

(李吉甫《元和郡县志》卷三十一)

2. 宋代方志对于盘瓠的记载
(1)郑伸《桂阳志》

峒徭斑斓其衣,侏离其言,称盘王子孙。

(王谟《汉唐地理书钞》)

(2)孙显祖《靖州图经》

蛮皆盘瓠之余种,故其族类尚有仡伶、仡僚之号,其计岁月,章以甲子,其要约以木铁为契,其乐器有愁留、壶笙,其兵器有甲冑、标牌、刀及偏架弩,其利与中国神臂等,虽湿暑亦可用,东通于邵,南通于融,北通于沅。

(王谟《汉唐地理书钞》)

3. 明代方志对于盘瓠的记载
(1)蒋鐄《九嶷山志》

山 瑶

《州志》:瑶,即古所谓荆蛮也。居深山重阻,人迹罕至。椎髻跣足，衣裳斑斓，语言侏离。种禾黍、粟、豆、山芋，杂以为粮。伐竹木以易谷，猎山兽以续食。俗喜仇杀，猜忍轻死，又能忍饥行斗。左腰长刀，右负大弩，手长枪，上下山险若飞。岁首祭盘瓠，杂操[糅]鱼肉酒饭于木槽，扣槽群号为礼。

十月朔日，各以聚落祭都贝大王。男女各成列，连袂相携而舞，谓之踏瑶。意相得，则男咿呜竞跃，女群负所爱去，遂为夫妇，不由父母。乐有卢沙、铳、鼓、胡卢、笙、竹笛之属。其合乐时，众音竞哄，击竹筒以为节，囝栾跳跃，齐唱以相之。今有乐名长篌，长三尺余，以梓木为之，皮冒其上下，大小均击之。腰鼓大者如柱，长者或逾寻，亦如长篌，负以二人，击其一面。

（蒋鐄《九嶷山志》卷之四）

（2）马协、吴瑞登纂修《（万历）辰州府志》

盘瓠考

徭本盘瓠之后，其地山高谷深，介于巴蜀黔楚间，绵亘数千里。椎髻跣足，衣斑阑布褐，名为徭而实不供征役，各自以远近为伍，以木叶覆屋，种禾、黍、粟、豆、山芋，杂以为粮，截竹筒而饮。暇则猎食山兽以续食。岭蹬险阨，负载者悉着背上，伛偻而趋。俗喜仇杀、猜忌、轻死，又能忍饥。行斗左挎长刀，右负大弩，手执长枪，上下山险若飞。儿始能行，烧铁石烙其跟撅，使顽木不仁，故能履棘茨根桄而不伤。儿始生称之，以铁如其重，渍之毒水，长大锻其钢以制刀，终身用之。试刀必斩牛，仰刃牛颈下，以肩负刀，一负即殒者，良刀也。弩名偏架弩，随跳跃中以一足蹶张，背手傅矢，往往命中。枪名棹枪，长二丈余，徒以护弩，不恃以取胜。战则一弩一枪，相将而前。执枪者前却不常以卫弩，执弩者口衔刀而手射人。敌或冒刃逼之，枪无所施，弩人释弩，取口中刀奋击以救度险。整其行列退去，必有弩土军弓手辈与之角技艺，争地利往往不能决胜。岁首祭盘瓠，杂揉鱼肉酒饭于木槽，扣槽群号为礼。十月朔日各以聚落祭都贝大王，男女各成列连袂相携而舞，谓之踏摇。意相得则男咿呜跃之，女群负所爱去，遂为夫妇，不由父母。无配者俟来岁再会。女三年无所向，父母或欲杀之，以其为人所弃云。乐有卢沙、铳、鼓、胡卢、笙、竹笛之属。其合乐时众音兢闻，击竹筒以为节，团栾跳跃叫呼以相之。岁暮，群操乐入省地州县，扣人门乞钱、米、酒、炙如傩。然山谷间稻田无几，天少雨陆种不收，无所得食，则四出犯近地，求斗升以免死。久乃玩狎，汉民与徭大牙者，风声气息及筋力技艺略相当，或通婚姻结怨仇，常以山货杉板滑石之属窃与汉民博盐米。沿边汉民因与交关或侵负之，致相仇杀。

（马协、吴瑞登纂修《（万历）辰州府志》卷六）

(3) 侯加地《盘瓠辩》

史以妻犬诬高辛氏，罗氏辩之详矣。夫古所谓帝者，皆聪明圣知者也。不能制戎狄，徒以女配犬，其何以为帝，可辩者一；所谓吴将军者，既能侵暴中国，则必勇略过人，而从卫亦匪鲜矣。犬纵能伺其不备，啮杀之，亦焉能衔其头而远诣阙下哉，可辩者二；自高辛氏之墟至南山石室，道里非一日，即是虎负一女子，人犹将竞夺而逐之，何有于一犬乎，可辩者三；而南蛮传固腼然道之，吾不知作史者，果何心乎，徒令千载有识笑耳！

（王讳纂修《乾州厅志》卷三）

（4）李栋《盘瓠辩》

峒箐之苗，在虞夏曰三苗，商曰鬼方，周曰蛮荆，汉唐曰西南夷是也。

自范蔚宗始有盘瓠之说，荒唐不经，然其言概指武陵、长沙诸蛮，今独以五溪言之，亦已诬矣。

宋、元之末，中国避乱之人，内郡迁徙之众，及商旅宦游多家焉。入我明朝，仁斩义縻，黎民不灭于畿甸，青衿庶几乎齐鲁，亦极彬彬而云奋，安可概言五溪之俗哉。独边徼之氓，语言侏离，衣服斑斓，亦其相沿之旧耳。

（席绍葆、谢鸣谦《（乾隆）辰州府志》）

4.清代方志中与盘瓠有关的记述

（1）鄂尔泰等撰《（乾隆）贵州通志》

苗 蛮

昔高辛氏有犬戎之寇，帝患其侵暴，而征伐不克，乃访募天下有能得犬戎之将吴将军之头者，购黄金千镒，邑万家,又妻以少女。时帝有畜狗,其毛五采,名曰盘瓠。下令之后,盘瓠遂衔人头造阙下,群臣怪而诊之,乃吴将军首也。帝大喜,而计盘瓠不可妻之以女,又无封爵之道,议欲有报而未知所宜。女闻之,以为帝皇下令不可违信,因请行。帝不得已,乃以女配盘瓠。盘瓠得女,负而走入南山,止石室中,所处险绝,人迹不至。于是女解去衣裳,为仆竖之结,着独立之衣。帝悲思之,遣使寻求,辄遇风雨震晦,使者不得进。经三年,生子一十二人,六男六女。盘瓠死后,因自相夫妻,织绩木皮,染以草实,好五色衣服,制裁皆有尾形。其母后归,以状白帝,于是使迎致诸子,衣裳斑斓,语言侏俪,好入山壑,不乐平旷。帝顺其意,赐以名山广泽。其后滋蔓,号曰蛮夷,外痴内黠,安土重旧。以先父有功,母帝之女,田作贾贩,无关梁符传租税之赋。有邑君长,皆赐印绶,冠用獭皮,名渠帅曰精夫,相呼为姎徒。今长沙、武陵蛮是也。

(鄂尔泰等撰《(乾隆)贵州通志》卷七)

(2) 顾奎光《盘瓠说诬矣》

晋范晔撰《后汉书·南蛮西南夷列传》云:"昔高辛氏以少女妻盘瓠。"干宝《晋记》曰:"武陵、长沙、庐江郡夷,盘瓠之后也。"其事荒诞,而以诸蛮为盘瓠后者略同。唐李贤等注《后汉书》云:"南山石室在辰州卢溪县西之武山。"黄闵写《武陵记》,复实其事,故邑中若溪、若岩、若洞,率附会辛女之名,虽类野语,然亦有自来也。

夫巴郡之蛮，廪君肇先，夜郎之夷，竹王为祖，天地之大，何所不有。但"鬼方""畎夷"之号，本恶其丑类，不与人同。顾反神奇其说，至谓厘降之典，下及犬羊。蔚宗取入正史，则爱奇而诞矣。

（顾奎光修，李涌纂《泸溪县志》）

（3）傅恒等编著《皇清职贡图》

福州府属罗源等县畲民，即粤之徭人。《福建通志》云："汀徭人与虔漳潮浔接壤，以槃、蓝、雷为姓。"又《连江志》："畲民，五溪槃瓠之后也。"《桂海虞衡志》谓之"徭，今居罗源者，只蓝、雷二姓，相为婚姻。或云海南民蓝奇、雷声，随王审知入闽，因居罗源村中，然不可考。其习俗诚朴，与土著无异"。

古田畲民即罗源一种，散处县之上洋等村。以耕渔为业。竹笠草履，勤于负担。妇以蓝布裹发，或戴冠，状如狗头。短衣布带，裙不蔽膝。常荷锄跣足而行，以助力作。

（傅恒等编著《皇清职贡图》卷三）

徭本槃瓠之种，由楚省蔓延粤东之新宁、增城、曲江、乐昌、乳源、东安、连州等七州县，明洪武永乐时徭首槃贵等相继来朝，始立土司，正统以后屡次作乱。

兴安县平地徭傍石林结茅屋，佃田输租，不事剽窃俗醇似乎民，因名平地徭……每岁首祀槃瓠，杂置鱼肉酒饭于木槽，扣槽群号以为礼。

罗城县徭人居县属之通道镇，岁时祭赛盘古庙，因名盘徭，又名自在徭。

（傅恒等编著《皇清职贡图》卷四）

荔波县夷人有伙、佯、伶、侗、徭、僮六种杂居并为一类，元时同属南丹安抚司……其衣服语言嗜好相同，岁时祀槃瓠杂鱼肉酒饭，男女连袂而舞，相悦者负之而去，遂婚媾焉。

（傅恒等编著《皇清职贡图》卷八）

（4）周诚之纂《（道光）龙胜厅志》

徭人皆高辛狗王之后，时节祀之，刘禹锡诗时节祀槃瓠是也，其乐五合，其旗五方，其衣五彩，是谓五参，奏乐则男左女右，祭毕合乐，男女跳跃，击云阳为节，以定婚媾，侧具大木槽扣槽，群号，先献人头一枚，云吴将军首级，余观时以桄榔面为之，时无罪人故耳设首时群乐毕作，然后用熊黑、虎豹、呦鹿、飞鸟溪毛各为九坛，分为七献，七九六十三取斗数也，七献既陈，焚燎节乐，择其女之姱丽娴巧者，劝客极其绸缪而后已。

（转引自汪森《粤西丛载》）

方志中涉及盘瓠的记载主要集中于西南、东南一带，相关方志资料并不是很丰富，主要如上所列，但清代欧樾华《（同治）韶州府志》有关徭蛮记述未列出，因其完全引述《后汉书·南蛮西南夷列传》，前文已有全文，不再重复列出。

三 文学作品中对盘瓠的表述

古代内容涉及盘瓠的文学作品形式多样,从小说、诗歌到辞赋,甚至杂剧,应有尽有。梳理魏晋至清代的相关作品可以看到,随着流传和接受,盘瓠叙事进入公共知识领域,成为文人创作中常被使用的文学元素。①

1. 东晋干宝《搜神记》

高辛氏有老妇人,居于王宫。得耳疾历时,医为挑治,出顶虫,大如茧。妇人去后,置以瓠篱,覆之以盘。俄尔顶虫乃化为犬,其文五色,因名盘瓠,遂畜之。时戎吴强盛,数侵边境,遣将征讨,不能擒胜,乃募天下有能得戎吴将军首者,赠金千斤,封邑万户,又赐以少女。后盘瓠衔得一头,将造王阙。王诊视之,即是戎吴。"为之奈何?"群臣皆曰:"盘瓠是畜,不可官秩,又不可妻,虽有功,无施也。"少女闻之,启王曰:"大王既以我许天下矣,盘瓠衔首而来,为国除害,此天命使然,岂狗之智力哉!王者重言,伯者重信,不可以女子微躯,而负明约于天下,国之祸也。"王惧而从之,令少女从盘瓠。盘瓠将女上南山,草木茂盛,无

---

① 文学作品,尤其是咏史诗,带着创作者自己的主观意识,有些叙事中包含一些对少数族群的歧视,理应摒弃,但为了呈现当时文学图景中的盘瓠叙事,有些予以原文录存。

人行迹。于是女解去衣裳，为仆竖之结，着独力之衣，随盘瓠升山入谷，止于石室之中。王悲思之，遣往视觅，天辄风雨，岭震云晦，往者莫至。盖经三年，产六男六女。盘瓠死后，自相配偶，因为夫妇。织绩木皮，染以草实。好五色衣服，裁制皆有尾形。后母归，以语王。王遣使迎诸男女，天不复雨。衣服褊裢，言语侏偭，饮食蹲踞，好山恶都。王顺其意，赐以名山广泽，号曰蛮夷。蛮夷者，外痴内黠，安土重旧，以其受异气于天命，故待以不常之律。田作贾贩，无关繻符传、租税之赋。有邑君长，皆赐印绶。冠用獭皮，取其游食于水。今即梁、汉、巴、蜀、武陵、长沙、庐江郡夷是也。用糁杂鱼肉，叩槽而号，以祭盘瓠，其俗至今。故世称"赤髀横裙，盘瓠子孙"。

（明《津逮秘书》本，卷十四）

干宝《搜神记》（二十卷本）对于盘瓠神话的记载已经十分详细，包括了"诞生""许诺""立功""婚配""封地""繁衍后代"等情节。此后汉文文献里出现的盘瓠神话基本都是延续干宝《搜神记》的版本。[1]

---

[1] 吴晓东：《盘瓠神话源流研究》，北京：学苑出版社，2019年，第161页。

2. 东晋干宝《搜神记》[①]

昔高辛氏时，有房王作乱，忧国危亡。帝乃召募天下有得房王首者，赐金千斤，分赏美女。群臣见房氏兵强马壮，难以获之。辛帝有犬，名盘瓠，其毛五色，常随帝出入。某日，忽失此犬，经三日以上，不知所在，帝甚怪之。其犬走投房王，房王见之大悦，谓左右曰："辛氏其丧乎！犬犹弃王投吾，吾必兴也。"房氏乃大张宴，为犬作乐。其夜，房氏饮酒而卧，盘瓠咬王首而还。辛见犬衔房首大悦，厚与肉糜饲之，竟不食。经一日，帝呼犬亦不起。帝曰："如何不食，呼又不来，莫是恨朕不赏乎。今当依召尝汝物，得否？"盘瓠闻帝此言，即起跳跃。帝乃封盘瓠为会稽侯，美女五人，食会稽郡一千户。后生三男六女，其男当生之时，虽似人形犹有犬尾。其后子孙昌盛，号为犬戎之国，因幽王为犬戎所杀。只今土蕃，乃盘瓠之胤也。

（《稗海》本，卷三）

3. 东晋郭璞《玄中记》

高辛氏有美女未嫁。犬戎为乱，有讨之者，妻以美女，

[①]《搜神记》至迟在南宋时就已散佚。目前可以看到四个版本，即二十卷本（《津逮秘书》本）、八卷本（《稗海》本）、敦煌本、一卷本（《无一是斋丛钞》《魏晋百家小说丛钞》所收）。据考，一卷本是选自《稗海》本和二十卷本的刻本，故亦全文列出。

封三百户。帝之狗名曰盘瓠，亡三月而杀犬戎，以其首来。帝以女妻之于会稽东南，得海中土三百里而封，生男为狗，生女为美人，封为狗民国。

（欧阳询等编纂《艺文类聚》卷九四）

4. 北魏贾岱宗《大狗赋》

余生处大魏之祚政，遭王路之未辟，进不得补过之功，退不得御国之册，帝曰畴咨，迺在朔易，越彼西旅，大犬是获。其头颅也，不可论以尽。其骨法也，不可辨而释。僬侥蹴跄，雄姿猛相。兀然高八九尺，形体如剪削，象貌如刻画，毛翰紫艳光，双肩如白璧。时频伸而振迅，若应龙之腾掷。爪类刀戈，牙如交戟。闻林兽之群争，欻断锁而龁石。逆风长厉，野禽是觅。鼻嗅微香，眼裁轻迹。眄瞚而奋怒，挥霍而振阂。譬若天梁折、地柱劈。倒曳白象挫其腰，啮挚六驳折其脊。拓攃熊黑破其匈，挤抄兽头断其脉。爪处如剑劈，牙创似钹刺。视其未死之间，血泉涌如箭射。于是驱麋鹿之大群，入穷谷之峻厄。走者先死，往者被击，前无孑遗，后无一只。然其所折伏，敬主识人。昼则无窥窬之客，夜则无奸淫之宾。通听百里，夜吠狺狺。若乃蛮夷猾夏，列士异操，轻衬单集，人马衔枚。猛火先觉，音声正摧。竦耳侧听，则恒山动，南向嗥喋，则霍山颓；眈精直视，则曾邱磈，虩吓奔突，则重闉开。非吾畋猎之有益，乃可安国家卫四邻者也。昔宋人有鹊子之誉，韩国珍其大卢，弥明振之于巨獒，盘瓠受之于蛮都。论百代之名狗，敢馀犬之能俱。绝四铁之猲獢,云何卢令之足书?

（此赋载于徐坚《初学记》卷二十九,又见《艺文类聚》卷九十四）

5. 唐王洙《东阳夜怪录》

无何,去文于众前窃是非介立曰:"蠢兹为人,有甚爪距?颇闻洁廉,善主仓库。其如蜡姑之丑,难以掩于物论何?"殊不知介立与胃氏相携而来,及门,瞥闻其说。介立攘袂大怒曰:"天生苗介立,斗伯比之直下,得姓于楚远祖棼皇茹,分二十族。祀典配享,至于《礼经》。奈何一敬去文,盘瓠之余,长细无别,非人伦所齿,只合驯狎稚子,狞守酒旗,谄伺妖狐,窃脂媚灶,安敢言人之长短?我若不呈薄艺,敬子谓我咸秩无文,使诸人异日藐我。今对师丈念一篇恶诗,且看如何。"诗曰:"为惭食肉主恩深,日晏蟠蜿卧锦衾。且学志人知白黑,那将好爵动吾心。"自虚颇甚佳叹。去文曰:"卿不详本末,厚加矫诬。我实春秋向戌之后,卿以我为盘瓠裔,如辰阳比房,于吾殊所乖阔。"中正深以两家献酬未绝为病,乃曰:"吾愿作宜僚,以释二忿,可乎?昔我逢丑父,实与向家、棼皇,春秋时屡同盟会。今座上有名客,二子何乃互毁祖宗?语中忽有绽露,是取笑于成公齿冷也。且尽吟咏,固请息喧。"

（李昉等编撰《太平广记》卷四百八十九）

6. 唐陈陶《钟陵道中作》

原隰经霜蕙草黄，塞鸿消息怨流芳。秋山落照见麇鹿，南国异花开雪霜。烟火近通盘瓠俗，水云深入武陵乡。曾逢啮缺话东海，长忆萧家青玉床。

（范涞修，章潢纂《(万历)新修南昌府志》卷三十）

7. 唐刘禹锡《蛮子歌》

蛮语钩辀音，蛮衣斑斓布。熏狸掘沙鼠，时节祠盘瓠。忽逢乘马客，恍若惊麇顾。腰斧上高山，意行无旧路。

（李瀚章等编纂《(光绪)湖南通志》卷末三"杂志三"）

8. 宋晁补之《开梅山》

开梅山，梅山开自熙宁之五年。其初连峰上参天，峦崖盘险闽群蛮。

南北之帝凿混元，此山不圮藏云烟。跻攀鸟道出荟蔚，下视蛇脊相夤缘。

相夤缘，穷南山。南山石室大如屋，黄闵之记盘瓠行迹今依然。

高辛氏时北有大戎寇，国中下令购头首。妻以少女金盈斗，遍国无人有畜狗。

厥初得之病耳妇，以盘覆瓠化而走。堪嗟吴将军，屈死猃狁口。

帝皇下令万国同，事成违信道不容。竟以女妻之，狗乃负走逃山中。

山崖幽绝不复人迹通，帝虽悲思深。往求辄遇雨与风。

更为独力之衣短后裾。六男六女相婚姻，木皮草实五色文。武溪赤髀皆子孙。

侏离其声异言语。情黠貌痴喜安土，自以吾父有功母帝女。

凌夷夏商间，稍稍病侵侮。周宣昔中兴，方叔几振旅。

春秋绝笔逮战国，一负一胜安可数。迩来梅山恃险阻，黄茅竹箭霾雾雨。

南人颠踣毙溪弩，据关守隘类穴鼠。一夫当其厄，万众莫能武。

欲知梅山开，谁施神禹斧。大使身服儒，宾客盈幕府。

檄传徭初疑，叩马卒欢舞。坦然无障塞，土石填溪渚。

伊川被发祭，一变卒为虏。今虽关梁通，失制后谁御？

开梅山，开山易。防獠难，不如昔人闭玉关！

（晁补之《鸡肋集》）

9. 宋黄文雷《西域图》

大哉天地间，品类不可齐。谁为好事人，貌此昆度西。松花琐碎沙草肥，是间可牧羊千蹄。可怜群鹿正走险，或尔剥割衣其皮。啜潼树桦尚有理，穴颔插齿吁何为。吾闻中原全盛时，重译解辫朝京师。怀主象胥饬乃事，幻人诡伎何能奇。煌煌烈祖鉴古化，玉斧画地分华夷。羌浑何者宅荥洛，蠕蠕异类方纷披。或为盘瓠孙,或为天狼妻。冠带之国尽狐兔,玉门万里那得知。还君此画双涕洟,愿赋周官王会诗。

(厉鹗辑撰《宋诗纪事》卷六十九)

10. 宋徐得之《明妃曲》

妾生岂愿为胡妇,失信宁当累明主。已伤画史忍欺君,莫使君王更欺妾。琵琶却解将心语,一曲才终恨何所。朦胧胡雾染宫花,泪眼横波时自雨。专房莫倚黄金赂,多少专房弃如土。宁从别去得深颦,一步思君一回头。胡山不隔思归路,只把琵琶写辛苦。君不见,有言不食古高辛,生女无嫌嫁盘瓠。自注:高辛事出《后汉书》

(陈世隆辑《宋诗拾遗》卷十八)

11. 宋周紫芝《武溪深》

五溪妖蛮盘瓠种,穴狐跳梁恃馀勇。汉庭老骥闻朔风,两耳如锥四蹄踊。南方毒雾堕赸䳡,五溪溪深军不前。健儿六月半病死,欲渡五溪无渡船。将军誓死心独苦,本为官家诛黠虏。谁知君侧有谗徒,刚道将军似贾胡。人生富贵一衰歇,会令薏苡成明珠。祁连高结卫青冢,文渊藁葬无人送。至今行客武溪傍,谁为将军一悲恸。

(周紫芝《太仓稊米集》卷一)

12. 宋李觏《送武陵令》

之子当为邑，吾朝信择人。位卑难立事，任重合忧民。槃瓠多遗种，桃源即近邻。登临如有见，才思日应新。

（李觏《直讲李先生文集》卷三十六）

13. 宋薛季宣《巴口相地作大军仓》

南浦纵兰桡，打头清旦风。鸟飞图障远，人皱縠纹中。衔尾过千柁，频颜无万丛。端愁少槃瓠，生子亦群戎。

（《薛季宣集》）

14. 宋韩元吉《送赵蕃辰州司理》

故家零落眼中稀，岁月峥嵘踏路岐。诗解穷人君莫恨，钱能使鬼我方知。片言折狱非无日，谈笑封侯会有时。一上梅山吊槃瓠，剩题佳句写幽思。

（韩元吉《南涧甲乙稿》卷五）

15. 宋韩淲《送沅陵宋令之官》

雪残沙软草芽肥，梅萼翻檐柳拂堤。山色翠连盘瓠石，水声清接武陵溪。要看抚字归谈笑，且与经行试品题。我亦钱塘江上去，书林猿鹤共凄凄。

（韩淲《涧泉集》卷十二七言律诗）

16. 元袁桷《乘鸾吹箫图》

缪公荒淫乱天纪，累累宫中四十子。怀嬴复作重耳妻，匜盥相挥国深耻。娉婷弄玉谁复看，参差窈窕能合欢。筑台虚声出天外，诈言后夜同乘鸾。人言神仙能不死，橐泉之坟露遗址。哀哀黄鸟飞复来，良药刀圭竟谁致？高辛之女随盘瓠，汉愁匈奴遣公主。一身能解百城围，鄙计咿呦笑千古。天台之事尤荒唐，刘郎阮郎归洞房。石桥云深櫹木胃，披图相看俨同传。

（袁桷《清容居士集》卷七）

17. 元杨维桢《海乡竹枝词》

颜面似墨双脚赪，当官脱裤受黄荆。生女宁当嫁盘瓠，誓莫近嫁东家亭。

（顾瑛《草堂雅集》卷后二）

18. 元丁复《送笪县尹之官苍梧》

苍梧之山古九疑，苍梧之郡汉置之。剑藏尉佗火山是，鱼如武昌丙穴宜。武昌江边赵佗石，石出江波三四尺。隔江即有禹王祠，老柏旧栽皮尽赤。人言王气□此分，正北一枝囷碧云。向来南枝亦苍翠，物随世□竟憔悴。树木犹知历数然，万方一轨趋争先。中原出载驼马杂，重译来贡犀象连。奇珍怪见动人意，往往官人外存义。或者因之并亦无，髓凿筋劕剔膏髇。□官上吏皆可诃，苍梧县尹当如何。前人生徭寇海北，杀人不异鸡与鹅。苍梧有民民上古，十洞连邻姓槃瓠。令尹先惠十洞人，教重弦歌令威武。儿知读书父识官，县尹有歌民乐安。笙歌教乐虞皇庙，犹似音声京洛好。阿侯莫作北鄙音，霜气不来云色□。

（丁复《桧亭集》卷三）

19. 元郑东《齐女墓》

突死孤坟在，千年恨尚新。荆蛮非偶国，盘瓠愧吾人。踯躅春啼血，狐狸夜得邻。营丘无霸业，吴沼更伤神。

（林世远、王鏊等纂修《姑苏志》卷三十四）

20. 元陈孚《全州》

城郭依稀小画图，佛光迥照铁浮屠。斑斓归洞见盘瓠，格磔满林闻鹧鸪。蒸水北吞双练急，湘山南笋一螺孤。停鞭欲问炎州事，不奈侏离见矮奴。

（陈孚《陈刚中诗集》之《交州藁》）

21. 明莫旦《大明一统赋》

三苗国

在荆扬之间，唐虞时恃险为乱，今岳州是也。昔高辛时有犬名盘瓠，人有父为贼所杀者，誓于众曰："能为我复仇者,以女妻之。"盘瓠闻之棹尾而去,遂衔贼首而还。因妻以女,入山三年,生六子。六子既长。问于母曰:"吾父是谁?"母指犬曰:"此是父也。"六子耻之,遂杀盘瓠。今贵州夷人父老则卖之,名卖爷苗。又有东苗、西苗、紫姜苗、红犵狫、花犵狫。文,五溪之蛮,曰猫,曰猺,曰玃,曰犵,曰狑,曰犵狫,字皆从犬,尽盘瓠种也。①

(李贤等撰《大明一统赋》卷上)

此段是《大明一统赋》注释"三苗国"的部分,与《搜神记》所载盘瓠神话的文本有很大差异,虽两文都有立功情节,但此文强调"女儿救父"。

22. 明王夫之《鹦鹉洲游人拆字龙舟会烈女报冤》(简称《龙舟会杂剧》)

〔幺〕俺是个母丁香,药性烈;你则道公槟榔,能消气。雌木兰暂卸下盘龙髻,秦女休不怕你盘蛇刺,高辛女权混入盘瓠队;看咱脱却皂头巾,恰是个活拿小鬼钟馗妹。

(周恭寿《续遵义府志》)

---

① 为了保持文中所引文意,故保留了原文对少数族群的名称。下文亦同,不再一一标注。

23. 明林真《辛女岩》

亭亭孤立沅水滨，犹是当年出洞身。山月光留妆镜晓，岩花香带绮罗春。曾随盘瓠辞丹阙，不逐凤凰上玉京。空有香魂化为石，令人吟哨倍伤神。

（顾奎光修，李涌纂《(乾隆)泸溪县志》）

24. 明胡翰《书黄贺州平蛮事后》

荆楚绵百越，襟带极遐裔。连山限车辙，外薄海无际。风气何纷厖，群蠢动相噬。古虽郡县置，画地出租税。负险恒自固，犬牙植形势。聚若蜂蚁来，散如鸟鼠逝。尧仁不能覆，往往思一薙。悬兵万里外，暴路蒙瘴疠。亦有内齐民，诖误混狂狙。巢穴牢弗破，根本先自殪。天遗槃瓠种，出入民患害。圣哲戒不虞，穷讨谅非计。皇灵冒下土，赫赫火俱厉。日月所出入，有生尽怀徕。宾贺崎岖间，苞桑久联缔。遣吏得黄侯，为国开信誓。王师不血刃，缓颊下椎髻。列功奏天子，玺书远颁赉。赐以大银碗，副之金帛对。岭海数十城，安得百其喙。我闻范史言，此属非难制。力弱校弄薄，非可羌戎例。汉廷慎择守，祝良复谁继。侯今须尽白，侯心甚岂弟。分符浙水上，应念东人晓。蛮瑶尚有知，东人敢忘惠。作诗劝不隳，庶以示来世。

（胡翰《胡仲子集》卷十）

25. 明王绂《送张知县》

作宰麻堤去，民风杂五溪。世传盘瓠后，地接夜郎西。腊酿多藤酒，春禽半竹鸡。到官应有便，莫惜寄缄题。

（钱谦益《列朝诗集》乙集卷六）

26. 明林弼《江洞书事五十韵》

西徼百蛮底，南荒三楚边。苗顽风未殄，盘瓠种犹传。江自牂柯发，山从越嶲连。封疆秦日画，威德汉朝宣。马援军曾驻，狄青师载旋。羁縻诸洞在，弃置左官迁。夷獠分生熟，怀柔异后先。鸟言难白别，椎髻费红缠。篁桂深林薄，茅茨小栋椽。巢居牛畜共，邻处虎狼联。猎野撑花箭，涉川刳木船。蝮蛇勤执贽，鸡骨惯占年。畬种原头火，村炊树杪烟。兵尘竹子后，瘴雨桂花前。径路微微入，藤萝密密延。小桥过略彴，轻篝送揪輲。象郡通蕃甸，珠崖到海壖。驿牛无脱辔，洞马不加鞭。饮涧猿悬臂，吹潭蛟长涎。危峰常欲堕，怪石久皆穿。忍听归归鸟，愁看跕跕鸢。沙姜长竖指，泥蕨细钩拳。置毒仇家快，挑生左道便。行厨避民舍，停箸问宾筵。近腊缝山罽，迎秋拾木绵。夔貜为伴侣，麋鹿当牲牷。蛮鬼歌堂赛，狡童舞袖翩。溪翁醉皆倒，野妇喜如颠。负弩常从犬，扳罾或得鳊。孰云殊土俗，自是一山川。白发知何叟，青衣立竦肩。送瓜强留客，供酒不论钱。请说两江事，含凄双泪涟。前朝失政体，酋长窃兵权。角面桃弧劲，鱼鳞竹甲坚。攸攘时彼此，剽掠转夤缘。圣主开弘业，遐方囿化甄。居然列郡县，忍尔斁戈鋋。岂料潢池地，从观埳井天。群凶多不逞，同恶复相牵。春废桑麻垄，秋荒蔗芋田。官军扫氛翳，鼠辈委腥膻。污染犹蒙宥，强梁讵足怜。智高今显戮，孟获已深踒。残命嗟如线，新官幸似弦。爱民有元结，奉使遇张骞。苦语怕终听，同仁赖曲全。乾坤新再造，日月大无偏。岭徼虽称远，岩廊正任贤。观风小臣在，归拟奏诗篇。

（林弼《登州集》卷七）

27. 明欧大任《送曾京兆转大中丞巡抚贵州》

开府黔阳万里遥，西南天地画铜标。尽令槃瓠安蛮落，自昔牂牁奉汉条。羽扇麾兵丞相垒，铙歌帐饮侍中貂。都人岂但思京兆，剑履何年入圣朝。

（欧大任《欧虞部集》之《廱馆集》卷三）

28. 明欧大任《送郭方伯赴贵竹》

蘭矢前驱候玉珂，西南堑垒自星罗。阁鸦箐过金鸡驿，盘瓠溪通赤虺河。周日职方先岳牧，汉家乐府奏夷歌。履声蚤入承明谒，已听羔羊咏五紽。

（欧大任《欧虞部集》之《廱馆集》卷三）

29. 明薛瑄《辰溪晓泛五首》其五

自有烟霞分，观风任所之。洞馀槃瓠种，江绕伏波祠。

秋老芙蓉树，云深薜荔丝。欲知消远思，秖是咏新诗。

（薛瑄《敬轩文集》卷六）

30. 明薛瑄《沅州杂诗十二首》其六

僰道西连蜀道长，五溪风土古蛮乡。相传遗种多槃瓠，见说藏书即酉阳。梅雨来时诸水涨，野云飞处万山苍。铁冠自是心如铁，一任江如九曲肠。

（薛瑄《敬轩文集》卷六）

31. 明杨慎《送彭胡之官保靖》

青枫带楚乡，红旆引吴舫。溪洞连辰浦，峰峦近酉阳。稻田多有岁，橘树不知霜。苇龠祈盘瓠，丛词赛竹郎。蛮歌花节鼓，公宴桂沾浆。因尔询风土，图经远寄将。

（杨慎《升菴集》卷二十五言排律）

32. 明罗洪先《李将军歌》

五溪西南山刺天，千盘万箐幽且坚。岚腥水毒不可渡，昏昏白昼沈乌鸢。帝窜三苗曾此地，或云槃瓠居仍传。魑魅过从喜得侣，山川感召生何偏。窄衫鬟髻号鬼国，腰镰挟弩亲农田。迩来跳梁犯楚塞，下令用兵垂十年。武陵屡奏南征曲，毕口频移上将权。已闻调发牵两省，况复节制同三边。未见泸水走孟获，空留铜柱镌文渊。将军胄出西平王，忠武世业何煌煌。生来相貌似熊虎，口谈韬略虬髯张。往时提军入镇箪，叱咤诸蛮如犬羊。时危正藉酬恩力，志奋宁须绝技长。即今头衔比都统，兼报开府临辰阳。胸中礌砢富群策，胡为嗫不呻其吭。岂欲万全报天子，伐心在谋不在强。老我无能抱图史，染翰濡毫发语狂。拟作五溪旋凯赋，且待将军投报章。

（罗洪先《念菴文集》卷十九）

33. 明王弘诲《宿太平驿》

青山迢递望邮程，候吏欣闻报太平。瘴疠已消盘瓠穴，旌旗犹列伏波营。乱峰孤馆停车骑，野水危桥度驿城。肃肃宵征思远道，天涯芳草不胜情。

（王弘诲《天池草》）

34. 明薛纲《辰溪即事》

休轻此邑是遐陬，控制西南据上游。夹岸峰峦如削玉，傍溪楼阁似联舟。蛮云结暝长为雨，沅芷浮香不断流。盘瓠遗风无复见，衣冠文物等中州。

（曹学佺《石仓历代诗选卷》三百九十一）

35. 明谢元汴《岁暮山居杂感》其十五

种自盘瓠旧，伥蒐燎狒猩。荒祠画壁怪，野祭巫音伧。

贵竹鬼方国，海童不夜城。譬如经滟滪，达者得其平。

（谢元汴《霜山草堂诗集》）

36. 明无名氏《运甓记》

挥戈瘴雨晴，仗剑蛮烟净。看盘瓠匿迹，魑魅潜形。铭镌铜柱功追汉，溪逐桃花忆避秦。

（毛晋编《六十种曲》之《运甓记》第二十出）

37. 清郑珍《竹王墓》

九隆之生感沉木，竹王乃产三节竹。此人当是开国君，神自子孙讹自俗。夜郎地大秦汉前，东接交趾西邻蜀。初时天启一州主，必有奇雄传似续。世久莫复识根原，遂缘竹姓谓天育。人非血气焉从生，盘瓠虽奇种犹畜。智营荒荒知几叶，西南君长皆臣仆。头兰钩町同汉侯，何言灭自楚庄族。番令缯帛入笮关，博望亦来问身毒。其时侯者为多同，今即其子咸内属。椎结箕踞问汉大，仅强羁縻敢云戮。迨灭南越先入朝，宠以王封冠蛮濮。后人若肯世恭顺，与汉同休那待卜。岂知兴务继贪乱，不及中兴想倾覆。王水源枯林箨寒，竹祠鬼馁夜灵哭。遁兴唐斩岂世情，天既置之丧何促。霸封三子死配食，此语尤诬不可读。元封以后历世王，奚待通侯继其禄。常志传讹范沿谬，故是迁固为实录。昔年尝考国所在，却赖常志得遗躅。夜郎郡县始王逊，必治其都不外筑。郡原故国县有豚，道将纪出耳而目。牂江豚水实异号，可载精兵下通郁。

或谓是即今北盘,此津现且不能舳。又或指沅指延水,要皆其委入岷渎。定知即是古州江,乃与地道无背触。然则都匀安贵间,当有竹城邈难瞩。明月千年旧社亡,莽葬荒烟付耕劚。何由更识竹王墓,纵目人同太虚屋。谁欤好事就桐梓,认冢鼎山之西麓。此邑唐初夜郎县,名虽从古地已麛。坝城殿井竟附会,□□□□□□□。此樟制精刻殊近,元明土舍知谁孰。向来犹自号七王,实事乃倡定兴鹿。李代岂无冥漠羞,藉免樵苏亦其福。砭今驳古告后贤,不妨旧贯存疑狱。

（郑珍《巢经巢诗钞注释》后集,卷四）

38. 清顾奎光《辛女溪》

潕猥溪水绕山跗,范氏传闻事有无。漫为辰夷夸外舅,便言辛女嫁盘瓠。须知帝宅非都楚,不信将军早姓吴。石室至今劳想象,谁书厘降洗荒诬。

（顾奎光修,李涌纂《(乾隆)泸溪县志》）

39. 清成鹫《答连山李礼山明府见寄》

美人为政心如水,百尺澄潭清彻底。洪纤灵蠢总包荒,游泳潜沦胥托体。阳春有脚不留行,大道为公无彼此。邃初槃瓠长儿孙,伏莽负嵎均赤子。自从单父静鸣弦,徭僚苗蛮争侧耳。八排六峒风气开,昔时顽梗今廉耻。罢琴隐几看青山,宦情摄入诗情里。目送蜚鸿远兴生,一路吟诗赴郡城。秋风过我松寮下,话别林间片月明。重来有约理归棹,公事曾迁几日程。挂帆夜渡珠江浦,海潮有信风无情。我时西望发长啸,几欲寄书迟雁征。腊尽冰消春水长,烟雨濛濛荡双桨。何来远札款荆扉,拂袖清风快幽赏。开缄三复一沉吟,劳君千里虚提奖。自笑不如鲁仲连,坐看东海成桑田。天下车书归正统,借地开池种白莲。自笑不如夷与叔,普天何地非周粟。北俱卢洲长粳米,饱食无瞋亦无欲。自笑不如缠涧民,怀沙未是解空人。一片蒲团跌两膝,寂莫东风过耳轮。置书怀袖中,奚啻什袭珍。索居非所惜,古处通精神。山中莫问松年纪,惟问桃花几度春。

(成鹫《咸陟堂诗集》)

40. 清屈大均《猺歌》

从化有兰和峒,多猺。猺之祖曰"盘瓠",祀以为社,名曰"盘古王",其峒亦曰"盘古峒"。"古"者,"瓠"之讹也。盘瓠荒祠盘瓠峒,诸猺男女歌相送。裙衫染黑大家同,绒绣花连大头凤。峰田火粒早收成,为赛社王多酒瓮。山狸肌作木瓜香,竹鼬肉如绵絮松。官催刀税到兰和,绝嫩鹿茸先纳贡。

(屈大均《翁山诗外》卷三七)

41. 清丘逢甲《饶平杂诗》其十二

椎结遗风尚宛然,凤皇山畔种畬田。山中自作槃瓠国,更在佗王左纛前。山中有盘、蓝、雷、钟四姓,土人云狗头王子孙也。

(丘逢甲《岭云海日楼诗钞》卷六)

42. 清乌尔恭阿《义犬塔》

天下犬死弃乃常,此犬有塔官道旁。惜无片石述其义,后世乃为诸犬光。颙顸盘瓠汝始祖,黄耳亦汝大父行。次者猗猗不足数,纵使续貂羞与附。我闻易水来往人,尽识山间义犬墓。何年何氏畜守阍,天使不语能报恩。如是精灵未可灭,绕山逐散妖狐魂。村中群犬鸣相闻,仿佛有声来白云。

(徐世昌编《晚晴簃诗汇》卷八)

43. 清方殿元《六歌》"五溪深"

序:西南烽火,几半天下,余遭忧去官,欲归不得。作歌六首,聊以写悲。五溪深,鱼鳖网尽伤人心。

伏波昔下槃瓠国,鼙铎悲歌夜吹笛。十万征人未尽归,千年流水声凄恻。今时鼠窃是何意,幽谷深山盗名字。东南盗贼应声气,将帅旌旄横满地。官军三载住长沙,万马齐驱非地利。壁垒坚营休士卒,食尽锋摧待其毙。巴陵南畔最卑湿,瘴雨岚风四时急。画角吹残刁斗断,征人相抱桩竿泣。南天杀气操生死,雁飞未到衡阳止。欲寄音书一问家,家过衡阳几千里。

(徐世昌编《晚晴簃诗汇》卷三十五)

44. 清曾国藩《题唐镜海先生二图》其二《五原学舍图》

大儿垢腻衣短褐,小儿蓬头语更吃。生长徭户习绳行,不识诗书定何物。昨者县门鼓如雷，太守如父从天来。走章驰檄到山寨，要与羣俗辨颈腮。皇天于人何厚薄，未必蛮犵皆不才。一朝得与冠裳会，青天始见云雾开。魋结公然被儒服，笑言哑哑欢且咍。山南伐石千指碎，山北挽木万牛回。缩版登登日复夜，取次学舍高崔嵬。五原便同石渠阁，百丈似筑通天台。铜鼓芦笙杂弦诵，衣冠俎豆何文哉。但愿使君长世世，坐看槃瓠成瑰材。岂期文翁难久借，至今蜀国有餘哀。披图却忆十年事，富川风物落酒杯。方今圣人舞干羽，薄海怀柔不用武。会崇我丈比桓丁，立使殊方变邹鲁。三老五更古所尊，呜呼此事非小补。何时虎观拥皋比，我亦执经走廊庑。

（曾国藩《曾文正公诗文集·诗集》卷二）

45.（清）查慎行《辰州》

连冈猛火夜烧营，槃瓠西来尚有城。百雉凭高经雨黑，五溪流恶入江清。就倾庐舍全无主，畏险舟车半不行。欲访遗书寻二酉，旁人指点笑书生。

（查慎行《敬业堂诗集》卷四十八）

46. 清查慎行《平蛮歌为灵川令楼敬思作》

槃瓠遗种成野豻，充拓百粤西南间。桂林所属半猺獞，猺性稍驯獞性顽。獞中廖三乃最狡，结砦背子藏神奸。义宁邑宰畏如虎，长恶不复加防闲。康熙五十有六载，遂逞螫毒为民患。公然越境大劫杀，乘势摇动西江湾。灵川楼侯奋髯怒,一念轸恤周痌瘝。请于中丞愿剿贼,朝发夕下无留艰。官军压境屹不动,旁睨翻笑书生孱。岂知仁者必有勇,勇气远过齐成觀。力捐百镒铸戎器,更募丁壮踰千锾。仲冬誓师谒神庙,声并泪下垂潸潸。与神幽明共守土,捍御灾患宜相关。狼贪豕突忍坐视,一任满耳啼孤鳏。阵图兵法贮腹笥,临事布置神安闲。先营壁坞后粮糒,下极坑谷高跻攀。天寒雪少但瘴雾,地尽石出皆榛菅。孤军深阻三百里,间道别取千寻山。贼巢渐近径弥恶,出贼不料攻而环。焚林燎穴何处遁,照耀岩壑朱旗殷。渠魁就歼胁从赦,散以畎亩同闾阎。自从出疆迨饮至,三十五日师旋般。明朝献馘上幕府,队仗整肃排班班。受成例应给大赉,为国惜费情非悭。有酒盈缸其色碧,有羊在牵其首盼。侯不居功以归众,单醪挟纩胥均颁。人传封事上北阙,我适问道将西还。过侯治下暂弭楫,为我扫榻开门闩。杯阑抵几听陈说,窃叹胆气何其豩。如闻鼓鼙作馀力,如睹介胄当躬擐。朝廷设官镇群獠,文武分职毋相奸。至令儒臣建伟绩,壮士毋乃多赧颜。是庸作歌勒诸石,义在小雅谁能删。他年采入《桂海志》,碑额不愧书平蛮。

（查慎行《敬业堂诗集》卷四十八）

47. 清舒位《黔苗竹枝词·西南夷一首》

嫁得槃瓠不自由,岑山孖水远来游。无因石室功臣表,狗尾如貂续未休。按:槃瓠,高辛氏之畜狗也,衔犬戎吴将军头献阙下,帝酬其功而妻以少女。盘瓠遂负女走入南山石室,三年,生六男六女,自相夫妇。衣服制裁,皆有尾形,号曰"蛮夷",详见范史《西南夷列传》。此盖苗子之始祖矣。苗以山之高者为岑,水分流曰孖。

(舒位《瓶水斋诗集》卷二)

48. 清舒位《黔苗竹枝词·木老一首》

放鬼才过七七期,更传画鬼祀灵旗。无端食指今朝动,问是槃瓠第几支。按:木老,所在多有。父母死,长子闭户居四十九日,乃延巫荐祝,名曰"放鬼",祀鬼则用五采旗。其族同姓不婚,异姓不共食犬。

(舒位《瓶水斋诗集》卷二)

49. 清阮元《题五代马楚复溪州铜柱拓本》(己未)

序:此柱朱竹垞检讨旧有二跋,吴任臣《十国春秋》载此文讹数十字,且沿《五代史》"士然"之讹,今观拓本实"士愁"也。柱今在保靖县十里,旧茅滩上。馆师彭芸楣大司空,以拓本属题。

伏波铸铜柱,归车得诼构。马殷无功德,天以湘潭授。酬勋在千年,毋乃是华胄。士愁一角蛮,岂如微侧富。不为锦溪长,甘作辰澧寇。盗用盘瓠兵,敢与九龙斗。僭伪当盛时,材力每雄厚。梯栈破溪塞,焚林缚猿狖。五姓跪饮血,求誓仅自救。王曰与尔盟,鬼神质诅咒。伏波文学博,四羊印曾奏。当年若勒铭,定能正苍籀。天策十八人,无出宏皋右。雄文与功称,所学亦不陋。赤堇丈二尺,凿字硬且瘦。

惜哉狻掉尾，蛮烟蚀银镂。前年有苗格，露布出云岫。拓本来军中，南昌辨其读。史校薛欧阙，跋订吴朱谬。吾祖昔征苗，午夜挥兵走。十战九洞中，碧血染袍袖。此柱当战垒，刀镮或亲扣。挟册三摩挲，仰视日中昼。

（阮元《研经室四集》诗卷四）

50. 清郑珍《望乡吟》其二（乙未）

序：辰溪县北三十里许，水东，岸皆峭壁，猿鸟所不到。其上有楼阁栏楯匣之属，曰仙人岩。其石斑如狗迹者，曰狗足岩。其西岸，苍崖界白，蜿蜒斜上如龙状者，曰白龙岩。俱奇谲可玩。舟行经此，戏为之诗。

神仙爱楼居，亦复喜峭僻。辰阳山水窟，上古断人迹。仙者忘其名，于此结灵宅。下映百丈潭，上接千仞壁。朝服砂五色，暮食苓三脊。潭中白龙子，时时受馀液。不知几千载，仙眷有分析。广构嵌穴间，几至无剩隙。此时盘瓠氏，子孙正昌炽。名山出帝赐，荒岩任游息。一朝惊见人，奔赴急欲龊。洇水不没鼻，踏崖如履席。乱衮污石花，吠声入空碧。仙者谓行乎，群犬势已逼。宝剑不及携，丹经不及匿。举室尽飞升，诸物弃狼籍。白龙起相从，猝上误触石。尺木为所伤，乾死挂崭崱。元精死不泯，一线透岩石。君看斗壁上，遗迹尚历历。曼衍作歌诗，因之寄桑梓。

（郑珍《巢经巢诗文集·诗集》卷三）

51. 清邓辅纶《飞山吟》

　　三峰岌相争，造物纵狡狯。为高因丘陵，飞势落天外。岩穴多白云，石气泻涓霈。奇观劳梦想，腰脚苦狼狈。篮舆得儿扶，复幸嘉宾会。唱导实助予，雁行侣展盖。未登惮险艰，既践坦而泰。一瓯据奥区，当窗蔚松桧。云雷俯在下，冈阜历历绘。天放风日佳，胡为翳烟霭。岂为城郭喧，泱莽割尘壒。咫尺尚如此，况乃瀛海大。尼父忧萧墙，修内塞其兑。回首叫帝阍，柔远道足赖。鳞介非冠裳，珠崖弃何害。兹山盘瓠遗，时清卷旌旆。岩垣尽倾圮，削壁空嶒峐。摩挲将军碑，镇此等球贝。其巅覆窟室，阴幽白日昧。迅霆有时下，拿攫扫榛荟。还憩毗卢庐，欣言缓襟带。胜地倒壶觞，僧蔬愈珍脍。举酒招鹤山，临风一遥酹。高台可洗心，瓣香蓺馣馤。嗟哉二三子，乐莫斯游最。点瑟有希音，泠泠振碨磊。玄黄何纷矫，澄对寂万籁。一笑渠江横，翛然六尘蜕。

　　　　　　（徐世昌编《晚晴簃诗汇》卷一百五十三）

52. 清陆次云《五溪杂咏》

　　崎岖幽谷里，尽是碧云河。祖每尊盘瓠，祠皆祀伏波。峒民参汉俗，溪女唱苗歌。溉种渔樵暇，悠然卧薜萝。

　　　　　　（席绍葆、谢鸣谦《(乾隆)辰州府志》）

53. 清魏祝亭《两粤徭俗记》

两粤之地徭居半皆祖盘古而宗狗头王,王即盘瓠也。两粤徭祀其先,以十月朔,令男女既冠笄者,连其襟舞,谓之踏徭。两相悦,祀毕,男遂负女去。粤东则更以七月望日,俾两髻男、三髻女衣五彩裙,歌且舞以妥侑焉。在粤西者,种凡三,曰高山,曰花肚,曰平地。高山最犷悍,花肚次之,平地又次之。向设徭目一、徭甲六以辖之,中又分徭与俍。俍,客户也。明万历时,调俍兵征罗旁溪徭,其族类遂蒸于曲江以北,东绕罗旁,面连山,聚族而居,惟连之八排,族姓繁衍,桀骜难驯,地广七百余里。轮倍之,率为盘姓。其它赵、冯、邓、唐诸氏皆汉人,以避徭赋诛求,举家窜入,日濡月染,凡饮食衣服器用皆与真徭无异。自四姓窜身徭中,教制军器,教挠边疆,教肆掠劫,蠢而凶者,日浸悍而黠矣……徭人之婚嫁也,每于仲冬既望,群集狗头王庙,报赛宴会,男女杂沓,凡一切金帛珠玉,悉佩诸左右,竞相夸耀。其不尽者,贯以彩绳,而悬诸身之前后。宴毕,徭目踞厅旁,命男女年十七八以上者,分左右席地坐,竟夕唱和,歌声彻旦,率以狎媟语相赠答。男意惬,惟睨其女而歌,挑以求凰意。女悦男,则就男坐所促膝而坐。既坐,执柯者以男女襟带絜其短长,如相若,俾男挟女去。越三日,女之父母操豚蹄一篮,清酎一瓢,往婿家,使之同牢合卺。否则互易其肇,各系于腰以归,以为聘,踰一再岁,衣之短长同,则敦媒以导。山官婚嫁则不然。先数月,嫁女之家购香木芳草构屋于中途,名曰寮。届期,男与女均集,鼓角鸣铙,人声与笙声迭作,雅乐共俗乐并陈。日将晡,鼓吹导之入营房,环四面,集豺手狼手豹手虎手千人供宿卫,豺狼虎豹手,徭兵也。居六阅月,婿始率妇归,前后以童男女于马上演角抵鱼龙戏,日出寮舞。将至里闬,婿先骋马归,遣女徭眊,携五采竹筐,上图山魅百怪状迎之,徭称巫曰徭眊,取妇衵服,贮其中,名曰纳魄,又曰收魂,盖欲女悍魔之灵,安于其室,而不敢纵恣也。凡女已受聘,戴方板于顶,以发平绕其上,左右覆绣帕一,及肩,胶以黄腊膏,缀以琉璃五采珠无算,见男子不语不歌,谓其已有家也,群以板瑶目之。未字,带箭竿一,分其发盘结之,披堆花迭草巾于箭尾,途遇姣好男子,歌遂作,有室者弗之和,否则赓歌之,辞半以淫,两相悦,各易其衫带以归,此箭徭也。

(吴曾祺编《旧小说》巳集二)

54. 清魏祝亭《荆南苗俗记》

荆南辰州,与黔邻界毗所,崇冈万叠,绵亘二百余里,中悉为苗窟,苗系出盘瓠……俗以三月三放野,又名跳月,未婚者悉盛服往野外,环山箕踞坐,男女各成列,更番歌,截竹为筒吹以和,音动山谷。女先唱以诱马郎。马郎,苗未婚号也。歌毕,男以次赓和,词极谑,殊有音节,听之亦飒飒移人。女心许者,会马郎歌中意以赓之。讴未毕,男遂歌,且行以就女,相距二尺许即止。女曰歹阿里人,男以其姓氏里居告。苗称人及己,皆曰"歹阿里",汉言何处也。女起曳其臂,促膝坐。顷之歌又作,迭相唱和,极往复循环之妙，大抵道异日彼此不相弃意也。抵暮，男负女去，诘旦偕妻诣丈家，其聘赀以妍媸为赢缩，凡三等，均有定额，贫亦必取盈焉。

汉人贸易至其家，妇女均不避，若与其女谈，虽狎嫖亦悦之，谓艳其美也；与其妻若妾交一语，则艴然怒，盖苗性最猜忌，虑汉人诱之逸，故如此；甚则缚呈诸茫，茫，苗称尊长也。

处女耳饰银环，富者间以珠玉，嫁则否。夫死妻立嫁，以娶者为丧主，否则不葬。其妻死则移第至厕傍①，以为圹难与人居，经续始移归故寝。

（吴曾祺编《旧小说》巳集二）

下文均出自明代沈瓒《五溪蛮图志》，因有清人续补部分，笔者很难确定其所归属朝代，故一并列出。

55. 云海《辛女崖》

辛崖峭拔伫立千，故拟思夫附水看。槃瓠不知何处是，至今犹存尚悲酸。

---

① 此句《中华大典》中为"其妻死则移第至厕旁"，参见郑志惠主编《中华大典》，北京：北京日报出版社，2015年，第1856页。从意思看"《旧小说》"中"第"疑为讹误。

56. 李栋①《辛女崖》

当年帝女何来此，汉史真诬后代人。不见风云迷洞口，只留苗佬祸生民。空怜石壁蟠龙样，却笑天潢嫁犬嫔。安得五溪多难靖，醉歌还舞万方春。

57. 林真《辛女岩》②

亭亭孤立武溪滨，犹似当年出洞身。山月光留妆镜晓，岩花犹带绮罗春。曾随盘瓠辞丹禁，不逐鸾凤上玉京。空有香魂化为石，令人吟眺倍伤神。

58. 余季枢《槃瓠庙》

泸溪西南三十里，苍藤古木有遗祠。年年五月逢端午，处处群蛮集一时。击豕椎牛欢不已，踏歌挝鼓醉方辞。孰知槃瓠非人类，庙食千秋却罔堕。

59. 陈颖昌《槃瓠庙》

忆昔高辛世，淳庞太古风。神明藏病耳，变化出深宫。五色昭文物，三阳禀化工。既生奇且异，宁不感而通。时适

---

① 李栋，泸溪人。云南布政吏部都堂。
② 前文《泸溪县志》已收，但文字有多处不同。列于此供参阅。

尊华夏，民方病犬戎。翻然承帝敕，赫矣著边功。地赐南山远，恩颁北阙丰。阴阳蕃子姓，山泽遑豪雄。义起开光祀，名垂古庙崇。端阳来白叟，佳节舞黄童。醪醢罗陈杂，牲牢致敬同。踏歌青草里，捶鼓翠岚中。习俗传今古，流风自始终。题诗镌石壁，垂誉想无穷。

60. 云海《槃瓠庙》

犬戎肆逆犯中原，帝营挥戈屡折辕。悬赏征兵谁奏捷，幻生盘瓠诣宫门。嗛头退敌赴丹阙，不受颁遗伏地喧。少女降身遵旧约，负之远涉楚边垣。山隈僻径成家室，诞生六子若狖猿。寻源弑父抛江渚，母痛捞尸葬潆村。精英不没凝山泽，溪蛮庙祀至今存。椎鼓踏歌偕老幼，牛豕酒鲊各分飧。余奉公巡经此地，亲睹流风敬致言。虽然变化非人类，特异殊功亦可尊。

61. 张秀①《槃瓠庙》

古祠高构武山西，曲径穿云石作梯。片片春花和雨落，声声野鸟隔林啼。奇功献馘昭当世，遗孽流风遍五溪。我欲乘间一登览，藤萝暗雾畏攀跻。

---

① 张秀，嘉禾人。辰君教授。

62. 吴芳《槃瓠庙》

肃肃古庙出翠微，映阶碧苣春芳菲。日落荒村走狐兔，鸟啼深涧白云飞。种类溪山丽不亿，烝尝孝享时无违。鼓则歌兮舞则选，牛酒杂陈情眷恋。欲识槃瓠血食功，应翻后汉南蛮传。

四　笔记中对盘瓠的记述

古代笔记中亦有与盘瓠相关的大量资料，其中记录较早的则为东汉应劭的《风俗通义》，这也是目前公认的、可追溯到的有关盘瓠神话最早的记载，惜原文不存。盘瓠相关文献，《风俗通义》中仅见下文一条。

　　盘瓠之后，输布一匹二丈，是谓賨布。
　　（应劭《风俗通义》，原文已佚，转引自李善注《文选·魏都赋》）

此句《后汉书·南蛮西南夷列传》作"岁令大人输布一匹，小口二丈，是谓賨布。"宋代罗泌《路史》云："应劭书遂以为高辛氏之犬名曰盘瓠，妻帝之女，乃生六男六女，自相夫妇，是为南蛮。"(《路史》卷三十三"发挥二")唐李贤注《后汉书》，亦于所记盘瓠故事之后，注云："已上并见《风俗通》也。"(《后汉书》卷八十六"南蛮西南夷列传第七十六")但今《风俗通义》辑本未见此文，经两书间接引述可知《风俗通义》原来曾有过关于盘瓠神话的文字记载。

历代笔记中还有不少与盘瓠有关的材料，其内容涉及"盘瓠之后"居住、饮食、祭祀、舞蹈等方方面面。从这些记述，我们可以看到记述者结合想象、记录他人口述，到亲历亲述的发展轨迹。

1. 东晋郭璞注《〈山海经〉校注》

有人曰：大行伯，把戈。其东有犬封国。昔盘瓠杀戎王，高辛以美女妻之，不可以训，乃浮之会稽东海中，得三百里地封之，生男为狗，女为美人，是为狗封之国也。

（郭璞注《山海经·海内北经》第十二，小字为郭璞注）

2. 北魏郦道元《水经注》

武陵有五溪，谓雄溪、樠溪、无溪、酉溪、辰溪其一焉。夹溪悉是蛮左所居，故谓此蛮五溪蛮也。水又迳沅陵县西，有武溪，源出武山，与酉阳分山，水源石上有盘瓠迹犹存矣。盘瓠者，高辛氏之畜狗也。其毛五色。高辛氏患犬戎之暴，乃募天下有能得犬戎之将军吴将军头者，妻以少女。下令之后，盘瓠遂衔吴将军之首于阙下，帝大喜，未知所报。女闻之，以为信不可违，请行，乃以配之。盘瓠负女入南山，案：女近刻讹作妻上石室中。所处险绝，人迹不至。帝悲思之，遣使不得进。经二年，生六男六女。盘瓠死，因自相夫妻，织绩木皮，染以草实，好五色衣，裁制皆有尾。其母白帝，赐以名山，其后滋蔓，号曰蛮夷。今武陵郡夷，即盘瓠之种落也。其狗皮毛，嫡孙世宝录之。

（郦道元《水经注》卷三十七）

3. 南朝齐黄闵《武陵记》

山高可万仞，山半有盘瓠石室，可容数万人。中有石床、盘瓠行迹。

（原文已佚，转引自范晔《后汉书·南蛮西南夷列传》）

4. 梁鲍坚《武陵记》

武山高可万仞，山半有盘瓠，石窟中有一石狗形云是盘瓠之遗像，又有斑蛇四眼，身大十围，山有水出，谓之武溪是也。在县之西。

（转引自陶宗仪《说郛》）

5. 宋朱辅《溪蛮丛笑》

五溪之蛮，皆盘瓠种也。聚落区分，各亦随异，沅其故壤，环四封而居者，今有五，曰猫、曰瑶、曰僚、曰仡伶、曰仡佬。风声气习，大抵相似。不巾不履，言语服食，率异乎人。由中州官于此，其始见也，皆仿之，既乃笑之，久则恬不知怪。

（朱辅《溪蛮丛笑》"序"）

6. 宋范成大《吴船录》

七十里,至涪州。排亭之前,波涛大汹,□□渀如屋,不可梢船。过州,入黔江泊。此江自黔州来合大江。大江怒涨,水色黄浊,黔江乃清泠如玻璃,其下悉是石底。自成都登舟,至此始见清江。涪虽不与蕃部杂居,旧亦夷俗,号为四人。四人者,谓华人、巴人及廪君与盘瓠之种也。

(范成大《吴船录》卷下)

7. 宋俞琰《席上腐谈》

东汉西南夷狗国,乃黄帝时盘瓠之种。盘瓠之说,甚怪而可笑,盖理之所必无也。理之所必无,惟可与烛理之明者道,庸人孺子不必与之辩也。大抵语怪者,多托以黄帝时事,昧者以为信,然识者之所不取也。

(俞琰《席上腐谈》卷之上)

明清时期,记载有盘瓠内容的笔记激增,且对盘瓠相关的记述越发详尽。这缘于明清两代因政权统一、南北交流深入;在这种情形中,文士对"盘瓠之后"有了更多的了解。

8. 明王士禛《池北偶谈》

盖闻牂牁接境,盘瓠遗风,因六子以分居,入五溪而聚族。上古谓之要服,中古渐尔羁縻,洎帅号精夫,相名姎氏，汉则宋均置吏，稍静溪山，唐则杨思兴师，遂开辰锦。

（王士禛《池北偶谈》卷十）

9. 明田汝成《炎徼纪闻》

　　徭人，古八蛮之种也。五溪以南，穷极岭海，迤连巴蜀，皆有之。椎结斑衣，儿时烧铁石，烙其跟跖，以油蜡心之，重趼若鞻。儿始生，秤之以铁，如其重，渍以毒水。及长，锻而为刀，终身用之。试刀以斩牛，仰刀牛项，以肩负刀，一负而诛者，良刀也。妇人黥面，为花卉蜻蜓蝴蝶之状，蹋歌而偶奔者，入岩峒，插柳辟人。嫁则荷伞，悬草履一两，从入夫家，示行色也。采竹木为屋，绸缪而不斫，绳枢筚窦，覆以菁茅树，畜粟豆羊牛，杂以为饷，不足以山伐猎兽而续之。燔黍草具，毛血淋漓。虽富者，亦唯多酿酒，时时沉酗为乐耳。不知世有珍羞之和，黼黻之华也。山田瘠埆，十岁五饥。急则骧突汉界，持短枪，控大弩，毒矢，攻剽墟落，跟跄篁薄中，飘忽往来，不可踪跡。拒敌则比耦而前，执枪去前，却不常以卫弩。执弩者，口衔刀而手射人。矢尽，便投弩挟刀，与枪俱奋。山中多杉板、滑石、胆矾、茴香、草果、槟榔诸药物，时时窃出，市得鱼盐。又多散地，肥而多稼。四方亡命，若避徭赋者，此焉逌薮，渚杂夷中。为之通行，囊橐乡导，分受卤获，结党既伙，则公骧城堡，劫官寺。故广之东西，岁苦兵事。谚云：比年小征，三年大征。然亦廑矣。史氏盘瓠之说，虽恍幻难稽，然徭人皆盘姓者，或讹而为盘云。徭僮虽异族，而信鬼畏誓，大略相同。在唐虞谓之要服，盖以信义要质而已。秦时与板楯蛮盟曰：秦犯夷，输黄龙二双；夷犯秦，输清酒一种。夷人安之。宋时范成大帅广西时，令诸徭团长纳状云：某等既充山职，今当钤束家丁。男行持棒，女行把麻，任从出入。上有太阳，下有地宿，翻背者，生儿成驴，生女成猪，举家绝灭。不得对好翻非，不得偷寒送暖。上山同路，下水同船。男儿带刀，一点一齐，同杀盗贼。不用此款者，并依山例。山例者，杀戮也。自是帅事二年，诸徭无及省界者。

（陈其愫《皇明经济文辑》卷二十三）

10. 明罗日褧《咸宾录》

五溪诸夷，其先盘瓠之裔也。昔高辛氏有老妇得耳疾，挑之有物大如茧，盛瓠中，覆之以盘，化为犬，其纹五色，因名盘瓠。既而犬戎为乱，帝曰："有能讨之者妻以女，封三百户。"于是盘瓠亡三月，衔犬戎首来。帝难妻以女。女自请行，犬负女入南山，至石室中，人不可到。三年，生子六男六女，自为配偶，绩织木皮，染以草实，好五色衣服，裁制皆有尾形，衣裳斑烂，言语侏离。其后滋蔓，遂为蛮夷。今湖广、广西溪洞中诸夷皆其种也。

（罗日褧《咸宾录》"南夷志"卷之八）

11. 明陈士元《江汉丛谈》

仁卿问蛮祖盘瓠，答曰：此赝语也。始于《山海经》，卞明生白犬,白犬有牝牡之说。而应仲远《风俗通》即谓高辛氏之犬名盘瓠,妻帝之女,乃生六男六女,自相夫妇,是为南蛮。范蔚宗《汉书》遂袭其说,又增饰之。至于郭景纯、张茂先、干令升、李延寿、乐子正等各述于简册,其辞益繁,而信之者益众矣。蔚宗《汉书·南蛮传》云:昔高辛氏有犬戎之寇,帝患其侵暴,而征伐不克,乃访募天下,有能得犬戎之将吴将军头者,购黄金千镒,邑万家,又妻以少女。时帝有畜狗,其毛五采,名曰盘瓠。下令之后,盘瓠遂衔人头造阙下,群臣怪而视之,乃吴将军首也。帝大喜,而计盘瓠不可妻之以女,又无封爵之道,议欲有报而未知所宜。女闻之,以为帝皇下令不可违信,因请行。帝不得已,乃以女配盘瓠。盘瓠得女,负而走入南山石室中。所处险绝,人迹不至。于是女解去衣裳,为仆鉴之结,着独力之衣。帝悲思之,遣使寻求,辄遇风雨震晦,使者莫进。经三年,生子十二人,六男六女。盘瓠死后,因自相夫妻,织绩木皮,染以草实,好五色衣服,制裁皆有尾。其母后归,以状白帝,于是使迎致诸子,衣裳斑斓,语言侏离,好入山壑,不乐平旷。帝顺其意,赐以名山广泽。其后滋蔓,号曰蛮夷。以先父有功,母帝之女,田作贾贩,无关梁符传租税之赋。又《魏略》云:高辛氏有老妇居王宫,得耳疾。挑之乃得物,大如茧。老妇盛以瓠,覆之以盘。俄顷化为犬,其文五色,因名盘瓠。又黄闵《武陵记》云:辰州卢溪县西有武山,高可万仞,山半有盘瓠石室,可容万人,中有石床,盘瓠行迹。又《辰州图经》云:石窟大如三间屋,旁有一石似狗形,蛮俗相传盘瓠像也。蛮种有四,一曰归明户,二曰施溪武源蛮,三曰山猺,四曰仡僳。种虽区别,而衣服趋向大略相似。每岁七月二十五日,蛮种类集,宿于盘瓠庙下,以牛彘酒羞,椎鼓踏歌,谓之"样样"者蛮语祭名也。杜君卿佑《通典》据《汉书》辩之,谓黄金古以斤计,至始皇以二十两为一镒,今曰黄金万镒非古制也。吴姓至周始有,而将军乃周末之官,今曰吴将军非古制也。杜君卿之辩是矣,而未得其实。余谓高辛之代,本无犬戎之患,高辛都亳即今河南偃师,而犬戎在西陲,蛮土在南陲,去亳各数千里。荒服之外,以一犬之力,既能西走数千里衔吴将军之首归致阙下,而又能负帝女南走数千里,飞渡洞庭,栖宿于武陵之石窟,不饿死哉?此其理悖矣。罗长源《路史》云:黄帝元妃西陵氏生三子,曰昌意,曰玄嚣,曰龙苗。龙苗生吾融,吾融生卞明,封于卞。卞明弃其国居南,裔生白犬,是为蛮人之祖。夫卞明乃黄帝曾孙,而白犬为卞明之子,如后世名子为于菟、犬子、豹奴、虎犹之类,非真犬也。西陵氏宗国在楚,即今夷陵地,卞明乃西陵氏之胤,则徙居南土,理或有之,岂得以其子为真犬哉?既曰白犬,又安得谓盘瓠毛有五采也?又郭景纯《玄中记》云:高辛时犬戎为乱,帝曰讨之者妻以美女,封三百户。帝之狗名盘瓠,去三月而杀犬戎,以其首来。帝以女妻之,浮之会稽东海中,得地三百里,封之,是为犬封氏,又非蛮人之祖也,总为妄诞。

(陈士元《江汉丛谈》卷二)

12. 清里人何求《闽都别记》

如上古本国之闽越王，因被南粤王围困，出示曰："谁能杀退南粤王，救解重围者，以亲女招之为婿。"随有一犬，半夜走去咬死南粤王，将头衔回，重围遂解。闽越王不肯失信，即将亲女配犬为妻。那王女才貌俱美，听从父命，纳犬为夫，不敢违父之命，生子传孙，开枝发叶，现今北岭三姓，即是当年之犬种也。

（里人何求《闽都别记》卷三）

13. 清邝露《赤雅》

瑶名畲客，古八蛮之种。五溪以南，穷极岭海，迤逦巴蜀。蓝、胡、盘、侯四姓，盘姓居多，皆高辛狗王之后。以犬戎奇功，尚帝少女，封于南山，种落繁衍。时节祀之，刘禹锡诗："时节祀盘瓠是也。"其乐五谷，其旗五方，其衣五彩，是谓五参。奏乐则男左女右，铙鼓胡卢笙，忽雷响瓠云阳。祭毕，合乐男女跳跃，击云阳为节，以定婚媾。侧具大木槽，扣槽群号，先献人头一枚，名吴将军首级。予观祭时，以桄榔面为之，时无罪人，故耳设首。群乐毕作；然后用熊黑虎豹呦鹿飞鸟溪毛各为九坛，分为七献，七九六十三，取斗数也。七献既陈，焚燎节乐，择其女之姱丽娴巧者勋客，极其绸缪而后已。十月祭多贝大王，男女联袂而舞，谓之蹋拐，相悦则男腾跃跳踊，负女而去。

（邝露《赤雅》卷一，见葛元煦辑《啸园丛书》第六册）

14. 清谢肇淛《五杂俎》

吾闽山中有一种畲人，皆能之，其治祟亦小有验。畲人相传盘瓠种也。有苟、雷、蓝等五姓。不巾不履，自相匹配。福州、闽清、永福山中最多。云闻有咒木，能拘山神，取大木箍其中云为吾致兽，仍设阱其傍，自是每夜必有一物入阱，餍其欲而后已。

（谢肇淛《五杂俎》卷六）

15. 清谈迁《枣林杂俎》

盘瓠之余，错处于虔、漳、潮之间。以盘、蓝、雷为姓，汀人呼为藩蓝篓。汀人称之曰畲客。

（谈迁《枣林杂俎》"和集"）

16. 清卞宝第《闽峤輶轩录》

又畲民崖处巢居，耕山而食，去瘠就腴，率数岁一徙。生女留长，余悉溺之。男不巾帽，女不笄髻。饮食嗜好，多有殊别。人死刳木纳尸其中，少长群相击节。主丧者盘旋四舞，乃焚木拾骨，置诸罐，浮葬林麓间，将徙则取以去。志云：其先……赏有功，许其自食，无徭役。赐盘、蓝、雷三姓，今又有钟姓，盖盘瓠之苗裔也。物产茶，田土瘠薄，籼谷不敷民食，多储山芋为种，并赖台米接济。

福安，南罗源，东霞浦，西宁德，四县分界。长溪在县西北，由寿宁入境者为西溪，由东北泰顾入境者为东溪。其上游总汇处曰青潭渡，为闽浙分疆地。下游绕县城，东南流至三江口。三江者，苏江、六屿江、黄崎港也。出白马门入于海。民习健讼，士号能文。山居多畲鸥亦知耕作，惟隆冬间出剽窃，宜查缉。物产蔗糖、茶油。

（卞宝第《闽峤鞧轩录》卷一）

17. 清张庆长《黎岐纪闻》

苗徭黎种相类也，黎人则居琼山海岛中，其从来不可考矣。世传狗尾王之说，事虽近诞，而以其尻验之，似非无据者。其俗贱男贵女，有事则女为政。

有女航海而来，入山中，与狗为配，生长子孙，后曰狗尾王，遂为黎祖。其子孙即以王为姓，故凡生黎皆王姓。至今黎人尾闾皆有赘肉，是其证也。

（张庆长《黎岐幻闻》"序"）

18. 清严如熤《苗防备览》

五溪蛮所祀白帝、天王、神三人，面白、红、黑各异，报赛甚丰，苗民畏之。详《风俗》门中，各书载神姓名，事迹不同。《辰州志》以为汉田疆之三子，分居中城、上城、下城，自保以拒王莽者。然今神像只三人，果为疆子，则三子之忠义，皆秉其父命，不应舍父而祀其子。且东汉建武中，武陵蛮不靖，朝廷屡用兵，伏波将军进征至壶头，疆既以汉臣自矢，不应史传亦无田姓子弟从役伏波者，则未可据也。泸溪各志，述《史记·西南夷传》，剖竹中得小儿，长为夜郎侯，汉武诱杀之。子三人皆蛮夷所推，而第三子尤雄勇。后人以竹王非血气所生，有神灵，为立庙以祀。今庙中神状，三郎尤猛烈，为苗所畏，当即此也。但夜郎地在楚、蜀之间，为今施南一带，去五溪尚远。又蛮民所虔者竹王，亦不宜舍竹王不祀。惟永绥、沅州志中，言有辰州人杨名濑者，兄弟三人皆为宋骁将。当苗出没为害，领众击之。知苗贪饮食，多宰牛豕，煮之悬林间，苗争相食啖，出不意大破之。遂开九溪十八洞，仅留吴、石、龙、麻、廖五姓残苗，后反命。人忌其功，遗以药酒，同时俱殒，乃小暑节也。今此节为苗中所最重，且杨墓在黔阳托口，似实有所据，而颇以他书杨产靖州，墓在黔阳为疑。不知沅、靖二州，宋时皆南江地，本羁縻于辰州。且如辰志所言，则忠在拒莽，而于蛮无功。如《史记》所传，则特蛮中祖先盘瓠、廪君之属，亦不必为蛮畏如此。独所传杨氏兄弟者，能捍大患，而以死勤事。生为蛮民所慑服，宜其没而蛮犹惧之也。蛮徼荒陋，文献无征，姑存此数说，以俟之博雅君子。

《后汉书·西南夷传》言："盘瓠负高辛氏女，逃入武山石室，生六子六女，自相配偶，是为群蛮之祖。"《魏略》言："高辛氏有老妇，居王室，得耳疾，挑之乃得物大如茧，妇盛之瓠中，覆之以盘，俄顷化为犬，其文五色，因名盘瓠。"干宝《晋纪》言："武陵卢江郡夷蛮，盘瓠之后，杂处五溪之内，凭山阻险，每常为害。糅杂鱼肉，叩槽而号，以祭盘瓠，俗称赤髀横裙，乃其子孙。"……事固荒诞不经。

而天地之大，何所不有？今苗俗百物皆食，罗雀捕蛇，以为珍味，而独禁食狗肉，则盘瓠之说，似亦非尽无因。

（严如熤《苗防备览》卷二十二）

19. 清刘锡蕃《岭表纪蛮》

"徭之始祖，畜一犬，甚猛鸷，一日临战，于阵上为某大酋所执，将杀之，刃举而犬猛啮酋，酋出不意，竟死。徭甚德狗，封之为王，以所爱婢妻之。其后子孙昌大，遂成一族。"其又一说，则与范晔《后汉书》所云相类，惟谓"犬子长成之后，与狗父出猎，狗父老惫，坠崖而亡，子负犬还，犬时口流鲜血，沿子肩部下交于胸，子哀之，自后缝衣，即象其形另缀红线两条，以为纪念"。

南越王有犬名盘瓠，王被擒，其母传令有能脱王归者，当以王女妻之。盘瓠闻言，欣然往，窃负而逃，遂妻以女。盘瓠纳诸石谷，与之交媾。生子数人，曰㽗、曰徭、曰僚、曰㑣、曰伶、曰侗，各成一族，自为部落，不相往来。

（刘锡蕃《岭表纪蛮》"诸蛮种属及其南移之大势"）

狗王，惟狗瑶祀之，每值正朔，家人负狗环行炉灶三匝，然后举家男女向狗膜拜。是日就餐，必扣槽蹲地而食，以为尽礼。其祀狗之原因，诸说不一：或谓"瑶之始祖，生未旬日，而父母俱亡。其家畜猎犬二，一雌一雄，驯警善伺人意，主人珍爱之。至是，儿饥则雌犬乳儿，兽来则雄犬逐兽，儿有鞠育，竟得生长。娶妻生子，支裔日繁，后人不忘狗德，因而祀奉不替"；或又谓"瑶之始祖，畜一犬，甚猛鸷，一日临战，于阵上为某大酋所执，将杀之，刃举而犬猛啮酋，酋出不意，竟死。瑶甚德狗，封之为王，以所爱婢妻之。其后子孙昌大，遂成一族"；其又一说，则与范晔《后汉书》所云相类，惟谓"犬子长成之后，与狗父出猎，狗父老惫，坠崖而亡，子负犬还，犬时口流鲜血，沿子肩部下交于胸，子哀之，自后缝衣，即象其形，另缀红线两条，以为纪念"。

（刘锡蕃《岭表纪蛮》"祭祀与神祇"）

20. 清佚名《瓯江杂志》

粤有瑶种，古长沙、黔中、五溪之蛮，生齿繁衍，播于粤东西，多盘姓，自云盘瓠之后，言语侏僑，椎结跣足，短衣斑斓，依林而居，以砂仁、豆、芋、楠、漆、皮、藤为利竭则又他徙，无储蓄，慓悍轻生，能忍饥行斗，登险如平地。

（佚名《瓯江杂志》卷二十三）

21. 清闵叙《粤述》

百粤诸蛮……大要不出徭、僮两种，皆盘瓠后也……岁首祭先，杂糅鱼肉酒饭于木槽，扣槽群号为礼，十月朔祭都贝大王，男女连袂相携而舞，谓之踏歌，意相得则负去。

粤西徭僮种类各殊，相传为盘瓠苗裔，桂林等府俱有盘王庙,徭僮祀为始祖,其土官多韦姓,乃韩信子孙也。①

22. 清汪琬《钝翁续稿》

廪君、盘瓠之俚诡不经,不当入《蛮夷传》也。

(汪琬《钝翁续稿》卷四)

23. 清李宗昉《黔记》

徭人《黔书》无之,雍正时自广西迁来清平、贵定、独山等处,居无定址,喜傍溪涧,以树皮为连筒灌水至家,懒于汲也。耕作之暇,入山采药,沿寨行医,所祀之神名曰"槃发",所藏之书名曰"旁砖",圆印篆文,义不可解,且珍秘之。风俗谨厚,见遗不拾。

(李宗昉《黔记》卷三)

24. 清张澍《黔中纪闻》

㑩、伴、侗、僮、徭等种皆祀盘瓠,相传即盘瓠后,余谓此本依附之诞说,而人信之笃,则亦未考其原也。

(张澍《黔中纪闻》卷三)

---

① 原文献不分卷或册者,不再于引文后标明具体出处,下同。

25. 清陆次云《峒溪纤志》

苗人盘瓠之种也，帝喾高辛氏以盘瓠有歼溪蛮之功，封其地，妻以女，生六男六女而为诸苗，尽夜郎境多有之……十月朔为大节，岁首祭盘瓠，揉鱼肉于木槽，扣槽群号以为礼。

（陆次云《峒溪纤志》上卷）

26. 清檀萃《说蛮》

蛮始五溪，出自盘瓠，蔓延于楚粤称徭。当日以有功，免其徭曰莫徭，后讹为徭。

27. 清贝青乔《苗俗记》

盘瓠，高辛氏之蓄狗也。衔犬戎吴将军头献阙下，帝酬其功，妻以少女。盘瓠负少女入南山，生六子，自通相夫妇，此群苗鼻祖也。详见范史西南夷列传。

28. 清林传甲《林传甲日记》

三苗之族，盘瓠种也；三巴之民，廪君种也；十闽之地，《说文》犹以为蛇种。何居？是犹西洋人著书称震旦为蒙古种也。

（光绪二十六年庚子，四月十五日）

29. 清屈大均《广东新语》

猺 人

万历初，两广寇之剧者曰"罗旁猺"。猺每出劫人，挟单竹三竿，炙以桐油，涉江则编合为筏，所向轻疾，号为"五花贼"。其辇有九星岩，一石窍深二尺许，猺辄吹之以号众。又有石，其底空洞，撞之渊渊作鼓声，猺亦以为号。其谣曰："撞石鼓，万家为我房。吹石角，我兵齐宰剥。"而罗旁水口有竦石，状若兜鍪，高百仞。猺每夜隔江呼石将军，石应，则出劫无患，不应则否。将军陈璘以此石为贼响哨妖甚，烧夷石顶，有鲜血迸流，其怪遂绝。盖鬼物之所凭焉。猺故多妖术，又所居深山，丛菁乱石，易以走险。其谣曰："官有万兵，我有万山。兵来我去，兵去我还。"其大绀、天马诸山尤崄峻，陈璘尝以马不能鞍、人不能甲为虑，大征时，勒兵二十万，部分十道，凡两逾月乃荡平，覆其巢穴八十余，斩获数十万。今东西山尚有云揽、云洋诸种人，率短小矫捷，上下如猱猨，带三短刀，持铁力木弩。弩长二尺，重百斤，头作双槽，钉以燋铜锴铁，药箭长仅尺许。无事射猎为生，有事则鸣小铠，举众蜂起，以杀人为戏乐。虽设有猺官、俍目以主之，然薄税轻猺，示以羁縻而已。猺、俍以语音相别，猺主而俍客。俍稍驯，初大征罗旁，调广西俍兵为前哨，今居山以西者有二百余丁，其后裔也。诸猺率盘姓，有三种：曰"高山"，曰"花肚"，曰"平地"，平地者良。岁七月十四拜年，以盘古为始祖，盘瓠为大宗。其非盘姓者，初本汉人，以避赋役潜窜其中，习与性成，遂为真徭。袁昌祚云："罗旁之地，土著之民多质悍，利入徭为雄长；客籍之民多文巧，利出徭为围夺，兹固长孽之媒也。"则备诸徭当自齐民始。

罗旁徭，其稍驯者听约束与齐民无异，从不入城。有见官长者，还语其类，谓不畏中间坐者，但畏左右鸡毛官。谓皂隶也。妇人皆着黑裙，裙脚以白粉绘画，作花卉水波纹。獞则以红绒刺绣。徭贞而獞淫，徭之妇女不可犯，獞妇女无人与狎，则其夫必怒而去之。徭欲娶妇，入山见樵采女，辄夺其衫带以归，度己之衫带长短相等，乃往寻求其女负之，女父母乃往婿家使成亲。否则女仍处子，不敢犯也。西宁（今郁南）、东安（今云浮）诸生徭亦然。邝露谓徭人以十月祭都贝大王，男女连裾而舞，谓之蹋徭。相悦则男腾跃跳踊，背女而去。此西粤之徭俗也。又谓獞人当娶日，其女即还母家。与邻女作处，间与其夫野合。既有身。乃潜告其夫，作栏以待，生子后始称为妇。妇曰"丁妇"，男则曰"獞丁"，官曰"峒官"。峒官之家，婚姻以豪侈相尚，婿来就亲，女家于五里外，以香草花枝结为庐，号曰"入寮"。鼓乐导男女入寮，盛兵为备，小有言，则啸兵相鏖。成亲后，妇之婢媵稍忤意，即手刃之，能杀婢媵多者，妻方畏惮。半年始与婿归，盛兵陈乐，马上飞枪走球，鸣铙角伎，名曰"出寮舞"，婿归则止。三十里外，遣徭甑持篮迎之，脱妇中裖贮篮中，命曰"收魂"。盖欲其妻悸畏而无他念也。徭甑者巫也。大均尝至西粤，宿獞人高栏之中，颇知獞习俗。其人名曰"獞牯老"，与徭不同。东粤有徭而无獞，吾故详言徭而略言獞。

曲江徭，惟盘姓八十余户为真徭，其别姓赵、冯、邓、唐九十余户皆伪徭。其男子穿耳饰银环，衣服彩绣花边，首裹花帕，腰刀挂弩，下跣足。女人无袴系重裙，皆绣花边。其戴板者曰"板徭"，以油蜡胶发，裹于板上，光闪似蜻蜓羽，月整一次。夜以高物庋首而卧，下亦跣足。婚姻不辨同姓，食多野兽，以膏粱酿酒。七月望日，祀其先祖狗头王，以小男女穿花衫歌舞为侑。性亦工巧，或制器以易盐米。有山官约束之，号"徭总"，岁时一谒县令。其无板者曰"民徭"，耕山者花麻而不赋，耕亩者编户与庶民同。女子饰耳环，妇则屏之。

连山有八排徭，性最犷悍。其臀微有肉尾，脚皮厚寸许，飞行林壁。自号徭公，而呼连人为百姓。自称徭丁曰"八百粟"，言其多也。称官长则曰"朝廷"，月送结状至县庭，不跪。纳粮则以委县之里长，里长利其财物与交好，少拂则白刃相加矣。有徭目八人司约束。岁仲冬十六日，诸徭至庙为会阆，悉悬所有金帛衣饰相夸耀。徭目视其男女可婚娶者，悉遣入庙，男女分曹地坐，唱歌达旦，以淫辞相和。男当意不得就女坐，女当意则就男坐。既就男坐，媒氏乃将男女衣带度量长短，相若矣，则使之挟女还家。越三日，女之父母乃送牲酒使成亲。凡女已字，顶一方板长尺余，其状如扇，以发平缠其上，斜覆花帕，胶以蜡膏，缀以琉璃珠，是曰"板徭"。未字则戴一箭竿，发分数绺，左右盘结，箭上亦覆绣帕，自织麦秆帽戴之，出入丛菁，首频侧而不碍，是曰"箭徭"。其领袖皆刺五色花绒，垂铃钱数串，衣用布，或青或红，堆花叠草，名"徭锦"。女初嫁，垂一绣袋，以祖妣高辛氏女，初配盘瓠，著独力衣，以囊盛盘瓠之足与合，故至今仍其制云。《后汉书》言：盘瓠诸子，织绩木皮，染以草实，好五色衣服，制裁皆有尾形。干宝言："赤髀横裙，盘瓠子孙。"是也。盘瓠毛五采，故今徭姎徒，衣服斑斓，其性凶悍好斗，一成童可敌官军数人。又善设伏，白昼匿林莽中，以炭涂面，黑衣黑袴。为山魑木魅之状，见商旅则被发而出。见者惊走弃财物，呼曰："精夫赦我！"乃已。精夫者，徭之渠帅也。自洭口至连州四百余里，径路艰险，商旅不敢陆行，行必从水。官军与交通为盗，而徭官岁入其租税千金，纵容弗问。四方亡命者，又为之通行囊橐，或为乡导，分受卤获。其巢窟与连山相对，仅隔一水，官兵至，尽室而去，退则击我惰归，跟跄丛薄中，不可纵迹。拒敌则比耦而前，执枪者，前却不常以卫弩。执弩者，口衔刀而手射人。矢尽则刀枪俱备，度险则整列以行，遁去必有伏弩。往时常勒五省之兵征之，有谓其将者曰："徭每匿迹，不与吾战。乘幕乃出尾吾。宜麾诸军直进，而主将督佷兵于后，散伏险要，乘徭掩我，反出其后以掩之，归师夹攻，必可歼尽。此致人而不致于人也。"其计诚善矣。

德庆有牆徭山、牆翁山。皆熟徭所居。徭曰"牆徭"，徭之长曰"牆翁"也。又曰"牆马山"，徭马之所生，故曰"牆马"。又徭人多以其人为马，马多力善走，倏忽百里，故美之而以为名。其曰"狑人"者，徭之别种，狑犹《诗》所谓"卢令令"也。猎人者，旧居文昌东北百里东猎山，其人如猿，故云"猎"。《诗》："遭我乎猎之间"，注谓"猎，山名"，非也。猎，犬类也。猎人一作"狙人"。庄生所谓"狙公"也。与狑人皆高髻雕题，状若猩狒，散居林莽，饥拾橡粟,故庄生有赋芋朝三暮四之言。皆所谓生蛮也。

(屈大均著,李育中等注《广东新语注》卷七)

30. 清李慈铭《越缦堂读书记》

辨盘古之讹,谓此说起于三国时徐整历记,其言怪诞。至梁任昉《述异记》,乃曰南海有盘古氏墓,亘三百余里;桂林有盘古墓,今人祝祀,云云。周秦古书,未有言及盘古者,而任氏言其墓,乃皆在桂林南海,盖徭人之先所谓盘瓠者致讹而然。今西粤土音读瓠字音与古同。徭峒中往往有盘古庙,徭人族类尤多姓盘者,以此征之可信。予按盘古之说,汉唐诸儒所不道。宋邵康节作皇极经世,始凿凿言之。马宛斯绎史,历引《五运历年记》《述异记》《三五历记》诸书言盘古事者,而断之曰:盘古氏名,起自杂书,恍惚之论,荒唐之说耳。作史者目为三才首君,何异说梦!苏君证其为盘瓠之讹,尤足破千古之惑。

(李慈铭《越缦堂读书记》"爻山笔话"条)

31. 清王韬《淞隐漫录》

范史西南夷传,谓盘瓠高辛氏之畜狗也,衔吴将军头,献阙下,帝酬其功,妻以少女。盘瓠负女入南山,生六子六女,自相夫妇,此群苗鼻祖也。其言诞漫不经,殊不足据。盘瓠当即盘古,人类初祖,苗人报本返祖,故祀之耳。

(王韬《淞隐漫录》"黔阳苗妓纪闻"条)

五　类书中对盘瓠的记述

类书是一种采辑群书，分类编排，述而不作的工具书。历代不少类书都辑录了各种书籍中与盘瓠有关的资料，这也使不少佚文得以保存。

1. 唐徐坚《初学记》

《后汉书》曰：帝高辛氏有狗名盘瓠，其文五色。时犬戎兵强，乃募能得犬戎吴将军首者，赐以少女。盘瓠得之。于是少女随盘瓠升南山，产子男女十二，自相夫妻，后繁盛也。干宝《搜神记》曰：盘瓠者，本高辛氏宫中老妇人，有耳疾，医者挑治之。有物大如茧，以瓠离盛之，以盘覆之。有顷化为犬，其文五色，因名盘瓠。

（徐坚《初学记》卷二十九）

北魏贾岱宗《大狗赋》亦因《初学记》收录得以存世，上文已录。

2. 唐释道世《法苑珠林》

高辛氏有老妇人，居于王宫。得耳疾历时，医为挑治，出顶虫，大如茧。妇人去后，置以瓠篱，覆之以盘。俄尔顶虫乃化为犬，其文五色，因名"盘瓠"，遂畜之。时戎吴强盛，数侵边境，遣将征讨，不能擒胜，乃募天下有能得戎吴将军首者，赠金千斤，封邑万户，又赐以少女。后盘瓠衔得一头，将造王阙。王诊视之，即是戎吴。"为之奈何？"群臣皆曰："盘瓠是畜，不可官秩，又不可妻，虽有功，无施也。"少女闻之，启王曰："大王既以我许天下矣，盘瓠衔首而来，为国除害，此天命使然，岂狗之智力哉！王者重言，伯者重信，不可以女子微躯，而负明约于天下，国之祸也。"王惧而从之，令少女从盘瓠。盘瓠将女上南山，草木茂盛，无人行迹。于是女解去衣裳，为仆竖之结，着独力之衣，随盘瓠升山入谷，止于石室之中。王悲思之，遣往视觅，天辄风雨，岭震云晦，往者莫至。盖经三年，产六男六女。盘瓠死后，自相配偶，因为夫妇。织绩木皮，染以草实。好五色衣服，裁制皆有尾形。后母归，以语王。王遣使迎诸男女，天不复雨。衣服褊裢，言语侏僮，饮食蹲踞，好山恶都。王顺其意，赐以名山广泽，号曰蛮夷。蛮夷者，外痴内黠，安土重旧，以其受异气于天命，故待以不常之律。田作贾贩，无关繻符传、租税之赋。有邑君长，皆赐印绶。冠用獭皮，取其游食于水。今即梁、汉、巴、蜀、武陵、长沙、庐江郡夷是也。用糁杂鱼肉，叩槽而号，以祭盘瓠，其俗至今。故世称"赤髀横裙，盘瓠子孙"。右六条出《搜神记》也。

（释道世《法苑珠林》卷六）

3. 宋李昉等编纂《太平御览》

《后汉书》曰：昔高辛氏有犬戎之寇，帝患其侵暴，而征伐不克。乃访募天下有能得犬戎之将吴将军首者，购黄金千镒，邑万家，又妻以少女。时帝有畜狗，其毛五采，名曰盘瓠。下令之后，盘瓠遂衔人头造阙下，群臣怪而诊视之，乃吴将军首也。帝大喜，乃以女配盘瓠。盘瓠得女，负而走南山，止石室中，所处险绝，人迹不至。于是女解去衣裳，为仆鉴之髻，结着独力之衣。仆鉴、独力皆未详，流俗或改鉴为坚者，妄穿凿也。经三年，生子十二人，六男六女。盘瓠死后，因自相夫妻，织绩木皮，染以草实。好五色衣服，制裁皆有尾形，其衣裳班兰，语言侏离。好入山壑，不乐平旷。帝顺其意，赐以名山广泽。其后滋蔓，号曰蛮夷，外痴内黠，安土重旧。以先父有功，母帝之女，田作贾贩，无关梁符传租税之赋。有邑君长，皆赐印绶，冠用獭皮，名渠帅曰精夫，相呼为姎徒。姎，焉郎切。《说文》曰：女自称，姎，我也。今长沙武陵蛮是也。

《魏略》曰：高辛氏有老妇居王室，得耳疾。挑之，乃得物，大如茧。妇人盛瓠中，覆之以盘。俄须化为犬，其文五色，因名盘瓠。

干宝《晋纪》曰：武陵长沙郡夷盘瓠之后，杂处五服之内，凭山阻险。每常为猱杂鱼肉，而归以祭盘瓠，俗称赤髀横裙子孙。

《唐书》曰：黄国公册安昌者，盘瓠之苗裔也。世为巴东蛮师，与田、李、向、邓各分盘瓠一礼。世传其皮盛以金函，四时致祭。

黄闵《武陵记》曰：山半有盘瓠石室，可容万人，中有石床，盘瓠行迹。今接山窟，前有石羊、石兽，古迹奇异尤多。坐石窟，大如三间屋。遥见一石，仍似狗形，蛮俗相传云是盘瓠象也。

《荆州记》曰：阮陵县君居酉口，有上就、武阳二乡，唯此是盘瓠子孙狗种也。二郡在武陵溪之北。

（李昉等编纂《太平御览》卷七百八十五）

4. 清陈梦雷等编纂《古今图书集成》

诸蛮种落不一，皆槃瓠之种也。相传南越王有犬，名槃瓠。王被擒，其国母出令："有能脱王归者，当以王女妻之。"槃瓠闻言，欣然往，窃负而逃，遂妻以女。槃瓠纳诸岩谷间与之交，生子数人，曰徭、曰僮、曰僚、曰狼、曰伶、曰侗，各成一族，自为部落，不相往来，故徭人多槃姓。嫌犬父不雅，改为盘，且冒称盘古后，因盘瓠字音相近；而假托之，其实非也。《通志》云：南斗东南四星曰狗国，唐僧一行系之南越。乃恍然曰：有是哉，在天成象，在地成形，造化且然，何感乎斯官也。

（陈梦雷等编纂《古今图书集成·职方典》卷一四一〇）

5. 清徐珂编撰《清稗类钞》

温、处之畲客极重祀祖，有画像、赤袋、香炉等。相传以木置犬头，饰以金箔，涂以赤漆，置赤袋中。其祭也，初服赤色衣，继改服黑色衣。祭时需三昼夜。祭坛之前，以白布图画像，形似卷轴，长及数丈，上绘盘瓠衔犬戎将军首级处,或高辛氏以女妻盘瓠处。犬头即盘瓠之俪①,乃其鼻祖,故彼等以此为羞。祭时高歌,且恣饮啖焉。

(徐珂编撰《清稗类钞》"丧祭类")

畲客之姓,以蓝、盆、雷、钟为同姓,同姓可以结婚,且可为异姓后嗣。彼等之言曰:"我祖盘瓠,娶高辛氏第三公主,产三男一女,长盆姓,次蓝姓,三雷姓,婿钟姓也。"处州畲客最多,金华亦有之。

(徐珂编撰《清稗类钞》"姓名类")

处州畲客多善食,故土人呼食量大者曰畲客吃。每月必三次入山,取一种黑色木之汁,与米同炊,谓之吃黑饭,以示不忘祖先。盖自言其祖盘瓠为龙犬,曾吃黑饭也。

(徐珂编撰《清稗类钞》"饮食类")

综上,通过对与盘瓠有关的文献进行梳理可以看到,盘瓠见于记载,始于应劭书;有关其神话叙事详于《搜神记》,完成于《后汉书·南蛮西南夷列传》,并流行于后世。② 关于盘瓠的记载,广泛存在于史书、文学作品、笔记、类书等,史书记载偏重"盘瓠之后"的起源、习俗及所处地域,固然对其起源的记载有着神秘色彩,记述者关注其不同于中原的"异俗",但对盘瓠神话叙事情

---

① 《清稗类钞》原文为"俪",但应为"偶",即称之意。
② 刘冬:《畲族盘瓠神话的文本辨识和艺术化过程分析》,"中国神话学"课题组编:《盘瓠神话文论集》,北京:学苑出版社,2019年,第4页。

节的表述则较为简洁，甚至杜佑、刘知几将范晔的记述视为"语怪""瑕疵"，《路史》还指出"盘瓠之妄"，反对"蛮人之祖"的提法，认为不应该视盘瓠神话叙事为真实历史。而方志、文学作品、笔记的记述多以《后汉书》中范晔所记为蓝本或基础，其内容更关注习俗或辐射的族群。后来则加入了辛女等人物，立功所击败的敌人更是多样，尤其在文学文本中，盘瓠逐渐凝练为文化符号。

此外，通过梳理，还可以看到，历史发展中，盘瓠神话叙事文本中素材的不断扩充。[①] 这与中原核心文化区的汉族知识分子对南方群落的了解程度有关。从应劭到范晔，他们记述的盘瓠故事都是汉族知识分子对"蛮夷"的记录或转述，是对南方群落的"想象"。后世随着"中央"对南方地区的有效控制和管理，南北交流深入，知识人对"盘瓠之后"有了更多的接触和了解，他们对盘瓠叙事就越发详尽，素材从族群起源扩展至居住、饮食、祭祀、风俗等多个层面，这使得"盘瓠之后"在古代文献中形象越来越翔实和全面。

第三节　文献中的盘瓠与盘古

对于盘瓠与盘古是否为同一神话，学界的研究与辨析较多，

[①] 毛巧晖：《从"文化他者"到"内部言说"——盘瓠神话文本及研究刍论》，"中国神话学"课题组编：《盘瓠神话文论集》，北京：学苑出版社，2019年，第35页。

在苗、瑶、畲、彝、黎等少数民族以及汉族地区采录的盘瓠神话，其叙述主角有的没有明确称谓，"只模糊地说是犬、龙麒麟，但也有明确称谓的，这些名称除了'盘瓠'之外，还有伏羲、盘匏、盘古、帮尕、翼洛、更。"① 对于盘瓠、盘古的辨析还有就是从其文本的叙事结构、叙事情节不同，将其视为两个神话。在此笔者不致力于两者的辨析，或者其他更多阐释，只是希冀从文献存录现状对其予以呈现，上文已经较为全面地展示了与盘瓠有关的资料，下文主要罗列与盘古神话有关的文献：

1. 徐整《三五历纪》

> 天地混沌如鸡子，盘古生其中。万八千岁，天地开辟，阳清为天，阴浊为地。盘古在其中，一日九变，神于天，圣于地。天日高一丈，地日厚一丈，盘古日长一丈。如此万八千岁，天数极高，地数极深，盘古极长。后乃有三皇。数起于一。立于三，成于五，盛于七，处于九，故天去地九万里。首生盘古，垂死化身。气成风云，声为雷霆，左眼为日，右眼为月，四肢五体为四极五岳，血液为江河，筋脉为地理，肌肉为田土，发髭为星辰，皮毛为草木，齿骨为金石，精髓为珠玉，汗流为雨泽；身之诸虫，因风所感，化为黎氓。
>
> （《三五历纪》已佚，转引自欧阳询等撰《艺文类聚》卷一）

---

① 吴晓东：《盘瓠神话源流研究》，北京：学苑出版社，2019年，第107页。

元气鸿蒙，萌芽滋始，遂分天地，肇立乾坤，启阴感阳，分布元气，乃孕中和，是为人也，首生盘古，垂死化生。气成风云，声为雷霆，左眼为日，右眼为月，四肢五体为四极五岳，血液为江河，筋脉为地理，肌肉为田土，发髭为星辰，皮毛为草木，齿骨为金石，精髓为珠玉，汗流为雨泽，身之诸虫，因风所感，化为黎甿。

(《五运历年记》已佚，转引自清马骕《绎史》卷一)

盘古之君，龙首蛇身，嘘为风雨，吹为雷电，开目为昼，闭目为夜。死后骨节为山林，体为江海，血为淮渎，毛发为草木。

(《五运历年记》已佚，转引自董斯张撰《广博物志》卷九)

2. 葛洪《枕中记》(一名《元始上真众仙记》)

昔二仪未分，溟涬鸿蒙，未有成形，天地日月未具，状如鸡子，混沌玄黄，已有盘古真人，天地之精，自号元始天王，游乎其中。复经四劫，天形如巨盖，上无所系，下无所依，天地之外，辽瞩无端，玄玄太空，无响无声，元气浩浩，如水之形，下无山岳，上无列星，积气坚刚，大柔服维，天地浮其中，展转无方。若无此气，天地不生。天者，如龙旋回云中，复经四劫，二仪始分，相去三万六千里。崖石出血成水，水生元虫，元虫生濱牵，濱牵生刚须，刚须生龙。元始天王在天中心之上，名曰玉京山，山中宫殿并金玉饰之，常仰吸天气，俯饮地泉，复经二劫，忽生太元玉女，在石涧积血之中，出而能言，人形具足，天姿绝妙，当游厚地之间，仰吸天气，号曰太元圣母，元始君下游见之，乃与通气结精，招还上宫。当此之时，二气网组，覆载气息，阴阳调和，无热无寒，天得一以清，地得一以宁，并不复呼吸，宣气合会相成自然饱满。大道之兴，莫过于此，结积坚同，是以不朽。金玉珠者，天地之精也。服之能与天地相毕。

（陶宗仪《说郛》卷七）

3. 任昉《述异记》

昔盘古氏之死也，头为四岳，目为日月。脂膏为江河，毛发为草木。秦汉间俗说：盘古氏头为东岳，腹为中岳，左臂为南岳，右臂为北岳，足为西岳。先儒说：盘古泣为江河，气为风，声为雷，目瞳为电。古说：盘古氏喜为晴，怒为阴。吴楚间说：盘古氏夫妻，阴阳之始也。今南海有盘古氏墓，亘百余里，俗云后人追葬盘古之魂也。桂林有盘古氏庙，今人祝祀；南海中盘古国，今人皆以盘古为姓。盘古氏，天地万物之祖也，而生物始于盘古。

（任昉《述异记》卷上）

4. 罗泌《路史》

终始之传乃谓天地之初有浑敦氏出为之治，即代所谓盘古氏者，神灵，一日九变，盖元混之初，陶融造化之主也。《六韬·大明》云："召公对文王曰：'天道净清，地德生成，人事安宁。戒之勿忘，忘者不祥。盘古之宗不可动也，动者必凶。'"今赣之会昌有盘古山，本盘固名。其湘乡有盘古保，而雩都有盘古祠，盘固之谓也。按《地理坤鉴》云："龙首人身。"而今成都、淮安、京兆皆有庙祀。事具徐整《三五历纪》及《丹壶记》。至唐袁天纲推言之《真源赋》，谓元始应世，万八千年为一甲子。荆湖南北今以十月十六日为盘古氏生日，以候月之阴暗，云其显化之所宜，有以也。《元丰九域志》："广陵有盘古冢、庙"，殆亦神假者。《录异记》成都之庙有盘古：郎之目，庸俗之妄。

（罗泌《路史》"前纪一"）

5. 高承编撰《事物纪原》

天 地

清轻者上为天，浊重者下为地，冲和气者为人，循之不得，故曰易也。一变而为七，七变而为九，九九复为。一者，形变之始也。清轻重浊，清以阳发，故气冲为天；浊以阴凝，故气沉为地。天地形别，谓之两仪。《列子》曰："视之不见，听之不闻。"《周易·系辞》："易有太极，是生两仪。"《高氏小史》："两仪分，五运通，二体分形，离为清浊。"《三五历纪》："天地浑混如鸡子，盘古生其中，万八千岁。天地开辟，阳清为天，阴浊为地，盘古在其中，一日九变；神于天，圣于地。天日高一丈，地日深一丈，盘古日长一丈；如此万八千岁，天极高，地极深，盘古极长，后乃有三皇。此天、地、人之始也。"

日 月

天地开辟万八千岁，而盘古死。《帝王五运历年纪》曰：盘古死后，左目为日，右目为月。《山海经》曰：东南海之外，甘水之间，有羲和之国，有女子曰羲和。羲和者，帝俊之妻，是生十日。郭璞注云：羲和盖天地始生日月者也。

风 雨

《帝王五运历年纪》曰：盘古之君，龙首蛇身，嘘为风雨。

雷 电

又曰：盘古吹为雷电。

昼 夜

又《历年记》曰：盘古开目为昼，闭目为夜。《通历》曰：地皇氏分尽夜。

山 岳

《历年记》曰：盘古死后，骨节为山林。又古昔传盘古左手为东岳，右手为西岳，腹为中岳，首为南岳，足为北岳。与此为小异。王子年《拾遗记》曰：庖牺氏审地势以定川岳。

江 海

《历年记》曰：盘古死后，肠为江海。孟诜《锦带前书》《早纪》《括提纪》云：有神农氏立蛇形甄四海。此前神农也。《论语摘辅象》：伏羲六佐，仲起为海。陆注云：主平地，兼统海。阳为江，注云：主江湖。

淮 渎

又曰：盘古血为淮渎。

草 木

又曰：盘古之君身死后，毛发为草木。《淮南子》曰：日冯生阳闲，阳闲生乔如，乔如生干木，干木生庶木。凡根拔木者生于庶木。根拔生若程，若程生玄玉，玄玉生醴泉，醴泉生皇辜，皇辜生庶草。凡根拔草者，生于庶草。许慎注云：日冯，木之先；根拔生草之先也。段成式《酉阳杂俎》曰：日冯生玄阳闲，玄阳闲生麟胎，麟胎生干木，干木生庶木。招摇生程君，程君生玄玉，玄玉生醴泉，醴泉生应黄，应黄生黄华，黄华生庶草。与《淮南子》小异。此盖草木之始也。

（高承编撰《事物纪原》卷一）

6. 宋濂等撰《元史》

夏四月乙卯，命元帅刘国杰将万人北征，赐将士钞二万六百七十一锭。修会川县盘古王祠，祀之。

（宋濂等撰《元史》卷十）

7. 陈耀文《天中记》

盘古垂死化身，气成风云，声为雷霆，左眼为日，右眼为月，四肢五体为四极五岳，血液为江河，筋脉为地里，肌肉为田土，发髭为星辰，皮毛为草木，齿骨为金石，精髓为珠玉，汗流为雨泽。身之诸虫，因风所感，化为黎氓。《元气论》

盘古之君，龙首蛇身。嘘为风雨，吹为雷电。开目为昼，闭目为夜。死后骨节为山林，肠为江海，血为淮渎，毛

发为草木。《五运历年记》

又昔古传:盘古左手为东岳,右手为西岳,腹为中岳,首为南岳,足为北岳。盘古氏神灵一日九变,盖元混之初,陶融造化之主也。《真源赋》谓元始应世万八千年为一甲子,荆湖南北今以十月十六日为盘古氏生日,以候月之阴晴,云其头化之所。宜有以也。《事物纪原》《路史》

广都县有盘古三郎庙,颇有灵应。民之过门,稍不致敬,必加显验,或为人殴击,或道途颠蹶。由是远近畏而敬之。县人杨知遇者,尝受正一盟威箓,一夕醉甚,将还其家,路远月黑,因庙门过,大呼曰:"余正一弟子也,愿得神力示以归路。"俄有一炬火,自庙门出,前引之。比至其家二十余里,虽狭桥细路,略无蹉跌,火炬亦无见矣。乡里尤惊异之。《录异记》

(陈耀文《天中记》卷十一)

8. 周游《开辟衍绎通俗志传》

(盘古)将身一伸,天即渐高,地便坠下。而天地更有相连者,左手执凿,右手持斧,或用斧劈,或以凿开。自是神力,久而天地乃分。二气升降,清者上为天,浊者下为地,自是混沌开矣。

9. 周游《乩仙天地判说》

天地合闭……就像个大西瓜,合得团团圆圆的,包罗万物在内，计一万零八百年，凡一切诸物，皆溶化其中矣。止有金、木、水、火、土五者混于其内，硬者如瓜子，软者如瓜瓤，内有青、黄、赤、白、黑五色，亦溶化其中。合闭已久，若不得开，却得一个盘古氏，左手执凿，右手执斧，犹如剖瓜相似，辟为两半。上半渐高为天，含青、黄、赤、白、黑，为五色祥云；下半渐低为地，亦含青、黄、赤、白、黑，为五色石泥。硬者带去上天，人观之为星，地下为石，星石总是一物，若不信，今有星落地下，若人掘而观之，皆同地下之石。然天上亦有泉水，泉水无积处，流来人间，而注大海。

（周游《开辟衍绎通俗志传》"附录"）

10. 张廷玉等撰《明史》

锡兰山

王所居侧有大山，高出云汉。其巅有巨人足迹，入石深二尺，长八尺余，云是盘古遗迹。此山产红雅姑、青雅姑、黄雅姑、昔剌泥、窟没蓝等诸色宝石。每大雨，冲流山下，土人竞拾之。海旁有浮沙，珠蚌聚其内，光彩激滟。王使人捞取，置之地，蚌烂而取其珠，故其国珠宝特富。

（张廷玉等撰《明史》卷三百二十六）

11. 吴乘权等辑《纲鉴易知录》

盘古氏

天地初分之时，盘古生于其中，能知天地之高低及造化之理，故俗传曰"盘古分天地"。

【纲】盘古氏首出御世。

【纪】太极生两仪，阴阳之所以变化者，有个理以为之主宰，太极即理也。两仪，阴、阳也。两仪生四象，太阳、少阳、太阴、少阴。四象变化而庶类繁矣。相传首出御世者曰盘古氏，又曰浑敦氏。

天皇氏取天开于子之义。

【纲】天皇氏，继盘古氏以治。

【纪】一姓十三人，继盘古氏以治。淡泊无为而俗自化。始制干支之名，以定岁之所在，干，幹也，其名有十，亦曰十母，即甲、乙、丙、丁、戊、己、庚、辛、壬、癸也。支，枝也，其名一十有二，亦曰十二子，即子、丑、寅、卯、辰、巳、午、未、申、酉、戌、亥也。十干曰阏逢、甲。阏音谒。旃蒙、乙。柔兆、丙。强圉、丁。圉音语。著雍、戊。屠维、己。上章、庚。重光、辛。玄黓、壬。黓音亦。昭阳。癸。十二支曰困敦、子。赤奋若、丑。摄提格、寅。单阏、卯。单音蝉。执徐、辰。大荒落、巳。敦牂、午。牂音臧。协洽、未。涒滩、申。音吞炭。作噩、酉。噩音谔。阉茂、戌。大渊献、亥。兄弟各一万八千岁。各，一作"合"。千，一作"百"。余宗海曰："'八千'之'千'当作'百'，盖邵子以自有天地至于穷尽谓之一元，一元有十二会，一会有一万八百年。子会生天，丑会生地，寅会生人，至戌会则闭物而消天，亥会则消天而消地，至子会则又生天，而循环无穷矣。自寅会箕一度至午会星一度，该四万五千余年，正唐尧起甲辰之时也。夫自开辟以来，固有民物帝王，第以书契未兴，无从稽考，其曰天皇氏、地皇氏、人皇氏，盖亦传以其名而已，故作史者以生民以来若干年岁而丽派于三皇等氏之下，以足其数，岂真有一万八千岁之理哉！然不以四万五千六百年录之于唐虞之前，而置之于此，盖亦误矣。"

12.《郭嵩焘日记》

艾式成言：邵子元运之说，推至十二万（中）〔年〕，察其实不然。天地之运不过二万年。天行一周而有岁差，积至二万年而复如是，天运不逾二万年也。积大易之数，亦不逾二万，是可以测天运矣。由伏羲至今，不过五千年。上推至盘古，其数不可知，然亦必相距无几日，至多不过万年。而天地之机，已将尽泄。下此殆将不及万年，必归于浑沌矣。此言极为有理。吾意天地之合有两义：其一，西人所云彗星遇星球辄扫而灭之，恐地球亦将有破裂之一日。其一，西人开矿，深或数百丈，远辄数十百里，其法渐行于中国，地气一泄有余，必将有掀腾崩裂之一日。其间或有缘崖谷以幸免者，必皆目不识丁者也，其人遂为盘古氏。盘古氏之人，其数必多，而皆不识文字，不明理道，以力相与雄长。积之久，又将有圣人者起，开而明之。此亦天地自然之会合也。

（光绪九年癸未十一月）

13.钱大昕《十驾斋养新录》

胡五峰皇王大纪

太史公书述五帝本纪始于黄帝。班固古今人表、律历志依易系词，首太昊伏牺氏、炎帝神农氏，又依左氏传，列少昊金天氏于黄帝之后，于是三皇五帝之目，五德代嬗之序，昭然其不可易矣。宋刘恕通鉴外纪、司马光稽古录、苏辙古史皆上溯伏羲。独胡宏皇王大纪以盘古、天皇、地皇、人皇、有巢、燧人为三皇纪,伏羲至尧、舜为五帝纪,夏、商、周为三王纪。编年之书,追述上古,始盘古氏,盖起于此;而陈桱续编因之。然陈氏书录解题讥宏误取"庄子寓言,及叙邈古之初,无征不信",则当时有识者早议其后矣。罗泌《路史》在胡宏之后,征引益为奥博。自后儒生侈谈邈古,而荒唐之词流为丹青,盖好奇而不学之弊。

(钱大昕《十驾斋养新录》卷十三)

14. 徐道《历代神仙通鉴》(一名《三教同原录》)

元者,本也。始者,初也,先天之气也。此气化为开辟世界之人,即为盘古;化为主持天界之祖,即为元始。

(徐道《历代神仙通鉴》卷一)

15. 陈梦雷等编撰《古今图书集成》

天人诞降大圣。曰浑敦氏,即盘古氏,初天皇氏也。龙首人身,神灵,一日九变,一万八千岁为一甲子,荆湖南以十月十六日为生辰。有初地皇氏,初人皇氏。

(王文禄《补衍》卷二)

16. 李贽《史纲评要》

盘古氏

相传首出御世者,曰盘古氏,又曰浑敦氏。生于太荒,莫知其始，明天地之道，达阴阳之变，为三才首君，于是混荒开矣。成音王以前消息，不可不知。

天皇氏

继盘古氏以治，是曰天灵。淡泊无为，而俗自化。始制干支之名，以定岁之所在。

（李贽《史纲评要》卷一）

17. 徐世昌等编纂《清儒学案》

开辟传疑序论

张陵二十四治图云："伏羲造天地，五龙布山岳。"五龙者，伏羲之臣飞龙氏、潜龙氏、降龙氏、水龙氏、火龙氏也。浑沌为降龙氏，居五龙之一，亦曰盘古氏，故相传为盘古分天地耳。安得浑沌之上复有盘古？羲、炎之上复有三皇耶？命历序谓"天皇以木王"，帝系谱谓"地皇以火德王"，即羲、农矣。董子繁露以神农为九皇，又即人皇，与三坟合。夫天造草昧，微独无皇也，并无所谓氏，故三坟纪氏自居方始。春秋纬谓天皇、地皇、人皇兄弟九人，分九州长天下，盖本九头为说，故洛书谓三皇号九头纪。而外纪诸书以为天皇兄弟十二人，地皇十一人，人皇九人，或即本生子三十二世之说而附会之与？三坟虽晚出，然于事理为近；丹壶今不可见，其纪氏亦有足录者，余故次而论之。

（徐世昌等编纂《清儒学案》卷一百三十四）

综上可知，有关盘古的叙述大多与盘瓠无关，其主要与开辟天地、伏羲等相关。但《皇清职贡图》《广东新语》《越缦堂读书记》《淞隐漫录》四则史料中盘瓠与盘古并述。《皇清职贡图》中在记述粤东瑶人分布中，提到"罗城县瑶人居县属之通道镇，岁时祭赛盘古庙，因名盘瑶，又名自在瑶"，此叙述与新宁、增城、曲江、乐昌、乳源、东安、连州及兴安瑶人并举，可见在此处所述"盘古"即为"盘瓠"，两者并无不同，或者只是两地的表述差异而已。屈大均《广东新语》中提到"诸徭率盘姓，有三种。曰高山，曰花肚，曰平地。平地者良。岁七月十四拜年。以盘古为始祖，盘瓠为大宗"，此处将盘古与盘瓠予以区分，而且在《广东新语》中还提到瑶族中非盘姓者为汉人融入等。李慈铭《越缦堂读书记》则明确盘古系盘瓠之讹，强调"苏君证其为盘瓠之讹，尤足破千古之惑"。可见至清代，有关盘古、盘瓠的辨析已在文人学士中引起争论。王韬《淞隐漫录》则论"盘瓠当即盘古，人类初祖，苗人报本返祖，故祀之耳"。可见在王韬看来苗人（此处泛指南方少数民族）所祭祀的盘瓠即为盘古，他们是对人类（应为当时所谓清朝疆域内所生活的各族群）先祖的认同。

第三章 文化的他者：20世纪初至40年代盘瓠神话研究

15世纪地理大发现改变了世界格局，推动并促成了首次的世界一体化。以此为起点，"从16世纪到20世纪，欧洲国家始终主张，基督教民族不仅创造了一套适用于整个地球的秩序，而且还代表此秩序。'欧洲'这个概念意味着正常态，它替地球上所有不是欧洲的地方树立起一套标准。文明除了指欧洲文明之外，则无他指。在这个含义上，欧洲俨然是世界的中心"①。这段话出自卡尔·施密特《全球规制》一书，呈现了四五个世纪以来的全球秩序建构及文明体系标准。地理大发现之后的启蒙运动更是进一步推动这一秩序，"启蒙主义以后，古希腊的文野之分经过历次的改头换面，替欧美人塑造了一套新的文明观和普世性话

---

① 转引自刘禾：《国际法的思想谱系：从文野之分到全球统治》，载刘禾主编：《世界秩序与文明等级：全球史研究的新路径》，北京：生活·读书·新知三联书店，2016年，第45页。

语"①。在全世界范围内，文明就意味着欧洲文化，世界其他区域被归入"野蛮人"(savage)、"蒙昧或未开化"(barbarian)人群、"半开化"(half-civilized)人群，这一文明秩序或文明等级随着欧洲的殖民、扩张在全球范围推广。中国也被卷入这一新的世界秩序。

第一节　从夷夏观念到民族国家的嬗变

西方的坚船利炮打开了清政府的大门，也打破了中国疆域的完整。在西方侵入之地以及中西交往中，西方的科技文明渐趋进入中国，在新的文明体系面前，传统中国"夷夏"之分的文化秩序被重新讨论。

一　夷夏秩序与西方种族观念

中国传统以夷夏来统称境内各族。"族"的概念在中国可说由来已久。甲骨文"族"之意为"旗所以标众，矢所以杀敌。古代同一家族或氏族即为一战斗单位"②；金文中其意大致亦如此，

---

① 刘禾：《国际法的思想谱系：从文野之分到全球统治》，载刘禾主编：《世界秩序与文明等级：全球史研究的新路径》，北京：生活·读书·新知三联书店，2016年，第47页。

② 徐中舒主编：《甲骨文字典》，成都：四川辞书出版社，1988年，第734页，

如毛公鼎等诸铭中的族"均是亲族单位","作战单位";①《说文解字》也突出了这一含义,即"矢锋也,束之族,族也"②。同期成书的《释名》等也秉持此说,可以说"族应该是以家族氏族为本位的军事组织"③。从氏族部落进入国家的发展阶段后,"族"字的"矢锋"含义淡化,但突出了"标众"之意。在先秦文献及后人释义中,"族"的含义不断扩展,但大多是"聚集""群"之意,与军事组织或战斗单位已无干系。④ 周代"国家的基层单位已经不是血族团体,而是地区团体了"⑤。周人的"族类"观和"五方之民"更多关注地域、语言、习俗的差异。

> 凡居民材,必因天地寒暖燥湿,广谷大川异制。民生其间者异俗,刚柔轻重迟速异齐,五味异和,器械异制,衣服异宜。修其教,不易其俗;齐其政,不易其宜。
>
> 中国戎夷五方之民,皆有性也,不可推移。东方曰夷,被发文身,有不火食者矣。南方曰蛮,雕题交趾,有不火食者矣。西方曰戎,被发衣皮,有不粒食者矣。北方曰狄,衣羽毛穴居,有不粒食者矣。中国、夷、蛮、戎、狄,皆有安

---

① 许倬云:《西周史》(增补二版),北京:生活·读书·新知三联书店,2012年,第161页。
② (汉)许慎:《说文解字》,北京:中华书局,1963年,第141页。
③ 转引自周策纵:《原族》,《读书》2003年第2期,第99页。
④ 参见郝时远:《先秦文献中的"族"与"族类"观》,《民族研究》2004年第2期,第37页。
⑤ 中共中央马克思、恩格斯、列宁、斯大林著作编译局编:《马克思恩格斯选集》(第四卷),北京:人民出版社,1972年,第2页。

居，和味，宜服，利用，备器。五方之民，言语不通，嗜欲不同。达其志，通其欲，东方曰寄，南方曰象，西方曰狄鞮，北方曰译。①

可见，先秦时期的"五方之民"并不关涉种族，"春秋内其国而外诸夏，内诸夏而外夷狄"②，反映的恰是这种关系格局。"'族'字在春秋战国时期的含义变化以及秦汉以降的使用对象，的确形成了人以'族分'、民以'族聚'的传统观念。"③但当族之意涵为"华夷之别"时，更多强调"地域""空间"及民俗之异，而非种族内涵。中国古代文献即有民族一词，其意首先就是前文所述"族类"之意；民族还有另一含义，即与"皇族"对应，"但辽时皇族与民族皆有耶律之姓，史所书某院部人则同姓不宗之民族，仍宜列入异姓者也"④；此外，民族还泛指黎民百姓，"民族虽散居，然多者千烟、少者百室、又少者不下数十户"⑤。

一般认为现代意义的民族一词起于清末。在相当一段时期

---

① （元）陈澔注，万久福整理：《礼记集说》，南京：凤凰出版社，2010年，第104页。
② 《春秋公羊传注疏》卷十八，（清）阮元校刻：《十三经注疏》，北京：中华书局，1980年影印本，第2297页。
③ 郝时远：《先秦文献中的"族"与"族类"观》，《民族研究》2004年第2期，第37页。
④ （清）嵇璜、曹仁虎等编撰：《钦定续文献通考》，《景印文渊阁四库全书》卷二〇六"封建考"，《四库全书》本。
⑤ （清）郑之侨：《农桑易知录》卷三，转引自郝时远：《中文"民族"一词源流考辨》，《民族研究》2004年第6期，第63页。

中，学界都认为"民族"一词源于日本汉字,从日本传入中国。但经过黄兴涛、方维规、郝时远等考证、溯源①,这一词于道光十七年(1837年)在中国就已出现。1837年,德国传教士、汉学家郭实腊(Karl Friedrich August Gützlaff)所编《东西洋考每月统计传》之道光丁酉年九月号《约书亚降迦南国》提到"昔以色列民族如行陆路渡约耳但河也"②。日本"民族"一词的使用大致来说就是出现于"19世纪70年代,而且主要是日人翻译德文著作对应Volk、Ethnos、Nation等词采用的译名,同时使用的名词还包括'种族''人种''族种''族民''国民'等大都见诸古汉语的词语。而'民族'一词取代这些词语,是在1888年哲学家井上园创办《日本人》杂志以后。……相对于中国古代和近代'民族'一词的使用而言,'民族'一词由中国传入日本可能更符合事实"③。日本使用民族一词,赋予其现代意义,对其内涵予以界定,并将其与德语Volk、Ethnos、Nation对应,当是中国知识分子从日本引入。这一现代意义的引入,在中国传统的"夷夏之别"基础上兴起了"种族民族主义"。

19世纪末,第一批睁眼看世界的国人(主要是文化精英),倡导"师夷长技以制夷",在强大的敌人与自己节节溃败面前,强兵卫国、改进文化、种族改良都成为当务之急,从洋务派到

---

① 黄兴涛:《"民族"一词究竟何时在中文里出现》,《浙江学刊》2002年第1期,第168—170页;方维规:《论近代思想史上的"民族"、"Nation"与中国》,《二十一世纪》(香港)2002年4月号,第33—43页;郝时远:《中文"民族"一词源流考辨》,《民族研究》2004年第6期,第60—69页。
② 《约书亚降迦南国》,《东西洋考每月统计传》丁酉九月(1837年),第271页下。
③ 郝时远:《中文"民族"一词源流考》,《民族研究》2004年第6期,第65页。

改良派都积极为此努力,他们的努力目标就是西方所建构的"文明"秩序与文化标准。"文明的话语与实践生成了人种志或民族学的知识形式,而人种学或民族学反过来承担起了所谓'西方的文明使命'。"① 因为对清朝政府的不满,学人再度借"夷夏之辨",将矛头指向满人。此时,西方的人种学也进入中国学人视野。清光绪进士王树枏于光绪二十四年(1898年)写成《欧洲族类源流略》一书,他将欧洲民族分为雅利安族和鞑靼族,雅利安族又区分为欧洲旧族、西米底族、希腊族、意大利族、德多尼族、革勒底族、斯拉分族,并概述了各族的源起与发展。在该书的"绪论"中,他提出:五洲有黄、白、红、黑四种,"黄种与白种智,红种与黑种愚。愚种与智种角,则智种胜;智种与智种角,则尤智种胜。今日欧洲之人,天下所称为尤智者也"②。邓实也认为中西文化差异是由于"土地人种不同"③造成的。章太炎《訄书·序种姓》对西方民族学中有关种族和民族的起源等知识作了简略的介绍和评论。他认为"化有早晚而部族殊",即人类种族同为历史变迁而发生差异,但文化的高低是区别不同种族的依据。"性有文犷而戎夏殊"则以种族的不同与文化的差别,来论证汉民族不应当受满族的统治。④ 章太炎这一论述中有显著的欧洲种族论色彩,他把汉民族说成与欧美人种

---

① 梁展:《文明、理性与种族改良:一个大同世界的构想》,载刘禾主编:《世界秩序与文明等级:全球史研究的新路径》,北京:生活·读书·新知三联书店,2016年,第116页。
② 参见王树枏:《欧洲族类源流略》,长沙:岳麓书社,2012年,序第1页。
③ 邓实:《鸡鸣风雨楼独立书》,《政议通报》1903年第23期,第16页。
④ 章炳麟:《訄书》,沈阳:辽宁人民出版社,1994年,第63—94页。

一样同属于文化发达的人种。刘师培《中国民族志》用"物竞天择"的进化论分析中国:

> 或者曰中国之民族无可灭之理也,呜呼,为此言者,直自欺欺人之词耳。今太西哲学大家,创为天择物竞之说。物竞者,物争自存也;天择者,存其宜种也。中国当蛮族入主之时,夷族劣而汉族优,故有亡国而无亡种。当西人东渐之后,亚种劣而欧种优,故忧亡国更忧亡种。使吾汉族之民仍偷安,旦夕不思自振之方,历时既久,恐消磨歇绝,靡有孑遗,不亦大可惧耶,此保种所以为汉族自振之策也。①

刘师培《中国历史教科书》对中国历史的梳理、阐述亦体现了进化论的观点。②1903 年,清政府学部所颁布的《奏定大学堂章程》中,将"人种及人类学"列入中国史及万国史两门随意科课程③;蒋智由撰《中国兴亡一问题论》,对民族之义进行了界定,"夫民族之义,本于共同之血统,而有共同之土地,经数千年来沿其利害相同、荣辱相同、休戚相同之事,而其间又有共同习惯之语言、文字与夫教化、制度、风俗以联络之"④。1904 年,《新民丛报》刊载了观云(蒋智由)撰写的《中国人种考》,后结集于光绪三十二年(1906 年)由广智书局出版,讲述了中国人种的由

---

① 刘师培:《中国民族志》,中国青年会,光绪二十九年(1903 年),第 89 页。
② 刘师培著,万仕国点校:《中国历史教科书》,扬州:广陵书社,2015 年。
③ 清光绪二十九年(1903 年)北京大学堂官书局翻译出版了德国人哈伯兰(Michael Haberland)著《民种学》。
④ 观云(蒋智由):《中国兴亡一问题论》,《新民丛报》1903 年第 4 期,第 22 页。

来以及有关中国人种西来说的论述。京师华印书局出版了署名"抱咫斋杂著"的《中国人种考原》。该书作者认为：

> 中国见有之人种，（注：即历史的人种）可大别为五：曰满洲，曰汉，曰蒙古，曰回（注：回本不可以族名，今姑从学人通称，亦不必强易以东干号也），曰西藏之五者。或以地别，或以势殊，语言固不尽同，信仰容多歧异，试为探厥源泉，稽其本实，无非神明之华胄，黄帝之子孙也。寻汉族之先，具详史牒，无取词费，第言满洲，次蒙古，次回，次西藏。①

可见随着西方种族思想流入，中国知识界开始了解：世界分为白种人、黑人、黄人、红种人等。这就改变了从前中国基于空间和习俗的"华夷"和"夷夏"之分的族类观。他们将原本地域空间、习俗的分布，转变为人类体质的进化，甚至被西方体质人类学研究者极端化，如布戎，他将人种纳入了从黑到白进化的时间序列，当然这一进化序列没有成为世界普遍性知识，但是人种划分却成为了基础知识广泛延续并推广，"全然不顾古代族群的根本属性其实是政治单元而不是血缘集合。毫无疑问，对于种族思维的反思和批判，仍然是常识教育中的空白点"②。当然在最初人种学引进中，亦不乏批评之声与意见相左之人，最典型的当推章

---

① 抱咫斋杂：《中国人种考原》，载蒋智由：《中国人种考》，上海：上海华通书局，1929年，第2页。
② 刘大先：《中国人类学话语与"他者"的历史演变》，载刘禾主编：《世界秩序与文明等级：全球史研究的新路径》，北京：生活·读书·新知三联书店，2016年，第482页。

太炎。他虽然较早对人种学做出了回应,但是他反对西方文化秩序中的单线进化论与西方文明一元论,他认为"西方文化并不是四海皆同的共同范式,中国作为一个文化根底深厚、自成体系的国家,不应简单模仿"[1]。可见他反对将中国的文化复杂性做简约化处理,当然由于其生存时代具体情境的影响,他对于进化论的阐释难免有局限性,但这不能湮没其民族文化思想中的"理性之光"。

无论学者思想之间有何差异,但显而易见地是,随着西方人种学的引进,他们逐步改变了传统的"华夷"秩序观。1843年左右,玛吉士[2]编纂了《地理备考》,在这一著作中,他引进了朗格卢瓦编辑的《现代地理学词典》,将人分为五色。朗格卢瓦原著中叙述黄种人主要分布于南亚,很显然,东亚被遗忘了。玛吉士后来将东亚补充进去,但他并未将其写为黄色人种,而是将东亚人与欧洲人一样,归入了白色人种。这一行为"旨在消除清朝官员长久以来对居住在澳门的葡萄牙人的鄙视心理"[3],也说明了当初中国的"华夷"秩序依然影响着国人与澳门的葡萄牙人。但是随着迈入20世纪,传统的"华夷"秩序不仅被打破,而且在自我论述中渐趋认可了"半开化"人种,其转捩点就是日本跨入文明国

---

[1] 王建民:《中国民族学史》上卷(1903—1949),昆明:云南教育出版社,1997年,第83页。

[2] 玛吉士,葡萄牙人,19世纪早期因殖民贸易活动到澳门,曾经做过澳门葡萄牙人自治机构——澳葡议事会的译员。

[3] 梁展:《文明、理性与种族改良:一个大同世界的构想》,载刘禾主编:《世界秩序与文明等级:全球史研究的新路径》,北京:生活·读书·新知三联书店,2016年,第139页。

家的行列。日本明治维新之后,按照欧美等国的文明标准,渐趋被纳入欧美等国发起的国际组织,因此中国的知识精英,如梁启超、谭嗣同等亦开始视文明等级为"进化之公理",梁启超在《文野三界之别》中写道:"泰西学者,分世界人类为三级:一曰蛮野之人,二曰半开化之人,三曰文明之人。其在《春秋》之义,则谓之据乱世,升平世,太平世。皆有阶级,顺序而升,此进化之公理,而世界人民所公认也。"① 可见中国文明已经被纳入新的秩序,随着纳入此秩序,中国传统的夷夏之分亦发生变化。

二 种族观念的式微与现代民族国家观念的建构

中国传统的夷夏之间更多是空间、地域与亲疏之分,而不是时间与等级秩序,到了20世纪初夷夏之分转换到"进化论"和西方民族主义轨道上,正如英国哲学家亨利·斯基维克所指出的,它一转眼就"将社会理论转化成为道德论和政治理论"②。1917年,泰戈尔(Rabindranath Tagore)在《西方的民族主义》一文中写道:"在西方,民族的商业和政治及其制造出来的,是整齐的、经过压缩捆扎的人类货包,……按照造物主自己的非凡的想象造成的创造物","就人们在政治经济上的联合意义而言,民族就是全体居民为了机械目的组织起来的那种政治与经济的结合","西

---

① 梁启超:《文野三界之别》,《饮冰室合集》,北京:中华书局,1989年影印本,第8—9页。
② 转引自刘禾:《国际法的思想谱系:从文野之分到全球统治》,载刘禾主编:《世界秩序与文明等级:全球史研究的新路径》,北京:生活·读书·新知三联书店,2016年,第82页。

方雷鸣般的炮声的声音在日本门口说,让那里有一个民族——结果有了一个民族"。① 近代中国亦如此。19世纪中后期,中国纳入西方所主导的"全球秩序","民族国家"(nation-state)成为文明的标识和社会发展典范。1901年,梁启超《国家思想变迁异同论》指出"今日之欧洲,则民族主义与民族帝国主义相嬗之时代也",西人以全民族、全国之力进攻中国,而"吾国于所谓民族主义者,犹未胚胎焉",这是中国与外交往的失败之因,如果中国想在世界上生存,只有"速养成我所固有之民族主义"。② 19、20世纪之交的知识人积极投入民族-国家孕育的启蒙之旅,"为近代中国国族意识的兴起揭开绚丽的序幕"③。1903年,黄遵宪制《小学校学生相和歌》十九章,供小学生讽咏唱和,开卷第一首便是以黄白种战激发学生敌忾之气:

来来,汝小生!汝看汝面何种族?芒砀五洲几大陆,红苗蜷伏黑蛮辱,虬髯碧眼独横行,虎视眈眈欲逐逐。于戏!我小生,全球半黄人,以何保面目?④

---

① [印度]泰戈尔:《民族主义》,谭仁侠译,北京:商务印书馆,1998年,第3—21页。1925年商务印书馆出版了楼桐孙根据法国乔治巴西勒(Cecil Georges Basile)翻译的太戈尔《民族主义》法语本所译,当时汉译为《国家主义》。

② 任公:《国家思想变迁异同论》,《清议报》1901年第94、95期,第39—47页。

③ 沈松桥:《我以我血荐轩辕——黄帝神话与晚清的国族建构》,《台湾社会研究季刊》第28期(1997年12月),第3页。沈文中以国族统称"民族""民族-国家"等,除引文外,其他均不用此表述。

④ 黄公度:《小学校学生相和歌》,《萃新报》1904年第1期,《萃新报》此文章录自《新民丛报》。

但民族并非完全是由语言、种族或宗教等既定的社会条件所决定,而是"想象的政治共同体"。①民族主义有显著的现代性色彩,但是对于民族源起的想象,均指向"遥远不复记忆的过去"②。中国在现代民族国家的建构中,"黄帝"成为一个文化符号被奉为中华民族的"始祖"。当时的报刊文章处处可见"炎黄子孙""轩辕世胄"。除官方的论述及公开发表的诗文,如鲁迅"寄意寒星荃不察,我以我血荐轩辕"③等外,在诗酒酬唱"这样高度私密性的社会交往中,我们同样可以发现国族意识渗透的痕迹"④。在官方、文人的公众表述以及私人交往空间,"黄帝"成为民族记忆追溯之源,也是当时民族国家想象的记忆之所,但其发展的时间脉络被悬置,这恰是"想象的共同体"赖以产生的文化根源。⑤当然在19世纪末20世纪初,中国也具备了民族国家建构的物质基础,即安德森所言的"大规模印刷企业",此外还有大量前往海外留学的知识人翻译、引入西方的思想观念。除了这些因素外,"符号与'论述'(discourse)对'国族'"的建构极为重要,具体的内容沈松桥在《我以我血荐轩辕——黄帝神话与晚

---

① [美]本尼迪克特·安德森:《想象的共同体:民族主义的起源与散布》,吴叡人译,上海:上海人民出版社,2005年,第6页。
② [美]本尼迪克特·安德森:《想象的共同体:民族主义的起源与散布》,吴叡人译,上海:上海人民出版社,2005年,第11页。
③ 鲁迅:《鲁迅全集》第七卷,北京:人民文学出版社,1982年,第414页。
④ 沈松桥:《我以我血荐轩辕——黄帝神话与晚清的国族建构》,《台湾社会研究季刊》第28期(1997年12月),第6页。
⑤ 参见 Benedict Anderson, *Imagined Communities: Reflections on the Origin and Spread of Nationalism* (revised edtion), London: Verso, 1991, p.24。

晴的国族建构》一文已有详尽论述。

在黄帝这一新的民族符号形成中,渐趋摒弃了"排满","吾中国言民族者,当于小民族主义之外,更提倡大民族主义。小民族主义者何?汉族对于国内他族是也。……自今以往,中国而亡则已,中国而不亡,则此后对于世界者,势不得不取帝国政略,合汉、合满、合蒙、合回、合苗、合藏,组成一大民族,提全球三分有一之人类,以高掌远跖于五大之上,此有志之士,所同心醉者"①。但无论排满,还是"合"各少数民族,其理想都是西方的现代民族国家。当然中国并不是到了19世纪末以降才有"民族"的想象,"对中国而言,崭新的事物不是'民族'这个概念,而是西方的民族国家体系"②。

三 "自我—他者"与"汉—其他族群"

中国古代已有对自己之外的"他者"的描述,既有真实的叙说,也饱含想象的成分,当然其主体便是"我国在中央,诸夷在四方"。这一思想从商王武丁时期的四方及"四方风"甲骨就已有记录与呈现。胡厚宣认为,早在殷商时期就已经有"我族"在中央的观念了,甲骨文中将商与东西南北合称五方,如"己巳王卜贞□(今)岁商受□(年)。王占(年)曰吉。东土受年。南土

---

① 中国之新民:《政治学大家伯伦知理之学说》,《新民丛报》1903年第4期,第129页。
② [美]杜赞奇:《护史退族:现代中国的问题叙事》,转引自:[美]本尼迪克特·安德森:《想象的共同体:民族主义的起源与散布》"导论",吴叡人译,上海:上海人民出版社,2005年,第15页。

受年。西土受年。北土受年。（粹九〇七）此卜商与南东西北四方受年之辞也。闻者亦称中商。如武丁时卜辞曰：'戊寅卜，王贞受中商年'"，"中商"之说在商代甲骨卜辞中屡次出现，"中商即商也。中商而与东南西北并贞，则殷代已有中东南西北五方之观念明矣"。① 但甲骨中的"中商"与"四方"并无优劣之分，只是以商为"中"。但《山海经》中对五方的描述就突显了中央的优越性。《山经》部分的叙述是由中心及四方，《海经》与《荒经》部分则记录了大量的远国异人，可见当时对"他者"充满了怪诞与奇异的想象。

到了明代，随着经济、贸易的发展，对于"他者"的想象更是丰富、多样起来。京杭大运河，郑和下西洋，交通便利，商业兴盛，"出贾既多，土田不重。操资交捷，起落不常"②。传统的社会秩序与道德秩序被打破，商业社会"高下失均，起落不常"，整个社会以追逐利润为目标，经济贸易提升到前所未有的高度，其中包括对外贸易。这一时期，中国卷入了新的世界经济贸易体系。杰恩·尼克雷（Jean Nicolet）深信五大湖对面就是中国，"明代中国是导致如此巨大地理计算错误的诱惑物"③，正因为世界各国到中国贸易，以及中外经济交流的繁荣，描述"他者"的书籍

---

① 胡厚宣：《论五方观念及"中国"称谓之起源》，《甲骨学商史论丛初集》第二册，上海：上海书店，1989年影印本，第1—2页。
② [加]卜正民：《纵乐的困惑：明代的商业与文化》，方骏等译，北京：生活·读书·新知三联书店，2004年，第2页。
③ 同上书，第2页。

渐趋增多。如《天下九边分野人迹路程全图》①，中央是包括了亚、欧、非的大陆，明朝的地理范围北以长城为界，西以黄河为界，东、南以海岸线为界。但图中的大陆并没有位于整图的正中心，而是稍向西北偏移，因为这样才能使明朝的疆域位于整图的正中心。可见，在明代人心中，不是大陆位于四海的中心，而是"我国"位于世界的中心。为了达到这个目的，地图上北面与西面的海域就远比东面、南面的海域显得狭长，客观上造成了构图上的不和谐感，这也反映出了地图制作者"我为中"的观念。图中记录了中国的58个朝贡国：

> 所近中国奉贡之国：日本国、琉球国、朝鲜国、高丽国、安南国、交趾国、占城国、三佛济国、真腊国、满剌国、暹罗国、爪哇，所近中国之大国也。其余小国书备于后。各国所出人物，与相行，与异物，图中尽书。大汉国、纹身国、瑞国、不死国、婆登国、都播国、婆罗掾国、巴赤吉、猴孙国、昆吾国、龟兹国、沙弼茶国、毛人国、丁零国、乌伏部国、长臂国、长脚国、三首国、小人国、七番国、扶桑国、天竺国、西洋古里国、大秦、哈密国、穿胸国、摆里国、大罗、匈奴、鞑靼国、后眼、吐蕃国、可只国、蛇鲁国、采牙国、彪不剌国、深烈国、宾童龙国、登流

---

① 《天下九边分野人迹路程全图》，崇祯十七年（1644年）由金陵曹君义刊行，为木刻墨印，由12块拼接而成。学界多认为此图翻刻自《乾坤万国全图古今人物事迹》，是明朝末期坊间刻印的世界地图。除去上下文字、表格部分外，地图高92厘米，宽116厘米，为椭圆形构图。目前已知的二幅原图分别藏于中国国家图书馆、英国不列颠图书馆处，国家图书馆另藏有一复印件。

眉国、诃陵国、撒马尔罕、西南夷、羽民国、女直国、莆家龙、白达国，各在各方。①

对于这些国家的具体描述，反映出了中心—边缘、大国—小国、正常—异常的对立，其中蕴含了传统的夷夏秩序。

明代还有一种对于他者民俗的描述，就是日用类书中的"外夷门"。"外夷门"记载了异族丰富、多样的民俗事象，如余象斗编纂的《鼎锓崇文阁汇纂士民万用正宗不求人全编》②（以下简称《万用正宗不求人》）中的"外夷门"，其描述内容从"山海异物""诸夷图像""外国风俗""外夷图说"到"神禽兽鱼""外夷土产"等③，既有交趾国、真腊国、女国、顿逊国、爪哇国、老挝国等，亦有匈奴、鞑靼以及与《山海经》相承袭的"瓠犬国"等。"外夷门"之前，亦有典籍《周礼·职方氏》《史记·西南夷列传》等记述"他者"，如对"七闽""夜郎""百粤""诸越""西瓯"等的记述。这些记述中，涉及他族异域的话，其旨归正如王明珂所

---

① 此部分内容参照了《乾隆天下舆地图》（大英图书馆藏），原图尺寸132×170cm，此图引证了《天下九边分野人迹路程全图》。感谢中国社会科学院民族学与人类学研究所王耀副研究员提供此图具体信息。另亦参阅了刘雪瑽：《明代人的海外异国想象——以〈天下九边分野人迹路程全图〉为中心》，未刊稿。
② 《鼎锓崇文阁汇纂士民万用正宗不求人全编》有诸多刊本，本文文献来源文本为余象斗编撰，万历二十七年（1599年）书林双峰堂刊本，东京大学东洋文化研究所藏本，下文中所用的例子如非特别说明均摘自该书。
③ 参见《新刻天下四民便览三台万用正宗（目录）》一卷，题余象斗纂，万历二十七年（1599年）书林双峰堂刊本，东京大学东洋文化研究所藏本。

说，中原王朝自汉代以来就采取"迁移其民，设置郡县，推行中国式的礼仪教化，设学校推广经学，以及创造、提供华夏的历史记忆，让当地人能找到华夏祖源"①。因此这些记载更多书写的是将"地方"纳入"中央"，倡导民族文化精神的历史传承，即"研究乡邦文化，发扬民族精神"②。"外夷门"对于外夷文化事项的记述，则是将传统的华夏秩序推广到异域，当然其内容呈现了文化多样，同时也绘制了明代民众日常生活中的中外文化交流图景。

中国自商代开始就已有五方的概念，之后这一方位认知逐渐出现了空间、习俗上的差异，夷夏秩序通过《礼记·王制》等予以规范，并且《礼记·王制》还对夷夏民俗、地理异同进行了详尽描述。但到了明代以后，市民经济兴盛，再加上对外交流增多，夷夏秩序渐趋扩展到"世界"。虽然这一时期已有传教士进入中国，将世界的"真实面貌"（主要通过地图）传递给国人，如利玛窦根据 Girolamo Ruscelli、Abraham Orterius 等人的地理书和地图绘制出世界地图带入中国后③，人们开始有了世界是"圆"的意识。但是在士人的描述中，依然强调："世界唯中国独大，

---

① 王明珂:《华夏边缘:历史记忆与族群认同》，北京:社会科学文献出版社，2006年，第202页。
② 程美宝:《地域文化与国家认同:晚清以来"广东文化"观的形成》，北京:生活·读书·新知三联书店，2006年，第2页。
③ 参见船越昭生:《坤輿万国全図と鎖國日本》，《東方學報》（京都）第四十一册（1970年）。转引自葛兆光:《"天下""中国"与"四夷"——作为思想史文献的古代中国的世界地图》，载王元化主编:《学术集林》第十六卷，上海:上海远东出版社，1999年，第55页。

余皆小，且野蛮。"① 反对将异域放大，"使教外别传，诡而披地球，以神其说，小中国而大四夷也。……以此无稽之言，得小吾中国，是大可痛也！"② 可见夷夏秩序在当时世界地图中一以贯之，尽管陈组绶强调与前人不同，他所绘地图"穹天亘地，极四维之东西南北，无弗兼覆，无弗兼载，无弗兼戴履"；但他认为只能"用夏变夷"，"中国有圣人出焉，四海之民，莫敢不来王"。可见，世界的"真实"依然在夷夏秩序和朝贡体系中展开。

19世纪40年代之后，伴随西方武力侵入，西方的科技、文化也进入中国，"对异国的知识的多寡来自于海外交通空间幅度的大小，不过，对于异域的认识，最重要的却常常来自文明交流"③。这一时期开始，中国在与异域的交流中，无论主动还是被动，以中国为中心的夷夏秩序被消解，取而代之的则是西方文明设置的"野蛮""半野蛮""文明"的等级秩序。

1843年左右，玛吉士编纂了《地理备考》，在这一著作中，他引进了朗格卢瓦编辑的《现代地理学词典》，将人分为五色。朗格卢瓦原著中将东亚遗忘了，玛吉士虽将东亚补充进去，只

---

① [法]安田朴、谢和耐等：《明清间入华耶稣会士和中西文化交流》，耿昇译，成都：巴蜀书社，1993年，第230页。
② 陈组绶：《皇明职方地图》，中国国家图书馆藏。另此部分内容参考了葛兆光：《"天下""中国"与"四夷"——作为思想史文献的古代中国的世界地图》，载王元化主编：《学术集林》第十六卷，上海：上海远东出版社，1999年，第55—56页。
③ 葛兆光：《"天下""中国"与"四夷"——作为思想史文献的古代中国的世界地图》，载王元化主编：《学术集林》第十六卷，上海：上海远东出版社，1999年，第50页。

是他将东亚人归入了白色人种。正如前文提及的，此观念说明了中国传统夷夏秩序的影响，但随着迈入20世纪，传统的"华夷"秩序不仅被打破，而且在自我论述中中国知识人渐趋认可了"半开化"人种，中国文明亦被纳入新的秩序。随着纳入此秩序，中国传统的夷夏之分发生变化，过去夷夏之间更多是空间、地域与亲疏之分，而不是时间与等级秩序，到了20世纪初华夷、华夏都被转换到进化论的轨道上，这也恰是进化论的核心之所在。

在这一秩序影响下，中国境内的各族群不再是居住区域、文化、风俗的差异，而是将文明等级论移植到汉与其他族群的文化分野上。最初因抵制清政府，曾经出现过排满的种族民族主义，之后随着"睁眼看世界"的有识之士意识到中西政治、文化差异时，民族国家观念逐渐成为主流。但是内卷化的文明等级论也植入了中国的民族关系，汉人与其他族群的差异，就是西方与中国的差异，因此在文化秩序中，夷夏之分渐趋转化为汉—其他族群的分野。

第二节　图腾理论与盘瓠神话

如上文所述，晚清知识阶层逐步将西方进化论引进到国内。这一思想很快变成了一种时尚，许多人纷纷效仿。就教育体制而言，在文学科大学中设经学、理学、史学、国文学和外国文学四科，其中前三科的课程都包括社会学，史学科课程中还包括人类学。①1913年初,北洋政府教育部在颁布的大学规程中规定:文科哲学门、历史学门和地理学门设人类及人种学课程;文科文学门和理科动物学门和地理学门设人类学课程;文科哲学门、文学门和法科政治学门设社会学或社会学原理课程。②此外高等师范学校和法政学校也分别有人类学、社会学课时要求,可见当时通过人类学、社会学的教育,进化论思想几乎遍及各个学科。在人类学异文化的调查中,中国汉族农村以及少数民族区域成为国内外人类学的关注点,他们将其视为人类文明发展的野蛮、蒙昧以及半开化阶段的存在,尤其是少数民族区域,由于不同的社会形态与文化形态,恰好成为历史进化论的个案论据,原本仅是多样化的社会制度与文化形态,被研究者努力整理进了时间进化序列。在这一历史语境中,流传于南方民族的盘瓠神话引起了研究者的关注。在他们的研究中,无论人类学者还是民族学者,都认为盘瓠神话是人类早期文化的典型,其所属族群则是初民社会的个案,基于这一文化理念,他们用图腾理论阐释盘瓠神话,将盘瓠视为图腾崇拜。

一 "南方的发现"与文学批评中的"想象"

20世纪初,中国知识界从日本转译或从欧美直接翻译引入"神话学",从20世纪30年代开始,除了中国古代的神话之外,

---

① 王国维:《奏定经学科大学文学科大学章程书后》,《教育世界》1906年第118、119期,第109—117页。
② 北洋政府教育部:《大学规程》,《教育杂志》1913年第1号,第1—3页。

南方少数民族的神话亦进入研究者视野，即所谓"南方的发现"。王国维在《屈子文学之精神》中提到："南人想象力之伟大丰富，胜于北人远甚。彼等巧于比类，而善于滑稽。……夫儿童想象力之活泼，此人人公认之事实也。国民文化发达之初期亦然，古代印度及希腊之壮丽之神话，皆此等想象之产物。……南人之富于想象，亦自然之势也。"①

王国维《屈子文学之精神》不如其《〈红楼梦〉评论》和《人间词话》引起关注多。一般研究者认为："他发表于1904年的《〈红楼梦〉评论》，首创以西方批评理论和方法来解读、评价一部中国古典文学名著，可视之为中国现代批评的开端；而《人间词话》在重返中国传统词话形式的表象下，给传统的形式和审美趣味注入了新的批评精神，目的是建构一套同时能超越中国传统和西方文学批评的新批评理论和思维方法。"②但影响较小的《屈子文学之精神》，地位也非常重要。"如果说《〈红楼梦〉评论》以全新的批评视野和方法以及略带偏激的'误读'，力求摆脱传统批评的局限，那么《屈子文学之精神》的批评路数，则是寻求二者的契合交汇之处。这篇文章实现了西方的批评概念和思维同中国传统批评方法和材料的较好契合。"③这篇文章中最引人关注的则属"欧

---

① 王国维一文原载《教育世界》1906年第23期。在收入马昌仪主编的《中国神话学文论选萃》时题目由编者进行了修改。参见王国维：《神话乃想象之产物——屈子文学之精神》，载马昌仪编：《中国神话学文论选萃》(上编)，北京：中国广播电视出版社，1994年，第30页。

② 张煜：《论王国维〈屈子文学之精神〉中"想象说"的意义》，《广州大学学报》(社会科学版)2003年第1期，第15页。

③ 同上。

默亚之人生观"和"想象",尤其是后者。而且王国维的表述逻辑与西方"二元论"较为近似,他将南方文学视为"儿童、活泼、想象"的文学,其特性为"神话""巫咸之占"等。1910年代开始,随着歌谣运动,南方的神话、传说等民间叙事进入中国新文学视野,尤其是30年代后,因为战争影响,北方知识人大批南下,知识人对于西南、岭南一带的少数民族有了直接的认知。其中在苗、瑶、畲等民族中流传的盘瓠神话引起学者的关注。

二 图腾理论的引入与少数民族神话研究

20世纪初期,西方民族学传入中国,当然它的传入与社会学紧密相连。光绪二十九年(1903年),广智书局出版了麦仲华翻译的日本有贺长雄社会学著作《家族进化论》之一部分,书名为《人群进化论》①,分"人群发生、人群发达、国家盛衰三篇。上两篇原本英国硕学斯宾塞之说。后一篇则著者之意见"②。之后刘师培编《中国历史教科书》,书中对于《礼记》阳侯杀穆侯,劫掠其夫人用了文化进化论的阐释;严复翻译了英人甄克思(Edward Jenks)、斯宾塞(Herbert Spencer)的《社会通诠》③和《群学肄言》,两书都阐释了社会进化理论,同时与中国社会有关之处,严复进行了批注;梁启超主办的《大中华》杂志对于

---

① [日]有贺长雄:《人群进化论》,麦仲华译,上海:上海广智书局,光绪二十九年(1903)。
② 《新书绍介》,《癸卯新民丛报汇编》,1903年,第952页。
③ 严复译著将甄克思误标为美国人。

"娶""婚"等字源的解释也融入了文化进化论思想,指出"昏时为婚"等是古代掠夺婚的遗迹,而且在阐释中屡屡引用甄克思观点。总之,从20世纪初期开始,"'图腾'、'答布'、'么匿'等译音字不断被我国人使用。五四运动时期,在北平晨报副镌、京报副刊、上海时事新报学灯上边,类似上述谈论也很多。如卫斯脱马克的《人类婚姻史》竟在晨报副镌上译登一年之久。以后如摩尔根的《古代社会》、杜尔干的《社会分工论》等也都译成汉文"①。

随着西方民族学、社会学、文化人类学等引入,这些学科中被普遍关注的图腾理论亦起中国学者关注,当时的学人注意到图腾理论研究者众多,"若干原始社会,都有图腾主义这一件事实,曾经引起了普遍的注意,许多学者都企图造出理论来说明,而发生出无数热泪的辩论,斯宾塞(Spencer),傅来耨(Frazer),安特留兰(Andrew Lang),利物(Rivers),汤姆斯(N.W.Thomas),通沃耳(Thurnwald),格雷布勃(Graebner),斯密德(Father Schmidt),凡进利(Van Gennep),道克海门(Durkheim),翁德(Wunbt)和弗洛德(Freud)这些学者和其他的研究家,都曾经花费了他们无数的精力来讨论这个差不多没有止境的问题"②。

图腾理论在当时学界引起社会学、历史学、人类学、民俗学等多学科关注。在"民国时期期刊全文数据库"检索"图腾"一

---

① 陈永龄、王晓义:《二十世纪前期的中国民族学》,《民族学研究》1981年第1期,第271页。
② 严三译:《图腾主义》,《史地丛刊》(上海),第一辑(1933年),第1页。另,原文中安特留兰英文名字误写为Anbrew lang,在引用时予以修订。

词，1917年至1949年共计94篇（具体分布，参见图3-1），其中较早一篇为范皕诲《吾国上古时图腾》，此文刊发于《青年进步》第五册（1917年7月）；文章作者则涉及30人，其中发表数量最多的为岑家梧，共计7篇（见表3-1）；所发表刊物有30种之多，其中发文数量较大者：《说文月刊》（6篇）、《中国童子军第一七七团年刊》（4篇）、《中国童子军总会筹备处汇报》（3篇）、《民族学研究集刊》（3篇）、《民俗》（3篇）、《东方杂志》（3篇）、《现代史学》（3篇）、《食货》（3篇）、《边政公论》（3篇）。

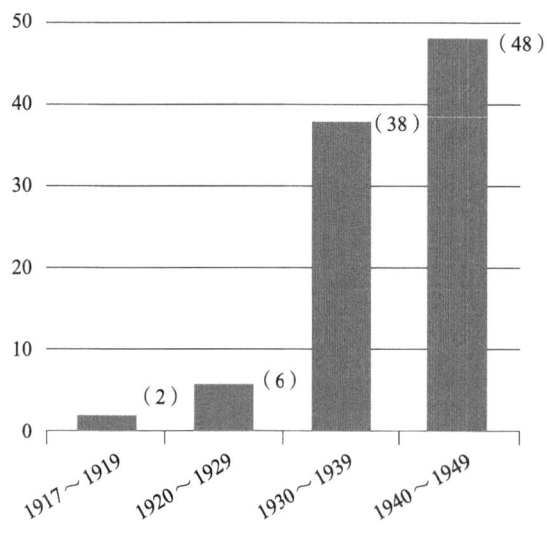

图3-1　1917—1949年"图腾"相关研究文章数量统计图[①]

[①] 此资料来源于"民国时期期刊全文数据库"（https://www.cnbksy.com/）。图名为作者所加。

表3-1 1911—1949年所刊发与图腾相关文章作者统计

姓名	数量	备注
岑家梧	7	
孙作云	5	
陈志良	5	
朱锦江	3	
杨品吉	3	翻译郭佛纳（Gouvenaia）《图腾制度与童子军》
闻一多	3	
黄石	3	
愈之	2	愈之，即胡愈之，翻译Maurico Bessen（倍松）的图腾理论
李则纲	2	
董家遵	2	
让	2	《史地社会论文摘要月刊》1936年第11期、1937年第7期对岑家梧图腾研究论文的摘编
陈宗祥	2	
黄文山	2	
葿海	1	范葿海所作《吾国上古之图腾》
丁迪豪	1	
东南风	1	
严三	1	编译"图腾主义"概念
何联奎	1	
凌云	1	
凌纯声	1	
卫惠林	1	
及玄	1	
叶飞华	1	
吴泽霖	1	
岑仲勉	1	

续表

姓名	数量	备注
崔载阳	1	
张叶舟	1	
戴裔煊	1	
晁子亚	1	

从图3-1和表3-1可以直观地看出图腾理论所引起的关注度以及所涉及学科之广泛。在这一语境下，南方少数民族中流传的盘瓠神话引起了学人关注。盘瓠神话在西南民族中流传广泛，再加上它被认为"最富于原始性"[1]，与图腾理论的基本点较为契合，这在凌纯声《畲民图腾文化的研究》[2]中进行了较为详细的阐述。凌氏结合弗来善（Frazer）[3]的图腾理论，将盘瓠神话视为图腾崇信，认为其包含的图腾质素有二：其一是以犬之名名其图腾；其二是以犬为祖，在口传、画传、笔传中解释了犬之来历与犬头人身的过程，即阐释了图腾的神秘。钟敬文《槃瓠神话的考察》则主要对"槃瓠神话诸记录（文献的和口碑的）的搜集和比较研究，以及确定主人公槃瓠的图腾性质"[4]。陈国钧则认为"图腾制

---

[1] 楚图南：《中国西南民族神话的研究》，马昌仪：《中国神话学文论选萃》（上编），北京：中国广播电视出版社，1994年，第456页。

[2] 凌纯声：《畲民图腾文化的研究》，《国立中央研究院历史语言研究所集刊》1948年16集，第一本，第127—172页。

[3] 弗来善，后来译为弗雷泽，但凡是引用他人论著，皆保持原表述，全书不予统一。

[4] 钟敬文：《槃瓠神话的考察》，马昌仪：《中国神话学文论选萃》（上编），北京：中国广播电视出版社，1994年，第301页。

度Totemism为各民族必经的阶段，人祖诞生的神话，势必与图腾发生关系"①，因此人祖起源神话的分析就被纳入进化论的图腾理论阐释体系。"研究民族分类与研究起源之方法不同。……今世文化学者以文书之有无为民族文明野蛮之分野。文明民族有文书纪录，其起源自可由历史资料研求得之。而原始民族尚无文书与记载，则其起源之研究惟有求之于考古学与神话学。"②可见，在这一研究体系中，盘瓠神话被视为野蛮民族之起源考察，同时它也是人类起源的镜像。在文化现象的具体分析中，为了将盘瓠神话及其图像艺术纳入这一理论体系，对于苗、瑶、畲等族群的文化事象处理进一步单一化，如凌氏谈到畲民一种游戏舞时说"以长板一条，中间搁在板凳上，板之两端坐两人，动作时一上一下，如狗之跳跃"③。显然有附会图腾之意，本是在各民族、各地域普遍存在的民间游戏，被凌氏视为畲族犬图腾之例证。这一时期此类文章相对较多，在此不一一列举，而且在他们的论述中都有一个基本思想就是盘瓠神话所属群体对于汉文化而言，是野蛮或蒙昧阶段，也就是文化进化轨迹的低级阶段，在笔者查阅的20余篇文章中，除了鸟居龙藏在1903年撰写的《苗族调查报告》中认为"古代苗族曾在长江畔建立三苗国，已有设立一种制度之程度（铜鼓亦已铸作使用），决非极端未开化之野蛮民族。今虽不能见其昔日之状态，然其文化之程度则已至农业时代，而以农

---

① 陈国钧：《生苗的人祖神话》，马昌仪：《中国神话学文论选萃》（上编），北京：中国广播电视出版社，1994年，第530页。
② 马长寿：《苗瑶之起源神话》，《民族学研究集刊》1940年第2期，第235页。
③ 凌纯声：《畲民图腾文化研究》，《国立中央研究院历史语言研究所集刊》1948年16集，第一本，第147页。

为生活之基本也"①，其余皆将盘瓠神话群体视为文化的野蛮或蒙昧阶段，即使鸟居龙藏亦称其为"苗蛮"，可见盘瓠神话及其持有者群体成为了研究者视野中的"他文化"。同时盘瓠神话的承载民族又与其他少数民族及汉文化一起，作为中华民族文化共同成为西方文明的"他者"，正如前文已经提及的梁启超所述之"半开之人"。根据当时国际法的规定，野蛮人的区域可以视为"无主荒地"，欧洲文明国家对其有发现权，当时日本占据台湾，亦按照国际法规定，将台湾视为"无主荒地"。②对于"半开化民族"则可以通过"领土割让"或"治外法权"纳入欧洲人的全球规制。因此对于盘瓠神话之图腾理论分析，将中国西南边疆的苗、瑶、畲等民族视为文化的"野蛮阶段"不能不说其为殖民势力提供了侵占的借口。当然此分析不能脱离历史语境，楚图南、凌纯声、钟敬文、马长寿、陈国钧等诸位先生的研究并未有此目的，但是文明与野蛮之进化观，进步与落后的意识形态化之衡量标准，即使在今天"依然散见于我们的一般知识当中"③，殖民主义作为一种政治无意识依然存留于一般知识之中。

---

① [日]鸟居龙藏:《苗族调查报告》，国立编译馆译，北京：北京国立编译馆，1936年，第260—261页。
② 刘禾:《国际法的思想谱系：从文野之分到全球统治》，载刘禾主编:《世界秩序与文明等级：全球史研究的新路径》，北京：生活·读书·新知三联书店，2016年，第45—46页。
③ 赵京华:《福泽谕吉"文明论"的等级结构及其源流》，载刘禾主编:《世界秩序与文明等级：全球史研究的新路径》，北京：生活·读书·新知三联书店，2016年，第234页。

三 盘瓠神话研究中的图腾泛化

20世纪初至40年代盘瓠神话的研究中,在将其视为图腾神话或图腾信仰的同时,将其泛化并等同于"犬图腾"。

凌氏对于畲民图腾文化研究是那一时期论述较周密、考察较全面的文章,他在第七部分专门论述了"盘瓠图腾与世界各犬图腾",他提到:

> 弗来善氏论及图腾的地理分布时,亦曾提到在中国有图腾的踪迹,在注角里说中国有一土族崇拜狗像。……现在根据我们研究的结果,已可将此空白填上(附地图),对于图腾的地理分布供给一点新的材料。
>
> 在世界各民族中,以狗为氏族图腾或崇拜狗为祖先的,除畲徭以外,我们知道的有十五种人之多。①

凌氏罗列了世界犬图腾的民族,如爪哇的卡朗(Kalang)人、托列斯(Torres)海峡的图图(Tutu)与塞培(Saibai)两岛上之狗氏族以及台湾东北的太陆柯(Taruko)属太么(Tayal)之一族等。可见,在凌氏看来盘瓠神话不仅是世界犬图腾中的一种,而且还补充了弗来善氏的中国个案不完备之处。日本松村武雄《狗人国试论》中,经过对槃瓠神话分析,指出"假如这样的推定是对的,

---

① 凌纯声:《畲民图腾文化研究》,《国立中央研究院历史语言研究所集刊》1948年16集,第一本,第169页。

那么至少槃瓠故事中所说的'狗人国'的观念信仰，似乎与其把它解作是从言语表现的误解生出来的，还不如解作为从宗教的社会的制度的图腾主义（Totemism）生出来的，比较有更多的盖然性"①。在此基础上，他对"狗人国"与"狗王故事"进行了比较分析，在罗列世界各地"狗王故事"的基础上，阐明了槃瓠传说与"犬图腾"本质相通，其联结之处在：狗被暂作为王而受尊崇的习俗。这一论述思路，就对中国古代文献中有关盘瓠神话的记载及分析进行了清理与否定，尽管"关于苗蛮之神话，以往文献史上最著名者，为后汉书中所记槃瓠之传说及夜郎大竹之传说二种。此等神话，凡欲言苗蛮事者必引用之"②，但是这些史书及方志被排挤在了"科学"资料体系之外。《国立中央研究院历史语言研究所集刊》刊发了一组"西南民族研究专号"的文章，但是有读者来信，谈道："上一次的'西南民族研究专号'，除了辛先生们的实地考察之外，多半是在地方志里寻出来的材料。以前修地方志的人的眼光和他们的调查记载的方法都是幼稚得很，所以这些材料的价值不能很高，援用了这些材料而做成的论文当然有许多缺点。"③ 中国文献中的地方志资料被视为"幼稚"，"价值不是很高"，而这些文献中所勾勒与提供的汉族与瑶人"同渡海"之同舟共济、"供善老幼并无租税"、"永免杂役，抚众自安，代代不

---

① [日]松村武雄：《狗人国试论》，周学普译，《民众教育季刊》1933年第3期，第15页。
② [日]鸟居龙藏：《苗族调查报告》，国立编译馆译，北京：北京国立编译馆，1936年，第34页。
③ 庞新民等：《两广猺山调查》，载娄子匡主编：《国立北京大学中国民俗学会专号》2，"民族篇"，1974年影印，第129页。

纳粮税"等内容，以及与盘瓠有关的文献记载中所隐含的中国历史上楚、百越、苗、瑶、畲等族群间的关系在研究中被淡化，相反，研究者更注重盘瓠神话之所属族群与东南亚、印度尼西亚一带民族的共同源起关系。另外，在研究中，如史图博有关浙江景宁敕木山畲民调查中，对于瑶汉关系，他表述为"随着时间的演进，瑶人和汉人的接触越来越密切，尤其是因为非但汉人继续在分布，而且瑶人也继续在分布，这样，野兽的现有量自然会越来越少。主要由于采用原始的耕作方式，地力很快就耗尽，人们必须一再设法耕种新的土地。因此很快就和步步推进的汉人发生争执。在争执中，由于汉人具有更高的文化，他们总是占上风的。这和我们目前在台湾看到的情况完全一样。那边的土人，由于狩猎的场地受到限制，以及他们的耕作方式所造成的森林破坏，不断地和在那边始终占上风的日本人发生冲突"①。在这一陈述中，将汉瑶关系与日本人对台湾少数民族的统治相提并论，这会进一步加剧中国国内的民族矛盾。另外，研究者虽然一再强调图腾信仰是世界民族文化发展中的一个阶段，但是对于在调查过程中，不同族群对于盘瓠的态度却极少加以关注，只是在表述中偶有提及。如史图博、李化民的调查中提到，畲民说话时忌讳用"狗"这个字眼，书写时使用"狗"这个字眼也是被禁止的，狗是不可触犯的；余永梁提到，"怎样苗族自己会称为狗种？从初民心理

---

① [德]史图博、李化民：《浙江景宁敕木山畲民调查记》，中南民族学院民族研究所1984年编译，第52页。原文发表于《国立中央研究院历史语言研究所集刊》1932年第6期，第1—137页。原文发表时为德文。

的观点上去考察,是不足惊异的"①。但这些研究大多将苗、瑶、畲等族群的盘瓠信仰视为均质化,没有具体情境之分析,也没有关注文化持有者的文化心理等。

民族起源与民族文化分析中的某些事象与话语,貌似追逐学术真理,实际则是脱离了中国语境谈论被架空的民族关系,这也是顾颉刚所大力倡导"中华民族是一个"之根本。1939年兴起的"中华民族是一个"的学术论辩虽已烟消云散,但是顾颉刚、傅斯年等的学术思想并不会随着时间消逝。顾颉刚从"中国本部"这一语汇入手,指出从日本地理教科书翻译引进的"中国本部"一词对中国危害极大,这一语汇在中国地理教科书中广泛使用,在国内、国外都造成假象,日本侵略满蒙等地与中国无关。②因为中国只是"中国本部"。日本以这种曲解和伪造的历史作为掠夺中国国土的凭证。傅斯年也对"中华民族不是一个"的论述断然反对,他认为那些持此论者所说"这些都是'民族',有自决权,汉族不能漠视此等少数民族。更有高调,为学问而作学问,不管政治……弟以为最可痛恨者此也"。这些都是"不了解政治及西洋人恶习太深之故",其中不乏个人义气与党同伐异之词,但是他的思想却清晰展露。③顾颉刚也一再强调中华民族"不组

---

① 余永梁:《西南民族起源的神话——槃瓠》,《国立第一中山大学语言历史学研究所周刊》1928年第3期,第11—17页。
② 顾颉刚:《"中国本部"一名亟应废弃》,马戎主编:《"中华民族是一个":围绕1939年这一议题的大讨论》,北京:社会科学文献出版社,2016年,第31页。
③ 周文玖、张锦鹏:《关于"中华民族是一个"学术论辩的考察》,《民族研究》2007年第3期,第27页。

织在血统上","也不建立在同文化上",①这就是对从20世纪20年代开始兴起的民族溯源与族群文化分析的一种反思,更是对学术背后的殖民政治的抵制。可见当时一些学者已经意识到西方国家和日本人类学、民族学理论中的殖民主义尤其文化殖民倾向。

20世纪初至40年代盘瓠神话作为一个文化个案进入了西方、日本及中国本土学者的视野,他们对这一中国古籍中早有记载的神话,结合自己的调查,将其置于文化进化论与文明等级论中加以重新梳理,其所取得的历史功绩卓然可见,但是这一知识体系背后的意识形态评判及文明/野蛮、进步/落后的文化标准,作为普遍性知识影响长期留存,在此只是通过反思,对盘瓠神话背后的文化秩序予以梳理,并不是否认这一时期诸位先生之贡献。

---

① 顾颉刚:《"中国本部"一名亟应废弃》,马戎主编:《"中华民族是一个"——围绕1939年这一议题的大讨论》,北京:社会科学文献出版社,2016年,第33—34页。

第四章 1949—1999年盘瓠神话研究

随着抗战的全民化及深入化,出现了"大规模的由都市向边缘地区的文化流动",带来了文化中心的转移与读者群的变化,内地一些高校和学术机构相继迁移到南方,特别是1938年4月,北京大学、清华大学、南开大学等从长沙迁至昆明成立的国立西南联合大学,聚集了包括民族学、人类学、历史学等一大批与神话研究有关的学者,他们在此期间深入少数民族地区进行实地调查,采录了大量少数民族神话、传说、歌谣等,并展开具有针对性的少数民族传统文化研究。① 如前文所述闻一多、芮逸夫、凌纯声、吴泽霖、楚图南、常任侠、马长寿、陈国钧、马学良、岑家梧等,运用多学科背景,将神话理论研究与实地调查相结合,以特定地区、特定民族的神话为对象,开拓了神话研究的

---

① 王宪昭:《中国少数民族神话研究的学术发展分期刍论》,《民族文学研究》2016年第3期,第74—82页。

范围,创新了神话研究范式。① 其中,涉及盘瓠神话研究的有凌纯声的《畲民图腾文化的研究》(《国立中央研究院历史语言研究所集刊》1948年第16集,第一本)、吴泽霖的《苗族中的神话传说》(《社会研究》1940年第1期)、马长寿的《苗猺之起源神话》(《民族学研究集刊》1940年第2期)、岑家梧的《盘瓠传说与猺畲的图腾崇拜》(《责善半月刊》1941年第6期)等。此外,还有20世纪30年代陈志良在赴桂担任广西省立特种部族教育② 师资训练教师期间,对"广西特种部族歌谣"及苗瑶风俗的搜集、整理及研究。③ 其难能可贵之处在于,陈志良在研究中多使用诸如"侗""僮"等带着民族平等意识的称谓。1950年陈志良在《西南

---

① 徐德莉:《抗战时期西南民族神话研究》,《贵州民族研究》2010年第2期,第176—184页。
② "特种部族教育"的前身为1928年的"苗瑶教育",由于当时广西与广东、云南的军阀混战,此项计划未能付诸实施,但却为随后实施的广西"特种部族教育"提供了蓝本。1933年,广西省政府颁布了《苗瑶教育实施方案》,后因有忽略苗、瑶之外少数民族之嫌,改称《广西特种部族教育实施方案》。1934年1月,广西省教育厅成立"特种部族教育委员会",其委员长由1933年上任的教育厅厅长雷沛鸿兼任,成员共七人,多为当时著名的教育理论家。参见李天雪:《义务教育与少数民族国家认同构建:基于民国时期广西"特种部族教育"的思考》,《黑龙江民族丛刊》2011年第6期,第109页。
③ 陈志良有《广西特种部族歌谣集》(中央银行经济研究处,1942年)、《西南风情记》(时代书局,1950年)两部著作;并撰写了《广西特种部族歌谣之研究》(《说文月刊》1940年第6—7期,第70—89页)、《广西特种部族的新年》(《说文月刊》1941年第12期,第58—71页)、《广西特种部族的歌舞与音乐》(《说文月刊》1941年第10期,第59—76页)、《广西异俗记》(《旅行杂志》1943年第12期,第77—81页)等相关论文十余篇。

风情记》"自序"中谈道:

> 流传在西南民族社会中的神话或传说,有许多是我国古史中的完整故事,其中也包含着一部分的真实史绩:如盘古神话,徭皇与汉皇的战争,射日神话,洪水传说与伏羲兄妹神话等等。这些都是封建的,或资本主义的学者们所认为荒诞不经的记载,我们现在应该用另一种眼光来对待它,研究它。①

这一时期学者们开始关注特定民族典型神话的民族特征,他们以某些民族的典型神话为个案,有目的地分析神话与民族文化传统的关系,辨析民族的产生、演变与发展,有些文章还通过神话分析将少数民族起源与中华民族的历史渊源联系在一起。②

1949年中华人民共和国成立后,随着民族识别与民族政策的不断推进与完善,民族问题的研究逐步提上议事日程。1956年,老舍在中国作家协会第二次理事会扩大会议上作了《关于兄弟民族文学工作的报告》,他在报告中提出:"配合着人民的需要,以马克思列宁主义的科学方法按照文学艺术本身的特点",从事搜集和整理我国兄弟民族的文学遗产。③1958年7月召开了中国民间文学工作者第一次代表大会,会后确定了全面搜集、重点整理、大力推广和加强研究的工作方针,特别是对多民族民间文学的

---

① 陈志良编撰:《西南风情记》,上海:时代书局,1950年,自序第2页。
② 王宪昭:《中国少数民族神话研究的学术发展分期刍论》,《民族文学研究》2016年第3期,第74—82页。
③ 老舍:《关于兄弟民族文学工作的报告》,载中国社会科学院少数民族文学所编印:《中国少数民族文学史编写参考资料》,内部资料,1984年,第500页。

搜集整理，尤为注重地域性与人民性，由中国民间文艺研究会、中国科学院文学所或高校及其他研究机构组织并制定详细的调查计划。

在新中国文化建设的总体布局中，各地不仅有计划、有步骤地进行少数民族民间文学的搜集整理工作，而且开始着手开展各民族民间文学的研究。在中国民间文学工作者第一次代表大会上正式提出"少数民族文学"的概念后，一些单行本的少数民族文学史陆续出版，而作为少数民族文学重要组成部分的神话也自然纳入少数民族文学研究和文学史撰写的视野。[①]

新中国成立后，现代民族国家用新的意识形态搜集、整理、研究民间文学，引导大众的审美趣味，规范人们对历史、现实的想象方式，再造民众的社会生活秩序和伦理道德观念。[②] 盘瓠神话的承载族群逐步指向苗、瑶、侗、壮、黎等[③]，并在整理、改

---

① 此处神话用其广义的概念。具体研究如何愈的《西南少数民族及其神话》（北京：新世纪出版社，1951年）、马学良的《彝族的祖先神话和历史记载》(《历史教学》1951年第4期，第27—28页）、云南省民族民间文学楚雄调查队所著《论彝族史诗〈梅葛〉》(《文学评论》1959年第6期，第55—61页）等。

② 毛巧晖：《现代民族国家话语与民间文学的理论自觉（1949—1966）》，《江汉论坛》2014年第9期，第114—118页。

③ 从20世纪40年代开始，盘瓠神话的研究中，对其承载者的民族身份就已较为关注，如陈志良在《盘古的研究》中谈到："凡是研究我国的原始社会及西南民族的学者，范晔后汉书南蛮传中的'盘瓠神话'是种重要的材料，那段记载的末尾则说：'今长沙武陵蛮是也。''武陵'是湖南的地名，'蛮'是苗、瑶、侗、獞、夷、黎……的泛称，'武陵蛮'究竟是武陵的那一种'蛮'，古书含糊，未见的说。"陈志良：《盘古的研究（附表）》，《建设研究》1940年第6期，第59页。

编与重述中获得了合法性身份,同时也被纳入"统一的多民族国家"的构建之中。对盘瓠神话的搜集整理及研究,不仅仅是少数民族文化价值重构的过程,也推动了中国文学由传统"无族性"文学向多民族文学的转型。

第一节 民族识别与盘瓠神话

一 民族识别的四个阶段

中国对于"民族"的划分,既没有机械地照搬斯大林的民族定义[1],也没有套搬苏联的经验,即把社会发展水平不同的族群区分为氏族、部落、部族和民族。1953年7月,全国统战工作会议在讨论《关于过去几年内党在少数民族中进行工作的主要经验总结》时,毛泽东对于"民族"一词的含义明确指出:"科学的分析是可以的,但政治上不要去区分哪个是民族,哪个是部族或部落。"[2] 根据这一指示精神,民族识别工作大体经历了四个阶段:从1953年第

---

[1] 1913年,斯大林在《马克思主义和民族问题》中给"民族"下了定义:"民族是人们在历史上形成的一个有共同语言、共同地域、共同经济生活以及表现于共同文化上的共同心理素质的稳定的共同体。"参见斯大林:《马克思主义和民族问题》,《斯大林全集》第2卷,北京:人民出版社,1953年,第294页。

[2] 转引自金炳镐、栾爱峰、李泰周:《新中国60年民族概念理论的发展——新中国60年民族理论发展系列论文之二》,《黑龙江民族丛刊》2010年第2期,第1—7页。

一次全国人口普查到 1954 年第一届全国人民代表大会第一次会议的召开，为第一阶段。通过识别和归并，确认了 38 个单一的少数民族。① 从 1954 年到 1964 年全国第二次人口普查为第二阶段。这一阶段，在全国范围内开展了比较广泛的民族识别工作。经过识别调查研究，新确认了 15 个单一少数民族。② 从 1965 年到 1978 年为第三阶段。1965 年 8 月确认珞巴族为单一的少数民族。从 1978 年到 1990 年为第四阶段，即民族识别工作恢复阶段。1979 年 3 月认定基诺族为单一的少数民族。1982 年全国第三次人口普查，正式认定少数民族为 55 个。③ 下文对畲族的民族识别工作及其民间文艺的搜集整理进行简要梳理。

二 "畲民识别调查小组"及少数民族社会历史调查

新中国成立后，对畲族进行了 3 项 5 次规模较大的调查研究：

（1）1953 年、1955 年的畲民识别调查；
（2）1958 年的畲族社会历史调查；

---

① 除已公认的蒙古、回、藏、维吾尔、苗、彝、朝鲜、满、瑶等民族外，还确认了壮、布依、侗、白、哈萨克、哈尼、傣、黎、傈僳、佤、高山、东乡、纳西、拉祜、水、景颇、柯尔克孜、土、塔吉克、乌孜别克、塔塔尔、鄂温克、保安、羌、撒拉、俄罗斯、锡伯、裕固、鄂伦春等民族。
② 即土家、畲、达斡尔、仫佬、布朗、仡佬、阿昌、普米、怒、崩龙（后改德昂）、京、独龙、赫哲、门巴、毛难（后改毛南）等民族。
③ 施联朱：《民族识别与民族研究文集》，北京：中央民族大学出版社，2009 年，第 19—21 页。

(3)1982年、1986年的畲族传统文化的调查。

1953年,华东军事行政委员会派雷关贤、福建省民政厅派雷恒春,与来自北京的黄淑娉、陈凤贤和施联朱组成五人畲民调查小组,赴福建省罗源县八井、漳平县山羊隔和浙江省景宁县东衕等畲民村进行调查研究。1955年,杨成志、黄淑娉、陈凤贤等赴广东对畲民、蜑民进行识别、调查。两次调查均认定畲族是一个具有自己民族特点的单一的少数民族,并于1956年由国务院正式予以公布。当时对畲民的识别有两个主要问题要解决:一个是要从民族特征的调查入手,另一个是要从历史渊源上追溯和分析。经过1953年和1955年两次的识别调查,研究者认为畲民虽然居处分散,多与汉族杂居在一起,其共同地域和经济生活等特征都已不甚显著;在语言方面,除广东增城、博罗、惠阳等地1000多名畲民使用苗瑶语族的语言外,绝大部分畲民彼此之间使用接近于汉语的客家方言[1]为共同语言;在族源上与瑶族有密切的渊源关系,但服饰等物质生活、精神文化、风俗习惯、宗教信仰上又有自己的特点。[2]

1957—1958年,党中央提出抢救少数民族文化遗产的指示,在全国人民代表大会和国家民族事务委员会的直接领导下,从北京派出由1000多人组成的16个调查组[3],分赴全国各民族地区

---

[1] 与客家话及当地汉语方言不同。
[2] 施联朱:《民族识别与民族研究文集》,北京:中央民族大学出版社,2009年,第42页。
[3] 同上书,第645页。

进行少数民族社会历史调查，为编写出版"民族问题五种丛书"做好准备。1958年，福建少数民族社会历史调查组12人从北京出发，到达福建，在省民政厅、文化局、厦门大学等政府部门和高校、科研机构的积极参与下，调查组人数多达50多人，分赴浙江、福建、江西等省二十几个畲民村调查。其中有不少畲族干部如钟志亮、蓝天两、雷炳炎、雷恒春、雷霖其、雷鸣扬、蓝清风、蓝兴发、钟生弟、钟德铭、雷爱娇等直接参加调查组。

20世纪80年代初，一位畲族干部向国家民委提出申请，要求抢救畲族传统文化。国家民委主任杨静仁亲自批示，责成中央民族学院组成调查组于1982年、1986年两次分赴安徽宁国，福建福安、宁德、霞浦、罗源、上杭，浙江景宁、遂昌、丽水、龙泉，广东潮州凤凰山、增城，江西铅山、贵溪、吉安、兴国等县畲民村进行调查。[①]为了清晰呈现畲族民族识别及相关调查工作脉络，列表如下：

表4-1 畲族大事年表[②]

时间	内容
1953年	3月22日，景宁县召开第一次少数民族代表会议。 8月，国家民委、华东局民委派人员到福建罗源县八井乡进行畲民民族成分调查。 9月，福建罗源县八井乡支部书记雷世珠代表少数民族参加福建省人民赴朝鲜慰问中国人民志愿军。 11月8—12日，福安县2名畲族运动员参加在天津举行的首届全国民族传统体育表演及比赛大会，获"矛盾对打"等项目表演奖。

---

① 施联朱：《民族识别与民族研究文集》，北京：中央民族大学出版社，2009年，第645页。
② 《畲族简史》编写组、《畲族简史》修订本编写组编：《畲族简史》(修订本)，北京：民族出版社，2008年，第199—205页。

续表

时间	内容
1957年	4月，中共福建省委组织工作组到罗源县霍口宣传党的民族政策，并建立福建省第一个畲族乡，即罗源县霍口畲族乡人民政府，蓝朝全（省劳动模范、省第一届人大代表）为乡长。
1961年	5月，全国政协委员、社会学家费孝通、潘光旦、吴文藻、浦熙修在福建省政协常委雷恒春陪同下，视察罗源县西兰公社石别下畲族村。 7月，福建少数民族调查组、浙江少数民族师范学校搜集整理的畲族山歌《畲家翻身唱新歌》，由上海文艺出版社出版。
1963年	8月，中国科学院民族研究所福建少数民族社会历史调查组编的《畲族简史简志合编》（初稿）出版。
1980年	中国少数民族简史丛书《畲族简志》由福建人民出版社出版。
1982年	3月2—16日，中央民族学院施联朱教授一行3人到云和、遂昌两县调查畲族情况，并为浙江省少数民族师范学校师生讲学。
1983年	5月21—24日，浙江省畲族民族民间文艺学会成立大会在丽水举行。
1985年	10月1—3日，温州市第二届畲族民间文学艺术交流会在泰顺举行。 12月，中共宁德地委、地区行署决定在福安建立"闽东畲族革命纪念馆"。
1986年	3月，国家民委"民族问题五种丛书"之五《中国少数民族社会历史资料调查丛刊》之《畲族社会历史调查》由福建人民出版社出版；浙江省的《畲族高皇歌》列入"1986—1990年全国少数民族古籍整理出版规划"重点项目。 11月，国家民委"民族问题五种丛书"之一《中国少数民族自治地方概况丛书》之《景宁畲族自治县概况》由浙江人民出版社出版。
1992年	8月，浙江省民委编的中国少数民族古籍之一《畲族高皇歌》由中国广播电视出版社出版。
1994年	4月13日，畲族传统"三月三"歌会；丽水市老竹畲族镇、丽新畲族乡以及武义县柳城畲族镇、松阳县板桥畲族乡联合在老竹畲族镇举办"三月三"歌会。

三 盘瓠神话的搜集整理

随着民族识别和少数民族社会历史调查的逐步深入，盘瓠神话中原本模糊泛化的民族性特征逐渐明朗，但在对盘瓠神话的研究中，也能明显看到一种对于"狗""犬"叙事的态度转变。

陈志良在《广西特种民族歌谣》"序言"中谈道：

> 边疆问题，民族政策，特族文化，抗战而后，益感重要，夫治民必先教民，欲教民必先养民；欲养民，教民，治民，必先了然各该族之情况，而后可对症下药，方克有济；否则隔靴搔痒，必劳而无功。①

梁聚五②认为，以"盘瓠"为祖先的说法是"贬抑苗族"。③1953年，施联朱与黄淑娉、陈凤贤合写的浙江省景宁县东衢村畲民情况调查，有意无意地忽略了对于"盘瓠神话"这一

---

① 陈志良:《广西特种民族歌谣》,《国立北京大学中国民俗学会民俗丛书》专号2,"民族篇",1940年,序一。
② 梁聚五：贵州电山县人，1892年生，肄业于湖南大学。北伐时任二十军少校参谋，后参加"八一"南昌起义，任过贵州省参议员。新中国成立后，参加民盟，是贵州民盟负责人之一，曾任西南军政委员会委员、西南民委副主任、四川政协副秘书长。
③ 梁聚五：《苗夷民族发展史》，载泸溪县民族事务委员会编：《盘瓠研究与传说》，内部资料，1988年，第160—161页。梁聚五一文写于1950年8月。

重要民间文化传统的记录①,仅在"禁忌"一项中提及东衢畲族可打狗但不吃狗肉,因认为狗是脏物,吃后会破相或生病,且狗血为秽物,做道法可以狗血破之,所以不吃。此外,属龙的人不能吃狗肉。②

罗香林在 1955 年出版的《百越源流与文化》"古代越族文化考"一节中提到"南蛮先民,以狗或熊一类巨兽为图腾祖,其苗裔如今日之蛮徭与畲民等,特征尚于妇女头巾,折迭如狗耳形状,且如浙江南部诸畲民,于祭祖时并悬挂于旧传图腾祖龙犬即槃瓠之出身图象,为致敬对景,编制家谱,亦每以槃瓠图像冠首"③。

1958 年,施联朱率福建少数民族社会历史调查组对福建福安县甘棠乡山岭联社畲族进行调研,与陈佳荣、白滨等合写的报告中记录:

> 这里的畲族普遍流传着有关盘瓠的传说。以始祖有功于高辛皇帝,帝妻以皇女,生三男一女。长男放在盘中,故姓盘,次子放在篮上,故姓蓝,三子生时雷响,故姓雷,女招钟姓为婿,子孙繁衍成为今天的畲族。又传说其始祖在深山打猎,为"山羊"所伤,死于丛林中,死后,葬于广东凤凰山。

---

① 当时是否在调查报告中记录盘瓠神话不可知,据施联朱在《民族识别与民族研究文集》中注释所言,1966—1976 年间许多宝贵的资料多已散佚。

② 施联朱:《民族识别与民族研究文集》,北京:中央民族大学出版社,2009 年,第 360 页。

③ 参见广西民族研究所资料组编:《少数民族史论文选集》3,内部资料,1964 年,第 12—13 页。亦见于罗香林:《百越源流与文化》,"国立编译馆"中华丛书编审委员会,1955 年,第 127—128 页。

调查中特别提到清光绪二十四年（1898年）修钟氏支谱序中认为盘瓠神话之记载系荒诞无稽之说。理由为：

（1）畲族谱系可考者，自明代开始，明代以前世系不详，而突然以距今4000余年的高辛氏盘瓠神话为谱首，未免过于牵强附会。

（2）《后汉书》载，高辛氏女生子12人，6男6女，并不传其姓，为什么突然与盘、蓝、雷、钟四姓联系起来？

（3）《后汉书》云：盘瓠负女入南山石室中，并不云何地。注云：今辰州泸溪县西有武山。黄闵《武陵记》载："山高可万仞，山半有盘瓠石室。"序者以为《后汉书》所说南山，注者何以知道是武山？

（4）以后汉距高辛氏有3000年之久，后汉书以前有关高辛氏的记载寥寥无几，为什么至《后汉书》突然知道3000年前的怪异无稽的传说呢？[①]

关于1958年的少数民族社会历史情况调查，翦伯赞在其编著的《历代各族传记汇编》第1编"序言"中谈道：

应该承认，我们的史学家在民族史研究方面，和民族史资料的整理和编纂方面却远远落后于现实的要求。解放已经八年，八年的时间并不算短，但直到现在，我们不但没有

[①]《中国少数民族社会历史调查资料丛刊》福建省编辑组编：《畲族社会历史调查》，福州：福建人民出版社，1986年，第144页。

写出一些新的民族专史,也没有有计划地编纂这些民族的史料,因而一直到现在,我们在通史中还没有给各族人民的历史以应有的地位。有些通史,虽然也间或提到了某些边疆部族或种族,但一般都很简略,而且大半都是在发生战争的时候才提到他们,对于这些部族或种族的社会经济很少进行分析,更没有写出他们在历史上各时期对祖国文化的贡献。有些通史在提到边疆部族或种族的时候,甚至还带有某种程度的大汉族主义的偏见……

现在各族人民都要求知道他们本族的历史,要求知道他们的祖先在中国史的创造中贡献了一些什么,还要求知道解放以前他们的社会是处于一个什么历史阶段……[①]

1961年内部出版的《畲族简志》上提到:"在民间家喻户晓地流传着传说中的畲族祖先盘瓠的故事,并把盘瓠传说绘成画像(称祖图)祀奉甚虔,每隔三年,举族大庆一次。"[②]

20世纪80年代以后,少数民族神话资料的搜集、整理与研究再度蓬勃发展。1982年,安徽宁国县云梯公社畲族情况调查中记载:

> 传说他们的始祖名叫盘瓠(又称"龙猛"),广东潮州府

[①] 中央民族学院研究部编:《历代各族传记会编》第1编,北京:中华书局,1958年,序言第1—4页。

[②] 中国科学院民族研究所、福建少数民族社会历史调查组编:《畲族简史简志合编(初稿)》,内部资料,1963年,第18页—19页,另见泸溪县民族事务委员会编:《盘瓠研究与传说》,内部资料,1988年,第120页。

> 凤凰山是他们的发祥地……在很早的古代，高辛王因外患而贴出招贤榜文，告示凡能平得外患者，许配第三公主为妻。我们畲族的总太公名叫"龙猛"，揭榜平乱，漂过江湖，化为金龙，直奔番邦。番王见状甚喜，留在身边。一日，番王酒醉。龙猛趁机入帐咬断番王头，胜利回朝，平息了外患。因功与高辛王第三公主结婚。声称如把自己扣在金钟内七天，可以变为人形。至第六天，高辛王娘娘心急，揭开一看，体已变人而头未变，仍为"龙首"。高辛王封他为盘瓠王，又叫忠勇王，或称龙王。与公主结婚，生下三男一女。长子生下来时放在盘子上就姓盘；次子生下来时装在篮子里就姓蓝；三子生下时适逢天打雷，因姓雷，女儿招钟姓为婿。①

关于"盘瓠"("龙猛")的故事也蕴含在他们对于其自身迁徙历史的讲述中：

> 我们畲族总太祖"龙猛"，因为喜欢打猎，不愿在东京做官，高辛王就把广东潮州揭阳县凤凰山封给他，派文武百官送到那里，开基发脉，刀耕火烧（种），种玉米、黄黍（小米），用铜砖铜瓦造祠堂。后来人多了，不够吃，一部分人散到福建连江、古田，后来有一部分又从福建散到浙江景宁、丽水；一部分散到江西上饶。
> 我们雷家是从浙江桐庐县迁来的。在那里住了3年。我

---

① 施联朱：《民族识别与民族研究文集》，北京：中央民族大学出版社，2009年，第411页。

公公(祖父)挑一担破箩筐,父亲(雷庭开)当时还很小,是公公放在箩筐里挑来的。我父亲属羊,今年整100岁。来时住在云梯独山头(今云梯公社云梯大队第四生产队所在地黄莺山对面一坡),后来迁到了独立头(云梯公社所在地之山),我才出世。7岁时,父母带着我迁到铜岭关下苗竹山脚(即今址),已有52年了。

我们雷、蓝、钟三姓,蓝姓比我们来得早些,但各家到这里来上下不相差几年,大约先后三四年内都来了。①

据1982年广东潮安县凤凰山区畲族情况调查,施联朱、朱洪、李筱文、张崇根、娜西卡等人在凤凰山区调查时,看到四幅祖图,分别由山犁雷汉镇、石吉坪蓝思弟、李工坑雷潮辉和雷厝山雷明新保存。其中山犁的那幅祖图绘制年份为道光二十一年(1841年),李工坑的为光绪二十年(1894年)。其他两幅因为残破而无法断定其绘制年份。祖图中值得注意的有以下三点:

1. 盘瓠形象与名称:从大耳婆耳中取出一卵,放置在亭阁的盘中,有百鸟朝卵图两幅,鸟为凤凰。
2. 盘瓠与三公主成亲后,从画面看,只有三子,未提及女儿与钟姓女婿的事。
3. 盘瓠死后,"新(辛)帝御葬"。山犁祖图碑文作"皇恩赐葬狗王之墓"。石古坪祖图仅题"南山祖墓"。雷厝山祖

---

① 当地居民雷旺友讲述,参见施联朱:《民族识别与民族研究文集》,北京:中央民族大学出版社,2009年,第412页。

图碑文为"狗王之墓"。

而传说在广东潮安县凤凰山的祖墓,据族谱记载其四至为:"前至雷家坊,后至观星顶,左至会稽山,右至七贤洞。"实地已不可考,据雷楠(时任广东省民委委员、凤凰公社干部)说:"凤凰山上有一口坟墓,中间有一块碑,上写"皇设(敕?)狗王墓"(疑即盘瓠王墓)。两旁有石旗杆,中间仅能容一条牛通过。"①

1988年力木发表的《论盘瓠神话的民俗信仰》②中谈到盘瓠神话在一些地区的流变——将"血源亲族"关系变为"恩缘纪念"关系。郴州蓝山县流传的盘瓠神话异文是:盘瓠是盘阿哥的猎犬。白眼贼打家劫舍,盘瓠犬救出了主人家的婴儿,盘姓瑶人为酬谢盘瓠,每年清明节晚上,选派老年代表朝拜木偶狗头,以表感恩,代代相传,至今不竭。广东梅县凤坪畲族传说:盘瓠是由贤犬、龙犬而变为人体的附王。也有传说盘瓠是美貌少年的。当地汉族则传说盘瓠是不图高官厚禄的人。

四　对于盘瓠神话的研究取向与态度

盘瓠,或作盘护、槃瓠,亦称"龙麒"。盘瓠传说见于史书,最早见于东汉应劭的《风俗通义》,其他则散见于《山海经》《搜神记》《晋纪》《玄中记》《后汉书·南蛮西南夷列传》等,其中以

---

① 参见施联朱:《民族识别与民族研究文集》,北京:中央民族大学出版社,2009年,第431页。
② 力木:《论盘瓠神话的民俗信仰》,《民族论坛》1988年第1期,第42—49页。

《后汉书·南蛮西南夷列传》所载最详。其内容与畲族流传的"盘瓠传说"情节基本一致,前文已述备矣。除畲族外,在国内信奉盘瓠神话的有盘瑶及部分"苗、壮、傣、高山族泰耶人"等;在世界上,崇信盘瓠的则有十几个民族。①

新中国成立前确有一些人出于阶级偏见和"非我族类,其心必异"的大民族主义思想作祟,利用盘瓠神话大肆渲染,作为侮辱、歧视、诬蔑畲、瑶等民族的依据。②由此造成了有些畲民不愿承认盘瓠神话,有些则认为畲族图腾应为"凤凰鸟"。张崇根在《畲族族源东夷说新证》一文中认为:畲族的图腾是"鸟"与"盘瓠"二合一的综合图腾,不是单一的图腾。③

"通过对盘瓠传说的研究,可以透过神话的外衣,看到苗、瑶、畲民族远古时代存在的'童年形式',有助于我们认识这些民族的历史渊源。我们应取这种科学态度。"④实际上,对于盘瓠神话的争议一直存在,以什么样的态度去面对它,是新时期以来学人们在畲族与盘瓠神话关系研究中的核心与焦点。

本民族的学者也逐渐认识到"盘瓠神话"与畲族发展的千丝万缕的关系,虽然在一段时间内"盘瓠"被视为"无法避免又相

---

① 参见凌纯声:《畲民图腾文化的研究》,《国立中央研究院历史语言研究所集刊》1948年16集,第一本,第127—172页。

② 参见施联朱:《民族识别与民族研究文集》,北京:中央民族大学出版社,2009年,第665页。

③ 张崇根:《畲族族源东夷说新证》,《中南民族学院学报》1986年第4期,第24—29页。

④ 石光树:《从盘瓠神话看苗、瑶、畲三族的渊源关系》,《中央民族学院学报》1982年第3期,第82页。

当忌讳"的象征符号,但是"祖图"①"祖杖"和"高皇歌"都和盘瓠神话息息相关,畲族重要的家族行动都带有盘瓠信仰的痕迹。"盘瓠传说虽然带有比较浓厚的神话色彩,但在畲族人民中广泛流传,有深刻的影响,作为反映民族心理的象征,是识别畲族成分的依据之一,不管有否公开承认,其影响确是客观存在的。"②

第二节　新时期盘瓠神话研究

一　"盘瓠"名称研究

20世纪80年代,盘瓠神话研究再度引起民族史、民族学、人类学、民俗学等学人的关注。1980—1981年,万斗云在《仡佬族古代史问题》中以"同音假借""同名异写"为探讨方法,提出"盘瓠"这个名称是从古代"仡""僚""濮"三字演变出来的。他引《世俘解》"吕他命代越戏方"。卢文召引南宫中鼎铭"越戏方"作"反虎方"。越、反并音濮,濮盘同音,所以濮僚所居又曰盘江。越戏后作伏羲,为三星之一,风姓,人首蛇身,本来是蛇图腾。伏羲"结纲古以教佃渔,故曰宓牺氏,养牺牲以庖厨,故曰庖牺"。女娲氏亦风姓,蛇首人身,儒家以为女娲出现在宓牺之后。而民间多以伏羲女娲为兄妹,遭洪水后自相夫妻,生六男六

---

① 当地民众称为"长联",但学者在论文中习惯沿用"祖图"一词。
② 蓝炯熹:《畲民家族文化》,福州:福建人民出版社,2002年,第20—31页。

女。汉画像"伏羲女娲",作蛇尾相交,人面而言。……蛮人呼为"伏戏",又作"越戏""反虎""盘瓠""盘古",本谓"伏戏",不谓狗也……①

二 图腾研究

马少侨在其文《〈天问〉、"犬体"新证》中考证《楚辞·天问》"舜服其弟,终焉为害,何肆犬体,而厥身不危败?"认为"犬体"一词指的是犬图腾形象的装扮。他指出犬是古代三苗集团的民族图腾之一,也即是后来西南苗瑶民族所崇拜的盘瓠图腾形象的雏形。论述中还提到自己家乡犬图腾形象装扮的遗风:"我家乡湖南邵阳地区的瑶人,扎头巾时必留两端下垂像狗耳,束腰带时把结子打在背后,也必留一节下垂像狗尾。"②龙正学在《苗族的祭司初探》③一文中介绍了湘黔边苗区图腾崇拜迹象:从"神母犬父"传说,姓石头的名字后面必须加个"狗"字,以及姓田的两个支族,忌讳吃鸡肉、狗肉的习俗,可以看出苗区图腾崇拜的迹象。由此,龙正学认为范晔撰写的《后汉书·南蛮西南夷列传》

---

① 参见万斗云:《仡佬族古代史问题(初稿上)》,《贵州民族研究》1980年第2期,第13—25页,其中部分章节以《关于"盘瓠"名称的来历》为题载于泸溪县民族事务委员会编:《盘瓠研究与传说》,内部资料,1988年,第141—142页。
② 马少侨:《〈天问〉、"犬体"新证》,载泸溪县民族事务委员会编:《盘瓠研究与传说》,内部资料,1988年,第149—153页。马少侨此文日译本已在白鸟芳郎主编的《中国大陆古文化学会刊》上发表。
③ 湘西土家族苗族自治州民族事务委员会编:《苗族历史讨论会论文集》,内部资料,1983年,第496—523页。

中有关盘瓠的记载,使人感到神奇荒诞。他认为:

> 故推测范氏《盘瓠》的记载,如果不是出于有意污蔑苗、瑶、彝各个少数民族的恶意,就是当时广大的西南山区,交通阻塞,范氏未能身临其境,对西南各少数民族的真实情况,知道不多,了解甚少,乃据《风俗通》所记,未加详细考据……

肖孝正的《再论畲族图腾及其高辛夷史源:兼与"盘瓠即犬""畲族狗图腾"说商榷》[①]中认为畲族是在高辛夷中形成的"一支共同族体",其图腾是直接继承当时高辛夷人存在的凤凰(鸟、太阳),葫芦(原始葫芦崇拜传承下来的)和龙(不是原始图腾,是多种图腾混合的特殊象征)的崇拜。吴曦云在《苗族的图腾和盘瓠》[②]中认为苗族犬图腾崇拜的痕迹集中体现于一个苗语叫"乃拐妈苟"的神话故事中。

三 祖先崇拜研究

1986年隆名骥在《苗族风俗中的祖先崇拜》[③]一文中通过几

---

① 肖孝正:《再论畲族图腾及其高辛夷史源:兼与"盘瓠即犬""畲族狗图腾"说商榷》,《福建学刊》1995年第4期,第73—78页。
② 吴曦云:《苗族的图腾和盘瓠》,《中南民族学院学报》(哲学社会科学版)1991年第3期,第57—60页。
③ 隆名骥:《苗族风俗中的祖先崇拜》,《吉首大学学报》(社会科学版)1986年第2期,第66—69页。

个层面考证，认为盘瓠是苗族祖先崇拜的象征。首先，从苗族祖先图腾崇拜看，"盘瓠是以犬为图腾的氏族，而犬图腾以盘瓠命名时，就不只是一个犬图腾的形象了"。通过《墨子·非攻下》《山海经·大荒经》《神异记·南荒经》等文献记载，隆名骥推论犬图腾氏族的部落神欢兜具有了犬、鸟图腾的结合现象。《尚书·舜典》记载："放欢头于崇山。"《（光绪）湖南通志》引《湖广通志》云："崇山有二：其一在辰之泸溪，为苗佬腹中地；其二在兹利（今大庸）上有巨垄，土人指为欢兜冢。"清道光年间纂修的《永定县志》卷六载："鼎一具在崇山中，相传为欢兜鼎，历数千年，古色斑斑。"由此推断武陵山区的苗族是盘瓠后裔。

其次，湘西和黔东的苗族对盘瓠的崇拜是很明显的，其自称祖先为"奶滚妈古"，汉语意译是"鬼母犬父"。"犬父"指盘瓠，"鬼母"即高辛氏之女。黄闵《武陵记》与干宝《晋纪》中关于祭祀盘瓠的习俗①相承至今，湘西苗族称七月为"鬼月"。新中国成立前，七月"烧包"、祭祖和"朝庙"②仍极为盛行。

再次，从盘瓠神话与苗族其他传说的关系来看，盘瓠是一个推源神话。隆名骥引述常任侠《沙坪出土之石棺画像研究》："伏牺与盘瓠为双声，伏牺、包牺、盘古、盘瓠声训可通，殊属一

---

① 参见本书第二章所引资料。
② "烧包"是用金纸银纸做的金锭银锭，装在竹制的四方箱内，摆在野外草坪上，焚烧送给"相普相娘"（即祖先）。祭祖，要用鱼肉、糯米粑粑，由苗巫师有节奏地敲打竹制乐器，呼唤祖先。"朝庙"即男女老幼聚赴庙堂，祀以牛羊或牲猪，祈求鬼主保佑安宁，一般三至五日。参见隆名骥：《苗族风俗中的祖先崇拜》，《吉首大学学报》（社会科学版）1986年第2期，第70页。

词。"盘瓠神话、伏牺神话、苗族传说之故事有相合之处。①

此外,有关畬族盘瓠与凤凰信仰的探讨也引起学人的关注。黄向春在《畬族的凤凰崇拜及其渊源》②中认为:在畬族的图腾崇拜中,盘瓠与凤凰是共存的。凤凰图腾崇拜在畬族的服饰、礼仪、神话传说等文化事象中有诸多表现。畬族的凤凰崇拜可以在东夷的鸟图腾崇拜中找到渊源关系。由于长期被忽视,有关畬族的凤凰崇拜还存在许多尚待研讨的问题,如:凤鸟图腾在畬族历史中的发展环节与脉络如何?除鸟图腾崇拜外是否能找到更多有关畬族与东夷关系的历史依据?这些问题的解决,将大大促进畬族研究的进一步深入与拓展,并有利于我们对畬族的历史、文化作完整全面的考察与把握。

四 族源研究

研究畬族族源大都从"盘瓠神话"的流传与演化推断:如畬瑶同源于汉晋时代长沙的"武陵蛮"(又称"五溪蛮")说。此说认为畬族和大部分瑶族都家喻户晓地流传着属于原始社会遗留下来的图腾崇拜——盘瓠传说,传说的内容与汉晋时代分布在长江中下游的"武陵蛮"所流传的盘瓠传说大同小异,据此认为

---

① 如湘西苗族民间故事:"神农氏闻西方思国有谷种,召有能取还谷种者,以女加价公主配之,有只名翼落的狗取回谷种,与加价公主配为夫妻,后来生下一个肉球。神农氏用剑劈开,跳出七个代代玉(苗族弟兄),七个代荣代来(其他族兄弟)。"

② 黄向春:《畬族的凤凰崇拜及其渊源》,《广西民族研究》1996年第4期,第96—102页。

畲、瑶两族与"武陵蛮"有密切的渊源关系。瑶族中自称为"勉"的"盘瓠瑶"(或称"盘瑶""板瑶""顶板瑶""过山瑶")与自称为"门"的"山子瑶"等约占瑶族总人口的一半以上,他们崇信盘瓠传说。史籍多称瑶族和畲族本是"五溪蛮"盘瓠之后。在史籍上往往是畲、瑶并称,甚至说畲族就是瑶族。直到清代,畲、瑶还是混用,往往称畲族为"瑶人"。畲族族谱记载亦有自称为"瑶户""瑶人子孙"等。现在分布在广东海丰、惠阳、增城、傅罗的畲族仍称自己为"粤瑶",在海丰、惠阳的汉人称他们为"畲民",但在增城却被汉人称为"山瑶"。如马少侨在《盘瓠蛮初探》[①]中通过对盘瓠传说的研究,分析武陵蛮与盘瓠族系之间的关系及其生活概况。马少侨认为:盘瓠传说的素材本身并不含有任何侮辱性质,但是经过应劭《风俗通义》的记录,继经鱼豢《魏略》和干宝《搜神记》的渲染,再经范晔《后汉书》的采纳,以后公私著述相沿相因,这个传说有了侮辱色彩。故而我们研究盘瓠神话时,要带着一种辩证的态度,既不能避而不谈,亦不能全盘接受。马少侨在论述中引入了"民族共同体"的概念,他提出:

> 盘瓠蛮是对武陵地区有盘瓠图腾信仰的部落群的泛称,莫徭是隋唐人对长沙武陵等地不供徭役的部落群的泛称。苗瑶这两个民族共同体的称呼是在宋代才出现的,它们在这时

[①] 此文为马少侨于1983年8月参加湘西土家族苗族自治州在吉首召开的"苗族历史讨论会"所宣读的论文之一,同年10月经过改写后收录于湘西土家族苗族自治州民族事务委员会编:《苗族历史讨论会论文集》,内部资料,1983年,第163—178页。

候才由部落共同体转化为民族共同体。我们有时候可以把"三苗之民"或者"楚人"称为苗人或者苗族,但不应该混淆今苗与古苗的概念,古代"苗族"并不等同于现代的苗族。这就是说:我们只能说苗族、瑶族都出自武陵蛮、盘瓠蛮和莫徭;我们并不能说武陵蛮、盘瓠蛮或者莫徭就是苗族或者瑶族。①

王克旺、雷耀铨、吕锡生的《关于畲族来源》②一文,主要通过《高皇歌》及历史文献的记载考证畲族的族源。另有石光树的《从盘瓠神话看苗、瑶、畲三族的渊源关系》③,他以盘瓠神话为个案,对苗、瑶、畲三族的历史进行探索。除了历史记载外,石光树提出了一个重要论据推断苗、瑶、畲三族与"长沙武陵蛮"的渊源关系——他们对于盘瓠图腾的信奉。唐代樊绰的《蛮书》、宋代范成大的《桂海虞衡志·蛮志》、明代邝露的《赤雅》、清代陆次云的《峒溪纤志》上的记载,比比皆是。且苗、瑶、畲三族不仅在历史上与盘瓠神话有关,而且在新中国成立前的实际生活中仍保留着这种传统。由此,石光树得出结论:"他们在古代很可能是信奉同一图腾崇拜的部落集团,即同源于秦汉时代的'长

---

① 湘西土家族苗族自治州民族事务委员会编:《苗族历史讨论会论文集》,内部资料,1983年,第172页。

② 王克旺、雷耀铨、吕锡生:《关于畲族来源》,《中央民族学院学报》1980年第1期,第89—91页。

③ 石光树:《从盘瓠神话看苗、瑶、畲三族的渊源关系》,《中央民族学院学报》1982年第3期,第79—82页;亦被收录于湘西土家族苗族自治州民族事务委员会编:《苗族历史讨论会论文集》,内部资料,1983年,第179—186页。

沙武陵蛮'"。①

另有东夷说。有人在畲、瑶同源于"武陵蛮"说的基础上,更进一步把畲族渊源追溯至春秋战国时期生活在淮河与黄河之间的"东夷"里靠西南的一支"徐夷",认为他们之间有密切的渊源关系。此观点认为畲族和大部分瑶族同源于"武陵蛮",而"武陵蛮"是"东夷"迁居鄂、湘西部地区后,融合了其他民族成分而形成的。

此说从先秦氏族的迁徙、神话传说、考古资料及文化特点等方面,论证了"武陵蛮"中的一支"诞"(即"莫徭")是由"东夷"族群迁到湘西、鄂西后,融合了三苗、氐羌(犬戎)的成分而形成的。到唐宋之际,莫徭在迁徙过程中,又分别发展形成新的族体——畲族、瑶族,有一部分加入苗族中。②有人更从畲族的族谱记载中找到畲族与"东夷"密切关系的线索。传说在盘瓠王时,东夷王献美女奇珍、奇珪、奇珠三人,美貌丰姿,盘瓠王以长女奇珍赐配长男盘自能,以次女奇珪赐配次男蓝光辉,三女奇珠赐配三男雷巨祐,孙女龙郎公主配于钟智深。如何光岳的《蓝夷的来源和迁徙——兼论瑶、畲、苗族的蓝氏》③,提出蓝夷作为起源于山东半岛的东夷族的一支,他们从山东经河南、湖北、湖南与瑶族融合,后来其分支又与其他氏族结合形成了畲族的四大姓之一。

---

① 湘西土家族苗族自治州民族事务委员会编:《苗族历史讨论会论文集》,内部资料,1983年,第185页。

② 参见张崇根:《畲族族源东夷说新证》,《中南民族学院学报》1986年第4期,第24—29页。

③ 何光岳:《蓝夷的来源和迁徙——兼论瑶、畲、苗族的蓝氏》,《吉首大学学报》(社会科学版),1989年第3期,第13—21页。

此外,"越人后裔说"认为畲族乃古代越人的后裔。此说根据史籍中关于古越人和今天畲族在分布地域上的对照、民间传说和历史记载的偶同或从族称义、音的演变去推论以及畲、越具有共同的盘瓠传说,共同的生产方式、生产水平和共同的风俗习惯等,认为畲族乃古越人的后裔。"南蛮"说认为畲族乃"蛮"或"南蛮"的一支,是广东的原住民族。此说认为盘瓠传说不仅流传于"武陵蛮"中,还应包括《搜神记》中所说的"今即梁汉、巴蜀武陵、长沙、庐江郡夷是也",相当于今天大半个南中国。因此,畲、瑶同汉晋时代长江流域崇奉盘瓠传说的"南蛮"有密切的历史渊源,又因福建、浙江等地区的畲族传说广东凤凰山乃是他们民族的发祥地,进而论证畲族乃东汉时期久居广东的"南蛮"一支,是广东的原住民族。① 比如容观复在《广东畲族族源问题管见》② 中主张"瑶畲同源说",他提出,民族的形成是一个复杂的、不断分化、改组和融合的过程。在考察某一民族的历史时,忽视甚或排斥某一民族与别的民族在族源上的联系,显然是背离了每一个民族形成和发展过程的历史实际。

关于"红苗"的族源亦与"官母犬父"的故事有联系,吴曦云在《从红苗风俗看其族源》③ 中试图从红苗的风俗来探讨族源。

---

① 施联朱编著:《畲族风俗志》,北京:中央民族学院出版社,1989年,第10—14页;亦见于施联朱:《民族识别与民族研究文集》,北京:中央民族大学出版社,2009年,第489—492页。

② 容观复:《广东畲族族源问题管见》,《中南民族学院学报》1986年第4期,第30—32页。

③ 吴曦云:《从红苗风俗看其族源》,《中南民族学院学报》1986年第4期,第41—43页。

红苗中广泛流传的"官母犬父"的故事亦称为"神母犬父",苗语为"乃拐玛苟"。这个故事的前半部与《后汉书·南蛮西南夷列传》中所载的盘弧故事如出一辙。此外,伍新福的《略论苗族支系》①、陈训先的《论粤东畲族的族源及其图腾崇拜》②、姜永兴的《畲族族源、迁徙及盘瓠的新探索》③、石建中的《试论盘瓠神话和苗族族源》④亦为与族源相关的研究。

第三节　盘瓠神话研究的新发展

一　盘瓠神话:"学术的"与"文学的"

盘瓠神话作为民族民间文学是具有双重性的,即它一方面是民俗学的组成部分,为民俗学的研究提供资料;另一方面是文学艺术的组成部分。这种双重性,早在1922年《歌谣》周刊《发刊词》中即明确提出,收集歌谣的目的有两个:一是学术的,即把

---

① 伍新福:《略论苗族支系》,《中南民族学院学报》(哲学社会科学版)1990年第3期,第87—91页。
② 陈训先:《论粤东畲族的族源及其图腾崇拜》,《汕头大学学报》(人文社会科学版)1990年第1期,第50—57页。
③ 姜永兴:《畲族族源、迁徙及盘瓠的新探索》,《韩山师专学报》(社会科学版)1987年第2期,第109—115页。
④ 石建中:《试论盘瓠神话和苗族族源》,《中南民族学院学报》(哲学社会科学版)1992年第1期,第50—53页。

歌谣作为民俗学的研究资料;一是文艺的,即"由文艺批评的眼光加以选择","以引起当前的民族的诗的发展"。①针对《发刊词》征集歌谣有"文艺的"目的②及"文学的"标准③,有学者提出保持其"鲜活""俚俗"等观点。如卫景周《歌谣在诗中的地位》一文认为歌谣最突出的特点是"口授保存",其音调神韵鲜活为诗所不能。④梁实秋在《歌谣与新诗》中亦指出,"俚俗不算短处,最要紧的是内容(思想与情感)是否充实,形式(节奏与结构)是否完美"⑤。对于将歌谣作为"目至之学"的研究方法,沈兼士在《今后研究方言之新趋势》一文中提出在歌谣的搜集整理中,"方言"影响着其"意思、情趣、声调",所以应当重视从"目治的注重文字"向"耳治的注重言语"的转化。⑥这种对于民间文学的研究方法,今天看来依然具有极为重要的指导意义。

---

① 《发刊词》,《歌谣》周刊第一卷第1号(1922年12月17日),第1—2页。
② 歌谣运动三益论:一是文艺的,从文艺的方面……供诗的变迁的研究或作新诗创作的参考;二是历史的,便是从民歌里去考见国民思想,风俗与迷信;三是言语学上也可以得到多少参考的材料。参见乐嗣炳:《怎样研究中国歌谣》,《当代文艺》1931年第4期,第4—11页。
③ 《发刊词》中提到,"须有一个文学的标准,加以选择,择其内容形式俱有可取的予以编录。"参见《发刊词》,《歌谣》周刊第一卷第1号(1922年12月17日),第1—2页。
④ 卫景周:《歌谣在诗中的地位》,《歌谣》周刊纪念增刊(1923年12月17日),第34—37页。
⑤ 梁实秋:《歌谣与新诗》,《歌谣》周刊第二卷第9期(1936年5月30日),第1页。
⑥ 沈兼士著,葛信益、启功整理:《沈兼士学术论文集》,北京:中华书局,1986年,第48页。

中国民俗学在1920年代以《歌谣》周刊（北京大学）、《民俗》周刊（中山大学）为主要舞台，整个学界对"民间"（民歌、风俗等民间文化）高度重视，且倡导、参与的学者基本都有多学科的学术背景，他们对民俗现象的研究并非单一概念所能涵盖，且他们在研究中偏重人文学科的理论方法取向。① 中国民俗学从民间文学开始起步，正如钟敬文所指出的：中国引进民俗学是"从文学切入"②，再加上新中国成立后特殊的历史境遇，使得中国民俗学研究具有显著的文学倾向。20世纪50年代，民俗学被取消，但民间文学被列入大学中文系课程，其研究内容也涉及从前某些民俗学研究范畴。这一时期民间文学研究既与新中国成立后民族普查成果和人才培养直接相关，也与1930—1940年代的西南民族民俗调查的传统一脉相承。1956年，潘光旦、吴文藻、杨成志等起草了《中国民俗学十二年远景规划》，提出了建设超文学范围的民俗学的方案。1978年秋天，钟敬文起草了《建立民俗学及有关研究机构的倡议书》，请顾颉刚、白寿彝、容肇祖、杨堃、杨成志、罗致平联合签名，递交给中国社会科学院。同年12月，乌丙安和刘航舵把《重建中国民俗学的新课题》的函件提交给中国社会科学院。中国文联也于1978年成立了"中国民间文艺研究会"筹备恢复小组。③

20世纪80年代中后期的盘瓠神话研究内容涵括了"音

---

① 高丙中：《中国民俗学三十年的发展历程》，《民俗研究》2008年第3期，第6页。
② 钟敬文：《建立中国民俗学学派刍议》，《民族艺术》1999年第1期，第62—76页。
③ 高丙中：《中国民俗学三十年的发展历程》，《民俗研究》2008年第3期，第6—7页。

乐""舞蹈""图像""服饰""仪式"等诸多方面,尤为注重突出其"跨地域""多民族"特征。如1989年出版的《畲族风俗志》①,该书在介绍畲族妇女的服饰时,提到其服饰以"凤凰装"②最具特色,罗源畲族妇女用红色线梳成高七八寸的髻子,叫"凤凰髻"。福安畲族妇女结婚时,头戴凤冠,上系一根细小精致的竹管,外包红布,下悬一条1尺长、1寸宽的红绫。冠上饰有1块圆银牌,上悬3块小银牌,悬垂在额前,畲民称之为"龙髻",认为这就是三公主戴的凤冠。③

《高皇歌》④与盘瓠密切相关。《高皇歌》是长达三四百句的七言史诗,虽然名称不同,歌词有多有少,但都是根据畲族流传的盘瓠叙事改编的;在史诗末尾,告诫子孙"女大莫嫁阜老(汉族财主)去""无情无义是阜老"。"高皇歌"在祭祀、耕织、服饰、建筑、节日和歌场等场域流传。《麟豹王歌》与《高皇歌》的内容大同小异,都是反映盘瓠功绩的史诗,但它仅流传于福建罗源县一带。⑤谢健根在《贵溪畲族民歌与畲族史》⑥中谈到,1964年他

---

① 施联朱编著:《畲族风俗志》,北京:中央民族学院出版社,1989年。
② 相传三公主与盘瓠成亲时,帝后娘娘给了三公主一顶非常珍贵的凤冠和一件镶着珠宝的凤衣。
③ 参见施联朱:《民族识别与民族研究文集》,北京:中央民族大学出版社,2009年,第513—514页。
④ 又称"盘古歌""盘瓠歌""龙麒王歌""金龙歌""龙皇歌""盘瓠王歌"。
⑤ 参见施联朱:《民族识别与民族研究文集》,北京:中央民族大学出版社,2009年,第530—537页。
⑥ 谢健根:《贵溪畲族民歌与畲族史》,《南方文物》1987年第2期,第129—131页。

随贯溪县文工队深入畲族聚居的樟坪山慰问演出时，进行过与畲族民歌相关的采风活动。1978年，他因工作需要，再次深入畲族山寨，搜集整理了《畲族风情传说故事》《马灯舞》《狗王歌》等。此外，吴刚戟《畲族山歌探讨》[①]、刘保元《瑶族古典歌谣集成〈盘王歌〉管探》[②]、蒋炳钊《从〈盘瓠王歌〉探讨畲族来源和迁徙》[③]等亦讨论了相关论题。

　　畲族祭祀舞与盘瓠信仰关系密切。在祭祀宗谱、祖图、祖杖后，开始迎祖游村游山活动。队伍在前进中欢跳"龙头舞"，又分为"日月舞""龙头舞""龙抢珠"3个舞段。回到祠堂后继续祭祖，法师率领人们跳"独角舞""铃刀舞""行罡舞"，至谢神、送神、封谱为止，祭祖活动结束。各家各户将香烛供品迎送回家，供奉在神龛上，有的神龛上还写着"高辛帝祖敕赐驸马护骑国盘瓠妣肖氏神位"。[④]刘小春的《瑶族盘王舞简述》[⑤]中记述的广西贺县（今贺州）沙田乡栖东村大冷冲邓家珍藏的《过山牒》中的盘瓠神话故事详细、完整，这份牒文后面还有幅古画，画上有六个人物，其中有戴着顶板的两位童女和歌娘歌师，中间还有一个打着

---

① 吴刚戟：《畲族山歌探讨》，《丽水师专学报》（社会科学版）1982年第1期，第32—42页。
② 刘保元：《瑶族古典歌谣集成〈盘王歌〉管探》，《中央民族学院学报》1983年第3期，第89—93页。
③ 蒋炳钊：《从〈盘瓠王歌〉探讨畲族来源和迁徙》，《民族学研究》1982年第1期，第69—77页。
④ 参见施联朱：《民族识别与民族研究文集》，北京：中央民族大学出版社，2009年，第556—560页。
⑤ 刘小春：《瑶族盘王舞简述》，《民族艺术》1986年第3期，第155—162页。

长鼓的艺人正在做莲花盖顶的动作；其文重点阐述了广西贺县瑶族"还盘王愿"的仪式和内容以及舞蹈艺术。于欣的《瑶族祭祖舞蹈的思想内涵与历史价值》[①]主要研究"盘王舞""蚩尤舞""长鼓舞""标毒舞""铜鼓舞""猴鼓舞""捉龟舞"等瑶族祭祖舞蹈中的敬祖意识与宗教信仰。黄忠堂的《师宗瑶族宗教祭祀舞蹈源考》[②]对瑶族宗教祭祀舞的源流进行探讨，阐释了该舞蹈与民间文学、民俗学等学科的关系，并总结了瑶族舞蹈的民族风格和艺术特征。

此外，畲族"以唱代哭""以歌赴丧"的传统葬俗[③]，研究者认为它也与盘瓠有关。如施联珠认为这一习俗源起于：始祖盘瓠王行猎，不慎被山羊撞落在高山悬崖下，盘瓠王子孙到处寻找不见，抬头望见在不远处的天空，有乌鸦盘旋飞舞，上下翻腾，急忙赶前一看，只见盘瓠王尸体悬挂在岩壁的大树上，百鸟群集，在啄食盘瓠王尸体。盘瓠王妻三公主见状不忍，赶忙率领子孙吹角敲鼓，编了千百首"哭歌"，边哭边唱，为盘瓠王驱走群鸟，

---

① 于欣：《瑶族祭祖舞蹈的思想内涵与历史价值》，《民族艺术》1993年第4期，第172—182页。
② 黄忠堂：《师宗瑶族宗教祭祀舞蹈源考》，《民族艺术研究》1994年第3期，第62—67页。
③ 哭歌，也叫"哭灵歌"，又称"白事歌"（即丧葬歌）或"哭娘歌"。唱哭歌的除死者的子女、媳妇等直系亲属外，大都是六亲九眷的女客，人数少则几人、多者几十人不等。她们素装打扮，身穿白裙衫，头扎白罗帕，围坐在棺材边，整夜地边哭、边唱，以哀怀表达对死者的缅怀思念之情，寄托哀思，一直要哭到第二天天亮"抬丧"才止（有的连续哭唱几天）。

保护盘瓠王尸骸。历久相沿，遂形成这一葬俗。①

二 学术会议与盘瓠神话研究

1983年8月4—11日，湘西土家族苗族自治州苗族历史讨论会在湖南吉首市举行，会议期间，与会学者就苗族的族源、图腾崇拜、楚苗关系及苗族是否经过奴隶制等问题展开讨论，在族源方面提出的主要论点有"南蛮欢兜说""贵州苗族土著说"和"九黎三苗说"等。关于苗族的图腾崇拜问题，争论较激烈的是盘瓠问题，多数学者认为，我国以狗为图腾的不是只有瑶、畲，图腾本身不存在侮辱性，要以实事求是的科学态度来对待古代人类的图腾崇拜问题。至于"盘瓠后裔"之说，虽然不能专指苗族而言，但应承认史籍记载的"盘瓠蛮"确实包括苗族先民在内。②

1985年3月13日全国首届畲族史学术讨论会在广东、福建、浙江三省民族事务委员会（局）的共同领导与支持下，于广东潮州召开。与会的有国内外研究畲族问题的学者、民族工作者57人。大会遵循"双百"方针，广泛地对畲族族源展开了研讨与交流，归纳起来有土著说和外来说两种：前者包括古越人的后裔、"南蛮"的一支系广东的原住居民、福建"闽"族的后裔等。外来说有畲、瑶源于汉晋时代的"武陵蛮"，畲族与"东夷"靠西南的

---

① 参见施联朱编著:《畲族风俗志》，北京：中央民族学院出版社，1989年，第144—148页。

② 王慧琴：《湘西土家族苗族自治州举办苗族历史讨论会》，《民族研究》1984年第1期，第78页。

一支"徐夷"有密切渊源关系,河南"夷"或源自河南,其祖是"龙麒"等。① 会议期间,学者们到潮州凤南畲族乡进行了实地考察。为进一步推动畲族史研究,会议推选了21人组成全国畲族研究会。②

第一届瑶族研究国际研讨会于1986年5月26—30日由香港中文大学人类学系、法国国家研究中心华南及印支半岛研究所、香港中华文化促进中心联合主办。会后,广东省民委邀请参加研讨会的全体人员到广东省连南瑶族自治县和乳源瑶族自治县进行了为期五天的参观访问。会上的26篇论文涉及中外瑶族的各个方面,是瑶族研究的一次全面的交流。其中有关瑶族"游耕""宗教""过山榜"等方面的数篇论文,为这次研讨会的佳作。③

1990年10月20—23日,全国盘瓠文化学术讨论会在湖南省湘西土家族苗族自治州泸溪县召开。讨论会上,有的学者根据杨炳正的神话演化学说,采用段玉裁的"三者互求"的语言研究方法,对"盘瓠"的源流作了有意义的探索。不少学者通过对古籍的考据、口碑的采集和民俗考察,认为盘瓠是盘瓠,盘古是盘古,盘古是开辟大神,他的功绩在于开天辟地,盘瓠是氏族始祖,他的功绩在于繁衍增殖。对于这一点,尽管论证的角度、论据的来源各有不同,然而结论还是比较一致的。而对于盘瓠是不是苗族崇拜的图腾,学者们的意见却不尽相同。在这次讨论会

---

① 施联朱主编:《畲族研究论文集》,北京:民族出版社,1987年,第1页。
② 蓝兴发、钟昌瑞:《全国首次畲族史学术讨论会在广东省潮州市召开》,《民族研究》1985年第4期,第67页。
③ 魏斌:《扩大交流 促进研究——第一届瑶族研究国际研讨会述评》,《中国民族》1986年第9期,第44页。

上,泸溪当地的学者向到会的同行介绍了湘西一带与盘瓠神话有关的遗址、盘瓠崇拜的民俗遗存、盘瓠文化的现实反映等等,这些实践调查得到的第一手资料,不仅反映了盘瓠文化在湘西一带普遍存在,更重要的一点是,还为盘瓠神话研究取得突破性成果奠定了坚实的基础。[①]

三 多学科研究与比较研究

(一) 祖图研究

在中国古代绘画技艺中,"诗书画印"是艺术形式与审美意境双重的结合。诗与画"在载体形式上的合璧"[②]是在宋代逐步实现的;明代的题画诗更为注重写意性与抒情性,诗画之间呈现为一种开放、多义的关系:"明人为了满足其精神家园的感性旋律,处理文字与图像之关系也出现了新的意向,呈现出若即若离的指义空间。"[③]20世纪80年代,畲族的祖图作为一种诗画合璧的传承方式,同其他"传统方式承载的史诗叙事或叙事片段"[④]一样,被纳入了学术研究考察的范围。

[①] 罗汉田:《全国盘瓠文化讨论会综述》,《民族文学研究》1991年第3期,第73页。
[②] 汪涤:《明中叶苏州诗画关系研究》,上海:上海文化出版社,2007年,第13页。
[③] 郑文惠:《诗情画意——明代题画诗的诗画对应内涵》,台北:东大图书股份有限公司,1995年,第367页。
[④] 参见朝戈金:《"回到声音"的口头诗学:以口传史诗的文本研究为起点》,《西北民族研究》2014年第2期,第13页。

陈香白在《潮州畲族祖图初探》①中关注祖图内容对于探索畲族发源地之意义，文章选择《山犁村祖图》为主要参考资料，旁及诸幅前言，借之以证史志，复以史志证之；通过互证，企望能对畲族的推本溯源有所助益。《山犁村祖图》中"狗王成亲"部分，戏舞迎送之人皆椎髻；"狗王出殡"部分，其三子一女，尽高髻跣足。图末之钟姓女婿也高髻跣足；图载狗王奏请帝"我不要平洋田地"，"我要深山空谷居住，永远耕种"，"我免用纳粮供国"等图像及文字论证"史前之潮州土著，即为畲族祖先"之结论。

此外，在研究中，人们也将具有"时代性"、对现实的思考熔铸到祖图的研究中，祖图中拟人化的图像叙事与歌谣式的文字表述，突破了"口头与书面"之间的距离与贴合的复杂性，其宣传意义与文化价值得以迅速彰显。如朱洪和李筱文的《广东畲族〈祖图〉初析》②也选择了保存最为完整的《山犁村祖图》③进行研究。广东畲族把龙犬盘瓠作为远祖，视为本民族的保护神，逐步形成祭祀祖图和招兵等宗教活动，具有社会性和群众性。祖图为研究古代社会的图腾崇拜提供了依据，也为研究畲族历史提供了可靠的线索；同时它也成为研究畲族早期社会经济的重要资料；

---

① 陈香白：《潮州畲族祖图初探》，《岭南文史》1988年第1期，第127—134页。
② 朱洪、李筱文：《广东畲族〈祖图〉初析》，《中央民族学院学报》1989年第5期，第60—63页。
③ 《山犁村祖图》全卷分为16段、34节。三皇五帝，画七节；高辛帝，画一节；盘瓠出世，画四节；藩兵作乱，画一节；高辛帝出榜召贤，画一节；盘瓠揭榜，画一节；引见辛帝，画一节；智取藩王头，画七节；验明证身，画一节；辛帝招驸马，画一节；附王化身，画一节；附王成亲，画两节；喜得贵子，画一节；辛帝赐姓，画一节……

另外画卷中还体现了畲族的传统哲学思想。

祖图通过对"画面视觉方式的调配"创造了实际存续于画面之外的观看主体,有力地衬托了作为历史创造主体而出现的少数民族的形象。毛荣跃、柳意诚的《畲族的稀世文物》①介绍了浙江景宁畲族自治县珍藏的一本《畲族世考》和《畲族开基祖图》,其内容基本一致,一则以文,一则以图来反映畲族的起源、婚姻、丧事、辈分、地位等风俗沿革,和畲族四大姓——盘、蓝、雷、钟姓氏的由来,以及畲族迁徙过程等诸方面的演变记载。《畲族开基祖图》分为上、下两联,每联长665厘米,宽34厘米,用古老的土布彩色绘制,画工精细。

陈香白的《畲族源论纲》②,从《高皇歌》、凤凰山、祖图的族源意义切入,阐释盘瓠神话的情节演绎、姓氏变换、地点迁移,指出盘瓠神话并非普通的民间传说,而是包蕴了一个民族对自身发源进行思考的哲理。神话内容尽管在流传过程中存在随时世更迭而作相应改动的痕迹,但从总体上看,却与《高皇歌》、祖图所载基本一致。

(二) 盘瓠、盘古关系研究

盘古与盘瓠的异同,历来众说纷纭。③李本高在《盘瓠与盘

---

① 毛荣跃、柳意诚:《畲族的稀世文物》,《中国民族》1987年第12期,第47页。
② 陈香白:《畲族源论纲》,《寻根》1995年第6期,第20—22页。
③ 如[法]勒莫瓦纳:《盘瓠是否盘古》,《中央民族学院学报》1989年第2期,第5—7页;彭官章:《盘古并非盘瓠》,《中央民族学院学报》1989年第5期,第56—59页;马卉欣、朱阁林:《盘古盘瓠关系辨:论盘古神话的根》,《民间文学论坛》1992年第4期,第5—10页。

古刍议》①中认为盘瓠与盘古二者殊异。通过对瑶族古文献及口碑研究，李本高认为瑶族对盘瓠、盘古的称谓不同；盘瓠与盘古的形象不同；盘古与盘瓠产生的年代不同；盘古与盘瓠对人间的作用不同；盘古与盘瓠的思想境界不同；盘古和盘瓠的后裔不同；瑶族祭祀盘瓠与盘古的礼仪不同等。姚宝瑄在《盘古、盘瓠神话源于昆仑神话考》②中考证盘古、盘瓠源流及二者关系，从神性角度分析，盘古神话为创世神话，盘瓠神话是祖先神话；从神形分析，盘古为"龙首蛇身"，而盘瓠则为一条"五彩龙犬"，二者在神形上毫无共同之处。黄钰的《盘古盘瓠盘王辨识》③集中论述了古今学者的四种分歧意见："盘古非盘瓠说""盘古即盘瓠说""盘古即盘王或盘瓠即盘王说""盘王非盘古盘瓠说"，最终得出结论"盘古、盘王、盘瓠为名异实异的历史英雄人物"。吴晓东的《盘瓠：王爷，盘古：老爷》④中谈到"盘瓠"与"盘古"之名，皆苗瑶语译音，断不能从汉语字面上考证其涵义，它们分别是"王爷"与"老爷"的意思。这是苗瑶语族民众根据神话内容对其英雄祖先及创世祖先给出的相应尊称，不含有葫芦等别的意义。盘瓠与盘古并非一人，只是二者都出自苗瑶语族，并都被称为盘爷，致使二者的名称十分接近，容易产生混淆。从内容上看，盘古当早于盘瓠，盘瓠虽蒙上一层图腾的外衣，但其仅

---

① 李本高：《盘瓠与盘古刍议》，《民族论坛》1988年第2期，第35—39页。
② 姚宝瑄：《盘古、盘瓠神话源于昆仑神话考》，《西北民族学院学报》（哲学社会科学版）1988年第6期，第55—60页。
③ 黄钰：《盘古盘瓠盘王辨识》，《广西民族研究》1991年第4期，第40—42页。
④ 吴晓东：《盘瓠：王爷，盘古：老爷》，《民族文学研究》1996年第4期，第34—38页。

仅是一则图腾标志型神话,诞生的时间只能在真实历史事件之后。盘瓠到底是什么?从唐代以来就有不同的看法。吴善淙、龙治安的《盘瓠正名三题》①中提出盘瓠是"古代部落和民族的实体",非"狗",亦非"图腾";而盘瓠与盘古本为一个词,其变化过程反映了阶级和民族分化的过程。韩伯泉的《畲族家世神话盘瓠"龙麒"与"白犬"考释》②中论证畲族传说和古歌中出现的以"龙麒"代替"龙犬"为祖族之标记的做法,多为后代流传过程而产生的一种变异,"龙犬"向"龙麒"的转化,也标志着畲族文化与汉族文化相互吸收、相互交流进入了一个新阶段。李本高的《瑶族〈评皇券牒〉中的盘瓠考》③认为盘瓠畜犬说来源极其荒诞,且盘瓠非蛮人之祖。文中考证盘瓠为周的始祖——"弃",因"弃"与盘瓠的出生地、遭遇等记载有重合之处。另有如谢荣《槃瓠见疑》④、李仪《也论盘瓠氏的起源》⑤等研究也对此问题进行了探讨。

对盘瓠神话的"来源""演变""结构""内涵"等研究也为当

---

① 吴善淙、龙治安:《盘瓠正名三题》,《民族文学研究》1991年第3期,第65—68页。
② 韩伯泉:《畲族家世神话盘瓠"龙麒"与"白犬"考释》,《广东民族学院学报》(社会科学版)1991年第3期,第6—12页。
③ 李本高:《瑶族〈评皇券牒〉中的盘瓠考》,《广西民族研究》1991年第4期,第43—46页。
④ 谢荣:《槃瓠见疑》,《韩山师范学院学报》1993年第2期,第108页。
⑤ 李仪:《也论盘瓠氏的起源》,《怀化师专学报》(社会科学版)1993年第4期,第11—13页。

时学人所重视。如蓝万清在《论畲族盘瓠传说的演变》[①]中从盘瓠神话的"初生""次生"和"再生"形态入手，研究不断演化的盘瓠神话出现的重叠反复之现象。吴泽顺《盘瓠神话的深层结构》[②]谈到在盘瓠神话研究中，"民族歧视说"和"图腾说"是两种具有代表性而又互相对立的观点。他无意评价其是非，只想把盘瓠神话置于上古神话的整体背景之下来进行考察，试图透过斑驳神异的表层具象，揭示其内部的深层结构及其神话学意义。李本高的《瑶族盘瓠崇拜内涵论》[③]经过考证，认为瑶族的盘瓠崇拜，经历了原生物犹和灵物龙犬（犹）的图腾崇拜和动物人格化了的盘王祖先崇拜三个阶段。苑利的《盘瓠神话源出北方考》[④]认为从神话学角度而言，作为一则活态神话，盘瓠神话主要流传于苗、瑶、畲三个民族，并与他们的宗教信仰、衣食住行诸方面发生广泛联系，是一则典型的图腾神话；苗、瑶、畲这三个盘瓠神话的持有民族都出自北方，盘瓠神话之基本母题及所蕴含的主要文化因子亦出自北方。

（三）民俗学研究

本节第一部分已提及民俗学视域的盘瓠神话研究，但仅为概述。为了呈现盘瓠神话研究的多学科关注，此处具体阐释民俗

[①] 蓝万清:《论畲族盘瓠传说的演变》,《民族文学研究》1991年第3期,第69—72页。
[②] 吴泽顺:《盘瓠神话的深层结构》,《中南民族学院学报》(哲学社会科学版) 1992年第2期,第31—34页。
[③] 李本高:《瑶族盘瓠崇拜内涵论》,《民族论坛》1993年第1期,第49—53页。
[④] 苑利:《盘瓠神话源出北方考》,《民族文学研究》1994年第1期,第47—54页。

学对盘瓠神话研究的介入。1988年力木发表《论盘瓠神话的民俗信仰》[1],文章从六个方面较为综合地对盘瓠神话进行了研究,作者借用闻一多在《伏羲考》中的研究,认为"盘瓠"即辟(剖)瓠之意。盘古神话与盘瓠神话均起源于对盘瓠器的崇拜。盘古与盘瓠均为葫芦崇拜的延伸。而"神犬生于瓠中"则为原始巫术观念的联想。族谱、祖图、《过山榜》中所记载的由金钟、谷仓或房屋关闭而变化的"狗头人身"之神犬是南方民族浓厚的巫文化的产物。除此之外,力木还从"神犬出生中的女性崇拜""神犬始祖崇拜的心理认识""神犬崇拜的淡化和人的自我"这三个较为新颖的层面对盘瓠神话进行了研究。从研究话语的更迭和研究方法的转变上,我们可以看到新时期以来,西方概念和术语的涌入对盘瓠神话研究的影响。林河在《"盘瓠神话"访古记——盘瓠神话民俗研究之一》中谈到撰写文章的初衷:由于高辛氏时代的神犬塑像[2]在沅水流域出土,再加上"我对槃瓠神话有着很浓厚的兴趣,早就有从民俗学的角度研究槃瓠神话的愿望了。因此,撰写此文,以就教于诸君"[3]。这种研究视角的强调和20世纪80年代中国民俗学重建的历史语境密切相关。林河认为,神犬崇拜、神犬神话与槃瓠神话都是一种民俗现象,但却有一定的区别。神犬崇拜是人类进入渔猎时代,学会畜狗后的产物;神犬神话在神犬崇

---

[1] 力木:《论盘瓠神话的民俗信仰》,《民族论坛》1988年第1期,第42—49页。
[2] 在古"长沙武陵蛮"地区的沅水中游,考古工作者发掘了一座4000多年前的新石器时代遗址,在众多文物中,有一座约30厘米高的"双头连体带器座"的神犬塑像。
[3] 林河:《"盘瓠神话"访古记——盘瓠神话民俗研究之一》,《民间文艺季刊》1990年第2期,第27—42页。

拜之后出现，包括"神犬救人"和"神犬生人"的神话；槃瓠神话是"神犬生人"神话的继续，"神犬生人"神话没有特定的对象，而"槃瓠神话中的神犬，已有了特定的名称"。"槃瓠神话"的主要母题①显示了神话成熟时期的种种特征。"槃瓠神话"型传说的分布范围②以中国南方为中心，向四方辐射。谭子美、李宜仁的《"漫水龙歌"与"盘瓠崇拜"》③谈到湖南麻阳苗乡漫水划龙舟不是为了纪念屈原，而是纪念自己的祖先——盘瓠。据苗族老人说以前每到农历五月，苗民要在盘瓠庙前椎牛祭祖，进行接龙活动。

李安民的《云南白、彝、纳西等民族的"衣尾"习俗探源》④谈到在云南古代的一些民族中，衣尾习俗曾十分盛行。比如，分布在今富宁、麻栗坡、马关、广南、屏边、金平、河口、景东、江城、墨江等地的崇拜盘瓠及自称"盘瓠之后"的瑶族，其先民就曾十分流行衣尾的习俗。杨鹓《盘瓠与凤凰崇拜——苗瑶语族

---

① 以女为酬（高辛氏遇犬戎之乱，募杀敌勇士，能得犬戎主帅之头者以女妻之）、女和图腾婚配（畜狗槃瓠得吴将军头，女嫁之，生六男六女）、乱伦（六男六女自配夫妻）、图腾生人（民族自认为都是槃瓠六男六女之后）。其中有具体时间（高辛帝时代）、具体地点（高辛帝国与犬戎国）、有具体人物（高辛氏、槃瓠、帝女、吴将军），有具体事态（战争、招募勇士、妻以少女、人犬婚配生子、子女又互相婚配等）。

② 如东北也有"狗驸马"的传说；台湾的沙绩人有"酋长之女嫁狗"的传说，台湾的克塔加兰人有"宰相之女嫁狗"的传说；海南黎族有"君主把女酬谢狗医生"的传说。中国之外，越南及东南亚的苗、瑶等民族也流传"槃瓠神话"。

③ 谭子美、李宜仁：《"漫水龙歌"与"盘瓠崇拜"》，《贵州民族研究》1991年第4期，第53—56页。

④ 李安民：《云南白、彝、纳西等民族的"衣尾"习俗探源》，《民族艺术研究》1990年第5期，第61—64页。

"好五色衣服"的一种解释》①一文指出：因盘瓠与凤凰信仰，苗瑶畲三族的传统服饰都保留了"好五色"的传统。她们的头帕、衣领、衣袖、胸襟、腰带、围裙、裤子、挂带等衣饰上，大都用彩色丝线绣上富有民族特色的花纹图案。其线一般都为红、黄、绿、白线；绣在白布上的则多用黑、红、绿、黄线。又因她们都盛行蓝靛染布和蜡染工艺，故在服饰的底色上，她们尚蓝色或绿色。此外，还有孙贯文的《古人系尾新证》②、杨芸的《龙·盘瓠·接龙祭·龙舟——苗族龙与龙文化》③、张子伟和龙炳文的《苗族椎牛祭及其巫教特征》④、唐羽的《好五色衣服——早期民族融合的象征》⑤、李健民的《畲族民俗信仰的道教色彩》⑥等，亦探讨了苗、瑶、畲等民族服饰与盘瓠信仰的关系。

（四）比较研究

雷金松在《畲瑶盘瓠神话比较》⑦中通过对畲族、瑶族盘瓠神

---

① 杨鹡：《盘瓠与凤凰崇拜——苗瑶语族"好五色衣服"的一种解释》，《贵州民族学院学报》（哲学社会科学版）1999年第1期，第16—19页。
② 孙贯文：《古人系尾新证》，《思想战线》1985年第3期，第94页。
③ 杨芸：《龙·盘瓠·接龙祭·龙舟——苗族龙与龙文化》，《广西民族研究》1990年第3期，第56—61页。
④ 张子伟、龙炳文：《苗族椎牛祭及其巫教特征》，《民族论坛》1995年第1期，第89—93页。
⑤ 唐羽：《好五色衣服——早期民族融合的象征》，《民俗研究》1995年第1期，第42—44页。
⑥ 李健民：《畲族民俗信仰的道教色彩》，《中南民族学院学报》（哲学社会科学版）1996年第5期，第1—7页。
⑦ 雷金松：《畲瑶盘瓠神话比较》，《民族文学研究》1988年第3期，第83—88页。

话的系统与类型、盘瓠形象的比较探寻其异同。何颖的《对瑶族神话〈密洛陀〉和〈盘瓠〉的深层思考》[1]超越了"密洛陀"和"盘瓠"的文学意义进行研究。蔡村的《瑶族葫芦传人与盘瓠开族神话浅析》[2]与邓建富的《盘瓠传说与千家洞传说关系试析》[3]分别将盘瓠神话与葫芦传人神话及千家洞传说进行比较研究。李学钧、马建钊的《瑶族盘瓠神话与渡海神话的象征意义》[4]通过剖析盘瓠神话和渡海神话的物质层面,揭示其精神象征,着重探讨它们对瑶族的民族情感、民族意识、民族性格、民族传承诸方面的作用和影响。夏敏的《狗与猴:图腾仪式和文学中的接近类型——从瑶族与藏族图腾文化说开》[5]一文,从语属瑶语支并信仰盘瓠的瑶族与藏族的图腾文化做比较入手,研究形成图腾文化相似性的可比性特征。陈斌的《瑶族盘瓠神话刍议》[6]运用神话学、历史学、民族学、民俗学的资料,对盘瓠神话进行较为深入的剖析,论证了神话中诸多不合理的情节是以特殊的方式反映了

---

[1] 何颖:《对瑶族神话〈密洛陀〉和〈盘瓠〉的深层思考》,《广西社会科学》1989年第3期,第26—29页。
[2] 蔡村:《瑶族葫芦传人与盘瓠开族神话浅析》,《民族论坛》1992年第1期,第75—76页。
[3] 邓建富:《盘瓠传说与千家洞传说关系试析》,《中山大学研究生学刊》(社会科学版)1994年第3期,第76—77页。
[4] 李学钧、马建钊:《瑶族盘瓠神话与渡海神话的象征意义》,《广西民族学院学报》(哲学社会科学版)1996年第1期,第75—80页。
[5] 夏敏:《狗与猴:图腾仪式和文学中的接近类型——从瑶族与藏族图腾文化说开》,《民族文学研究》1994年第3期,第35—39页。
[6] 陈斌:《瑶族盘瓠神话刍议》,《云南师范大学学报》(哲学社会科学版)1998年第1期,第3—5页。

瑶族先民早期的历史和文化；而盘瓠神话的经久不衰，则是其内在价值的体现。

(五) 盘瓠文化研究

龙海清的《湘西溪州铜柱与盘瓠文化》[1]一文，论证了溪州铜柱是湘西远古传承下来的盘瓠文化在当时特定社会条件的延伸与发展。这种延伸与发展正是通过原有传统文化与外来的或新的文化相碰撞、相冲突、相结合而发生的。铜柱作为一个文化载体，它不仅包含不同时代的文化因素，也包含了湘西各个民族的文化因子。作为一种文化遗产，它为湘西各个民族所共有，也为整个中华民族所共有。

黄纯艳在《论溪州铜柱的设立及其文化内涵：与〈湘西溪州铜柱与盘瓠文化〉一文作者商榷》[2]中认为，马希范立溪州铜柱，形式上是仿效其"祖先"马援的做法，而根本动机则是为了申明对溪州的统治权，达到统治溪州的政治目的。这一形式又与汉族统治者把"柱"视为国家权力象征，或权力崇拜的文化传统密切相承。而非如龙海清在《湘西溪州铜柱与盘瓠文化》所言为图腾柱。持相似看法的还有李文君、彭璐的《溪州铜柱不是图腾柱——与龙海清先生商榷》[3]和彭勃的《溪州铜柱不是"盘瓠图腾

---

[1] 龙海清：《湘西溪州铜柱与盘瓠文化》，《中央民族学院学报》1991年第4期，第51—55页。

[2] 黄纯艳：《论溪州铜柱的设立及其文化内涵——与〈湘西溪州铜柱与盘瓠文化〉一文作者商榷》，《贵州文史丛刊》1994年第2期，第8—12页。

[3] 李文君、彭璐：《溪州铜柱不是图腾柱——与龙海清先生商榷》，《中央民族大学学报》1994年第6期，第27—31页。

柱"》[1]等。徐华龙在《盘瓠神话的历史和文化价值》[2]中提出研究盘瓠神话时，须综合考察历史上不同时期有关此神话的文献记载与流传在民众口头的神话文本及其有关的风俗习惯、历史文物、地理遗迹等等，只有这样，才能全面地探析盘瓠神话的历史渊源和它的文化价值。此外，还有如韩伯泉的《粤东畲族盘瓠文化研究》[3]、石宗仁的《湖南五溪地区盘瓠文化遗存之研究》[4]、曾湘军的《湖南大庸出土铜俑与盘瓠文化》[5]、周德麟的《湖南怀化市的盘瓠文化遗存》[6]等对广东、湖南等地盘瓠文化遗存的研究；古清尧《凤坪畲族考察报告》[7]、吴通才《关于台江县台拱寨、张家寨"篓江略"——过鼓社节的调查记实》[8]、王克旺《论畲族图腾文化的个

---

[1] 彭勃：《溪州铜柱不是"盘瓠图腾柱"》，《中南民族学院学报》（哲学社会科学版）1995年第1期，第58—61页。

[2] 徐华龙：《盘瓠神话的历史和文化价值》，《民族文学研究》1991年第1期，第72—77页。

[3] 韩伯泉：《粤东畲族盘瓠文化研究》，《中南民族学院学报》（哲学社会科学版）1991年第3期，第61—66页。

[4] 石宗仁：《湖南五溪地区盘瓠文化遗存之研究》，《中南民族学院学报》（哲学社会科学版）1991年第5期，第75—85页。

[5] 曾湘军：《湖南大庸出土铜俑与盘瓠文化》，《民族艺术》1993年第1期，第162—168页。

[6] 周德麟：《湖南怀化市的盘瓠文化遗存》，《民族研究》1994年第3期，第68—70页。

[7] 古清尧：《凤坪畲族考察报告》，《民族论坛》1986年第1期，第55—61页。

[8] 吴通才：《关于台江县台拱寨、张家寨"篓江略"——过鼓社节的调查纪实》，《贵州民族研究》1988年第3期，第174—176页。

性特征》[1]、何颖《盘瓠崇拜与民族命运》[2]等对盘瓠信仰文化的调查、特征的阐释研究。

1949年至1999年是盘瓠神话研究的发展期和成熟期。这50年的时间可以大致分为两个阶段：第一阶段是发展期。在国家主导下的三次五项畲族调查研究为盘瓠神话的搜集与整理奠定了坚实的基础；第二阶段是成熟期，随着80年代的民族民间文学普查的展开与深入，学人开始注重对盘瓠神话的理性思考。

首先，民族识别与民族民间文学普查工作为盘瓠神话的研究提供了大量资料。以20世纪80年代至90年代陆续出版的关于畲族的著作和论文为例[3]：《畲族简史》[4]（1980）、《畲族社会历史调查》[5]（1986）、《畲语简志》（1986）、《景宁畲族自治县概况》（1986）、《畲族研究论文集》[6]（1987）、《民族知识丛书·畲族》[7]（1988）、《畲族史稿》[8]（1988）、《畲族风俗志》[9]（1989）、《广

---

[1] 王克旺:《论畲族图腾文化的个性特征》,《东南文化》1990年第3期,第32—35页。
[2] 何颖:《盘瓠崇拜与民族命运》,《民族文学研究》1997年第4期,第54—58页。
[3] 这里仅以20世纪80年代至90年代的畲族研究书籍举例,实则瑶族、苗族等少数民族研究书籍亦有涉及。
[4] 《畲族简史》编写组编:《畲族简史》,福州:福建人民出版社,1980年。
[5] 《中国少数民族社会历史调查资料丛刊》福建省编辑组:《畲族社会历史调查》,福州:福建人民出版社,1986年。
[6] 施联朱主编:《畲族研究论文集》,北京:民族出版社,1987年。
[7] 施联朱:《畲族》,北京:民族出版社,1988年。
[8] 蒋炳钊编著:《畲族史稿》,厦门:厦门大学出版社,1988年。
[9] 施联朱编著:《畲族风俗志》,北京:中央民族学院出版社,1989年。

东畲族研究》[1]（1991）、《畲乡风云录》[2]（1991）、《丽水地区畲族志》[3]（1992）、《霞浦县畲族志》[4]（1993）、《上杭县畲族志》[5]（1994）、《畲族历史与文化》[6]（1995）、《闽东畲族歌谣集成》[7]（1995）、《思维之光：畲族文化研究》[8]（1997）、《畲族民俗风情》[9]（1997）、《浙江省少数民族志》[10]（1999）及《畲族简史简志合编》（1963）、《闽东畲族革命斗争纪实》（1984）、《畲族经济研究文集》（1987）、《景宁畲族自治县畲族志》（1991）等内部资料与刊物。这一时期对盘瓠神话的界定、内涵、特征、结构、价值等方面的研究呈现出不断深入的态势。20世纪80年代中后期开始，学界对盘瓠神话研究逐渐回归"民间"，关注神话为民俗的产生提供的重要"母题"或"原型"，民俗对神话元素的差异化选

---

[1] 朱洪、姜永兴：《广东畲族研究》，广州：广东人民出版社，1991年。
[2] 中共浙江省委党史研究室、浙江省民族事务委员会、中共丽水地委编：《畲乡风云录》，北京：中国国际广播出版社，1991年。
[3] 雷弯山主编：《丽水地区畲族志》，北京：电子工业出版社，1992年。
[4] 霞浦县民族事务委员会《霞浦县畲族志》编写组编：《霞浦县畲族志》，福州：福建人民出版社，1993年。
[5] 黄集良主编：《上杭县畲族志》，厦门：厦门大学出版社，1994年。
[6] 施联朱、雷文先主编：《畲族历史与文化》，北京：中央民族学院出版社，1995年。
[7] 肖孝正编纂：《闽东畲族歌谣集成》，福州：海峡文艺出版社，1995年。
[8] 雷弯山：《思维之光：畲族文化研究》，天津：天津人民出版社，1997年。
[9] 陈国强主编：《畲族民俗风情》，福州：海峡文艺出版社，1997年。
[10] 浙江省少数民族志编纂委员会编：《浙江省少数民族志》，北京：方志出版社，1999年。

择以及民俗生态中神话自身的演化与变异。①

其次,这一时期,盘瓠神话研究形成了稳定的研究队伍与学术阵地。学人在20世纪20年代至40年代神话及畲民研究的基础上②,结合新中国以来的民族识别和民族民间文学考察的翔实资料进行探讨。这一时期如杨鹓、龙海清、施联朱、潜明兹、李本高、姚宝瑄、力木、唐羽、郎樱等学者都表现出对盘瓠神话的高度关注。而1980年中国社会科学院成立的少数民族文学研究所(2002年更名为民族文学研究所),在成立之初就把中国各民族的文学传统与文化传承作为重要研究任务之一,长期以来一直把少数民族神话研究作为一项重要的基础性工作。③ 同样,如《中央民族大学学报》(哲学社会科学版)、《中南民族大学学报》(人文社会科学版)、《云南师范大学学报》(哲学社会科学版)等高等院校特别是民族院校学报以及《民族论坛》《民族研究》《民俗研究》《民族艺术研究》《贵州民族研究》《广西民族研究》《东南文化》《苗侗文坛》等期刊也日趋成为盘瓠神话研究与

---

① 王宪昭:《论神话的民俗学阐释功能》,《广西民族师范学院学报》2015年第1期,第1—5页。

② 如沈作乾:《畲民调查记》,《东方杂志》1924年第7号,第56—71页;新广:《畲民的起源及其风俗》,《新运导报》1937年第8期,第94—95页;何云:《浙东畲民的生活》,《天津商报每日画刊》1936年第45期—46期,第2页;洪荒:《云和的畲民》,《碧湖》1940年第45期,第9页;王惠质:《畲民研究》,《新力》1940年第14期,第7—10页;钱一鸣:《浙江畲民生活与历史传说》,《天地间》1940年第6期,第22—23页;等等。

③ 王宪昭:《中国少数民族神话研究的学术发展分期刍论》,《民族文学研究》2016年第3期,第74—82页。

成果发表的重要阵地。

再次，盘瓠神话研究方法多样化并日益成熟。改革开放之后，随着社会科学领域的新发展，盘瓠神话研究也注重在研究理论和研究方法上的创新，原型批评、精神分析、结构主义等理论与方法被应用到盘瓠神话研究中。如于欣的《瑶族祭祖舞蹈的思想内涵与历史价值》(《民族艺术》1993年第4期)，吴泽顺发表于《中南民族学院学报》(哲学社会科学版)1992年第2期的《盘奔瓠神话的深层结构》，李本高的《瑶族盘瓠崇拜内涵论》(《民族论坛》1993年第1期)等。另一方面，在盘瓠神话研究中一些学者又将现代神话学理论或相关学科的研究方法与自己的研究实践相结合，不仅关注中外民族神话的比较、少数民族神话与汉族神话的比较，而且还注重不同语系、类型的少数民族神话的比较等，如谭子美、李宜仁的《"漫水龙歌"与"盘瓠崇拜"》(《贵州民族研究》1991年第4期)，雷金松的《畲瑶盘瓠神话比较》(《民族文学研究》1988年第3期)，郎樱的《盘瓠神话与日本犬婿型故事的比较研究》(《民间文学论坛》1985年第3期)，何颖的《对瑶族神话〈密洛陀〉和〈盘瓠〉的深层思考》(《广西社会科学》1989年第3期)，夏敏的《狗与猴：图腾仪式和文学中的接近类型——从瑶族与藏族图腾文化说开》(《民族文学研究》1994年第3期)，及李学钧、马建钊发表于《广西民族学院学报》(哲学社会科学版)1996年第1期的《瑶族盘瓠神话与渡海神话的象征意义》等。

除研究论文外，以"盘瓠"命名的资料汇编或研究著作也层出不穷，且愈加体系化与科学化。1988年由泸溪县民族事务委员会编写的内部刊物《盘瓠研究与传说》刊载了大量有关盘瓠神话的文献及实地调查报告等，成为是一本重要的资料汇编，为进一步研究盘瓠神话奠定了基础。1990年张永安主编的《盘瓠研究》,在注重对苗、瑶、畲等民族崇拜盘瓠及图腾源流史追溯的同时,还刊载了很多新发掘的资料、考古文物,及有关"五溪"的习俗研究等。[①] 此外还有李本高《瑶族〈评皇券牒〉研究》(岳麓书社,1995年)、陈斌《瑶族文化》(云南人民出版社,1983年),蒲朝军、过竹主编的《中国瑶族风土志》(北京大学出版社,1992年)等。

盘瓠神话研究发展到20世纪90年代已然出现了一系列深刻的变化,随着民俗学学科的发展,以及国外民俗学、人类学和民族学领域重要理论成果的引入,极大拓展了盘瓠神话研究的理论视野。20世纪70年代末重新启动的中国与日本民俗学者的交流与合作[②],80年代中期的中芬民间文学联合考察[③],90年代与美国民俗学界的密切接触,都推动和促进了盘瓠神话研究的发展。总之,这一时期盘瓠神话的搜集、整理及其研究凸显了少数民族民间文学(文化)的独特性。1949—1999年盘瓠神话的搜集整理

[①] 张永安主编:《盘瓠研究》,内部资料,1990年,前言。

[②] 如1978年6月贾芝会见日本民间文学学者、世界口头文学学会(后译为"国际民间叙事研究会")副会长小泽俊夫;1983年5月,日本君岛久子、小泽俊夫、白鸟芳郎、松居直等一行访华,贾芝主持座谈会及学术报告会等。

[③] 中国和芬兰民间文学联合考察于1986年4月1—20日在广西南宁和三江侗族自治县进行。这次活动是由中国民间文艺研究会、芬兰文学协会及北欧民俗研究所、图尔库大学文化研究系共同组织。参加这次活动的有中芬两国50多位老、中、青民间文学学者。芬兰民间文学学者代表团以其文学协会主席、国际民间叙事文学研究会主席劳里·航柯(Lauri Olavi Honko)为团长。此次联合调查旨在相互交流有关民间文艺搜集和保管的经验,考察培训青年民间文学工作者。

超越了"文本化的意义建构",它所承载的民族记忆转化为一种共同的文化符号,熔铸为社会的共同情感。它通过具体的文化实践,在搜集与整理,创作与传承中为多民族文化认同提供了生命经验和情感纽带。

第五章　新世纪盘瓠神话研究

第一节　历史"真实"与文化"真实"：新世纪盘瓠神话研究的多元化

19世纪末20世纪初，随着对现代启蒙及人之个性的重视，早期的启蒙主义者有意识地借助民间文艺"开风气，倡革命"。中国神话成为建构"中华民族"的重要溯源凭据之一。神话学与历史学、人类学、考古学这些新兴学科一起，共同完成了"中国"和"中华民族"的现代性认同和表述模式。① 从1918年北京大学歌谣征集活动开始，对"有关一地方、一社会或一时代之人情风俗政教沿革"② 的自觉认识激发了对神话资源进行再发掘与再阐释。新中国成立之后，对盘瓠神话的搜集整理及研究，被纳入

---

① 谭佳：《反思与革新：中国神话学的前沿发展》，《民间文化论坛》2018年第5期，第66页。
② 《北京大学征集全国近世歌谣简章》，《新青年》1918年第3期，第106—108页。

"统一的多民族国家"的建构之中。进入 21 世纪,神话学与历史学、考古学、民族学的学科互动与知识整合成为盘瓠神话研究新动向,盘瓠神话在理论探索和研究方法上都取得了很大进展,融汇了多种理论与视角。① 一些研究者开始注重盘瓠神话与日常生活中的实际问题的结合,突破固着于传统的、旧日的既定场域,

---

① 以研究著作为例:如姚本奎、龙海清主编的《盘瓠文化探源》(中南大学出版社,2004 年)从民族学、民俗学、神话学、人类学、历史学、社会学等不同的角度对盘瓠文化进行了深入、广泛的探讨;李祥红、王孟义的《瑶族盘瓠龙犬图腾文化探究》(民族出版社,2010 年)主要论述了中华龙图腾的演进过程、盘瓠龙犬图腾的历史文化渊源、盘瓠龙犬图腾形态初考等;黄军、黄美兰的《走进盘瓠故都》(万卷出版公司,2014 年)从麻阳地域文化元素入手,参考大量相关史志、典籍记载和前人先辈既有研究成果,解剖现有文化现象,追溯深层文化根源,探究麻阳盘瓠文化内在构成的多元性和固有特质的复合型,阐述麻阳作为盘瓠文化故都所承载的远古文化血脉内蕴,从而建构麻阳盘瓠文化理论体系;明跃玲、罗康隆的《沅水流域民间村落的盘瓠神话与文化空间》(民族出版社,2017 年)对盘瓠神话的研究走出以某个民族或村寨为单位的研究模式,以神话传承的区域文化为主,从文化整体观的视野探讨盘瓠神话的传承以及现代建构;中国社会科学院民族文学研究所"中国神话学"课题组编纂的《盘瓠神话文论集》(学苑出版社,2017 年)、周翔编著的《盘瓠神话资料汇编》(学苑出版社,2018 年)、吴晓东《盘瓠神话源流研究》(学苑出版社,2019 年)、王宪昭《盘瓠神话母题(WPH)数据目录》(学苑出版社,2020 年)对西南少数民族如瑶族、畲族等信仰、传承的盘瓠神话进行了一系列的理论研究与田野调查,从盘瓠神话的文本、母题、盘瓠神话与仪式、盘瓠神话的当下意义等方面论述考证盘瓠神话。此外,姚传山编绘的《盘瓠与辛女》(湖南美术出版社,2009 年)、侯自佳的《盘瓠故园行》(中国文联出版社,2014 年)与《泸溪,盘瓠文化的发祥地》(四川民族出版社,2018)、何林超的《黔岭盘瓠嗣》(贵州民族出版社,2014 年)亦对盘瓠神话起到了宣传与介绍作用。

关注民间文艺的"流动性"与"日常性"。

一 盘瓠神话研究的历史视野

盘瓠神话不同于开天辟地、万物创生、人类起源等与宏大叙事有关的神话，它不仅是民间文化的典型代表，而且与人类自身的文化思考关系密切，具有广泛的受众基础和强大的生命力。"盘瓠"作为一个特定的民间文化形象与历史密切相关，在很大程度上构建出历史"真实"[①]，研究者对其"史证"价值极为关注。

如吴晓东在《盘瓠神话：楚与卢戎的一场战争》[②]中考证盘瓠神话的源流问题，推论盘瓠神话所描述的其实是打着周王朝旗号的楚与苗蛮集团中的卢戎之间的一场战争。他认为，盘瓠传说之所以能演变为神话，也是图腾标志使然。因此才会有"高辛之犬名曰盘瓠，妻帝之女，乃生六男六女，自相夫妻，是为南蛮"的记载。杨东晨、杨建国的《论盘瓠故事与古氏族部落迁徙及融合的关系——兼论盘瓠故事和传说遗迹的史料价值》[③]认为"五帝"之一的帝喾高辛时代，盘瓠氏的传说和遗迹之所以遍及黄河

[①] 对于这种历史"真实"，更主要的是看它是否体现了"历史本质"的真实——即是否具有关于历史发展规律和社会本质的积极思考与合理性探索。参见王宪昭：《试析记史性神话的历史真实与文化真实——以蚩尤神话的真实性为例》，《民间文化论坛》2016年第1期，第101页。

[②] 吴晓东：《盘瓠神话：楚与卢戎的一场战争》，《民族文学研究》2000年第4期，第84—87页。

[③] 杨东晨、杨建国：《论盘瓠故事与古氏族部落迁徙及融合的关系——兼论盘瓠故事和传说遗迹的史料价值》，《百色学院学报》2003年第1期，第12—19页。

上下、大江南北，又成为"五大族团"的祖先之一，是与原始社会末期，以华夏为主体而又囊括"四夷"族的大迁徙和融合有直接关系。叶春生的《从盘古神话的演变看岭南民族的融合》[①]认为盘瓠神话是民族文化交融的产物，从神话的演变轨迹可以看到岭南民族分化、融合的过程。张有隽的《瑶族远祖盘瓠传说再研究》[②]主要论述了盘瓠传说的源流，盘瓠与盘古的关系，盘瓠传说内容之真实可考性及盘瓠与瑶族的关系。张莉的《论三峡盘瓠"蛮"系冉氏、向氏起义》[③]考证南北朝后期，三峡一带的盘瓠"蛮"系民族有冉氏、向氏二姓。任桂园的《廪君、盘瓠后裔反抗斗争与三峡盐业内在联系》[④]从廪君、盘瓠后裔不断奋起反抗的斗争史实，和当时各封建王朝所行盐政之弊端两个方面入手，以探寻廪君、盘瓠后裔的反抗斗争与三峡盐业之间的内在联系。曹大明的《畲族盘瓠传说与其生计模式关系研究》[⑤]从历史记忆的角度阐述畲族盘瓠传说与其生计模式之间的关系，认为盘瓠传说对畲族生计模式具有制约作用。刘婷玉的《象、虎、水利与福建山

[①] 叶春生:《从盘古神话的演变看岭南民族的融合》,《广西民族研究》2000年第4期，第77—79页。

[②] 张有隽:《瑶族远祖盘瓠传说再研究》,《广西民族研究》2004年第4期，第50—57页。

[③] 张莉:《论三峡盘瓠"蛮"系冉氏、向氏起义》,《重庆三峡学院学报》2004年第1期，第93—94页。

[④] 任桂园:《廪君、盘瓠后裔反抗斗争与三峡盐业内在联系》,《湖北民族学院学报》(哲学社会科学版)2004年第4期，第50—53页。

[⑤] 曹大明:《畲族盘瓠传说与其生计模式关系研究》,《宗教学研究》2010年第1期，第193—196页。

区畲族生计方式的变迁》①亦从畲族生计模式切入进行研究。胡泰山的《汉晋时期的盘瓠故事——一个历史民族志文本解读》②通过对汉晋时代古籍中盘瓠故事文本的解读，认为盘瓠故事不仅叙述了英雄祖先故事，更是一种族群历史书写。李方的《建构与嬗变：历史变迁视野中的盘瓠信仰》③在岑家梧两型盘瓠传说划分的基础上，研究作为原生性宗教的盘瓠信仰逐步演变成为多个族群共有的传统民间信仰的过程。

此外，莫金山的《盘瓠出世：瑶族起源于豫东鲁西——盘瓠部族兴起和迁徙系列研究之一》④、张佳的《南蛮民族盘瓠传说史料考》⑤、陈文元的《部落神话与民族信仰——"盘瓠传说"的历史人类学阐释》⑥、孟令法的《畲民科举中的"盘瓠"影响——以清

---

① 刘婷玉：《象、虎、水利与福建山区畲族生计方式的变迁》，《中国经济史研究》2019年第3期，第138—147页。
② 胡泰山：《汉晋时期的盘瓠故事——一个历史民族志文本解读》，《民族史研究》第十二辑（2015年5月31日），第314—329页。
③ 李方：《建构与嬗变：历史变迁视野中的盘瓠信仰》，《民族研究》2017年第3期，第50—58页。
④ 莫金山：《盘瓠出世：瑶族起源于豫东鲁西——盘瓠部族兴起和迁徙系列研究之一》，《广西民族研究》2014年第4期，第106—113页。
⑤ 张佳：《南蛮民族盘瓠传说史料考》，《贵州民族研究》2016年第2期，第181—184页。
⑥ 陈文元：《部落神话与民族信仰——"盘瓠传说"的历史人类学阐释》，《民族论坛》2017年第5期，第79—84页。

乾道时期(1775—1847)浙闽官私文献为考察核心》①等研究立足于史料,探寻盘瓠神话对中国社会神圣性诉求、权力意识、道德规范的影响。

从20世纪80年代开始,莫里斯·哈布瓦赫(Maurice Halbwachs)的"集体记忆"及刘易斯·科瑟(Lewis A. Coser)、巴里·施瓦茨(Barry Schwartz)、萧阿勤(A-chin Hsiau)、扬·阿斯曼(Jan Assmann)等人的理论为神话研究提供了一个崭新的研究角度与分析工具。基于社会记忆理论对于神话与历史的研究逐渐成为一个热点话题,研究者关注对记忆的社会维度、文化维度及历史维度的研究。在盘瓠神话记忆的共享过程中,通过将发生在从前某个时间段中的场景和历史拉进持续向前的"当下"的框架之内,构造了一个享有共同经验、期待和行为的"象征意义体系"②,从而激活、唤醒和强化中华民族文化认同体系。如彭兆荣的《瑶汉盘瓠神话——仪式叙事中的"历史记忆"》③关注到神话仪式的"叙事—记忆"表现出的结构-功能分析的可能性。他认为,对待同一个神话传说和历史文本,汉族与瑶族的态度截然不同,前者有一个"蛮夷化""亵渎化"的叙事性强调,后者则进行

---

① 孟令法:《畲民科举中的"盘瓠"影响——以清乾道时期(1775—1847)浙闽官私文献为考察核心》,《贵州民族大学学报》(哲学社会科学版)2017年第3期,第168—184页。
② [德]扬·阿斯曼:《文化记忆:早期高级文化中的文字、回忆和政治身份》,金寿福、黄晓晨译,北京:北京大学出版社,2015年,导论第6页。
③ 彭兆荣:《瑶汉盘瓠神话——仪式叙事中的"历史记忆"》,《广西民族学院学报》(哲学社会科学版)2003年第1期,第85—90页。

着"英雄化""崇高化"的叙事过程。①他的《仪式中的族群历史记忆——广西贺州地区瑶族"还盘王愿"仪式分析》②以瑶族盘瓠神话以及瑶族的"还盘王愿"祭祀仪式为例,借用人类学仪式理论,对瑶族历史中的诸如族群认同、英雄祖先的神话叙事、仪式中的样式等进行分析,试图证明社会历史记忆作为族群的一种策略性选择,与族群认同及在特殊情境下的生存关系有着直接关系。陈金文的《盘瓠神话:选择性历史记忆》③主要论述瑶、苗、畲等民族民众在盘瓠神话的演述中对历史的选择性记忆表现出的生存智慧,这在建设中国新型民族关系中亦意义重大。相关研究还有曹大明、马信强的《历史记忆的张力:盘瓠传说对畲族游耕农业的延续》④,雷文彪、唐骋帆的《广西金秀大瑶山瑶族的祖先记忆与文化表征研究》⑤,张杰的《"盘瓠禁忌"在畲族图腾文化现代重构

---

① 瑶族不仅将"虚构"的神犬传说当作整个民族族源的"根骨"和"血脉"加以仪式化和神圣化,而且还通过瑶文书的制作使之具有"凭照"式依据,并成功地转化为生活中的配置性资源。同一个历史"事实虚构"的文本,在两个民族的叙事之中竟然反映在完全不同的历史记忆之中,这一切都取决于族性认同原则下的策略性选择。参见彭兆荣:《瑶汉盘瓠神话——仪式叙事中的"历史记忆"》,《广西民族学院学报》(哲学社会科学版)2003年第1期,第90页。
② 彭兆荣:《仪式中的族群历史记忆——广西贺州地区瑶族"还盘王愿"仪式分析》,《百色学院学报》2015年第4期,第60—65页。
③ 陈金文:《盘瓠神话:选择性历史记忆》,《民族艺术》2018年第3期,第59—63页。
④ 曹大明、马信强:《历史记忆的张力:盘瓠传说对畲族游耕农业的延续》,《黑龙江民族丛刊》2009年第6期,第153—158页。
⑤ 雷文彪、唐骋帆:《广西金秀大瑶山瑶族的祖先记忆与文化表征研究》,《广西科技师范学院学报》2019年第1期,第61—65页。

中的困境与传承》①,周翔的《山与海的想象:盘瓠神话中有关族源解释的两种表述》②等。

  族群研究作为当代国际人类学研究的前沿热点,也被纳入盘瓠神话的研究中,如钟年的《社会记忆与族群认同——从〈评皇券牒〉看瑶族的族群意识》③认为《评皇券牒》作为一种社会记忆,其内容的历史真实性并不重要,重要的是它起到了凝聚瑶族族群认同的作用。万建中《传说记忆与族群认同——以盘瓠传说为考察对象》④一文认为:盘瓠信仰衍生出"缠头和绑腿""留长发""不食狗肉"等族群标识伴随着传说的不断演述而得到认定和传承。盘瓠传说实际上是这些族群神圣的口述史,坚固着这些族群的自我认同,也成为区别她与其他族群的显要文化表征。明跃玲的《神话传说与族群认同——以五溪地区苗族盘瓠信仰为例》《盘瓠神话与瓦乡人的族群认同》《论生态环境置换与族群认同的变迁:以湘西地区的瓦乡人为例》《族群认同与文化建构——辰沅流域瓦乡人盘瓠神话的人类学考察》等论文主要探讨盘瓠神话及

---

① 张杰:《"盘瓠禁忌"在畲族图腾文化现代重构中的困境与传承》,《民族论坛》2019年第1期,第37—43页。
② 周翔:《山与海的想象:盘瓠神话中有关族源解释的两种表述》,《民族文学研究》2019年第5期,第108—115页。
③ 钟年:《社会记忆与族群认同——从〈评皇券牒〉看瑶族的族群意识》,《广西民族学院学报》(哲学社会科学版)2000年第4期,第25—27页。
④ 万建中:《传说记忆与族群认同——以盘瓠传说为考察对象》,《广西民族学院学报》(哲学社会科学版)2004年第1期,第139—143页。

族群心理与历史认同的关系。①

二 盘瓠神话研究的文化视野

肇始于20世纪初期的神话学研究,在经过50年代至80年代大规模的搜集之后,中国各民族神话的丰富性已然呈现。学者们对盘瓠神话的历史"真实"的关注,逐渐与民族特性、民族精神、文明渊源等问题相互融合,经由对盘瓠神话的再解读,重新塑造一种被时人所感知的文化"真实"②。如杨正军的《从盘瓠形象变化看畲族文化的变迁》③考察不同时期畲族盘瓠传说中盘瓠的具体形象及其背后的文化背景,并进一步探寻盘瓠传说中盘瓠形象的转变和畲族文化与汉族文化在清朝中后期的相互融合。潘

---

① 明跃玲:《神话传说与族群认同——以五溪地区苗族盘瓠信仰为例》,《广西民族学院学报》(哲学社会科学版)2005年第3期,第91—94页;明跃玲:《盘瓠神话与瓦乡人的族群认同》,《黑龙江民族丛刊》2006年第5期,第114—119页;明跃玲:《论生态环境置换与族群认同的变迁:以湘西地区的瓦乡人为例》,《民族论坛》2011年第18期,第33—37页;明跃玲、田红:《族群认同与文化建构——辰沅流域瓦乡人盘瓠神话的人类学考察》,《西南民族大学学报》(人文社会科学版)2013年第4期,第10—15页。

② 文化"真实"是指作品在历史人物形象塑造、历史事件叙述或社会生活描绘的基础上,对历史文化精神的正确表达和合理阐释,其主要内容与历史发展规律相一致,与人类对自身历史的认知相吻合。参见王宪昭:《试析记史性神话的历史真实与文化真实——以蚩尤神话的真实性为例》,《民间文化论坛》2016年第1期,第102页。

③ 杨正军:《从盘瓠形象变化看畲族文化的变迁》,《漳州师范学院学报》(哲学社会科学版)2005年第2期,第90—94页。

雁飞的《从史诗与民间槃瓠故事的传播看瑶族形成的阶段性文化特征》①从已有的瑶族史诗《盘王大歌》和古籍记载的民间槃瓠故事总结阐释瑶族的文化特征。王淑贞、王文明、王戌英的《麻阳盘瓠文化的构成与价值》②中借用多学科相关理论对湖南麻阳苗族自治县的盘瓠文化进行挖掘与分析。

文化"真实"的实质是神话叙事与历史真实的高度契合。神话的文化"真实"带有普遍性，在世界不同的国家和民族都有类似之处，如闫德的《神话视域下的中原与岭南文化交流考论》③、史瑞雪的《"犬婚传承"和"盘瓠故事"在〈八犬传〉中的变异》④、郭颖的《稻作视阈下的中国畲族神话与日本记纪神话》⑤等。这些文章认为：作为文明与历史源头的神话，它并非是一种虚构的叙述，更不是一种荒诞不经的故事，而是一种具有复合性的存在形式，它能够被多种文化不加验证地接受并转换为巨大的叙述性力量，继而发挥整合文化编码的功效。⑥"盘瓠"是文化"真实"中生成的特

---

① 潘雁飞:《从史诗与民间槃瓠故事的传播看瑶族形成的阶段性文化特征》,《广西师范学院学报》(哲学社会科学版)2011年第1期,第8—13页。

② 王淑贞、王文明、王戌英:《麻阳盘瓠文化的构成与价值》,《吉首大学学报》(社会科学版)2012年第3期,第158—163页。

③ 闫德:《神话视域下的中原与岭南文化交流考论》,《信阳师范学院学报》(哲学社会科学版)2011年第3期,第65—71页。

④ 史瑞雪:《"犬婚传承"和"盘瓠故事"在〈八犬传〉中的变异》,《现代语文》2012年第19期,第51—53页。

⑤ 郭颖:《稻作视阈下的中国畲族神话与日本记纪神话》,《日语学习与研究》2018年第2期,第38—48页。

⑥ 王倩:《论文明起源研究的神话历史模式》,《文艺理论研究》2013年第1期,第202—208页。

定文化符号，是一种文化意义上高度凝练的再创造，其"时代性"与"差异性"逐渐为人关注。如方清云的《少数民族图腾文化重构与启示：对畲族图腾文化重构的人类学考察》[①]梳理了畲族图腾文化重构的现状与趋势。毛巧晖的《文化的他者：20世纪初至40年代盘瓠神话研究》[②]中通过考察20世纪初至40年代，中国本土以及西方、日本学者对盘瓠神话阐释背后的文明/野蛮、进步/落后之文化标准和意识形态价值判断，进一步反思当下人文社会科学的结构性问题和深层的文化秩序观念。李斯颖的《盘瓠神话与其多元化仪典演述探析》[③]将流传在瑶、苗、畲等民族支系中的叙述文本为典型，列举如壮族的"龙王宝"、黎族的"五指山传"等"非典型"盘瓠神话相关仪典展示出的传统的"再创造"过程。[④]

地方文化资源的开发和利用也逐渐成为研究的热点问题。如吴天松、胡劲松、张江、夏银燕的《沅水流域盘瓠文化调查及开发应用探讨》[⑤]，黄诚的《麻阳盘瓠祭文化的知识产权保护与对策

[①] 方清云：《少数民族图腾文化重构与启示：对畲族图腾文化重构的人类学考察》，《云南民族大学学报》（哲学社会科学版）2015年第2期，第26—31页。

[②] 毛巧晖：《文化的他者：20世纪初至40年代盘瓠神话研究》，《贵州民族大学学报》（哲学社会科学版）2017年第3期，第158—167页。

[③] 李斯颖：《盘瓠神话与其多元化仪典演述探析》，《民间文化论坛》2018年第3期，第12—17页。

[④] 李斯颖一直致力于相关研究。她已发表《论仪式演述在文化记忆中的塑造功能——以湖南资兴市"还盘王愿"仪式调查为例》(《百色学院学报》2018年第1期，第96—99页)、《壮族蚂𧊅节仪式起源神话的探析——从盘瓠型"龙王宝"神话说起》(《民间文化论坛》2017年第3期，第80—86页)等数篇论文。

[⑤] 吴天松、胡劲松、张江、夏银燕：《沅水流域盘瓠文化调查及开发应用探讨》，《中南林业科技大学学报》（社会科学版）2009年第6期，第97—100页。

研究》①，李本高的《浅论建立南岭瑶族盘瓠文化圈》②，谢重光的《论历史上漳州人的形成》③，施秀平的《闽东畲族祖图档案保护问题与对策》④等。除此之外，仍有研究者延续新时期以来的研究路径，如陈丽霞的《湘西麻阳苗族盘瓠祭祀音乐文化初探》⑤、佟颖的《〈皇清职贡图〉所载盘瓠信仰探析》⑥、马丽亚的《浅议苗族服饰中的盘瓠崇拜及其历史渊源》⑦、辛宇玲的《〈景宁兰氏祖图〉考释》⑧、郭辉东的《南蛮的上古远祖蚩尤：兼谈九黎、三苗、盘瓠与梅山蛮的族源和迁徙》⑨、龙海清的《关于盘古神话探源若

---

① 黄诚：《麻阳盘瓠祭文化的知识产权保护与对策研究》，《哈尔滨学院学报》2010年第11期，第132—136页。
② 李本高：《浅论建立南岭瑶族盘瓠文化圈》，《民族论坛》2005年第2期，第12—13页。
③ 谢重光：《论历史上漳州人的形成》，《地域文化研究》2019年第5期，第39—51页。
④ 施秀平：《闽东畲族祖图档案保护问题与对策》，《兰台内外》2018年第3期，第10—11页。
⑤ 陈丽霞：《湘西麻阳苗族盘瓠祭祀音乐文化初探》，《湖南科技学院学报》2011年第8期，第206—208页。
⑥ 佟颖：《〈皇清职贡图〉所载盘瓠信仰探析》，《伊犁师范学院学报》（社会科学版）2012年第2期，第138—140页。
⑦ 马丽亚：《浅议苗族服饰中的盘瓠崇拜及其历史渊源》，《凯里学院学报》2012年第4期，第23—25页。
⑧ 辛宇玲：《〈景宁兰氏祖图〉考释》，《中国土族》2008年第4期，第47—49页。
⑨ 郭辉东：《南蛮的上古远祖蚩尤：兼谈九黎、三苗、盘瓠与梅山蛮的族源和迁徙》，《湖南科技学院学报》2010年第10期，第31—35页。

干问题之我见》[1]、田霞的《论盘瓠神话的精神隐喻》[2]、陈敬友和胡铁强的《瑶族"盘瓠传说"的结构主义分析》[3]、罗灿的《民族散居化背景下的盘瓠神话功能研究》[4]、张锦华的《试述苗族的祖神崇拜和物神崇拜》[5]、林毅红的《从畲族祖图中的"金钟变身"论"室"的禁忌》[6]等。其中值得注意的是,胡斌的《沈从文小说与苗族盘瓠崇拜》[7]与张艳的《盘瓠神话与〈西厢记〉叙事内容的同构性》[8],他们都将作家文学文本与民间叙事并置考察。

三 "朝向当下"的盘瓠神话研究

在20世纪的盘瓠神话研究中,图腾研究、盘瓠—盘古研究、

---

[1] 龙海清:《关于盘古神话探源若干问题之我见》,《民间文化论坛》2010年第6期,第24—28页。
[2] 田霞:《论盘瓠神话的精神隐喻》,《民族论坛》2013年第10期,第75—78页。
[3] 陈敬友、胡铁强:《瑶族"盘瓠传说"的结构主义分析》,《湖南科技学院学报》2013年第5期,第46—49页。
[4] 罗灿:《民族散居化背景下的盘瓠神话功能研究》,《怀化学院学报》2015年第4期,第4—7页。
[5] 张锦华:《试述苗族的祖神崇拜和物神崇拜》,《贵州民族学院学报》(哲学社会科学版)2008年第4期,第32—34页。
[6] 林毅红:《从畲族祖图中的"金钟变身"论"室"的禁忌》,《中央民族大学学报》(哲学社会科学版)2009年第4期,第35—39页。
[7] 胡斌:《沈从文小说与苗族盘瓠崇拜》,《南通大学学报》(社会科学版)2009年第6期,第76—80页。
[8] 张艳:《盘瓠神话与〈西厢记〉叙事内容的同构性》,《长江师范学院学报》2010年第6期,第62—65页。

族源研究等得到强调，与盘瓠神话密切相关的民俗事象往往被当作抽象而相对稳定的物质实体而存在。21世纪以来，从"演述"（performance）①的视角看到的民俗仪式，不再是"文化遗留物"，而是处于不断地创新和重建的动态过程。因此，研究者对于盘瓠神话相关的民俗的生成、复兴与重构的"过程"的描述和分析成为21世纪以来盘瓠神话研究的新领域，他们的研究逐渐转向语境、过程、演述者及当下性，具体而言，主要包括盘瓠神话及相关民俗仪式的历史流变、地域特征、信仰观念和文化艺术等方面。如冯智明的《瑶族盘瓠神话及其崇拜流变——基于对广西红瑶的考察》②聚焦于红瑶这一非瑶语支系中盘瓠神话的再创造与重塑。吴晓东的《狗取谷种神话起源考》③《从蚕马神话到盘瓠神话的演变》④等论文推断狗取谷种的神话来源于蚕马神话，在此神话的流传演变过程中，进一步演化为目前的盘瓠神话。他的《盘瓠神话与盘瓠型神话》⑤关注到盘瓠型神话分布的跨民族

---

① 学界一般也将其翻译为表演，参见[美]理查德·鲍曼：《作为表演的艺术》，杨利慧、安德明译，桂林：广西师范大学出版社，2008年。在此因为涉及到仪式，所以就用了巴莫曲布嫫的相关翻译。参见巴莫曲布嫫：《克智与勒俄：口头论辩中的史诗演述》，《民间文化论坛》2005年第1—3期。
② 冯智明：《瑶族盘瓠神话及其崇拜流变——基于对广西红瑶的考察》，《文化遗产》2014年第1期，第93—97页。
③ 吴晓东：《狗取谷种神话起源考》，《楚雄师范学院学报》2014年第11期，第53—58页。
④ 吴晓东：《从蚕马神话到盘瓠神话的演变》，《黔南民族师范学院学报》2016年第1期，第6—10页。
⑤ 吴晓东：《盘瓠神话与盘瓠型神话》，《黔南民族师范学院学报》2017年第6期，第40—44页。

性与民族内部的不一致性;《盘瓠神话的起源、传播与接纳》[①]论证盘瓠神话被接纳的关键是盘瓠神话曾与兄妹婚神话结合,具有人类起源神话的性质,之后才演变为阐释姓氏来源或多族起源的神话,在这个过程中,汉族传播到少数民族的民间信仰也起了重要的作用。《盘瓠神话源于中原考》[②]指出图腾理论难以解释盘瓠神话的跨族群性与族内分布的不一致性。他考证早期的蚕马神话变异为蚕犬神话,并与"羲和"系列神名结合,演变为具有始祖神话性质的盘瓠神话。王宪昭的《盘瓠神话母题数据的资料学研究》[③]及《论盘瓠神话的母题链程式及母题变异——以三篇瑶族盘瓠神话为例》[④]对盘瓠神话的母题数据的类型设置、层级建构以及多维度定位研究,有助于充分发挥多类型盘瓠资料的综合运用,同时为不同时代、不同地区、不同民族盘瓠神话的宏观研究与微观分析提供系统、全面、便捷的资料学支持。周翔的《叙事情节与社会功能:盘瓠神话流传与变异辨析》[⑤]比较分析了不同民族、不同地区流传的盘瓠神话叙事情节与社会功能之异同,

---

① 吴晓东:《盘瓠神话的起源、传播与接纳》,《贵州民族大学学报》(哲学社会科学版)2017年第3期,第148—157页。
② 吴晓东:《盘瓠神话源于中原考》,《民间文化论坛》2017年第3期,第55—63页。
③ 王宪昭:《盘瓠神话母题数据的资料学研究》,《民间文化论坛》2018年第3期,第18—24页。
④ 王宪昭:《论盘瓠神话的母题链程式及母题变异——以三篇瑶族盘瓠神话为例》,《民间文化论坛》2017年第3期,第64—71页。
⑤ 周翔:《叙事情节与社会功能:盘瓠神话流传与变异辨析》,《民间文化论坛》2018年第3期,第33—40页。

并结合神话的流传地域和民族文化语境进行辨析，对盘瓠神话进行类型化专题研究。

徐祖祥的《瑶族还盘王愿活动中所见盘瓠崇拜的道教化》[①]分析了瑶族还盘王愿仪式道教化的现状。林为民的《广东连阳地区莫瑶的盘王传说及其信仰》[②]注重地域性研究，主要对粤北连阳地区莫瑶进行考察，注重盘王信仰的地域性特征。刘丽的《论锦江盘瓠龙舟节》[③]阐释了锦江苗族以苗家祭龙拜祖为核心的盘瓠龙舟节这一独特民俗事象。罗海涛的《盘瓠文化传承下的泸溪民俗艺术特征探究》[④]对源于泸溪县的踏虎凿花、傩戏面具、合水挑花演等具有显著代表性的民俗艺术进行了深层次的阐释。蒲日材、古贤明的《乡村庙会：民族融合的印记——以西湾盘古大王庙为例》[⑤]主要论述了作为民族融合印记的西湾盘古大王庙，并指出乡村庙会在促进民族团结、构建和谐社会中的重要作用。朱妍的《从瑶族盘王信仰看民族文化认同——以广西恭城县瑶族为

---

① 徐祖祥：《瑶族还盘王愿活动中所见盘瓠崇拜的道教化》，《西南民族大学学报》（人文社科版）2005年第3期，第23—25页。
② 林为民：《广东连阳地区莫瑶的盘王传说及其信仰》，《文化遗产》2008年第1期，第98—103页。
③ 刘丽：《论锦江盘瓠龙舟节》，《四川理工学院学报》（社会科学版）2009年第6期，第75—78页。
④ 罗海涛：《盘瓠文化传承下的泸溪民俗艺术特征探究》，《艺术研究》2013年第4期，第74—75页。
⑤ 蒲日材、古贤明：《乡村庙会：民族融合的印记——以西湾盘古大王庙为例》，《重庆文理学院学报》（社会科学版）2014年第1期，第36—40页。

例》①在对历史文献典籍以及瑶族民间资料中的盘王形象,以及瑶族先民祭祀盘王的由来、龙犬图腾的演变进行梳理的基础上,全面地呈现了"还盘王愿"仪式,并进一步剖析了盘王信仰所体现出的历史特征,指出该信仰文化系瑶族对中华民族文化认同的体现。肖晶的《南岭瑶族盘王传说的历史变迁与文化寓意:以广西贺州瑶族盘王文化为考察对象》②一文对贺州瑶族盘王传说在生活实践层面上所体现出的民族文化的整体特性进行了阐述。作者指出盘王传说的文化变迁,不仅是少数民族文化和汉族文化融合的典范,还是贺州瑶族"历史文化"活态、立体的呈现。雷文彪的《主体性视域下瑶族对中华民族共同体的认同与建构——基于广西金秀大瑶山瑶族对国家认同的研究》③从主体性的视角阐释了广西大瑶山瑶族的国家认同问题,其中《评皇券牒》中所蕴含的族群记忆彰显了中华民族共同体认同的建构。此外,与这一主题相关的研究中也较为注重个案研究的特殊性与普遍性的关系问题。他们的研究展现了规范性描述和日常实践之间的矛盾,他们在追溯这些矛盾时,不仅考虑内在的冲突,同时也将宏观的权力结构、国家、世界历史背景等因素考虑在内。如赵胜男的《瑶族图腾崇拜与姓氏关系研究——以勐腊县尚勇镇青松村为

---

① 朱妍:《从瑶族盘王信仰看民族文化认同——以广西恭城县瑶族为例》,《当代宗教研究》2014年第4期,第13—20页。
② 肖晶:《南岭瑶族盘王传说的历史变迁与文化寓意:以广西贺州瑶族盘王文化为考察对象》,《民族文学研究》2015年第3期,第31—38页。
③ 雷文彪:《主体性视域下瑶族对中华民族共同体的认同与建构——基于广西金秀大瑶山瑶族对国家认同的研究》,《宁夏社会科学》2019年第6期,第154—160页。

个案》①中以云南省勐腊县尚勇镇青松瑶族村为个案，在田野调查的基础上，通过对瑶族盘瓠崇拜的传说、演变历史、文化内涵的梳理，认为瑶族尤勉支系在图腾崇拜和姓氏之间建构起了一种族群认同、社区区分、文化传承的关系。田文秀的《论麻阳盘瓠形象及其文化渊源》②一文，以麻阳的民间故事为主要研究对象，考察在楚文化和蚩尤文化的影响下，盘瓠的形象逐渐向人型转化的流变历程。王宪昭的《广西瑶族盘瓠神话田野调查引发的思考》③则是在广西瑶族盘瓠神话田野调查的基础上，对瑶族支系广泛流传的"盘瓠""盘王""盘古"神话传承情况及其文化生态进行了梳理，他认为盘瓠且作为特定的文化祖先名称，在众多神话叙事中具有符号性功能；盘瓠身份的消解与变化体现出文献与民间口头叙事多样化共存的特征；瑶族地区神灵崇拜从单一到多元的现实则反映出多民族杂居地区民间信仰中的民族文化融合。毛巧晖《社会秩序与政治关系的言说：基于过山瑶盘瓠神话的考察》④通过对从汉代至民国"他者"视野所表述的盘瓠神话叙事文本与"自我"表述的书写型神话文书——"过山榜"文的分析，阐释了盘瓠型神话叙事的深层结构是其承载者自身地位与特

---

① 赵胜男：《瑶族图腾崇拜与姓氏关系研究——以勐腊县尚勇镇青松村为个案》，《云南农业大学学报》（社会科学版）2013 年第 1 期，第 33—36 页。
② 田文秀：《论麻阳盘瓠形象及其文化渊源》，《怀化学院学报》2013 年第 12 期，第 8—11 页。
③ 王宪昭：《广西瑶族盘瓠神话田野调查引发的思考》，《广西民族师范学院学报》2017 年第 5 期，第 1—5 页。
④ 毛巧晖：《社会秩序与政治关系的言说：基于过山瑶盘瓠神话的考察》，《民间文化论坛》2017 年第 3 期，第 72—79 页。

权以及与汉族关系的表述,而不是族群内部文化事象、习俗由来的阐释。孟学华、刘世彬的《贵州毛南族"盘瓠后裔说"和"嗜食狗肉"食俗的关系探析》①,陶淑琴的《"五溪蛮"地区"抬狗求雨"民俗仪式的人类学意义》②也就上述问题进行了讨论。

1972年,联合国教科文组织(UNESCO)通过了《保护世界文化和自然遗产公约》(Convention Concerning the Protection of the World Cultural and Natural Heritage),1976年世界遗产委员会成立,1978年首批遗址列入《世界遗产名录》。在全世界着手开展物质文化遗产的保护工作时,世界文化发展委员会意识到《世界文化遗产公约》无法适用于手工艺、舞蹈、口头传统等类型的表达文化遗产③,呼吁对这些遍布全球的非物质遗产和财富进行深入研究。UNESCO总干事松浦晃一郎积极推动教科文组织改革,引入日本"无形文化财产"概念④,于1993年创建"人类活财富"(Living Human Treasures)体系,旨在保护"重要的非物质文化遗产持有者"及其制度化传承,并于2003年发布《建立

---

① 孟学华、刘世彬:《贵州毛南族"盘瓠后裔说"和"嗜食狗肉"食俗的关系探析》,《黔南民族师范学院学报》2012年第1期,第56—59页。
② 陶淑琴:《"五溪蛮"地区"抬狗求雨"民俗仪式的人类学意义》,《贵州民族研究》2014年第2期,第62—66页。
③ 巴莫曲布嫫:《非物质文化遗产:从概念到实践》,《民族艺术》2008年第1期,第6—17页。
④ 1950年日本颁布《文化财保护法》综合考虑了有形文化财产和无形文化财产的保护问题,随后1954年创立了"人间国宝"认定制度,该制度采取专项资金的形式,资助"身怀绝技"的老艺人传承技艺、培养传人,同时对其技艺、作品进行记录,并改善其实践和生活条件。

"活的人类财富"国家体系指南》。2003年,联合国教科文组织出台《保护非物质文化遗产公约》(以下简称《公约》),正式确定了"非物质文化遗产"(Intangible Cultural Heritage)的概念,即:

> 被各群体、团体,有时为个人视为其文化遗产的各种实践、表演、表现形式、知识和技能及其有关的工具、实物、工艺品和文化场所。各个群体和团体随着其所处环境、与自然界的相互关系和历史条件的变化不断使这种代代相传的非物质文化遗产得到创新,同时使他们自己具有一种认同感和历史感,从而促进了文化多样性和人类的创造力。①

1998年,第九届全国人大教科文卫委员会向文化部提出了研究起草《民族民间传统文化保护法》的建议,2001年5月,中国昆曲入选第一批"人类口头和非物质遗产代表作"(Masterpieces of the Oral and Intangible Cultural Heritage of Humanity)。2003年11月,全国人大教科文卫委员会形成了《中华人民共和国民族民间传统文化保护法(草案)》。2004年8月,经全国人民代表大会常务委员会批准,中国成为第六个加入《保护非物质文化遗产公约》的国家,2006年条约生效之时中国在缔约国大会上当选为"政府间委员会"的委员国。全国人大教科文卫委员会将《中华人民共和国民族民间传统文化保护法(草案)》名称调整为《中华人民共

---

① 国际交流与合作局编:《保护非物质文化遗产公约》,《联合国教科文组织〈保护非物质文化遗产公约〉基础文件汇编(2016版)》,北京:中国数字文化集团有限公司,2019年。

和国非物质文化遗产法》。①从 2006 年开始，我国开始推行三级非遗保护体系，设置国家级、省级、区级非遗名录，非遗的保护和传承工作全面展开。

在全球化的语境中，非物质文化遗产对于文化空间的论述、对于传承人的保护也为盘瓠神话的深入研究提供了新的借鉴。如张池、焦阳《民族地区"申遗"活动的人类学浅析：基于麻阳盘瓠祭祀的调查》②以田野调查和申遗文本分析为基点，对麻阳盘瓠文化"申遗"之路进行全面审视，从官方申遗时民族性的强调、非遗传承人的选定和申遗项目的选择等三个方面进行了较为全面的阐释。毛巧晖《"文化展示"中的传承人：基于非物质文化遗产保护的思考》③通过对盘瓠神话叙事等少数民族民间文学类非遗项目传承人的论述，进一步探索民间文学类非遗项目中传承人的意义与仪式舞台化展演中的文化承载者"他者化"境遇，以及非遗传承人知识化的发展趋势对于"文化多样性"、地方性知识之"情感阐释"等的影响。孟令法的《口述、图文与仪式：盘瓠神话的畲族演绎》《口头传统与图像叙事的交互指涉——以浙南畲族长联和"功德歌"演述为例》及《人生仪礼的口头演述和图像描绘——以浙南畲族盘瓠神话、史诗〈高皇歌〉及祖图长联为例》

---

① 焦洪涛、李卓然：《〈中华人民共和国非物质文化遗产法〉出台的历程及意义》，载陈平：《中国非物质文化遗产发展报告（2015）》，北京：社会科学文献出版社，2015 年，第 269 页。
② 张池、焦阳：《民族地区"申遗"活动的人类学浅析：基于麻阳盘瓠祭祀的调查》，《民族论坛》2014 年第 4 期，第 42—46 页。
③ 毛巧晖：《"文化展示"中的传承人：基于非物质文化遗产保护的思考》，《民间文化论坛》2019 年第 4 期，第 85—93 页。

围绕口头演述、文字记载及图像描绘进行研究，指出畲族长联和"功德歌"演述等表达模式生发于盘瓠神话的历时性传承与共时性传播。①

第二节　盘瓠神话文本编纂：通俗化实践

自晚明起，"文学品味的大众化"②就以富有近代解放因素的民主思想作为鲜明旗帜，并且它逐渐成为一股具有近代市民资本主义特质和启蒙意义的新思潮。③到了清朝后期，在西方"民""民间"以及"民族主义"思想的影响及国内社会政治变革的共同催发下，仁人志士关注"民""民间"。其在政治思想上的表现就是平民意识；文学上则表现为重视、推崇"白话文学""平

---

① 孟令法：《口述、图文与仪式：盘瓠神话的畲族演绎》，《湖北民族学院学报》（哲学社会科学版）2017年第1期，第93—99页；孟令法：《口头传统与图像叙事的交互指涉——以浙南畲族长联和"功德歌"演述为例》，《民俗研究》2018年第5期，第108—117页；孟令法：《人生仪礼的口头演述和图像描绘——以浙南畲族盘瓠神话、史诗〈高皇歌〉及祖图长联为例》，《民族艺术》2019年第3期，第110—122页。

② [美]张春树、骆雪伦：《明清时代之社会经济巨变与新文化》，王湘云译，上海：上海古籍出版社，2008年，第130页。另，为了论述的整体感，这一节中有关通俗化实践并未局限于新世纪，而是将所有有关盘瓠神话文本的编纂都纳入此节。

③ 许建中：《论明清之际通俗文学中社会价值取向的嬗变》，《明清小说研究》1990年第Z1期，第64—74页。

民文学"①,提倡"言""文"一致。1877年,黄遵宪所编纂的《日本国志·学术志二》卷三十三中提及"盖语言与文字离则通文者少,语言与文字合则通文者多。"②"言文一致"这一诉求即隐含其中。1903年,刘师培在《中国文字流弊论》中提出了"宜用俗语"的主张,其"言语与文字合则识字者多,言语与文字离则识字者少"③的论述基本沿袭了黄遵宪的观点。作为"文学革命滥觞时期"④的代表,梁启超以"三界革命"⑤为中心,提倡俗语文学,创造了一种"为文务为平易畅达,时杂以俚语韵语及外国语法,纵笔所至不检束"⑥的新文体,"新文体"虽"言文参半""半文半白",但它"不避俗言俚语","古文白话化"的尝试创造了具有"现代传媒基础"⑦的语言表达方式的雏形,代表了当时文学观念的新变,为通俗文艺的产生和发展创造了条件。

---

① 毛巧晖:《晚清民间思潮》,《社会科学家》2007年第2期,第37—40页。
② (清)黄遵宪撰:《日本国志》,上海:上海古籍出版社,2001年,第346页。
③ 刘师培:《中国文字流弊论》,引自李妙根编:《刘师培论学论政》,上海:复旦大学出版社,1990年,第3—7页。
④ 郭沫若:《文学革命之回顾》,引自王训昭、卢正言、邵华等编:《郭沫若研究资料》(上),北京:知识产权出版社,2010年,第204页。
⑤ 即"诗界革命""文界革命""小说界革命"。
⑥ 梁启超:《清代学术概论》,北京:东方出版社,1996年,第77页。
⑦ "言文一致",即对"口语词"和"书面词"的统一。参见周海波:《中国现代文学白话语言的传媒基础》,《东方论坛》2007年第2期,第33—37页。

一 现代启蒙、通俗文艺和民间文学

19世纪末20世纪初,随着对现代启蒙及人之个性的重视,早期的启蒙主义者借助民间文艺"开风气,倡革命"。1899年12月正式出版的《中国日报》,在附刊的旬报上即专门开辟一栏《鼓吹录》,刊载通俗的戏文、歌谣等,内容多为"或讽刺时政得失,或称颂爱国英雄"[1]。革命派的学者和活动家们在具体的文学实践中亦对弹词、歌谣及地方剧等通俗文艺形式进行了广泛借鉴,如被视为"社会之药石"的小说《女娲石》[2]、章炳麟运用民间歌谣形式创作的《逐满歌》及秋瑾以"妇女解放"为主题创作的弹词《精卫石》等。1904年陈独秀创办《安徽俗话报》,刊载民歌民谣、地方戏曲和故事等大量民间文艺作品,其宗旨"专为开民智消隐患起见",内容多以"伤国事、叹恶俗、兴民权"为主。

这种"从众向俗"的大众路向[3]到了"五四"时期得到了进一步发展。胡适在《文学改良刍议》中提出"以言为始"的文学发

---

[1] 冯自由:《广东戏剧家与革命运动》,《革命逸史》上,北京:金城出版社,2014年,第294页。

[2] 《女娲石》(插图版),载(清)海天独啸子:《中国十大秘抄本》第10卷,北京:中国戏剧出版社,2002年。

[3] 胡全章、关爱和:《晚清与"五四":从改良文言到改良白话》,《中国社会科学》2018年第9期,第159—175页。

展理念，提出"八事"①，将语言变革作为文学变革的突破口。在《建设的文学革命论》中，胡适提出了"国语的文学，文学的国语"，将此前的"八事"总括作四条，提出"有什么话，说什么话；话怎么说，就怎么说"，"是什么时代的人，说什么时代的话"等。②胡适有关"国语的文学，文学的国语"的论述并不单纯指涉文学形式层面上的体裁格式或文学内容层面上的题材主题，而是隐含着将"民间"作为"一切新文学的来源"之理念。1918年刘半农、沈尹默发起了歌谣征集活动，对"有关一地方、一社会或一时代之人情风俗政教沿革者"③的自觉认识亦激发了对民间文艺进行再发掘与再阐释的强烈需求。受俄国早期民粹派"到民间去"运动的启发，李大钊在1919年发表的《青年与农村》中提到"我们青年应该到农村里去……来作些开发农村的事，是万不容缓的"④。他指出，唯有如此，农村才可以"算是培养民主主义的沃土"，青年才"算是栽植民主主义的工人"。⑤在李大钊的

---

① "一曰，需言之有物。二曰，不摹仿古人。三曰，须讲求文法。四曰，不作无病之呻吟。五曰，务去滥调套语。六曰，不用典。七曰，不讲对仗。八曰，不避俗字俗语。"参见胡适：《文学改良刍议》，张宝明主编：《新青年》"文学批评卷"，郑州：河南文艺出版社，2016年，第5页。

② 参见胡适：《建设的文学革命论》，引自张宝明主编：《新青年》"文学批评卷"，郑州：河南文艺出版社，2016年，第114页。

③ 参见《北京大学征集全国近世歌谣简章》，《新青年》1918年第3期，第106—108页。

④ 《李大钊全集》编委会编：《李大钊全集》，石家庄：河北教育出版社，1999年，第180页。

⑤ 同上书，第182页。

号召下，自我定位为"民众的导师，民众的领路人"①的知识分子及青年学生纷纷走向农村。1919年1月，北京大学的学生组成了"平民教育讲演团"，其宗旨为"增进平民智识，唤起平民之自觉心"②，活动一直持续到1925年。"到民间去"也逐渐演变为20年代中国知识分子的一个响亮口号。③《努力周报》《批评》《新评论》等都刊载过题名为《到民间去》的文章，其中一篇1922年7月刊载的文章明确提出：

> 我们必须依靠我们的双手，运用讲演的风格和白话小说的形式去编辑通俗小册子……；其次，我们必须依靠我们的口，使用浅显易懂的语言去教育农民……④

在20世纪30年代关于文艺大众化与通俗文学的讨论中，"左联"成立了"大众化研究委员会"，号召作家们通过学习民歌、小调、鼓词、评书等群众喜爱的传统艺术形式来创作有革命内容的新作品。⑤《文学月报》(上海)、《北斗》(上海1931)、《文艺新闻》

---

① 毛巧晖、刘颖、陈勤建：《20世纪民俗学视野下"民间"的流变》，《华东师范大学学报》(哲学社会科学版)2004年第6期，第71—77页。
② 北京大学平民讲演团相关资料，参见张允侯、殷叙彝、洪清祥、王云开编：《五四时期的社团》(一)，北京：生活·读书·新知三联书店，1979年，第127—266页。
③ [美]洪长泰：《到民间去——1918～1937年的中国知识分子与民间文学运动》，董晓萍译，上海：上海文艺出版社，1993年，第19—21页。
④ 同上书，第21页。
⑤ 郑伯奇：《左联回忆散记》，《新文学史料》1982年第1期，第14—23页。

等"左联"刊物围绕"大众化""通俗文学"问题展开讨论或登载一些实验性的作品。①

1937年抗日战争全面爆发以后,通俗文艺作品呈现出"新旧杂糅"的面貌:一方面延续了晚清至"五四"时期"言文一致"的文学传统;另一方面,革命叙事在"左联"的"大众化"与"通俗文学"的实践中成为主流。如1938年林枧敢在《文艺》(上海1938)②上发表的故事《一条舌头》③,题中特别标注"新故事体",并在文末注明:

> 故事体也可用于通俗文学,茶后酒余讲讲很好,我就择了这么一段东西——略与事实不符,我认为无妨——来尝试。故事体,除文字通俗外,有三个条件:第一风景的描写不可多;第二对话也不可多;因为故事只在交代情节;第三多放插穿。有人如果感兴趣,也不妨试试。④

---

① 如宋阳:《大众文艺的问题》,《文学月报》(上海)1932年第1期,第1—7页;方光焘:《艺术的大众》,《文学月报》(上海)1932年第2期,第71—75页;等等。
② 主要由上海暨南大学商学院和文理学院学生周一萍、陈裕年、吴岩(孙家晋)、徐微(舒代)、钱今昔(景雪)、黄子祥(移摸)、张万芳(张可)、林枧敢、戴敦复(戴刚)、冯锦钊(华铃)、吴弘远(绍彦)等组织创办。
③ 枧敢:《一条舌头》,《文艺》(上海1938)1938年第4期,第108—109页。故事主要内容为一个十七岁的农村少女在老父被日本兵杀害,自己也被奸污的情况下,假装亲热,一口咬下了日本兵的舌头,报了大仇。
④ 枧敢:《一条舌头》,《文艺》(上海1938)1938年第4期,第109页。

据林枳敢的妹妹在《记林枳敢在"孤岛"期间的文学活动》一文中回忆，《文艺》（上海 1938）是在地下党领导的"学委"和"文委"的支持下办起来的，其宗旨为服务抗战，推进文学大众化，内容上主要刊载文艺作品和讨论文艺问题的文章。在文中，她认为其兄创作的《一条舌头》为一篇别具一格、通俗易懂的通俗小说，适宜于向群众讲故事用。①

此时通俗文艺进入了全面创作实践阶段，如《抗战文艺》在 1938 年第 11、12 期合刊上登载了何荣的《义训报国》，《抗到底》在 1938 年第 9 期刊载了老向的《李小姐计杀倭寇》，为与其他文学体裁进行区分这两篇均被标注为"抗日通俗故事"。与之类似的是，1939 年胡考在周扬主编的《现实》（上海 1939）上发表的《陈二石头》②，题中特别标注"讲演文学"，并对其做了解释：

> 《陈二石头》是为讲而写的一篇故事脚本。——或"讲的小说"。徐懋庸先生特地送了一个名词，称这类东西谓之"讲演文学"，我觉得很是适当。

他们所创作的这种介乎故事与小说之间的"新故事体""讲演

---

① 林芷茵：《记林枳敢在"孤岛"期间的文学活动》，《社会科学》1983 年第 1 期，第 82—83 页。
② 胡考：《陈二石头（讲演文学）（下册续完）》，《现实》（上海 1939）1939 年第 2 期，第 133—136 页；胡考：《陈二石头（讲演文学）（续完）》，《现实》（上海 1939）1939 年第 7 期，第 556—561 页。

文学"及由"通俗小说"转变而来的"通俗故事"①等,侧重于作品的"通俗性"与"革命性"。如1939—1940年期间,由中华全国文艺抗敌协会总会暨成都分会编辑兼发行的《通俗文艺》,它主要刊登各地抗战消息,宣传抗日救国的通俗小说、诗歌、民谣和抗日英雄人物介绍等。主要设有"前线故事"和"抗敌故事""儿歌"等栏目,前两个栏目以刊载老百姓杀敌、消灭汉奸消息为主;"儿歌"栏目刊载的《麻子哥哥》《月亮光光》及"唱本"中《送子从军》等亦为宣传抗日救国。②

随着抗战的全民化及深入化,出现了"大规模的由都市向边缘地区的文化流动",这一时期的文学需要适应文化中心的转移所带来的都市与乡村之间文化关系的重构。③从1938年10月毛泽东在《中国共产党在民族战争中的地位》中谈到的"中国老百姓所喜闻乐见的中国作风和中国气派"④,到1940年他在陕甘宁边区文化协会第一次代表大会的讲演《新民主主义的政治与新民

---

① "通俗小说"的提法首见于茅盾编辑的《文艺阵地》。通俗小说广义来说就是新小说的通俗化,从狭义来说是新小说的故事化,或者称为故事小说。抗战时期的通俗小说更接近后者。随着通俗小说在通俗报刊上不断涌现,出现了由小说而故事的提倡与转变。具体参见杨中:《大后方的通俗文艺》,成都:四川教育出版社,1990年,第196页。

② 参见全国报刊索引《通俗文艺》简介,https://www.cnbksy.com/literature/literature/d4560ba698af47bdc65f09a62b6d2d98。

③ 汪晖:《地方形式、方言土语与抗日时期"民族形式"的论争》,《现代中国思想的兴起》下卷·第二部·科学话语共同体,北京:生活·读书·新知三联书店,2008年,附录一第1500页。

④ 中国共产党晋察冀中央局编印:《毛泽东选集》,张家口:新华书店晋察冀分店,1938年,第20页。

主主义的文化》①中提及的"中国向何处去"的问题,再到1942年《在延安文艺座谈会上的讲话》(以下简称《讲话》)②中强调"为什么人"这一立场、原则问题;现代民族国家体系中包含着的民族、语言、传统与时代的"文化同一性"正在被创制。③

"本格的、农村的"民间文学④由于其在延安时期对于革命的重要意义,在新中国成立后被纳入"革命中国"的构建,不同阶层的知识分子作为革命力量被吸纳到文艺体制中,成为无产阶级自己的"有机知识分子"⑤,原先被视为"萌芽状态的文艺""原始形态的文学""群众的言语"等通俗文艺在政策的"外部性"与文艺的"内部性"的合力下,形成了"雅俗兼容"的艺术审美。新中国成立后,民间文学的通俗化实践在整体上表现为"民间性"

---

① 毛泽东:《新民主主义论》,《毛泽东选集》第二卷,北京:人民出版社,1967年,第23—670页。原题为《新民主主义的政治与新民主主义的文化》,后改为《新民主主义论》。

② 《在延安文艺座谈会上的讲话》最初是1942年5月毛泽东在座谈会上口头发言时的速记稿,1943年10月在《解放日报》第一次公开发表,被称为"四三年版本"。1953年毛泽东进行了修订,将其编入《毛泽东选集》第三卷,在这个过程中,毛泽东对《讲话》的一些论点和文字,作了两次较大修改,形成了《讲话》的第三个版本。

③ 如1946年9月22日至24日《解放日报》上刊载的《王贵与李香香——三边民间革命历史故事》(原名《红旗插在死羊湾》),运用民歌"顺天游"(信天游)的形式写三边民间革命故事。

④ 向林冰:《关于民族形式问题敬质郭沫若先生》,徐廼翔编著:《文学的"民族形式"讨论资料》,北京:知识产权出版社,2010年,第337页。

⑤ 刘卓:《"群众的位置"——谈延安时期文艺体制的"非制度性"基础》,《陕西师范大学学报》(哲学社会科学版)2019年第1期,第129—136页。

与"革命性"的交融,在人民文艺创作与民间文学传统的融合中,继承了延安时期"革命"的叙事传统的同时,构建了更为灵活、弹性的话语空间。

1949年以后,民族问题和民族工作受到党和政府的高度重视,在坚持国家统一、各民族平等和团结的原则下,新的人民政府在全国范围内进行了民族识别,并在此基础上组织了对少数民族语言、社会历史的调查。这一历史情境为少数民族民间文学和作家文学的发展提供了契机。当时文学领域打破了精英文学、汉族文学一维关照的局面,关注劳动人民口头创作,注重各民族文学史的编纂,在《一九五六——一九六七哲学社会科学规划纲要(修正草案)》中专列了"少数民族研究",并在文学之下列出了"各少数民族现代创作的成就""各少数民族文学遗产研究",文学的"重点著作"部分也提出撰写完成"中国文学史"(包括少数民族文学),即计划1967年之前完成各民族文学史的编撰。在这一历史语境中,各民族的民间叙事被进一步搜集,并辑录成册,这些资料中既搜录了传统的文本,也关注新中国成立后各民族生产、生活的变迁,出现大量"新民歌""新故事"的辑录,同时民间文学的文本也被纳入"文学常识",进入学校教育体制,像《牛郎织女》就被收入人民教育出版社1955年初级中学《文学》第一册。肖甘牛、董均伦、江源、孙剑冰等搜集整理了大量的中国各民族民间叙事作品。当时民间文学的研究既有通俗读物,亦有学术研究,两个层面并行发展,这也与《歌谣》周刊《发刊词》所表达的两个目的,即"文艺的"和"学术的"相一致。只是后来,随着科学实证主义占了绝对优势后,民间文学领域通俗读物研究这一路向渐趋被遮蔽。但是研究领域的不关注,并不意味着这一形式就消失了。新世纪盘瓠神话通俗读本的编纂与发行就是很典型的例子。

二 盘瓠神话的通俗读本

正如本书第二章所述，就目前文献所见，盘瓠神话从东汉开始出现于汉文典籍，最早出现于应劭《风俗通义》，但现世所流传的《风俗通义》中已无相关记载。之后在史书、方志、文学、笔记、类书等都出现过有关盘瓠神话的文本，尽管侧重不同，但是它作为对"盘瓠之后"起源、这一群落在五帝谱系中的位置以及封地、习俗等表述，成为后世梳理南方族群盘瓠神话、盘瓠信仰的重要依据或主要脉络。但是对于南方各族群而言，盘瓠神话其表述更多是"他者"之言，或者是从他者视域的审视或解读。当然这一神话到底是从汉族地区源起，后来流传到南方族群，还是本身就是南方族群有关自身起源的文化表述，目前尚无法完全确定。但是盘瓠神话最初应是以口头流传为主，再由当时文人记录留存。之后在历代史志、类书、笔记、小说、诗文等都有盘瓠神话的记录、留存（第二章第二节已经详述），具体情节比较相似，尤其到了范晔《后汉书》，后世神话叙事的基本情节已经具备，即许诺—立功—娶妻—生子，同时将盘瓠及其子孙与"武陵蛮"联系起来。之后有关盘瓠神话叙事文本以此为基础流传，其内容不断丰富。

19世纪、20世纪之交，随着西方浪漫主义和民族主义思潮的流入，中国传统中对民风、民众口传文学的关注与这些新的思想结合，将其视为"旧"文学和文化制度革新之希望。如当时学人开始关注童话对于儿童教育的意义与价值,这些过去流传在民众口头的文学样式被转化为"文学文本"呈现于各种出版物。正如孙毓修所言:

> 儿童之爱听故事。自天性而然。诚知言哉。欧美人之研究此事者。知理想过高。卷帙过繁之说部书。不尽合儿童之程度也。……与欧美诸国之所流行者。成童话若干集。集分若干编。意欲假此以为群学之先导。后生之良友不仅小道可观而已。书中所述以寓言述事科学三类颇多。①

周作人在1922年与赵景深通信讨论童话时曾说:"童话这个名称,据我知道,是从日本来。中国唐朝的《诺皋记》里虽然记录着很好的童话,却没有什么特别的名称。十八世纪中日本小说家山东京传在《骨董集》里才用童话这两个字,曲亭马琴在《燕石杂志》及《玄同放言》中又发表许多童话的考证,于是这名称可说完全确定了。"②后来周作人在《神话与传说》一文专门论及童话的概念,他指出:"童话(Maerchen=Fairy tale)的性质是文学的,与上边三种(笔者按,指神话、传说、故事)之别方面转入文学者不同,但这不过是它们原来性质上的区别,至于其中的成分别无什么大差,在我们现在拿来鉴赏,又原是一样的文艺作品,分不出轻重来了。"③后来周作人亦对此进行了阐述,即他认

---

① 孙毓修:《童话序》,《东方杂志》1908年第12期,第178—179页。
② 周作人:《通信:童话的讨论》,《晨报副刊》1922年1月25日,第3版。
③ 周作人:《自己的园地》,北京:北新书局,1927年,第37页。

为"天然童话亦称民族童话,其他则有人为童话,亦言艺术童话也。天然童话者,自然而成,具种人之特色,人为童话则由文人著作,具有个人之特色,适于年长之儿童,故各国多有之"①。从周作人的论述,我们知道童话故事在我国古已有之,"在对中国近代的若干文献资料进行了涉猎与勘察之后,我发现了一个令人惊异的世界——晚清时期的儿童文学如同繁星璀璨的夜空,呈现了一片绚烂多彩的景象"②。从晚清到民国时期,除《一千零一夜》《格林童话》、安徒生童话以及日本相关童话文本的翻译引入外,林兰女士搜集整理的《民间童话集》则是民间童话编撰本土化的首次实践;叶圣陶、郑振铎、丰子恺等童话创作亦是纷纷兴起;从学理上周作人、赵景深等进行了概念阐释、内涵辨析等;此外孙毓修主办的《童话》、郑振铎创办的《儿童世界》等杂志引起了社会广泛关注。但当时的通俗读物中,盘瓠神话几乎没有出现。这与那一时期特殊的历史情境紧密相关,在西方的军事入侵下,其政治文化亦进入中国,在呼吁制度改革之时,他们关注到了西方的"民族国家"形式。知识人从最初对单一民族国家的盲从,到逐渐意识到中国的多民族特色,当时作为中华民族始祖形象的黄帝被进一步塑造,上古神话人物的历史追溯也引起关注,然而盘瓠神话文本的通俗化推广并不多,它只是作为西方图腾理论在中国的个案被呈现在研究者的论著里。当然这些也在一定意义上保存了这一神话文本。

新中国成立后,随着民族识别和少数民族社会历史调查的逐

---

① 周作人:《周作人民俗学论集》,上海:上海文艺出版社,1999年,第44页。
② 胡从经:《晚清儿童文学钩沉》,上海:少年儿童出版社,1982年,第2页。

步深入,1949年至1966年盘瓠神话的搜集整理,如前文所述,既有的神话表达依旧存续,而原本模糊泛化的民族性特征也随着民族识别工作的推进而逐渐明朗。盘瓠神话的研究主要集中于民族学和民间文学领域,与民族识别、民族历史调查等紧密相关。《畲族简志》上提到:"在民间家喻户晓地流传着传说中的畲族祖先盘瓠的故事,并把盘瓠传说绘成画像(称祖图)祀奉甚虔,每隔三年,举族大庆一次。"① 但当时的研究者更多将其视为民族歧视的产物,1950年8月,梁聚五在《苗夷民族发展史》中提出"盘瓠"为祖先的说法是"贬抑苗族",且列举清张介侯所言:

> 应劭谓"帝辛之犬名盘瓠",帝妻之以女,生六男六女,自相夫妻,是谓"南蛮",抑妄矣。夫曰犬者,殆犹后世豹奴、虎独、犬子之称耳,岂真殷虡、鲁獒、宋猱、韩鹊哉?

他认为,"以盘瓠为苗夷民族祖先者,张氏尚且斥为荒诞,若不假思索,以苗族之祖先为蛇、猫、盘瓠、竹儿等,其妄诞更令人难以置信了"②。其他有提及者,也只是将其视为某些少数民族"禁忌"内容,东衢畲族可打狗但不吃狗肉,因认为狗是脏物,吃后会破相或生病,且狗血为秽物,做道法可以狗血破之,所以不吃。此外,属龙的人不能吃狗肉。但在畲族民族历史调查报告

---

① 中国科学院民族研究所、福建少数民族社会历史调查组编:《畲族简史简志合编(初稿)》,内部资料,1963年,第18页—19页,另见泸溪县民族事务委员会编:《盘瓠研究与传说》,内部资料,1988年,第120页。

② 泸溪县民族事务委员会编:《盘瓠研究与传说》,内部资料,1988年,第160—161页。

中还是记录了：

> 这里的畲族普遍流传着有关盘瓠的传说。以始祖有功于高辛皇帝，帝妻以皇女，生三男一女。长男放在盘中，故姓盘，次子放在篮上，故姓蓝，三子生时雷响，故姓雷，女招钟姓为婿，子孙繁衍成为今天的畲族。又传说其始祖在深山打猎，为"山羊"所伤，死于丛林中，死后，葬于广东凤凰山。①

但当时各类民间故事选本及其他通俗文本中较少涉及盘瓠神话，这或许与当时民族识别、民族历史调查有关，它的叙事情节无法与历史发展相对应，并且如果以"历史眼光"解读，其叙事文本更是无法纳入。当然在新中国刚成立时，也有学人在西南风俗记录中有提及，如1950年陈志良在《西南风情记》中所记录的"狗头徭"年节风俗：

> 狗头徭有一种特别的风俗，每到除夕，将一切食物放在桌子上面，由家中最老的人爬行到桌子下面，用嘴衔着一点食物复回原处；然后，再有次老的人爬行就食。这样轮流下去，到衔完的时候，才蹲在地上大嚼。

陈志良认为"狗头徭是盘徭的一支，崇拜其始祖——狗为图

---

① 施联朱：《民族识别与民族研究文集》，北京：中央民族大学出版社，2009年，第370页。

腾；此种风俗，为图腾礼节之一，表示不忘其本而永留纪念"[①]。从此叙事可见其与之前的图腾理论研究一脉相承，罗香林在1955年出版的《百越源流与文化》"古代越族文化考"一节中也沿袭了图腾分析脉络。但随着学科调整，人类学、民俗学被取消，这一阐释理路亦暂时隐匿。

20世纪80年代以后，少数民族神话资料的搜集、整理与研究成为民间文学、民俗学、民族学、社会学、人类学等多学科关注的领域。民间文学视域的研究，沿着"学术的"与"文艺的"两条线索并进发展，即除了学术研究的阐释与分析外，盘瓠神话的叙事也作为通俗读本被推广。当时，出版了一批神话故事的通俗读物，如《中国神话故事大观》《中国神话故事》《神话传说三百篇》等。

任大霖在他主编的《中国神怪故事大观》"序言"中强调：

> 我们在编写这部《中国神怪故事大观》的过程中，时时怀着高度的责任感，无论是选材和改写，都采取了非常严肃认真的态度，凡是内容不够积极健康，对小读者不适宜的篇章，我们概不选入。即使是个别情节或细节上存在着不良倾向的，我们也慎重从事，予以剔除或改写。可以说：精选、改写的过程是一个取其精华，弃其糟粕的创造性劳动的过程。——这一点，广大读者和家长、老师们是完全可以信赖的。[②]

[①] 参见陈志良编撰：《西南风情记》，上海时代书局，1950年，第155页。
[②] 任大霖主编：《中国神怪故事大观》（上、下），上海：少年儿童出版社，1990年，序言第4页。

书中收录了曹弓根据干宝《搜神记》中"盘瓠故事"改写的《盘瓠招亲》。① 此文本结尾处将"民族"隐去。②1995年《中小学故事金库》编委会编写的《羿射九日》中的《盘瓠的故事》③与之类似。1990年出版的《神话传说三百篇》中《盘瓠的故事》④的讲述亦与之类似，仅在后面补充了"盘""雷""蓝""钟"姓氏的由来。1991年出版的《夜读精品系列——神话精品200则》将其故事名称记为《房王作乱》。⑤

华清、马朝阳主编的《中国神话故事》中《盘瓠的故事》则将原先略微生涩的对话改写为更为口语化的表述：

---

① 任大霖主编：《中国神怪故事大观》（上、下），上海：少年儿童出版社，1990年，第120—122页。
② "结婚以后，盘瓠带着妻子，住到南山人迹不到的山洞里去，以打猎为生。公主也不再是公主，穿上了普通老百姓的衣服，操理家务。几年后，他们生下了三个儿子一个女儿，生活得美满幸福。有时，夫妻俩也带上儿女，回去看望父母，看望外公外婆。"（据晋干宝《搜神记》等改写）参见任大霖主编：《中国神怪故事大观》（上、下），上海：少年儿童出版社，1990年，第122页。
③ 《中小学故事金库》编委会：《羿射九日》，北京：民主与建设出版社，1995年，第50—51页。
④ 杨克兴、王兴义编著：《神话传说三百篇》，长春：北方妇女儿童出版社，1990年，第59—61页。
⑤ 华强主编：《夜读精品系列——神话精品200则》，北京：北京燕山出版社，1991年，第78—80页。《盘瓠》，参见程功、晓春、张伟、洛乐编：《神话故事》，北京：知识出版社，1996年，第116—118页；《盘瓠娶妻》亦与之类似，此文本参见赵泽生主编：《神仙的故事》，北京：气象出版社，1996年，第121—124页。

> 高辛王心里难过,想了一想,便向盘瓠说道:
> "狗啊,为什么既不肯吃东西,呼唤你也不起来呢?莫不是想要得到公主为妻,恨我不践诺吗?并不是我不践诺,实在是因为狗和人是不可以结婚的啊!"
> 盘瓠登时口吐人言,说道:"王啊,请不要忧虑,你只要将我放在金钟里面,七天七夜,我就可以变成人。"①

北方妇女儿童出版社 1992 年出版的《中国神话故事》中《神母狗父》,讲述的虽是御狗翼洛取回谷种,得到公主为妻的故事。但在故事后面"附录"中提到了盘瓠神话的流传对此故事的影响:

> 以上的神话故事,录自《苗族民间故事选》,有改动。我国南方少数民族中,以狗为图腾的部落不少,如盘瓠神话即是一例。从这篇《神母狗父》的神话,可以看出苗族对狗的图腾崇拜,并显然受了盘瓠神话的影响。②

1996 年新疆青少年出版社出版的《中国神话故事》中也收录了《盘瓠和他的儿女》③,"篇后一语"中突出强调了神话中"正义战胜了邪恶"价值意涵。

2000 年出版的《中国古典童话精选》中《神犬盘瓠》在叙事

---

① 华清、马朝阳主编:《中国神话故事》,西安:陕西师范大学出版社,1992 年,第 85 页。
② 杨克兴、王兴义:《中国神话故事》(下卷),长春:北方妇女儿童出版社,1992 年,第 109—112 页。
③ 朋羽主编:《中国神话故事》,乌鲁木齐:新疆青少年出版社,1996 年,第 6 页。

中恢复了"蛮夷"的记载:

> ……高辛王见到这些外孙们也很高兴,就把几处有名的大山大河作为礼物送给他们,又看他们喜欢住在野外,就为他们取名叫"蛮夷"。
>
> "蛮夷"为人厚道,善良聪明,后来他们在这里繁衍生息,人丁兴旺,成为一个强大的民族。①

在一些通俗的历史演义中,盘瓠神话也被纳入历史叙事序列,如 2000 年出版的《中国全史》(第一辑)中第二回"皇娥梦游穷桑 盘瓠应运降世",第十四回"房王作乱围营 盘瓠智建奇功",第十五回"后羿将兵来救 盘瓠负女遁去",第十八回"盘瓠逸去帝女归 帝喾东海访柏昭",第十九回"帝喾纳妃羲和女 盘瓠子女到亳都",第二十三回"帝女常仪谢世 盘瓠子孙分封"。②

2000 年以后,盘瓠神话文本有 20 世纪 80 年代中期启动的民间故事集成的成果,《中国民间故事集成·江西卷》《中国民间故事集成·湖南卷》中的《盘瓠王》《盘瓠与辛女》以及湖南、广西、浙江、广东、贵州、河北等省份的县卷本故事集成中收录的文本,这些文本涉及苗族、瑶族、畲族、壮族、彝族、汉族等民

---

① 汤锐选编:《中国古典童话精选》,南昌:二十一世纪出版社,2000 年,第 34 页。

② 钟毓龙著:《中国全史》(第一辑),北京:大众文艺出版社,1999 年,第 9—16 页、第 110—125 页、第 144—159 页、第 182—189 页。

族①,但此类文本多进入研究者的学术资料体系,与普通民众相距甚远。进入民众阅读或知识视域的,多以儿童读物、中华经典神话传说、历史故事、少数民族母语故事等形式出现。这一时期此类通俗读物关注"励志"、"成长"、"人类起源"(或称"开天辟地")、"仙灵"等主题,更多作为儿童或其他群体了解古代神话、传说、历史故事的窗口,正如宋佳芹在她编著的《中国神话与民间传说》中所言:

  神话和传说,是源自洪荒、出自民间的古老故事,也是万古常新的话题。
  在漫长的史前时代,华夏先民就已经在用史诗、歌谣等口耳相传的方式讲述着天地开辟的奥秘、诸神造物的奇迹、祖先迁徙的传奇以及英雄历险的故事,讲述着人类与生俱来的爱的欢愉、生的欲望、死的恐惧,讲述着宇宙万物、日月运行、季节更替、大地草木、林间野兽以及尘世间生老病死、爱恨情仇的来历,讲述着时间开始和终止,讲述着大地的深邃和宽广,讲述着人类的诞生、繁衍,讲述着那些游荡于荒远之域中的神仙和妖怪的故事……②

---

① 此内容周翔在《盘瓠神话资料汇编》(增订版)中已经列出了湖南、广东、广西、浙江、贵州等省份的故事文本。另河北藁城流传《犬婿》神话,此文本录入《耿村民间文化大观》(袁学骏、李保祥主编,北京图书馆出版社,1999年)详细资料,此处不再详述。

② 宋佳芹编著:《中国神话与民间传说》,长春:北方妇女儿童出版社,2014年,前言第1页。

在具体编纂中此书分为上、中、下三编，上编中国神话、中编民间传说、下编少数民族的神话传说，每编中又分为若干章，从分类我们看到了彼此的叠加与混乱，这与其初衷"从历史的文化遗留中发掘中国神话的文化宝藏"，"展现栩栩如生的完整的中国神话人物谱系"似有偏离。① 虽然每编中编著者考虑到了时间序列，但是民间叙事的断代实际很难。另外值得关注的是盘瓠神话的民族属性被去掉，这与新世纪之前的很多文本类似，只是将其归入帝喾神话序列，此文的插图也只是凸显了辛女给盘瓠喂食。这种隐匿民族身份、虚化地域的文本在盘瓠神话的通俗文本中所占比重较大，这与演义上古史、古史俗说比较契合。《英雄劫》以故事叙述历史，《盘瓠子孙》为历史"前事"中的一篇②，故事情节也以帝喾受到侵扰、盘瓠立功、娶公主生子为主线，但文本中将侵犯者明确为"西戎"，同时也将盘瓠与辛女结合所生孩子视为"蛮夷"祖先，在文本的阐释中，重点解释了商纣王时，出身蛮夷的鬻熊为西伯姬昌的谋士，后来鬻熊的后人被分封到楚蛮之地，公孙策通过《盘瓠子孙》讲述了"蛮夷"与周王朝的紧密关系，这也是对盘瓠后代与三皇五帝关系的延续。至今在湖南泸溪一带关于盘瓠神话的叙事中依然强调这一历史脉系。

另外对于盘瓠神话的叙述，则将其视为童话故事。在文本叙述中突出盘瓠出世、"神犬"盘瓠、外敌入侵、盘瓠立功、盘瓠

---

① 宋佳芹编著：《中国神话与民间传说》，长春：北方妇女儿童出版社，2014年，前言第2页。

② 公孙策：《英雄劫》，海口：海南出版社，2014年。此文在网络上连载，后结集出书。

变形等情节或幻想等童话的特征，最后则是以盘瓠与公主过着朴素、幸福生活结束。将时间、人物、地域、民族都架空，但突出了劳动付出与美好生活的朴素"励志"思想，此类文本多以注音汉字本为主，也就是以低龄儿童为预设阅读对象。

结合民间文学研究编选的普及读物，则注重盘瓠神话的民族指向以及这一神话的历史文献，当然也有学术阐释作为阅读辅助或语境提醒。如《中国古典文学精品普及读本》中的《盘瓠神话》，在录选的《搜神记》中盘瓠文本之后，对这一古典神话进行了解读：

> 盘瓠神话见诸记载早于盘古神话，因而有人提出盘古神话乃盘瓠神话之演绎，而盘瓠神话则源于印度。也有人反对这种说法，认为盘瓠神话就诞生于我国西南地区，盘瓠是苗、瑶各族的原始图腾。……带有明显的血亲婚配（兄妹婚）的特征。这是每个民族童年时期都必经的发展阶段，通过神话的折射，把这种婚姻形式反映了出来。①

刘守华、陈建宪主编《开天辟地：民间神话故事》则将《盘瓠王》纳入"开天辟地"系列，将其与《创世纪》视为同类神话故事。此书的"编后记"中说明了编选所预设的读者对象、编选目的等，即"供中小学生以及民间文学爱好者阅读"，"所选的故事不仅具有趣味性而且还具有启迪性和智慧性，同时还保留了民间

---

① 陈勤建、常峻、黄景春选注：《民间文学》，广州：广东人民出版社，2003年，第18页。

艺术讲述时所用的口语和方言,我们希望把这些原汁原味的民间文化精华提供给读者,其目的是希望扩大我们优秀的民间文化的影响力"。[①] 在中国少数民族神话故事编选中,盘瓠神话也被纳入其中,在亲近母语研究院编著的《中国老故事·各族故事》(二)中明确将《盘瓠王》故事标为畲族[②];故事文本中将侵犯高辛国土的外敌具化为番王,在文本配图中突出了盘瓠过海的情节,在盘瓠与公主成亲后,生了三男一女,并将他们的姓氏,与畲族盘、蓝、雷、钟四大姓氏联系在一起。

三 民间文学通俗读本的隐匿与偏离

1949年以后,民间文学作为一个学科被纳入高等教育体系。这一时期民间文学的研究承继了20世纪上半叶,尤其是40年代延安时期的学术倾向,"着重从文艺上来学习利用民间文艺,这种情况一直延续到中华人民共和国成立之后,成为中间民间文艺学的一个显著特征"[③]。尽管20世纪80年代之后,民间文学与民俗学之间的关系逐步密切,研究交合重叠,但是很多研究者还是注意和强调它们之间的区别。他们认为:民间文学侧重于民间文艺学方面的研究,属文学艺术范畴;而民俗学之研究民间文学则

[①] 刘守华、陈建宪主编:《开天辟地:民间神话故事》,武汉:华中师范大学出版社,2015年,编后记第116页。

[②] 亲近母语研究院编著:《中国老故事·各族故事》(二),桂林:广西师范大学出版社,2016年,第37—42页。

[③] 刘守华、白庚胜主编:《中国民间文艺学年鉴 2001年卷》,武汉:华中师范大学出版社,2003年,第4页。

侧重其民俗性较强之风俗歌谣、节日传说、赛歌习俗、民间说唱和民间戏曲等方面。民间文学属于民俗学的一部分,是事物的一个方面,民间文学同时也是文艺学的一个部分,则是事物的另一个方面;前者必须服从民俗学的研究要求,后者则必须服从文学的研究要求。① 韦勒克认为:"口头文学(笔者按:此处相当于民间文学)的研究是整个文学学科的组成部分,因为它不可能和书面作品的研究分割开来;不仅如此,它们之间,过去和现在都在继续不断地互相发生影响。""对于每一个想了解文学发展过程及其文学类型和手法的起源和兴起的文学家来说,口头文学研究无疑是一个重要的领域。"② 从论述可知口头文学与书面文学一样分享着文学的本质,这样民间文艺学就是要发现和阐释民间文学的文学本质,现在一些学者开始借用 folk literature 一词以强调其文学性。

在文学领域,民间文学与俗文学的边界一直难以厘清。关于俗文学,郑振铎在《中国俗文学史》所下的定义是:"'俗文学'就是通俗的文学,就是民间的文学,也就是大众的文学。换一句话,所谓俗文学就是不登大雅之堂,不为学士大夫所重视,而流行于民间,成为大众所嗜好,所喜悦的东西。"③ 杨荫深、吴晓铃也发表了类似的看法。1946 年出版的杨荫深所著《中国俗文学概

---

① 参见吴同瑞、王文宝、段宝林编:《中国俗文学概论》,北京:北京大学出版社,1997 年,第 6—10 页;赵世瑜:《眼光向下的革命——中国现代民俗学思想史论(1918~1937)》,北京:北京师范大学出版社,1999 年,第 16 页。
② [美]勒内·韦勒克、奥斯汀·沃伦:《文学理论》,刘象愚等译,南京:江苏教育出版社,2005 年,第 41 页。
③ 郑振铎:《中国俗文学史》(上册),上海:商务印书馆,1938 年,第 1 页。

论》中提到：俗文学就是"通俗的文学""平民的文学""白话的文学"。①《华北日报·俗文学》周刊上发表的吴晓铃《俗文学者的供状》说道：俗文学"是通俗的文学，是语体的文学，是民间的文学，是大众的文学"②。1949年以后，俗文学的名称基本消失，代之以民间文学。1976年以后学人又开始提倡俗文学，新时期开始它有了长足的发展。学界对"俗文学""通俗文学""民间文学"关系之表述如下：

> 俗文学不等于通俗文学。俗文学由其根植于广大民众，具有民族气派、民族风格，便于广大劳动人民接受、掌握和流传，它可以是通俗的，但通俗化的文学作品，只表明向俗行的努力，不一定就成为俗文学，这里划分的范围是有差异的。③

> 俗文学包括群众自己创作的民间文学和专业艺人、作家用传统民间形式所进行的文学创作。④

这种区分在俗文学领域达成共识，但是以学科为基点的划分，在学术研究中并不像界定那样泾渭分明。钟敬文在编纂《民间文学概论》一书时就提到："'民间文学'（照我们的定义，它主要是广大劳动人民的文学）跟俗文学的'说唱'的关系，究竟应

---

① 杨荫深：《中国俗文学概论》，上海：世界书局，1946年，第1页。
② 吴晓铃：《俗文学者的供状》，《华北日报·俗文学》周刊1948年6月4日，第6版。
③ 王文宝编：《中国俗文学学会概况》，中国俗文学学会，1993年，第10页。
④ 中国俗文学学会编：《俗文学论》，哈尔滨：黑龙江人民出版社，1987年，第59页。

该怎样看待。这在学术界还是有争议的问题，我们参加编写的同志，意见也并不完全一致。"① 这个问题一直延续到现在。曾永义认为："在中国语言命义的前提之下，所谓'民间文学''俗文学''通俗文学'，事实上是'三位一体'，不过在不同的角度说同一件事情而已，它们之间根本没有什么不同。"② 新世纪学人在进一步界定民间文学时提到：俗文学概念产生之初就存在定义上的模糊不清及自乱阵脚。从1949年至20世纪80年代，民间文学和俗文学分别经历了不同的命运，但自学科产生之初就产生的问题并未解决。陈泳超提出用"民间文学"作为统摄性概念，将"非作家文学"作为集体性下属的次级特性③，郑土有在中国民俗学会第六届代表大会上也提出打通"俗文学""民间文学"，"以是否在口头传唱、是否具有文学性作为标准来划分研究对象，构建'口传文学'平台"④。他们的理论阐述虽然不是非常充分，但从中可以看到：民间文学的文学性成为学界研究和关注的基点，同时它也是民间文学的基本特质。

20世纪80年代中期文艺学领域兴起的"方法热"，迅速扩展到民间文艺学领域，甚至民间文艺学出现了直接移植自然科学的方法，但在各种方法中影响最大的是"文化学"。由于民间文学本

---

① 钟敬文主编：《民间文学概论》，上海：上海文艺出版社，1980年，前言第6页。
② 曾永义：《俗文学概论》，台北：三民书局，2003年，第23页。
③ 参见陈泳超：《中国民间文学研究的现代轨辙》，北京：北京大学出版社，2005年，第3—8页。
④ 郑土有：《打通"民间文学""俗文学"，构建"口传文学"平台——关于新时期民间文学学科建设的思考》(征求意见稿)，《中国民俗学学会第六届代表大会论文集》，2006年。

身的特性，使得它比一般作家文学与日常生活的关系更为密切；再加上在欧美，民间文学本就属于民俗学领域，所以在"文化热"中，它迅速找到了契合点，在其思想发展史中出现了一次大的转向。伴随着"文化热"，民间文艺学学术发展出现了转折，它逐步被纳入民俗学的资料体系。民间文学可以作为民俗学的研究对象，这是民俗学与民间文艺学交叉之处，但是民俗学之民间文学研究与民间文艺学有着本质区别。从80年代中期开始，学人关注民俗学的同时，逐步混淆着两者之间的界限。90年代，民俗学的迅猛发展更加速了民俗学之民间文学与民间文艺学合一的思想，后者被纳入到民俗学体系；民俗学从西方引进，国外民俗学学科的发展各呈千秋，在西学引进过程中，莫衷一是，都有所吸取；随着相邻学科人类学与社会学的发展壮大，民俗学逐步倾向于它们，特别是人类学，这就使民间文艺学就越来越偏离自身的文学轨道，研究本体逐步丧失。世纪之交，学界意识到这一困境，开始逐步挽回这一局面。但即便如此，在大多研究中，对于从1910年代开始兴起的民间文学或民俗学通俗读本关注者并不多。这恐怕与80年代以后科学实证主义的发展有一定关联。在科学实证主义追逐"真实""客位思考"的理念中，鉴赏或批评因其"文艺性""主观性"逐步淡出了民间文艺学，这本是民间文学很重要的组成部分，也是民间文学与民众及其日常生活紧密相连之处，同时也是生发民间文艺学自主话语的重要土壤。当然民间文学的批评也并非荡然无存，在研究者与民俗精英中依然有其痕迹：研究者在民间文学经典选本编纂（研究中的文本选择与审美标准），正如哪些通俗文化被选择，哪些被提升，其自主性掌握在批评家或者研究者手中，同时也是他们的文艺批评运作以及权力话语的表达；民俗精英(或非物质文化遗产传承人)的自我文艺、理论规范;[①]等等。但是学界却越来越忽略它的存在,系统梳理更是极少;这也是一苇述《中国故事》出版后,很多评论家极为感慨,将她视为"中国的卡尔维诺",在民间文学学术史的研究中孙剑冰、董均伦、江源、肖甘牛的名字越来越陌生,当然可能未来在学术史、思想史的钩沉中或许还会出现更多"陌生"的名字。

第三节 非物质文化遗产语境中的盘瓠神话

一 非遗语境中盘瓠神话研究概述

"非物质文化遗产"成为近年来学术关键词之一,通过在中国知识基础设施工程,即中国知网(https://kns.cnki.net/)检索,从1996年出现第一篇非物质文化遗产的文章,到2020年7月,文章主题为"非物质文化遗产"的共计20267篇。总体趋势分析如图5-1所示。

[①] 正如陈泳超在《地方传统文献中的"接姑姑迎娘娘"民俗活动》中所说:吴青松对"接姑姑迎娘娘"传说的"规范",他认为"作为古典圣贤,以仁爱为本心,应该礼让,姐妹俩不礼让,后人是什么榜样?再从历史的角度讲,在原始社会末期,中国的婚姻制度好多是群婚制,就没有大小这回事,没有这个意识,后人为什么应给安插上争大小的意识?"陈泳超:《地方传统文献中的"接姑姑迎娘娘"民俗活动》,《中国典籍与文化》2015年第1期,第139—147页。

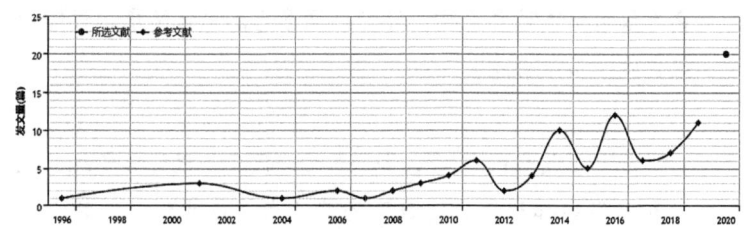

图 5-1　1996—2020 年"非物质文化遗产"主题研究文献趋势分析
（来源中国知网"计量可视化分析"图）

近几十年来,"文化遗产"（cultural heritage）这一术语的内涵已发生极大的改变,这在一定程度上归因于联合国教科文组织制定的若干文书。文化遗产并不仅仅限于古迹和文物专藏,它也包括从我们祖先那里继承下来并传给我们后代的传统,即活形态表现形式（living expressions）,如口头传统,表演艺术,社会实践、仪式和节庆活动,有关自然界和宇宙的知识与实践,以及制作传统手工艺的知识和技能。[①]

中国于 2004 年 8 月 28 日成为第六个批约国。在此之前,关注"非物质文化遗产"者重点是着眼于立法,目前可以看到的第一篇以"非物质文化"直接命名的文章即是《非物质文化遗产的法律保护》。可见,对非物质文化遗产的关注,从最初开始其核心就是"存在、延续"。《非物质文化遗产的法律保护》尽管从立法的角度谈论,但已经提出"它赖以存在、延续的主要特点正是其存在、延续的致命的弱点"[②]。非物质文化遗产,正如上面提及

[①] 联合国教科文组织:《何谓非物质文化遗产?》,巴莫曲布嫫译,《民间文化论坛》2020 年第 1 期,第 114—115 页。

[②] 詹正发:《非物质文化遗产的法律保护》,《武当学刊》1997年第4期,第39—40页。

的，它不仅包括古迹和文物，还包括活形态的文化传承，具体而言，包含两个基本理念：

> 一个是复数的"人"，即"那些一代又一代将其传统、技能和习俗的知识传递给社区的其他成员或其他社区的人"，也就是承载非物质文化遗产的主体——相关社区、群体和个人；一个是"过程"，即"保护的重点在于世代传承或传播非物质文化遗产所涉及的过程"，而非作为结果的"产物"。①

在非物质文化遗产保护理念影响下，传统民间文艺研究从传统的艺术形式、思想内容、文化表现等研究，转向对"传承人"和表现样态的关注。盘瓠神话及相关的文化事象也从2006年开始逐渐纳入非遗体系，"盘王节"被列入第一批国家级非物质文化遗产名录，"盘瓠传说"被列入第三批国家级非物质文化遗产名录，对其研究更多关注它作为民族或地域文化资本的面相，这样传承人及与盘瓠神话相关的盘王节等新型节俗的研究成为重心。

盘瓠神话长期以来被视为民族源起的阐释、祖源神话以及历史上汉族与少数民族关系的叙事。但是从非物质文化遗产保护兴起之后，盘瓠神话的研究除了民俗学、人类学等领域外，亦开始引起图像、艺术设计者的关注，他们有一个共同聚焦点，即将其置于"文化遗产"这一视域阐释与分析。在中国知网，以主题、题名、关键词"盘瓠"和"文化遗产"检索，进行模糊匹配，共计搜

---

① 《何谓非物质文化遗产？》一文的译者"导读"，参见联合国教科文组织：《何谓非物质文化遗产？》，巴莫曲布嫫译，《民间文化论坛》2020年第1期，第114页。

到文献50篇，其可视化图示如图5-2；以"盘王节"和"文化遗产"作为主题词进行搜索，符合所讨论话题的则又增加14篇，其中64篇文章（含学位论文）呈现的发展趋势则为表5-1所示。

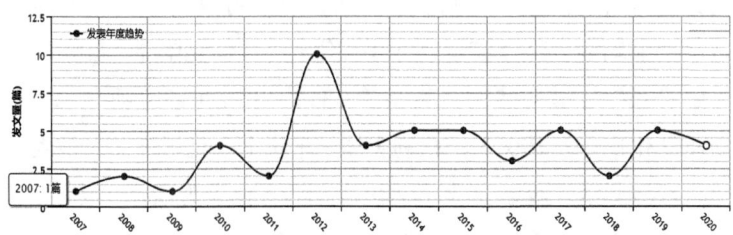

图5-2　2007—2020年"盘瓠""文化遗产"主题研究文献趋势分析
（来源中国知网"计量可视化分析"图）

表5-1　2005—2019年盘瓠相关主题词发表论文情况统计表

年份	篇数
2005	1
2007	1
2008	2
2009	3
2010	4
2011	3
2012	11
2013	5
2014	6
2015	5
2016	6
2017	8
2018	4
2019	5

从图 5-2 我们可以看到，2012 年有关盘瓠与文化遗产的研究达到了峰值，共计 11 篇。如果在读秀（https：//jour.duxiu.com/）检索"盘瓠"，其覆盖图书、期刊论文、会议论文、学位论文、百科、文档、专利、音视频，所辐射或搜罗范围远远超过了中国知网，经过笔者进行手动筛选（具体见附录"盘瓠神话文献目录"），其数量则达百余篇（部），研究主题主要包括：非物质文化遗产及其保护、权利主体、千家峒、盘瓠神话、畲族文化、瑶族刺绣、盘瓠文化、文化遗产、文化景观遗产、传承人、历史文化价值、文化展示、盘古神话、盘王节、文化重构、文化传承、图腾崇拜、盘瓠信仰、造物设计、传承途径、服饰工艺等。下文主要围绕"文化展示"中的传承人、非遗与盘王节阐述。

二 "文化展示"中的传承人

19 世纪 40 年代民俗学兴起之后，民众就受到研究者关注，但较少对"个体"进行阐述。中国现代意义的民俗学兴起于 20 世纪 10 年代，最初研究者关注民间文艺的搜集、民俗事象的调查，对于"民众"，只是将其作为相对于知识精英的"群体"。30 年代，社会调查和左翼文学兴起后较为关注民间文艺及艺人，但直到延安时期才开始注重对民间艺人的研究。但当时以革命为旨归，重视他们在文艺宣传中的功能。1949 年以后，国家重视对民族文化遗产的保护与搜集，从国家的文化政策到具体文化实践都较为重视"民间艺人"①，但后来这一思想并未在之后民俗学的研究中沿承。

近期对于传承人的关注，与非物质文化遗产保护的兴起直接相关。从2006年国家全面启动非物质文化遗产（intangible cultural heritage）保护，至今已有十余年，"非遗"亦从生僻词成为流传度极高的语汇，从"庙堂之高"到"江湖之远"均有其"身影"，同时亦在学术领域成为话语引领。"非物质文化遗产的一个最大属性是，它是与人及人的活动相联系和共生的。"② 人是非物质文化遗产存在的必要条件和重要前提，这也恰是非物质文化遗产与物质文化遗产的根本区别。而此处的"人"，主要指向非物质文化遗产的传承人及其相应文化区中的民众，他们是文化记忆缔造的参与者与践行者。

就目前资料所见，较早一篇提出"传承人"概念的文章为1982年乌丙安所撰写的《论民间故事传承人》。文中提到，"常见的故事转述人固然也能起到传播故事的作用，但是，真正传播民间故事、发挥民间故事作用的，主要还是民间故事传承人"③。但此处的"传承人"与当下话语表述之意亦不同，这只是学者对

---

① 如沙垚在陕西皮影戏调查中，查阅了二十世纪五六十年代的档案，也访谈了老艺人，都提到了当时的具体文化政策与措施。详见沙垚：《新中国农民文化主体性的生成机制探讨——基于20世纪50年代关中农村皮影戏的实证研究》，《开放时代》2016年第5期，第181—191页。

② 朝戈金：《非物质文化遗产：从学理到实践》，《西北民族大学学报》（哲学社会科学版）2015年第2期，第84页。

③ 乌丙安：《论民间故事传承人》，中国民间文艺家协会辽宁分会编：《民间文学论集》1，内部资料，第159页。

故事讲述人"个体"与"群体"之差异的表达。当然它也引起了民俗学研究者对于"个体"故事家的关注与挖掘，在此不议。在口头传统、表演艺术、仪式、节庆活动、传统手工艺以及有关自然界、宇宙的知识与实践等①遗产化的过程中，改变了以往对民间文化资源的传统认知，亦改变了其传统样态。无论是霍布斯鲍姆所论"传统的发明"，还是斯昆惕从非遗保护视野提到的"遗产的

---

① 根据《保护非物质文化遗产公约》的表述："非物质文化遗产"，指被各社区、群体，有时是个人，视为其文化遗产组成部分的各种社会实践、观念表述、表现形式、知识、技能以及与之相关的工具、实物、手工艺品和文化场所；这种非物质文化遗产世代相传，在各社区和群体适应周围环境以及与自然和历史的互动中，被不断地再创造，为这些社区和群体提供认同感和持续感，从而增强对文化多样性和人类创造力的尊重。参见巴莫曲布嫫：《从语词层面理解非物质文化遗产——基于〈公约〉"两个中文本"的分析》，《民族艺术》2015年第6期，第63—71页。2006年5月20日，国务院在中央政府门户网上发出《国务院关于公布第一批国家级非物质文化遗产名录的通知》（国发〔2006〕18号，以下简称《通知》），批准文化部确定并公布第一批国家级非物质文化遗产名录（518项）。2007年6月5日，文化部印发了《文化部办公厅关于推荐国家级非物质文化遗产项目代表性传承人的通知》（办社图函〔2007〕111号）。其选出路径为：经各地推荐、申报，专家评审委员会评审、社会公示和复审，最后确定第一批民间文学、杂技与竞技、民间美术、传统手工技艺、传统医药等5大类的226名国家级非物质文化遗产项目代表性传承人。参见《文化部关于公布第一批国家级非物质文化遗产项目代表性传承人的通知》，http://www.ihchina.cn/3/10338.html，2010-04-21/2018-08-21。其后2008年公布第二批国家级非物质文化遗产项目代表性传承人551名，2009年第三批国家级非物质文化遗产项目代表性传承人711名，2016年第四批国家级非物质文化遗产项目代表性传承人498名，2017年12月第五批国家级非物质文化遗产代表性项目代表性传承人1082名。

生产"①都展示了"传统"的流动与文化的变迁。一成不变的文化遗产并不存在,从古至今国家话语、权力就在推动或影响着其流变②。在当下遗产化过程中,"口头传统""民俗""手工艺""民间信仰"等开始作为"文化生产""有利可图的资源"③展示给"他者"。与此同时,他们在《公约》及其相关文件中原初被倡导的社区主导、参与的特性逐渐变化。④ 在此过程中传统的民间文化资源的底层、边缘性亦被改变,它开始作为文化资源被纳入国家话语系统,而且往往只有符合文化部规定的传承人评审标准以及按照其规定程序才能进入国家非遗传承人系统,并享受传承人相关的待遇及其资源;进入国家认定系统的传承人亦从"下里巴人"

---

① [摩洛哥]艾哈迈德·斯昆惕:《非物质文化遗产及其遗产化反思》,马千里译,巴莫曲布嫫校,《民族文学研究》2017年第4期,第55页。

② 如1937年至1949年华北根据地"过年"习俗在革命动员中的变迁,及其对于"春节革命化"与"革命化春节"的推动。参见李军全:《过年:华北根据地的民俗改造:1937—1949》,北京:中国社会科学出版社,2018年。

③ [英]贝拉·迪克斯:《被展示的文化:当代"可参观性"的生产》,冯悦译,北京:北京大学出版社,2012年,第126页。

④ "'社区'(community)无疑是联合国教科文组织(以下简称为 UNESCO)发动的非物质文化遗产保护工程系统中的一个关键词——在该系统中,从'非物质文化遗产'(以下简称'非遗')的认定、清单编制、保护措施的规划和实施,到申请进入各类名录的整个过程,都强调'社区最大限度的参与'(widest possible participation of the communities),倡导'将社区、群体或个人,置于所有保护措施和计划的中心'(at the centre of all safeguarding measures and plans),主张'相关社区、群体和个人在保护其所持有的非物质文化遗产过程中应发挥主要作用(should have the primary role)'。"参见杨利慧:《以社区为中心——联合国教科文组织非遗保护政策中社区的地位及其界定》,《西北民族研究》2016年第4期,第63—64页。

转化到"阳春白雪"。① 此外,遗产化过程中,作为非遗的"民间文化"转化为可被"展示"的地域文化资源,这就在一定意义上改变了传承人的"地域"特性,也就是说传承人要有进入国家传承人话语体系的公共认可度。

2016—2018年,笔者参与中国社会科学院民族文学研究所"登峰战略"重点学科建设"中国神话学"课题组,与课题组成员一起多次前往湖南、广西、浙江等地对盘瓠神话进行调查。2017年在对畲族盘瓠神话进行调查时,对传承人ZAB进行了访谈。ZAB是浙江丽水畲族自治县郑坑乡人,2014年从浙江某职业技术学院退学,回家照顾双亲,后加入了学师传师的行列。学徒生活单调枯燥,师父博大精深的技艺令ZAB的不少师兄望而却步,浅尝辄止。但他用三年时间进行了从取材、制器到雕刻、上漆,从书法、绘画到典礼、法器的学习,后学成出师。他积极与外界联系,在搜狐、优酷等上传视频,我们调查时,他的师父等长辈都推荐他。他们都强调,"他普通话好","能说清楚"。他自己也阅读了一些学术著作,在谈到畲族"盘瓠信仰"中龙麒时,他还借鉴了一些学者的阐释,如有关刘宗迪《拨云见日寻"龙"踪——"龙"崇拜与中华文明》② 等,断定龙麒这一说法不合理。

2017年12月1—5日,笔者前往湖南资兴对当地瑶族的盘王节进行了调研。盘王节是"瑶族人民纪念始祖盘王的传统节日",

---

① 王万顺、梁成帅采访整理:《从下里巴人到阳春白雪——高密扑灰年画代表性传承人吕蓁立访谈录》,《文化遗产》2019年第1期,第126—133页。
② 刘宗迪:《拨云见日寻"龙"踪——"龙"崇拜与中华文明》,《光明日报》2012年2月1日,第5版智慧。

过去民众一般称其为"做盘王""跳盘王""祭盘王""还盘王愿"等。① 各地举办时间不一、形式不同。1984年8月17—20日，全国瑶族干部代表座谈会在南宁举行。参加座谈会的有来自中央民族学院、中国社会科学院民族研究所、中南民族学院以及广西、湖南、广东、云南、贵州等单位和省区的瑶族代表28人，座谈会就民族节日的意义以及选定"盘王节"缘由达成共识。他们商定每年的农历十月十六日为瑶族统一的节日——盘王节，与会人员一致认为："民族节日是民族文化的组成部分，……对民族的发展进步有着积极作用，通过节日活动，可以发展民族文化，……加强与其他民族间的相互了解，振奋民族自豪感"，而"盘王节"民族特点突出，"比较集中地反映了瑶族的历史传统"，而且"盘王节所反映的瑶族历史传统和心理感情，具有广泛的代表性"。后这一仪式活动被统一冠名为"盘王节"，全国瑶族共同庆贺，两年举办一次，成为瑶族的节日符号。② 2006年，"瑶族盘王节"列入国家第一批非物质文化遗产名录。湖南资兴市碑记乡茶

---

① 祭盘王相关记载从晋代已有，"用糁杂鱼肉，扣槽而号，以祭槃瓠"。见干宝撰：《新辑搜神记》卷二四，北京：中华书局，2007年，第294页。具体下文有关盘王节的阐释中再详述。

② 参见《全国瑶族干部代表商定瑶族节日及瑶族研究会座谈会纪要》，广西民族学院民族研究所、民族语言文学研究所编：《瑶族"盘王节"资料汇编》，内部资料，1984年，第35—38页；谭红春：《关于少数民族非物质文化遗产保护实践的反思——以中国瑶族盘王节为例》，《广西民族研究》2009年第2期，第172—178页。

坪瑶族[①],"迄至宋代景定元年时遣派于湖南郴州各县几百里之山地刀耕火种为生"[②]。当地人讲述了他们到茶坪的过程、历史:

> 我们瑶族最开始啊,不是生活在茶坪,都在会稽山。在会稽山久了,不懂得生产、技术不行,干旱、失火活不下去了,就砍树造了船离开。在海上风浪大啊,好久好久都看不到岸,心里急啊!我们就求盘王。因为走的时候没走正门,没告诉盘王,没得到保佑。就说知道错了,请盘王保佑我们顺利上岸,以后我们十二姓子孙,就是盘、沈、包、黄、李、邓、周、赵、胡、唐、雷、冯十二姓,每生一个儿子就献一头圆猪给您老人家还愿。说完之后,海浪果然变小了,没过多久就上了岸。我们这一支,后来就到了资兴。最开始在老茶坪,后来开了矿没水,就搬到了这儿。[③]

该村落民众中还流传着盘瓠故事:

> 很久很久以前,平王和高王争夺天下,打得很激烈,谁

[①] 茶坪村2010年以前处于碑记乡茶坪岭,因资源开采,此地生存条件逐渐恶化,2010年整体搬迁到唐洞街道田心社区,碑记乡并入唐洞街道。另其他有关资兴盘王节的活动资料主要参考相关文献与其他学者的调查。

[②] 乾隆六十年(1795年)修《盘式族谱·序》,见赵砚球:《湖南勉瑶来源考》,载刘满衡编著:《塔山瑶寨》,深圳:海天出版社,2005年,第189页。

[③] 赵前卫讲述,焦学振采录;采录时间:2017年1月11日;采录地点:湖南省资兴市茶坪瑶族村赵前卫家。转引自:"中国神话学"课题组编:《盘瓠神话文论集》(修订版),北京:学苑出版社,2019年,第186页。

也赢不了谁,百姓很苦。老天在天上看,商量了很久,觉着还是平王好一些,他夺得天下后百姓日子会好过,就决定帮助平王。就派了龙犬帮助平王,让龙犬下凡去。这条龙犬就来到了平王这儿,撕下了榜文。这个榜文啊,就是说谁要是能帮助平王消灭高王,就把自己最漂亮、最疼爱的三公主嫁给他还和他共同管理国家。

平王一看,是个龙犬叼着榜文在殿上,心里很担心,也很好奇,问他为什么撕榜。这龙犬又不会说话,交流不了,怎么办呢?平王就问他:"你是不是想要阻拦我攻打高王?"龙犬摆了摆尾巴。平王又问:"你是要帮我消灭平王?"龙犬点了点头,于是啊,平王就明白了,这是神犬要帮自己消灭高王。

龙犬撕下榜文后跑出了平王的国家,走了七天七夜,来到了高王那里。高王看见了龙犬很高兴,因为他知道龙犬一直在平王那里。你想啊,平王的龙犬都跑到了他那里,不是象征着马上就能把平王消灭了嘛。于是高王就把龙犬养了起来,但还是有些顾虑,对龙犬保持着警惕。有一天,高王打了个胜仗,很高兴。宴请大臣们喝酒,喝得很多都醉了,龙犬就有了机会。可是龙犬在高王这里生活了一段时间,觉着高王对自己很不错,有些不忍心下口。但是又想,我既然答应了平王要帮他消灭高王,就应该遵守诺言,还是趁醉把高王的头咬了下来,叼着跑回了平王那儿。

平王看到龙犬叼回的头确实是高王的,很高兴,马上宴请祝贺。但随后又苦恼起来,因为他说过谁要是能帮他消灭高王,就把三公主嫁给他。平王想要悔婚,一直犹豫不决。

这时三公主去找她父亲，说："你既然已经说了谁消灭平王就将我嫁给谁，就应该遵守承诺，不然就会让老百姓失望。"于是平王就把女儿嫁给了龙犬。

公主对龙犬很好，于是龙犬想要变回人形来和公主生活。他托梦让平王找来一口金钟，把他放在里面蒸七七四十九天。一开始挺好，在里面关了四十八天，但在最后一天，公主怕龙犬被蒸死、渴死，于是偷偷打开了金钟。这一看不要紧，龙犬居然变成了一个帅小伙，但就是头上和腿上还有些毛。因为早打开了金钟，没有完全变成人形。她赶紧拿了布将龙犬的头包裹起来遮羞，你看啊，我们瑶族的服饰就是这么下来的，有意思吧？

龙犬后来被平王封到了会稽山做王，成为盘王。盘王和公主在那里生下了六男六女，平王知道后很高兴，给了金银让他们夫妻俩用，还给这十二个孩子赐了姓氏，也就是今天我们瑶族的十二姓。再往后，有一天盘王去山上打猎，一不小心被羚羊撞到，被羚羊的那个角撞了，跌到了山崖里边儿，挂在了树上。公主和孩子们去山上找啊找啊，终于在树上找到了盘王，但还是没有把他救活。他们很气愤，于是抓到了羚羊，把它的皮给剥了下来，这还不解气，又把盘王坠落山崖附近的树木砍下做成了鼓身，再把羚羊皮蒙在上面制成了长鼓。他们边哭边打鼓来怀念盘王。你看我们上次搞的活动，规模那么大，都是靠长鼓，没有长鼓没这个架势。我们新的盘王殿也是,那个最大的鼓也是长鼓。①

茶坪瑶族每年十月十六日盘王生日举行"还盘王愿"仪式,其仪式传承人为赵光舜。赵光舜,1949年生人,退休前为初中英语教师。后来他跟随湖南江华师公学习,自己撰写了三本还盘王愿仪轨、歌谣,并且培养歌娘。笔者到湖南资兴唐洞街道茶坪瑶族村调查"丁酉年资兴瑶族'盘王节·还盘王愿'"祭祀活动时,他是郴州市还盘王愿祭祀仪式市级传承人。2018年9月他被列入湖南省第四批省级非物质文化遗产代表性传承人。② 他在仪式活动以及传承中,积极推动仪式文本的"书面化",希冀还盘王愿仪式能规范与标准化,通过书面加速其传播与推广。

上述两位传承人,他们都有较高的文化程度,尤其是公共认可的"教育水平",他们的教育经历使得他们容易接受公共"知识标准",再加上在对外推广中的语言优势,对自我文化与"他者"标准的理解与阐释,让他们在传承人中脱颖而出。他们的"文化转述",就如"翻译"一样,会不会加上个人色彩?另外他们对于本民族、本地域文化与标准化的知识体系之"考量",是否会屏蔽"文化"本身的"多样性"?

泸溪被称为盘瓠传说(盘瓠与辛女传说)发祥地,1991年召

---

① 赵前卫讲述,焦学振采录;采录时间:2017年1月14日;采录地点:湖南省资兴市茶坪瑶族村赵前卫家。转引自"中国神话学"课题组编:《盘瓠神话文论集》(修订版),北京:学苑出版社,2019年,第194—196页。

② 《湖南省文化厅关于公布第四批省级非物质文化遗产代表性传承人的通知》(湘文非遗〔2018〕95号),湖南省文化和旅游厅,http://www.hnswht.gov.cn/xxgk/gggs/content_129918.html,2018-09-30。

开了全国盘瓠文化研讨会。泸溪有辛女村（原名侯家村）、辛女岩、盘瓠岩（原名狗头岩）、刘家滩（流狗滩）等盘瓠传说中提到的文化景观与名称。盘瓠传说纳入国家级非物质文化遗产项目名录后，当地从2012年开始打造了辛女广场、盘瓠广场等。这一文化的兴起与当地文化人侯自佳有直接关系。1983年8月至9月，侯自佳到中央民族学院参加少数民族文学培训班（45天），在培训中，钟敬文讲授了盘瓠神话，这对他启发很大。从那时起，他就开始关注盘瓠神话。后来在参与民间文学三套集成搜集工作中，他发动泸溪各地搜集盘瓠与辛女的故事。1988年，他参与筹备了全国盘瓠文化研讨会。之后他一直积极推进湖南泸溪一带盘瓠文化的发展，1991年在泸溪县召开了全国盘瓠文化学术研讨会，泸溪盘瓠神话的影响迅速扩大，再加上侯自佳自己以创作为主，他撰写了大量关于盘瓠、辛女的诗歌。在地方性知识系统中他的影响极大。"盘瓠与辛女神话传说"后列入国家级非物质文化遗产项目名录，侯自鹏被认定为传承人。侯自鹏，1959年生，泸溪辛女村（侯家村）人，高中毕业，后又到长春作家班进修了大专文凭。在他的讲述中，盘瓠被列入了三皇五帝、黄帝与蚩尤战争等中原神话谱系。他大量阅读中国古代史以及盘瓠相关论文集，自己撰写了与专家学者访谈的文本以及民俗文化进校园的讲述简本。他的讲述与当地普通民众有着一定的差异，在访谈中他强调盘瓠传说不易找到传承人，因为文化程度不能太低，需要了解中国古代史，有阅读古文献的能力等。

少数民族非遗传承人知识化的发展趋势、发展倾向，这或许与汉族地区的乡贤类似，但如此地方性知识与公共知识体系是否会逐步交融，文化的多样性反而因为传承人对于公共知识体系的接近与趋向渐趋式微?再加上我们对于遗产"情感阐释"的缺失[①],不同民族、地域的口头传统阐释更多参照"精英文化""科学规范"等,使其所具备的文化因子在"文化展示"中被遮蔽。另外因为被冠以非遗,地方文化精英(有些与被认定的传承人合一),尤其是地方政府希冀其标准化,具有现代教育体系知识的传承人往往接纳标准会较快;他们又作为地域文化"代言人",由此容易让文化交流的"互流"式变为"单一"吸纳。在他们的文化讲述中,文化承载者"我者"渐渐被"陌生化""他者化",或许这也是当下地域流动的一个表现,但这些都引发我们对于传承人认定以及当下非遗发展的进一步思考。

三 "盘王节"遗产化:以湖南资兴瑶族盘王节活动为中心的讨论

二十世纪二三十年代,瑶族生存状况及相关风俗引起研究者的关注,《中央研究院历史语言研究所集刊》《旅行天地》《时代之美》《人类学集刊》《西南边疆》《民俗》《地理杂志》《说话》等杂志均有刊载[②],研究者希冀通过"撰写民族志,以便将西南民族纳入国家话语体系"[③]。同时,随着现代民俗学的兴起,"各地的风俗

---

① 张青仁:《殖民主义遗迹与墨西哥恰帕斯州印第安人的"反遗产化"运动》,《文化遗产》2018年第5期,第96—104页。
② 相关资料张泽洪在《近现代中国西南少数民族宗教研究述论》(载于《宗教学研究》2001年第2期,第91—99页)中亦有提到。
③ 王璐:《传统服饰与观念表述——民国时期民族志中的西南少数民族女性表述之考察》,《民族文学研究》2017年第2期,第148—155页。

习惯,……歌谣、传说、故事……"被视为"人民大众精神活动的结晶,……一个民族的活的文化遗产"①。《八桂西陲瑶人的春节》《连县瑶民生活》《调查:连阳瑶民风俗及排瑶地方概况》《谈八排瑶的"死"仪》《瑶山十日》等,提到瑶族生活中的"节序","瑶俗沿用阴历,知年不知闰,遇闰年则曰十三月",并详述了瑶族的"元旦""三月初三(开春节)""清明节""四月初八(牛王诞节)""六月初六(赛土神节)""七月初七(七月香节)""八月初二(早禾节)""十月十六(耍歌堂节)""立春"等②,其中"十月十六(耍歌堂节)"就是当下所述的盘王节。

(一)盘王节作为瑶族民族节日的确立

盘王节是"瑶族人民纪念始祖盘王的传统节日",相关记载从晋代已有,"用糁杂鱼肉,扣槽而号,以祭槃瓠"③。"历来在每年的秋收后到春节前的农闲季节进行。"④各地举办时间不一、举办形式亦不同:广东连阳"排中定例为三年或五年一次";广东连山"一人一生必定要还愿一次,……一般是三天三夜,也有长至五天五夜,七天七夜的。'还愿'以家为单位,但亲戚邻居都参加";湖南新宁县"祭盘王要跳长鼓舞";湖南宁远县瑶族"十月

---

① 郑伯奇:《民俗:活的文化遗产》,《新文艺》(山西)1947年第1期,第3页。
②《调查:连阳瑶民风俗及瑶排地方概况》,《广东省政府公报》1932年第205期,第119—125页。
③(晋)干宝撰,李剑国辑校:《新辑搜神记》卷二四,北京:中华书局,2007年,第294页。
④ 参见奉恒高、何建强编著:《瑶族盘王祭祀大典——瑶族盘王节祭祀礼仪研究》,北京:民族出版社,2010年,前言第2页。

十六还盘王愿。杀猪供盘王。……请道公唱神,要还三天三夜的愿";广西灌阳"每年还一次盘古愿,……不准汉人入愿堂观看"。① 这一仪式活动被统一冠以"盘王节"是从 1984 年开始。详况前文有记述,此不赘。

1985 年农历十月十六,全国各地的瑶族代表、民间艺人聚集广西南宁,首次一起共度民族节日。其后这一节日活动从"湘粤桂南岭地区三省区十县市瑶族盘王节""南岭瑶族盘王节"发展为"中国瑶族盘王节",举办时间改为两年一次。②"盘王节"成为瑶族的节日符号,2006 年"瑶族盘王节"列入第一批国家级非物质文化遗产名录。③非物质文化遗产改变了以往对民间文化资源的传统认知,亦改变了其传统样态。

> 遗产保护意识的产生有一个先决条件,即"地方性的生产"及其模式与机制的转变;同时还造成了一个代价,即在周围一切或几乎一切遗产都消失的时候,感到惊恐的人们才去寻找坐标(repères)和里程碑(bornes),以维系他们陷入剧变中的命运。正是在这种情况下才出现了遗产的生产,不论是遗址、文物、实践或理念;这种遗产的生产能够恰如其

---

① 张辑:《解放前各地过"盘王节"简况》,载广西民族学院民族研究所、民族语言文学研究所编:《瑶族"盘王节"资料汇编》,内部资料,1984 年,第 21—22 页。

② 详见谭红春:《关于少数民族非物质文化遗产保护实践的反思——以中国瑶族盘王节为例》,《广西民族研究》2009 年第 2 期,第 172—178 页。

③ 《国务院关于公布第一批国家级非物质文化遗产名录的通知》(国发〔2006〕18 号),非物质文化遗产网,http://www.ihchina.cn/3/10323.html,2006-12-10.

分地被视为一种"传统的发明"。①

"地方性生产"是遗产化的先决条件，而在遗产化进程中，民俗仪式发生了变化，很多被视为"传统的发明"，即在非遗化后，民俗仪式在多重话语表述中进行重构。②在此以前文提及的湖南资兴茶坪瑶族"还盘王愿"为个案进行阐述。

（二）湖南资兴茶坪瑶族"还盘王愿"叙事

湖南资兴市碑记乡茶坪瑶族③，"迄至宋代景定元年时遣派于湖南郴州各县几百里之山地刀耕火种为生"④。茶坪瑶族村的村民讲述与郴州市苏仙区月峰乡赵家湾的《赵氏族谱》均提及：其先辈从南京七宝洞会稽山迁至江西吉安府鹅颈丘，自先祖赵家根起，到元末明初，辗转汝城九龙江、桂东、酃县（今湖南炎陵县）、资兴、郴县（今郴州）等地。他们每年十月十六日盘王生日

---

① ［摩洛哥］艾哈迈德·斯昆惕：《非物质文化遗产及其遗产化反思》，马千里译，巴莫曲布嫫校，《民族文学研究》2017年第4期，第55页。
② 参见岳永逸、蔡加琪：《庙会的非遗化、学界书写及中国民俗学：龙牌会研究三十年》，《民族文学研究》2017年第6期，第36—52页。
③ 笔者于2017年12月1日至12月5日到湖南资兴唐洞街道茶坪瑶族村调查，当地于12月3日至5日举办了"丁酉年资兴瑶族'盘王节·还盘王愿'"祭祀活动。因此笔者在论文题目中用了湖南资兴瑶族，而没有限定于茶坪即源于此。茶坪村2010年以前处于碑记乡茶坪岭，因资源开采，此地生存条件逐渐恶化，2010年整体搬迁到唐洞街道田心社区，碑记乡并入唐洞街道。另其他有关资兴盘王节的活动资料主要参考相关文献与其他学者的调查。
④ 乾隆六十年（1795年）修《盘式族谱·序》，见赵砚球：《湖南勉瑶来源考》，载刘满衡编著：《塔山瑶寨》，深圳：海天出版社，2005年，第189页。

举行"还盘王愿"仪式，感恩先祖盘王护佑。还盘王愿是"勉瑶向盘王先祖许下的千古子孙愿"，汉人称之为"调王"，瑶人自称"奏档"或"缴律"。本节第二部分已载录了当地民众的讲述。

民众口述中关涉"未告知盘王离开会稽山—渡海—未得盘王护佑—遇难题—许愿—得盘王护佑—平安上岸"，其中的核心情节是"迁徙—渡海—许愿"，它与方志、民间相关文献记载亦吻合。《八排风土记》中记述："十月谓之高堂会，每排三年或五年一次行之。届期至庙，宰猪奉神，延道士口诵道经。"[①]资兴市团结瑶族乡瑶民珍藏《过山根图》载：其先祖原居南京八宝洞会稽山，隋唐年间，瑶人捕鱼失火，十二姓瑶人砍倒门前相思树，造成十二只船，载着十二姓瑶人背井离乡，漂海求生。漂泊三月没靠岸，生死存亡之际，瑶人兄弟跪在船头船尾，向盘王先祖祈祷"保佑我们渡海上岸吧，以后我们每生一个儿子都向你老人家奉献一头全猪"。言毕，"盘王差遣五旗兵马"，抚息波涛，轻风吹送。[②]茶坪瑶族还盘王愿时，师公在"奏档"还愿的"马头意者""圆箕愿""大排良愿"和"歌堂宝书良愿"等仪式环节中，都以《横连大席打令口诀》讲历史，道根源，"当初以来，洪水发过，十二姓瑶人子孙原住南京七宝洞会稽山"。师公在请四庙王的同时，都会请"本祖先扬州庙"，吟颂"香烟奏到扬州大殿本祖家先坟墓里头"。又唱《家先歌》"昆仑山上安灶鬼，扬州大殿

[①] 张辑：《史籍中有关盘王节的记载》，载广西民族学院民族研究所、民族语言文学研究所编：《瑶族"盘王节"资料汇编》，内部资料，1984年，第20页。

[②] 湖南省文化厅编：《湖南省非物质文化遗产名录》第三册，长沙：湖南人民出版社，2009年，第1407页。

请家先,当初共锅吃过饭,死入扬州受佛香"。《开坛请圣》仪式中吟经文,"弟子茅山去学法,步入太上老君门"。[①] 最初的"还盘王愿"以家为单位,"拜王一般在冬季农闲期间,以一家为主,约请客人聚集一起,并请'师爷'四人跳王"[②]。

"还盘王愿"的叙事与仪式扭结关联[③],是瑶族家族或族群内部的"历史叙述",早期碑记乡还盘王愿禁止汉人观看和说汉话,后允许汉人观看但禁汉语,违禁者给予相应惩处。从表述上而言,这是通过仪式对"自我/他者"的区隔。任何文化都需要通过"他者"来建构"自我",同时"每个时代、每个社会都在创造它的'他者'"[④]。而且有关族群历史与族群身份的强调,也是"人

[①] 参见赵砚球:《湖南勉瑶来源考》,载刘满衡编著:《塔山瑶寨》,深圳:海天出版社,2005年,第190页。另,这与调查中师公赵光舜自己整理的盘瓠祭祀仪式程序与唱词相同。

[②] 参见张辑:《解放前各地过"盘王节"简况》,载广西民族学院民族研究所、民族语言文学研究所编:《瑶族"盘王节"资料汇编》,内部资料,1984年,第22页。2009年,湖南蓝山县汇源瑶族乡湘蓝村的"还盘王愿"依然是由冯姓家族举办的以家庭为主的"还家愿"仪式。资料来源于赵书峰《瑶族盘王祭祀仪式及其音乐的比较研究》,他比较了湖南蓝山与资兴的盘王祭祀仪式的主办方、民众参与、仪式程序及仪式音乐的异同。参见赵书峰:《踏歌而行——书峰音乐学论文集》,北京:团结出版社,2013年,第189—213页。

[③] 行文中不区分狭义的神话、民间故事、传说,而统一用口传叙事。下文皆同。

[④] 赵万智:《制造"他者":法国国际广播电台报道中的中国形象》,《东南传播》2010年第8期,第45页。

们在不同场景下生活的一种策略和方式"[①]。但从20世纪80年代开始,"还盘王愿"仪式逐步成为公众活动。1986年茶坪瑶族举族在盘王庙进行了七天七夜的"奏档"还愿仪式,1995年举办了"茶坪瑶人定居200周年暨传统还盘王愿祭奠",在当下茶坪老人的回忆中它们成为重要的"事件"。2006年资兴"还盘王愿"被列入湖南省第一批省级非物质文化遗产名录。"非遗保护在我国已经迅速发展成多方力量共同参与的盛大的社会文化运动。如果说在开始之初,活动的主要参与者是来自学术界的力量,那么现在,政府部门、文化机构、企业以及传承主体等多种不同的力量也都在发挥重要作用。"[②]纳入非遗项目后,政府开始参与还盘王愿的举办。"还盘王愿"仪式开始加入各种新的文化表述,如"甲午年盘王节及非物质文化遗产展演活动""丙申年资兴瑶族'还盘王愿'祭祀礼仪暨非物质文化展演活动""丁酉年'盘王节·还盘王愿'祭祀礼仪活动"等,2016年资兴市筹办"瑶族盘王节(还盘王愿)"申报第五批国家级非物质文化遗产代表性项目名录。地方政府申请非遗项目,希望它可转化为地域景观,藉此转换为地域文化资本,因此他们重视其"可参观性"[③],他们按照美学规律将其"展示"给"观众"(文化他者)。在文化展示中,"还盘王

[①] 杨圣敏:《民族和宗教差异并非冲突的根本原因(代序)》,载[德]李峻石:《何故为敌:族群与宗教冲突论纲》,吴秀杰译,北京:社会科学文献出版社,2017年,第3页。

[②] 安德明:《非物质文化遗产保护的中国实践与经验》,《民间文化论坛》2017年第4期,第20页。

[③] [英]贝拉·迪克斯:《被展示的文化:当代"可参观性"的生产》,冯悦译,北京:北京大学出版社,2012年,第126页。

愿"的叙事与"原生性环境受外界影响较小"地域显著不同。[①] 在茶坪从政府到民众的话语表述中,"盘王节"渐趋取代"还盘王愿"仪式,这一变化,其背后是权力话语的更替。在资兴关于盘王节的追述,与当地瑶族教育家赵循阳息息相关。1951年赵循阳向党中央写信,阐述资兴"还盘王愿"特殊仪式与缘起为"还阴粮,即朝贺,名曰'调王'"[②]。在其后人赵前卫的转述中,强调了"后演变成'盘王节'"。在笔者访谈中,赵前卫提到在其祖父倡议下,1957年茶坪举办了"盘王节",比全国瑶族盘王节要早。[③]这一"盘王节"起源的"地方性知识"被当地民众普遍认可。"盘王节"应是前文所提及的1984年之后出现的"话语",但在资兴它与50年代瑶族教育家赵循阳的倡议相勾连。社会实践、仪式及节庆是非遗的重要部分,而且这类文化遗产"还与社区的世界观和对自身历史和记忆的感知息息相关"[④]。在纳入非遗的"还盘王愿"(更多用"盘王节"的表述)仪式活动中,他们突出这一仪

[①] 2009年湖南蓝山汇源瑶族所举办的"还盘王愿"仪式,有当地湖蓝村冯姓家族举办,其仪式中不用汉语,参与者对本民族文化热情度高。参见赵书峰:《踏歌而行——书峰音乐学论文集》,北京:团结出版社,2013年,第206—207页。

[②] 焦学振:《公众信仰与民众生活——茶坪瑶族村"还盘王愿"仪式研究》,参见"中国神话学"课题组编:《盘瓠神话文论集》(修订版),北京:学苑出版社,2019年,第194页。

[③] 赵前卫讲述,毛巧晖采录;采录时间:2017年12月2日;采录地点:湖南省资兴市唐洞街道茶坪瑶族村盘王大殿。

[④] 参见 UNESCO, Kit of the Convention for the Safeguarding of the Intangible Cultural Heritage: Intangible Cultural Heritage Domains, 2011, p.9. 此翻译来自巴莫曲布嫫研究员在"'壮族三月三'与民族文化强区建设学术研讨会"的主题发言。

式的公共话语叙事脉络,强调"1951年""1986年""1995年"事件,赵循阳倡议"还盘王愿"仪式被建构为茶坪"盘王节"缘起的"地方性知识";"盘王节""非遗"成为民众与官方对"还盘王愿"仪式的共同表述,并且在代际传承中,渐趋成为"显性话语",而与核心情节"迁徙—渡海—许愿"等相关的"族内"叙事在传承中逐步成为"隐性话语"。这也是社会记忆因文化情境的需要而"选择性"传承。另外"一个现存(或'活态')的神话,总是和某种仪式相关联,它不仅激励了宗教行为,而且为它提供了充分的证据。我们理解神话思维的最好机会,是所研究的神话依然是'活生生'(living thing)的文化,在这种文化里,神话构成了宗教生活的关键性基础。换句话说,神话根本不是意指某种'虚构'之物,而是被看做揭示了'尤为真实'的东西"[1]。叙事的变化,会引起其所关涉的仪式之变化,在茶坪仪式缘起时的家族性祭祀也逐渐被族群性祭祀所取代。这些转换使得"还盘王愿"作为瑶族仪式的"内部性"与"边界性"渐趋隐蔽,而突出了其"公共性"。

(三)仪式时间与"日程表"

非遗改变了民俗节庆的传统样态,近年来研究者关注迅速发展的新型民俗节庆,他们用"传统的发明""嵌入理论""脱域

---

[1] [美]伊利亚德:《宇宙创生神话和"神圣的历史"》,载[美]阿兰·邓迪斯主编:《西方神话学读本》,朝戈金等译,桂林:广西师范大学出版社,2006年,第171页。

与回归"等理论予以关照。① 无论以哪种理论视角切入,针对的都是当下非遗语境中"仪式"的急剧变化。传统的民俗仪式进入"公共领域",仪式的秩序随之发生改变,尤其是仪式中的时间秩序,它逐步转换为统一的"时间表述",即"活动日程表"。

资兴还盘王愿仪式纳入非遗保护名录后,它不仅仅是"民族民间文化"转换为"非物质文化遗产"的话语表述的转换。成为非遗后,还盘王愿不再是由某些家族或村民自发活动,而成为由村、镇政府策划、组织的"民俗节庆"。茶坪瑶族村和盘王殿被授予"郴州市非物质文化遗产传承基地"与"湖南省非物质文化遗产保护传承基地",他们的"还盘王愿"仪式成为以村为单位的节庆活动。政府参与及组织的优越性就是各种活动规范统一,传统的习俗纳入了新的社会秩序范畴,仪式举行的时间程序、仪式过程以及参与人员亦纳入现代秩序。对于时间,不同社会、不同文化群体有不同的表述与不同的观念。时间观念不同,对时间的感觉与态度也不同。正如《走进他者的世界:文化人类学》一书中所说,在田野调查中,经常会遇到被访谈人不按时出现,或者问他某地有多远的时候,对方的回答是"半天"或者"一顿饭的

---

① 相关研究甚多,"发明"主要是借鉴霍布斯鲍姆《传统的发明》(顾杭、彭冠群译,南京:译林出版社,2004年);"嵌入理论"主要有马威:《嵌入理论视野下的民俗节庆变迁——以浙江省景宁畲族自治县"中国畲乡三月三"为例》,《西南民族大学学报》(人文社会科学版)2010年第2期,第38—43页;"脱域与回归"参见成海:《传统民俗节庆的脱域与回归——以云南新平花腰傣花街节为例》,《旅游研究》2011年第3期,第70—74页。

时辰"。① 在传统农业社会,"人们在用时、计时、守时等习惯上也比较随意和模糊。例如在钟表普及之前中国人常用的时间词汇有'掌灯时分''日出三竿''一顿饭工夫''不见不散'"②。很多仪式的时间程序更为模糊,开始的时间经常表述为"鸡叫头遍""午饭后"等。而现代社会,重视时间的准确性,时间精确到秒,守时与否成为"进步/落后""现代/传统"的区划标准;"时间编织了人们的生活网络"③,随着民俗仪式被纳入公共领域,其时间表述亦被标准化。"丁酉年资兴瑶族'盘王节·还盘王愿'祭祀流程"规范了"还盘王愿"的仪式,祭祀流程的时间表如下:

一、12月3日(农历十月十六)
(一)上午8:00—11:00时   到老盘王庙接盘王仪式
(二)上午11:00—12:30时   新盘王殿举行祭祀典礼
(三)下午15:00—18:30时
    1.开坛接圣(圣)④,立神安位;2.差兵差将;3.三天门外招兵招将、招五谷;4.收兵回坛;5.立神归位;6.踢兵归位;7.祭兵尝将

---

① 麻国庆:《走进他者的世界:文化人类学》,北京:学苑出版社,2001年,第4—8页。
② 汪天文、王仕民:《文化差异与时间观念的冲突》,《学术研究》2008年第7期,第37页。
③ 曾剑平、廖晓明:《时间观与民族文化——中美时间观比较研究》,《南昌大学学报》(人文社会科学版)2001年第3期,第30—35页。
④ 日程表为原表誊录,其原文有几处用繁体字,笔者在后用括号注明对应的简体字。

（四）晚上 20：00—23：00 时，篝火晚会（围坛）

1. 瑶族长鼓舞；2. 瑶族龙狮；3. 瑶族武术；4. 瑶族师公舞；5. 瑶歌；6. 四男四女拜圣（圣）

二、12 月 4 日（农历十月十七）

（一）9：00—18：00 时

1. 办众圣席；2. 还圆箕愿；3. 杀猪；4. 挂莲花朵

（二）晚上 20：00—21：00 时

1. 奏殿；2. 龙補（补）小席；3. 请踏歌；4. 修愁解意；5. 扫家使者；6. 補（补）台下案；7. 连州后生；8. 勾磨愿；9. 横连大席

三、12 月 5 日（农历十月十八）上午 9：00—12：00 时

（一）起马当路；

（二）送聖（圣）回官（送圣上老盘王庙）

"时间观念不仅仅是人们日常生活当中的重要内容，同时也是现实政治权威建构的重要方面，近代时间观念的变革还具有追求现代性的重要特色"[①]，时间观念的变化折射了社会变迁的历程，如晚清新旧纪年之争反映了当时思想巨变以及社会变迁。在"盘王节·还盘王愿"祭祀中，对于日期的时间表述用了公历/农历，这兼顾了日程工作时间表述与传统季节更替、农事历中节点事件之时间标记，但从表述中依然可以看到公历是仪式时间主标准，农历只是附记，这恰恰体现了权威话语对于"还盘王愿"仪式的

---

① 朱文哲：《近代中国时间观念研究述评》，《燕山大学学报》（哲学社会科学版）2011 年第 1 期，第 42 页。

建构。祭祀流程表由师公赵光舜排列①,但在仪式举行中,所列内容难以按照前后顺序进行,比如12月3日下午第7项祭兵尝将就在12月4日上午第一项完成,且12月4日上午只进行了"办众圣席、杀猪",12:10—18:00进行了"还圆箕愿、请歌踏、连州后生、扫家使者、请王婆圣帝、挂莲花朵(含奏殿)",从实际完成的仪式来看,比日程表丰富,在仪式举行中,师公与参与者根据情境完成各个环节,并且有些仪式的表演性很强,"连州后生"就是仪式演剧,表演者与参与者即兴表演,其持续时间不固定。"还圆箕愿""横连大席"在祭祀流程安排中于12月4日上午、晚上分别举行,这割裂了两者的联系,如前文提及的,"圆箕愿""大排良愿""马头意者"等都以《横连大席打令口诀》讲述瑶人历史。将它们分割于时间表中,其相关的仪式叙事即被区隔或碎片化。传统的"还盘王愿"没有12月3日的"到老盘王庙接盘王仪式"与5日的"送圣回宫"这两个环节,瑶族传统的刀耕火种以及迁徙方式使他们形成了一种观念,即盘王跟随族群流动,新盘王殿落成并举行了请盘王仪式之后,盘王便住在了新殿之中了。② 目前的祭祀流程安排中增加这两个环节,除为了保护老庙之外,也更利于仪式的公众展演。③

在祭祀流程的"时间展示"中,权威话语重视仪式的"可参观性"和"展演性"。另外对于这一祭祀流程,当地官方要留存资

---

① 2017年12月3日笔者访谈师公赵光舜所得。
② 访谈人:毛巧晖;被访谈人:赵光舜(男,师公,瑶族,资兴唐洞街道人);访谈时间:2017年12月4日;访谈地点:湖南资兴唐洞街道盘王殿。
③ 在当地盘王节仪式的组织者解释中,提到了老盘王殿重建于同治六年(1867年),属于文物,具有文化遗产意义,送圣回宫有利于老盘王庙保护。

料,全程摄像,为了能摄制全面,师公的位置以及祭祀法器、参与民众的分布,殿内、殿外仪式的开展有了一定的规划性,即从文化空间①的布局上亦加以规范,其涵括了空间和时间秩序的标准化。仪式与神话具有协约关系,仪式是神话的展演。②"还盘王愿"仪式的展演,糅杂、交融了《盘王大歌》《家先歌》,盘瓠神话、"渡海"叙事等,尤其是有关当地瑶族迁徙的历史表述,如果仪式被"现代时间观"切割纳入祭祀流程,则与仪式相关的叙事无法完整呈现。并且作为"行为模式"的仪式比作为"观念模式"的神话更易产生变化……③

仪式的规范、标准化,叙事人为区隔、碎片化等,消解了仪式的神圣性,引发"还盘王愿"从行为到观念的改变,这会直接影响其今后的传播与传承。"非物质文化遗产的动态性和活态性应始终受到尊重。本真性和排外性不应构成保护非物质文化遗产的问题和障碍"④,但在遗产化中,如何将传统的民俗时间与现

---

① "文化空间是一种作为开展民族民间的传统文化的各种表现形式的场所而言的,它同时兼备空间性和时间性。"《国务院办公厅关于加强我国非物质文化遗产保护工作的意见》,国办发〔2005〕18号,见中华人民共和国中国人民政府网,http://www.gov.cn/zwgk/2005-08/15/content_21681.htm,2005-08-15。
② 此观点为博厄斯(Franz Boas)所述,参见彭兆荣:《人类学仪式的理论与实践》,北京:民族出版社,2007年,第39页。
③ 按照克拉克洪(Florence Kluckhohn)所言,神话和仪式都受到文化传统和外界环境的影响,"在同一个背景和环境变数中,作为'行为模式'的仪式比作为'观念模式'的神话更易产生变化"。参见彭兆荣:《人类学仪式的理论与实践》,北京:民族出版社,2007年,第45页。
④ 巴莫曲布嫫、张玲译:《联合国教科文组织:〈保护非物质文化遗产伦理原则〉》,《民族文学研究》2016年第3期,第6页。

代社会秩序更好地契合,是否可进一步增强现代民俗节庆的包容性,在现代化转换中适当吸纳传统的"时间观念和时间感觉",使民俗仪式在纳入现代秩序的同时,其信仰核心在今后的传承中得以存续,并保存其时间文化的多样性。这也与非物质文化遗产保护之初衷一致,即"改变资本主义体系的中心地位、重建全球社会的政治工具"①。此外,民俗节庆功能单一化、平面化,在文化宣传与仪式展演中只是彰显其旅游文化的意义,而其对于民族、地域、家族历史的叙事功能逐渐减弱,盘王的信仰亦在"文化展示"中渐趋被遮蔽。如何让盘王节在新型民俗节庆中进一步发扬其功能的多样性,需要主办者与文化持有者共同推进。

---

① 张青仁:《社会动员、民族志方法及全球社会的重建——墨西哥非物质文化遗产保护的经验与启示》,《民族文学研究》2018年第3期,第37—38页。

第六章　国外盘瓠神话研究[①]

第一节　英语世界中的盘瓠神话研究述评

英语世界对盘瓠神话的研究多是从东南亚瑶族开始。据法国学者李穆安（Jacques Lemoine）[②]论述，20世纪初，法属印度支那（French Indochina）[③]的军政人员与迁到老挝北部的瑶族交往时，瑶族拿出一份《评皇券牒》文件，"瑶族叫这个文件为'过山防（榜）'，它的完整名称用汉语读起来是'评皇券牒过山防身永

[①] 第六章所用译文如无注释则为笔者与中央民族大学中国少数民族语言文学学院比较文学与世界文学专业2020级在读博士王晴（英文），中国社会科学院大学中国少数民族文学系2018级硕士研究生王天舒（日文）翻译及校对，感谢王晴和王天舒的帮助！
[②] 李穆安译名各人所译不同，有译为"雅克·穆勒瓦纳""勒莫瓦纳""莱蒙"，除原发表文章一并引出时不予统一，其他都统一用"李穆安"。
[③] "法属印度支那"指19—20世纪间被法国殖民的越南、老挝、柬埔寨等国家，1954年法国正式撤出这一区域。

远',即评皇的特许证,过山永远安全通行。特许证忠实地复制了盘瓠的故事,但它与范晔的文本有所不同……"①,该文件引起了西方学界的重视。

一 盘瓠神话资料搜集

1920年,法国汉学家马伯乐(Henri Maspero)在他编辑东南亚地区的少数民族文献中收录了瑶族的《关山簿》抄件,日本学者白鸟芳郎将《关山簿》和《评皇券牒》相比较,认为《关山簿》是券牒的别称,两者内容基本相同,此外河内法国远东学院编著过山榜文献《谅山省禄平州蛮书》也属券牒文献范畴。②20世纪下半叶,盘瓠神话相关资料的搜集工作大力推进。五六十年代,美国康奈尔大学"东南亚研究计划"对泰国北部的山地民族进行了大规模的调查,库什曼(Richard David Cushman)的博士论文《瑶人民族史若干问题的研究》中记录:"泰国的瑶族是唯一没有槃瓠神话的瑶族……西尔维亚·龙巴德在清莱府境内五年,与瑶人共起居,从未听到过这一类故事。他再三重复说这里的瑶族好像对这类故事毫无所知。"③夏普和汉克斯④曾直接向瑶人提出关

---

① Jacques Lemoine, *Yao Ceremonial Paintings*, Bangkok: White Lotus Co. LTD, 2010:12.

② 黄钰辑注:《评皇券牒集编》,南宁:广西人民出版社,1990年,引言第9页。

③ *Personal Communication to R.D.Cushman*, 1967, Cited from Richard D.Cushman, 1970:117。

④ Lauriston Sharp and M.Hanks Lucien, *Field Notes*, 1963, Cited from Richard D, Cushman, 1970:117。

于槃瓠的问题，但从回答中，无法得到任何有用的情况……关于槃瓠在泰国消失的背景原因……或许由于他们了解泰人蔑视犬，为了不使泰人知道这一点，当然在瑶人这一方面就采取回避的态度了。"① 竹村卓二认为，库什曼的判断有失偏颇，随后他前往泰国北部瑶族地区进行调查，发现当地瑶人群体中依然有口头流传的盘瓠神话。

李穆安是法国科学院东南亚及南中国研究所所长，国际瑶族研究协会会长，曾在东南亚生活20多年，八九十年代曾多次到中国南方进行瑶族宗教调查，足迹遍及广东、广西、云南、贵州、湖南等地瑶区，从20世纪70年代起发表关于瑶族宗教的学术论文。② 其著作《瑶族神像画》(*Yao Ceremonial Paintings*)③共20章，正文部分159页，书中收录了297幅神像图，此著对过山榜相关文献做了评述。1982年，泰国曼谷白莲有限公司刊印此书英文版。作者之后访问中国时将其赠予中央民族学院胡起望，该书开始被国内学者了解。随后，覃光广、冯利对该书做了

---

① Richard David Cushman, *Rebel Haunts and Lotus Huts: Problems in the Ethnohistory of Yao*, A Thesis Presented of the Faculty of the Graduate School of Corenll University for the Degree of Doctor of Philosophy, 1970, pp.117-118. 转引自[日]竹村卓二:《瑶族的历史和文化——华南、东南亚山地民族的社会人类学研究》，朱桂昌、金少萍译，北京:民族出版社，2003年，第246页。
② 袁君煊:《瑶族宗教与道教关系研究综述》，《宗教学研究》2016年第4期，第173—174页。
③ Jacques Lemoine, Yao Ceremonial Paintings, Bangkok: White Lotus Co. LTD, 2010.

介绍,译出第 2 章①,李增贵译出第 1、2 章并发表。② 该书"绪论"中谈到,这些珍贵的"道教神像画"(笔者按:作者将其视为宗教物品)③一直被小心收藏,不让外人窥探,70 年代末有为数不多的人类学家在本地人特许他们观看的宗教仪式中才能看见其中一二,后来由于越南、老挝、泰国等地爆发战争和革命,居住在山区的瑶人陷入极不安定的生活境况,有的被迫远涉重洋到美国、欧洲谋生,作为传统宗教的"道教神像画"也大批变成商品在市场上出售。"这些画获得了极高的货币价值(monetary value),买家们表现出极大的兴趣,1975 年以来在公开市场上,这些画的售价已提高了 15 倍。"④

戴维德·乔丹·维特(David Gordon White)于 1988 年完成了与盘瓠神话相关的博士论文,后该论文修订成著作《犬人神话》(*Myths of the Dog-Man*)⑤,于1991年出版。书中将盘瓠神话的叙事模式视为族群起源神话,对干宝《搜神记》、范晔《后汉书》、郭璞《〈山海经〉校注》、瑶族《评皇券牒》中的盘瓠神话异文及相

---

① [法]雅克·勒穆瓦纳:《瑶族、宗教:道教》,冯利、覃光广译,《宗教学研究》1987 年第 00 期,第 32—38 页。

② [法]雅克·勒穆伊纳:《瑶族的历史和道教》,李增贵译,《广西民族研究》1987 年第 3 期,第 81—87 页。

③ "它们(神像画)的价值对于他们最初的使用者来说是纯粹的宗教物品,买手们却发现了它们的经济价值。"参见 Jacques Lemoine, *Yao Ceremonial Paintings*, Bangkok:White Lotus Co. LTD, 2010: 1982:7.

④ Jacques Lemoine, *Yao Ceremonial Paintings*, Bangkok:White Lotus Co. LTD, 1982: 7.

⑤ David Gordon White, *Myths of the Dog-Man*, Chicago: The University of Chicago Press, 1991.

关要素进行比较分析，通过罗列不同文本，辨析异同，指出蛮、瑶随历史语境的变化指代的族群也不同。亚利桑那州立大学教授约雷弗·琼森（Hjorleifur Jonsson）于 1992 年 10 月至 1994 年 8 月间在泰国北部瑶族村落进行田野作业时，亲睹瑶族民众呈上的《评皇券牒》，这一行为当时是瑶民接待外来访问团的重要礼节的一部分。[1]

美国国会图书馆于 2005—2007 年间先后三次从英国书商 Robert Stolper[2] 手中购入瑶族手抄文献 241 件，这批文献是 Robert 从东南亚一带收购，与德国慕尼黑巴伐利亚州立博物馆 1995 年收购的一批瑶族文献同出一处，可比较互证。美国国会图书馆馆藏瑶族文献中最早的落款年代为乾隆十九年（1754 年），其他明确标明乾隆年间的瑶书有 7 册，光绪年间的 28 册，嘉庆、道光、咸丰、同治、宣统等时期计 20 余册，清代手抄本 50 余册，民国至新中国成立前的手抄本近 50 余册。[3] 尚有约 1/4 的

---

[1] 转引自 Eli Noah Alberts, "Commemorating the Ancestors' merit: Myth, Schema, and History in the 'Charter of Emperor Ping'," *Taiwan Journal of Anthropology*, 2011(1): 20.

[2] 英国书商 Robert 个人背景资料不详，据参与收购工作的亚洲理论研究部主任居蜜博士介绍，Robert 原籍美国，后移居英国，收藏印度文物与艺术品，亦收藏中国与东南亚古文献。参见何红一：《海外中国少数民族文献的保护与抢救——以美国国会图书馆中国少数民族文献收藏为中心》，《江西社会科学》2010 年第 12 期，第 170 页。

[3] 1984 年国务院转发了《国家民委关于抢救、整理少数民族古籍的请示》，其中对少数民族古籍范围作了详细的界定：少数民族古籍，包括有文字类和无文字类。其时间范畴与汉文古籍一样以 1911 年为下限，但"因族而异"，部分可延伸到 1949 年。

抄本因破损严重无法判定年代，有待于进一步考辨。最晚抄成的《设鬼书》，封面标有"皇上民国管下七十六岁丁卯年三月初五日"字样，这种现象在这批文献中不在少数，虽然几经转手或隔代重修，仍然基本保持原始状态。① 这些文献记录了古代瑶族远迁路线中的各种信息，是对国内现存瑶族文献很好的补充，且其内容丰富，有文书、经书、歌书、历书、占书、合婚书、启蒙读本等，几乎囊括了瑶族文献的所有类别。② 其中美国国会图书馆收藏的《过山榜》就有 4 件之多，均为卷轴式，长 32—33.9cm，宽 474—518.7cm，每卷有榜文 4000 字左右，图文并茂，并加有圆形印模，按黄钰关于《过山榜》四种类型的分类及评估③，应为《过山榜》类文献中珍贵的正本（古本）型版本。④ 何红一认为，这批文献的抄成时间难以确定，一是祖源国经历多次时代变更，

---

① 何红一：《海外中国少数民族文献的保护与抢救——以美国国会图书馆中国少数民族文献收藏为中心》，《江西社会科学》2010 年第 12 期，第 170 页。

② 何红一：《美国国会图书馆馆藏瑶族手抄文献新发现及其价值》，《中南民族大学学报》（人文社会科学版）2009 年第 3 期，第 72—73 页。

③ 黄钰将其分为四种类型：一、《评皇券牒》《盘古皇圣牒》等文献，内容完整，篇幅五六千字，冗长者超过万言，流传广布，为正本型或古本型；二、《瑶人榜文》《过山文》等文献，篇幅三四千字，少者仅有数百字，删漏较多，为简本型；三、《过山图》《龙凤批》等文献，根据券牒的基本精神，加入氏族史事内容，为券牒中的编修型。四、《祖途来历》《瑶人分基来路祖途》等文献，民间常以券牒存藏，但与前三种有很大出入，不属券牒范畴，但仍是宝贵文献。见黄钰辑注：《评皇券牒集编》，南宁：广西人民出版社，1990 年，引言第 6 页。

④ 何红一：《海外中国少数民族文献的保护与抢救——以美国国会图书馆中国少数民族文献收藏为中心》，《江西社会科学》2010 年第 12 期，第 170 页。

传抄人远离故土,可能无法知晓新的纪年方式;二是文献抄成时间并不等于该文献形成时间,可能依照前朝固有习惯来传抄。

当《评皇券牒》传播至越南、泰国、老挝等东南亚国家,其复杂性同样令人吃惊。先后师从田海(B. J. Ter Haar)与梅维恒(Victor H. Mair)的美国学者伊莱(Eli Noah Alberts)[①],现任教于科罗拉多州立大学历史系,其论文《纪念祖先功绩:〈评皇券牒〉中的神话、基模与历史》(Commemorating the Ancestors' merit: Myth, Schema, and History in the "Charter of Emperor Ping")[②]介绍了《评皇券牒》通过手工抄写、油印、木刻、石印等方式制作的大量副本,这些文本依靠民众迁徙而传播,它们在不同行政区、不同民族以及瑶族的不同支系呈现的特点不同。据伊莱的论述,云南和广西西部地区只发现了少量的《评皇券牒》,而发现《评皇券牒》数量最多的地区是湖南、广东和广西两省交汇的边境地区和毗连地区,这可能是产生和传播的主要地域,另外山河的地理分布也为《评皇券牒》相关习俗的传播奠定了环境基础。

伊莱从图像上分析了《评皇券牒》各类异文,即券牒文本附有的不同装饰,特别是构建文本因子的插图。最早也是最基本(basic)的插图出现在云南金平县流传的文本中,该文本在嘉靖年间被复制。这一文本中,没有皇帝印章,只有出现在《评皇券牒》开头的一个还盘王愿的仪式,盘王下方有五个人:拿着沙漏

---

① 对伊莱的师从关系参考了江田祥:《20 世纪 60 年代以来西方学界广西民族研究动态与趋势》,《广西民族研究》2013 年第 3 期,第 69 页。

② Eli Noah Alberts, "Commemorating the Ancestors' merit: Myth, Schema, and History in the 'Charter of Emperor Ping'," *Taiwan Journal of Anthropology*, 2011(1): 19–65.

型长鼓的人，跳长笛舞蹈的人带着两个仆人。20世纪，出现盘王被道教最高神灵三清神替代的文本，下方仍然有五个类似的人物组合在举行仪式；还有一些文本中，盘王或皇帝两侧是12个孩子，男女各站一边；甚至还有秦始皇、唐太宗、宋仁宗等不同皇帝的组合。单从资料搜集上来讲，伊莱的工作十分浩繁并保留了大量的盘瓠神话文本。

二　盘瓠神话与历史

伊莱《纪念祖先功绩:〈评皇券牒〉中的神话、基模与历史》一文，是他在台湾"中研院"民族学研究所的帮助下于2008—2010年间完成的研究工作。下面以该篇文章提及的主题为中心，综述西方学界对盘瓠神话的讨论。

文中伊莱介绍了:《评皇券牒》也叫《过山榜》，是在中国南部、越南和泰国等地区瑶族（特别是盘瑶或过山瑶）流传的一种文献，涉及瑶族起源、姓氏由来、族群迁徙、图腾崇拜、瑶汉关系以及有关民族权益的内容，历来受到国内外瑶族研究者的高度重视。最常见的为卷轴形式，上有帝王印章、护符、皇帝和道教神明画像、地图等，由于它在形式和内容上都与古代皇帝的诏书相似，过去的学者通常认为《评皇券牒》是帝国授予瑶族，允许其在山区自治的敕令；伊莱却认为:《评皇券牒》是"当地人的创作，源自熟悉帝国文本惯例的瑶族领袖，他们操纵其为自己、族人和家人谋利"①。伊莱描述了《评皇券牒》不同版本的分布、产生、流传情况,阐释过山瑶创制《评皇券牒》的传统,说明其如何结合叙事和视觉特点纪念瑶族祖先的功绩,进而得出结论:《评皇券牒》是神话也是历史,并且是瑶族民众宣称其在国家和宇宙间位置的基础。

在开篇介绍部分,伊莱引入两个事件,一是约雷弗·琼森于1992年10月至1994年8月间在泰国北部瑶族村落的田野考察:村民为欢迎国际代表团的到访展现了一系列仪式,和婚礼时接待新娘代表团的仪式(如挂横幅、男女各站两旁,提供茶水等)类似,代表团在当地村民的导引下发现了《评皇券牒》,这引起了代表团的极大兴趣和高度重视。二是新中国成立后所成立的中央民族访问团,于1951年6月进入湖南豪江乡(今江华瑶族自治县)进行访问,当地人向中央民族访问团展示了一份由盘添财书写、53名当地人签署的文件,认为瑶族的生活应如《评皇券牒》中皇帝授予瑶民的特殊权力那样,保持传统的刀耕火种,建设本民族学校、砍伐出售木材、建造房屋、获得生产必需品等。两个基于不同历史语境发生的事件,其重点都在于瑶民展示《评皇券牒》的这一行为,那么《评皇券牒》到底对瑶民意味着什么?

伊莱从米歇尔·萨林斯(Marshall Sahlins)神话现实理论出发,进行主体间的比较:"瑶民是否将新中国的领导者视为当代的'评皇'(《评皇券牒》中记载的十二姓瑶人的第一位汉人皇

---

① Eli Noah Alberts,"Commemorating the Ancestors' merit: Myth, Schema, and History in the 'Charter of Emperor Ping'," *Taiwan Journal of Anthropology*, 2011(1): 19.

帝），而将国民党领导者视为'高王'（《评皇券牒》许多版本中，'高王'被盘瓠咬死），中央访问团则是恢复帝王传统（imperial tradition）的参与者？"① 基于此，进一步提出问题：豪江乡的民众为什么要以《评皇券牒》所表达的神话历史模式来表达他们的要求？这份文件（以物件、宝物的符号形式出现）有何特别之处值得向政府代表团介绍的？为什么不是道教画像、仪式经书等其他物件？伊莱认为解决该问题，需要意识到：代表社区的村长向代表中央政府、最高权力的政府代表团呈上《评皇券牒》，这一事件展现了"瑶民与朝廷（imperial court）官员"的交往，蕴含着瑶民对国家的历史意识。

（一）《评皇券牒》是否为真正的朝廷诏书？

美国学者司马虚（Michel Strickmann）认为《评皇券牒》是朝廷向瑶人下发的诏书，批准十二姓瑶人拥有自己的土地、神圣的祖先文化、刀耕火种的传统技术。② 几年后，李穆安在他的《瑶族神像画》③ 中表达了相似观点，认为《评皇券牒》是朝廷为了终结瑶民叛乱授予瑶民的。

---

① Eli Noah Alberts, "Commemorating the Ancestors' merit: Myth, Schema, and History in the 'Charter of Emperor Ping'," *Taiwan Journal of Anthropology*, 2011(1): 23.

② Eli Noah Alberts, "Commemorating the Ancestors' merit: Myth, Schema, and History in the 'Charter of Emperor Ping'," *Taiwan Journal of Anthropology*, 2011(1): 24.

③ Jacques Lemoine, *Yao Ceremonial Paintings*, Bangkok: White Lotus Co. LTD, 1982.

田海对上述学界达成的普遍共识——"《评皇券牒》是皇帝下达的诏书"提出疑义,认为《评皇券牒》很有可能是瑶民自己根据口头传承的神话故事,模仿朝廷诏书而编撰的。[1] 作为瑶族文化一部分,《评皇券牒》是对朝廷传统的符号、叙事模式和实践的借鉴、利用和隐喻,目的是建立对汉人的认同感,同时展示瑶族文化的独立性,证明瑶族的独特身份和权力。因此,田海认为《评皇券牒》并非真正的皇帝诏书,即使许多学者都将《评皇券牒》视为瑶族早期的历史材料。

伊莱与田海的观点一致,认为可以用萨林斯"文化适应"(acculturation)[2] 理论来解释。瑶人掌握了汉人的文字生产和知识传播规律,他们模仿官方制作诏书,诏书中所使用的语言虽然古朴[3],却对王朝统治和朝代有准确描述,对官员职位和薪酬亦有精准了解,这让官员和学者都很信服。他们精通汉语,通过对权威话语的使用建构瑶族身份、维护瑶族的文化独特性和地位,并产生了拥有特权的效果。

琼森提出,《评皇券牒》是帝国(imperial state)的象征,该

---

[1] B. J. Ter Haar, "A New Interpretation of the Yao Charters," in Paul van der Velde and Alex Mckay (eds.), *New Developments in Asian Studies*, London and New York: Kegan Paul International, 1998: 3-19.

[2] 夏威夷人在英国探险队队长库克到来后不仅保持了自身文化结构的持续性,而且文化结构也发生了转型,形成了宗教神话的年度仪式。参看 Marshall Sahlins, *Islands of History*, Chicago and London: The University of Chicago Press. 1985.

[3] 伊莱对此产生怀疑:这种古朴的笨拙(clumsy)是原始作者本身的原因,还是几个世纪抄袭模仿的结果。

帝国是与以汉人为主的朝廷同等地位的国家,反映了瑶民的宇宙观(cosmographic)。瑶民基于历史的生态、社会、政治、种族类别而制造外在于国家的边界(boundary-making),中央王朝又通过等级分配、对贸易和社会关系的控制促成国家的再生产。[①] 从《评皇券牒》之中,可以看到瑶民领导人将自身视为地方官员,与朝廷进行互动的过程,券牒也是为了纪念(commemorate)与朝廷的历史关系而制作的。

(二)《评皇券牒》如何参与权力秩序的生成?

伊莱认为,《评皇券牒》叙述与该族群有关的事件,甚至还提供有关族群祖先所采取的具体迁移途径的信息。其描绘出的跨地区跨民族空间,并非单一的、同质的空间,而是地域交往下的"连接结构(structure of conjuncture)"[②],是盘瑶和其他的族群、支系、非瑶族群体、帝国(imperial)系统之间的微观社会学的交往,是一系列因素的联结——民族构成、权力关系、生态条件——不同地区各不相同。无论一个瑶族家庭离开其神话历史的祖源地到多么遥远的地方去,都一直将《评皇券牒》视为其族群起源及迁徙路线的执照。

《评皇券牒》文本中的各类符号有更深层的意义指涉。伊莱通过分析各类《评皇券牒》的来源地、流传地、最早版本及复刻原因,发现在其生产和传播过程中,家庭代际相传是主要特

[①] Hjorleifur Jonsson, *Mien Relations：Mountain People and State Control in Thailand*, Ithaca and London：Cornell University Press, 2005：28.

[②] 如萨林斯提及的文化联结点(cultural conjuncture)。

征——众多父系继承的跨国群体通过传家宝(即《评皇券牒》)继承祖先精神,保持家族联系,扩大网络。大多数用于衬托《评皇券牒》的象征——印章、法宝、帝王、道教神灵、地图,代表着远在都城的朝廷和超乎人类世界的道教神灵,是强大权力机构的认可标志。因此《评皇券牒》是一种象征,不仅象征着氏族及其与更大实体("十二个部落的瑶族""皇家—瑶族")之间的关系,还象征着《评皇券牒》制造者、拥有者的威望和权威(prestige and authority)。

各处发现的《评皇券牒》大小存在差异:长宽不同,文字大小不同,使用插图及符号的数量不同。伊莱进一步提出疑问:"《评皇券牒》不同版本的处理方式是否暗示着拥有该文本的拥有者的信息?为什么有的文本中有很多印章,其他文本却没有?神话历史文本与蕴含道教因素的文本之间是否存在重要的历史差异?"[1] 这些是否意味着文本生产者和拥有者的不同权力?伊莱的疑问有其道理。伊莱提到,20世纪中国研究瑶族历史文化、盘瓠神话的学者"发现"了100多份《评皇券牒》,并经常将其从瑶山村落环境中移出,存放在当地的博物馆、政府机关、研究机构,有些则成为学者的私人收藏。这样的去语境化使重建使用《评皇券牒》的原初语境的工作变得复杂,但却意义重大。当然,可以说这样的去语境化一直存在,因为拥有《评皇券牒》的人可能会迁徙并且其继承人会制作新的副本。《评皇券牒》的复刻需

---

[1] Eli Noah Alberts, "Commemorating the Ancestors' merit: Myth, Schema, and History in the 'Charter of Emperor Ping'", *Taiwan Journal of Anthropology*, 2011(1):38.

要专业工匠帮助炮制,制造者可能是瑶族也可能是非瑶族的画家,不同工匠在图示法处理、使用材料、复刻手法上各有不同,因此产生了不同工艺质量的《评皇券牒》,工匠参与炮制《评皇券牒》时,作为中间人的他也可能突出其中的某些部分。"从某种意义上说,《评皇券牒》本身的复制和再复制、珍藏和传播,蕴涵着社区中活着的和死去的成员的记忆,这些成员在为朝廷和精神世界的道教表现形式的服务上也获得了功绩。"①

《评皇券牒》还蕴含、表达了地方首领与中央的关系。坎德尔(Peter Kandre)和琼森集中探讨了老挝、泰国地区,盘瑶的族长或首领(Mien headmen)在当地瑶族社区及与其他社会政治形态互动中的权力与地位。晚清时期,当地酋长是朝廷直接认可的地方首领,这有利于中央控制地方,也有利于地方维持自治。科大卫(David Faure)指出,被冠以"瑶"的人们经常生活在不利的条件下,当时在广西生活的壮族(历史上曾称为"僮人")、从清代起就被称为过山瑶的盘瑶,他们常常生活在难以耕种的高地上,因此这些族群从一个地方搬到另一个地方,其目的就是为了寻找赖以生存的土地。用坎德尔的话说,《评皇券牒》所表述和强调的内容"符合他们所进入地区的主流权力结构"②。长期以来,山区一直是那些被国家称为强盗和叛乱分子的避难所。伊莱

---

① Eli Noah Alberts, "Commemorating the Ancestors' merit: Myth, Schema, and History in the 'Charter of Emperor Ping'," *Taiwan Journal of Anthropology*, 2011(1):45-46.

② Eli Noah Alberts, "Commemorating the Ancestors' merit: Myth, Schema, and History in the 'Charter of Emperor Ping'," *Taiwan Journal of Anthropology*, 2011(1):43.

指出，像20世纪初老挝和泰国，地方治安官作为国王的代表，会寻求熟悉当地民众生活的瑶族土司的帮助。这些地方领导人可以充当朝廷（imperial court）的代理人，传播信息、说服所谓的匪徒从藏匿处现身，并召集民众参加战斗。伊莱还列举了黄钰研究的广西恭城、湖南地区的碑刻来说明这一问题。瑶族领导人与朝廷之间，还存在着一种交换和效忠关系。明朝永乐年间，广东高州地方瑶人首领用土特产效忠朝廷，朝廷回赠钞币、绢衣，收到皇家礼物的瑶人十分珍视，将其作为朝廷认可的证据和地位的标志。一些瑶人应征入伍，效忠朝廷。清末，应征入伍的瑶民首领在国家控制中国南部和西南部反叛中发挥了重要作用；入伍政策是从明朝初年开始实施的，其以宋朝时期采用的军事战略为蓝本。宋代宁宗时期的"应征入伍"政策为：湖南军事专员选择受瑶民尊敬的土豪，作为地方军事总管，命名为"瑶兵"，"立瑶兵每山每寨皆设一瑶目"①。伊莱认为，最早的《评皇券牒》可以追溯至这一时期，它可能是那些效忠朝廷应征入伍的瑶人首领起草的，因为许多《评皇券牒》的开头都有"招抚瑶人"的字样，特别是标榜龙犬盘瓠功绩的古本型券牒更是说明这一问题。盘瓠的立功实践构筑着瑶人首领的行动，《评皇券牒》生产的整个传统源于瑶汉政治交往和适应的历史，该历史早于生产券牒的传统。立功实践也塑造了瑶民社会和文化生活的其他方面——婚姻、农业习俗、"功绩－生产仪式"（merit-producing ceremonies）

---

① 化州市地方志编纂委员会编：《化州县志》，广州：广东人民出版社，1996年，第754页。

以及瑶民与精神世界的中央政府之间的关系。① 正如坎德尔所主张的那样，瑶民社会的福利取决于两个截然不同的权力结构：精神世界的利益和现世的政治体系的利益。伊莱认为，《评皇券牒》要点有三：第一，保存过去瑶族首领的记忆；第二，服务于提供券牒的那些即将成为首领的人；第三，提供了与外部力量交往的指南。"用谢里·奥尔特纳（Sherry Ortner）的话说，还为他们提供了'预先组织的行动方案'；或萨林斯的观点'神话实践的部署'。从战略意义上讲，它们提供了与各种外部力量，尤其是与皇权的互动模型"②（In a strategic sense, they provided a model for interacting with various external powers——most notably, the Chinese imperium）。

另外，持有《评皇券牒》也可能意味着危险。琼森提及其田野工作中的发现：二十世纪六七十年代，一个拥有《评皇券牒》的瑶人为了避免泰国政府怀疑或抓他入狱，就烧毁了手中的《评皇券牒》。③ 这一时期，中国也因《评皇券牒》涉及迷信而大规模地没收和销毁。

总之，伊莱认为《评皇券牒》是一种历史想象，实现"圣帝敕赐

---

① Eli Noah Alberts, "Commemorating the Ancestors' merit: Myth, Schema, and History in the 'Charter of Emperor Ping'," *Taiwan Journal of Anthropology*, 2011(1): 46.

② Eli Noah Alberts, "Commemorating the Ancestors' merit: Myth, Schema, and History in the 'Charter of Emperor Ping'," *Taiwan Journal of Anthropology*, 2011(1): 46.

③ Hjorleifur Jonsson, *Mien Relations: Mountain People and State Control in Thailand*, Ithaca and London: Cornell University Press, 2005, pp.58-59.

地方居住，给立评皇券牒榜令律条券牒（为照），王瑶照牒施行"①。

（三）不同神话叙事对"功绩制造"的影响

《评皇券牒》不同版本强调的重点不同。古本《评皇券牒》（standard charter）强调券牒是盘瓠后裔 12 位首领必须遵循的法律；广西中部相似版本的券牒则强调盘古创造万物的功绩，瑶人作为盘古的后裔在国家和宇宙中的特殊地位，他们断言，瑶人存在于中国皇朝之前。该版本与古本有相同的基模（schema），即瑶人身份植根于立功立业，尽管其中一种强调功绩源于宇宙发生，另一种强调功绩源于对朝廷神话-历史的服务（merit derives from mytho-historic service to the imperial court）。

伊莱认为，龙犬盘瓠的故事是最有说服力的表达模式（expression of this schema）：一份值得赞扬的契约代表着祖先的功绩，而功绩又传给了他的后代，后代则通过自己的行动并纪念原先的功绩来建立自己的功绩。它的基本结构与谢里·奥尔特纳描述的夏尔巴人建立庙宇基模（Sherpa temple-founding schema）相吻合。② 该故事涉及一场竞争（评皇 vs 高王），获得守护者（盘瓠）以及击败对手（盘瓠杀死高王，并将其头带回评皇朝廷），

---

① 伊莱引用了黄钰辑注《评皇券牒集编》（南宁：广西人民出版社，1990 年，第 275 页）中 1972 年于广西金秀瑶族自治县忠良地区车田六怒村搜集的《评皇券牒》版本。

② 谢里描述了庙宇空间的宗教仪式实践如何建构着文化基模。见 Sherry Ortner, "Patterns of History: Cultural Schemas in the Foundings of Sherpa Religious Institutions," In Emiko Ohnuki-Tierney (ed.), *Culture Through Time: Anthropological Approaches*, Stanford: Stanford University Press, 1990, p.70.

"英雄显然是守护者盘瓠,而不是评皇的平凡表现"①。后来英雄与皇帝的女儿结婚,夫妻二人定居在偏远的山上以及生出十二个孩子,六男六女,这是十二姓氏的起源。该叙事表达了瑶族(或瑶族的特定群体)存在自己的族谱系统,宣称的出生地,与朝廷的关系,以及盘瓠向盘王的转变是"具有仪式性的转变,并具有政治意义"②。

伊莱表示,虽然在盘瓠神话中支持瑶民主张的原始价值源于暴力行为——咬住敌方国王的头,但也归功于富有创造力的行为——"漂洋过海"中盘王如何营救海上失踪的十二个部落代表的叙述,以及盘古创造宇宙的叙述。

1. 盘王的存在及形成过程

"盘瓠—盘王"的转变经历了四次转型,这些转型似乎与仪式化生活相吻合:出生、立功(exploit and recognition)、婚姻、死亡和仪式化纪念。

第一次转型:盘瓠叼着高王的头颅回到评皇朝廷,与评皇女儿结婚,装扮成人,展示了盘瓠向人的转化及社会化。他的皇室妻子和他的新装是他功绩的象征,他将把这种荣誉传给他的孩子们和他们孩子的孩子们,以及每一个在世的瑶族人。伊莱认为,某些事件应该被描述为一种本体论转变,而不是象征性的衣着变

---

① Eli Noah Alberts, "Commemorating the Ancestors' merit: Myth, Schema, and History in the 'Charter of Emperor Ping'," *Taiwan Journal of Anthropology*, 2011(1):48.
② 同上。

化:"2008年11月我又接触到了另一个盘瓠化人的版本:盘瓠在容器里待49天可化人,评皇的女儿提前去看他,结果转化未完成,除头以外的身体都已化为人,这也是瑶人裹头的原因。"[1] 畲族还将敌方国王称为"番王","砍下头颅"这一叙事成为番薯收获的象征。

第二次转型:评皇得知十二个孩子的出生时,欣喜若狂,封称号"盘王",使盘瓠成为第一个始祖和瑶民首领。

第三次转型:盘王在深山里狩猎时被羚羊杀死。他的孩子们发现了挂在树上的失踪的父亲,把他带回家安葬,穿五色衣,埋在木棺中。

第四次转型:评皇命令盘瓠的孩子们通过"描成人貌之容,画出神体之像"来敬拜父亲,这体现在绘画作品中,以及生活和行为的仪式化纪念中。他们将这些画作传给孩子,供献祭时使用,每三到五年举行一次的还盘王愿仪式,使盘王转变为神,即瑶族的皇家始祖(royal primogenitor,这是按照《评皇券牒》所定义的)和神圣人物,他的后代可以在需要的时候向他求助。

2."漂洋过海"和盘王的功绩

盘瓠漂洋过海的叙述都是从危险开始的,一个英雄或多个英雄的行动解决了难题,获得了功绩和其他奖赏。"漂洋过海"叙述中的问题是双重的:一方面,涉及始祖因战争和动荡而离开家园,伊莱认为,这大致与明朝洪武年间(1368—1398)的统治有

---

[1] 伊莱采集,赵有福师公讲述,讲述时间:2008年11月,地点:广西贺州赵有福家中。

关；另一方面，它涉及在暴风雨中他们的船可能损失。这两个故事都包括一次重要的海上旅行。

伊莱强调了数字 7 在叙事中的重要意义。盘瓠横渡大洋 7 天；盘瓠的后裔和他的 12 个孩子在暴风雨泛滥的水域中的船上停留了 7 天 7 夜；皇帝给了盘瓠 7 天的时间来完成他向人类的转变；盘瓠被放置在一个容器中 49 天，是 7 的倍数；7 天也是还盘王愿仪式的传统时长。

《评皇券牒》清晰地预想了对盘王的崇拜，劝告孩子们以彩绘的形式纪念他，并规定了敬拜祖先的仪轨，即还盘王愿仪式的结构：举办日期、献祭方式、歌舞活动等。"摇动长鼓，吹唱笙歌，击锣擂鼓，务使人欢神乐，物阜财兴，五谷丰收。"[①] 为确保盘王在需要时的援助，还盘王愿仪式不但纪念盘王功绩，根据需要重构"漂洋过海"的叙事——盘王拯救了他的子民，具体细节不同版本各不相同。有的说盘王拯救了遇难的瑶人，创造了天地，手下有五骑兵马，有的说瑶人"漂洋过海"时找不到海岸，在船上祭拜请求出现五旗军、祖宗家先、三州三庙圣王。伊莱指出，与盘瓠神话不同，盘王的功绩不是为帝王服务，而是服务于他的子民。盘王超越了他作为瑶族祖先的角色，成为拟人化的宇宙的产生力。他现在显然是人类可以敬拜的神，人类向他献祭，并在需要时寻求他的帮助。然而，"功绩不仅限于神灵的回应和功效，还由诸如船上祭祀之类的仪式所累积，并通过每个仪式专

---

① 黄钰辑注：《评皇券牒集编》，南宁：广西人民出版社，1990 年，第 15 页。

家、每一次仪式展演而扩展"①。

3. 盘古的创造

伊莱发现,广西宜州及周边地区流传的文本,叙述了盘古的功绩,而不是盘瓠。盘古式的《评皇券牒》与盘瓠式有着相同的排序基模,但是前者将瑶人置于宇宙中更高、更重要的地位,更具宇宙性,而非将瑶人功绩基于盘瓠的行动,即一种暴力或萨林斯所说的"野蛮行为"。"盘古的功绩表现为创造:它是天地的分离者,在一些版本中还是创造者。当盘古首次出现时,宇宙一片混沌,没有太阳或月亮,没有白天或黑夜。然后,盘古创造了世界,划分天地,创造水和陆地、日月星辰,建立五个属性、五个方位,划分一年的二十四节气等等。"②伊莱提出,盘古就像"道"本身一样,是宇宙中的终极创造力。这些文本清楚地表明了他的非凡功绩,在其后人中世代相传。十二姓氏瑶族,在文字上和当代用语中也称为盘瑶,由于姓盘,因此与原始人类和宇宙本身的开始有着直接的线性联系。

伊莱认为,盘古式《评皇券牒》的另一重要特征是,先于帝国历史性观念确定瑶民的功绩(how it situates Yao merit prior to any notion of imperial historicity)。盘古早于文本叙事所建构的朝

---

① Eli Noah Alberts, "Commemorating the Ancestors' merit: Myth, Schema, and History in the 'Charter of Emperor Ping'," *Taiwan Journal of Anthropology*, 2011(1): 55.

② Eli Noah Alberts, "Commemorating the Ancestors' merit: Myth, Schema, and History in the 'Charter of Emperor Ping'," *Taiwan Journal of Anthropology*, 2011(1): 56.

廷和朝代制度。古本《评皇券牒》是在评皇的混沌（chaos）统治时期——神话时代——开始其叙事顺序，龙犬盘瓠为皇帝服务，因此早期盘瓠式叙事的原始功绩，"在野性的外在与帝国的内在之间表现出一种纽带"[①]。另一方面，盘古出现于混沌之中，起源于天地，先于评皇和天而出现。盘古的功绩比通过向皇室提供服务所获得的功绩要大，并且具有世界性的意义，没有它，朝廷将不存在，人类、人类居住的世界也将不存在。因此，虽然盘瓠的叙述源于瑶民为皇帝服务的功绩，并相对其他民族享有特权，但盘古的叙述不仅将瑶民的存在置于其他地方人民之上，还伴有对朝廷本身的尊重。实际上，古本型《评皇券牒》中评皇是帝王/皇帝（emperor），在盘古式《评皇券牒》中评皇弱化为王（king），但也是皇祖的祖先。另一方面，盘古被尊为圣贤。这种不同的优先次序在某些《评皇券牒》的反复陈述中得以体现——先有瑶人后有朝廷。

伊莱分析，盘古故事中的瑶族血统在国家乃至宇宙之前。盘古原本就是创造了十二姓氏族，就像他创造了其他的一切一样。在某种意义上说，这在本体论上产生了影响，即瑶族的祖先，首先是盘古或盘龙王，然后是十二姓氏族，在汉族之前就奇迹般地构思好了。实际上，在这一文本中，除了盘古、他的后代和评皇之外，没有人存在。

这三个叙事说明都突出了盘王的不同方面：古本《评皇券

[①] Eli Noah Alberts, "Commemorating the Ancestors' merit: Myth, Schema, and History in the 'Charter of Emperor Ping'," *Taiwan Journal of Anthropology*, 2011(1): 56.

牒》中的盘瓠故事解释了盘瓠如何成为国王和他取得功绩的依据。另外几份《评皇券牒》中的"漂洋过海"叙事则描述了盘王的后代在需要的时候如何诉诸于他。盘古的故事则设想盘王既是瑶族的祖先,又是宇宙的生成力量,与道教的"道"相联系。这些都使用相同的基模序列:一个(或多个)英雄进行攻击,并通过此成就获得功绩。但是,这个功绩并不会因英雄去世而消亡,而成为他后代赖以为生的依凭,盘瓠后代通过对英雄原始行为的纪念和复制使它在世界上得以体现。古本《评皇券牒》描绘了瑶族服务于汉族统治者的历史,从盘瓠对评皇的服务开始,一直延续到后代为后来有历史记载的皇帝效力,而盘古神话则是将《评皇券牒》置于朝廷之上,乃至宇宙生成。

《盘瓠是否盘古》[1]是李穆安在国际瑶族研究协会第一次会议演讲的题目,文章认为盘古不能被当作盘瓠,二者有不同的渊源,盘古神话在于创世,而盘瓠神话是一种身份鉴别神话,当然盘瓠信仰却有可能变为盘古信仰。

戴维德·乔丹·维特在《犬人神话》第七章"中国犬人神话"(Chinese Dog-Man Tradition)中提及大量盘瓠神话异文中不变的叙事要素——盘瓠服务于帝王乃至帝国。[2]

伊莱在结语部分表示,此篇文章的目的是为《评皇券牒》研究开辟新的领域:作为物和作为文本的《评皇券牒》,它既可作

---

[1] [法]勒莫瓦纳:《盘瓠是否盘古》,《中央民族学院学报》(哲学社会科学版)1989年第2期,第5—7页。

[2] Davide Gordon White, *Myths of the Dog-Man*, Chicago: The University of Chicago Press, 1911, p.156.

为在特定社会文化语境中实现自身历史生产、流通和功能的物质对象,又可作为能够进行文学、历史学、人类学分析的文本,我们通过两类不同的历史模式的梳理,探寻其如何通过神话-历史而实现他们对祖先功绩的不断纪念。伊莱强调其因有三:第一,《评皇券牒》是在不同地理空间不断复制的过程中传播的,也在代际之间以传家宝形式传播。作为物质对象,人们使用它。第二,《评皇券牒》显然是自我参照的元文本(metatextual)。"他们在说自己是什么,他们描述了他们的目的,或者至少指出了主持和撰写这些书的人,这些人在特定的副本中添加了评论,包括印刷品中的'编者按',他们描述了其用途和意义,他们确实有话要说。"[1] 第三,这些"人"都是有血有肉的,考虑到这一点,伊莱选择将匿名声音所作的叙事,和从田野现场的线人(提供线索的重要中间人)那里获得的叙事,都作为证据。

伊莱一直在关注神话与历史之间的关系,因为《评皇券牒》似乎在不同程度上表达了两者之间的关系。这些看似独立的领域(一个想象中的,一个真实的)都是根据这些《评皇券牒》的基模构成的:功绩值得纪念并反复宣扬,永无止境。神话被视为持续行动的基础,是永久获取功绩的准则,《评皇券牒》的其他标志性特征也是如此。

---

[1] Eli Noah Alberts, "Commemorating the Ancestors' merit: Myth, Schema, and History in the 'Charter of Emperor Ping'," *Taiwan Journal of Anthropology*, 2011(1):58.

三 盘瓠神话与仪式

盘瓠神话与瑶族节庆、人生仪礼、宗教祭祀等仪式性活动紧密相关，并依托于仪式实现其传播和强化，同时神话也为仪式提供了合法合理的原则。

伊莱认为，瑶族人民崇拜盘王，在某些仪式上穿特定衣服或悬挂画像，将一项仪式持续一定时间。……从这个意义上讲，《评皇券牒》和其中的叙事起着解释性的作用，但更进一步，它们以相同的文化基模构架了多样化的活动——农业[①]、仪式、狩猎、婚礼和政治聚会。

《评皇券牒》的传播伴有独特的仪式实践传统，瑶人纪念被朝廷承认的祖先，建立和维持着基于共同起源的"想象的"共同体。《评皇券牒》相伴的那些仪式性行为（如盘瑶的还盘王愿仪式）提醒着现在拥有它的人与过去拥有它的人之间的连续性，以至后代能够追溯到祖先盘瓠。同时意味着瑶人祖先与朝廷的联系，也反映着瑶汉的关系。

按照黄钰的观点，不同版本的《评皇券牒》体现了拥有者的不同等级和社会职能。仪式专家通过举行仪式获得神赋予的精神，成为受人尊敬的大师公，获得社会地位。坎德尔将其视为"功绩－制造仪式（merit-making ceremonies）"，该仪式需要严格的环境条件，也需要投资大量钱财，才能从中央政府的精神世界

---

① 伊莱在田野时与仪式专家交流，该专家将"盘瓠带回敌方国王的头"与"耕种收获番薯"联系起来。

（the spirit world from the spirit central government）获得个人的精神状态，以获得功绩。[①] 他也列举了瑶族成年礼仪式的例子，12岁是一个关键的时间节点，孩童通过度戒仪式获得祖先精神，自此真正成为族群一员。

琼森列举了 20 世纪泰国北部瑶族仪式的例子，说明"大头人"[②]通过道教仪式获得声誉和超凡的身体，成为具有威信力的人，可以领导社区信徒从一个地区转移到另一个地区。师公具有特殊声望：住所与其他人分离，财富相当可观，拥有独特的仪式契约，尊贵的品位，每个家庭需要每年向师公上交一篮米饭作为贡品。坎德尔《瑶族超自然力、语言和民族特点》[③]一文对瑶族的仪式秩序和仪式语言的显性、隐性功能进行了分析，其中包括瑶族所归属的身份特征，受委派的超自然权力，明确表达的地位和价值观念、角色表现：第一，仪式作为合乎规范的情感表达、适合社会情境的产物所体现的儒家观念；第二，超自然统治者们的等级制度（hierarchies），施法者的神奇力量所体现的准政治

[①] Peter Kandre, "Autonomy and Integration of Social Systems: The Iu Mien ('Yao' or 'Man') Mountain Population and their Neighbors," in Peter Kunstadter (ed.), *Southeast Asian Tribes, Minorities, and Nations*, Princeton: Princeton University Press, 1967, p.588.

[②] A high-level headman (tom tao mien; Mandarin: da touren, 大头人). 参见 Hjorleifur Jonsson, *Mien Relations: Mountain People and State Control in Thailand*, Ithaca and London: Cornell University Press, 2005, p.78.

[③] Peter Kandre, "Yao (Iu Mien) Supernaturalism, Language, and Ethnicity," in Dacide J.Banks (ed.), *In Changing Identities in Modern Southeast Asia*, 1976, pp.171-198.

(quasipolitical)概念。因此,盘瓠神话渗透于瑶人的农业仪式、狩猎仪式、婚礼和政治聚会当中,神话文本的拥有者通过仪式巩固其神职特权,从而在社区中获得名誉和声望。伊莱断定,《评皇券牒》也是官员、军事指挥者、神灵下达的牒文,赋予瑶人在官僚体制中的使命和地位;若是由佛教僧侣和道士持有的度牒,他们将以各自的宗教仪式来证明其神职人员地位。

四 盘瓠神话与宗教信仰

关于盘瓠神话与宗教的关系学界有几种观点:第一种,认为瑶族盘瓠神话相关的仪式行为深受道教影响,趋于道教化,称为"瑶族道教"或"瑶传道教"。第二种,瑶族盘瓠信仰与道教、佛教、儒家思想等相互交织,相互影响。第三种,盘瓠神话与道教仙话相似,但与道教根本性质不同,并非道教。

(一)盘瓠神话受道教经典影响,从而道教化

这种观点认为,瑶族《过山榜》原非道教经典,当时为了减少纷争、天下太平便跟从了道士的宗教习俗,接受他们的道教信仰及各种道教仪式,延续至今。

1975年出版的白鸟芳郎的《瑶人文书》是一部有关瑶族宗教礼仪的书籍,这一著作引起史学家司马虚的注意,认为瑶人文书与北宋时期首次刊布的道教礼仪经典有关,即宋徽宗时期编纂的道教礼仪法典《天心正法》,道士们像西方传教士一样,将道教的方术礼仪传播到南方瑶人地区,"一些地方官(加入道教的)在处理官方事务时也利用天心法术的仪式:诸如治理管辖区、防治

瘟疫以及祈求粮食丰收"[1]。

大多数人类学家都认为瑶族宗教是一种原始的、当地固有的部落传统信仰，然而也有学者认为，瑶族宗教源于道教，且就是道教。李穆安提出，"令人惊讶的是，需要一些汉族宗教实践的知识来理解：瑶族宗教及其仪式只能是从一个更为强大的传统中借鉴而来，这个传统就是中国道教"[2]。道教在中国孕育和生长，国外学者对其较为关注，他们对道教的研究从中国及东南亚诸国的少数民族开始入手，认为道教的形成—传播与南方少数民族有关。李穆安懂中文，对东南亚和中国南方苗瑶等民族颇有研究，他在多年的田野调查研究中，注意到了瑶族宗教信仰的特色，对他们的宗教观念、宗教仪式、宗教活动、宗教用品都很关注。他在70年代初提出：瑶族的宗教就是道教。此后，继续深入，收集了大量瑶族宗教的各种神像和仪式照片等，完成了《瑶族神像画》一书。此书对瑶族的历史，宗教信仰——道教，瑶族宗教神像的起源，中国的神仙序列、三清神、玉皇大帝、天师、神兵元帅、天庭地府的众多神灵都进行了描述。作者认为，道教不仅是中国汉族的宗教，也是瑶族的宗教，瑶族在古代几个世纪中曾经是中国南方一个道教流派的信徒，这是汉族中央王朝权力中心南移（南宋时代）时，瑶汉民族冲突的一个结果，然

---

[1] 参见 Michel Strickman, *The Tao among the Yao：Taoism and the sinification of South China*, communication to the American Oriental Society Western Branch Los Angeles, 1979. 此处转引自[法]雅克·勒穆瓦纳：《瑶族的宗教：道教》，覃光广、冯利译，《民族译丛》1987年第2期，第42页。

[2] Jacques Lemoine, *Yao Ceremonial Paintings*, Bangkok：White Lotus Co. LTD, 2010, p.21.

而瑶族的道教又不同于汉族道士的实践，对于瑶族来说，"神职授权是解脱的唯一方式，影响至整个社区（ordination is the only way to salvation and consequently must be extended to the whole community），如果一个人想守住自己死后的道教天堂，该授权成为一种不可推卸的责任"[1]。李穆安对瑶族的度戒仪式、拜师学道、挂灯进行细致的描述并辅以配图加以说明，以比较的眼光注意到了道教在瑶族地区的差异性和宗教仪式的共同性，注意到妇女也有资格在度师仪式中获得死后升天、加入神仙行列的待遇，"女性并没有被排除在这些激烈的宗教活动之外"[2]。

李穆安进一步解释瑶族的道教仪式表现，发现道教在各地瑶族中间被普遍接受，但存在地域差异，各瑶族地区的道士一直在维持他们的礼仪，该礼仪能够将人们从罪恶中解放出来。接着举了一个瑶族男孩四五岁就被要求用毛笔书写汉字的例子，说明正是瑶族道教仪式焚烧文书这一环节的需要，使得汉字书法成为瑶族重视的基本训练，那些书写能力较好的"祭司"就可帮助他人筹备祭神仪式。他认为，在一个瑶族道教组织中，有两类道士，一种是达到某等级但还没有能力主持重大仪式；另一种是专职祭司，即大师公。17岁左右，每一个瑶族男孩就通过"挂灯"仪式被引进道教的神殿，授予第一阶道士等级，获得法名；通过"度师"仪式的登刀梯；忍受斋戒一周的考验；从三清神处学习道术；

---

[1] Jacques Lemoine, *Yao Ceremonial Paintings*, Bangkok：White Lotus Co. LTD, 2010, p.33.

[2] Jacques Lemoine, *Yao Ceremonial Paintings*, Bangkok：White Lotus Co. LTD, 2010, p.28.

徒步走过烧红的石头等。该仪式由集体共同分担经费开支，许多人都掌握一枚刻有"太上老君急急如敕令"的印章，"牒"是证明道教等级的证书，每个都有几份抄本，其中一份由本人保管，死去时抄本全部焚烧。妇女也参与仪式，随着丈夫的升级得到不同的称号与权力，丈夫和妻子都可获得被瑶族称为"阴兵"或"兵马"的神灵的保护，装扮出场大型活动。

　　道士中的少数佼佼者，一般作为著名大师的弟子学习多年，大师传授给他们各种道教礼仪、文书，他们学习祈求书的咒语、青词黄表、禳灾书、赞颂诗等，学习主持仪式。

　　李穆安用道教的宗教词汇解释了瑶族的大部分信仰活动：瑶民认为他们的教义来源于梅山，与汉族道教中的"闾派"相对应，梅山是死者灵魂的最终归宿。瑶族的三清崇拜属于道教梅山派[①]，可能居住在梅山的一些瑶族改变了传统信仰，将道教传播到其他瑶族地区。李穆安进一步提出："漂洋过海"的英雄史诗形成时，瑶人是否已经是道教徒？他没有进一步论述该问题。只是在书中力图证明，瑶人是道教的信徒这一观点。

　　美国人类学家李瑞福（Ralph A. Litzinger）也将瑶族的仪式实践归为道教，认为"历史上道教传教者对瑶人仪式的创造和干预，使得道教信仰逐渐成为瑶族民族身份认定的标志"[②]。

[①] Jacques Lemoine, *Yao Ceremonial Paintings*, Bangkok: White Lotus Co. LTD, 2010, p.55.

[②] Ralph A. Litzinger, "Making Histories: Contending Conceptions of the Yao Past," in Stevan Harrell (ed.), *Cultural Encounters on China's Ethnic Frontiers*, Seattle: University of Washington Press, 1994, p.138.

(二) 盘瓠信仰与道教、佛教、儒家思想相互交织

司马虚《瑶族中的道》(The Tao among the Yao)[①]引起西方学者对瑶族宗教文化的讨论。上述已提到李穆安将瑶族宗教归为道教,当然并非排除了道教以外的其他信仰,他在《瑶族神像画》中分析了瑶族神像的装饰中受佛教文化影响的元素,如佛教"如意"符号出现在神的一只手里。[②]

伊莱在博士论文中,对瑶族与道教的相关问题作出了解答,该论文被出版成书《道教的历史和中国南方的瑶族》(A History of Daoism and the Yao people of South China)[③]。在此著中,伊莱梳理了瑶族研究学术史、中国南方少数族群与汉族交往史,认为这段历史对阐释瑶族及其宗教信仰的源流具有重要价值,道教对中国南方少数民族和东南亚北部的少数族群也具有重要意义。伊莱对瑶人从清朝就开始的道教实践做了描述,发现其与当下汉族社会中的仪式相似,说明瑶人十分熟悉汉人的宗教仪式。接着,从其历史称呼"莫徭"以及盘瓠神话内容来判断,免除徭役和赋税是瑶民所关注的核心。伊莱还将陶潜《桃花源记》中构拟的"神话世界"与范晔《后汉书》比较,指出陶潜是他那个时代

---

① Michel Strickman, "*The Tao among the Yao: Taoism and the signification of South China*," communication to the American Oriental Society Western Branch Los Angeles, 1979.

② Jacques Lemoine, *Yao Ceremonial Paintings*, Bangkok: White Lotus Co. LTD, 2010, p.60.

③ Eli N. Alberts, *A History of Daoism and the Yao People of South China*, New York: Cambria Press, 2006.

的"范畴",盘瓠神话构拟的世界适用于当代的瑶民群体,并将其与道教梅山派、土家族八部传说相联系,其仪式实践也大致与道教《太平经》相似。最后,伊莱重点论述了《过山榜》从南宋至明清在中国的流布,以及文本呈现中的盘瓠、五位仪式专家、十二男女形象,并把他们与道教的三清神相联系,认为瑶族道教仪式传递着帝王许可的权威(conveying the authority of imperial legitimization),盘瓠神话需要在道教信仰和实践的背景中阐释。伊莱的观点引发了学界的争论。

(三)盘瓠信仰并非道教

祁泰履(Terry Kleeman)是加州大学柏克莱分校博士,现为美国科罗拉多大学东亚语言与文学系教授,负责教授东亚宗教课程,他的研究方向为道教天师道及中国民间宗教。他认为,伊莱的这本书对道教与瑶族的讨论很有见地,发人深省,但书中的一些观点还有待商榷,希望学界能够继续深入研究,并撰写了一篇书评。他的观点主要是:第一,伊莱所描述的瑶族本土仪式证实了李穆安《瑶族神像画》中所呈现的画面;伊莱在中国以民族志的方式对盘瓠神话进行了深入的田野考察,他希望发现瑶族宗教更纯粹的、更原始的来源,但其研究未能说明"引入瑶族道教实践中的非汉族元素在文本中的意义或仪式实践中的角色"(these non-Chinese elements introduced into Yao Daoist practice, their significance in the texts, or their role in Yao ritual practice)。[1] 第二,伊莱结合《后

---

[1] Terry Kleeman, "Book Reviews: A History of Daoism and the Yao People of South China," *T'oung Pao*, 2010(1): 246.

汉书》等中国古籍及瑶民传唱的歌谣对盘瓠形象来源进行了追溯，但李穆安认为，盘瓠神话无法确定具体年代，如何能将族群历史与盘瓠神话相联系，如何确定这是一种本土信仰而非某些文人阅读文献的结果呢？实际上，现代中国的少数民族常常在古籍中探寻他们的民族渊源。第三，伊莱将问题延伸到瑶族梅山道教的实践，很吸引人，但证据缺失不能完全令人信服。①

另外，祁泰履还认为，伊莱书中延伸至土家族八部传说的讨论，也是他1998年出版《完美：中国千年王国的宗教和民族》（*Great Perfection*: *Religion and Ethnicity in a Chinese Millennial Kingdom*）② 相关讨论的延伸。此外，戴维德·乔丹·维特在《犬人神话》第七章"中国的犬人传统"中阐释了盘瓠神话是"本土野蛮人（indigenous barbarian）的传统"，与汉族相对，但又与传统文化关系密切。③

随着国际文化交流的推进，世界各国人类学、民族学、民俗学研究互动增强，各学科研究的理论视角更加丰富，学科体系愈加成熟，再加上现代教育培养出一批批受过专业训练的研究人员，使得盘瓠神话的研究有了较为夯实的基础。自20世纪下半叶以来，国际上成立了众多瑶族研究机构和团体，如法国瑶人研究会、国际瑶族研究协会泰国支会、美国大瑶人团、国际瑶族研

---

① Terry Kleeman, "Book Reviews: A History of Daoism and the Yao People of South China," *T'oung Pao*, 2010(1): 247.

② Terry Kleeman, *Great perfection: Religion and Eehnictity in a Chinese Millennial Kingdom*, Honolulu: University of Hawaii Press, 1998.

③ David Gordon White, *Myths of the Dog-Man*, Chicago: The University of Chicago Press, 1991, p.140.

究协会、德国慕尼黑巴伐利亚州图书馆瑶学工程[①]，还有日本神奈川大学瑶族文化研究所（ヤオ族文化研究所）等。盘瓠神话逐渐成为世界瞩目的国际性学术话题。综合上述讨论，英语世界盘瓠神话的研究趋势大致如下：

第一，英语世界中盘瓠神话的研究主要集中于盘瓠神话资料建设、神话与历史、神话与仪式、宗教信仰等几大主题，历史学、宗教学、神话学、人类学等学科皆有涉猎，盘瓠神话的研究者也多是这些领域的学者，近年也有一些音乐学、语言学的盘瓠神话研究成果。

伊莱希冀后续研究能够继续讨论有关《评皇券牒》如何传布（传布者、传布群体、传布之地）的问题，找到具体的田野点，深入分析"物之《评皇券牒》"（as material objects）的价值和意义。"虽然我尝试提供整体的视角——部分是结构性的，但源于瑶民对世界的回应，而这种结构可以改变——但我认识到有必要更深入地研究各个《评皇券牒》与特殊的后代群体、部落和地区之间的联系。"[②] 黄钰保留了某些地区特有的《评皇券牒》，与古本不同，这些散布在广大地区，其中包括在广西宜州及周边地区流传的文本，叙述的是盘古的功绩而非盘瓠，为什么它们比其他地区的文本更具宇宙性？该地区的居民如何看待这一文本？

琼森所讨论的泰国《评皇券牒》与湖南或广西《评皇券牒》产

[①] 张有隽：《瑶族研究国际化述论（代序二）》，载张有隽主编：《瑶学研究——现代化与瑶族：发展前景》，南宁：广西民族出版社，1997年，第9页。

[②] Eli Noah Alberts, "Commemorating the Ancestors' merit: Myth, Schema, and History in the 'Charter of Emperor Ping'," *Taiwan Journal of Anthropology*, 2011(1): 59.

生的背景并不相同,可以发现,不仅是空间流动在改变《评皇券牒》的环境,时间的流逝也改变了环境,比如收集到较多《评皇券牒》文本的学者黄钰和他的祖父黄伟满、叔祖父黄伟秀(在1936年向人类学家杨成志展示抄本)在《评皇券牒》生产的传统上是否有同样的理解?他们的曾祖父黄文超持有的《评皇券牒》大约是一个世纪之后才向杨成志展示的。另外,围绕盘王崇拜形成的《评皇券牒》与当地以及跨地域的瑶族和非瑶族之间的联系值得进一步关注,更多了解《评皇券牒》的传播方式和地点将有助于选择田野点,并探索在某一特定地区中《评皇券牒》发挥的作用。

第二,在记录明朝晚期至民国时期每个《评皇券牒》传播地域的微观历史方面,还需要做更多的工作。这意味着要追踪这些地区政府政策的历史,观察瑶民对这些政策的回应,以及领导叛乱或寻求国家支持的地方首领们。这个延伸项目的起点是湖南永州市以南的地区,特别是蓝山和江华一带以及广东和广西的毗连地区,那里搜集的《评皇券牒》数量最多,种类亦最多。在那里还发现了清朝早期的木刻文本,这是古本《评皇券牒》早期传播的证据。在新中国成立初期,该地区曾有53名当地有影响力的人士签署了文件,请求得到新政府的支持。

第三,除了在家中进行的仪式外,我们还可以研究《评皇券牒》传播地区盘瓠和盘古庙宇的历史和分布。谢里·奥尔特纳尝试通过分析庙宇建造的相关民俗来透视某一地区的文化模式,基于庙宇中的宗教仪式实践来透视某一地区的社会生活和政治关系。这种思路也适用于盘瓠神话与仪式的相关研究。

第四,静态文本与活态文本并重。最初西方国家接触到的盘瓠神话多是去语境化(decontextualization)的文本(博物馆、图书馆、研究室中的瑶族文献)。后续研究可以将《评皇券牒》中对盘王的描写与其他文献、图像、口头的多种表述形式、服装以及仪式中的表现进行比较,从整体上考察盘瓠神话。伊莱利用了各种当地文献和档案资料、石碑和庙宇铭文、地名词典、官方和非官方资料、20世纪的报纸和杂志文章、那些仍可以回忆起过去《评皇券牒》被珍藏时代的人的口述,这极大扩展了用文字描绘的画面,尤其是《评皇券牒》所创造的跨地域(translocal)的空间表现。另外,记录在不同区域以口头形式讲述的有关盘王、十二姓氏的故事以及他们漂洋过海和翻山越岭的事迹,将加深我们对这些叙事的文本化过程的理解。

第五,对盘瓠神话的宗教层面的关注继续深化。祁泰履认为,伊莱为瑶族宗教和道教的研究做了大量工作,呈现给世人非常具有可读性的、丰富的表述,希望伊莱对瑶族道教仪式和经文的田野研究只是一个开端。[1]李穆安将《评皇券牒》视作宗教物品,更视作瑶族独特的宗教艺术形式,从人对艺术本身的热情出发,延伸到艺术品(瑶族神像画)背后的宗教和社会文化。希冀未来更多的研究者能够沿此路径继续前行。

总之,20世纪下半叶泰国、日本、美国、法国等从事与瑶族、盘瓠神话研究相关的学者,他们注重神话文本之语境与实地考察。21世纪初开始,琼森、伊莱、祁泰履等英语世界的研究者们开始走出《评皇券牒》文献,将目光投向对持有盘瓠信仰的族群之历史文化整体及讲述盘瓠故事的个人;他们发现:盘王的

---

[1] 参见 Terry Kleeman, "Book Reviews: A History of Daoism and the Yao People of South China," *T'oung Pao*, 2010(1): 249.

"新职业生涯"也由此开始,通过群体记忆和结构性失忆,盘瓠神话"被现代民族国家挪用和重新构想"①。

第二节 国外其他有关盘瓠神话的研究②

纵观国外其他有关盘瓠神话的研究,其成果主要集中于日本、泰国、法国、德国、越南等。

一 日本对盘瓠神话的研究

（一）日本学者盘瓠神话资料搜集与文本分析

1. 盘瓠神话引起关注的原因

日本学者对盘瓠神话的关注,第一是源自其国内兴起的"寻根"和"传统文化复原"运动,前者追溯遥远的过去,后者则面

---

① Eli Noah Alberts, "Commemorating the Ancestors' merit: Myth, Schema, and History in the 'Charter of Emperor Ping'," *Taiwan Journal of Anthropology*, 2011(1): 61.

② 这一节资料因为原作为多种语言,很多没有能力阅读原文,只能以汉译著作为主,因此所总结和论述的只是沧海一粟,有很多不全面的地方。但为了能呈现盘瓠神话研究的整体概貌,还是将其专门撰写成一节。不足之处,请同人指正!

向现实。据田畑久夫分析,瑶族、苗族广泛分布的云贵高原①有一部分为山谷盆地,其他部分为照叶树林——这是欧亚大陆东部的温带南部的独特植被,是照叶树林文化的核心地区,而该文化又是作为日本固有文化中基础文化(basic culture)的中心地区。②江上波夫也提及"照叶树林地带从日本本部南半部,经华中、华南的山地地带,远及泰国与缅甸的丘陵、山丘地带一直延伸到喜马拉雅山脉的丘陵地带"③。因此,为了查明日本文化的源流,寻找日本文化之根,以云贵高原为中心的中国西南地区民族传统文化的研究成为日本学者关注的重点。"在云贵高原上展开的以瑶族为重点的调查,可阐明该地区山栖集团的风俗等传统文化。这主要是为了应对明治维新以后日本引进欧美文化,使得国内文化传统衰落的问题,这些调查可以认为是日本传统文化复原的线索。"④

只木良也、吉良龙夫首先从生态学角度提出,占日本国土

---

① 云贵高原位于北纬22°—30°之间,东西方向狭长延伸,属于亚热带地区,平均海拔1000—2000米。
② "树林文化"或"木材文化"与日本历史紧密联系。90年代只木良也、吉良龙夫提出"甚至可以说日本文化就是木材文化。木材支撑着日本历史的发展"。见[日]只木良也、吉良龙夫著:《人与森林——森林调节环境的作用》,唐广仪等译,北京:中国林业出版社,1992年,第1页。
③ [日]白鸟芳郎编著:《东南亚山地民族志》,黄来钧译,喻翔生校,内部资料,1980年,序言第1页。
④ 田畑久夫:《ヤオ族の評皇券牒(Ⅰ):槃瓠神話と移動經路を中心に》,《昭和女子大学大学院生活機構研究科紀要》2005年第14卷,第4頁。

面积67%的森林作为物质资源和人类生存环境的重要性[①],引发学界对树林文化与日本文化源流的思考。随后,中尾佐助[②]在《栽培植物与农耕的起源》(1996)一书中首次提出"照叶树林文化观"[③],获得学界一致认可。佐佐木高明认为该学说是基于实地考察以及"对那里的各种民族文化进行严密的比较分析的基础上"[④]的科学论断,与冈正雄[⑤]、柳田国男[⑥]等学者通过研究文献建立的学说不同。田畑久夫在《照叶树林文化的成立与现在》[⑦]一书中,也对该文化进行了讨论。正如江上波夫所讲,"研究泰国西北部山地民族对了解与植物学、民族学和考古学等有联系的两大问题——'照叶树林文化与绳文农耕'(Laurel forest and

---

① 参见[日]只木良也、吉良龙夫编:《人与森林——森林调节环境的作用》,唐广仪等译,北京:中国林业出版社,1992年。
② 中尾佐助博士是遗传学和育种学专业的农学家,又通晓植物生态学和作物学。见[日]佐佐木高明:《照叶树林文化之路——自不丹、云南至日本》,刘愚山译,张正军审校,昆明:云南大学出版社,1998年,第15页。
③ 他认为"照叶树林文化是包容了植物生态学、作物学和民族学成果的跨学科的新学说"。转引自[日]佐佐木高明:《照叶树林文化之路——自不丹、云南至日本》,刘愚山译,张正军审校,昆明:云南大学出版社,1998年,第10页。
④ [日]佐佐木高明:《照叶树林文化之路——自不丹、云南至日本》,刘愚山译,张正军审校,昆明:云南大学出版社,1998年,第16页。
⑤ 冈正雄(1898—1982),日本著名民族学家,1924年毕业于东京帝国大学文学部社会学专业,1933年获得维也纳大学民族学博士学位,提出日本"文化复合说"(见其德语博士论文《日本的基层文化》)。
⑥ 柳田国男(1875—1962),日本民俗学家,毕业于东京帝国大学法科大学政治科,明治末年开始从事民俗学研究,创刊《乡土研究》(日本最早的民俗学杂志)。提出"稻作文化说"认为日本民族即"稻作民族"。
⑦ 田畑久夫:《照叶树林文化的成立与现在》,东京:古今书院,2003年A版。

Jomon-agriculture）和'稻作农耕文化与倭人'（rice-cultivation culture and Wajin）将会作出重大贡献"①。

第二，明治35年（1902年）鸟居龙藏②对中国西南民族的调查成为日本瑶学研究的开始。明治年间日本民族学初兴，日本学者为了解海外殖民地情况，多次到中国大陆东北地区进行田野调查。鸟居龙藏受东京帝国大学和日本人类学学会的派遣，由满洲铁道株式会社资助，从明治28年（1895年）到昭和10年（1935年）先后9次前往中国东三省日军占领区进行人类学调查。1902年7月至1903年3月，鸟居龙藏对中国南方地区的少数民族进行了长达9个月的田野考察，足迹遍布湖南、贵州、四川、云南、广西、西藏等地，调查对象涉及到苗、彝、瑶等民族的体质、语言、服饰、乐器、考古等各个方面，成为日本研究华南民族的第一人。其调查成果《苗族调查报告》③于1936年由国立编译馆翻译出版。鸟居龙藏开创了日本民族学研究田野调查的先河，也引发了日本学界、中国及东南亚各国对华南瑶族的关注。

第三，作为盘瓠神话载体的瑶族《评皇券牒》是用汉文书写的，"包括《评皇券牒》在内的各种文书（祈祷文书等宗教经典、被称为'家先单'的家谱或族谱、有关年中仪式和农耕礼仪等的

---

① ［日］白鸟芳郎编著：《东南亚山地民族志》，黄来钧译，喻翔生校，内部资料，1980年，序言第1页。
② 鸟居龙藏（1870—1953），日本人类学家、民族学家，1906年受晚清贡桑诺尔布亲王邀请担任王府的教师，1921年获东京帝国大学文学博士学位，1939年任中国燕京大学客座研究教授，以考古民族学著称。
③ ［日］鸟居龙藏：《苗族调查报告》，国立编译馆译，民国二十五年（1936年）。

习惯法、年表等）都是用汉字写的"①。因此，在泰国北部的一些瑶族地区，很少有瑶民能自己制作经文，多是由受过教育的汉族人用汉字书写，瑶民花钱去买。当然也有一些地区的瑶民很多能熟练使用汉语，白鸟芳郎调研时曾记录："令人吃惊的是很多瑶民能够读写汉文，他们在回答问题时经常查考他们保存的汉文文书……除巫师外，仍有许多人读写汉文，这样我们就可以在纸上写汉字来和他们交流。"②

山本达郎对パリのアジア協会（Societé Asiatique）③收藏的古文献Carte de Man④进行分析和注释，推测产生《评皇券牒》异文的原因是瑶族"汉文知识的不足"和"蛮族语言习惯"的特殊性。⑤学界有一种说法认为苗瑶畲同源于武陵蛮，但苗族和畲族都未像瑶族那样很早就熟悉汉语，能够使用汉语与人交往或制作文书。于是在日本，熟悉汉语的研究者们对瑶族的汉语文书产生了极大的兴趣。瑶族除居住于中国南方外，在泰国北部、美国

---

① 田畑久夫：《ヤオ族の評皇券牒（I）：槃瓠神話と移動経路を中心に》，《昭和女子大学大学院生活機構研究科紀要》2005年第14卷，第2页。

② [日]白鸟芳郎：《〈瑶人文书〉及其宗教仪式》，肖迎译，《云南档案》1995年第3期，第31页。

③ 巴黎亚洲协会，欧洲最古老的亚洲学会。

④ Carte de Man（函馆架号2235），即1900年左右马伯乐（Henri Maspéro）教授（1883—1945）在越南收集的文献《蛮族过山簿》，当时收藏在河内的法国远东学院，由44页组成。

⑤ 山本達郎：《マン族の山関簿—特に古伝説と移住経路について—》，《東京大学東洋文化研究所紀要》，第7页、第33页。转引自田畑久夫：《ヤオ族の評皇券牒（I）：槃瓠神話と移動経路を中心に》，《昭和女子大学大学院生活機構研究科紀要》2005年第14卷，第2页。

西海岸、法国、越南等地区亦有分布，被视为瑶族"传家宝"的《评皇券牒》也传播至世界各地，这就更引发了世界各国学者对于瑶人文书的关注。

第四，瑶族口头仍流传着盘瓠神话，并定期举行纪念仪式。中国广西地区每年举行还盘王愿仪式：祭拜盘王、履行约定、回忆英雄祖先的叙事，以增强凝聚力和民族认同。白鸟芳郎1970年1月24—25日在泰国北部清莱府夜庄县通帕堪村寨参观了"盘皇愿"仪式①，据说每户人家每十年左右举行一次该仪式。②"现在（泰国北部）瑶族巫师还把已烂成碎条的经文仔细地加以修复。"③相比之下，同样记载于《后汉书·南蛮西南夷列传》中"夜郎"和"哀牢"的传说并未在后世流传。据竹村卓二分析，这是由于"瑶族他们的身分被汉族所承认。夜郎和哀牢没有这样的权利……瑶族尽力和汉族搞好关系"④。瑶族凭《评皇券牒》可以永远不缴税、刀耕火种、自由使用山林，因此该文件能够流传至今。

再看日本本国，诸如盘瓠神话的犬人故事类型十分流行，不

---

① 白鸟芳郎观察的是在邓富贵的住宅举行的，由祭司李进贵主持的崇信"盘皇"的仪式。
② [日]白鸟芳郎编著：《东南亚山地民族志》，黄来钧译，喻翔生校，内部资料，1980年，第51页。
③ [日]白鸟芳郎：《〈瑶人文书〉及其宗教仪式》，肖迎译，《云南档案》1995年第3期，第31页。
④ [日]竹村卓二：《关于泰国北部瑶族的研究情况——一九八二年十二月二十三日在广西民族学院的讲学报告（摘要）》，金道全译，《广西民族学院学报》（哲学社会科学版）1983年第2期，第29页。

仅见于文学作品《南总里见八犬传》①中,也见于《犬夜叉》《伏铁炮娘的捕物帐》等动漫作品中。日本江户时代盛行犬崇拜,"犬女婿"传说在民间广为流传。周翔编著的《盘瓠神话资料汇编》收录了日本冲绳"犬婿"故事及6篇同类故事的异文。故事背景为宫古地区,该地"狗崽"常用来指称犯人的孩子,根据犯罪轻重流放到山里(这与瑶族盘瓠神话中评皇封山地给龙犬和夫人大不一样,一个是封赏,一个是流放);犬为人治好病,进而提出要求——想要他们的女儿;犬与其女儿结为夫妻;犬可以"7天化人"但未能成功。②据郭颖分析,盘瓠神话在江户时代传入日本,1712年寺岛良安编撰的类书《和汉三才图会》卷十四"外夷人物"中已有"盘瓠"和"狗国"的记载,古川古松轩的《东游杂记》中"奥羽·松前巡见私记"也提到盘瓠。③ 1961年,石田英一郎在论文《永恒的日本人》中分析日语的起源时,提及《魏志倭人

---

① 又称《八犬传》,是日本江户文学中的一部名著,由曲亭马琴(1767—1848)于文化十一年(1814年)到天保十三年(1842年)创作,该小说也被改编为歌舞伎剧。小说创造了"八犬士"的英雄武士形象,以八个犬士的出世、邂逅、离散、聚会团圆为主要内容。开头楔子"洪太尉误走妖魔"情节援引了《搜神记》高辛氏以少女赏给畜狗盘瓠的故事。见[日]曲亭马琴著:《南总里见八犬传》1,李树果译,天津:南开大学出版社,1992年。

② 讲述者:县志川市丰原,男。该故事原标题为《宫古人是犬的后代》,载于[日]稻田浩二、小泽俊夫主编:《日本昔话通观》26卷,东京:日本株式会社同朋舍,1983年,第281—285页。该文由中国社会科学院民族文学研究所莎日娜译为汉文。转引自周翔编著:《盘瓠神话资料汇编》(增订本),北京:学苑出版社,2019年,第492—494页。

③ 郭颖:《稻作视阈下的中国畲族神话与日本记纪神话》,《日语学习与研究》2018年第2期,第47页。

传》①中记载的倭国官名及人名有：卑狗、卑弥呼、多模、卑奴母离、狗古智卑狗等，与奈良朝以后的日语单词相同。②1976年，京都大学的西田龙雄在《探讨日语的语系》一书中提出日语的基础是藏缅语系这一观点。③1980年，大野晋在《日语的形成》中提出："印度的塔密鲁语在古代与照叶树林文化同时传入日本，并与日语的形成有关。"④因此，在日本学者看来，盘瓠神话与日本文化的渊源十分密切。

2. 对泰国瑶族地区的考察

日本最早对瑶族古文献比较关注的学者是松本信广，他在昭和8年（1933年）访问越南（当时称"法属印度支那"）的时候，将在越南河内的法国远东学院收藏的汉文古籍统称为"安南本"⑤，抄写下来后以论述的形式发表了目录⑥，另外其他名为"蛮书"的汉文古文献也一起被记载、保管。其中《二七二四·谅山省录平州蛮书》收录了《世代源流刀耕火种，评皇券牒》（田畑久

---

① 《魏志倭人传》是日本对于西晋陈寿撰《三国志》中记载魏国历史的《魏志·东夷传》中的倭人条的通称。
② 参见[日]佐佐木高明：《照叶树林文化之路——自不丹、云南至日本》，刘愚山译，张正军审校，昆明：云南大学出版社，1998年，第3页。
③ 同上书，第5页。
④ 同上书，第5页。
⑤ 安南，即现在的越南。
⑥ 松本信廣：《河内仏国極東学院所蔵安南本書目》，《史学》1943年，第13—14頁，117—204頁。转引自田畑久夫：《ヤオ族の評皇券牒（Ⅰ）：槃瓠神話と移動経路を中心に》，《昭和女子大学大学院生活機構研究科紀要》2005年第14卷，第2頁。

夫、白鸟芳郎视其为正史所记载的盘瓠神话的异文)。[1]山本达郎《蛮人之证明文书：山关簿》介绍和分析了《山关簿》，此文将该文献全文分为四部分，详细探讨了瑶族的迁徙路线，在介绍第四部分内容时将其描述为"带有道教色彩的咒文或宗教仪式"[2]。而松本信广和山本达郎的研究都是根据研究机构收藏或保管的古文献对盘瓠神话进行介绍和分析的，没有到瑶民实际生活的地区去搜集，更无法知晓这些文献如何被搜集和生产，以及它的拥有者的情况如何。

20世纪下半叶，日本开始组织调查团进行实地考察。1969年11月，日本上智大学白鸟芳郎[3]组织了"泰国西北历史文化调查团"进行"Mae Nam Pin山地与平坝部落间相互交流研究"课题的考察[4]，主要以与华南在历史和文化上都有密切关系的瑶族为主体，也对与瑶族有接触的其他少数民族进行调查，搜集、研究

---

[1] 松本信廣：《槃瓠伝説の一資料》，載加藤博士還暦記念論文集刊行会編：《加藤博士還暦記念東洋史集説》，東京：冨山房，第769—784頁。

[2] [日]白鸟芳郎编著：《东南亚山地民族志》，黄来钧译，喻翔生校，内部资料，1980年，第18—19页。

[3] 白鸟芳郎（1918—1998），日本民族学家，于东京大学东方史系学习东洋史学，选择少数民族史为研究方向，以中国南部的古百越民族为对象，以民族学的田野调查为资料获取手段，形成别具一格的"民族－历史"研究法，获得博士学位。任上智大学副教授、维也纳大学客座教授。曾获"秩父宫纪念学术奖"（第十六届）（昭和55年），"紫丝带奖章"（昭和57年）等。参见日本朝日新闻，https://kotobank.jp/word/白鳥%20芳郎-1647119。

[4] [日]白鸟芳郎：《〈瑶人文书〉及其宗教仪式》，肖迎译，《云南档案》1995年第3期，第31页。

瑶族的古文献。①预备调查始于1967年12月,从1969年11月至1974年3月前后共进行了三次调研。调查团走访了泰国西北部山区的瑶村,把能找到的文书都搜集起来,微缩带到日本,仅照片就有2万多张。②1970年调查团在泰国北部山区清莱府钦根县克纳库村搜集到一份泰国瑶族珍藏的《评皇券牒》,白鸟芳郎将其编入《瑶人文书》,该书于1975年出版。白鸟芳郎在《东南亚山地民族志》中介绍了该《评皇券牒》的主要内容,分析了其与盘瓠神话、瑶人分布地区的联系。《民族译丛》1984年第4期载有他的《从〈评皇券牒〉看瑶人的分布与盘瓠传说》③一文。

调查团在泰国北部搜集的文书有评皇券牒、家先单、超度书、大堂魂像(18神画像)等多种类型,第三次调查搜集的文书集中刊发于1974年出版的有关杂志,这些文书被分成21种类型,即开坛书、超度意者书、香骨表书、开山魂书、招魂书、解结书、做鬼书、衣禄书、金银状书、增广书、地狱书、合婚书、法书或符法书、安坟墓书、超度书或祭饭书、三戒人(可用)超度书、元消鬼书、女人唱歌、游梅山书、洪恩赦书。④

---

① 调查团的成员有白鸟芳郎、八幡一郎、江上波夫、中塚发夫、竹村卓二等12人。
② [日]白鸟芳郎:《〈瑶人文书〉及其宗教仪式》,肖迎译,《云南档案》1995年第3期,第31页。
③ [日]白鸟芳郎:《从〈评皇券牒〉看瑶人的分布与盘护(槃瓠)传说》,海兰译,《民族译丛》1980年第3期,第55—58页、第75页。
④ [日]白鸟芳郎:《〈瑶人文书〉及其宗教仪式(二)》,肖迎译,《云南档案》1995年第4期,第35页。

作为团员而同行的竹村卓二①，主要利用《评皇券牒》把中国和东南亚的瑶族（包括畲族）作为一个整体进行全面的论述，涉及从经济基础到文化，从宗教到历史，从民俗问题到世界观等多个方面，他写作的《瑶族的历史和文化——华南、东南亚山地民族的社会人类学研究》②于1981年由日本弘文堂出版，成为盘瓠神话研究的一部重要学术著作。在该书中，竹村卓二对盘瓠神话另一类型——"渡海神话"的各类异文进行了梳理，分析渡海神话的构造及其象征的种族精神。他认为散布在华南、东南亚大陆的过山瑶普遍流传着与盘瓠神话完全不同的另一个故事，即"漂洋过海"或"渡海神话"叙事。该神话的产生以过山瑶受难的历史为背景，逐渐演变为一种末日来临、救世的世界观，其讴歌的主题是族群存亡的关键时刻，强调十二姓始祖和救世主盘皇之间的规约关系，可以看作是通过规约联合起来的某种"祭祀共同体"。③白鸟芳郎认为盘瓠和盘古两种神祇在仪式中被瑶人作为一个统一体来崇拜，"我认为这两个神祇的关系犹如父子。因为在瑶人文献里，盘古被描绘成天神，而盘护则为天国下凡之帝

---

① 竹村卓二（1930—2008），毕业于东京都立大学，文学博士，曾任日本东京都立大学教授、日本国立民族学博物馆第一研究部教授，主要研究中国南方和东南亚的少数民族，其中有关瑶族的研究最为知名。
② [日]竹村卓二：《瑶族的历史和文化——华南、东南亚山地民族的社会人类学研究》，金少萍、朱桂昌译，北京：民族出版社，2003年，第264页。
③ 参见[日]竹村卓二：《瑶族的历史和文化——华南、东南亚山地民族的社会人类学研究》，金少萍、朱桂昌译，北京：民族出版社，2003年，第264页。

王"①。竹村卓二在该书第五章"过山瑶的两个起源神话——'槃瓠'②和'渡海'——种族精神的形成和演进"中,提及利奇分析缅甸克钦神话的方法论,即"以最近经验的历史事件作为口头上的传说来对待,事实上和正统的神话可以起到同样的作用",应打破"只有在远古初次产生的神圣事件才是神话"③这种正统的古典神话概念。通过借鉴利奇的神话理论,竹村卓二的研究视角从历史文献记载的槃瓠神话文本延伸到"槃瓠族"的族群发展,再延伸到现代的槃瓠神话(八排瑶、畲族、过山瑶、泰国瑶族中口头流传的和民族文献中记载的);并论述了槃瓠神话在多民族中演变的多重意义,如泰国北部的《评皇券牒》用"优越的'渡海神话'代替了槃瓠神话,把它看作自己种族精神的根源"。④竹村卓二认为探讨槃瓠神话在当下的意义更为重要,他将神话视为"纷争和社会变化的正常反映"⑤。

竹村卓二对盘瓠神话的兴趣始于对瑶族的关注,他大学时就学习了中国历史,发现中国历史典籍对汉族的描述很多,而少数民族尤其是瑶族的很少,几乎没有记载。于是他从20世纪60年代开始研究瑶族。在无法进行实地考察和文献搜集的情况

---

① [日]白鸟芳郎编:《东南亚山地民族志》,黄来钧译,喻翔生校,内部资料,1980年,第21页。

② 在1986年版译本中使用"槃瓠"二字。

③ [日]竹村卓二:《瑶族的历史和文化——华南、东南亚山地民族的社会人类学研究》,金少萍、朱桂昌译,北京:民族出版社,2003年,第206页。

④ [日]竹村卓二:《瑶族的历史和文化——华南、东南亚山地民族的社会人类学研究》,金少萍、朱桂昌译,北京:民族出版社,2003年,第247页。

⑤ 同上书,第272页。

下，费孝通有关大瑶山的瑶族研究论文成为他思考的开始。在随调查团调研三次后，他又去了两次①，有一次同泰国瑶族生活了半年。

白鸟芳郎带领的上智大学调查团的调研，使包括对评皇券牒的分析在内的瑶族调查研究有了飞跃性的提高。白鸟芳郎和竹村卓二等人合作，编著《东南亚山地民族志》一书，云南省历史研究所东南亚研究室于1980年将该书由英文译为汉语。书中描述了调查团对山地民族史、宗教与礼仪、社会结构、经济形态与技术四个方面的研究成果，其中涉及到大量对盘瓠神话民族语境的分析。在该书第四章"宗教仪式与社会组织"中"关于'盘皇'的各种传说"这一部分，记述了"飘洋过海""瑶族抗击汉人 '盘皇'及时援助""'盘皇'之死与复活"三个故事，故事文本均由泰国北部清莱府夜庄县帕莱寨李有财和李进贵讲述，后加以整理编写而成。

以上的研究并不是以瑶族广泛分布、居住的广西壮族自治区为首的西南中国为调查点，而是对越南和泰国等瑶族调查研究，并且只是对当地获得的历史材料进行了分析。

80年代起，田畑久夫和丽泽大学外国语学部的金丸良子通力合作，对分布在中国西南地区的苗族和瑶族，进行物质文化方面的调查研究工作。同行的还有中国研究者及日本的中国民俗研

---

① 竹村卓二自述1969—1980年的12年间去了泰国瑶族地区5次，见〔日〕竹村卓二：《关于泰国北部瑶族的研究情况——一九八二年十二月二十三日在广西民族学院的讲学报告（摘要）》，金道全译，《广西民族学院学报》（哲学社会科学版）1983年第2期，第26页。

究会①的研究人员。1993年他们在中国西南看到《评皇券牒》中的一种——《过山榜》实物，2003年还得到了居住在泰国北部清莱州梅恩县帕杜亚村的瑶族所拥有的两卷《过山榜》卷轴。②这两卷被认为是不同种类的《评皇券牒》，其内容大致相同，田畑久夫在对比后认为：它们可能是从同一原始史料中抄写的，也可能是受到道教的影响，因为卷轴中插入了20多幅道教神的画像。田畑久夫《瑶族的评皇券牒（Ⅰ）：槃瓠神話と移動経路を中心に》对《评皇券牒》所写纸张的性质和墨的颜色进行分析，努力推测其产生年代，发现有些文件是后人重新复原的结果。田畑久夫在《瑶族的评皇券牒（Ⅱ）——槃瓠神話と移動経路を中心に》将盘瓠神话视为"犬祖神话"，对历代史书中记载的盘瓠神话文本进行比较分析，并通过列表呈现：

表6-1 盘瓠犬祖神话的主要部分的比较

书目 事项	《魏略》	《搜神记》	《后汉书》
成立期	3世纪	4世纪中（16世纪复活）	5世纪后半叶
撰者	鱼豢	干宝	范晔
皇帝	高辛氏	高辛氏	高辛帝
槃瓠的由来	东西—犬	虫—犬	无
外敌	没有记载	戎吴	犬戎
褒赏	没有记载	金千金、一万封地、姑娘	钱千两、一万户的采邑、年少的公主

---

① 日本的中国民俗研究会拥有机关杂志《中国民俗通信》，会长是早稻田大学教育系教授铃木启造。
② 该文件现由金丸良子保管。

续表

书目 事项	《魏略》	《搜神记》	《后汉书》
行先	没有记载	南山的石室	南山的石室
搜索时的状况	没有记载	风雨、群山震动、雾	风、雨、地震
经过	没有记载	6年	3年
孩子	没有记载	6男6女（结为夫妇）	6男6女（结为夫妇）
孩子的状态	没有记载	语言不通、蹲着吃饭	莫名其妙
恩赐物	没有记载	大山、广阔的沼泽	大山、广阔的沼泽

田畑久夫提出，盘瓠犬祖神话按照顺序可以分解为以下构成要素：

（1）应该成为蛮夷（瑶族）的祖先，"虫—犬"的异常出生故事和对皇帝的隶属关系。

（2）盘瓠威胁中国皇帝的夷敌（戎吴或犬戎）并取其首级，为汉民族统治者立下功勋。

（3）在褒奖其功勋的同时，还把年幼的女儿（《后汉书》中称为公主）作为妻子赏赐。

人和犬这一不同的社会体系之间的姻缘成立：

（4）狗和公主在远离村庄的南方山中石室里共同生活。

（5）生育了作为瑶族祖先的六男六女（人类无法想象的短期多生）。

（6）之后生存了六年或三年，盘瓠的结局是比人类早死。

（7）六男六女成为夫妻，属于同族近亲结婚。

（8）穿着与盘瓠体毛一样颜色的五色服饰，将其裁剪为狗尾巴的形状，与汉人的生活方式不同。关于这一点，在《搜神记》中没有详细说明，而只是记载了蹲着吃饭。

（9）赐予山地和沼泽地的生活环境的区别（汉族在平地居住）。

（10）皇帝保障其身份和各种特权（通行票据、手牒，免除租税等）。①

田畑久夫认为，以上十个构成要素可以表现犬祖神话的特点以及瑶族的民族特征，该神话并不是一个"自我完结的封闭型神话"②，而是处于流动中。虽然这只是神话故事，但在与统治者（皇帝）的关系上，瑶族利用神话将自己民族集团存在的地位和享受的权利予以正当化。这在其他少数民族，特别是居住在西南中国的苗族、侗族或布依族中是看不到的。③田畑久夫进一步提出疑问：究竟是什么原因使瑶族从统治者阶级——汉民族的皇帝那里得到了民族身份和各种特权呢？从上述的第二构成要素中可以看出，是这只名叫盘瓠的犬把皇帝从困境中拯救了出来。

由于不能查阅到更多的《评皇券牒》，再加上当时中国学者盘瓠神话的研究亦较为贫乏，田畑久夫不得不依赖在中国境外所搜集的文献进行分析和研究。然而瑶族人口绝大部分居住在中国，他们主要分布在广西壮族自治区北部和湖南省西部的山岳地

---

① 田畑久夫：《ヤオ族の評皇券牒（Ⅱ）：槃瓠神話と移動経路を中心に》，《昭和女子大学大学院生活機構研究科紀要》2006年第15卷，第7—8頁。

② 同上書，第8頁。

③ 田畑久夫推断，瑶人是各少数民族中唯一学习汉字的民族，并通过汉语为民族集团谋取权利。

带。田畑久夫对无法获得广西当地的研究资料表示遗憾。

竹村卓二在《瑶族的历史与文化——华南、东南亚山地民族的社会人类学研究》中提及盘瓠神话在泰国北部的"衰退":文献只被少数人收藏起来,不给人看,也没有人记得盘瓠神话。"犬祖故事的主题非常淡漠,至少在瑶族的意识中,呈现出一种似乎已完全消失了的样子。"①

需要注意的是,竹村卓二、白鸟芳郎等日本学者只限于看懂汉字,在汉语、泰语口语交流方面十分不足,调查的也只是泰国北部清莱府3个县的10多个瑶族村寨。而1989年三四月间,广西民族学院赴泰国考察组对清迈、清莱、帕夭、难、南邦5个府17个瑶族村寨进行了考察。考察组有汉族、瑶族的学者;有的会讲瑶语;泰国的地接向导也是瑶族,会讲泰语、瑶语、中国普通话、西南官话,这样的人员配置在调研上更加深入。调查组于1992年7月出版《泰国瑶族考察》一书。"中国学者每到一地,都受到瑶胞热烈欢迎。每个瑶寨的瑶人都十分配合我们的工作,主动拿出历代珍藏的《评皇券牒》《祖图》《家先单》以及歌本、经书等民间文献给我们抄写、拍照。他们停止工作,接受采访,不厌其烦地回答问题介绍情况。未安排访问的瑶寨的瑶人,听说'中国乡亲来了',迢迢数百里驾车来看望。"②

从被调查者的角度来讲,泰国瑶族在对待拥有瑶族身份的

---

① [日]竹村卓二:《瑶族的历史和文化——华南、东南亚山地民族的社会人类学研究》,金少萍、朱桂昌译,北京:民族出版社,2003年,第245页。
② [泰]差博·卡差·阿南达:《泰国瑶人——过去、现在和未来》,谢兆崇、罗宗志译,北京:民族出版社,2006年,序言第3页。

人,以及从族源地——中国来的调研人员的态度,可能更加亲切和友好。80年代末中国学者的调研情境也不同于70年代的日本调查团。因此,竹村卓二也认为,"如断定犬祖故事在泰国北部的瑶族中已经完全消失,仍感到并无把握"①。

3. 20世纪80年代至今在中国境内的考察

1982年竹村卓二来到中国,专门走访了广西、云南两省,以了解瑶族的情况。早从1959年开始,竹村卓二先后发表了20多篇有关中国南方以及东南亚民族问题的论文。其中关于瑶族历史文化等问题的研究水平颇高,例如《关于瑶族的社会组织》《瑶族各支系及其异同》《〈广西通志〉上所见的瑶族和壮族》《过山瑶的世界观》等。②

1993年12月下旬,日本丽泽大学外国语学部的金丸良子和该校的两名学生一起,至贵州省黔东南苗族侗族自治州调研,从江县斗里镇台里村盘家寨得到了一些《过山榜》。盘家寨是台里村九个寨子中唯一一个瑶寨,据说该瑶族群体是从广东省出发以同族为单位,沿着山脉迁移过来的。迁移途中经过接邻的广西龙胜县,在鸟翁寨定居,后遭到强盗放火劫掠,该群体又搬到了现在居住的地方。盘家所有的《过山榜》都用毛笔竖写在三张纸上,纸张大小都相同(长63cm、宽55cm的四边形),田畑久夫在《瑶族的评皇券牒(Ⅲ):槃瓠神話と移動経路を中心に》中解析的文本

---

① [日]竹村卓二:《瑶族的历史和文化——华南、东南亚山地民族的社会人类学研究》,金少萍、朱桂昌译,北京:民族出版社,2003年,第246页。
② 同上书,第304页。

便是其中一种,相同的文书从广西大瑶山、罗城县、宜山县亦有发现,《瑶族〈过山榜〉选编》也收录了该文本。①

日本神奈川大学瑶族文化研究所成立于 2008 年,获得日本文部省为期 5 年的经费支持。研究所成员的所属单位除神奈川大学之外,还有早稻田大学、东京学艺大学、筑波大学、国学院大学等高校的专家学者,张劲松、赵书峰、叶明生等中国的瑶学专家与部分瑶族宗教神职人员也加入其中。该团队选取了处于南岭走廊中部的湖南省蓝山县瑶区作为田野点,进行了多年的持续跟踪调查,搜集了大量的瑶族宗教手抄文献,拍摄了大量视频与照片,尤其对该地瑶区的"度戒""还愿"等宗教仪式作了详细的记录与整理,保存了关于瑶族宗教仪式较为完整的资料。②

日本学者今西龙《朱蒙传说与老獭稚传说》中提到"朝鲜有一则"与盘瓠神话故事情节相似的故事:

> 从前黄帝轩辕氏有一个最爱的女儿,为了选女婿而用绳作一个大鼓挂在门前,布告说:如果有人打这个大鼓使鼓声传到内庭去便收他做女婿。某一天有了鼓声,出来一看,见是狗在打鼓。叫它再打,它又举起脚来,真的发出象敲大鼓一样的声音。只得依照约言把女儿给了它。狗伴着女子,日里是狗,夜晚就变成美少年,言语应对也和人一样。某天狗

---

① 《过山榜》编辑组、《中国少数民族社会历史调查资料丛刊》修订编辑委员会编:《瑶族〈过山榜〉选编》,北京:民族出版社,2009 年,第 23—26 页。
② 袁君煊:《瑶族宗教与道教关系研究综述》,《宗教学研究》2016 年第 4 期,第 173 页。

对妻子说，明晚为了要完全变做人，须得禁闭在房内。房内如果有痛苦的声音也切不可偷看。第二晚果然房内有痛苦的声音，妻子忘记戒约跑去偷看，狗已经脱去皮毛几乎是完全的人形，但是只有头上还剩有些皮毛，因为被妻子所窥，已经不能再脱了。现在的**满洲**人是他们的后裔，所以头上留长发作标志。①

今西龙认为此文本是流传于间岛居住的朝鲜人之间流传的关于满洲人始祖出生的故事，当时此故事由龙井村普通学校校长川口卯橘所采录，当时刊载于《间岛时报》252号（1913年7月）。而间岛即今中国吉林延边地区。检索韩国文献，"盘瓠"一词主要在诗文中出现，大多指的是中国蛮夷民族的意思，并无与盘瓠神话情节相似的文本。②

---

① 这则神话最早见于《间岛时报》252号，1913年7月。系由间岛（今吉林延边）龙井村普通学校校长川口卯橘采录的流传于当时居住在间岛的朝鲜人之间的关于满洲人始祖出生的故事。第一段文字引自今西龙《朱蒙传说及老獭稚传说》，侯庸译，《国立北平研究院院务汇报》1937年第4期。今西龙日文原文载西田直二郎主编《内藤博士颂寿纪念史学论丛》，东京：弘文堂，1930年。侯庸将其翻译后刊发于《国立北平研究院院务汇报》。钟敬文《槃瓠神话的考察》（原载日本《同仁》1936年第2、3、4号）引用了此文本，但文中"满洲"二字用□□代替。第二段文字引自钟敬文《槃瓠神话的考察》，载苑利主编《二十世纪中国民俗学经典·神话卷》，北京：社会科学文献出版社，2002年，第100页。原文查找以及今西龙论文的主要内容翻译得到中国社会科学院民族文学研究所宋贞子博士的帮助。
② 此资料由中国社会科学院民族文学研究所宋贞子博士帮助查找与提供。

（二）日本对盘瓠神话生产过程的分析

1. 官方下发的诏书

"泰国西北历史文化调查团"在考察中得到了一份重要的官方文书《评皇券牒过山防身永远》，"它是南宋皇帝，保留在瑶族中间，并被他们流传下来的。"① 白鸟芳郎认为，一开始《评皇券牒》是官方下发的一种瑶族身份凭证，后来瑶族将其作为神圣的图画悬挂在宗教仪式场合中，帮助回忆祖先，《评皇券牒》遂成为该民族的宗教信仰和天神观的反映。

田畑久夫《瑶族的评皇券牒（Ⅱ）：槃瓠神话と移动经路を中心に》主要论述了过山瑶中流传的盘瓠神话，着重从它的形成过程、特点以及后来的变化三个方面入手，运用中国史书中的史料对其进行了分析。他认为：《评皇券牒》是"皇帝承认并授予的带有'许可状'性质的文书……《评皇券牒》的核心——瑶族的祖先，可以说是以一只叫盘瓠的狗为祖先的犬祖神话"②。

2. 表达方式的习得

瑶族为了维持以烧田和狩猎为主的生计形态，不得不学习汉语表达。据田畑久夫分析，过山瑶一直保持着传统的农耕和狩猎技术，伐木焚烧，将产生的灰作为肥料，土壤耕力便衰弱，因此

---

① [日]白鸟芳郎：《〈瑶人文书〉及其宗教仪式》，肖迎译，《云南档案》1995年第3期，第31页。
② 田畑久夫：《ヤオ族の評皇券牒（Ⅱ）：槃瓠神話と移動経路を中心に》，《昭和女子大学大学院生活機構研究科紀要》2006年第15卷，第4页。

过山瑶必须持续迁移，寻找新的耕地。为方便在山林中不断移动的生活，须获得准许开垦耕地的许可书——《评皇券牒》，以及进行祖先祭祀、婚丧嫁娶的祈祷文书和咒语文书——《家先单》《超度表》《洪恩赦书》《女人歌》等。由于瑶族没有自己的文字，须借用汉语来实践。白鸟芳郎认为，从中国南部到泰国、越南分布的许多山地民族中，读写汉字能力当以瑶族排第一，他们不仅能解读汉字汉文，并且用以编撰自己独特的用语和文体，在他们内部使之成为交流思想的媒介和工具。

　　那么，瑶族如何学会和使用汉语的？一般认为瑶族是在市集等销售地与汉民族接触，学习汉语和汉字的。另外，田畑久夫提到，大致居住在同一地区，并且过着迁徙生活的典型的山栖集团的苗族，不以制茶和造纸作为副业，因此和汉民族接触的机会很少。苗族是由于这一原因，没有学习汉字的机会。① 他还发现，流传于蓝靛瑶的神话具有两个不同民族文化的混合特征，蓝靛瑶也有盘瓠犬祖神话。

　　田畑久夫在《瑶族的評皇券牒（Ⅲ）：槃瓠神話と移動経路を中心に》中，对贵州省黔东南苗族侗族自治州江县斗里镇台里村盘家寨得到的《过山榜》进行文本解析时，认为第七段"**由抄白**

---

① 田畑久夫:《ヤオ族の評皇券牒（Ⅰ）：槃瓠神話と移動経路を中心に》,《昭和女子大学大学院生活機構研究科紀要》2005年第14卷，第13页。

文字^①出身十二姓子孙兄弟一准百朝给出公据券牒附与后代子孙任从去处安住……"强调瑶族能够读写汉字，可以解释为"对分布在同一时代、居住在同一地区的苗族人没有固有文字的对抗意识的表现，作为同源民族，他们之间的竞争意识过于强烈，甚至出现了近亲憎恶的现象"^②。

(三) 日本对盘瓠神话与民族历史的探讨

1. 苗瑶畲族源关系的探讨

松本信广关注到盘瓠神话中"漂洋过海"的叙事，将其视为洪水神话，并与苗族流传的神话相比较，提出猜想："把洪水传说作为起源神话的瑶族，和传承有同样神话的苗族之间是否有着亲缘关系？"^③白鸟芳郎在进行泰国山地民族调查之前，曾做出假设：苗族是一个包括瑶民在内的种族混合集团。在对泰国山地的苗瑶调查后，认为"无论如何，从种族史和文化史判断，苗族和瑶族，似乎应被看作是族源不同的种族"^④。竹村卓二站在畲族的

---

① 标黑字体需要注意的是，该文本在《瑶族〈过山榜〉选编》第 24 页记载的是"由抄白文家出身"。田畑久夫也比较了《瑶族〈过山榜〉选编》中对该文本的记录，认为《瑶族〈过山榜〉选编》有些地方未必准确，还是需要根据《过山榜》物件来定夺。文章中他表示自己亲眼目睹物件（指影印版，原件现保存在中央民族大学），判断此处为"字"而非"家"。

② 田畑久夫:《ヤオ族の評皇券牒(Ⅲ):槃瓠神話と移動経路を中心に》，《昭和女子大学大学院生活機構研究科紀要》2007 年第 16 卷，第 13 页。

③ 田畑久夫:《ヤオ族の評皇券牒(Ⅰ):槃瓠神話と移動経路を中心に》，《昭和女子大学大学院生活機構研究科紀要》2005 年第 14 卷，第 2 页。

④ [日] 白鸟芳郎编著:《东南亚山地民族志》，黄来钧译，喻翔生校，内部资料，1980 年，序言第 3 页。

立场上，进一步探索畲族被视为瑶族分派的相关问题。

田畑久夫意识到，苗族、瑶族虽然传说同为南蛮—荆蛮—武陵蛮，但两个民族中流传的关于祖先的神话却是完全不同的内容，苗族中流传着洪水、兄妹婚神话，瑶族中流传的是盘瓠犬祖神话。"这两个民族相互不认同，他们都主张自己是一个团体，没有在同一个村落同居，也没有进行以通婚为主的交流。"[①] 畲族同样拥有盘瓠神话，所以也有日本学者认为畲族是瑶族的一个支系。田畑久夫认为，盘瓠神话是在汉民族和武陵蛮接触后才传播开来的，直到苗族和瑶族明确被列为两个民族之前，盘瓠神话就已经传到了包括两个民族在内的武陵蛮的子孙之中。但"只是因为继承了犬祖神话这一理由，不能断言畲族是瑶族"[②]。

日本学人关注照叶林文化背景下畲族、瑶族、山地屋民族之比较。日本最早注意到山村民俗生活特殊性的是柳田国男，他在调查了40多个山村后，发现这些地方并非如预想中的那样保留着传统的山村生活，而是逐渐被纳入平地社会之中了。竹村卓二以比较民俗学研究的方法，将中国东南部山地客民畲族（他

---

① 田畑久夫:《ヤオ族の評皇券牒（Ⅰ）：槃瓠神話と移動経路を中心に》,《昭和女子大学大学院生活機構研究科紀要》2005年第14卷，第16頁。
② 同上书，第11頁。

认为是瑶族的分支）与日本的山地民族——木地屋①进行文化比较，目的是推测日本近乎消失的山地型民族的社会文化特征。他认为，畲族、过山瑶中普遍流传着盘瓠神话，而且将家谱、族谱视为珍贵的文献，这同日本木器工匠集团（木地屋）的民俗类似——"无论在哪一个地方都以惟乔亲王这一传说中的贵人为族祖"②，"定期向全国的同行传阅文件，募集对族祖创业的根据地的捐献，力图加强称为'祖师单'的族团的团结和统一信仰"③，这体现了山地民族比"一般庶民"④更重视系谱和血统。此外，竹村卓二认为山地屋发明了更为规范的系谱体系（比畲民和瑶族更规范），比如严格的同族婚姻和姓氏系统。田畑久夫认为，竹村

---

① 山地屋：日本山地民族，以山林资源为生计之本的集团，包括木器工匠（辘轳匠、木炊具匠、漆器匠、把手匠），伐木人，樵夫等林业工作者；狩猎者；鼓风匠；采矿、冶金、烧炭等山师。重视碗、盆等木制品的制作工艺，是一个能够制作丰富多彩的木器，承担乡村木器供应的工匠集团。见竹村卓二《瑶族的历史和文化——华南、东南亚山地民族的社会人类学研究》对日本木器工匠集团的介绍，以及田畑久夫《ヤオ族の評皇券牒（Ⅳ）：槃瓠神話と移動経路を中心に》(《昭和女子大学大学院生活機構研究科紀要》2008年第17卷，第1—16页）。
② [日]竹村卓二：《瑶族的历史和文化——华南、东南亚山地民族的社会人类学研究》，金少萍、朱桂昌译，北京：民族出版社，2003年，第96页。
③ 杉本壽：《木地師制度研究序說》，東京：ミネルヴァ書房，1967年，第54—55頁，转引〔日〕竹村卓二：《瑶族的历史和文化——华南、东南亚山地民族的社会人类学研究》，金少萍、朱桂昌译，北京：民族出版社，2003年，第99页。
④ 竹村卓二所说的"一般庶民"，应该指与山地民族生活极为不同的平地和海上民族。

卓二关于瑶族的分析是以调查中所阅览到的《评皇券牒》作为对象，而与之相对的木地屋研究却引用了其他研究者的著作（杉本等人），而不是以木地屋的代表性文书——《氏子狩帐》的实物为研究资料展开论述。①田畑久夫以木地屋民族为研究视角，前往气候、地形等自然条件与日本非常相似的中国西南地区，调查那里的山地居民（瑶族）的情况。调查发现瑶族同木地屋一样，也有记录本民族迁移路径的文书，在后续对盘瓠神话的调查中，他也在不断推进对木地屋民族的研究。②

2. 盘瓠神话与瑶族历史的探讨

《东南亚山地民族志》第一章"瑶族种族史调查"，旨在了解中国南方瑶族与苗族的历史和迁徙路线。此著的论述以泰国博锡良瑶寨的形成为个案，进行了逐户调查，对家族、宗族的谱系皆有描述。为了进一步分析，白鸟芳郎将神话传说也纳入民族历史的考证范围，在对盘瓠神话进行文本分析中，将山本达郎编写的《蛮人的证明文书：山关簿》与他调查搜集的《评皇券牒》进行比较，从历史上追溯瑶人的迁徙路线及分布。③最后，他将盘瓠对于瑶族的意义归纳为：第一，"盘皇"是在瑶族蒙受大难之际出现

---

① 田畑久夫:《ヤオ族の評皇券牒（Ⅳ）：槃瓠神話と移動経路を中心に》,《昭和女子大学大学院生活機構研究科紀要》2008年第17卷，第2页。
② 田畑久夫在90年代就发表了有关山地民族研究的多篇论文。如:《木地屋集落の地域分析（4）》,《民俗と歴史》1996年第27期，第12—23页;《木地屋集落の地域分析（5）》,《民俗と歴史》1999年第28期，第13—25页。
③ [日]白鸟芳郎编著:《东南亚山地民族志》，黄来钧译，喻翔生校，内部资料，1980年，第18—22页。

的救世主。第二,"盘皇"是瑶王国的真正国王,随着王国的衰亡他变成一位神灵,他的使命就是复兴并重建这一王国;"盘皇传说"在瑶族的长期历史中已形成事实,而且"盘皇"从过去至当下都被信奉为决定瑶族命运的伟大存在。① 他认为《评皇券牒》所承载的盘瓠神话及十二姓氏相关信息叙述了瑶族迁徙的历史阶段,"受赐"②特许状的瑶族家庭便成为"王瑶子孙",盘瓠神话也是"犬祖神话"。因此,他通过这类文献来"追溯这些民族的最早时期的历史背景,探寻他们(瑶族)来到泰国西北部高山地区所经过的路线(及原因)"③。

田畑久夫在《瑶族的评皇券牒(I):槃瓠神話と移動経路を中心に》中,以历史和宗派集团这两项为限定条件,对瑶族进行讨论。又由于瑶族无本民族文字,很难准确解释其民族历史,因此"以流传于瑶族口头传承的历史为首,以汉籍史料为中心试着推论其历史"④。竹村卓二对田畑久夫的分析提出异议,认为仅凭口传资料和汉籍史料的记载,是无法充分解释瑶族的历史的:第一,以瑶族为首分布在西南中国的少数民族,各民族称谓体系在

---

① 参见[日]白鸟芳郎编著:《东南亚山地民族志》,黄来钧译,喻翔生校,内部资料,1980年,第51页。
② 白鸟芳郎认为《评皇券牒》是朝廷赐予瑶人的。
③ [日]白鸟芳郎编著:《东南亚山地民族志》,黄来钧译,喻翔生校,内部资料,1980年,第25页。
④ 田畑久夫:《ヤオ族の評皇券牒(I):槃瓠神話と移動経路を中心に》,《昭和女子大学大学院生活機構研究科紀要》2005年第14卷,第5页。

12—13世纪（宋代）之际突然改变①，在该时代之前，从史料中确定各个少数民族的名称是非常困难的；第二，历史上瑶族从长江流域中部向西或南开始大移动，原因是汉民族以讨伐"蛮冠"为由进入华南（正如宋王朝所见），但这一点在以正史为中心的汉籍史料的记述中并无详实记录。田畑久夫同意竹村卓二的部分观点，但在南北朝时期和之后的隋朝已经有"莫徭"的名称出现，例如《隋书》等正史中的记载。田畑久夫进而判断，竹村卓二主张的12—13世纪最初改称的论断是错误的，在12—13世纪以前，汉民族在一定程度上已经基本掌握了瑶族的实际情况。②

白鸟芳郎根据"泰国西北历史文化调查团"在泰国西北部收集的《评皇券牒》分析，"王瑶子孙"被准令在规定的州县府内从事刀耕火种，免除赋税，而集中于山里的人们，会因为耕地和水利方面发生纠葛，十二姓瑶人之间会出现混乱和不安定的现象。之后，瑶人向朝廷请求设官，《评皇券牒》才制定了瑶人的姓名和官职目录。因此，"安抚瑶人"不仅有利于朝廷与瑶民的关系，而且对瑶民内部的和谐有好处。竹村卓二也因该"家谱"中记载有十代和十一代祖先的名字及死亡地点，将泰国瑶族持有的《过

---

① 库什曼认为12、13世纪之间，中国对南方异民族的称呼完全排斥了过去的名称，"突如其来地出现了"。见[日]竹村卓二：《瑶族的历史和文化——华南、东南亚山地民族的社会人类学研究》，金少萍、朱桂昌译，北京：民族出版社，2003年，第222页。竹村卓二认为"库什曼的看法稍微有些夸大其词"，4世纪中叶晋代常璩《华阳国志》已出现"僚""蜑""僰"的称呼，但他认为"瑶""苗""僮"等族名确实是突然出现的。

② 二人对此问题的争论见田畑久夫《ヤオ族の評皇券牒（I）：槃瓠神話と移動経路を中心に》一文第16页。

山榜》视为"家谱"。①

白鸟芳郎认为,在东南亚国家的瑶族也始终坚持了对本民族传统文化的认同和传承,对迁入国的国家认同意识反而不是很强烈。在《山之路》一文中表达了泰国瑶族淡薄的国家认同感:"泰国西北部的'山之路'却越过国境……山民们是没有国境概念的。"②

3. 盘瓠神话与社会秩序的探讨

田畑久夫关注到《评皇券牒》不仅和平地处理了朝廷与地方的关系,也很好地处理了宗族首领与成员的关系、瑶族和邻近族群的关系,因此《评皇券牒》不断被炮制和再生产,在瑶族社会中始终发挥特殊作用。田畑久夫赞同白鸟芳郎提出的有关《评皇券牒》的六点价值。③ 此外,他还补充了一点,即《评皇券牒》持有者在当地社区中的特殊地位,提出"持有《评皇券牒》的人家会被视为在村落承担着中心作用的住家"④。通过解读《评皇券牒》,可以发现这一文书是瑶族与朝廷亲密关系的凭证,"其结果正如瑶族自称穷人一样,如果没有绝对的权力者的拥护,他们将

---

① [日]竹村卓二:《关于泰国北部瑶族的研究情况——一九八二年十二月二十三日在广西民族学院的讲学报告(摘要)》,金道全译,《广西民族学院学报》(哲学社会科学版)1983年第2期,第27页。
② [日]白鸟芳郎:《山之路》,樊少骧译,《贵州民族研究》1982年第2期,第97页。
③ 白鸟芳郎提出了《评皇券牒》有六点价值,简单概括为:1.特许状价值;2.神话史料价值;3.瑶族历史价值;4.十二姓族谱价值;5.犬祖盘瓠与创世神盘古的融合;6.盘瓠后代迁徙路经的史料。
④ 田畑久夫:《ヤオ族の評皇券牒(Ⅲ):槃瓠神話と移動経路を中心に》,《昭和女子大学大学院生活機構研究科紀要》2007年第16卷,第2页。

无法生存下去。正因为瑶族清楚地认识到了这一事实,所以他们无比相信这一文书的权威性"①。此外,他还认为拥有《评皇券牒》的瑶族能够与周围其他民族和平共处,瑶族自身也希望通过文书"让大家认可他一如既往地住在深山里"②。

(四)日本对盘瓠神话与宗教文化的探讨

白鸟芳郎用万物有灵和灵魂崇拜来解释瑶族的宗教仪式。他认为万物有灵和灵魂崇拜是瑶族和其他山地部落流行的自然宗教,其特征与道教的某些内容相混合。

瑶族部落最主要的仪式是:卦灯(死后进入灵魂世界)、安坟(修整祖先的坟墓)、做析解(葬礼仪式)、合年(祖先和十八种神的祭拜仪式)、作腾(为祭拜创世者盘古和部落祖先盘瓠而作的仪式),最高的神盘古和部落神盘瓠在瑶族部落的所有仪式中都是祭拜神。③

白鸟芳郎将盘古描述成创世者,而盘瓠为部落神,二者有不同的概念,等级也不同,盘古作为创造万物的最高神而存在。两种神祇都被瑶族作为神灵来定期崇拜,伴有严格的仪式性行为。

竹村卓二在《东南亚山地民族志》中撰写了"社会与宗教仪式"这一小节,文中对泰国北部过山瑶的宗教仪式进行了系统的介绍和分析。"入社仪式"分为挂(卦)灯、度戒、加职、加太四

---

① 田畑久夫:《ヤオ族の評皇券牒(Ⅲ):槃瓠神話と移動経路を中心に》,《昭和女子大学大学院生活機構研究科紀要》2007年第十六卷,第7頁。
② 同上书,第12頁。
③ [日]白鸟芳郎:《〈瑶人文书〉及其宗教仪式》,肖迎译,《云南档案》1995年第3期,第32页。

个等级,对此,竹村卓二提出"瑶族入社和他们的世界观以及他们的估价方式有着紧密的联系。他们的人生最大目的就是为了在死后获得神灵世界的最好地位而竭力积钱,并把钱用在积德仪式上"①。他在"崇拜'盘皇'""'盘皇愿'仪式的特征""关于'盘皇'的各种传说"中,将"'盘皇'传说"视为仪式文本置于文化语境中进行分析,但未提及道教对瑶族宗教文化的影响。竹村卓二在广西民族学院做的《关于泰国北部瑶族的研究情况》报告中指出"瑶传道教"对瑶族产生了巨大影响。由于东南亚的瑶族是频繁跨境迁徙的民族,事实上的政府和法律在他们的意识中根本不存在。竹村卓二认为瑶族受道教影响很深,据泰国瑶族讲,道教有十八位神②,生前崇拜十八位神,死后就能得十八位神的保护,这些神在泰国瑶族的绘画、经文中都有呈现。瑶族信奉十八位神,认为十八位神就是他们的"政府","他们相信自己死了以后,有十八位神的政府的保护,所以他们活着的时候就崇拜这十八位神"③。

田畑久夫《瑶族的评皇券牒(Ⅳ):槃瓠神话と移动经路を中心に》,将泰国的《过山榜》与贵州所搜集的榜文进行了比较分析:

---

① [日]白鸟芳郎编著:《东南亚山地民族志》,黄来钧译,喻翔生校,内部资料,1980年,第49页。
② 这18位神是:玉皇、上清、灵宝、太清、灵皇、李天帅、赵天帅、大海幡、张天帅、师度宝、天府、邓元帅、收租、中臣、地府、大尉(太尉)、小海幡、大肚桥。
③ [日]竹村卓二:《关于泰国北部瑶族的研究情况———九八二年十二月二十三日在广西民族学院的讲学报告(摘要)》,金道全译,《广西民族学院学报》(哲学社会科学版)1983年第2期,第28页。

表 6-2 评皇券牒概要的比较

记号 项目	A	B	C	D
阅览或入手 年度（年）	1993	2003	2003	1974
表题	无 （称为过山榜）	评皇券牒 过山榜分身	评皇券牒 过山榜分身	评皇券牒 过山榜分身 永远
纸张 格式	纸（和纸） 3 枚	纸（和纸） 卷物	纸（和纸） 卷物	纸（和纸） 卷物
宽度（厘米）	63	31.5	37	44
长度（厘米）	165	470	520	640
笔记形式	毛笔·墨书	毛笔·墨书	毛笔·墨书	毛笔·墨书
字数（字） 行数（行）	约 3500 182	2400 172	2664 134	2572 186
所有·保管者	台里村·盘家	金丸良子	金丸良子	上智大学
特色	第一、二张是朱印	文中圆形的朱印 文中前后的绘画 文中绘画	文中圆形的朱印 文中前后的绘画	文中圆形的朱印 文后的绘画

《瑶族的评皇券牒（Ⅳ）：槃瓠神话と移动经路を中心に》，田畑久夫在当地阅览、获得的史料；白鸟芳郎《瑶人文书》也有编入。

通过图像、文字的视觉分析，并对绘画图案的长度和宽度、场景图案的特殊设置所表现的内容进行比照，田畑久夫感受到瑶族的世界观。他们将评皇与天地日月相联系，作为神灵信仰的一部分予以崇拜。尤其是 B、C 两个版本中的人物画像头部后方可以看到圆形的光环，如同佛教神祇一样，有着神的姿态，但所画的应该指涉评皇。文书中所绘制的山川河流的大小、日月与坟墓的祭坛、预示吉兆的"像鸡的鸟"或麒麟、花瓣花纹的设置……这些穿插在文字中的图像清晰地呈现了瑶族的世界观和宗教信仰。

总之，日本对盘瓠神话的研究因探寻日本民族文化源流而起，努力阐释中国南部的稻作文化与日本绳文农耕之间的关联。白鸟芳郎带领的调查团，以民族志的方法对泰国北部的瑶族（日本学者称其为"山地民族"）进行了考察，梳理瑶族民族史和文化史，对盘瓠神话的文本及宗教仪式活动都做了详细的描述，认为"从历史上追溯《评皇券牒》的原样是可能的"①，《评皇券牒》是瑶族迁徙的保障（许可状），瑶族即为"盘瓠后裔"②。并将盘瓠神话的一类视为"犬祖神话"；另一类"渡海神话"则是晚近形成的，竹村卓二更是认为前者逐渐被后者取代。③ 后来，日本对盘瓠神话的研究逐渐扩展到《评皇券牒》背后隐含的权力秩序这一主题。田畑久夫在《瑶族的评皇券牒（Ⅲ）：槃瓠神话と移动经路を中心に》提出瑶族之所以能保证他们的生存及生活权利，是因为"他们强调与在中国拥有绝对权威的中国皇帝的密切关系"④，以及文

---

① ［日］白鸟芳郎：《见于评皇券牒上的"盘瓠"传说与瑶族的十八神像》，《上智史学》1972年第17号。转引自白鸟芳郎编著：《东南亚山地民族志》，黄来钧译，喻翔生校，内部资料，1980年，第22页。
② 参见［日］白鸟芳郎编著：《东南亚山地民族志》，黄来钧译，喻翔生校，内部资料，1980年，第22—24页。
③ ［日］竹村卓二：《瑶族的历史和文化——华南、东南亚山地民族的社会人类学研究》，金少萍、朱桂昌译，北京：民族出版社，2003年，第272页。
④ 田畑久夫：《ヤオ族の評皇券牒（Ⅲ）：槃瓠神話と移動経路を中心に》，《昭和女子大学大学院生活機構研究科紀要》2007年第16卷，第1页。

书所产生的强烈民族认同感。他还关注到当下瑶族生活的社会现实——中国南方的许多瑶族不再以刀耕火种维持生计，而是走出山林，到大城市打工和定居。①那么《评皇券牒》在现代的瑶族生活中有何作用，成为他进一步研究的论题。

二 越南盘瓠神话研究概况

越南是除中国以外瑶族人口最多的国家。据越南1999年人口普查数据统计，越南共有瑶族62万余人，分布在越南的34个省市，其中河江、老街、高平、北件、谅山、宣光、安沛、太原、富寿、永福、北江、广宁、莱州、山罗、和平、清化、义安、富安、嘉来、多乐、林同、平福、同奈等23省的瑶族人口分布较多。从中国南方水路迁徙到越南的主要有蓝靛瑶、铜钱瑶、大板瑶（窄裤瑶）、山子瑶、盘瑶等。与古代中国类似，越南封建王朝的正史中也很少提到瑶人及生活在山区的其他少数民族的情况，直到阮朝嗣德统治时期的《钦定越史通鉴纲目》才有记载。1777年黎贵敦撰写的《见闻小录》提及越南宣光瑶族服饰、生计等文化特征。1778年黄正平《兴化风土录》、1856年范

---

① 近年来中国政府从保护森林的角度出发，全面禁止刀耕火种。但是，以瑶族为首的山地少数民族会进行小规模的刀耕火种。近年来，大部分瑶族都去了广东省大城市打工，刀耕火种已无法进行。田畑久夫已注意到这一点，见田畑久夫：《ヤオ族の評皇券牒（Ⅲ）：槃瓠神話と移動経路を中心に》，《昭和女子大学大学院生活機構研究科紀要》2007年第16卷，第17页。

脊裔《兴化记略》皆有红瑶、蓝靛瑶风俗习惯的介绍。[①]越南学者认为《信歌》《家谱》《评皇券牒》等民间文献能够成为越南瑶族历史的参考资料,"一部瑶族史便是一部漂泊史"[②],《信歌》描述了祖先的迁徙过程,如邓氏家族《演毛能恁》记载了红瑶人祖先走水路从广东坐船到红河再到文盘的艰辛过程;《邓氏行》也讲述窄裤瑶历经许多磨难,过海来到越南的故事。[③]越南学者对瑶族的分布、历史迁徙、民俗、服饰特点等的研究,多是从口头叙事和民间文献入手的。

据松本信广描述,鲁涅特·杜·拉卓尼尔在《区域民族志》一书中,综合蛮瑶各部落流行的传说,记述如下:

> 中国的皇帝盘皇和高王交战,几度败北。某日誓曰:"如有获敌王首级者,以王女嫁之。"一犬名盘护,闻此言后,飞奔赴入敌阵。高王正寝间,咬断其首,持归见皇帝,使其约。于是,将王女嫁之。不久,生六男六女。此即汉族称之为瑶的种族的祖先。王女应从皇帝处得国土之半,皇帝颇为犹豫。但终由近臣之忠告,赠予国土之半。但却把不能开辟为水田的险峻山地全部给了盘护。最后,把包含下列条件的特许状和山地的所有权一起给了瑶族:

[①] [越]陈友山:《越南瑶族研究回顾》,[越]阮小虹译,胡美术校,《广西民族大学学报》(哲学社会科学版)2010年第6期,第7页。

[②] 乔健:《飘泊中的永恒:人类学田野调查笔记》,济南:山东画报出版社,1999年,第65页。

[③] 越南老街省文化体育旅游厅编著:《越南瑶族民间古籍》(一),北京:民族出版社,2011年,第30页。

一、王女之子概不授予世袭官位。

二、天下所有山地皆归瑶人所有。

三、得子其处伐木、种植稻粟。可设置墓地。

四、免除瑶人租税。

五、其女不准与外人结婚。

六、瑶人交通自由，兵役、徭役皆免。

盘瓠神话包含着一种象征意义，这就是为保证瑶族的地位和特权所建立的原则。而这种地位和特权是建立在和主权者不平等的交往关系以及地域协定的基础之上的。①

史学家陈国旺在1963年第40期和41期的《民族学》杂志上，发表了他对古籍中记载的《评皇券牒》和瑶人传说的研究，旨在探索瑶族的历史。②越南人文与社会科学研究中心民族学研究所高级研究员——阮克颂也对瑶族颇有研究。论及瑶族宗教信仰，他在瑶族研讨会上提交的论文《论越南瑶族支系的分类》③认为瑶族有祭拜"盘王"的习俗，在瑶族的观念中盘王是瑶人的始祖：

在瑶族的来历方面，至今在瑶人中还广泛地流传着盘瓠

---

① [法]鲁涅特·杜·拉卓尼尔：《区域民族志》，河内，1906年，第65页。转引自[日]竹村卓二：《瑶族的历史和文化——华南、东南亚山地民族的社会人类学研究》，金少萍、朱桂昌译，北京：民族出版社，2003年，第227—228页。

② 陈国旺：《通过评皇券牒的研究试论瑶人的根源》，《民族学》1963年第40期，第46—51页。转引自越南老街省文化体育旅游厅编著：《越南瑶族民间古籍》（一），北京：民族出版社，2011年，第2页。

③ 阮克颂1996年秋于河内完成该文章。

(瑶族叫盘王)的故事。这个故事不只是口传,还被载入瑶族的供书"榜文"册中(用瑶喃字)。盘瓠只是一个神话人物,但瑶人承认是自己的"始祖",并且现在还很尊严地供祭。①

20世纪70年代,阮克颂撰写了《越南的瑶人》②,该书的宗教部分对瑶族宗教礼仪记录较详,认为道教对瑶族的宗教信仰影响最深。袁君煊认为,"其(阮克颂)观点与中国大多数学者一致,但未能对不同瑶族支系作具体的分析对比,只是笼统地看待瑶族宗教礼仪,有失偏颇"③。

20世纪90年代越南学界涌现出一批瑶族民间文学的研究成果。赵有理是最早介绍瑶族民间文学的学者,他精通瑶喃字④,释译了大量涉及瑶族宗教信仰的文书如《过山榜文》,搜集整理了许多瑶族民间文学资料,如《邓行呵盘大户故事》(1974)、《盘瓠——瑶族唱歌》(1982)、《瑶族民歌》(1990)等。此外,还有尹青、李忠云、陈元、阮河、陈友山、陈金福、杜光聚、阮链等

---

① [越]阮克颂:《论越南瑶族支系的分类》,廖玉凤译,范宏贵校,载张有隽主编:《瑶学研究——现代化与瑶族:发展前景》,南宁:广西民族出版社,1997年,第491页。
② [越]阮克颂等:《越南的瑶人》,梁红奋译,内部资料,1983年。
③ 袁君煊:《瑶族宗教与道教关系研究综述》,《宗教学研究》2016年第4期,第174页。
④ 越南将瑶族古籍中的汉字以及土俗字都称为"瑶喃字"。越南瑶族民间文献大多用汉字抄写,亦有部分用土俗字抄写,土俗字即仿效汉字创造,或借汉字的形、音记瑶语的读音或字义。"瑶喃字"还包括后来汉语、瑶语及泰语融合产生的瑶族文字及用法。

对瑶族民间文学研究也较多。①1995年12月在越南太原省召开"第七届瑶学国际研讨会",共有96名来自中国、美国、日本、法国、老挝、泰国的学者参加了会议。此后,更多的越南学者开始撰写和发表有关瑶族的著作和文章。

20世纪70—80年代,越南教瑶喃字的学习班被认为是宣传迷信的异端,在地方政府的整治下被迫停办。2001年开始,越南老街省党委执行委员会提交"发展老街各民族文化、保护和发扬各民族文化本色"的提案,各级党委、地方政府对古籍更加重视,保护、保存古籍的意识不断提高,青年人普遍表现出想学喃瑶字的倾向。②识字率的提高有利于盘瓠神话故事的传播和发展。

2006年至2009年,陈友山与法国远东博古院驻河内中心顾问Philippe Le Failler博士、美国华盛顿大学历史系Bradley Davis及30位公务员、艺人、工作人员在老街省瑶族地区开展研究,先后共统计了11000本瑶人古籍的书名、保存者姓名、主要内容和保存地址;搜集、重抄了受损的书籍,做记号分类并扫描保存了825本代表作;给红瑶、户瑶、选瑶3个瑶族支系的200名青少年开设了10个瑶喃字学习班,并根据试点经验,推广、增加了28个由艺人、瑶民自己开设的学习班;翻译了200本载有重要内容的古籍,并从搜集、翻译的材料中编写和出版了用越文和瑶喃字双语编写的《瑶人故事诗》《瑶人信歌》《瑶人教理歌》

---

① [越]陈友山:《越南瑶族研究回顾》,[越]阮小虹译,胡美术校,《广西民族大学学报》(哲学社会科学版)2010年第6期,第8页。
② 越南老街省文化体育旅游厅编著:《越南瑶族民间古籍》(一),北京:民族出版社,2011年,第47—50页。

三本书。① 瑶喃字教育的普及，使得大量的盘瓠神话文本被阅读和传诵，获得生生不息的持续动力。

越南瑶人古籍主要指20世纪初以前写的全部书籍，瑶人把古籍称"为初上你"、"Sâu"或"Tsâu"，意思是书。古籍用像汉字的象形文字（玉时阶注：实际上是中国学术界所说的土俗字）或借用汉字来记载，也有创造出来的新瑶族文字——每个瑶族支系都有巫师自己创造并在支系内部流传的一些文字，支系间文字不相通，红瑶无法读蓝靛瑶的书，反之亦然。② 越南老街省文化体育旅游厅十分重视瑶族古籍的保护工作，对老街省的巴沙、沙巴、保胜、保安、北河、文盘、勐康县及老街市的466个瑶族居住的村寨收集到的9648本瑶族民间文献进行归类、整理，将其申报为国家的"非物质文化遗产"项目，盖上"文化遗产"印章，录入数据库，并选择其中具有代表性的文献印刷出版。③ 越南老街省文化体育旅游厅编著的《越南瑶族民间古籍》由厅长陈友山博士主持搜集和编译，同时也是老街瑶族青少年中试点开办福特基金项目"瑶喃字学习班"的最终成果。2010年4月，中国瑶学专家玉时阶等人在越南老街省调查时将其带回中国出版。该书介绍了越南瑶族古籍的类型、分布及保留情况，综述越南学界对瑶族古籍的研究情况，收录了影印的大量瑶族古籍。该书提出，越南瑶族主要的三种古籍是宗教信仰书、文学书、教科书，此外还

---

① 越南老街省文化体育旅游厅编著：《越南瑶族民间古籍》（一），北京：民族出版社，2011年，第778页。
② 同上书，第2页。
③ 同上书，前言第2页。

有一些家谱、宗族根源之类的书，如蓝靛瑶的《家先单》、红瑶的《家本命》等。越南瑶族信奉道教的被称为道公，道公供奉的祖师是三清（玉清、上清、太清），道公主"文派"慈悲、孝善、解冤、救苦救难；信奉武教的被称为师公，师公供奉的祖师是三元（上元、中元、下元），师公主"武派"驱鬼、抓怪、求雨、求丰收、求子法术。① 越南瑶族保留了法术仪式、人生仪礼需要的各类文书、经书，《越南瑶族民间古籍》将其列入"宗教信仰书"一类。"文学书"包括瑶族史诗②《盘瓠》《邓行和盘大瓠》等，也包括民歌、谜语、俗语、箴言方面的书。在由福特基金支持的"保存瑶人古籍"项目中，老街省文化体育旅游厅在老街省瑶族中发现了223本、55部瑶人史诗。③ "教科书"包括具有教育意义的古文和诗，《增广书》④就被列为该类。《越南瑶族民间古籍》第三章"瑶人古籍的价值"由越南学者陈国旺撰写，陈国旺提出瑶人古籍具有保存历史资料、传承保护传统文化的价值。他还通过

---

① 参见越南老街省文化体育旅游厅编著：《越南瑶族民间古籍》（一），北京：民族出版社，2011年，第15页。

② 越南瑶族"史诗"为200—300句的"七言长篇"体例。史诗的内容很丰富，有的讲述儒、道、佛的教理，有的讲述男女爱情、孤儿命运等，史诗的题目也是故事中主人公的名字。参见越南老街省文化体育旅游厅编著：《越南瑶族民间古籍》（一），北京：民族出版社，2011年，第19页。

③ 越南老街省文化体育旅游厅编著：《越南瑶族民间古籍》（一），北京：民族出版社，2011年，第19页。

④ 由中国古籍《增广贤文》改编而来，内容多是为人处世的箴言、俗语，由于源自汉文语境，对于当地瑶族学生较为难学，因此逐渐"瑶化"。参见越南老街省文化体育旅游厅编著：《越南瑶族民间古籍》（一），北京：民族出版社，2011年，第23页。

中国的《宋史》第33册和冯文否的古籍《过山榜》推断瑶人进入越南的时间是在宋代。① 老街省文化体育旅游厅搜集到一本属大板瑶支系的安沛省文安县溪 A 乡溪甘村的冯春氏收藏的《评皇券牒》，据此推测瑶族的迁徙路线和时间，"书里清楚地记载着封'榜文'的日期是景定元年十一月一日……因此，这本《评皇券牒》可能是于 1260 年封的，这是一份证明瑶人于 13 世纪出现在越南的材料"②。仅仅依据文献标注的日期来推导瑶人进入越南的时间，显然证据不足。在瑶族迁徙的问题上，越南学术界基本形成一致的看法，即认为瑶族的祖先生活在中国扬子江中游地区。③ 该地在汉朝时期曾是中国东南沿海相当广大的地区，包括现在江苏、安徽、浙江和江西的一部分。现在，越南北方的瑶人仍然举行仪式引导死者的灵魂回到其祖先的家园扬州。④

近年来，越南学者运用应用人类学和发展人类学的理论深入研究瑶学问题，致力于解决瑶族人口与发展、传统知识技能、疾病防治、旅游经济等问题，以打破瑶族地区的发展瓶颈为重点。越南学者积极与中国学者开展跨境合作，叶停华出版《中国

---

① [越] 陈国旺：《瑶人历史的几个问题》，《历史研究》（河内）1967年第2期。转引自越南老街省文化体育旅游厅编著：《越南瑶族民间古籍》（一），北京：民族出版社，2011年，第25页。

② 越南老街省文化体育旅游厅编著：《越南瑶族民间古籍》（一），北京：民族出版社，2011年，第25页。

③ 林柏南：《越南瑶族的分布情况与地方支系》，《中国社会科学报》2012年6月25日，第A5版。

④ [泰] 差博·卡差·阿南达：《泰国瑶人——过去、现在和未来》，谢兆崇、罗宗志译，北京：民族出版社，2006年，第6页。

瑶族——通过中国学者的研究工程》(2002)，肯定了中国在瑶学研究方面的巨大成就，提出用近20年的时间深入中越两国瑶学合作的相关问题。①2009年11月4日，广西民族大学召开的"中越跨境瑶族经济与文化交流国际学术研讨会"收到论文45篇，这些论文对了解中越两国瑶学研究情况具有重要学术价值，也使得中越两国的瑶学专家得以进一步交流。2012年中国河口瑶族自治县举办了第十二届中越边境经济贸易交易会，贸易成交总额3.4亿美元，比2010年边境交易会增长了142.03%；现货销售额达756万美元，比2010年增长了20%；签约的贸易投资项目包括大米进口、水电站建设、矿产品进口等。②随着中越两国贸易合作的深化、学术交流的频繁开展，亦可进一步推动盘瓠神话的相关研究。

三 法国盘瓠神话研究概况

19世纪80年代法国统治越南期间，为管理需要，一些牧师、学者、士官都积极研究越南北部山区的少数民族，对瑶族也有所关注，调查研究的文章发表在《印度支那民族学》《印度支那杂志》等刊物。③法国侵占越南后，为了熟悉越南的语言和风俗，一些学者学会了当地语言或汉语，对当地民族进行体质人类学的

---

① 参见[越]陈友山：《越南瑶族研究回顾》，[越]阮小虹译，胡美术校，《广西民族大学学报》(哲学社会科学版)2010年第6期，第7—9页。

② 以上数据参考吴楚克、张其美：《瑶族：源自中国大陆，致力和谐发展》，《中国民族报》2016年8月12日，第8版。

③ [越]陈友山：《越南瑶族研究回顾》，[越]阮小虹译，胡美术校，《广西民族大学学报》(哲学社会科学版)2010年第6期，第8页。

研究，这类方法在当时非常盛行。1903年远东法国学校校长向印度支那总督建议，要各地区行政长官提供当地的语言及民族情况。一批研究著作开始涌现，如拉琼魁里《东京①北部民族志研究》(1906)、迪魁特《东京山地居民》(1908)、勃尼法苏《印度支那民族志的研究》、阿巴迪《上东京区自防漱至谅山的各民族》(1924)等。②

勃尼法苏(Auguste Bonifacy)是一名法国士官及语言学家。他一生的大部分时间是在高原地区度过的，在当地担任过各种不同的行政职务。1901年10月，任远东法国学校校长的他接受了一项研究"蛮瑶"的任务，致力于瑶族口头文学研究，包括搜集上来的故事、歌谣，宗教经典中节录的文字、情歌，翻译过来的文章等。他后来发表了关于村寨的传说和十分著名的关于盘瓠神话的研究，"他从深奥的古文中译出，并加以注解"③。他精通瑶族历史文化，擅长语言研究，通晓汉语，发表了诸多瑶学研究成果：在《印度支那》发表《短裤瑶》(1904—1905)、《白裤瑶》(1905)、《蓝靛瑶》(1906)、《板瑶或挂钱瑶》(1907)、《大板瑶》(1908)等文章，根据语言的不同特点标识和瑶族各支系的名称（包括自称及他称），讨论瑶族宗教、文学、艺术、仪式、社会组织、服饰、经济、居住等民俗生活的各个方面，其中也包括瑶族

---

① 此时东京指越南河内。
② [法]乔治·孔多米纳斯：《有关瑶族的早期法文著作》，乔健、谢剑、胡起望编：《瑶族研究论文集》，北京：民族出版社，1988年，第171页。
③ 同上书，第172页。

的盘瓠神话。①勃尼法苏利用《评皇券牒》等瑶族家谱中所记述的各代祖先的埋葬地点证明有一支大板瑶是在1720年迁徙进入越南的。②他意识到民族作为主观认同的属性,提出帕藤人虽然被其他民族也视为瑶族,但因其不承认是盘瓠的后代,所以实际上就不包括在瑶族之内。于是,"是否认同祖先盘瓠"成为他区分瑶族的标志。

1968年底,法国推出"东南亚及沿海地区资料及研究中心"计划,研究老挝北部、泰国北部苗瑶民族的新一代学者有李穆安、护别尔忒、阿南达等人。1978年以后,该计划进一步扩大,1985年以后又继续由"中国南部及印度支那半岛人类学中心"执行。③1986年5月26—29日,第一届瑶族研究国际研讨会在香港中文大学召开,参与的研究人员来自中国内地、香港和法国、美国、英国、瑞典、澳大利亚等地,中国代表有14位,其中7名是瑶族,此外还有美国的3名瑶族代表列席了会议。会议论文集《瑶族研究论文集》选收了19篇论文,于1988年出版。法国乔治·孔多米纳斯(Georges Condominas)提交的论文《有关瑶族的早期法文著作》认为东南亚和岛屿地区散居着分属五种语系的各少数民族,从中国南部山区到越南、老挝、泰国、缅甸以北的山地,形成了一幅不同民族镶嵌而成的图画。在文中他综述了法

---

① [越]陈友山:《越南瑶族研究回顾》,[越]阮小虹译,胡美术校,《广西民族大学学报》(哲学社会科学版)2010年第6期,第8页。
② [法]乔治·孔多米纳斯:《有关瑶族的早期法文著作》,乔健、谢剑、胡起望编:《瑶族研究论文集》,北京:民族出版社,1988年,第174页。
③ 同上书,第175—176页。

国瑶族研究的学术史。[①]

法国国立科学研究中心的人类学家李穆安调查了老挝琅勃拉邦南部开梭村的瑶族，采集了盘瓠神话文本，在《历史上的一个疑点——缅甸人的航海探险》(Un curieux point d'Histoire : I' Aventure Maritime des Miens)中发表了盘瓠神话的原文（二十九行字）。据他的说明，这个原文只是浩瀚的《仪典书》中的一节，在《仪典书》的开头，有这样一段不明的话："祭司之书。瑶人十二姓的子孙，传给士兵们，跟着祖先，在王公会议上，子子孙孙永远使用，勿得漏传。文书制作者赵，有此词书。"[②] 李穆安进而解释了该篇神话：

> （老挝流传的渡海神话的概要）
>
> 受神保护的十二姓瑶人子孙，不知所措……在长长的旅途中，只好任天命而渡海……紧紧抱住船头，可是不能改变潮水的方向……拼命在水上划，然而，无论如何船还是一动不动……瑶人的船跟着月亮打转，不能驶向前方……人们都担心大风会把船吹翻……但是他们还在奋斗以免葬身海底……人们集中在船头上来，祈祷安全……好不容易人们到达了广东省韶州府……他行定居在乐昌开垦田地，修造鱼池……人们上供，向神祈祷消除他们的不安……驱走他们的

[①] [法]乔治·孔多米纳斯：《有关瑶族的早期法文著作》，乔健、谢剑、胡起望编：《瑶族研究论文集》，北京：民族出版社，1988年，第171—176页。

[②] 转引自[日]竹村卓二：《瑶族的历史和文化——华南、东南亚山地民族的社会人类学研究》，金少萍、朱桂昌译，北京：民族出版社，2003年，第254页。

恐怖。当他们在渡海时，由于向神祈祷，船被导向安全的航路……人们互相告别，登上各自漂泊的旅程……有一部分向湖广（即湖南、湖北两省）进发了……另外一部以贵州为目标迁移去了……还有一部向广西去找安居之地……在深山之处，人们并不会有什么担心……因之有人向云南进发……花开的季节过去了，秋天也几度去而复来……①

原文的第11行出现了中国神话中开天辟地的创造神盘古。"盘瓠—盘古"的转变，即"祖先神—创造神"的转变，坎德尔（Peter Kandre）称为"创造者（Creator）"。该文本显示，盘古作为瑶族救世主盘皇的别名被记载下来。竹村卓二认为李穆安采录的文本是渡海神话的一类异文，透露了瑶族各集团四散而行的具体地名。②

李穆安《论瑶族文化及有关问题》一文强调，瑶族因《评皇券牒》获得一种特权，在凝固为一个民族之前就从皇帝那里得到了豁免，《评皇券牒》的日期得以测度现代瑶族的历史深度，故十分重要。他根据文献资料，将瑶人所到之处称为"免税乐园"，相继论述了瑶族特权与其他民族的关系、《评皇券牒》与国家的关系、瑶族的文化和认同。他认为瑶族的许多支系虽然都有原始文明的遗存，但也融合了汉人的东西，如汉字、儒家伦理、道教和其他种种方术。文末他列举了在老挝及泰国北部做勉瑶研究的

---

① 转引自［日］竹村卓二：《瑶族的历史和文化——华南、东南亚山地民族的社会人类学研究》，金少萍、朱桂昌译，北京：民族出版社，2003年，第256页。
② 参见［日］竹村卓二：《瑶族的历史和文化——华南、东南亚山地民族的社会人类学研究》，金少萍、朱桂昌译，北京：民族出版社，2003年，第256页。

例子,以说明瑶族文化的核心——结合祖先崇拜、道家思想、土地神的制衡体。①

四 泰国有关盘瓠神话的研究

泰国人类学家差博·卡差·阿南达(Chob. Kacha Ananda)的《泰国瑶人——过去、现在和未来》②一书,系统研究了泰国瑶族历史、人口、家庭结构、经济生活、社会文化以及宗教信仰等,涉及瑶人来源迁徙、生态环境、经济、文化教育、政治、社会组织、风俗习惯与宗教信仰等方面。作者在深度访谈的基础上,提出泰国和老挝的瑶人中最流行的迁移传说为"渡海"传说,瑶族祖先住在南京,移居泰国的时间应在1896年前后,至今没有再次进行大规模的迁移。

阿南达在书中概括了泰国瑶族的渡海传说:

> 根据居住在泰国的瑶族的歌谣和传说,他们在山区居住了一段时间,耕种田地。然后再迁移,最后定居在近海边的南京。后来,在虎年和兔年,因逢旱灾土地荒废不能耕种,许多人死亡。十二姓瑶人外逃,七天七夜渡过大海,最后在大神三清的帮助下,他们登陆到广东省老潮(Lao Chiao)乐

---

① [法]雅克·勒穆瓦纳:《论瑶族文化及有关问题》,乔健、谢剑、胡起望编:《瑶族研究论文集》,北京:民族出版社,1988年,第189—200页。
② [泰]差博·卡差·阿南达:《泰国瑶人——过去、现在和未来》,谢兆崇、罗宗志译,北京:民族出版社,2006年。

昌（Le Chang）县，他们从那里分散在山地定居。这些瑶人叫"盘瑶"。①

这显然是盘瓠神话的"漂洋过海"文本，但盘瓠神换成了道教的三清神。对此阿南达没有进一步讨论。这些民间文学的呈现形式大多是口传的，有些是书面的，阿南达认为要依此复原瑶族的古代踪迹十分困难，然而大多研究者都会从民间故事和传说引申出瑶族历史的假设。

阿南达1965年到清迈部落研究中心（又称"山民研究院"）工作，后在巴黎第五大学攻读人类学博士。1969年完成清迈府潘县布能戛村与清迈府房县夜岩銮村田野调查后，被委任为美国研究计划机构（ARPA）财政资助的部落资料中心项目（Tribal Data Center Project）项目负责人，主持搜集泰国山区部落村寨资料。1969—1970年，他完成了《清迈府北部行政区划分指南》报告，其关注点是村庄数、家户数、人口数；1972年，他在资料基础上撰写博士论文《泰国北部瑶族的人类学研究》；1973年，他通过答辩，并获得人类学博士学位，后该论文于1976年在巴黎第五大学刊物发表。1996—1997年，他在日本东京外国语大学讲授《泰国瑶人——过去、现在和未来》；1994年，广西瑶学学会邀请泰国瑶人和从事瑶学研究的学者组团来华访问，阿南达任访问团团长，在张有隽等人的帮助下访问了金秀大瑶山、龙胜等

---

① [泰]差博·卡差·阿南达：《泰国瑶人——过去、现在和未来》，谢兆崇、罗宗志译，北京：民族出版社，2006年，第5页。

地瑶族村寨。① 阿南达所任职的清迈山民研究院直属泰国中央政府福利部领导，该研究院获国家授权和经费资助，并与山民发展中心等机构密切合作，服务于山民发展。阿南达在山民研究院任职从事瑶族研究长达 30 余年。② 1989 年 2 月 17 日至 4 月 4 日，广西民族学院的陈永昌、张有隽、姚舜安、李增贵、玉时阶 5 位学者应泰国朱拉隆功大学的邀请前往泰国北部地区考察瑶族情况，并与清迈山民研究院、朱拉隆功大学学者进行学术交流，他们考察成果编著成的《泰国瑶族考察》一书于 1992 年出版。③

五　瑞典盘瓠神话研究概况

瑞典社会人类学家坎德尔从 1964 年开始，就独自一人对泰国北部清莱府的瑶族进行调查。坎德尔认为，瑶族的社会组织和礼仪体系以渡海神话为基础，并依此发展起来。白鸟芳郎、竹村卓二、伊莱等学者的盘瓠神话研究，都学习并借鉴了他的观点。

> （姓氏制度和渡海神话的关系）
> 姓氏在礼仪上代表出身集团，最为重要……各姓的人都是渡海集团的一员，都有着共同祖先的血统……区分优勉瑶与其他居民不同种族时，全部姓氏体系都和著名的起源神

---

① ［泰］差博·卡差·阿南达：《泰国瑶人——过去、现在和未来》，谢兆崇、罗宗志译，北京：民族出版社，2006 年，序第 2 页。
② 同上书，序第 4 页。
③ 广西民族学院赴泰国考察组编著：《泰国瑶族考察》，南宁：广西人民出版社，1992 年。

话有关。这个神话是一部很长的整套故事的一段，叙述优勉瑶的祖先在本国南京地方遭到严重的旱灾而后乘船渡海的经过。有几条船沉没于波涛之间。有一些乘船的人为造物神盘护所救。因此，优勉瑶对此神常常加以崇拜，誓酬以恩义。十二姓就是在渡海以后创立的。从此以后，优勉瑶就把自己称作"与盘护系统相联系的人"。所有的优勉瑶都必须尊重祖先们渡海时向盘护所发的誓愿。优勉瑶教育子弟要尊重祖先们渡海时向盘护所发的誓愿。优勉瑶教育子弟要尊重祖先的权利，并要同心协力互相传授和追怀盘护的恩宠。优勉瑶强调说所有的瑶族都知道盘护。他们认为对自己的子弟首先应该讲述的故事就是要尊敬盘护以及双亲和祖先。①

坎德尔在叙述该渡海神话时，将在海上救助瑶族的神祇称为"造物神"（creator-gods）盘护，强调在此劫难中存活下来的十二姓氏后被奉为瑶族的"祖先"（ancestors），瑶族血脉能绵延至今，正是造物神盘护和十二姓氏齐心协作共渡劫难的结果。该神话被一代又一代瑶族子弟传诵，出现了定期举行的纪念活动以及"功绩－制造"（merit-making）仪式。

"需要强调的是，盘护并非优勉瑶生物上的祖先，而是外来

---

① 转引自[日]竹村卓二：《瑶族的历史和文化——华南、东南亚山地民族的社会人类学研究》，金少萍、朱桂昌译，北京：民族出版社，2003年，第251页。

者（outsider），是一位恩人（benefactor）。"① 坎德尔认为，瑶族举行纪念仪式是为了感谢救助他们的这位恩人盘护，盘护是"恩人"而非"祖先"，盘护与瑶族没有生物学上的联系或任何血缘关系。优勉瑶到达泰国北部最终凝聚为统一的群体，就在于其定期举行纪念祖先与外人盘瓠约定（contract）的仪式责任（ritual obligations），这种责任既关乎生者，也关乎死者。通过"功绩－制造"仪式，祖先的精神得以传递，盘瓠受到感谢和崇拜。另外，表现优秀的族人在仪式上能得到家族成员的认可，提升在精神世界中的等级地位；同一氏族的成员也通过纪念祖先仪式，按照传承下来的族谱，相互之间建立和巩固亲属关系；为了家族血脉的延续，仪式还时刻提醒着瑶族享有的居住权和受限的婚姻准则。坎德尔看到，渡海神话在泰国北部瑶族生活中的重大意义，渡海神话在现实中乃是瑶族社会组织和礼仪行为秩序原理的核心。这一类型的神话并不是泰国北部瑶族独有、局部的传说，而是在过山瑶中广为流传着。

坎德尔还观察到，过去十年大约有300到400的瑶族人转向基督教信仰。这应该是受到迁入国或途经国的宗教信仰的影响，坎德尔所关注的点十分新颖，且发人深思。坎德尔的盘瓠神话研究成果在世界盘瓠神话学术史上都具有较大影响力。

---

① Peter K. Kandre, "Autonomy and Integration of Social System: The Iu Mien ('Yao' or 'man') Mountain Population and Their Neighbors," in Peter Kunstader (ed.), *Southeast Asian Tribes, Minorities, and Nations*, Princeton: Princeton University Press, 1967, p.592.

六　德国盘瓠神话研究概况

（一）藏匿于博物馆的盘瓠资料

德国慕尼黑市的巴伐利亚州立图书馆拥有近3000本瑶族汉字文书[①]，其中大部分成书于19世纪与20世纪初。最早者为1720年，最晚者可至20世纪80年代。早期的文书多成书于云南、广西一带，晚期者多来自老挝与泰国。仅来自越南的文书有一定持续性，350年间不断地有文书的记载与流传。几乎所有的文书均来自于荆门/蓝靛瑶（将近三分之二）与优缅瑶/盘瑶（近三分之一）。[②]

贺东劢（Thomas O. Höllmann）《瑶族的文书与仪式》（Written Documents and Ritual among the Yao）一文分析了文书的材质、书法、插图、拥有者或制作者的信息，根据现有材料判断认为："早期文书的书法水准较高，近代文书的书写文字则乏审美水准。"[③] 并且区分了瑶族文献中的非道教性文书，认为这类文书常与法事文书混合装订成册，这种现象也"隐射着近代法师作法时多已不了解法事内容的现象"[④]，以至于能力和文书本身的宗教内涵已不重要，文书只是法事的一部分。瑶族的宗教也是多元融合

[①] 转引自［德］贺东劢:《瑶族文书与仪式》，宋馨译，《新疆师范大学学报》（哲学社会科学版）2008年第1期，第39页。

[②] ［德］贺东劢:《瑶族文书与仪式》，宋馨译，《新疆师范大学学报》（哲学社会科学版）2008年第1期，第39页。

[③] 同上书，第39页。

[④] 同上书，第40页。

的结果:"瑶族的众神与世界观大多取自中国道教,此外再加上自有成分以及佛教儒家等观念。"①

(二)盘瓠神话研究情况

20世纪初,德国传教士弗雷德里希·威廉·勒斯尼尔(Friedrich Wilhelm Leuschner)②对广东北部曲江县(原属韶州府)的瑶族进行了调查,最先采集到华南瑶族的渡海神话。③1910—1911年间,他在广东乳源瑶山调查,并发表了《中国南方的瑶子》(Die Jautse in Sudchina)④一文。从他采录的华南瑶族渡海神话文本,我们可以看到明显的基督教色彩。竹村卓二认为他身为基督教传教士,表述时强调的"喇叭",显然是圣经里《给克林特人的书简》记述的最后的审判中的"喇叭":

> (广东省北部乐昌、曲江、乳源三县过山瑶的渡海神话)
> 根据懂汉语的瑶族有识之士提供的古代资料陈述如下:
> 我们的祖先在遥远的往昔,住在一条大河边的平原地带。由于受不了汉人苛刻的压迫,他们放弃了原来的土地,逃向外地。住在那里几百年,又遇到了新灾害。(勒斯尼尔插话

---

① [德]贺东劢:《瑶族文书与仪式》,宋馨译,《新疆师范大学学报》(哲学社会科学版)2008年第1期,第39页。
② 江田祥译为"莱斯契纳尔";朱桂昌、金少萍译为"弗雷德里希·威廉·勒斯尼尔",麻国庆翻译为"劳西纳"。
③ [日]竹村卓二:《瑶族的历史和文化——华南、东南亚山地民族的社会人类学研究》,金少萍、朱桂昌译,北京:民族出版社,2003年,第258—259页。
④ 麻国庆译为《中国南方的瑶子》;江田祥译为《华南的瑶族》。

问:"这些灾害指的是什么?"他们回答说:"是洪水、地震和瘟疫。")因此他们又向 Gindschupa 和 Ladschupa 方向迁移,在那里又住了一百年。可是最后又遇上了野兽和瘟疫的侵袭,又第三次搬家,决定回到原来的故乡七宝山。大海档(笔者注:挡)住了他们的去路。因为他们当时还不会制造船,他们编好了巨大的木筏。按照他们部族的数目,一共编了十二只……他们张起了帆,任风漂流。这时,吹来了猛烈的风暴,六只筏被吹破而遇难。剩下的六只好不容易才免于颠覆,又碰上了暗礁,不能达到对岸。他们向神忏悔,并且祈祷。他们向万能至高无上的天神发誓,如果瑶族可以从灾难中得救,他们便誓作神的奴仆。他们在木筏的前面哭泣悲叹,他们向神送上了誓约文。至高的天神听到了他们的请求和哀诉,给予了他们怜悯。响起了第一阵喇叭声,木筏开始动起来。响起了第二阵喇叭声,木筏就脱离了暗礁。第二阵喇叭声是出发的信号,木筏流向了对岸。第八个月的第三天,木筏在广东靠岸了。李姓一家的木筏在海南岛登陆了。其他五姓到了大陆,定居在 Duichowkwe,在那里盖了一座"西庙"。邓姓的人来到了 Hangchung 和 Hangtsiong,冯姓和李姓的人又迁徙到了 Kwepongho。但是,很不幸,不久他们不得不再一次搬迁,向 Kautztshongtau 方面寻找生路。在这里,他们修建了五龙门,供奉五龙的精灵。此后,他们重新立了誓愿,又迁到 Taunienli。在这里,他们建造了坚固的房屋，供奉五个祭坛的精灵。①

1938年，德国民族学家史图博（Hans Stübel）发表了《广东省的瑶族》（The Yao of the Province of Kuangtung）②。贺东劢认为可以通过瑶族文书判断其迁徙历史，"许多文书内载有写主与书主的名字，不少书内尚有族谱与祖先的丧葬日期，所以可以根据这些数据研究某家族的迁移"③。

七 荷兰对盘瓠神话的关注 ④

由于历史的原因，早期荷兰的汉学家许多都在中国福建、台湾一带学习过汉语或任职过，中国南方民族便成为他们的研究对象。1984年毕业于荷兰莱顿大学（欧洲最古老的汉学中心）的

---

① Friedrich Wilhelm Lèuschner, Die *Jautse in Sudchina*（《华南的瑶族》）, Mitteilungen der Deutsche Geseellschaft für Natur und Volkerkunde Oslasiens, 13：247-248. 转引自[日]竹村卓二:《瑶族的历史和文化——华南、东南亚山地民族的社会人类学研究》，金少萍、朱桂昌译，北京:民族出版社，2003年，第258—259页。

② Hans Stübel, The Yao of the Province of Kuangtung, Monumenta Serica（《华裔学志》），1938(3)：345-384. 转引自江田祥:《20世纪60年代以来西方学界广西民族研究动态与趋势》，《广西民族研究》2013年第3期，第68页。

③ [德]贺东劢:《瑶族文书与仪式》，宋馨译，《新疆师范大学学报》（哲学社会科学版）2008年第1期，第39页。

④ 荷兰学者如田海等的论著，笔者所查阅资料也多是英文，但为了能更清晰、全面呈现盘瓠神话研究状况，本著将其单独列出。下文"新西兰学者的盘瓠神话研究"亦如此。

田海（Barend J. Ter Haar）①就发表了诸多关于福建和台湾宗教的论文。②他于1979—1984年间留学于中国辽宁沈阳和日本的九州大学。1984—1992年间担任莱顿大学现代汉语、古代汉语和中国历史教师。在此期间师从知名学者普林斯顿大学教授韩书瑞（Susan Naquin）和莱顿大学教授、经典佛教和民间佛教专家许理和（Eric Zurcher），并于1990年1月获博士学位。1991—1994年间担任荷兰皇家人文科学院研究员。1994—2000年，他被邀请担任德国海德堡大学中国社会经济史教授，1994—1995年间还兼任国际亚洲研究院研究员、东南亚濒临灭绝少数民族研究项目主任，此外他还担任过莱顿大学中国历史学首席教授（chair professor）、《通报》主编及《汉学研究》《远东》杂志编辑等。已发表论文100余篇、多部专著。

田海专攻过白莲教历史，在写作"天地会"时就注重收集相关神话传说，关注宗教仪式中神话对于建立组织认同感的作用。他认为"法师和地方神圣的任务与皇帝和他的代表机构一样都是政治性的，但是他们在'天下'之内的活跃范围却有不同（虽然也会有重叠）。只要法师和神圣们不侵犯帝国绝对统治的权限，并且接受帝国对其活动的一定的管理（诸如授予封号等事），这

---

① 曹新宇译为"伯瑞特·德哈尔"，更多学者译为"田海"。
② 田海汉学著作颇丰，在神话与宗教仪式方面的研究就有The Genesis and Spread of Temple Cults in Fukien（《福建寺庙崇拜的起源与传播》），1990；Traditional Chinese Religion on Taiwan and Offering Incense（《台湾的传统中国宗教》），1995；The Ritual and Mythology of the Chinese Triads: Creating an Identity（《中国天地会的仪式与神话传说：创造某种认同》），1998；等等。

种潜在的摩擦就不会导致官方的镇压"①。该观点也体现在其对盘瓠神话讨论中。在前述章节"英语世界中的盘瓠神话研究述评"已提及田海的相关观点，此处予以详细介绍。

田海首先提出《评皇券牒》非朝廷下发诏书，很有可能是瑶族自己根据口头传承的神话故事，模仿朝廷诏书而编撰的。该观点见于1998年他发表的《瑶牒新释》（A New Interpretation of the Yao Charters）②中，具有很大的影响力。此文从神话学的角度重新阐释了承载盘瓠神话的瑶族文献《评皇券牒》，讨论了道教与瑶族宗教，少数民族认同与中华文化传统的关系。他推断《评皇券牒》一类的文书最初出现于元朝，明朝逐渐定型。同时，他还提出瑶、畲与客家的起源不是事实上的迁徙，而是在与北方主流文化的频繁接触和融合中形成的。③

八　新西兰盘瓠神话研究概况

霍真（Reo Franklin Fortune）④（1903—1979），新西兰社会人类学家。接受过英美社会人类学家，如阿尔弗雷德·科特·哈登

---

① 转引自［加］王大为：《一个西方学者关于中国秘密社会史研究的看法》，曹新宇译，《清史研究》2000年第2期，第21页。
② B. J. Ter Haar, "A New Interpretation of the Yao Charters," in Paul van der Velde and Alex Mckay（eds.）, *New Developments in Asian Studies*, London and New York: Kegan Paul International, 1998.
③ 转引自江田祥：《20世纪60年代以来西方学界广西民族研究动态与趋势》，《广西民族研究》2013年第3期，第69页。
④ 朱桂昌、金少萍译为"福琼"；张泽洪、江田祥译为"霍真"。

(Alfred Cort Haddon)、马林诺夫斯基(Bronislaw Malinowski)和拉德克利夫·布朗(Alfred Radcliffe-Brown)等诸位的指导。他在中国岭南大学(1937—1939)、美国托莱多(1940—1941)、加拿大多伦多(1941—1943)、缅甸等担任过各种学术和政府职务。后来在英国剑桥大学担任社会人类学讲师(1947—1991),还担任过美拉尼西亚语言和文化专家。1928年与人类学家玛格丽特·米德(Margaret Mead)成为夫妻,共同前往新几内亚进行田野调查(1931—1933)。

霍真在中国岭南大学任职时,率社会研究所的部分学生到广东连县(今连南瑶族自治县)油岭排调查瑶族生活情况。1939年《岭南科学杂志》(Lingnan Science Journal)刊登了相关成果(6篇论文):霍真《瑶族文化导论》、李智文《地方史、社会组织与战争》、李季琼《瑶族家庭之生育、婚嫁与丧葬》、宏永就《瑶族宗教与教育》、林傲隅《瑶族生活的经济学》、黄锡凌《瑶语语音与声韵》。[1]这些成果从排瑶的历史渊源、社会组织、家庭与婚姻、生计模式、宗教与信仰、语音体系等方面展开。霍真在此次调查的基础上,以连县的排瑶与散居在中国西南各省以及法属东京(越南)一带的瑶民做比较。他指出,两地瑶族在语言、体质、文化上都有自己的特色。两地虽同属瑶语,但方言不同。油岭排瑶有自己固定的耕地,日用制品多购自汉人。而东京的瑶人则选择可以耕种的地方迁徙居住,能自己制造日用品。排瑶与他族接触,

---

[1] R. F. Fortune, *Lingnan Science Journal*,1939(3):343–455. 转引自江田祥:《20世纪60年代以来西方学界广西民族研究动态与趋势》,《广西民族研究》2013年第3期,第68页。

接收了他族的文化因素并转为自己所用，如利用汉字书写瑶语发音的瑶经。政府的化瑶局在瑶区设立学校，但是瑶民认为这浪费劳动力而拒绝接受教育。霍真认为，瑶民在"民族国家保持自己的民族特色，拒绝被同化"[①]。

九　古波斯《中国纪行》与盘瓠神话

赛义德·阿里·阿克巴尔·哈塔伊（Seid Ali Akbar Khatai）的《中国纪行》（Khitay Nameh）也记述了盘瓠神话异文。[②] 该书是一部全面系统介绍当时中国社会各方面情况的外国游记，更是中西文化交流的象征，可与《马克·波罗游记》相媲美。[③] 阿里·阿克巴尔在明武宗时期访问过中国，可能是一位中亚穆斯林商人，该书的原文为波斯文，成书时间是1516年，地点则在当时奥斯曼土耳其帝国的首都伊斯坦布尔。[④] 作者着重于描述伊斯兰教如何通过穆斯林宦官散布影响，并用第一人称的语气写下所见所闻，包括中国的军队、法律、城市建设、历史、地理、文化、艺术、社会习俗等。张星烺与德国东方学家保尔·卡莱一直计划把《中国纪行》从德语和英语译本翻译成中文，但直

---

① 麻国庆：《南岭民族走廊的人类学定位及意义》，《广西民族大学学报》（哲学社会科学版）2013年第3期，第86页。
② 钟焓：《一位中亚穆斯林笔下的中国传说故事与民间信仰》，《西域研究》2007年第3期，第101—103页。
③ [波斯]阿里·阿克巴尔：《中国纪行》，张至善、张铁伟、岳家明译，北京：华文出版社，2016年，前言第11页。
④ 同上书，前言第16页。

到 80 年代，才由张至善、岳家明合译出全书，是由波斯文直接译成中文的①，2016 年该书终于重译再版。另外，法国阿里·玛扎海里（Aly Mazahéri）将《中国纪行》由波斯语译为法语，作为《丝绸之路——中国–波斯文化交流史》（La Route De La Soie Aly Mazahéri）中的一章出版，耿昇将其翻译为中文，并由中国藏学出版社于 2013 年出版。需要注意的是，这一故事耿昇所译文本内容与张至善等所译并不相同。

阅读《中国纪行》能够从外国人的视角反观我们习而不察的东西，2013 年版《中国纪行》在第 16 章讲述的吐蕃人故事与盘瓠神话极为类似：

吐蕃及其犬

吐蕃人自古以来就居住在契丹的山区。他们出自一个崇拜偶像的牧人种族，中国古代的皇帝们把这些山区封赏给他们：古代的一位中国皇帝某次与一支非常强大的敌军对阵，正准备袭击他们（但他不知道如何战胜之）。于是便有一只如同狮子般的大狗跳到他面前并对他说："如果你同意将你的公主许配给我，我将把向你发动战争的那个国王的头颅带给你。"

中国皇帝将公主许配给了它。这只犬长有如同两个盾牌一般的耳朵。据传说，它几蹿便接近了敌军，一口就咬死了正在指挥其军队的国王，将其头颅叼在自己的嘴巴中，一

---

① [波斯] 阿里·阿克巴尔著，张至善编：《中国纪行》，北京：生活·读书·新知三联书店，1988 年。

切都干得很利落,它将敌酋头颅投在皇帝的脚下,皇帝遵守其诺言,把公主嫁给了它。犬将公主带到中国的山区并生了大批孩子。公主在犬死亡时以书信呈奏了其父皇,向他报告了她的遭遇及其子嗣的数目。这些孩子们也已经单独上书皇帝,奏请他们应如何做。君主以对他们的浩荡皇恩而将中国的山区作为封地而赐给他们。因此现今的吐蕃人的先祖就是这只犬,其母系先祖就是一名汉族公主。

该犬种人至今仍居住在西藏高原,吐蕃人以贡物的名义向皇帝送礼。……突厥人称它们为"萨姆松人之犬",但事实上这是一种吐蕃犬种。在吐蕃,大家正是借助于类似的犬来狩猎麝鹿的。①

法国阿里·玛扎海里在注释中提及"汉文古史料中就已经提到了吐蕃人的犬类亲系也促使我们于此想到了伊朗塞种人的亲系问题,塞人的名字就是犬……吐蕃人自称起源于犬类"②。钟焓持有不同观点,认为该故事实际上是华南山地民族的盘瓠传说,与藏族毫无牵涉;他指出《后汉书》卷八十六"南蛮西南夷列传"就记载了盘瓠神话,该传说分布地域广阔,流传时间长,所以才会被外来者当作猎奇的异闻采入纪行中。③

比阿里·阿克巴尔前往中国晚了170多年的罗马尼亚人斯帕

---

① [法]阿里·玛扎海里:《丝绸之路——中国—波斯文化交流史》,耿昇译,北京:中国藏学出版社,2013年,第340—341页。
② 同上书,第348—349页。
③ 钟焓:《一位中亚穆斯林笔下的中国传说故事与民间信仰》,《西域研究》2007年第3期,第101—103页。

塔鲁·米列斯库（N. S. Milescu）在其关于中国湖南一带的记叙中也记录了这个传说："（Ksinhu）有些山上，人们过着野兽般的生活，仍未被汉人降服，传说他们是狗生的……传说狗族是这样来的……从前有个叫 Koasin 的皇帝当政时，有个叫吴（U）的绿林好汉起来造他的反，使皇帝夜不能寐……宫中一条大猎狗跑到林中贼窝，咬死了贼人，把他的头颅衔给了皇帝……（公主）表示愿意与狗结合，公主同狗出走后三年，生了六男六女，就这样代代相传，形成了狗族，今天仍生活在山里。"①

1920 年，法国汉学家马伯乐（Henri Maspero）从越南北部瑶族人中收集到的后来收藏在巴黎亚洲协会的《蛮族过山簿》中也称咬死敌王的盘明护（即盘瓠）"头发七尺，阔牙齿二""样如龙马"。② 在他编辑的东南亚地区的少数民族文献中收录了瑶族的《山关簿》抄件，日本学者白鸟芳郎将《山关簿》和《评皇券牒》相比较，认为《山关簿》是《评皇券牒》的别称，两者内容基本相同。此外，河内法国远东学院所编著的过山榜文献《谅山省禄平

---

① ［罗］尼·斯·米列斯库（N. S. Milescu）:《中国漫记》，蒋本良、柳凤运译，北京：中华书局，1990 年，第 113 页。据页下注释，类似的传说在罗马尼亚也有，特奥多尔·勃勒沙尔在罗马尼亚的伏尔恰县的博格德耐什蒂乡也采集到过，并在《谈谈说说》杂志（1894 年，第 73—76 页和 1910 年，第 188—191 页）发表。
② 转引自钟焓：《一位中亚穆斯林笔下的中国传说故事与民间信仰》，《西域研究》2007 年第 3 期，第 103 页。

州蛮书》也属券牒文献范畴。①

故钟焓认为,《中国纪行》对其外貌的描写与这种体型庞大的传说中的"龙犬"有关,只是阿里·玛扎海里把这一在华南民族中普遍流行的犬祖传说与历史上确实与汉地有过通婚关系的吐蕃混淆到了一起,因此才出现了吐蕃人系犬祖与汉地公主之后裔的讹误。②

钟焓的这一研究有利于我们深入理解该纪行的史料价值,同时也为我们认识上述传说故事与民间信仰在当时社会上的流行程度提供了可靠的事实依据。需要注意的是,2016年出版的《中国纪行》删去了与犬有关的叙事元素,称其为拿到敌人头颅的"勇士",西藏人则是"勇士"和皇帝女儿的后代:

> 关于西藏及其居民的情况。西藏人是一个部落,在中国的山区。他们是异教徒。中国在很久以前就赠给他们这些山地。赠地的缘由是这样的:有一个中国皇帝面临一股强敌,当双方摆开阵势准备交战时,出现一个威武如狮的勇士,对中国皇帝说:如果你肯把你女儿给我,我可以把敌王的头献给你。皇帝答应下来了。据说这个勇士的耳朵大得像盾牌,他说完话后就走向敌阵,跳到敌王身上,把他的头从躯干上

---

① 黄钰原文《关山簿》有误,见黄钰辑注:《评皇券牒集编·引言》,南宁:广西人民出版社,1990年,第9页。实际上白鸟芳郎使用的是"《山关簿》(Charters of Man people: Shan kuen pu)",见[日]白鸟芳郎编著:《东南亚山地民族志》,黄来钧译,喻翔生校,内部资料,1980年,第18页。
② 钟焓:《一位中亚穆斯林笔下的中国传说故事与民间信仰》,《西域研究》2007年第3期,第103页。

扯下来,送到中国皇帝面前,扔在地上。皇帝于是履行诺言,把女儿交给了他。他带着她向大山走去。皇帝的女儿和他生儿育女,最后他死了,皇帝的女儿就叫孩子们带着一封信去见中国皇帝,告知那里的情况。皇帝向他们赏赐财物,并且把中国的大山也交给了他们,因此西藏人是这位勇士和皇帝女儿的后代。①

回顾国外盘瓠神话研究的学术史,从对中国古籍的发现和搜集,到对异民族文化历史的想象,再到对世界多民族文化交融的关注,盘瓠神话同中国其他少数民族文化一起,随不同时期历史事件的发生逐渐被外国学者发现和重视。19世纪末20世纪初,一些西方传教士和学者深入中国南部的少数民族地区,开始接触苗、瑶、畲等少数民族的文化和历史,写出大量的调查报告,如勒斯尼尔(F. W. Leuscher)《华南的瑶族》(1911)。日本在中国东北日军占领地区也进行了大规模的人类学考察,后又南下进入少数民族地区进行调查,如鸟居龙藏《苗族调查报告》(1936)。与此同时,法国驻越南的殖民官员和学者开始研究越南北部的民族,如拉琼魁里、勒尼法苏、阿巴迪等人。20世纪10—40年代,由于两次世界大战、中国抗日战争和革命战争的影响,国际盘瓠神话研究放慢了脚步。50—60年代中国开展民族调查与民族识别,搜集了部分盘瓠神话文本及实物,为盘瓠神话研究提供

---

① [波斯]阿里·阿克巴尔:《中国纪行》,张至善、张铁伟、岳家明译,北京:华文出版社,2016年,第95页。

了资料，这时，苏联民族学者也开始涉及华南瑶族研究①。西方学者因无法进入中国，转而对泰国北部、老挝北部的山地民族进行研究，采录口头流传的盘瓠神话、搜集包括《评皇券牒》在内的各类瑶族文书，对盘瓠相关的宗教仪式也进行了记录。60年代末至70年代中后期，在老挝、泰国北部从事瑶族研究的有法国、日本、美国、瑞典、澳大利亚等国家的人类学家、民族学家、历史学家，如日本的白鸟芳郎、竹村卓二，美国的隆巴德、赫伯特·珀内尔，法国的李穆安，瑞典的坎德尔等，外国学者对盘瓠神话的关注从民族历史、宗教、社会组织等不同角度出发，描述了神话在民族生活中的不同侧面。80年代随着中国改革开放的不断深入，民族大调查的研究成果逐步编印出版；1984年12月，中国研究瑶族的学者在南宁创建瑶族研究学会；1986年5—6月，法国国家科学中心、香港中华文化促进中心、香港中文大学联合筹备"香港首届国际瑶族研究学术研讨会"，并发起成立了"国际瑶族研究协会"。盘瓠神话同瑶族研究一起成为国际性的、世界性的课题，研究视角更加多元，研究成果愈加丰厚。1986年5月26—29日，第一届瑶族研究国际研讨会在香港中文大学召开，参加研讨会的成员来自中国、法国、美国、英国、瑞典、澳大利亚等国家。1995年，越南太原省召开"第七届瑶学国际研讨会"；2009年，广西民族大学召开"中越跨境瑶族经济与文化交流国际学术研讨会"，中越两国跨境合作得到深化。

21世纪初，中国积极推进非物质文化遗产保护工作，"盘瓠传说""瑶族盘王节""盘王大歌""瑶族长鼓舞"被列入国家级非

---

① 因为无相关汉语翻译资料，笔者又无能力阅读俄文文献，故无涉及。

物质文化遗产代表性项目名录。此外，中国各省、自治区、市、县相继建立文化馆、博物馆，诸多科研院校成立瑶族文化研究中心，积极开展对外交流活动。2017年，贵州举办"瑶族文化国际交流大会"，中央民族大学也从这一年开始定期举办瑶族"盘王节"，活动内容分为学术研讨会和《盘王大歌》传习两个板块，来自美国、越南、法国等不同国家的瑶族同胞在这一天也有人回到中国，参加盘王节活动。2020年，泰国东北部清莱举办第三届"世界瑶族文化交流与瑶族文化大会"，中国、越南、老挝、美国、加拿大、法国、缅甸的瑶族前往参加。

综上所述，美、英、法、越南、泰国、瑞典等的盘瓠神话研究各有侧重，调查研究盘瓠神话的，既有科研机构的研究员、高等院校的师生，也有士兵和传教士，不同身份背景的研究者对盘瓠神话的关注点亦不相同；来自不同国家、不同学科背景的研究人员，一起为盘瓠神话研究做出了卓越贡献。随着国际社会对文化遗产保护工作的重视，以及世界各国学术交流的日益深入，盘瓠神话研究也将得到进一步的延展和创新。

附录　盘瓠神话研究资料目录[①]

期刊论文

篇名	著（编、译）者	期刊名称	时间	卷期辑
《惠阳畲仔山苗民的调查》	钟敬文	《国立第一中山大学语言历史学研究所周刊》	1927年	第1卷第6期
《西南民族起源的神话——槃瓠》	余永梁	《国立第一中山大学语言历史学研究所周刊》	1928年	第3卷第35—36期
《〈西南民族起源的神话——槃瓠〉书后》	钟敬文	《国立第一中山大学语言历史学研究所周刊》	1928年	第3卷第35—36期
《畲民问题》	何子星	《东方杂志》	1933年	第30卷第13期
《槃瓠和廪君》	次君	《北京大学四川同乡会会刊》	1934年	创刊号
《畲民的图腾崇拜》	何联奎	《民族学研究集刊》	1936年	第1期
《景宁的畲民》	碧天月	《战时青年》	1940年	第24期

[①] "盘瓠神话研究资料目录"按发表时间排序，该目录只是收录了笔者目力所及资料，难免挂一漏万，对此目录存在疑问或有其他建议的同仁，请发邮件至panhushenhua@sohu.com。在此致以诚挚谢意！另，"盘瓠神话研究资料目录"中，有具体刊载日期的，按照日期先后顺序排列，无具体日期者，则排于同一年份的后列。

续表

篇名	著(编、译)者	期刊名称	时间	卷期辑
《始祖诞生与图腾主义:中国图腾主义之一章(未完)》	陈志良	《说文月刊》	1940年	第2卷第2期
《槃瓠神话与图腾崇拜:中国图腾主义之一章》	陈志良	《说文月刊》	1940年	第2卷第4期
《文身与图腾的关系:中国图腾主义之一章》	陈志良	《说文月刊》	1940年	第2卷第5期
《宣威河东营调查记》	马绍房 傅玉声	《西南边疆》	1940年	第8期
《畲民研究》	王惠质	《新力》	1940年	第5卷第14期
《槃瓠传说与徭畲的图腾崇拜(未完)》	岑家梧	《责善半月刊》	1941年	第2卷第7期
《槃瓠传说与徭畲的图腾崇拜(续)》	岑家梧	《责善半月刊》	1941年	第2卷第8期
《广西北部盘古徭的还愿法事》	雷泽光	《民俗》	1943年	第2卷第3/4期
《畲民图腾文化的研究》	凌纯声	《国立中央研究院历史语言研究所集刊16集第一本》	1948年	
《畲族的名称、来源和迁徙》	历史系畲族史研究组讨论徐规执笔	《杭州大学学报》	1962年	第1号
《关于僮、瑶族史几个问题的讨论》	周宗贤 李幹芬	《历史研究》	1962年	第5期

续表

篇名	著(编、译)者	期刊名称	时间	卷期辑
《僮族、瑶族史上几个问题的讨论》	云峰	《民族团结》	1962年	第11月期
《潮安畲话概述》	黄新教 李新魁	《中山大学学报》	1963年	第1期
《粤北瑶族历史的一些资料》	李默	《学术研究》	1979年4月1日	第3期
《试论瑶族族源问题》	李维信	《广西大学学报》(哲学社会科学版)	1980年3月1日	第1期
《畲族所说的客家话》	罗美珍	《中央民族学院学报》	1980年3月1日	第1期
《关于畲族来源》	王克旺 雷耀铨 吕锡生	《中央民族学院学报》	1980年3月1日	第1期
《试论瑶族族源的几个问题》	韩肇明	《学术论坛》	1980年3月1日	第2期
《浅论粤北瑶族历史中的若干问题——兼与李默同志商榷》	韩肇明	《学术研究》	1980年4月30日	第4期
《畲族族源初探》	蒋炳钊	《民族研究》	1980年4月30日	第4期
《关于粤北瑶族的来源问题——对李默同志〈粤北瑶族历史的一些资料〉的一些看法》	张介文	《学术研究》	1980年4月30日	第4期
《从〈评皇券牒〉看瑶人的分布与盘护(槃瓠)传说》	[日]白鸟芳郎著 海兰译	《民族译丛》	1980年6月29日	第3期

续表

篇名	著（编、译）者	期刊名称	时间	卷期辑
《瑶族族源探讨》	李干芬[①]	《思想战线》	1980年6月29日	第3期
《西南民族史札记三则》	尤中	《思想战线》	1980年6月29日	第3期
《考苗族"崇拜"对象种种评"槃瓠"问题》	廷贵 酒素	《贵州民族研究》	1980年7月1日	第2期
《关于苗族的图腾崇拜问题》	张永国	《贵州民族研究》	1980年7月1日	第2期
《有关华南民族文化史的几个问题——以民族渊源和民族文化为中心》	[日]白鸟芳郎著 王恩庆译	《民族译丛》	1980年10月27日	第5期
《"盘瓠"源流考》	侯绍庄	《贵州民族研究》	1981年12月31日	第4期
《畲族迁移考略》	吕锡生	《浙江师范学院学报》（社会科学版）	1981年	第2期
《关于盘瓠神话》	农学冠	《民族文学研究》	1981年	第3期
《畲族山歌探讨》	吴刚戢	《丽水师专学报》	1982年	第1期
《从〈盘瓠王歌〉探讨畲族来源和迁徙》	蒋炳钊	《民族学研究》（辑刊）	1982年5月31日	第1期
《关于云南濮人问题》	龚荫	《昆明师范学院学报》（哲学社会科学版）	1982年6月30日	第3期
《土家族·巴人·槃瓠》	彭武一	《西南民族学院学报》	1982年6月30日	第3期

① 与前文李幹芬系同一人，此文发表时作者用了"干"。

续表

篇名	著(编、译)者	期刊名称	时间	卷期辑
《瑶族与古越族的关系——从〈评皇券牒〉看瑶族的早期历史》	容观复	《中南民族学院学报》(哲学社会科学版)	1982年6月30日	第3期
《从盘瓠神话看苗、瑶、畲三族的渊源关系》	石光树	《中央民族学院学报》	1982年6月30日	第3期
《梅县新石器遗物与畲族历史》	吴炳奎	《中央民族学院学报》	1982年6月30日	第3期
《畲族文学与畲族风俗》	叶大兵	《中南民族学院学报》	1982年8月29日	第4期
《试论盘古神话》	陶立璠	《山茶》	1982年	第5期
《略论畲族民间文学的发展趋势》	雷土根	《浙江师范学院学报》	1983年3月2日	第1期
《福建畲族的族称、源流和迁徙》	蒋炳钊	《福建论坛》(社科教育版)	1983年3月2日	第2期
《关于畲族来源与迁徙》	施联朱	《中央民族学院学报》	1983年5月1日	第2期
《南朝对"蛮"族的统治与"抚纳"政策》	吴永章	《江汉论坛》	1983年5月1日	第6期
《盘瓠蛮初探》	马少侨	《民族论坛》	1983年6月15日	创刊号
《瑶族古典歌谣集成〈盘王歌〉管探》	刘保元	《中央民族学院学报》	1983年6月30日	第3期
《盘古"垂死化身"神话探析》	傅光宇 张福三	《云南社会科学》	1983年12月27日	第6期
《越南瑶族的风俗》	阮克讼 农中 王连清	《民族译丛》	1983年12月27日	第6期

续表

篇名	著(编、译)者	期刊名称	时间	卷期辑
《关于"瓦乡人"的调查报告》	张永家 侯自佳	《吉首大学学报》(社会科学版)	1984年4月1日	第1期
《关于畲族来源问题》	蒋炳钊	《中央民族学院学报》	1984年6月29日	第3期
《畲族始祖狗王图卷》	王树村	《美术研究》	1984年7月1日	第2期
《从盘古说起——谈民间文学中的鬼神》	东谛	《山海经》	1984年	第2期
《陈元光与漳州畲族——兼谈陈元光启漳的影响》	陈元煦	《福建师范大学学报》(哲学社会科学版)	1984年9月30日	第3期
《盘瓠神话的始作者》	龙海清	《民间文学论坛》	1984年	第4期
《试论闽、越与畲族的关系》	陈元煦	《福建论坛》(文史哲版)	1984年12月26日	第6期
《中华民族龙虎文化论——联结中国各族的龙虎文化纽带渊源于远古女娲、伏羲的合体葫芦(一)》	刘尧汉	《贵州民族研究》	1985年4月2日	第1期
《古人系尾新证》	孙贯文	《思想战线》	1985年6月30日	第3期
《中华民族龙虎文化论——联结中国各族的龙虎文化纽带渊源于远古女娲、伏羲的合体葫芦(二)》	刘尧汉	《贵州民族研究》	1985年7月2日	第2期

续表

篇名	著(编、译)者	期刊名称	时间	卷期辑
《云南少数民族的织绣纹样》	杨德鋆	《云南民族学院学报》	1985年7月2日	第2期
《论现代瑶族与古越人之关系》	李瑾	《重庆师院学报》(哲学社会科学版)	1985年7月2日	第2期
《畲族研究三十五年》	施联朱	《民族研究动态》	1985年	第2期
《论盘瓠王的崇高美》	蓝克宽	《中国少数民族》	1985年	第2期
《盘瓠神话与日本犬婿型故事的比较研究》	郎樱	《民间文学论坛》	1985年	第3期
《畲族神话传说始祖称谓问题辨析》	吴刚戟	《民间文学论坛》	1985年	第4期
《小说也能当歌唱——谈畲族的"小说歌"》	王美逢	《民族文化》	1986年	第1期
《论盘瓠形象在瑶族文化史上的影响》	周生来	《民族论坛》	1986年2月25日	第4期
《关于畲族祖籍和民族形成问题》	周沐照	《江西社会科学》	1986年3月2日	第1期
《盘瓠考述》	吴永章	《思想战线》	1986年5月1日	第2期
《广东畲族族源问题管见》	容观夐	《中南民族学院学报》	1986年8月29日	第4期
《畲族族源试论》	蓝青魁	《福建论坛》(文史哲版)	1986年8月29日	第4期
《从红苗风俗看其族源》	吴曦云	《中南民族学院学报》	1986年8月29日	第4期

续表

篇名	著(编、译)者	期刊名称	时间	卷期辑
《长沙蛮初考》	伍新福	《中南民族学院学报》	1986年8月29日	第4期
《试论苗族远祖传说对"盘古"神话的影响》	杨鹓 胡晓东	《民族文学研究》	1986年8月29日	第4期
《畲族渊源初探》	肖孝正	《福建论坛》(文史哲版)	1986年8月29日	第4期
《瑶族盘王舞简述》	刘小春	《民族艺术》	1986年10月1日	第3期
《瑶族姓氏考瑶族》	毛振林	《民族文化》	1986年	第4期
《瑶族盘王节瑶族》	李本高	《民族文化》	1986年	第6期
《盘瓠氏的起源及对葫芦的运用和崇拜》	何光岳	《中南民族学院学报》(社会科学版)	1987年3月2日	第1期
《贵溪畲族民歌与畲族史》	谢健根	《南方文物》	1987年3月2日	第2期
《畲族族源、迁徙及盘瓠的新探索》	姜永兴	《韩山师专学报》(社会科学版)	1987年5月15日	第2期
《盘古槃(盘)瓠神话同一说质疑:兼谈盘古神话产生的地域性问题》	林继富	《西藏农牧学院学报》	1987年	第2期
《从"漳州谕畲"谈起》	雷关贤	《中国民族》	1987年6月30日	第6期
《畲族祖先崇拜问题探析》	孙秋云	《民族论坛》	1987年7月2日	第2期
《瑶族的历史和道教》	[法]雅克·勒穆伊纳著 李增贵译	《广西民族研究》	1987年10月1日	第3期

续表

篇名	著（编、译）者	期刊名称	时间	卷期辑
《〈盘王书〉初探》	黄钰	《广西民族研究》	1987年10月1日	第3期
《试述"槃瓠"图腾的龙的因素》	郭长生	《贵州民族研究》	1987年10月1日	第3期
《再论南北朝时期的苗族社会》	贺国鉴	《贵州民族研究》	1987年10月1日	第3期
《台江苗族的盘瓠传说》	今旦	《贵州民族研究》	1987年10月1日	第3期
《毛南、瑶、汉盘古神话的比较研究》	过伟	《广西民族学院学报》（哲学社会科学版）	1987年10月1日	第3期
《也谈瑶族与古越族的关系》	练铭志	《民族论坛》	1987年10月1日	第3期
《麻阳苗族盘瓠崇拜遗俗调查》	谭子美	《民族学与现代化》	1987年	第3期
《畲族的稀世文物》	毛荣跃 柳意诚	《中国民族》	1987年12月27日	第12期
《潮州畲族祖图初探》	陈香白	《岭南文史》	1988年4月1日	第1期
《盘古、盘瓠神话源于昆仑神话考》	姚宝瑄	《西北民族学院学报》（哲学社会科学版）	1988年4月1日	第1期
《盘瓠与盘古刍议》	李本高	《民族论坛》	1988年5月15日	第2期
《畲瑶盘瓠神话比较》	雷金松	《民族文学研究》	1988年6月29日	第3期
《藏族犬图腾浅谈》	林继富	《西藏研究》	1988年7月1日	第2期
《盘古即盘瓠说质疑》	彭官章	《广西民族研究》	1988年7月1日	第2期

续表

篇名	著（编、译）者	期刊名称	时间	卷期辑
《潮州凤凰山畲族"祖坟"考察》	姜永兴	《中央民族学院学报》	1988年8月28日	第4期
《关于台江县台拱寨、张家寨"婆江略"——过鼓社节的调查记实》	吴通才	《贵州民族研究》	1988年9月30日	第3期
《苗、瑶族古代史叙略》	尤中	《云南社会科学》	1988年10月27日	第5期
《畲族盘姓去向探讨——兼论畲瑶关系》	蓝万清	《民族研究》	1989年4月1日	第3期
《与"盘瓠是苗族始祖"论者商榷》	天娇	《民族论坛》	1989年4月2日	第1期
《盘瓠传说与畲族文化》	娜西卡	《广西民族研究》	1989年4月2日	第1期
《福建畲族图腾崇拜》	陈国强 周立方 林加煌	《中央民族学院学报》	1989年5月1日	第2期
《论盘瓠氏的起源、分布与迁徙——兼议盘瓠与葫芦的关系》	何光岳	《中央民族学院学报》	1989年5月1日	第2期
《盘古、盘古庙与瑶人的关系》	李默	《中央民族学院学报》	1989年5月1日	第2期
《加强瑶族社会、历史、文化的研究》	乔健 胡起望	《中央民族学院学报》	1989年5月1日	第2期
《试论盘古和盘瓠与瑶族的关系》	赵廷光	《中央民族学院学报》	1989年5月1日	第2期

续表

篇名	著(编、译)者	期刊名称	时间	卷期辑
《盘瓠是否盘古》	[法]勒莫瓦纳	《中央民族学院学报》	1989年5月1日	第2期
《对瑶族神话〈密洛陀〉和〈盘瓠〉的深层思考》	何颖	《社会科学探索》	1989年6月30日	第3期
《广东瑶官·瑶兵·瑶田考》	李默	《广东社会科学》	1989年6月30日	第3期
《蓝屋畲族源流习俗浅谈》	詹国璋	《韩山师专学报》(社会科学版)	1989年7月2日	第2期
《蓝夷的来源和迁徙——兼论瑶、畲、苗族的蓝氏》	何光岳	《吉首大学学报》(社会科学版)	1989年10月1日	第3期
《广东畲族〈祖图〉初析》	朱洪 李筱文	《中央民族学院学报》	1989年10月28日	第5期
《盘古并非盘瓠》	彭官章	《中央民族学院学报》	1989年10月28日	第5期
《盘古非盘瓠——从瑶族文献中看盘古与盘瓠的区别》	李本高	《中央民族学院学报》	1989年12月27日	第6期
《瑶族〈盘王歌〉的最早抄本》	刘保元 杨仁里	《中央民族学院学报》	1989年12月27日	第6期
《论粤东畲族的族源及其图腾崇拜》	陈训先	《汕头大学学报》(人文科学版)	1990年4月2日	第1期
《畲族图腾祭祀盛典"招兵"》	姜永兴	《广西民族研究》	1990年4月2日	第1期
《魏晋南北朝"蛮民"的来源》	雷翔	《湖北民族学院学报》(社会科学版)	1990年4月2日	第1期
《"盘瓠神话"访古记——盘瓠神话民俗研究之一》	林河	《民间文艺季刊》	1990年	第2期

续表

篇名	著(编、译)者	期刊名称	时间	卷期辑
《槃瓠神话与畲族的槃瓠信仰》	孟慧英	《民族文学研究》	1990年5月1日	第2期
《"五溪蛮"地的先秦文化》	舒向今	《民族研究》	1990年5月31日	第5期
《论畲族图腾文化的个性特征》	王克旺	《东南文化》	1990年6月30日	第3期
《略论苗族支系》	伍新福	《中南民族学院学报》（哲学社会科学版）	1990年6月30日	第3期
《论苗族盘瓠崇拜属于图腾崇拜》	王岚	《西南民族学院学报》（哲学社会科学版）	1990年8月29日	第4期
《麻阳县苗族盘瓠文化的特点》	赵海洲	《民族论坛》	1990年10月1日	第3期
《苗瑶畲三族民歌及文化背景之比较研究》	蒲享强	《吉首大学学报》（社会科学版）	1990年10月1日	第3期
《古老的文化姻缘——畲族赤郎习俗与洞房经比较研究》	陈华文	《民间文学论坛》	1990年	第4期
《龙·盘瓠·接龙祭·龙舟——苗族龙与龙文化》	杨芸	《广西民族研究》	1990年10月1日	第3期
《云南白、彝、纳西等民族的"衣尾"习俗探源》	李安民	《民族艺术研究》	1990年10月28日	第5期
《析广东九连山畲族的图腾崇拜》	姜永兴	《中南民族学院学报》（哲学社会科学版）	1990年12月27日	第6期
《浅谈"奏铛"与"还盘王愿"》	白潭 郑德宏	《民族论坛》	1990年12月31日	第4期

续表

篇名	著(编、译)者	期刊名称	时间	卷期辑
《盘瓠神话的历史和文化价值》	徐华龙	《民族文学研究》	1991年3月2日	第1期
《粤东畲族盘瓠文化研究》	韩伯泉	《中南民族学院学报》（哲学社会科学版）	1991年6月30日	第3期
《论畲族盘瓠传说的演变》	蓝万清	《民族文学研究》	1991年6月30日	第3期
《全国盘瓠文化讨论会综述》	罗汉田	《民族文学研究》	1991年6月30日	第3期
《盘瓠正名三题》	吴善琮 龙治安	《民族文学研究》	1991年6月30日	第3期
《盘瓠形象对瑶族文化的影响》	周生来	《民族文学研究》	1991年6月30日	第3期
《"狗父神母"考略》	张应和	《民族文学研究》	1991年6月30日	第3期
《苗族的图腾和盘瓠》	吴曦云	《中南民族学院学报》（哲学社会科学版）	1991年6月30日	第3期
《湘西溪州铜柱与盘瓠文化》	龙海清	《中央民族学院学报》	1991年8月29日	第4期
《畲族家世神话盘瓠"龙麒"与"白犬"考释》	韩伯泉	《广东民族学院学报》（社会科学版）	1991年10月1日	第3期
《湖南五溪地区盘瓠文化遗存之研究》	石宗仁	《中南民族学院学报》（哲学社会科学版）	1991年10月28日	第5期
《盘瓠与中华各民族的关系》	谌许业	《怀化师专学报》	1991年12月27日	第6期
《盘古盘瓠盘王辨识》	黄钰	《广西民族研究》	1991年12月31日	第4期
《瑶族〈评皇券牒〉中的盘瓠考》	李本高	《广西民族研究》	1991年12月31日	第4期

续表

篇名	著（编、译）者	期刊名称	时间	卷期辑
《试论盘瓠神话的美学价值》	李明天 陈立浩	《贵州民族研究》	1991年12月31日	第4期
《"漫水龙歌"与"盘瓠崇拜"》	谭子美 李宜仁	《贵州民族研究》	1991年12月31日	第4期
《试论盘瓠神话和苗族族源》	石建中	《中南民族学院学报》（哲学社会科学版）	1992年3月1日	第1期
《瑶族葫芦传人与盘瓠开族神话浅析》	蔡村	《民族论坛》	1992年4月1日	第1期
《〈山海经〉中犬戎谱系剖析》	王宁	《山西师大学报》（社会科学版）	1992年4月1日	第1期
《畲族的图腾文化》	韩常先	《浙江学刊》	1992年4月30日	第2期
《盘瓠神话的深层结构》	吴泽顺	《中南民族学院学报》（哲学社会科学版）	1992年4月30日	第2期
《盘古盘瓠关系辨——论盘古神话的根》	马卉欣 朱阁林	《民间文学论坛》	1992年	第4期
《畲族图腾文化新论》	韩常先	《中央民族学院学报》	1993年3月2日	第1期
《鱼·盘瓠·枫木—蝴蝶——苗族生殖崇拜文化研究三题》	杨鹍国	《贵州社会科学》	1993年4月1日	第3期
《瑶族盘瓠崇拜内涵论》	李本高	《民族论坛》	1993年4月2日	第1期
《湖南大庸出土铜俑与盘瓠文化》	曾湘军	《民族艺术》	1993年4月2日	第1期
《槃瓠见疑》	谢荣	《韩山师专学报》	1993年7月2日	第2期

续表

篇名	著（编、译）者	期刊名称	时间	卷期辑
《也论盘瓠氏的起源》	李仪	《怀化师专学报》	1993年8月29日	第4期
《蚩尤·驩兜·盘瓠——苗族"饕餮"的内涵及渊源探踪》	杨鹍国	《吉首大学学报》（社会科学版）	1993年10月1日	第3期
《溪州铜柱"盘瓠遗风"考辨》	麻根生	《长沙水电师院学报》（社会科学学报）	1993年10月1日	第3期
《盘瓠神话源出北方考》	苑利	《民族文学研究》	1994年2月15日	第1期
《淮阳"泥泥狗"：远古文化的"活化石"》	王爱平	《寻根》	1994年2月25日	第1期
《论溪州铜柱的设立及其文化内涵——与〈湘西溪州铜柱与盘瓠文化〉一文作者商榷》	黄纯艳	《贵州文史丛刊》	1994年3月5日	第2期
《湖南怀化市的盘瓠文化遗存》	周德麟	《民族研究》	1994年5月25日	第3期
《盘瓠传说与千家洞传说关系试析》	邓建富	《中山大学研究生学刊》（社会科学版）	1994年10月15日	第3期
《苗族椎牛祭及其巫教特征》	张子伟 龙炳文	《民族论坛》	1995年2月10日	第1期
《好五色衣服——早期民族融合的象征》	唐羽	《民俗研究》	1995年2月15日	第1期
《溪州铜柱不是"盘瓠图腾柱"》	彭勃	《中南民族学院学报》（哲学社会科学版）	1995年2月15日	第1期

续表

篇名	著（编、译）者	期刊名称	时间	卷期辑
《盘古神话探源》	王鲁昌	《中州学刊》	1995年5月20日	第3期
《〈瑶人文书〉及其宗教仪式》	［日］白鸟芳郎著 肖迎译	《云南档案》	1995年6月15日	第3期
《再论畲族图腾及其高辛夷史源——兼与"盘瓠即犬""畲族狗图腾"说商榷》	肖孝正	《福建学刊》	1995年7月15日	第4期
《湖南瑶族文化中的越文化特征》	力木	《民族论坛》	1995年8月10日	第4期
《〈瑶人文书〉及其宗教仪式（二）》	［日］白鸟芳郎著 肖迎译	《云南档案》	1995年8月15日	第4期
《瑶族长鼓文化现象之我见》	韩德明	《民族艺术》	1995年9月15日	第3期
《客家南宋源流说》	吴松弟	《复旦学报》（社会科学版）	1995年9月25日	第5期
《再论把"盘瓠"神话当作畲族史实之虚妄》	雷阵鸣 雷银才	《中南民族学院学报》（哲学社会科学版）	1995年12月15日	第6期
《畲族源论纲》	陈香白	《寻根》	1995年12月25日	第6期
《苗族图腾信仰管窥》	海力波	《民族论坛》	1996年2月10日	第1期
《试论九黎、三苗、盘瓠与梅山蛮》	郭兆祥	《邵阳师专学报》	1996年2月28日	第1期

续表

篇名	著(编、译)者	期刊名称	时间	卷期辑
《瑶族盘瓠神话与渡海神话的象征意义》	李学钧 马建钊	《广西民族学院学报》（哲学社会科学版）	1996年3月30日	第1期
《畲族民俗信仰的道教色彩》	李健民	《中南民族学院学报》（哲学社会科学版）	1996年10月15日	第5期
《盘瓠：王爷，盘古：老爷》	吴晓东	《民族文学研究》	1996年11月15日	第4期
《畲族的凤凰崇拜及其渊源》	黄向春	《广西民族研究》	1996年12月20日	第4期
《瑶族神话传说中的哲学思想试析》	陈路芳	《广西民族学院学报》（哲学社会科学版）	1996年12月30日	第4期
《中国著名神话在少数民族中的流传》	刘亚虎	《百科知识》	1996年	第10期
《瑶族源流探索》	蔡邺	《民族论坛》	1997年2月10日	第1期
《从盘古盘瓠窥历史的神话化》	潜明兹	《苗侗文坛》	1997年	第1—2期
《盘瓠崇拜与民族命运》	何颖	《民族文学研究》	1997年11月15日	第4期
《瑶族盘瓠神话刍议》	陈斌	《云南师范大学学报》（哲学社会科学版）	1998年2月25日	第1期
《盘瓠神话传说新探》	舒向今	《苗侗文坛》	1998年	第3期
《盘瓠与凤凰崇拜——苗瑶语族"好五色衣服"的一种解释》	杨鹓	《贵州民族学院学报》（社会科学版）	1999年2月15日	第1期
《从出土文物探五溪先民的图腾崇拜》	舒向今	《吉首大学学报》（社会科学版）	1999年3月25日	第1期

续表

篇名	著(编、译)者	期刊名称	时间	卷期辑
《苗蛮东夷相连重合的地域及同母语地名》	石宗仁	《贵州民族研究》	1999年8月15日	第3期
《畎夷非犬戎论》	姚治中	《六安师专学报》	1999年9月30日	第3期
《论〈后汉书〉槃瓠说之误及其误导》	东人达	《渝西学院学报》	1999年11月15日	第4期
《中国古代神话对"元始"、"终极"的理念和心态》	陈启云	《中国文哲研究集刊》	1999年	第15期
《盘瓠神话与"社会崇拜"文化现象》	何颖	《广西师院学报》	2000年1月30日	第1期
《史传"盘瓠"揭秘——〈中国盘瓠〉一书述要》	周德麟	《船山学刊》	2000年3月30日	第1期
《天地开辟与化生万物》	施爱东 徐霄鹰	《广东民俗》	2000年	第1期
《盘瓠石窟考察记》	吴善淙	《苗侗文坛》	2000年	第1期
《社会记忆与族群认同——从〈评皇券牒〉看瑶族的族群意识》	钟年	《广西民族学院学报》(哲学社会科学版)	2000年7月1日	第4期
《盘瓠出世：一段图腾生育神话的解读》	蒋明智	《民族文学研究》	2000年8月20日	第3期
《盘瓠神话与瑶族》	李宁	《民族论坛》	2000年8月30日	第4期
《盘瓠神话：楚与卢戎的一场战争》	吴晓东	《民族文学研究》	2000年11月20日	第4期

续表

篇名	著（编、译）者	期刊名称	时间	卷期辑
《从盘古神话的演变看岭南民族的融合》	叶春生	《广西民族研究》	2000年12月20日	第4期
《土家族族谱与土家大姓土著渊源》	黎小龙	《西南师范大学学报》（人文社会科学版）	2000年12月28日	第6期
《畲乡印象》	张国云 李松萍	《民间文化》（旅游杂志）	2000年	第10期
《南方民族的"根谱"》	刘亚虎	《中国民族》	2001年3月10日	第3期
《论苗瑶民族的同源问题》	胡阳全	《贵州民族学院学报》（哲学社会科学版）	2001年3月27日	第1期
《南蛮祖先槃瓠考说》	任俊华	《湖南大学学报》（社会科学版）	2001年3月28日	第1期
《万里瑶歌，同出一源——我国瑶族传统民歌旋律的比较》	杨新明	《民族艺术研究》	2001年6月30日	第3期
《也谈溆浦蛮夷的历史文化和族属》	石宗仁	《怀化师专学报》	2001年6月30日	第3期
《为"高山苗"辩》	秋阳	《文史天地》	2001年9月30日	第9期
《福建畲族族谱档案及其价值》	谢滨	《档案学研究》	2001年10月30日	第5期
《时间差：神圣与世俗边界的构建及洞穿——禁室型故事中禁忌母题的文化阐释》	万建中	《广西民族学院学报》（哲学社会科学版）	2001年11月1日	第6期

续表

篇名	著（编、译）者	期刊名称	时间	卷期辑
《藏犬传奇——兼论与藏犬相关的灵獒、Mastiff、莫敖、蚼犬、豹犬、狡狗、槃瓠，罽宾、渠叟、獥貐、穷奇以及贰负、獥貙，曼陀罗和牙不芦》	萧兵	《中国文化》	2001年12月30日	第Z1期
《我国古代的蛮人与蚕丝起源的传说》	榕嘉	《四川丝绸》	2001年12月30日	第4期
《瑶族飘洋过海审美初探》	蓝克宽	《广西民族研究》	2001年12月30日	第4期
《湘西苗族赛龙舟与龙文化》	屈杰 刘少英 张慧春	《体育文化导刊》	2002年3月23日	第2期
《论苗族盘瓠崇拜的文化特质及多重属性》	吕养正	《民族论坛》	2002年3月30日	第3期
《畲乡三月三》	蓝三峰	《浙江人大》	2002年4月10日	第4期
《盘古考源》	王晖	《历史研究》	2002年4月15日	第2期
《南朝遗风今犹在——广西南丹白裤瑶寨见闻录》	吴永章	《寻根》	2002年4月25日	第2期
《回眸近二十年〈评皇券牒〉的争鸣与探讨》	陈路芳	《广西民族学院学报》（哲学社会科学版）	2002年5月1日	第3期
《盘瑶千家峒》	宫哲兵	《寻根》	2002年6月25日	第3期

续表

篇名	著(编、译)者	期刊名称	时间	卷期辑
《在盘瓠发源之乡、屈原流放之地，托举一个美好的新泸溪》	向兴仁	《中国民族》	2002年8月10日	第8期
《相单程与其部民族属考谈》	石宗仁	《怀化学院学报》	2002年8月30日	第4期
《浅论盘古文化与盘瓠文化关系及其在岭南融合》	李燕 司徒尚纪	《中国历史地理论丛》	2002年12月10日	第4期
《瑶汉盘瓠神话——仪式叙事中的"历史记忆"》	彭兆荣	《广西民族学院学报》（哲学社会科学版）	2003年2月1日	第1期
《论盘瓠故事与古氏族部落迁徙及融合的关系——兼论盘瓠故事和传说遗迹的史料价值》	杨东晨 杨建国	《广西右江民族师专学报》	2003年2月25日	第1期
《盘瓠神话与瑶族先民的婚姻》	徐祖祥	《华夏文化》	2003年3月30日	第1期
《论盘古与盘瓠》	高峰	《榆林学院学报》	2004年6月30日	第2期
《盘瓠和辛女》	侯自鹏 杨昌家 向峰	《民族论坛》	2003年7月30日	第7期
《盘瓠》	蒋正采 金金燊	《民族论坛》	2003年7月30日	第7期
《畲族"盘瓠"形象的民俗学解读》	邱国珍	《广西民族学院学报》（哲学社会科学版）	2003年12月1日	第6期
《"衣着尾"之习俗浅析》	乌云	《内蒙古艺术》	2003年12月30日	第2期

续表

篇名	著(编、译)者	期刊名称	时间	卷期辑
《湖南瑶族的盘瓠文化》	万竹青	《零陵学院学报》	2004年1月15日	第1期
《论三峡盘瓠"蛮"系冉氏、向氏起义》	张莉	《重庆三峡学院学报》	2004年1月20日	第1期
《元代的畲族》	屈文军	《暨南学报》(人文科学与社会科学版)	2004年1月22日	第1期
《传说记忆与族群认同——以盘瓠传说为考察对象》	万建中	《广西民族大学学报》(哲学社会科学版)	2004年2月1日	第1期
《试论五羊神话产生的历史背景及其原始含义》	袁进	《古今农业》	2004年3月18日	第1期
《〈搜神记〉与民间自发宗教》	程蔷	《民族艺术》	2004年3月30日	第1期
《畲田民族·盘瓠信仰·梅山文化——从三者的关系考察梅山蛮的族源》	钟新梅	《邵阳学院学报》	2004年8月25日	第4期
《梅山洞蛮的祖神信仰与开发价值》	张子伟	《邵阳学院学报》	2004年8月25日	第4期
《古梅山峒区域是蚩尤部族世居地之一——湘中山地蚩尤信仰民俗调查》	陈子艾 李新吾	《邵阳学院学报》	2004年8月25日	第4期
《梅山蛮主体民族刍议》	刘伟顺	《邵阳学院学报》	2004年8月25日	第4期
《廪君、盘瓠后裔反抗斗争与三峡盐业内在联系》	任桂园	《湖北民族学院学报》(哲学社会科学版)	2004年8月28日	第4期

续表

篇名	著（编、译）者	期刊名称	时间	卷期辑
《畲、瑶信仰实不同》	雷阵鸣 钟进和	《丽水师范专科学校学报》	2004年8月28日	第4期
《畲族起源与风俗》	李兴金	《寻根》	2004年10月25日	第5期
《畲族槃瓠神话的文本辨识和艺术化过程分析》	刘冬	《福建省社会主义学院学报》	2004年11月10日	第4期
《瑶族远祖盘瓠传说再研究》	张有隽	《广西民族研究》	2004年12月20日	第4期
《浅论建立南岭瑶族盘瓠文化圈》	李本高	《民族论坛》	2005年2月28日	第2期
《盘古文化寻踪——盘古文化考察记》	覃彩銮	《广西民族研究》	2005年3月20日	
《瑶族还盘王愿活动中所见盘瓠崇拜的道教化》	徐祖祥	《西南民族大学学报》（人文社科版）	2005年3月28日	第3期
《盘瓠神话与民俗的传承流变》	刘绪义	《湖南师范大学社会科学学报》	2005年4月30日	第2期
《神话传说与族群认同——以五溪地区苗族盘瓠信仰为例》	明跃玲	《广西民族学院学报》（哲学社会科学版）	2005年6月1日	第3期
《盘古文化寻踪——盘古文化考察记之二》	覃彩銮	《广西民族研究》	2005年6月20日	第2期
《从盘瓠形象变化看畲族文化的变迁》	杨正军	《漳州师范学院学报》（哲学社会科学版）	2005年6月30日	第2期

续表

篇名	著（编、译）者	期刊名称	时间	卷期辑
《畲族凤凰崇拜及其源流初探》	蓝雪花	《闽西职业大学学报》	2005年6月30日	第2期
《中国湘西踏虎盘瓠凿花艺术》	杨兴民	《云梦学刊》	2005年7月20日	第4期
《梅山蚩尤神象造形与饕餮纹、盘瓠的关系》	邹少灵	《船山学刊》	2006年7月25日	第3期
《新宁县麻林瑶族乡的"跳古坛"》	张劲松	《民间文化论坛》	2005年8月20日	第4期
《盘古新议》	徐华龙	《广西师范学院学报》	2006年7月25日	第3期
《从〈黑暗传〉看盘古形象的文化内涵》	张春香	《湖北民族学院学报》（哲学社会科学版）	2006年8月28日	第4期
《盘瓠神话与瓦乡人的族群认同》	明跃玲	《黑龙江民族丛刊》	2006年10月15日	第5期
《重庆民间盘古文化及其考古学支持》	余云华	《广西师范学院学报》	2006年10月25日	第4期
《盘瓠子孙的文明》	戴永亮	《西部论丛》	2007年2月10日	第2期
《清代蓝山瑶族〈评皇券牒〉木刻印版的初步考证与研究》	赵荣学	《湖南科技学院学报》	2007年3月1日	第3期
《从祖图看畲族的宗教信仰》	马晓华	《中国宗教》	2007年3月26日	第3期
《发现"盘瓠文化发祥地"第一人》	覃仁岗 张莉	《中国民族》	2008年5月6日	第5期
《描述民族文学关系史》	刘亚虎	《民族文学研究》	2007年8月15日	第3期

续表

篇名	著（编、译）者	期刊名称	时间	卷期辑
《论盘瓠、盘王非盘古——盘古神话来源问题研究之九》	蓝阳春	《广西民族研究》	2007年12月20日	第4期
《浅谈畲族舞蹈》	王虹	《大众文艺（理论）》	2008年2月15日	第1期
《广东连阳地区莫瑶的盘王传说及其信仰》	林为民	《文化遗产》	2008年2月20日	第1期
《是是非非话盘古：近代以来盘古神话研究述评》	侯红良	《广西民族研究》	2008年3月20日	第1期
《先秦时期"武陵民族走廊"的民族格局》	黄柏权	《思想战线》	2008年5月15日	第3期
《〈盘古开天地〉型神话流传史略》	谭达先	《广西师范学院学报》（哲学社会科学版）	2008年7月25日	第3期
《试述苗族的祖神崇拜和物神崇拜》	张锦华	《贵州民族学院学报》（哲学社会科学版）	2008年8月28日	第4期
《中国传统龙舟竞渡源流考》	金陵 金克剑	《中北大学学报》（社会科学版）	2008年10月30日	第5期
《苗族鬼神崇拜的现代审视》	郑英杰 覃元	《云南民族大学学报》（哲学社会科学版）	2008年11月15日	第6期
《〈景宁兰氏祖图〉考释》	辛字玲	《中国土族》	2008年12月15日	第4期
《盘古神话论》	陶阳	《民间文化论坛》	2009年2月15日	第1期
《铃刀在畲族巫舞中的重要作用》	肖端 林捷珊	《艺苑》	2009年3月20日	第3期

续表

篇名	著（编、译）者	期刊名称	时间	卷期辑
《盘古考》	刘夫德	《文博》	2009年4月15日	第2期
《论畲族的民族特性及形成原因：以江西省贵溪市樟坪畲族乡为例》	方清云	《中南民族大学学报》（人文社会科学版）	2009年5月20日	第3期
《盘古考（续）》	刘夫德	《文博》	2009年6月15日	第3期
《畲族起源传说与史实的探讨》	谢丁宁	《福建省社会主义学院学报》	2009年6月25日	第3期
《从畲族祖图中的"金钟变身"论"室"的禁忌》	林毅红	《中央民族大学学报》（哲学社会科学版）	2009年7月15日	第4期
《粤北瑶族长鼓舞表演仪式及其音乐文化研究》	王珊铭	《民族音乐》	2009年7月20日	第4期
《畲族长篇叙事歌谣〈高皇歌〉的历史文化价值》	石中坚 雷楠	《广东技术师范学院学报》	2009年8月15日	第8期
《盘瓠神话的历史原型与形成因素》	任志强	《文教资料》	2009年10月5日	第28期
《谈福建泉州畲族的祖先崇拜》	耿喜波	《黑龙江史志》	2009年10月8日	第19期
《北江流域水神崇拜的考察》	王焰安	《韶关学院学报》	2009年10月15日	第10期
《沈从文小说与苗族盘瓠崇拜》	胡斌	《南通大学学报》（社会科学版）	2009年11月15日	第6期
《沅水流域盘瓠文化调查及开发应用探讨》	吴天松 胡劲松 张江 夏银燕	《中南林业科技大学学报》（社会科学版）	2009年11月15日	第6期

续表

篇名	著(编、译)者	期刊名称	时间	卷期辑
《历史记忆的张力：盘瓠传说对畲族游耕农业的延续》	曹大明 马信强	《黑龙江民族丛刊》	2009年12月15日	第6期
《论锦江盘瓠龙舟节》	刘丽	《四川理工学院学报》（社会科学版）	2009年12月20日	第6期
《瑶族盘王节》	廖明君	《广西民族研究》	2009年12月20日	第4期
《畲族盘瓠传说与其生计模式关系研究》	曹大明	《宗教学研究》	2010年3月15日	第1期
《浅论畲民盘瓠与孙悟空崇拜》	谢爱国	《宁德师专学报》（哲学社会科学版）	2010年4月10日	第2期
《〈畲族文化述论〉对盘瓠形态的正本清源》	李凌霞	《闽台文化交流》	2010年8月15日	第3期
《南蛮的上古远祖蚩尤——兼谈九黎、三苗、盘瓠与梅山蛮的族源和迁徙》	郭辉东	《湖南科技学院学报》	2010年10月1日	第10期
《盘瓠神话与〈西厢记〉叙事内容的同构性》	张艳	《长江师范学院学报》	2010年11月8日	第6期
《瑶族宗教信仰中的盘王崇拜》	张泽洪	《广西民族大学学报》（哲学社会科学版）	2010年11月15日	第6期
《麻阳盘瓠祭文化的知识产权保护与对策研究》	黄诚	《哈尔滨学院学报》	2010年11月20日	第11期
《关于盘古神话探源若干问题之我见》	龙海清	《民间文化论坛》	2010年12月15日	第6期

续表

篇名	著（编、译）者	期刊名称	时间	卷期辑
《国家级非物质文化遗产名录——仡佬毛龙节》	阿土	《贵州民族研究》	2010年12月25日	第6期
《麻阳盘瓠民谣中民俗文化负载词的英译探析》	杨玲玲 滕凤	《怀化学院学报》	2010年12月28日	第12期
《从史诗与民间槃瓠故事的传播看瑶族形成的阶段性文化特征》	潘雁飞	《广西师范学院学报》（哲学社会科学版）	2011年1月25日	第1期
《湘南瑶族〈盘王大歌〉中"七任曲"的音乐特征》	周红	《大众文艺》	2011年1月25日	第2期
《神话视域下的中原与岭南文化交流考论》	闫德亮	《信阳师范学院学报》（哲学社会科学版）	2011年5月10日	第3期
《盘瓠图腾与瑶族服饰艺术》	周飞战	《大众文艺》	2011年6月25日	第12期
《永州盘瑶神像画研究》	周飞战	《民族艺术研究》	2011年6月28日	第3期
《湘西麻阳苗族盘瓠祭祀音乐文化初探》	陈丽霞	《湖南科技学院学报》	2011年8月1日	第8期
《源出少昊帝 来自君子国——畲族族源考》	黄锦树	《韩山师范学院学报》	2011年8月15日	第4期
《"荆蛮"和"茅绥"：民族志里的"他者"——兼证"屠苏"并〈高丽记〉之"鄣"》	连冕	《中国美术馆》	2011年8月20日	第8期

续表

篇名	著（编、译）者	期刊名称	时间	卷期辑
《盘瓠神话的历史价值思考》	陈洁	《湖南大众传媒职业技术学院学报》	2012年1月15日	第1期
《贵州毛南族"盘瓠后裔说"和"嗜食狗肉"食俗的关系探析》	孟学华 刘世彬	《黔南民族师范学院学报》	2012年2月25日	第1期
《试论畲民中的陈靖姑信仰》	雷德和	《大众文艺》	2012年3月25日	第6期
《麻阳盘瓠文化的构成与价值》	王淑贞 王文明 王戌英	《吉首大学学报》（社会科学版）	2012年5月15日	第3期
《盘瓠之舞——漫水花灯戏探究》	张池	《南阳理工学院学报》	2012年5月25日	第3期
《瑶族的民间信仰》	肖玉青	《文史月刊》	2012年6月1日	第6期
《〈皇清职贡图〉所载盘瓠信仰探析》	佟颖	《伊犁师范学院学报》（社会科学版）	2012年6月15日	第2期
《民族时间、家族时间及民族史书写范式反思——从畲、瑶家族文本研究出发》	刘婷玉	《厦门大学学报》（哲学社会科学版）	2012年7月28日	第4期
《浅议苗族服饰中的盘瓠崇拜及其历史渊源》	马丽亚	《凯里学院学报》	2012年8月25日	第4期
《宋代湘赣闽粤边区的社会变迁与民族新格局》	谢重光	《宁德师范学院学报》（哲学社会科学版）	2012年9月25日	第3期

续表

篇名	著(编、译)者	期刊名称	时间	卷期辑
《慎终追远 民族腾飞——第十二届中国瑶族盘王节走笔》	莫胜 袁永兴	《民族论坛》	2012年12月15日	第23期
《试论闽南畲族民间信仰》	段凌平	《武夷学院学报》	2012年12月15日	第6期
《〈风俗通义〉里两则南方民族族源神话》	刘亚虎	《天中学刊》	2012年12月15日	第6期
《湖南麻阳盘瓠文化遗存现状调查》	蒋慧	《西江月》	2012年	第21期
《瑶族图腾崇拜与姓氏关系研究——以勐腊县尚勇镇青松村为个案》	赵胜男	《云南农业大学学报》(社会科学版)	2013年1月11日	第1期
《论畲族"凤凰崇拜"复兴的合理性与必要性》	方清云	《民族论坛》	2013年1月25日	第2期
《易学视野下的呈现——少数民族文化的另类解读之二》	江凌 李辉	《中国民族》	2013年2月6日	第2期
《沅陵巫傩告象简论》	舒达	《湖南工业大学学报》(社会科学版)	2013年2月15日	第1期
《贵州穿青人族属考析——与畲族同出古帝少昊》	黄锦树	《韩山师范学院学报》	2013年2月15日	第1期
《麻阳盘瓠文化的内涵探析》	王淑贞 王文明 王戌英	《中南林业科技大学学报》(社会科学版)	2013年2月15日	第1期

续表

篇名	著（编、译）者	期刊名称	时间	卷期辑
《艺术人类学视角下的畲族服饰调查研究》	陈敬玉	《丝绸》	2013年2月20日	第2期
《族群活动与五溪文化的形成》	李成实	《甘肃联合大学学报》（社会科学版）	2013年3月10日	第2期
《族群认同与文化建构——辰沅流域瓦乡人盘瓠神话的人类学考察》	明跃玲 田红	《西南民族大学学报》（人文社会科学版）	2013年4月10日	第4期
《瑶族"盘瓠传说"的结构主义分析》	陈敬友 胡铁强	《湖南科技学院学报》	2013年5月1日	第5期
《新干大墓即盘瓠王墓考析——兼谈畲族发祥地大质山及其他》	黄锦树	《广东技术师范学院学报》	2013年5月15日	第5期
《近年来盘瓠神话研究概况综述》	邓平	《黑龙江史志》	2013年7月8日	第13期
《论畲族图腾文化在民间的作用》	漆小平	《开封教育学院学报》	2013年9月20日	第5期
《基于图腾崇拜的花瑶服饰艺术研究》	文牧江 刘怡果	《湖南科技大学学报》（社会科学版）	2013年9月20日	第5期
《论盘瓠神话的精神隐喻》	田霞	《民族论坛》	2013年10月31日	第10期
《盘瓠文化传承下的泸溪民俗艺术特征探究》	罗海涛	《艺术研究》	2013年11月15日	第4期
《南海王国之族属、地域、城址考析——兼考相关的吴城、大洋洲文化》	黄锦树	《广东技术师范学院学报》	2013年11月15日	第11期

续表

篇名	著（编、译）者	期刊名称	时间	卷期辑
《厘清岭南石狗崇拜的民族源流》	刘付靖 李晓霞	《广东技术师范学院学报》	2013年11月15日	第11期
《论麻阳盘瓠形象及其文化渊源》	田文秀	《怀化学院学报》	2013年12月28日	第12期
《试析畲族盘瓠信仰》	侯逸宁 邢天然	《西江月》	2013年	第25期
《乡村庙会：民族融合的印记——以西湾盘古大王庙为例》	蒲日材 古贤明	《重庆文理学院学报》（社会科学版）	2014年1月10日	第1期
《瑶族盘瓠神话及其崇拜流变——基于对广西红瑶的考察》	冯智明	《文化遗产》	2014年1月20日	第1期
《集体记忆和族群认同：以瑶族长鼓舞为考察对象》	陆文东	《广西师范大学学报》（哲学社会科学版）	2014年2月15日	第1期
《"五溪蛮"地区"抬狗求雨"民俗仪式的人类学意义》	陶淑琴	《贵州民族研究》	2014年2月25日	第2期
《浅析畲族"招兵节"经书（24部）的文化价值》	石中坚	《文教资料》	2014年3月5日	第7期
《賨人与賨国——宕渠历史文化散论》	江玉祥	《西华大学学报》（哲学社会科学版）	2014年3月19日	第2期
《盘古、盘瓠信仰与瑶族》	李筱文	《清远职业技术学院学报》	2014年4月15日	第2期

续表

篇名	著(编、译)者	期刊名称	时间	卷期辑
《田野调查实录系列：贵州瑶族村落文化》	宋荣凯 覃会优 曹本建 韦云彪 聂凯华 莫仁金 郑添健 梁全康	《黔南民族师范学院学报》	2014年4月25日	第2期
《民族地区"申遗"活动的人类学浅析——基于麻阳盘瓠祭祀的调查》	张池 焦阳	《民族论坛》	2014年5月5日	第4期
《畲族祖图长连地名考释》	蓝岚	《绍兴文理学院学报》（哲学社会科学）	2014年5月28日	第3期
《从瑶族盘王信仰看民族文化认同——以广西恭城县瑶族为例》	朱妍	《当代宗教研究》	2014年	第4期
《文化内核与信仰危机——畲族文化变迁中的盘瓠信仰问题研究》	谭振华	《西江月》	2014年	第8期
《盘瓠出世：瑶族起源于豫东鲁西——盘瓠部族兴起和迁徙系列研究之一》	莫金山	《广西民族研究》	2014年8月20日	第4期
《试析狗图腾信仰民族的崇拜与姓氏》	张运 刘付靖	《广东技术师范学院学报》	2014年9月15日	第9期
《略论盘古神话与汉代画像》	黄剑华	《地方文化研究》	2014年10月15日	第5期

续表

篇名	著（编、译）者	期刊名称	时间	卷期辑
《狗取谷种神话起源考》	吴晓东	《楚雄师范学院学报》	2014年11月20日	第11期
《瑶族"还盘王愿"仪式中舞蹈形态的象征意义研究》	陈东云	《戏剧之家》	2014年11月23日	第16期
《盘瓠神话的历史价值及其在武陵的源起与流传》	刘亚虎	《三峡论坛》（三峡文学·理论版）	2014年11月25日	第6期
《析青龙爷盘瓠与"王伉"》	黄锦树	《广东史志》	2015年	第3期
《少数民族图腾文化重构与启示——对畲族图腾文化重构的人类学考察》	方清云	《云南民族大学学报》（哲学社会科学版）	2015年3月15日	第2期
《湘西麻阳苗族盘瓠祭祀歌曲——〈漫水龙歌〉浅析》	陈丽霞	《黄河之声》	2015年5月8日	第9期
《论苗族神话传说对其民间舞的影响》	杨向东 袁凌云	《贵州民族研究》	2015年5月25日	第5期
《汉晋时期的盘瓠故事——一个历史民族志文本解读》	胡泰山	《民族史研究》	2015年5月31日	第十二辑
《民族散居化背景下的盘瓠神话功能研究》	罗灿	《怀化学院学报》	2015年6月2日	第4期
《南岭瑶族盘王传说的历史变迁与文化寓意——以广西贺州瑶族盘王文化为考察对象》	肖晶	《民族文学研究》	2015年6月15日	第3期

续表

篇名	著（编、译）者	期刊名称	时间	卷期辑
《四川省依吉乡争伍村东巴文化调查》	李四玉	《怀化学院学报》	2015年6月2日	第4期
《过山瑶史诗〈盘王大歌〉研究述评》	胡铁强 何雅如 李生柱	《黔南民族师范学院学报》	2015年9月25日	第5期
《仪式中的族群历史记忆——广西贺州地区瑶族"还盘王愿"仪式分析》	彭兆荣	《百色学院学报》	2015年10月10日	第4期
《"盘瓠神话与葫芦图腾无关"论》	陈金文 张兰芝	《钦州学院学报》	2015年10月20日	第10期
《湘西苗族银饰造型艺术中盘瓠神格符号的来源与形成》	易子晴	《艺术与设计（理论）》	2015年12月23日	第12期
《从蚕马神话到盘瓠神话的演变》	吴晓东	《黔南民族师范学院学报》	2016年1月25日	第1期
《过山瑶文明进程中的生存智慧》	徐祖明	《广西民族研究》	2016年2月20日	第1期
《南蛮民族盘瓠传说史料考》	张佳	《贵州民族研究》	2016年2月25日	第2期
《恭城"还盘王愿"仪式中的"诵""乐""舞"文化》	郭冉	《音乐时空》	2016年3月23日	第5期
《吴晓东神话学研究评述》	许艳俊	《长江大学学报》（社会科学版）	2016年4月15日	第4期
《盘瓠传说对花瑶服饰形态的影响》	刘怡果	《艺海》	2016年5月15日	第5期
《城步盘瓠文化初探》	张得才 孙聪	《四川职业技术学院学报》	2016年6月15日	第3期

续表

篇名	著（编、译）者	期刊名称	时间	卷期辑
《〈酉阳直隶州总志〉中的一处地理释名瑕疵及其影响研究》	白俊奎	《阿坝师范学院学报》	2016年6月20日	第2期
《江华瑶族盘王节民间与官方的差异》	胡靓	《山海经》	2016年5月15日	第10期
《安徽畲族与周边民族间的服饰变迁关系研究》	曲义 吴晓沛	《长治学院学报》	2016年8月15日	第4期
《沅陵传统龙舟竞渡的发展》	杨俊 杜红政	《湖北体育科技》	2016年11月15日	第11期
《瑶族传统服饰特征及设计应用》	唐李娜	《西部皮革》	2016年11月25日	第22期
《讲了三遍的故事——一个苗疆边缘族群的历史、神话与现实》	刘壮	《历史人类学学刊》	2017年	第1期
《口述、图文与仪式：盘瓠神话的畲族演绎》	孟令法	《湖北民族学院学报》（哲学社会科学版）	2017年1月20日	第1期
《苗族"古老话"奶夔、玛嫭篇的叙事语境及其文化内涵》	孙聪	《怀化学院学报》	2017年1月28日	第1期
《麻阳花灯文化根基探析》	钮小静 王文明	《怀化学院学报》	2017年2月28日	第2期
《"芦笙长鼓舞"融入高校舞蹈教学中的价值及音乐形态研究》	陈东云	《音乐创作》	2017年5月8日	第5期

续表

篇名	著(编、译)者	期刊名称	时间	卷期辑
《乳源过山瑶人形纹造型探究》	卢荣青	《装饰》	2017年5月15日	第5期
《盘瓠神话源于中原考》	吴晓东	《民间文化论坛》	2017年5月20日	第3期
《论盘瓠神话的母题链程式及母题变异——以三篇瑶族盘瓠神话为例》	王宪昭	《民间文化论坛》	2017年5月20日	第3期
《社会秩序与政治关系的言说：基于过山瑶盘瓠神话的考察》	毛巧晖	《民间文化论坛》	2017年5月20日	第3期
《壮族蚂𧊅节仪式起源神话的探析——从盘瓠型"龙王宝"神话说起》	李斯颖	《民间文化论坛》	2017年5月20日	第3期
《建构与嬗变：历史变迁视野中的盘瓠信仰》	李方	《民族研究》	2017年5月25日	第3期
《从盘瓠神话看南方诸民族文化传承》	汪保忠	《平顶山学院学报》	2017年6月25日	第3期
《盘瓠神话的起源、传播与接纳》	吴晓东	《贵州民族大学学报》（哲学社会科学版）	2017年6月28日	第3期
《文化的他者：20世纪初至40年代盘瓠神话研究》	毛巧晖	《贵州民族大学学报》（哲学社会科学版）	2017年6月28日	第3期
《畲民科举中的"盘瓠"影响——以清乾道时期（1775—1847）浙闽官私文献为考察核心》	孟令法	《贵州民族大学学报》（哲学社会科学版）	2017年6月28日	第3期

续表

篇名	著（编、译）者	期刊名称	时间	卷期辑
《台湾原住民盘瓠神话类型与来源研究》	周翔	《江汉论坛》	2017年8月15日	第8期
《五溪流域盘瓠庙时空分布研究》	陆群	《原生态民族文化学刊》	2017年9月28日	第3期
《从图腾崇拜到祖先崇拜：瑶族盘瓠崇拜的嬗变》	玉时阶 玉璐	《青海民族研究》	2017年10月15日	第4期
《祖先神话与巫道传统：试论闽东畲族民间信仰作为文化适应策略的运用》	赵婧旸 罗震宇	《广西民族研究》	2017年10月20日	第5期
《广西瑶族盘瓠神话田野调查引发的思考》	王宪昭	《广西民族师范学院学报》	2017年10月25日	第5期
《闽东畲族传统舞蹈的渊源与发展趋势》	雷高平	《大众文艺》	2017年10月30日	第20期
《部落神话与民族信仰——"盘瓠传说"的历史人类学阐释》	陈文元	《民族论坛》	2017年11月9日	第5期
《"盘王节"：神圣传统叙事在当代语境下的文化解读——以云南河口瑶族自治县瑶山乡为例》	邓霞	《中国民族博览》	2017年11月15日	第11期
《盘瓠神话与盘瓠型神话》	吴晓东	《黔南民族师范学院学报》	2017年11月25日	第6期

续表

篇名	著(编、译)者	期刊名称	时间	卷期辑
《潮州古代文学之源头及其文化基因初探》	翁奕波	《汕头大学学报》(人文社会科学版)	2017年12月15日	第12期
《武陵山区蛮酋大姓与羁縻州郡、土司制度》	龚义龙	《长江师范学院学报》	2017年12月28日	第6期
《稻作视阈下的中国畲族神话与日本记纪神话》	郭颖	《日语学习与研究》	2018年4月25日	第2期
《盘瓠神话:选择性历史记忆》	陈金文	《民族艺术》	2018年5月15日	第3期
《少数民族地区盘瓠神话的民族记忆——以粤北瑶族盘王节为例》	李宝凤	《清远职业技术学院学报》	2018年5月15日	第3期
《叙事情节与社会功能:盘瓠神话流传与变异辨析》	周翔	《民间文化论坛》	2018年5月20日	第3期
《盘瓠神话母题数据的资料学研究》	王宪昭	《民间文化论坛》	2018年5月20日	第3期
《狗与蛙:盘瓠神话分化与演变的语音分析》	吴晓东	《民间文化论坛》	2018年5月20日	第3期
《盘瓠神话与其多元化仪典演述探析》	李斯颖	《民间文化论坛》	2018年5月20日	第3期
《闽东畲族古村落档案遗产保护及传承问题研究——以畲族祖图为例》	施秀平	《黑龙江档案》	2018年6月15日	第3期

续表

篇名	著(编、译)者	期刊名称	时间	卷期辑
《蚕花节叙事及其百越文化底层探究——以湖州含山为例》	李斯颖	《贺州学院学报》	2018年6月25日	第2期
《瑶族古籍中的"青山想象"及文化特质》	赵彩花 王剑兰 戴红梅	《广西民族大学学报》(哲学社会科学版)	2018年7月15日	第4期
《闽东畲族祖图档案保护问题与对策》	施秀平	《兰台内外》	2018年	第3期
《瑶族艺术中的自然崇拜和宗教信仰》	郝嘉懿 张新沂	《文化月刊》	2018年	第4期
《口头传统与图像叙事的交互指涉——以浙南畲族长联和"功德歌"演述为例》	孟令法	《民俗研究》	2018年9月14日	第5期
《〈八犬传〉和畲族〈盘瓠传说〉中"人犬婚"情节的比较研究》	蔡振伟	《青年文学家》	2018年	第30期
《广西金秀大瑶山瑶族的祖先记忆与文化表征研究》	雷文彪 唐骋帆	《广西科技师范学院学报》	2019年1月24日	第1期
《比较视域下粤北乳源瑶歌中盘王形象的演变》	邱婧 王兆楠	《广东技术师范学院学报》	2019年2月25日	第1期
《"盘瓠禁忌"在畲族图腾文化现代重构中的困境与传承》	张杰	《民族论坛》	2019年3月25日	第1期

续表

篇名	著(编、译)者	期刊名称	时间	卷期辑
《不断延续与更新的盘王神话认同框架——瑶族集体和个体经典的类型学研究》	潘琼阁	《河北民族师范学院学报》	2019年5月15日	第2期
《象、虎、水利与福建山区畲族生计方式的变迁》	刘婷玉	《中国经济史研究》	2019年5月15日	第3期
《畲族女性对本民族武术传承观念之影响》	隔超 兰润生 冯圆圆	《浙江体育科学》	2019年6月14日	第4期
《粤桂瑶族"盘瓠"图腾的语境空间研究》	武东	《美术大观》	2019年6月15日	第6期
《盘王传说：大瑶山瑶族口传叙事的民族记忆表征》	唐骋帆 雷文彪	《广西民族师范学院学报》	2019年6月25日	第3期
《雷州半岛石狗崇拜现象起源研究》	郭伟精	《铜陵职业技术学院学报》	2019年6月25日	第2期
《"溪州铜柱"所隐含的争论性问题评议》	龙仕平	《三峡大学学报》(人文社会科学版)	2019年7月5日	第4期
《"文化展示"中的传承人：基于非物质文化遗产保护的思考》	毛巧晖	《民间文化论坛》	2019年7月20日	第4期
《人生仪礼的口头演述和图像描绘——以浙南畲族盘瓠神话、史诗〈高皇歌〉及祖图长联为例》	孟令法	《民族艺术》	2019年7月22日	第3期

续表

篇名	著（编、译）者	期刊名称	时间	卷期辑
《浙南畲乡的盘瓠形象的文化变迁》	林庶	《大众文艺》	2019年7月30日	第14期
《基于盘瓠文化的浦市当代民俗艺术初考》	宋佳骏	《艺术品鉴》	2019年	第9期
《山与海的想象：盘瓠神话中有关族源解释的两种表述》	周翔	《民族文学研究》	2019年9月15日	第5期
《主体性视域下瑶族对中华民族共同体的认同与建构——基于广西金秀大瑶山瑶族对国家认同的研究》	雷文彪	《宁夏社会科学》	2019年11月20日	第6期
《瑶族文书〈过山榜〉研究述评》	胡铁强	《黔南民族师范学院学报》	2019年12月25日	第6期
《犬形象的艺术转化及其民俗经济价值》	吴玉萍	《四川戏剧》	2019年12月30日	第12期
《雷州石狗崇拜文化中神狗形象的延演》	阎怀兰	《玉林师范学院学报》	2020年2月1日	第1期
《雷州石狗崇拜文化探析》	阎怀兰	《岭南师范学院学报》	2020年2月15日	第1期
《宁化畲族及其遗存痕迹》	刘根发	《福建史志》	2020年6月15日	第3期

研究生学位论文

篇名	作者	毕业院校	年份	学位
《赣南畲族研究》	黄向春	厦门大学	1996	博士
《延续的边缘——从宋到清的湘西》	谢晓辉	香港中文大学	2007	博士
《六朝民族政策与民族融合》	方高峰	首都师范大学	2002	博士
《莫瑶的盘王神话传说与信仰——以粤北连阳（古连州）为研究区域》	林为民	中山大学	2008	博士
《文化表述与地域社会：宋元以来闽粤赣毗邻区的族群研究》	温春香	厦门大学	2009	博士
《狂欢的灵歌：土家族歌师文化研究》	陈宇京	华中师范大学	2010	博士
《20世纪上半叶中国神话学史》	汪楠	东北师范大学	2011	博士
《民族文学视野下的竹枝词研究》	周建军	中央民族大学	2012	博士
《家屋与家先——粤北过山瑶的家观念与实践》	何海狮	中山大学	2013	博士
《畲族音乐文化研究》	蓝雪霏	中央音乐学院	2015	博士
《盘瓠神话传说与信仰研究——以绥宁苗族为中心》	李方	湖南大学	2017	博士
《坚守与调适：乳源过山瑶传统文化传承研究》	李锦云	中南民族大学	2018	博士
《沅陵傩文化的伦理分析》	刘冰清	湖南师范大学	2003	硕士
《文本塑造与族群认同——水滨盘王节传统的建立与恢复》	王亚娟	四川大学	2004	硕士
《多元聚合与同质叠加——布洛陀神话与盘瓠神话传承形态和功能演变之比较》	李艺	广西民族学院	2004	硕士
《龙乡濮阳今昔考》	吕慧珍	台湾中山大学中国文学研究所	2005	硕士
《南朝江沔地区蛮族研究》	吴孔军	南昌大学	2006	硕士
《霞浦畲族服饰研究》	龚任界	福建师范大学	2006	硕士

续表

篇名	作者	毕业院校	年份	学位
《畲族盘歌仪式音乐中的族性认同与文化变迁》	曾华燕	厦门大学	2008	硕士
《瑶族图腾崇拜与姓氏关系研究——以勐腊县尚勇镇青松村（自然村）为个案》	赵胜男	云南大学	2008	硕士
《族群与族群边界：以畲族为中心的探讨》	陈雍	湖北大学	2008	硕士
《盘瓠神话的立体性研究》	李俊美	中南民族大学	2009	硕士
《瑶族盘王节的历史传承和现代转型：以广西恭城瑶族自治县为例》	李昌松	广西师范大学	2009	硕士
《历史记忆与族群认同》	陈敬胜	湖南科技大学	2010	硕士
《苗族服饰图腾图案的美学探析》	郭欣欣	西北大学	2010	硕士
《涵化与互动：一个浙北畲族村落的田野民俗志》	张彩霞	浙江师范大学	2010	硕士
《一座宗族型庙宇的重建：以漫水村盘瓠庙的重建为例》	滕小玉	华中师范大学	2011	硕士
《湘西苗族民间叙事中的盘瓠形象研究》	陈洁	吉首大学	2012	硕士
《瑶人挞鼓竞风流——广西恭城县"还盘王愿"及吹笙挞鼓历史记忆构建》	卢茜	中央民族大学	2012	硕士
《苗瑶盘瓠信仰比较研究》	刘双双	中南民族大学	2012	硕士
《地方权力与近代以来民间信仰的变迁：以漫水村盘瓠祭祀为中心》	张池	中南民族大学	2012	硕士
《湘西苗族服饰美学与时装设计应用研究》	刘娜	湖南科技大学	2012	硕士
《瑶族盘王节的传承与保护》	谢青	中南民族大学	2013	硕士
《瑶族"盘瓠传说"的文化学研究》	陈敬友	湖南科技大学	2013	硕士

续表

篇名	作者	毕业院校	年份	学位
《畲族图腾星宿考：关于盘瓠形象传统认识的原型批评》	孟令法	温州大学	2013	硕士
《几则瑶族过山榜文献的文献学研究》	奉高	南京大学	2013	硕士
《泸溪县辛女广场盘瓠献捷浮雕设计》	唐紫微	湖南大学	2014	硕士
《从祖源神话到族源历史——以盘瓠神话为例》	胡泰山	中央民族大学	2015	硕士
《广东连南排瑶信仰文化研究》	邓秋红	广东技术师范学院	2015	硕士
《岭南犬图腾崇拜研究——以广东瑶畲民族和广西壮族为例》	张运	广东技术师范学院	2015	硕士
《从盘古信仰看畲瑶客家族群的互动与融合——以江西全南、龙南两县为例》	曾爱娣	赣南师范学院	2015	硕士
《沅陵传统龙舟运动的历史传承与现代发展》	舒景	吉首大学	2015	硕士
《湘西苗族服饰中凤鸟纹样的意象表征与美学特征研究》	贺金连	湖南师范大学	2015	硕士
《沅水流域辛女信仰研究》	胡云	中南民族大学	2016	硕士
《畲族民间舞蹈"悠荡步"的三种形态研究》	张璐	北京舞蹈学院	2016	硕士
《宗族、信仰与社区融入——以闽南畲族村信仰田野调查为中心》	李凌莹	闽南师范大学	2016	硕士
《蛮人的族群特征与南朝治蛮方式的变化》	夏宝国	中国人民大学	2016	硕士
《泸溪县辛女广场"忠贞爱情"浮雕设计》	石昕均	湖南大学	2017	硕士
《贵州方志中的神话研究》	曹蕊	贵州大学	2017	硕士

续表

篇名	作者	毕业院校	年份	学位
《图像与叙事：畲族祖图长联研究》	孟令法	中国社会科学院研究生院	2018	博士
《帝喾研究》	柏云	山东大学	2018	硕士
《〈酉阳杂俎〉所载丧葬习俗研究》	胡晓雪	云南大学	2018	硕士
《辰水流域龙舟赛事开展现状及社会影响研究》	向水针	吉首大学	2018	硕士
《福安地区三大畲族乡民族服饰研究》	缪之麒	北京服装学院	2019	硕士

著 作

书名	著（编、译）者	出版单位	出版时间
《粤江流域人民史》	徐松石	中华书局有限公司	1939年8月
《国立中央研究院历史语言研究所单刊甲种之十八湘西苗族调查报告》	凌纯声 芮逸夫	商务印书馆	1947年7月
《殷墟卜辞综述考古学专刊甲种第二号》	陈梦家	科学出版社	1956年7月
《日本民族的渊源》	徐松石	东南亚研究所	1966年4月
《中国天文学源流》	郑文光	科学出版社	1979年12月
《畲族简史》	《畲族简史》编写组	福建人民出版社	1980年6月
《苗族民间故事选》	燕宝编	上海文艺出版社	1981年6月
《瑶族民间故事选》	陆文祥 黄昌铅 蓝汉东	广西人民出版社	1984年1月
《中国民间风俗传说》	徐华龙 吴菊芬	云南人民出版社	1985年6月

续表

书名	著(编、译)者	出版单位	出版时间
《畲族社会历史调查》	《中国少数民族社会历史调查资料丛刊》福建省编辑组	福建人民出版社	1986年3月
《畲语简志》	毛宗武 蒙朝吉	民族出版社	1986年3月
《云南民间文艺源流新探》	中国民间文艺研究会云南分会等	云南民族出版社	1986年12月
《畲族》	施联朱	民族出版社	1988年4月
《畲族史稿》	蒋炳钊	厦门大学出版社	1988年9月
《中国创世神话》	陶阳 钟秀	上海人民出版社	1989年9月
《母体崇拜:崇拜祖灵葫芦溯源》	刘小幸	云南人民出版社	1990年5月
《论瑶族传统文化》	赵廷光	云南民族出版社	1990年12月
《广东畲族研究》	朱洪 姜永兴	广东人民出版社	1991年1月
《六朝怪谈:奇幻人间世》	蔡志忠	生活·读书·新知三联书店	1991年4月
《湘西苗族民间文学概要》	麻树兰	中央民族学院出版社	1992年5月
《岭南文化与百越民风》	农冠品 过伟 罗秀兴 彭小加	广西教育出版社	1992年5月
《泰国瑶族考察》	广西民族学院赴泰国考察组	广西人民出版社	1992年7月
《畲族高皇歌》	浙江省民族事务委员会	中国广播电视出版社	1992年9月
《岑家梧民族研究文集》	岑家梧	民族出版社	1992年12月

续表

书名	著（编、译）者	出版单位	出版时间
《古苗疆绥宁》	吴荣臻 杨章柏 罗晓宁	四川民族出版社	1993年3月
《中国的神话传说与古小说》	[日]小南一郎著 孙昌武译	中华书局	1993年6月
《唐五代志怪传奇叙录》（上、下）	李剑国	南开大学出版社	1993年12月
《盘瓠神话新探》	农学冠	广西人民出版社	1994年12月
《瑶文化研究》	郭大烈等	云南人民出版社	1994年6月
《瑶族〈评皇券牒〉研究》	李本高	岳麓书社	1995年8月
《中国丝绸文化》	陈永昊 余连祥 张传峰	浙江摄影出版社	1995年12月
《海南苗族》	海南省民族宗教事务厅	海南出版社	1997年4月
《乳源瑶族古籍汇编》	盘才万、房先清收集 李默编注	广东人民出版社	1997年7月
《沅陵乡话研究》	杨蔚	湖南教育出版社	1999年6月
《中国苗族通史》（上、下）	伍新福	贵州民族出版社	1999年12月
《广东省志·少数民族志》	广东省地方史志编纂委员会	广东人民出版社	2000年1月
《中国古典童话精选》	汤锐	二十一世纪出版社	2000年2月
《三皇五帝时代》	王大有	中国社会出版社	2000年5月
《岭南神话解读》	农学冠	广西民族出版社	2000年5月
《〈中国全史〉第一辑》	钟毓龙	大众文艺出版社	2000年5月
《中国民族流变史》	韦东超 王瑞莲	湖北人民出版社	2000年7月
《汉画考释和研究》	李发林	中国文联出版社	2000年7月

续表

书名	著(编、译)者	出版单位	出版时间
《湘西文化大辞典》	马本立	岳麓书社	2000年7月
《泛槎考谜录:十二历史悬案揭秘》	徐作生	学苑出版社	2000年9月
《中国傩神谱》	余大喜	广西民族出版社	2000年11月
《中国女神》	过伟	广西教育出版社	2000年12月
《瑶族文学史》(修订本)	农学冠 黄日贵 苏胜兴	广西民族出版社	2001年1月
《原始社会文物故事》	郭伟民	湖南少年儿童出版社	2001年2月
《瑶族文化史》	徐祖祥	云南民族出版社	2001年2月
《中国巫傩史》	林河	花城出版社	2001年8月
《盛世辰州古沅陵 沅陵文化旅游丛书》	唐承银	内部资料	2001年10月
《湘西苗族鬼神崇拜探幽》	吕养正	中国文联出版社	2001年10月
《神话与鬼话:台湾原住民神话故事比较研究》(增订本)	[俄]李福清	社会科学文献出版社	2001年12月
《岭南民俗事典》	叶春生	南方日报出版社	2001年12月
《岭云关雪——民族神话学论集》	王孝廉	学苑出版社	2002年1月
《在未知的中国》	[英]柏格理、甘铎理著 东人达、东旻译	云南民族出版社	2002年1月
《神话求原》	尹荣方	上海古籍出版社	2003年8月
《瑶族的历史和文化——华南、东南亚山地民族的社会人类学研究》	[日]竹村卓二著 金少萍、朱桂昌译	民族出版社	2003年9月
《盘瓠文化探源》	姚本奎 龙海清	中南大学出版社	2004年9月

续表

书名	著（编、译）者	出版单位	出版时间
《畲族：福建罗源县八井村调查》	石奕龙 张实	云南大学出版社	2005年7月
《名家谈牛郎织女》	钟敬文等	文化艺术出版社	2006年1月
《苗族祭仪"送猪"神辞》	吴老腊演诵 吴晓东译	民族出版社	2007年4月
《边界的对话：漂泊在苗汉之间的瓦乡文化》	明跃玲	黑龙江人民出版社	2007年7月
《牛郎织女》	宣炳善	中国社会文献出版社	2008年3月
《嵩明民族民间文学集》	汪俊贤主编 嵩明县文化体育局编	云南美术出版社	2008年4月
《闽东畲族文化全书·歌言卷》	钟雷兴主编 雷志华等编	民族出版社	2009年2月
《畲族文化述论》	郭志超	中国社会科学出版社	2009年12月
《莫瑶的盘王神话传说与信仰》	林为民	中山大学出版社	2009年12月
《湘西古丈瓦乡话调查报告》	伍云姬 沈瑞清	上海教育出版社	2010年1月
《瑶族盘瓠龙犬图腾文化探究》	李祥红 王孟义	民族出版社	2010年11月
《越南瑶族民间古籍1》	越南老街省文化体育旅游厅	民族出版社	2011年8月
《犬图腾族的源流与变迁》	王黎明	黑龙江人民出版社	2012年1月
《中国民间故事全书·云南·洱源卷》	杨义龙	知识产权出版社	2013年1月
《非物质文化遗产保护与民间文学》	刘守华	华中师范大学出版社	2014年6月
《湖南方言与文化》	陈立中	中国国际广播出版社	2014年9月
《中国节日志·蚂蚜节》	廖明君	光明日报出版社	2014年11月

续表

书名	著(编、译)者	出版单位	出版时间
《畲族长联歌选》	雷群芳 雷汤花等	浙江大学出版社	2015年4月
《中越跨境民族研究》	范宏贵 刘志强	社会科学文献出版社	2015年5月
《五指山传》	孙有康 李和弟	中国国际广播出版社	2016年3月
《湖南城步巡头乡话研究》	郑焱霞 彭建国	湖南师范大学出版社	2016年12月
《中原神话通鉴》	张振犁	河南大学出版社	2017年2月
《沅水流域民间村落的盘瓠神话与文化空间》	明跃玲	民族出版社	2017年8月
《盘瓠神话源流研究》	吴晓东	学苑出版社	2019年10月
《盘瓠神话母题(WPH)数据目录》	王宪昭	学苑出版社	2020年5月
《中国多民族同源神话研究》	王宪昭	暨南大学出版社	2020年5月

论文集、资料集

书名	编(译)者	出版单位	出版时间
《瑶族民歌选》	苏胜兴 王矿新 韦文俊	上海文艺出版社	1982年9月
《苗族历史讨论会论文集》	湘西土家族苗族自治洲民族事务委员会	内部发行	1983年12月
《中国少数民族神话论文集》	田兵 陈立浩	广西民族出版社	1984年4月
《瑶族研究论文集》	胡起望 华祖根	内部发行	1985年9月
《五溪苗族古今生活集》	陈心传编 马少乔校	内部发行	1985年10月

续表

书名	编(译)者	出版单位	出版时间
《中国神话资料萃编》	袁珂 周明	四川省社会科学院出版社	1985年11月
《广西瑶族社会历史调查》第八册	广西壮族自治区编辑组	广西民族出版社	1985年11月
《少数民族文艺研究》第1辑	中央民族学院少数民族文学艺术研究所	文化艺术出版社	1986年6月
《福建省首届畲族歌会文集》	福建省艺术研究所 福建省群众艺术馆		1986年10月
《泸溪文史资料》第2辑	中国人民政治协商会议泸溪县委员会文史资料研究委员会	内部发行	1986年12月
《畲族研究论文集》	施联朱	民族出版社	1987年4月
《中国歌谣集成湖北卷 京山县歌谣分册》第一分册	京山县民间文学三套集成领导小组 京山县群众文化馆	内部发行	1987年6月
《广西民族历史与文化研究》第一辑	广西民族研究所	广西民族出版社	1988年4月
《中国民间文学集成浙江省·温州市文成县畲族卷》	文成县畲族民间文学集成编委会	内部发行	1988年10月
《盘瓠研究与传说》	泸溪县民族事务委员会	内部发行	1988年11月
《西南民族研究》(苗、瑶族研究专集)	中国西南民族研究学会	贵州民族出版社	1988年12月
《中国民间文学集成浙江省·丽水地区景宁畲族自治县卷》	景宁畲族自治县民间文学集成编委会	内部发行	1989年2月
《苗族文化论丛》	伍新福	湖南大学出版社	1989年6月
《南方民族的文化习俗》	中国社会科学院民族研究所民族学研究室	云南人民出版社	1991年3月

续表

书名	编（译）者	出版单位	出版时间
《乐东文史》第4期	黎兴汤	乐东黎族自治县政协文史委员会	1991年8月
《广东民间文学研究论文集》第1辑	广东省民间文艺家协会	中山大学出版社	1992年7月
《泸溪历代大事记》（泸溪文史第7辑）	中国人民政治协商会议湖南省泸溪县委员会文史资料研究委员会	内部发行	1992年11月
《采风论坛》第2辑	黔南文学艺术研究室	贵州省黔南人民印刷厂	1992年11月
《中国民间歌谣集成·福建卷 霞浦县分卷》	霞浦县民间文学集成编委会	内部发行	1992年12月
《瑶学研究》第3辑	广西瑶学会	广西民族出版社	1993年12月
《中国民间故事集成·福建卷 漳平分卷》	漳平民间文学集成编委会	内部发行	1993年4月
《苗学研究》第3辑	贵州苗学会	贵州人民出版社	1994年12月
《广东民族研究论丛》第7辑	广东省民族研究学会 广东省民族研究所	广东人民出版社	1995年2月
《中国民间歌曲集成 福建卷》（上、下）	《中国民间歌曲集成》全国编辑委员会 《中国民间歌业集成·福建卷》编辑委员会	中国ISBN中心	1996年12月
《中国歌谣集成 海南卷》	中国民间文学集成全国编辑委员会 中国歌谣集成·海南卷编辑委员会	中国ISBN中心	1997年12月
《畲族民间歌曲集》	马骧	人民音乐出版社	1998年2月
《中国各民族原始宗教资料集成 土家族卷、瑶族卷、壮族卷、黎族卷》	李绍明 钱安靖 张有隽 等	中国社会科学出版社	1998年6月

续表

书名	编（译）者	出版单位	出版时间
《梧州文史资料特辑 瑶族源流史》	蔡邶	中国人民政治协商会议梧州市委员会文史资料委员会编印	1999年10月
《肇庆盘古祖殿与岭南文化》	肇庆历史文化名城与旅游研究会 广东七星岩旅游度假区管委会	肇庆市端州报社印刷厂	2000年3月
《曲艺与民间文学方阵》	杨其峙 龙海清	湖南文艺出版社	2000年10月
《湖里文史资料》第6辑	中国人民政治协商会议厦门市湖里区政协文史委员会		2001年12月
《广东畲族古籍资料汇编：图腾文化及其他》	朱洪 李筱文	中山大学出版社	2001年3月
《中国民间故事集成 湖南卷》	中国民间文学集成全国编辑委员会 中国民间故事集成湖南卷编辑委员会	中国ISBN中心	2002年12月
《中国民间故事集成 江西卷》	中国民间故事集成全国编辑委员会 中国民间故事集成江西卷编辑委员会	中国ISBN中心	2002年12月
《中国曲艺音乐集成·江西卷》	《中国曲艺音乐集成》全国编辑委员会 《中国曲艺音乐集成·江西卷》编辑委员会	中国ISBN中心	2003年12月
《贵州世居民族研究》	贵州世居民族研究中心	贵州民族出版社	2004年11月
《中国民族史料汇编》	潘光旦	天津古籍出版社	2005年2月
《苗族的迁徙与文化》	云南省民族学会苗学研究委员会	云南民族出版社	2006年12月

续表

书名	编（译）者	出版单位	出版时间
《畲族文化研究》上	福建省炎黄文化研究会 福建省民族与宗教事务厅 中国人民政治协商会议宁德市委员会	民族出版社	2007年5月
《南方民族社会文化史论集》	柏贵喜 孟凡云	湖北人民出版社	2007年5月
《巴土文丛》（第二辑）·巴域研究	王新祝 马尚云 邓祥龙	云南人民出版社	2008年12月
《瑶族〈过山榜〉选编》（修订本）	《中国少数民族社会历史调查资料丛刊》修订编辑委员会	民族出版社	2009年6月
《广西瑶族社会历史调查》	广西壮族自治区编辑组 《中国少数民族社会历史调查资料丛刊》修订编辑委员会	民族出版社	2009年6月
《浙江民俗故事》	王全吉 周航	浙江文艺出版社	2009年12月
《江西畲族百年实录》	陈国华	江西人民出版社	2011年1月
《原生态民族文化研究、保护与传承——第二届中国原生态民族文化高峰论坛论文集》	贺州学院原生态民族文化高峰论坛秘书处编		2011年11月
《浙江畲族民间文献资料总目提要》	吕立汉主编 施强副主编	民族出版社	2012年2月
《田野中的原生态文化 第二届中国原生态〈民族文化〉高峰论坛文集》	李晓明 曾羽	甘肃人民出版社	2012年5月

续表

书名	编(译)者	出版单位	出版时间
安徽省宁国市政协文史资料第9集《美好乡村文化集锦》系列丛书《安徽畲乡文化集锦》	赵祖军	安徽教育出版社	2012年10月
《福建省少数民族古籍丛书畲族卷——民间故事》	张忠发主编 《福建省少数民族古籍丛书》编委会编	海峡书局	2013年11月
《西岸文史集刊》第2辑	陈健鹰	福建教育出版社	2013年12月
《文山壮族苗族自治州文史资料集》(下)	中国人民政治协商会议云南省文山壮族苗族自治州委员会	内部发行	2014年1月
《浙江畲族调查》	钟炳文	宁波出版社	2014年3月
《苗族百年实录》上	全国政协文史和学习委员会 贵州省政协文史与学习委员会	中国文史出版社	2015年6月
《溪州铜柱论文辑录》	罗士松	岳麓书社	2015年10月
《过山榜选编》	《过山榜》编辑组	中国国际广播出版社	2016年3月
《盘瓠神话资料汇编》(增订版)	周翔	学苑出版社	2019年10月

报　纸

篇名	作者	报纸名称	发表时间	卷期辑版
《盘古即盘瓠说质疑》	彭官章	《人民日报》	1988年7月3日	
《盘瓠神话中的民族精神》	李沙青	《云南日报》	2001年5月6日	
《〈云南瑶族文化史〉序》	赵廷光	《云南政协报》	2001年5月16日	

续表

篇名	作者	报纸名称	发表时间	卷期辑版
《走进江永沐瑶风》	俞灵	《中国民族报》	2002年11月29日	第6版：文化周刊/风情旅游
《畲乡"三月三"歌节》	蓝三峰	《中国民族报》	2004年4月9日	第12版：民俗
《民族服饰里听故事》	李湘萍	《广西日报》	2004年12月17日	
《麻阳农民抢救非物质文化遗产》	肖军 张杰 黄军	《湖南日报》	2005年11月9日	
《贵州民俗文物中的狗》	吴正光	《中国文物报》	2006年1月27日	
《盘瓠古地隆重演绎福寿文化秀》		《中国民族报》	2006年11月10日	第10版
《泸溪：盘瓠文化的发祥地》	张莉 覃仁岗	《团结报》	2007年3月11日	
《发掘织锦"活化石"：湘西芭排》	田明 田小雨	《文艺报》	2007年6月21日	
《潮汕文化中的畲族文化》	陈训先	《汕头日报》	2007年7月2日	
《盘瓠龙舟》	肖军 雷国荣 段丹	《湖南日报》	2008年8月22日	第B4版：市州新闻
《麻阳：中国盘瓠文化故都》		《中国民族报》	2008年10月24日	第4版：专题
《精彩，在这里尽情演绎——泸溪盘瓠文化中心开展群众文化活动侧记》	李焱华	《团结报》	2008年10月28日	

续表

篇名	作者	报纸名称	发表时间	卷期辑版
《"盘瓠王神"在同安？！——文史专家认为尚待相关文物佐证》		《厦门晚报》	2009年12月10日	第5版：本地·综合新闻
《传说与剪纸艺术的完美结合——姚传山谈省第四届剪纸艺术展金奖作品"盘瓠与辛女"创作背后的故事》	蒋波 潘海辉	《吉首大学报》	2009年12月20日	第7版：专版
《泸溪强力打造〈盘瓠与辛女传奇〉动画片》	向明生	《团结报》（湘西）	2010年8月7日	第2版：综合新闻·广告
《泸溪倾力打造盘瓠文化》		《团结报》（湘西）	2010年9月25日	第1版：头版
《我市发现梅山木雕图腾狗咬龙须表达盘瓠崇拜》	卢跃	《益阳日报》	2011年2月23日	第A1版：要闻
《你是我的图腾——读〈瑶族盘瓠龙犬图腾文化探究〉》		《永州日报》	2011年3月19日	第A7：读书
《深挖掘强保护重推介泸溪倾力打造盘瓠文化》		《吉首大学报》	2011年3月31日	第8版：本土文化
《盘瓠公祭》		《吉首大学报》	2011年3月31日	第8版：本土文化
《盘瓠与辛女的神话传说》		《吉首大学报》	2011年3月31日	第8版：本土文化
《盘瓠公祭中的法器（介绍之一）》		《吉首大学报》	2011年3月31日	第8版：本土文化
《盘瓠公祭中的法器（介绍之二）》		《吉首大学报》	2011年4月10日	第8版：本土文化

续表

篇名	作者	报纸名称	发表时间	卷期辑版
《盘瓠公祭中的法器（介绍之三）》		《吉首大学报》	2011年4月20日	第8版：本土文化
《盘瓠公祭中的法器（介绍之四）》		《吉首大学报》	2011年5月10日	第8版：本土文化
《石羊哨寻找盘瓠图腾崇拜的遗迹》		《潇湘晨报》	2011年5月12日	特刊T4：特别报道
《盘瓠公祭中的法器（介绍之五）》		《吉首大学报》	2011年5月20日	第8版：本土文化
《泸溪盘瓠文化腾飞》		《团结报》（湘西）	2011年7月11日	第2版：综合新闻
《盘瓠妻》	龙宁英	《文艺报》	2011年12月5日	第7版
《盘瓠龙舟》	蒋光禄	《怀化日报》	2013年6月24日	第2版：本埠要闻
《盘瓠：亦真亦幻的图腾》		《常德晚报》	2013年9月2日	第A12版：沅澧文化
《盘瓠后裔诸姓与商丘》	刘秀森	《京九晚报》	2013年12月13日	第23版：认祖归宗
《"福鼎史话"之七十七：盘瓠传说，凤凰传奇》	白荣敏	《福鼎周刊》	2013年12月25日	第3版：侨乡视线
《〈盘瓠辨〉为瑶祖正名提供佐证》		《永州日报》	2014年2月13日	第A4版：潇湘阅读
《崇义上堡发现"石狗"——专家初步认为是少数民族的盘瓠图腾》		《赣州晚报》	2014年9月3日	第A7版：县市
《盘瓠文化之根在商丘》	刘秀森	《商丘日报》	2015年11月20日	第B1版：文化周刊
《盘瓠传说》	晓海	《常德日报》	2016年2月6日	第A02版：文史常德

续表

篇名	作者	报纸名称	发表时间	卷期辑版
《首部国家级"非遗动漫剧"〈盘瓠与辛女传奇〉讲述最早的民族情谊》	单节银	《云南信息报》	2016年8月14日	第A06版：微读·云生活
《盘瓠为何是犬身？——古庸文化系列谈之十二》	李康学	《张家界日报》	2016年6月29日	第5版：读书
《从商丘走出的盘瓠》	贾若晨	《京九晚报》	2016年7月1日	第15版：文化商丘
《国内首部记录国家级非遗动漫剧〈盘瓠与辛女传奇〉面世》		《湖南日报》	2016年8月12日	第5版：深读·要闻
《我国首部国家非遗动漫剧〈盘瓠与辛女传奇〉问世》		《团结报》（湘西）	2016年8月13日	第1版：头版
《非遗动漫连续剧〈盘瓠与辛女传奇〉发行》		《潇湘晨报》	2016年8月14日	第A2版：晨报时事
《中国首部国家非遗动漫剧〈盘瓠与辛女传奇〉面世》	叶钽	《今日桐庐》	2016年8月15日	第6版：融媒体
《我国首部非遗动漫剧亮相〈盘瓠与辛女传奇〉9月开播》	王晶	《滨海时报》	2016年8月16日	第6版：文体
《泸溪盘瓠文化发祥地》		《张家界日报》	2016年9月25日	第3版：约吧，我们去哪里
《盘瓠救灾党旗红》	龙向阳 麻红军	《团结报》（湘西）	2016年10月6日	第2版：综合新闻·广告
《泸溪红土溪村挖掘盘瓠文化促进旅游发展》		《团结报》（湘西）	2017年2月24日	第5版：民族团结

续表

篇名	作者	报纸名称	发表时间	卷期辑版
《新化维山乡发现盘瓠禅寺》		《娄底晚报》	2017年4月11日	第4版：社会
《"沅水文痴"的盘瓠文化情结》	李焱华 张明明	《团结报》（湘西）	2017年4月19日	第7版：文化醉乡
《盘瓠》	姜迪伟	《永川日报》	2017年4月22日	第3版：副刊
《我国首部非遗动漫剧〈盘瓠与辛女传奇〉将在湖南卫视首播》		《团结报》（湘西）	2017年7月16日	第1版：头版
《我国首部记录国家级非遗动漫剧〈盘瓠与辛女传奇〉播出》		《湖南日报》	2017年7月19日	第13版：文教
《泸溪县倾力打造〈盘瓠与辛女传奇〉》	艾红光	《湖南工人报》	2017年7月21日	第8版
《非遗动漫剧〈盘瓠与辛女传奇〉引发收视热潮》		《团结报》（湘西）	2017年8月8日	第1版
《积极挖掘保护盘瓠文化》		《团结报》（湘西）	2017年8月23日	第5版：教体文卫
《央视播出非遗动漫剧〈盘瓠传奇〉》	新文	《中国新闻出版广电报》	2017年9月13日	第3版：综合新闻
《非遗动漫剧〈盘瓠与辛女传奇〉在央视少儿频道播出》		《团结报》（湘西）	2017年9月14日	第2版：综合新闻
《湖南非遗动漫〈盘瓠传奇〉登陆央视》		《三湘都市报》	2017年9月14日	第A16版：文体看台
《"盘瓠故园·画里泸溪"摄影展举行》		《团结报》（湘西）	2017年10月12日	第6版：综合新闻
《欣逢戊狗扬瑞气庆有槃瓠保香江》		《大公报》	2018年2月20日	第A24版：文化

续表

篇名	作者	报纸名称	发表时间	卷期辑版
《正果镇畲族村举办盘瓠王文化节》	李意稳	《增城日报》	2018年8月27日	第3版:要闻
《泸溪首个盘瓠文化"博物馆"开馆》		《团结报》（湘西）	2018年11月26日	第1版:头版
《泸溪农民建盘瓠"博物馆"》		《湖南日报》	2018年12月4日	第18版:文教·政治
《麻阳,盘瓠文化的过往与传承》	陈甘乐	《怀化日报》	2019年1月20日	第4版
《槃瓠将军追雪去天蓬元帅报春来——巴中市迎春诗词作品选登》		《巴中日报》	2019年2月2日	第A7版:字水
《盘瓠辞岁去,金猪送福来》		《中国文化报》	2019年2月4日	第8版:"我们的节日·春节"特刊
《盘瓠神话资料汇编》	文轩	《中国民族报》	2019年3月15日	第10版:文化周刊·动态
《麻阳举行盘瓠文化祭》		《怀化日报》	2019年6月23日	第1版
《正果镇畲族村举办盘瓠王文化节》	李意稳 正宣	《增城日报》	2019年8月15日	第1版:今日要闻
《石源力的盘瓠文化情结》	张莉	《团结报》（湘西）	2019年12月6日	第7版:边城百姓
《"盘瓠"文化源流考辨》(上)	唐正鹏	《团结报》（湘西）	2020年7月6日	第7版:阅读天地
《"盘瓠"文化源流考辨》(下)	唐正鹏	《团结报》（湘西）	2020年7月13日	第7版:阅读天地

参考文献

古籍

[1] [汉]许慎:《说文解字》,中华书局1963年版。

[2] [晋]干宝撰,李剑国辑校:《新辑搜神记》,中华书局2007年版。

[3] [唐]杜佑撰:《通典》,中华书局1984年影印本。

[4] [唐]刘知几撰,黄寿成校点:《史通》,辽宁教育出版社1997年版。

[5] [宋]罗泌撰:《路史》,光绪二十年(1894年)石印本。

[6] [元]陈澔注,万久福整理:《礼记集说》,凤凰出版传媒集团、凤凰出版社2010年版。

[7] [清]嵇璜、曹仁虎等编撰:《钦定续文献通考》,《景印文渊阁四库全书》,《四库全书》本。

[8] [清]《癸卯新民丛报汇编》,1903年。

[9] [清]黄遵宪:《日本国志》,上海古籍出版社2001年版。

[10] [清]海天独啸子:《中国十大秘抄本》,中国戏剧出版社2002年版。

[11] [清]阮元校刻:《十三经注疏》(全三册),中华书局1980年版。

[12] [清]刘师培著,万仕国点校:《中国历史教科书》,广陵书社2015年版。

[13] [清]《新刻天下四民便览三台万用正宗(目录)》,万历二十七年(1599)书林双峰堂刊本,东京大学东洋文化研究所藏本。

资料汇编

[1] 国立中央研究院历史语言研究所集刊编辑委员会编:《国立中央研究院历史语言研究所集刊》第十八册,商务印书馆1948年版。

[2] 湖南省文化厅编:《湖南省非物质文化遗产名录》第三册,湖南人民出版社2009年版。

[3]《过山榜》编辑组、《中国少数民族社会历史调查资料丛刊》修订编辑委员会编:《瑶族〈过山榜〉选编》,民族出版社2009年版。

[4] 周翔编著:《盘瓠神话资料汇编》(增订版),学苑出版社2019年版。

志书类

[1] 浙江省少数民族志编纂委员会编:《浙江省少数民族志》,方志出版社1999年版。

[2] 中国科学院民族研究所、福建少数民族社会历史调查组

编:《畲族简史简志合编(初稿)》,1963年版。

[3]《中国少数民族社会历史调查资料丛刊》福建省编辑组:《畲族社会历史调查》,福建人民出版社1986年版。

[4] 施联朱编:《畲族风俗志》,中央民族学院出版社1989年版。

[5] 雷弯山主编:《丽水地区畲族志》,电子工业出版社1992年版。

[6] 霞浦县民族事务委员会《霞浦县畲族志》编写组编:《霞浦县畲族志》,福建人民出版社1993年版。

[7]《畲族简史》编写组,《畲族简史》修订本编写组编:《畲族简史》(修订本),民族出版社2008年版。

著作与论文集

[1] 刘师培:《中国民族志》,中国青年会1903年版。

[2] [日] 有贺长雄:《人群进化论》,麦仲华译,广智书局1903年版。

[3] 蒋智由:《中国人种考》,华通书局1929年版。

[4] [日] 鸟居龙藏:《苗族调查报告》(上、下),国立编译馆译,国立编译馆1936年版。

[5] 中国共产党晋察冀中央局:《毛泽东选集》,新华书店晋察冀分店1938年版。

[6] 沈兼士:《段砚斋杂文》,北平东厂胡同协和印书局1947年版。

[7] 陈志良编撰:《西南风情记》,时代书局1950年版。

[8] [苏]《斯大林全集》第2卷,人民出版社1953年版。

[9] 罗香林:《百越源流与文化》,国立编译馆中华丛书编审委员会1955年版。

[10] 中央民族学院研究部主编:《历代各族传记会编》第1编,中华书局1958年版。

[11] 张允侯、殷叙彝、洪清祥、王云开编:《五四时期的社团》(一),生活·读书·新知三联书店1979年版。

[12]《畲族简史》编写组编:《畲族简史》,福建人民出版社1980年版。

[13] [日] 柳田国男:《传说论》,连湘译,紫晨校,中国民间文艺出版社1985年版。

[14] 沈兼士著,葛信益、启功整理:《沈兼士学术论文集》,中华书局1986年版。

[15] 施联朱主编:《畲族研究论文集》,民族出版社1987年版。

[16] 蒋炳钊编著:《畲族史稿》,厦门大学出版社1988年版。

[17] [波斯] 阿里·阿克巴尔著,张至善编:《中国纪行》,生活·读书·新知三联书店1988年版。

[18] 施联朱:《畲族》,民族出版社1988年版。

[19] 乔健、谢剑、胡起望编:《瑶族研究论文集》,民族出版社1988年版。

[20]《民国丛书》编辑委员会编:《甲骨学商史论丛初集》,上海书店出版社1989年影印本。

[21] 王孝廉:《中国的神话世界》,作家出版社1991年版。

[22] [罗] 尼·斯·米列斯库:《中国漫记》,蒋本良、柳凤运译,中华书局1990年版。

[23] 梁启超:《饮冰室合集》,中华书局1989年影印本。

[24] 徐中舒主编:《甲骨文字典》,四川辞书出版社1989年版。

[25] 黄钰辑注:《评皇券牒集编》,广西人民出版社1990年版。

[26] 李妙根编:《刘师培论学论政》,复旦大学出版社1990年版。

[27] 杨中:《大后方的通俗文艺》,四川教育出版社1990年版。

[28] 毛泽东:《毛泽东选集》第2卷,人民出版社1991年版。

[29] 朱洪、姜永兴:《广东畲族研究》,广东人民出版社1991年版。

[30] 中共浙江省委党史研究室、浙江省民族事务委员会、中共丽水地委编:《畲乡风云录》,中国国际广播出版社1991年版。

[31] [日] 只木良也、吉良龙夫编:《人与森林——森林调节环境的作用》,唐广仪等译,中国林业出版社1992年版。

[32] [日] 曲亭马琴:《南总里见八犬传》1,李树果译,南开大学出版社1992年版。

[33] [美] 洪长泰:《到民间去——1918～1937年的中国知识分子与民间文学运动》,董晓萍译,上海文艺出版社1993年版。

[34] [法] 安田朴、谢和耐等:《明清间入华耶稣会士和中西文化交流》,耿昇译,巴蜀书社1993年版。

[35] 黄集良主编:《上杭县畲族志》,厦门大学出版社1994年。

[36] 章炳麟著,向世陵选注:《訄书》,辽宁人民出版社1994年版。

[37] 马昌仪编:《中国神话学文论选萃》(上编、下编),中国广播电视出版社1994年版。

[38] 施联朱、雷文先主编:《畲族历史与文化》,中央民族大学出版社1995年版。

[39] 肖孝正编纂:《闽东畲族歌谣集成》,海峡文艺出版社1995年版。

[40] 郑文惠:《诗情画意——明代题画诗的诗画对应内涵》,东大图书股份有限公司1995年版。

[41] 梁启超:《清代学术概论》,东方出版社1996年版。

[42] 刘师培:《刘申叔遗书》(上、下),江苏古籍出版社1997年版。

[43] 雷弯山:《思维之光:畲族文化研究》,天津人民出版社1997年版。

[44] 王建民:《中国民族学史》上卷(1903～1949),云南教育出版社1997年版。

[45] 张有隽主编:《瑶学研究——现代化与瑶族:发展前景》,广西民族出版社1997年版。

[46] 陈国强主编:《畲族民俗风情》,海峡文艺出版社1997年版。

[47] [印度]泰戈尔:《民族主义》,谭仁侠译,商务印书馆1998年版。

[48] [日]佐佐木高明:《照叶树林文化之路——自不丹、云南至日本》,刘愚山译,张正军审校,云南大学出版社1998年版。

[49] 王元化主编:《学术集林》,上海远东出版社1998年版。

[50] 乔健:《飘泊中的永恒:人类学田野调查笔记》,山东画报出版社1999年版。

[51]《李大钊全集》编委会编:《李大钊全集》,河北教育出版社1999年版。

[52] [德]艾伯华:《中国民间故事类型》,王燕生、周祖生

译,刘魁立审校,商务印书馆1999年版。

[53] 麻国庆:《走进他者的世界:文化人类学》,学苑出版社2001年版。

[54] 浙江省文学志编纂委员会编:《浙江省文学志》,中华书局2001年版。

[55] 蓝炯熹:《畲民家族文化》,福建人民出版社2002年版。

[56] [日]竹村卓二:《瑶族的历史和文化——华南、东南亚山地民族的社会人类学研究》,金少萍、朱桂昌译,民族出版社2003年版。

[57] 孙作云:《孙作云文集》,河南大学出版社2003年版。

[58] 刘满衡编著:《塔山瑶寨》,海天出版社2005年版。

[59] [美]本尼迪克特·安德森:《想象的共同体:民族主义的起源与散布》,吴叡人译,上海人民出版社2005年版。

[60] 王明珂:《华夏边缘:历史记忆与族群认同》,社会科学文献出版社2006年版。

[61] 程美宝:《地域文化与国家认同:晚清以来"广东文化"观的形成》,生活·读书·新知三联书店2006年版。

[62] [泰]差博·卡差·阿南达:《泰国瑶人——过去、现在和未来》,谢兆崇、罗宗志译,民族出版社2006年版。

[63] [美]阿兰·邓迪斯编:《西方神话学读本》,朝戈金等译,广西师范大学出版社2006年版。

[64] 毛巧晖:《涵化与归化——论延安时期解放区的"民间文学"》,上海辞书出版社2006年版。

[65] 彭兆荣:《人类学仪式的理论与实践》,民族出版社2007年版。

[66] 汪涤:《明中叶苏州诗画关系研究》,上海文化出版社 2007 年版。

[67] [美] 丁乃通编:《中国民间故事类型索引》,郑建威、李倞、商孟可、段宝林译,李广成校,华中师范大学出版社 2008 年版。

[68] 汪晖:《现代中国思想的兴起》下,生活·读书·新知三联书店 2008 年版。

[69] [美] 张春树、骆雪伦:《明清时代之社会经济巨变与新文化》,王湘云译,上海古籍出版社 2008 年版。

[70] 施联朱:《民族识别与民族研究文集》,中央民族大学出版社 2009 年版。

[71] 王训昭、卢正言、邵华等编:《郭沫若研究资料》(上),知识产权出版社 2010 年版。

[72] 徐迺翔编:《文学的"民族形式"讨论资料》,知识产权出版社 2010 年版。

[73] 奉恒高、何建强:《瑶族盘王祭祀大典——瑶族盘王节祭祀礼仪研究》,民族出版社 2010 年版。

[74] 越南老街省文化体育旅游厅编著:《越南瑶族民间古籍》,民族出版社 2011 年版。

[75] [英] 贝拉·迪克斯:《被展示的文化:当代"可参观性"的生产》,冯悦译,北京大学出版社 2012 年版。

[76] 王树枏:《欧洲族类源流略》,岳麓书社 2011 年版。

[77] 许倬云:《西周史》(增补二版),生活·读书·新知三联书店 2012 年版。

[78] 刘大先:《现代中国与少数民族文学》,中国社会科学出

版社2013年版。

[79] 李学勤编:《字源》,天津古籍出版社2013年版。

[80] 赵书峰:《踏歌而行——书峰音乐学论文集》,团结出版社2013年版。

[81] [法]阿里·玛扎海里:《丝绸之路——中国–波斯文化交流史》,耿昇译,中国藏学出版社2013年版。

[82] 冯自由:《革命逸史》上,金城出版社2014年版。

[83] 张宝明主编:《新青年》5"文学批评卷",河南文艺出版社2016年版。

[84] 马戎主编:《"中华民族是一个"——围绕1939年这一议题的大讨论》,社会科学文献出版社2016年版。

[85] 刘禾主编:《世界秩序与文明等级:全球史研究的新路径》,生活·读书·新知三联书店2016年版。

[86] [德]李峻石:《何故为敌:族群与宗教冲突论纲》,吴秀杰译,社会科学文献出版社2017年版。

[87] 李军全:《过年:华北根据地的民俗改造(1937—1949)》,中国社会科学出版社2018年版。

[88] 毛巧晖:《20世纪下半叶中国民间文艺学思想史论》(修订版),学苑出版社2018年版。

[89] "中国神话学"课题组编:《盘瓠神话文论集》(修订版),学苑出版社2019年版。

[90] 吴晓东:《盘瓠神话源流研究》,学苑出版社2019年版。

[91] 王宪昭:《盘瓠神话母题(WPH)数据目录》,学苑出版社2020年版。

[92] 王宪昭:《中国多民族同源神话研究》,暨南大学出版社

2020年版。

内部资料

[1] 广西民族研究所资料组编:《少数民族史论文选集》3,内部资料,1964年。

[2] [日] 白鸟芳郎编:《东南亚山地民族志》,黄来钧译,喻翔生校,内部资料,1980年。

[3] [越] 阮克颂等:《越南的瑶人》,梁红奋译,内部资料,1982年。

[4] 乌丙安:《论民间故事传承人》,载于中国民间文艺家协会辽宁分会编:《民间文学论集》,1983年。

[5] 湘西土家族苗族自治州民族事务委员会编:《苗族历史讨论会论文集》,内部资料,1983年版。

[6] 广西民族学院民族研究所、民族语言文学研究所编:《瑶族"盘王节"资料汇编》,内部资料,1984年。

[7] 中国社会科学院少数民族文学所编印:《中国少数民族文学史编写参考资料》,内部资料,1984年。

[8] 泸溪县民族事务委员会编:《盘瓠研究与传说》,内部资料,1988年。

[9] 张永安主编:《盘瓠研究》,内部资料,1990年。

期刊文章

[1]《约书亚降迦南国》,《东西洋考每月统计传》丁酉九月

（1837年）。

[2] 任公:《国家思想变迁异同论》,《清议报》1901年第94、95期。

[3] 中国之新民:《政治学大家伯伦知理之学说》,《新民丛报》1902年第38、39号合期。

[4] 观云（蒋智由）:《中国兴亡一问题论》,《新民丛报》1903年第4期。

[5] 邓实:《鸡鸣风雨楼独立书》,《政议通报》1903年第23期。

[6] 黄公度:《小学校学生相和歌》,《萃新报》1904年第1期。

[7] 王国维:《奏定经学科大学文学科大学章程书后》,《教育世界》1906年第118、119期。

[8] 北洋政府教育部:《大学规程》,《教育杂志》1913年第1期。

[9]《北京大学征集全国近世歌谣简章》,《新青年》1918年第3期。

[10]《发刊词》,《歌谣》周刊第一卷第1号（1922年12月17日）。

[11] 卫景周:《歌谣在诗中的地位》,《歌谣》周刊纪念增刊（1923年12月17日）。

[12] 余永梁:《西南民族起源的神话——槃瓠》,《国立第一中山大学语言历史学研究所周刊》1928年第35-36期。

[13] 乐嗣炳:《怎样研究中国歌谣》,《当代文艺》1931年第4期。

[14] [德] 史图博、李化民:《浙江景宁县敕木山畲民调查记》,《国立中央研究院社会科学研究所专刊》1932年第6号。

[15]《调查：连阳徭民风俗及徭排地方概况》,《广东省政府公报》1932年第205期。

[16] [英] 戈登卫泽:《图腾主义》, 严三译,《史地丛刊》(上

海)1933年第1期

[17][日]松村武雄:《狗人国试论》,周学普译,《民众教育季刊》1933年第3期。

[18]梁实秋:《歌谣与新诗》,《歌谣》周刊第二卷第9号(1936年5月30日)。

[19]枳敵:《新故事体:一条舌条》《文艺》(上海1938)1938年第4期。

[20]胡考:《写在〈陈二石头〉前面》,《文艺战线》1939年第2期。

[21]马长寿:《苗族之起源神话》,《民族学集刊》1940年第2期。

[22]陈志良:《盘古的研究(附表)》,《建设研究》1940年第6期。

[23]郑伯奇:《民俗:活的文化遗产》,《新文艺》(山西)1947年第1期。

[24]王克旺、雷耀铨、吕锡生:《关于畲族来源》,《中央民族学院学报》1980年第1期。

[25][日]白鸟芳郎:《从〈评皇券牒〉看瑶人的分布与盘护(槃瓠)传说》,海兰译,《民族译丛》1980年第3期。

[26]万斗云:《仡佬族古代史问题(初稿上)》,《贵州民族研究》1980年第2期。

[27]万斗云:《仡佬族古代史问题(下)》,《贵州民族研究》1981年第2期。

[28]陈永龄、王晓义:《二十世纪前期的中国民族学》,《民族学研究》1981年第1期。

[29][日]白鸟芳郎:《山之路》,樊少骥译,《贵州民族研究》

1982年第2期。

[30] 石光树:《从盘瓠神话看苗、瑶、畲三族的渊源关系》,《中央民族学院学报》1982年第3期。

[31] 吴刚戟:《畲族山歌探讨》,《丽水师专学报》1982年第1期。

[32] 蒋炳钊:《从〈盘瓠王歌〉探讨畲族来源和迁徙》,《民族学研究》1982年第1期。

[33] 郑伯奇:《左联回忆散记》,《新文学史料》1982年第1期。

[34] [日]竹村卓二:《关于泰国北部瑶族的研究情况——一九八二年十二月二十三日在广西民族学院的讲学报告(摘要)》,金道全译,《广西民族学院学报》(哲学社会科学版)1983年第2期。

[35] 林芷茵:《记林枫敌在"孤岛"期间的文学活动》,《社会科学》1983年第1期。

[36] 刘保元:《瑶族古典歌谣集成〈盘王歌〉管探》,《中央民族学院学报》1983年第3期。

[37] 王慧琴:《湘西土家族苗族自治州举办苗族历史讨论会》,《民族研究》1984年第1期。

[38] 孙贯文:《古人系尾新证》,《思想战线》(昆明)1985年第3期。

[39] 蓝兴发、钟昌瑞:《全国首次畲族史学术讨论会在广东省潮州市召开》,《民族研究》1985年第4期。

[40] 郎樱:《盘瓠神话与日本犬婿型故事的比较研究》,《民间文学论坛》1985年第3期。

[41] 古清尧:《凤坪畲族考察报告》,《民族论坛》1986年第1期。

[42] 魏斌:《扩大交流 促进研究——第一届瑶族研究国际研

讨会述评》,《中国民族》1986年第9期。

[43] 刘小春:《瑶族盘王舞简述》,《民族艺术》1986年第3期。

[44] 张崇根:《畲族族源东夷说新证》,《中南民族学院学报》1986年第4期。

[45] 容观夐:《广东畲族族源问题管见》,《中南民族学院学报》1986年第4期。

[46] 吴曦云:《从红苗风俗看其族源》,《中南民族学院学报》1986年第4期。

[47] 隆名骥:《论苗族风俗中的祖先崇拜》,《吉首大学学报》(社会科学版)1986年第2期。

[48] 谢健根:《贵溪畲族民歌与畲族史》,《南方文物》1987年第2期。

[49] 谭子美:《麻阳苗族盘瓠崇拜遗俗调查》,《民族学与现代化》1987年第3期。

[50] 毛荣跃、柳意诚:《畲族的稀世文物》,《中国民族》1987年第12期。

[51] 姜永兴:《畲族族源、迁徙及盘瓠的新探索》,《韩山师专学报》(社会科学版)1987年第2期。

[52] [法]雅克·勒穆瓦纳:《瑶族、宗教:道教》,冯利、覃光广译,《宗教学研究》1987年第00期。

[53] 力木:《论盘瓠神话的民俗信仰》,《民族论坛》1988年第1期。

[54] 陈香白:《潮州畲族祖图初探》,《岭南文史》1988年第1期。

[55] 李本高:《盘瓠与盘古刍议》,《民族论坛》1988年第2期。

[56] 雷金松:《畲瑶盘瓠神话比较》,《民族文学研究》1988

年第 3 期。

[57] 姚宝瑄:《盘古、盘瓠神话源于昆仑神话考》,《西北民族学院学报》(哲学社会科学版)1988 年第 1 期。

[58] 吴通才:《关于台江县台拱寨、张家寨"篓江略"——过鼓社节的调查记实》,《贵州民族研究》1988 年第 3 期。

[59] 朱洪、李筱文:《广东畲族〈祖图〉初析》,《中央民族学院学报》1989 年第 5 期。

[60] 何光岳:《蓝夷的来源和迁徙——兼论瑶、畲、苗族的蓝氏》,《吉首大学学报》(社会科学版)1989 年第 3 期。

[61] [法]勒莫瓦纳:《盘瓠是否盘古》,《中央民族学院学报》1989 年第 2 期。

[62] 伍新福:《略论苗族支系》,《中南民族学院学报》(哲学社会科学版)1990 年第 3 期。

[63] 陈训先:《论粤东畲族的族源及其图腾崇拜》,《汕头大学学报》(人文科学版)1990 年第 1 期。

[64] 林河:《"盘瓠神话"访古记——盘瓠神话民俗研究之一》,《民间文艺季刊》1990 年第 2 期。

[65] 杨芸:《龙·盘瓠·接龙祭·龙舟——苗族龙与龙文化》,《广西民族研究》1990 年第 3 期。

[66] 李安民:《云南白、彝、纳西等民族的"衣尾"习俗探源》,《民族艺术研究》1990 年第 5 期。

[67] 王克旺:《论畲族图腾文化的个性特征》,《东南文化》1990 年第 3 期。

[68] 吴善淙、龙治安:《盘瓠正名三题》,《民族文学研究》1991 年第 3 期。

[69] 蓝万清：《论畲族盘瓠传说的演变》，《民族文学研究》1991年第3期。

[70] 韩伯泉：《粤东畲族盘瓠文化研究》，《中南民族学院学报》（哲学社会科学版）1991年第3期。

[71] 黄钰：《盘古盘瓠盘王辨识》，《广西民族研究》1991年第4期。

[72] 徐华龙：《盘瓠神话的历史和文化价值》，《民族文学研究》1991年第1期。

[73] 石宗仁：《湖南五溪地区盘瓠文化遗存之研究》，《中南民族学院学报》（哲学社会科学版）1991年第5期。

[74] 龙海清：《湘西溪州铜柱与盘瓠文化》，《中央民族学院学报》1991年第4期。

[75] 李本高：《瑶族〈评皇券牒〉中的盘瓠考》，《广西民族研究》1991年第4期。

[76] 谭子美、李宜仁：《"漫水龙歌"与"盘瓠崇拜"》，《贵州民族研究》1991年第4期。

[77] 罗汉田：《全国盘瓠文化讨论会综述》，《民族文学研究》1991年第3期。

[78] 吴曦云：《苗族的图腾和盘瓠》，《中南民族学院学报》（哲学社会科学版）1991年第3期。

[79] 石建中：《试论盘瓠神话和苗族族源》，《中南民族学院学报》（哲学社会科学版）1992年第1期。

[80] 蔡村：《瑶族葫芦传人与盘瓠开族神话浅析》，《民族论坛》1992年第1期。

[81] 吴泽顺：《盘瓠神话的深层结构》，《中南民族学院学报》

（哲学社会科学版）1992年第2期。

[82] 于欣:《瑶族祭祖舞蹈的思想内涵与历史价值》,《民族艺术》1993年第4期。

[83] 李本高:《瑶族盘瓠崇拜内涵论》,《民族论坛》1993年第1期。

[84] 谢荣:《槃瓠见疑》,《韩山师专学报》1993年第2期。

[85] 李仪:《也论盘瓠氏的起源》,《怀化师专学报》1993年第4期。

[86] 曾湘军:《湖南大庸出土铜俑与盘瓠文化》,《民族艺术》1993年第1期。

[87] 黄忠堂:《师宗瑶族宗教祭祀舞蹈源考》,《民族艺术研究》1994年第3期。

[88] 周德麟:《湖南怀化市的盘瓠文化遗存》,《民族研究》1994年第3期。

[89] 黄纯艳:《论溪州铜柱的设立及其文化内涵——与〈湘西溪州铜柱与盘瓠文化〉一文作者商榷》,《贵州文史丛刊》1994年第2期。

[90] 夏敏:《狗与猴:图腾仪式和文学中的接近类型——从瑶族与藏族图腾文化说开》,《民族文学研究》1994年第3期。

[91] 邓建富:《盘瓠传说与千家洞传说关系试析》,《中山大学研究生学刊》(社会科学版)1994年第3期。

[92] [法] 雅克·勒穆瓦纳:《勉瑶的历史与宗教初探》,《广西民族学院学报》(哲学社会科学版)1994年第4期。

[93] 李文君、彭璐:《溪州铜柱不是图腾柱——与龙海清先生商榷》,《中央民族大学学报》1994年第6期。

[94] 苑利:《盘瓠神话源出北方考》,《民族文学研究》1994年第1期。

[95] 肖孝正:《再论畲族图腾及其高辛夷史源:兼与"盘瓠即犬""畲族狗图腾"说商榷》,《福建学刊》1995年第4期。

[96] 张子伟、龙炳文:《苗族椎牛祭及其巫教特征》,《民族论坛》1995年第1期。

[97] 唐羽:《好五色衣服——早期民族融合的象征》,《民俗研究》1995年第1期。

[98] 彭勃:《溪州铜柱不是"盘瓠图腾柱"》,《中南民族学院学报》(哲学社会科学版)1995年第1期。

[99] [日]白鸟芳郎:《〈瑶人文书〉及其宗教仪式》,肖迎译,《云南档案》1995年第3期。

[100] 陈香白:《畲族源论纲》,《寻根》1995年第6期。

[101] 吴晓东:《盘瓠:王爷,盘古:老爷》,《民族文学研究》1996年第4期。

[102] 李健民:《畲族民俗信仰的道教色彩》,《中南民族学院学报》(哲学社会科学版)1996年第5期。

[103] 黄向春:《畲族的凤凰崇拜及其渊源》,《广西民族研究》1996年第4期。

[104] 李学钧、马建钊:《瑶族盘瓠神话与渡海神话的象征意义》,《广西民族学院学报》(哲学社会科学版)1996年第1期。

[105] 潜明兹:《从盘古盘瓠窥历史的神话化》,《苗侗文坛》1997年第1—2期。

[106] 沈松桥:《我以我血荐轩辕——黄帝神话与晚清的国族建构》,《台湾社会研究季刊》1997年第28期。

[107] 何颖:《盘瓠崇拜与民族命运》,《民族文学研究》1997年第4期。

[108] 詹正发:《非物质文化遗产的法律保护》,《武当学刊》1997年第4期。

[109] 陈斌:《瑶族盘瓠神话刍议》,《云南师范大学学报》(哲学社会科学版)1998年第1期。

[110] 钟敬文:《建立中国民俗学学派刍议》,《民族艺术》1999年第1期。

[111] 杨鹓:《盘瓠与凤凰崇拜——苗瑶语族"好五色衣服"的一种解释》,《贵州民族学院学报》(社会科学版)1999年第1期。

[112] [加]王大为:《一个西方学者关于中国秘密社会史研究的看法》,曹新宇译,《清史研究》2000年第2期。

[113] 张泽洪:《近现代中国西南少数民族宗教研究述论》,《宗教学研究》2001年第2期。

[114] 曾剑平、廖晓明:《时间观与民族文化——中美时间观比较研究》,《南昌大学学报》(人文社会科学版),2001年第3期。

[115] 方维规:《论近代思想史上的"民族"、"Nation"与中国》,《二十一世纪》(香港)2002年4月号。

[116] 黄兴涛:《"民族"一词究竟何时在中文里出现》,《浙江学刊》2002年第1期。

[117] 钟敬文:《口承文艺在民俗学研究中的位置》,《文艺研究》2002年第4期。

[118] 周策纵:《原族》,《读书》2003年第2期。

[119] 张煜:《论王国维〈屈子文学之精神〉中"想象说"的意义》,《广州大学学报》(社会科学版)2003年第1期。

[120] 毛巧晖、刘颖、陈勤建:《20世纪民俗学视野下"民间"的流变》,《华东师范大学学报》(哲学社会科学版)2004年第6期。

[121] 郝时远:《先秦文献中的"族"与"族类"观》,《民族研究》2004年第2期。

[122] 郝时远:《中文"民族"一词源流考辨》,《民族研究》2004年第6期。

[123] 刘惠萍:《中国现代神话学研究的学术反思》,《民间文化论坛》2005年第2期。

[124] 毛巧晖:《民俗学之"民间"》,《西北民族研究》2006年第3期。

[125] 周文玖、张锦鹏:《关于"中华民族是一个"学术论辩的考察》,《民族研究》2007年第3期。

[126] 毛巧晖:《晚清民间思潮》,《社会科学家》2007年第2期。

[127] 周海波:《中国现代文学白话语言的传媒基础》,《东方论坛》2007年第2期。

[128] 钟焓:《一位中亚穆斯林笔下的中国传说故事与民间信仰》,《西域研究》2007年第3期。

[129] 高丙中:《中国民俗学三十年的发展历程》,《民俗研究》2008年第3期。

[130] 汪天文、王仕民:《文化差异与时间观念的冲突》,《学术研究》2008年第7期。

[131] [德]贺东劢撰:《瑶族文书与仪式》,宋馨译,《新疆师范大学学报》(哲学社会科学版)2008年第1期。

[132] 谭红春:《关于少数民族非物质文化遗产保护实践的反

思——以中国瑶族盘王节为例》,《广西民族研究》2009年第2期。

[133] 何红一:《美国国会图书馆馆藏瑶族手抄文献新发现及其价值》,《中南民族大学学报》(人文社会科学版)2009年第3期。

[134] 何红一:《海外中国少数民族文献的保护与抢救——以美国国会图书馆中国少数民族文献收藏为中心》,《江西社会科学》2010年第12期。

[135] 赵万智:《制造"他者":法国国际广播电台报道中的中国形象》,《东南传播》2010年第8期。

[136] [越]陈友山:《越南瑶族研究回顾》,[越]阮小虹译,胡美术校,《广西民族大学学报》(哲学社会科学版)2010年第6期。

[137] 徐德莉:《抗战时期西南民族神话研究》,《贵州民族研究》2010年第2期。

[138] 李天雪:《义务教育与少数民族国家认同构建——基于民国时期广西"特种部族教育"的思考》,《黑龙江民族丛刊》2011年第6期。

[139] 朱文哲:《近代中国时间观念研究述评》,《燕山大学学报》(哲学社会科学版)2011年第1期。

[140] 麻国庆:《南岭民族走廊的人类学定位及意义》,《广西民族大学学报》(哲学社会科学版)2013年第3期。

[141] 江田祥:《20世纪60年代以来西方学界广西民族研究动态与趋势》,《广西民族研究》2013年第3期。

[142] 朝戈金:《"回到声音"的口头诗学:以口传史诗的文本研究为起点》,《西北民族研究》2014年第2期。

[143] 毛巧晖:《现代民族国家话语与民间文学的理论自觉

(1949—1966)》,《江汉论坛》2014年第9期。

[144] 巴莫曲布嫫:《从语词层面理解非物质文化遗产——基于〈公约〉"两个中文本"的分析》,《民族艺术》2015年第6期。

[145] 朝戈金:《非物质文化遗产:从学理到实践》,《西北民族大学学报》(哲学社会科学版)2015年第2期。

[146] 王宪昭:《论神话的民俗学阐释功能》,《广西民族师范学院学报》2015年第1期。

[147] 王宪昭:《中国少数民族神话研究的学术发展分期刍论》,《民族文学研究》2016年第3期。

[148] 杨利慧:《以社区为中心——联合国教科文组织非遗保护政策中社区的地位及其界定》,《西北民族研究》2016年第4期。

[149] 沙垚:《新中国农民文化主体性的生成机制探讨——基于20世纪50年代关中农村皮影戏的实证研究》,《开放时代》2016年第5期。

[150] 吴晓东:《从蚕马神话到盘瓠神话的演变》,《黔南民族师范学院学报》2016年第1期。

[151]《联合国教科文组织:〈保护非物质文化遗产伦理原则〉》,巴莫曲布嫫、张玲译,《民族文学研究》2016年第3期。

[152] 袁君煊:《瑶族宗教与道教关系研究综述》,《宗教学研究》2016年第4期。

[153] 王璐:《传统服饰与观念表述——民国时期民族志中的西南少数民族女性表述之考察》,《民族文学研究》2017年第2期。

[154] 毛巧晖:《越界:1958年新民歌运动的大众化之路》,《民族艺术》2017年第3期。

[155] [摩洛哥] 艾哈迈德·斯昆惕:《非物质文化遗产及其遗

产化反思》,马千里译,巴莫曲布嫫校,《民族文学研究》2017年第4期。

[156] 安德明:《非物质文化遗产保护的中国实践与经验》,《民间文化论坛》2017年第4期。

[157] 岳永逸、蔡加琪:《庙会的非遗化、学界书写及中国民俗学:龙牌会研究三十年》,《民族文学研究》2017年第6期。

[158] 李斯颖:《壮族蚂𧊅节仪式起源神话的探析——从盘瓠型"龙王宝"神话说起》,《民间文化论坛》2017年第3期。

[159] 王宪昭:《论盘瓠神话的母题链程式及母题变异——以三篇瑶族盘瓠神话为例》,《民间文化论坛》2017年第3期。

[160] 郭颖:《稻作视阈下的中国畲族神话与日本记纪神话》,《日语学习与研究》2018年第2期。

[161] 张青仁:《社会动员、民族志方法及全球社会的重建——墨西哥非物质文化遗产保护的经验与启示》,《民族文学研究》2018年第3期。

[162] 张青仁:《殖民主义遗迹与墨西哥恰帕斯州印第安人的"反遗产化"运动》,《文化遗产》2018年第5期。

[163] 胡全章、关爱和:《晚清与"五四":从改良文言到改良白话》,《中国社会科学》2018年第9期。

[164] 刘卓:《"群众的位置"——谈延安时期文艺体制的"非制度性"基础》,《陕西师范大学学报》(哲学社会科学版)2019年第1期。

[165] 王万顺、梁成帅采访整理:《从下里巴人到阳春白雪——高密扑灰年画代表性传承人吕蓁立访谈录》,《文化遗产》2019年第1期。

[166] 毛巧晖:《民研会:1949—1966年民间文艺学重构的导引与规范》,《中央民族大学学报》(哲学社会科学版)2019年第1期。

[167] 孟令法:《人生仪礼的口头演述和图像描绘——以浙南畲族盘瓠神话、史诗人〈高皇歌〉及祖图长联为例》,《民族艺术》2019年第3期。

[168] 周翔:《山与海的想象:盘瓠神话中有关族源解释的两种表述》,《民族文学研究》2019年第5期。

[169] 联合国教科文组织:《何谓非物质文化遗产?》,巴莫曲布嫫译,《民间文化论坛》2020年第1期。

英文文献

[1] Peter Kunstader (ed.), *Southeast Asian Tribes, Minorities, and Nations*, Princeton University Press, 1967.

[2] Marshall Sahlins, *Islands of History*, The University of Chicago Press, 1985.

[3] David Gordon White, *Myths of the Dog-Man*, The University of Chicago Press, 1991.

[4] Benedict Anderson, *Imagined Communities: Reflections on the Origin and Spread of Nationalism* (revised edtion), Verso, 1991.

[5] Stevan Harrell (ed.), *Cultural Encounters on China's Ethnic Frontiers*, University of Washington Press, 1994.

[6] Sherry B. Ortner, *Making Gender: The Politics and Erotics of Culture*, Beacon Press, 1996.

[7] Terry Kleeman, *Great Perfection*, University of Hawaii Press, 1998.

[8] Paul van der Velde and Alex Mckay (eds.), *New Developments in Asian Studies*, Kegan Paul International, 1998.

[9] Ralph A. Litzinger, *Other Chinas: The Yao and the politics of National Belonging*, Duke University Press, 2000.

[10] Jacques Lemoine, *Yao Ceremonial Paintings*, White Lotus Co.LTD, 1982.

[11] UNESCO, Kit of the Convention for the Safeguarding of the Intangible Cultural Heritage: Intangible Cultural Heritage Domains, 2011.

[12] David J. Banks (ed.), *Changing Identities in Modern Southeast Asia*, Walter de Gruyter, 2011.

[13] Eli Noah Alberts, "Commemorating the Ancestors' merit: Myth, Schema, and History in the 'Charter of Emperor Ping'," *Taiwan Journal of Anthropology*, 2011(1).

[14] Terry Kleeman, "Book Reviews: A History of Daoism and the Yao People of South China," *T'oung Pao*, 2010(1).

日文文献

[1] 田畑久夫:《ヤオ族の評皇券牒(Ⅰ):槃瓠神話と移動経路を中心に》,《昭和女子大学大学院生活機構研究科紀要》2005年第14卷。

[2] 田畑久夫:《ヤオ族の評皇券牒(Ⅱ):槃瓠神話と移動経

路を中心に》,《昭和女子大学大学院生活機構研究科紀要》2006年第 15 卷。

[3] 田畑久夫:《ヤオ族の評皇券牒（III）：槃瓠神話と移動経路を中心に》,《昭和女子大学大学院生活機構研究科紀要》2007年第 16 卷。

[4] 田畑久夫:《ヤオ族の評皇券牒（IV）：槃瓠神話と移動経路を中心に》,《昭和女子大学大学院生活機構研究科紀要》2008 年第 17 卷。

[5] 和田久徳:《白鳥芳郎編〈搖人文書〉》,《東南アジア-歴史と文化》1977 年第 7 期。

电子资源

[1] 全国报刊索引，http://www.cnbksy.com/.

[2] 中华人民共和国中国政府网，http://www.gov.cn/.

[3] 中华人民共和国非物质文化遗产网，http://www.ihchina.cn/.

[4] 湖南省文化和旅游厅，http://www.hnswht.gov.cn/.

后 记

早在20世纪初至40年代，盘瓠神话即作为文化个案引起中国本土以及西方、日本学者的关注，各种阐释背后的文明／野蛮、进步／落后之文化标准和意识形态价值判断在当下依然留有痕迹。

2017年加入中国社会科学院登峰战略民族文学研究所重点学科"中国神话学"课题组之后，我开始关注在南方民族流传较为普遍的盘瓠神话。在与课题组同人一次次的研讨中，我逐渐明晰了研究方向，将个人研究聚焦在盘瓠神话研究学术史。在搜集与阅读盘瓠神话研究文献的基础上，分别从静态与动态、横向与纵向的维度考察盘瓠神话及其研究，并进一步反思当下人文社会科学的结构性问题和深层的文化秩序及观念。此外，本书附录"盘瓠神话研究资料索引"尚有许多不完备之处，但我希望藉此能与对盘瓠神话研究有兴趣的学者交流、合作，持续补充更新此资料，为相关研究提供便利与助力。

在本课题的研究过程中，吴晓东、王宪昭两位老师将自己悉心搜集的相关资料倾囊相授，并多次关照研究和撰写进度；周翔、李斯颖等则给我提供了富有建设性的意见。他们渊博的专业知识，严谨的治学态度，精益求精的工作作风令我感动。此外，到广西柳州、金秀、灌县，湖南江华、江永、泸溪，浙江丽水，河南商丘，安徽亳州等地的田野调查，为本书的撰写提供了鲜活的资料，当地的文化人、非物质文化遗产传承人等更是提供了丰富的地域文化资料。同时，在参与本所"中国神话学"课题组所组织的盘瓠神话研讨会中，亦受益于参会的诸位学者之思考。这里恕不一一致谢，但对于他们的帮助，我一直感念在心。在本书的完成过程中，廊坊师范学院文学院张歆博士，北京师范大学文学院古典文献研究所 2017 级在读博士翟丹，中央民族大学中国少数民族语言文学学院比较文学与世界文学专业 2020 级在读博士王晴，中国社会科学院大学中国少数民族文学系 2018 级硕士研究生王天舒、曹扬洋等就资料搜集、文献整理以及在英语、日语等的翻译中做了大量工作，在此一并表达谢意！没有他们的帮助，本书难以如期完成。

  本书的出版还离不开学苑出版社陈佳女士的努力与推进，为了书稿的顺利完成，她不厌其烦地督促与跟进，对本人的撰写进度有极大的包容，她作为编辑的求真、求实精神令人动容。

  由于本人能力有限，本书仍可能存在疏漏或欠妥之处，敬请各位同人提出宝贵意见和建议。希冀能借此研究，起到抛砖引玉之功效，引起更多学者对盘瓠神话的关注。

毛巧晖
2020 年 8 月于北京